ARCHE

Klaus Pohl

Die Kinder der Preußischen Wüste

Roman

ARCHE

Für Sanda

»Wer immer in mir wohnt, ich meine nicht mich,
ich meine den Menschen in mir, wird nicht zufrieden sein,
bevor er alles los ist, auch sich selbst.«

Shakespeare, *König Richard II.*
Übersetzung von Thomas Brasch

1

Es war lange nach Mitternacht, als der Dichter Robert Papst mit seinem Freund Louis am Straßenrand stand. Kurfürstendamm. Höhe Lehniner Platz. Berlin lag im tiefen Schlaf. Auch die Vögel schliefen noch. Da wartete Robert im Straßenlicht, das gelb und gefängnisgrün einem nebligen Novembermorgen entgegenschwamm, er wartete auf irgendein Zeichen, ein Lächeln, er starrte den wenigen Autos nach, die unterwegs waren. Er sagte zu Louis, aber vielleicht sagte er es auch in den Rinnstein hinunter: »Manchmal ist es still in mir, als wäre mir alles aus der Welt gefallen. Wo ist der Anfang meiner Geschichte zu suchen, die ich nicht erzählen will?«

Dann hob er den Arm, um ein Taxi herbeizuwinken. Irgendwann hielt ein Wagen. Robert fuhr mit Louis zum Stuttgarter Platz. »Hier sind wir«, sagte er vor einem Haus, dessen Anstrich von Zeit und Wetter bis aufs Mauerwerk abgebröckelt war. Die beiden Freunde stiegen eine Treppe hinauf, ins Görlitz. Dort oben hatte Robert seinen festen Platz. »Mädchentisch. Das ist mein fester Platz. Extra-Tischchen im Puff.«

Die Klingel hing aus der Wand. Er schlug gegen die Tür. Robert war in einem überreizten Zustand. Er sah seinen Freund Louis an, als wüsste er dessen Namen nicht mehr, noch worauf er wartete in der fahl davonkriechenden Nacht, die nach billigem Parfüm roch, nach verschüttetem Sekt, nach Pisse und Zigarettenrauch. Er murmelte gereizt. Louis verstand nur Unzusammenhängendes.

Irgendwann schnappte die Tür auf. Ein nacktes Mädchen stand vor ihnen. Die braunen Locken ringelten sich wie kleine Schlangen über ihren Busen. »Robert«, sagte die Nackte und griff nach seiner Hand, zog ihn zu sich durch die Tür. »Du glaubst wohl, du kannst uns ewig auf dich warten lassen? Komm schon. Wir dachten, du hast Angst vor deinen Schulden. Komm endlich. Hast du Geld eingesteckt? Wir wollen Spaß haben. Wen bringst du uns denn da?«

»Das ist mein Freund Louis. Sei freundlich zu ihm. Ich bin gekommen, weil ich keinen anderen Ort habe, weil ich nirgendwo mehr anschreiben kann, weil ich gewissermaßen eine Sehnsucht habe nach deinen schönen Kniekehlen. Zeig uns mal deine Kniekehlen. Sprich nicht von Geld. Wo steckt Isa?«

»Isa?« Das Mädchen wippte auf Zehenspitzen den Gang hinunter. »Keine Ahnung. Hast du sie zu sehr gequält?« Die beiden Freunde folgten dem nackten Mädchen, traten in ein Zimmer, dessen Wände mit dunklem Samt bespannt waren.

Als sich Louis umsah, kam ein riesengroßer Kerl, nachlässig angezogen, mit talgigem Gesicht, die Nase klein, die Augen Äuglein, weißblond und gangfüllend den Korridor entlang. Er hielt einen Revolver in der Hand. »Der kann auch schießen«, sagte er mit süddeutschem Akzent. Er begrüßte Robert, warf einen flüchtigen Blick auf Louis.

»Das ist Manfred, der Wirtschafter. Er ist höflich, er schießt nur, wenn es gar nicht anders geht«, stellte Robert den ekelhaften Kerl vor.

Der Wirtschafter schüttelte Louis die Hand, die andere mit der Waffe drückte er Robert in den Nacken und sagte dann: »Heute bezahlst du, sonst kommst du hier mit deinem Kumpel nicht mehr lebend raus. Du weißt wohl nicht, was ich mit nicht zahlenden Freiern mache?«

Robert gab sich Mühe, sich von dem Eisen in seinem Nacken nicht einschüchtern zu lassen, er lächelte halbwegs charmant. »Ich zahle auf meiner Odyssee immerfort alle Sirenen.« Er drängte sich eng an Louis. »Wie viel Geld hast du dabei?«

Louis reagierte mit einer fahrigen Geste, die alles bedeuten konnte zwischen paar Tausend und nichts.

»Dann komm herein mit deinem Freund, aber glaube nicht, ich mache Spaß«, sagte der Wirtschafter.

An einem Tisch saßen still vier junge Mädchen, nachlässig in Badetücher gehüllt, rauchten. Manfred wechselte die Musik. Spanisch Dunkelrotes. Wehmütig Wildes. Louis nahm mit Robert zwischen den Huren Platz. Dabei fiel Louis der Hut herunter. Die Mädchen lachten. Die kleine Heiterkeit, die dabei aufkam, hob die Stimmung. Eines der Mädchen fischte Louis' Hut vom Boden. Daraufhin wanderte er von Kopf zu Kopf. Bis er auf dem groben Schädel des Wirtschafters sitzen blieb.

Er schien durch den Hut auf seinem Kopf eine recht passable Laune bekommen zu haben. Die Brünette setzte sich auf Roberts Schoß.

»Heute Nacht musst du deine Schulden bezahlen«, und mit gemeinem Spott in der Stimme fasste der Wirtschafter eins der Mädchen, zog ihr das Badetuch herunter und nahm ihre festen Brüste in seine Fäuste. »Oder willst du etwa diese süßen Äpfelchen nicht bezahlen? Na also!«

»Reich mir mal deine Geldtasche«, wandte sich Robert leise an Louis.

Louis zückte sein Notizbuch. Robert sah hinein. Laut rief er: »Meine Güte! Das reicht für zwei Nächte.« Er hielt Manfred das Notizbuch hin.

Manfred glotzte, streckte den Kopf in die Höhe, rückte den Hut zurecht. »Dieser Hut! Der trägt sich sehr gut. Wie viel kostet so ein Hut?«

»Der ist aus London«, sagte Robert schnell. »Der kostet gut und gerne seine vierhundert Pfund. Das sind, wenn du rechnen kannst, mehr als meine Schulden, die ich bei dir habe.«

»Natürlich«, sagte der Wirtschafter vor sich hin, gewissermaßen gegen sein eigenes Misstrauen in den Wert des Hutes. »Natürlich.« Nach einer Pause: »London?«

»London!«, rief Robert.

»London«, nickte undurchsichtig Manfred.

»Und nun erzähle ich dir eine Geschichte. Fängt in London an. Mein Leben in sieben Kapiteln, hier, an meinem Extra-Tischchen im Puff. Du sagst mir, Manfred, was ich falsch gemacht habe. Warum ich kein Haus habe, keinen Wagen und keine Familie, keinen großen Hund wie andere Menschen. Warum ich selbst im Puff anschreiben muss. Du darfst mich erschießen, Manfred. Wenn du nicht zu feige bist. Irgendwann muss die Kugel fliegen. Zum Glück habe ich heute meinen Freund bei mir, der besitzt nicht nur englische Hüte.«

Robert holte mühsam Luft. Die Brünette schmiegte sich enger an ihn. Die beiden anderen Mädchen drehten sich mit kleinen Zärtlichkeiten immerfort um Robert herum. Zu Louis hatte sich schüchtern die Schwarzhaarige gesetzt. Sie roch nach Jasmin.

Der Hut war die Rettung. Manfred konnte sich gar nicht mehr von ihm trennen, er lief hinaus, trug Champagner auf und Kokain, brachte alles auf einem chinesischen Tablett heran, das er auf dem Tischchen absetzte, immer den Hut auf. Alle riefen prost. Gläser klirrten, Röhrchen für das Kokain wurden herumgereicht.

»Was?«, fragte eines der Mädchen naseweis. »Was suchst du? Was ist es denn?« Sie reckte ihren splitternackten herrlichen Körper mit einem winzigen Kruzifix über der Brust Robert entgegen.

»Soll ich es dir wirklich sagen? Ich suche die Liebe, die für eine Haut zu groß ist. Eine Haut, die ich über meine Stadt streife, um alles auf ihr zu spüren. Die ganze Stadt, die große Liebe.«

»Ja bist du wahnsinnig? Alles spüren? Mir reicht schon der Biss der kalten Luft am Morgen«, sagte Manfred.

»Verdammt, ja«, sagte Robert. »Alles spüren. Ich komme nicht mit einer Haut alleine aus. Drei Häute müssen es sein. Klammer auf: oder vier. Wie viele sind wir? Mädchen? Vier? Ein Prinz und ein Wärter? Besser geht es nicht. Die Musik zählt mit.«

Robert sagte: »Eigentlich müsste ich sieben mal sieben Häute haben, und jede Haut würde ein anderes Kapitel von Liebe und Verwundung aus meinem Leben erzählen. Jede Lust und jeden Schmerz verdanke ich einer anderen Haut – Frau oder Stadt oder Stunde, Vater, Mutter. Die Erlebnisse der Haut. Sieben Romane. Die Erlebnisse in meinen sieben Häuten.«

»Was hat denn deine fünfte Haut erlebt?«, fragte kichernd die Brünette.

»Meine fünfte Haut?«

»Weil die Fünf meine Lieblingszahl ist.«

Robert erzählte die Geschichte seiner fünften Haut.

Louis, im Jasminduft der schüchternen Hure mit den schwarzen Haaren gefangen, vergaß die Zeit. Obwohl er schon seit zwanzig Jahren befreundet war mit Robert, hörte er vieles zum ersten Mal. Dass Roberts Vater als Begleiter eines Kindertransports die Flucht vor den

Nazis aus Deutschland nach England gelungen war. Dass er von England nach Kanada in ein Internierungslager kam, wo er führende Funktionäre der Kommunistischen Partei Deutschlands kennenlernte. Und wie er Kommunist wurde, obwohl er bis dahin Katholik war.

»Ja, was! Sag?! Ich denke, du bist ein Jude?«, sagte Manfred.

»Ja«, nickte Robert. »Wie soll ich dir das wieder erklären. Mein Vater wollte zur Mehrheit gehören. Als Jude? In Bayern? Aussichtslos. Also probierte er es in einem Kloster bei den Katholen. Es half ihm auch nicht aus seiner Haut.« Robert hustete. »Vor Auschwitz und Gas ist er nach England geflohen. Dort lernte er meine Mutter kennen. Meine Eltern hätten in London bleiben können. Meine Mutter wollte nicht weg, sie wollte nicht nach Deutschland. Sie war aus Wien. In Wien geht man ins Theater, um zu weinen. In Berlin weint man auf dem Klo. Was hatte sie mit Deutschland am Hut? Gar nichts. Aber mein Vater wollte zurück nach Deutschland, fanatisch. Er konnte es kaum erwarten. Trotz Auschwitz und Hitler und Zweitem Weltkrieg wollte er nur eines: zurück, das neue Deutschland bauen. Meine Mutter ließ sich überreden. Die Emigranten kehrten zurück, um in ihrem neuen Deutschland zu verrecken. Was die Nazis nicht geschafft haben: Heute sind alle aus meiner Familie tot. Meine Mutter ist tot. Mein Vater ist tot. Meine zwei Brüder. Alle tot. Tot in Deutschland. Und ich komm bald nach.«

»Aber vorher zahlen«, knurrte Manfred, ließ den Revolver auf der Tischplatte kreiseln. Dann trank er wie ein Pferd sein Glas aus, starrte Robert eine Ewigkeit an.

Robert redete immer weiter. »Manchmal verirren wir uns. So fängt es an. Oder nicht? Vielleicht hört es so auf? Das Leben. Nur eine Kleinigkeit. Ein einziger Irrweg. Friedhof am Morgen. Und dann kommt ein Wind. Klammer auf: oder nicht.«

Er hob sein Glas, trank aus, die Brünette goss nach, Friedhof im Wind gefiel der Brünetten. Robert streckte den linken Arm in die Höhe, deutete mit dem Zeigefinger auf seinen Kopf hinunter. »Den Roman hätte ich mir gerne erspart.«

Die Brünette sagte: »Wenn du uns nicht die Wahrheit erzählst über dich, warum du so tief runtergekommen bist, dann soll dich der Manfred wirklich erschießen. Wir vertragen keine Lügen.«

Robert nickte. »Ja. Der soll mich erschießen. Keine Lügen. Dann ist es vorbei.«

»Aber vorher zahlen.«

»Klar. Das wäre es. Erschießen. Die Erlebnisse der letzten Haut. Ein schwarzes Einschussloch in der Brustgegend über dem Herzen. Keiner wird mir die Geschichte glauben. Und plötzlich habe ich genau das, was ich will: Mein Leben ist auch eine Vermutung. Klein auf meinem Ast, musste ich darauf bedacht sein, Wolken, die mir drohen, wegzuschieben oder ihnen auszuweichen.«

»Aber vorher zahlen!«

Die Mädchen lachten. »Wolken wegschieben!« Sie wollten die Stimmung nicht untergehen lassen. Robert kratzte sich. »Himmel aus Backsteinen. Jede Haut hat eine andere Wunde. Wo ist die Geschichte an ihrem Anfang? Ein Kadett, der Dichter wird, bis er sich schließlich totsäuft?«

Manfred brachte schärfere Sachen, Whisky, er goss Robert ein. »Zum Totsaufen!«

»Sieben deutsche Wunden muss ich erfinden. Sieben Menschenhäute mit Narben entwerfen. Davor das Wort, das ich das Wort nenne vom Loslassen. Ausatmen. Loslassen.«

Das schwarzhaarige Mädchen, das die ganze Zeit still ihre Zärtlichkeiten duftend über Louis ausgestreut hatte, wiederholte vorsichtig – Deutsch war nicht ihre Muttersprache –: »Loslassen.«

Die anderen Mädchen standen auf, umarmten sich und schmusten wie die Katzen, harmlose Tändeleien, tanzten zur Musik, riefen in ihren durcheinandergewürfelten Sprachen immerzu: »Loslassen.« Alle nackt.

Es war, als ob ein Schiff den Hafen verließe, bei auffrischendem Wetter durch blaues Wasser tanzte hinaus ins Offene. Robert und Louis verschwanden mit den Mädchen im Bernsteinbad. Später erzählte Robert noch mehr Geschichten.

»Du bist ein verrückter Kerl, Dichter, du mit deinen sieben Häuten.«

In das bunt gefärbte Schwarz der Bar kroch Tageslicht unter den Vorhangrändern herein: leichengrau.

»Mein Prinz?«, fragte Robert. »Wollen wir gehen?«

Für Robert war ein Prinz ein vorsichtiger Mensch, der es vor lauter Vorsicht nicht zum König schaffte. Louis küsste gerade sein Jasminmädchen.

»Kannst du zahlen? Ich habe kein Sitzfleisch mehr«, sagte er zu Louis. »Ich komme zu meinen Gedanken am besten beim Sprechen. Die Situation, vor der ich wirklich Angst habe: alleine zu Hause am Schreibtisch sitzen. Ich muss mich neu erfinden.«

Die Mädchen wollten Geld haben. Louis gab ihnen, was er hatte. Es reichte nicht. Dadurch entstand eine brenzlige Situation. Manfred hatte Robert in ein Eck gedrängt und drückte ihm den Revolver auf die Stirn. Louis war entsetzt darüber, wie schnell aus dem Spaß brutaler Ernst geworden war. Roberts Gesicht war eingefallen, er zitterte. »Ich werde hier sterben, Louis, pass auf!« In dem Augenblick war aus dem Treppenhaus ein lauter Katzenschrei zu hören. Manfred drehte sich nach dem Schrei um. Sofort wischte Robert aus der Ecke und zog Louis mit sich davon.

Louis' Hut blieb für Roberts alte Schulden auf dem Schädel des Wirts.

Sie standen auf der Straße, rannten in Richtung Krumme Straße.

Die Vögel schrien voller Gier. Das Tageslicht tat weh. Sie hätten bei den Mädchen bleiben sollen, dachte Robert.

Dann saßen sie in der S-Bahn, fuhren Richtung Friedrichstraße, Schiffbauerdamm.

»Ich wollte immer im Puff sterben«, sagte Robert.

In Roberts Wohnung standen die beiden Freunde am Fenster, sahen auf die Spree hinaus. Über dem braunen Fluss thronte der neue Bahnhof. Als Berlin in zwei Hälften geteilt war, da war hier Endstation. Achtundzwanzig Jahre haben sich dort – zwischen Löwenzahn, Schneesturm und rostigen Gleisen – Kapitalismus und Kommunismus angestarrt. Angepinkelt. Angebrüllt.

Ein kleines überdachtes Durchgangsloch in der schwer bewachten Grenze. Im Volksmund hieß das Loch: Tränenpalast.

Dreiundzwanzig Jahre war es her, dass Robert durch diesen Palast der Tränen aus dem sowjetischen in den amerikanischen Teil von Berlin umzog.

Er sah zu dem Bahnhof hinüber, der im Dunst verschwand. Von dort war er fort, dorthin war er zurückgekehrt. »Ich bin weggegangen und nicht angekommen, oder ich bin angekommen, ohne weggegangen zu sein.«

Mindestens ein Umzug pro Jahr, Jahr für Jahr, mehr als dreißig Umzüge in der Stadt Berlin. Eine Weltreise ohne Welt. Aus dem Fenster schauend, versunken in den Anblick zweier Schwäne auf der Spree, sagte Robert zu Louis: »Von hier bis zur Oranienburger Straße ist weder Ost noch West. Hier ist O-Weh-Berlin. Meine Schizophrenie hat endlich ihren Ort gefunden.«

An der Wand hing ein Paar rote Boxhandschuhe. Robert machte auf Louis den Eindruck von einem, den eine Erwartung quälte. Sein Wille zum Kampf war nicht verschwunden; er hatte sich verirrt. Er wartete auf einen Gegner, der den Kampf nicht aufnahm. So hingen die Boxfäustlinge rot und locker von der Wand und warteten auf einen, der vielleicht nie kommen würde und der Robert deshalb so in Schrecken hielt: Sie warteten auf Robert Papst.

Mit einer Handbewegung über einen Haufen alter Fotos: »Mein Vorlass. Lächerlich.« Schließlich zündete er sich eine Zigarette an. »Wahrhaftig«, sagte Robert, »jetzt habe ich Angst, dass ich nur noch nach hinten schaue und nicht mehr vorwärtsfliege.« Er riss die Augen auf. »Der Engel der Geschichte. Nach vorne fliegen, nach hinten schauen. Weißt du was?« Er lachte. »Die Akademie archiviert meinen Vorlass. Das ist beunruhigend. Jeden Morgen kommt zu mir eine Frau, eine Archivarin, zuverlässig und liebenswürdig, unnachgiebig. Ich muss ihr anhand von alten Fotos, alten Briefen, über Angefangenes und Verworfenes gebeugt mein Leben erzählen. Sie fragt mich, ich erzähle. Wer ist wer auf diesem oder jenem Foto? Wer ist dieser Briefempfänger? Wer ist der Junge in Uniform neben dem Mann im Mantel? Und ich antworte: ›Das ist mein Vater in dem Mantel. Der Knirps in der Uniform daneben bin ich. Kadettenschule. 1956. Naumburg, Thüringen.‹«

Andere Fotos lagen vor Robert und Louis auf dem Tisch. Berliner Universität 1945. Ausgebrannte Ruinen. Kahle halbe Baumstämme. Adlershof zu Beginn des Wiederaufbaus. Tagungsgebäude des 1. Parlaments der FDJ in Brandenburg. Volk davor, Uniformen, Anzüge, Frauen in hellen Sommerkleidern. Die FDJ kämpft. Kreiskonferenz Dresden. Parade in einer Ruinenstraße.

»Und hier?«, fragte Louis.

»Hier ist mein Vater in Stalingrad«, antwortete Robert. »In Stalingrad wurde Hitler geschlagen, Stalingrad war für die DDR nach dem Zweiten Weltkrieg die heilige Pilgerstätte.«

»Und wer«, fragte Louis, »wer ist der mit den Krücken neben deinem Vater?«

»Kieling. Bruno Kieling. Der war bei Hitler Soldat, heute ist er ein berühmter Maler. Mein Vater, der nach London ging und Flugzeuge baute gegen Hitler, neben einem, der bei Hitler Soldat war. Das neue Deutschland. Zwei FDJ-Delegierte.«

Robert lief aus dem Zimmer.

Als er zurückkam, leuchteten seine Augen plötzlich wieder.

»Hier. Schau dir das Bild an. Es ist in Cottbus gemacht worden, in irgendeinem Garten.« Mit diesen Worten reichte Robert seinem Freund die Aufnahme.

Weiß flatternde Wäsche zwischen zwei Obstbäumen. Davor Robert mit seiner Mutter. Am Bildrand, mit einer Zigarette, Roberts Vater.

»Ich habe Angst davor, nur noch nach hinten zu schauen. Früher habe ich gesagt, in Ost-Berlin will ich nicht begraben sein, in West-Berlin will ich nicht sterben. Mein Vater ist eine Woche vor der Wiedervereinigung gestorben, jetzt kann ich mich nur noch ins Grab zu ihm legen.«

Er wühlte in einem offenen Karton, in seinem Shakespeare-Karton.

»›Who is it that can tell me who I am?‹, fragt der alte Lear.«

Louis Mayer hatte, als er noch mit Schauspielerei sein Geld verdiente, vor einigen Jahren in einem Film die Rolle des Robert Papst gespielt. Dabei hatte er darauf verzichtet, Robert ähnlich sein zu wollen. Er hatte Robert unsicher dargestellt, unsicher über die Kräfteverhältnisse seines Gegners, den er mit den roten Boxhandschuhen immerfort aus dem Unscharfen herauslocken, herausfordern wollte.

Robert und Louis tranken noch ein paar Gläser Sekt.

Plötzlich fiel Robert Manfred wieder ein. »Der hätte mich dieses Mal wirklich erschossen. Eine Katze! Mein Schutzengel.«

Louis zog die Schultern. »Ich habe keine Angst um dich.« Er beugte sich über ein kleines Bild. »Und wer ist nun der auf diesem Foto?«, fragte Louis.

»Wieder mein Vater.«

»Schon wieder?«, rief Louis.

»Ja, verdammt noch mal!«, antwortete Robert. »Du hast mich doch gespielt!«

»Dargestellt. Dich. Nicht deinen Vater.«

»Mich ohne meinen Vater?« Er lachte, er umarmte Louis. »Du bringst mir, wonach ich lange gesucht habe.«

»So? Und was wäre das?«, fragte Louis.

»Das Ende des psychologischen Realismus.«

Zum Abschied, eh sie sich trennten, sagte Robert: »Du kannst mich behalten. Mach aus mir, was du willst.« Er stürzte sich auf einen Haufen beschriebenes Papier. Er sagte nur: »Mit Wohnen kann ich nichts anfangen, das ist etwas, was mir nicht gelingt. Ich kann es nicht! Hör mal zu, ich les dir was von Fitzgerald vor: ›Im Grunde ist das Leben ein Prozess des Niederganges, aber die Schläge, die das eigentlich Dramatische ausmachen – jene plötzlich schweren Schläge, die von außen oder scheinbar von außen kommen, an die man sich erinnert, für die man die Dinge verantwortlich macht und über die man in schwachen Momenten auch zu seinen Freunden spricht –, diese Schläge zeigen ihre Wirkung nicht mit einem Mal. Es gibt noch andere Schläge, die von innen kommen und die man nicht spürt, bis es zu spät ist, etwas dagegen zu tun, bis einem endgültig klar wird, dass man als Mensch in dieser oder jener Hinsicht nie wieder so viel taugt wie früher.

Der Prüfstein für eine erstrangige Existenz ist die Fähigkeit, zwei entgegengesetzte Ideen zugleich im Kopf zu haben und doch weiter in Funktion zu bleiben. Zum Beispiel: …‹«

Robert Papst hielt inne, markierte die Stelle im Text, sah Louis groß an und rief: »Zum Beispiel: Ich nehme meinen Hut – und bleibe!«

2

Der Genosse Klaus Papst begann spontan das Komsomollied zu singen. Alle erhoben sich bald von ihren Plätzen und spendeten langen stürmischen Beifall. Genosse Papst rief über den Jubel hinweg: »Es lebe die sowjetische Jugend im Kampf für den Frieden in der ganzen Welt! Es lebe unser großer Freund Generalissimus Stalin.« Geschah so im Jahre 1949. Anfang Juni in Leipzig. Der Dichter Bertolt Brecht war zu dem Kongress der Freien Deutschen Jugend gekommen mit dem Komponisten Paul Dessau. Es war Nachmittag. Der Kongress in vollem Gange. Brecht sollte mit Dessau im Saal auf Ehrenplätzen sitzen – aber Brecht wollte nicht so ausgestellt sein, er wurde rot im Gesicht vor Verlegenheit, und Dessau schimpfte. »Verschont uns damit.« Dann setzten sie sich in die hinterste Reihe, und nach einer Stunde verließen sie den Saal in der allerschlechtesten Laune.

Klaus Papst bekam es gleich zu spüren, dass der berühmte Dramatiker und der Komponist angeödet von dem Aufmarsch und dem inszenierten Jubel den Saal verlassen hatten. Unruhe machte sich breit. Es wurde geflüstert, Köpfe fuhren hin und her. Den Abgang des Dichters und des Komponisten empfand Klaus Papst als widerwärtige Arroganz.

Brecht saß in einem Restaurant mit Dessau und beschwerte sich über die ganzen scheußlichen Uniformen. Er betonte immer wieder, wie schlimm, wie furchtbar, wie grauenvoll und wie unwürdig das rhythmische Klatschen in seinen Ohren geklungen habe. Alles wirkte wie einstudiert und erinnerte ihn an die Masseninszenierungen bei Hitler. Als das Klaus Papst zu Ohren kam, schimpfte er. »Wer uns mit den Nazis gleichsetzt, stellt sich auf eine feindliche Plattform!« Er wollte den prominenten Künstler augenblicklich zur Rede stellen und musste von seinen besten Freunden zurückgehalten werden. Sonst wäre er mit der Faust auf den Dichter und seine Kopie losgegangen.

Schließlich beruhigte sich Papst. Brecht und Dessau reisten zurück nach Ost-Berlin. Papst nahm sich vor, es Brecht bei passender Gelegenheit heimzuzahlen.

Die sowjetischen Jugendfunktionäre wurden mit starkem Beifall empfangen. Am dritten Tag galt der Begrüßungsjubel den griechischen kommunistischen Partisanen. Es war ein Samstag. Die Volkspolizei marschierte zu den Klängen einer Polizeikapelle in den Saal, den Brecht am Tag zuvor angewidert verlassen hatte.

Klaus Papst rief den Teilnehmern zu: »Solange es eine demokratische Ordnung bei uns gibt, wird es auch eine Volkspolizei geben. Und solange es eine Volkspolizei gibt, wird es eine demokratische Ordnung in unserem Land geben.«

Unter brausendem Beifall wurde sein Entwurf der Verfassung der neuen Freien Deutschen Jugend angenommen. Klaus Papst saß damit ganz oben. Danach hagelte es Grußbotschaften. Der Ärger um Brecht und Dessau war angesichts dieses Erfolges erst einmal vergessen. »Das neue Leben muss anders werden!«, sagte Klaus Papst in das Saalmikrofon und erntete auch dafür wieder stürmischen Applaus.

Dann rief er zur Wahl des Vorsitzenden der Freien Deutschen Jugend auf. Als Vorsitzender kandidierte der junge Erich Honecker. Er wurde von den Delegierten einstimmig gewählt.

Die Achse Papst–Honecker war nach dieser glatt durchgezogenen Wahlzeremonie gut geschmiedet. Sie hielt und wollte niederrollen, was sich ihr in den Weg stellte.

Als Erste sollten die evangelischen Pfarrer dran glauben. Die Pfarrer und die Bauern, die sich dem Beitritt in die Landwirtschaftlichen Produktionsgenossenschaften widersetzten.

3

Um die Freundschaft der Jugend der DDR zur Sowjetunion weiterzuentwickeln, fuhr Genosse Klaus Papst, Sekretär des Zentralrates, am 3. November 1949 an der Spitze einer Studiendelegation der FDJ von Ost-Berlin in die Sowjetunion. Unter seiner Leitung besichtigten die jungen Funktionäre in Stalingrad das Haus, das Sergeant Jakow Pawlow mit seiner Einheit sechsundfünfzig Tage lang gegen eine faschistische Übermacht von mehr als tausend Soldaten verteidigt hatte.

Vor der noch immer von Einschusslöchern durchsiebten Hausfassade stellten sich die Teilnehmer der Delegation zum Erinnerungsfoto auf. Klaus Papst trug als Einziger einen Hut. Die anderen trugen Kappen oder waren ohne Kopfbedeckung – trotz des scharfen Frostes. Die Landesvorsitzenden der FDJ Sachsen, der Vorsitzende des Kreisverbandes Wismut. Der Umsiedler Bruno Kieling vom Landesverband der FDJ Thüringen. Sie sollten etwas mitbringen aus dieser kolossal starken Sowjetunion. Aus Stalingrad im November 1949. Diese jungen deutschen Männer sollten mit ihren Erfahrungen, mit ihren Eindrücken, die sie hier sammelten, das tätige Fundament schaffen für die Freundschaft der Jugend der DDR zur Sowjetunion.

Der betrunkene Bruno Kieling sprach erstaunlich klare Worte. »Jede Regierung, die sich in das Geschäftsleben einmischt und ihm nicht freie Hand lässt, macht eine kostspielige Dummheit: Man kommt entweder zum Höchstpreis oder zum Monopol.«

Die anderen Genossen verstanden den verrückten Bruno nicht mehr. Soll das ein Scherz sein? Sollen sie lachen oder Bruno das Maul einschlagen? Was will er sagen? Wo steht der Feind? Will er auf sie zeigen? Sind sie selbst der Feind der großen Idee von der sozialistischen Gesellschaftsordnung?

Hier, in dem Land, über das Hitler vor kaum fünf Wintern hergefallen war, hier wollte ihnen der Genosse aus Thüringen den großen Prozess machen? Oder sprach Bruno Kieling für den Klassenfeind? Wollte er sie hier gegen Stalin aufwiegeln? Sie saßen mit den sowjetischen Freunden zusammen, mit Bauern, Maschinisten und Frauen, mit den älteren Kindern. Sie stopften weißen Speck in sich hinein, pellten dampfende Kartoffeln, tranken Wodka. Mehr, immer mehr Wodka tranken sie. So blieben sie warm, es lösten sich die Zungen. Sie erlebten in diesen Winternächten einen Verbrüderungsrausch. Sieger und Besiegte gehörten zusammen. Jeder hatte eine unbändige Freude am anderen.

Bruno Kieling war in diesen unvergesslichen Nächten der Advocatus

Diaboli – der seine Bedenken geltend machte gegen den heiligen Sozialismus. Klaus Papst versuchte, Bruno zu bremsen. Damit erreichte er das Gegenteil. Viele Jahre hatte Genosse Papst in England keine Verbindung mehr zum deutschen Alltag gehabt. Noch immer fand er sich nicht in das Denken der Menschen hinein, die in Deutschland geblieben und an die Front geschickt worden waren. Bruno Kieling, Umsiedler, ein enttäuschter junger Mann, der plötzlich an die Fanfaren der Sowjetunion glauben sollte? Das musste irgendwann zu einer Explosion führen.

Welcher Dämon ritt den Genossen Bruno, als er in die Runde brüllte: »Nach meiner Ansicht entspricht nichts so sehr den Prinzipien von der Freiheit des Handels wie die Aktiengesellschaften. In jedem Geschäft steht der Gewinn dem Risiko gleich. Was geht es den Staat an, wie sich der Umlauf des Geldes vollzieht, wenn es nur in ständiger Bewegung ist. Was geht es den Staat an, wer reich und wer arm ist, wenn stets die gleiche Menge sehr reicher Leute vorhanden ist? Unsere Zeit ist nicht besser als wir selbst. Wir leben in einer Epoche der Gier.«

»Ein Prachtkerl bist du, Bruno, aber jetzt halt das Maul. Was redest du für einen Blödsinn zusammen?« Klaus Papst fing zu singen an: »Auf, auf, zum Kampf, zum Kampf, zum Kampf sind wir geboooren!«

Als Bruno zu einer weiteren Tirade ansetzte, schlug ihm Papst die Faust auf die Nase. Das Blut sabberte heraus. Das kam gut an bei den gemütlich besoffenen Genossen. Trotzdem fing der Genosse Bruno Kieling noch einmal an. Er hielt sich die Nase und quakte mit überkippender Stimme in seine Faust. »Wir sollten unter uns doch zugeben, dass die lautesten Schreier Heuchler sind, die keine Ahnung von ihren eigenen Abgründen haben, die ihre eigene Gier nicht kennen, nicht einmal eine Ahnung von ihrer Gier haben. Die ganze riesige Sowjetunion würde sich in Sekundenschnelle in ein Paradies der Spekulanten verwandeln, wenn man sie nur ließe, die Menschen. Es kümmert sich dann kein Aas mehr um den Wert des Sozialismus, wenn man im anderen Verein mehr verdienen kann. Lasst unsre Mitmenschen von der Leine, und sie werden sofort nur noch ihre Gier befriedigen wollen – das Geld der Dummen, das kommt den Schlauen zu, den Geistreichen!«, schrie

Bruno Kieling. Die Genossen lachten. Bruno wurde aufs Zimmer geschleppt, an den Eisenrahmen seines Bettes gebunden, zur Ausnüchterung mit kaltem Wasser übergossen. So ließen sie ihn liegen – besoffen in dem nassen Bettzeug.

»Schlaf deinen Rausch aus, Bruno. Was ist in dich gefahren? Bist du wirklich so ein Schweinehund?«, schimpfte sein Zimmergenosse.

Bruno war eingeschlafen. Die Vergangenheit spukte durch seinen vom Schnaps schweren Schlaf. Der Obergefreite aus dem Zweiten Weltkrieg, der Melder Bruno Kieling, träumte: Jemand brachte eine Flasche in den Unterstand und setzte sie auf den Tisch. Bruno konnte das Etikett erkennen, aber die Schrift nicht lesen. Das Etikett oder die Flasche stand auf dem Kopf. Er fühlte das Bedürfnis, seine Blase zu entleeren. Aber als er es wirklich tun wollte, spürte er einen brennenden Schmerz im rechten Bein. Er dachte: »Ich verblute.« Dabei befand er sich in einem Dom. Hunderte Stimmen sangen einen Choral, und der Gesang brauste gegen die Fenster: »Menschenskind, Bruno. Du! Wir sind hier hergekommen, um an diesem Schreckensort der Geschichte, wo Stalin nach erbittertem Kampf Hitler und seine 6. Armee niedergerungen hat, die Freundschaft der Jugend der Deutschen Demokratischen Republik zur Sowjetunion neu zu begründen. Und hier ausgerechnet führst du dich so auf?«

»Schande! Bruno. Schäm dich«, hörte er den Zimmergenossen sagen.

Ruhe, endlich. Die Stimmen schwiegen, die sich über sein Gewissen hermachten. Bruno sah vor sich eine einsame Chaussee. Stalingrad.

»Bruno, weißt du was? Was du gestern geredet hast, das kannst du nicht so leicht wiedergutmachen. Du hast der Freien Deutschen Jugend durch dein Verhalten schweren Schaden zugefügt.«

Es war kurz vor sechs Uhr. Bitterkalt war es in dem Zimmer, wo Bruno gefesselt auf dem nassen Bett lag. Immer diese Stimmen in seinem Kopf. Da saß doch einer neben ihm?

»Genosse, du? Hast du mal eine Zigarette? Und bind mich los hier.« Er lallte noch immer.

Klaus Papst löste die Handfesseln. Bruno richtete sich auf. Er tastete seine nassen Klamotten ab. Sein amputiertes Bein. Was war denn das? Er hatte in voller Montur geschlafen? Mit der Prothese? Davon kann sich der Stumpf entzünden. Er spürte ihn nicht. Wer hatte ihn überhaupt an das verdammte Bett gefesselt?

»Du, Klaus?«

»Du warst wie ein Schwein betrunken.«

Bruno hob die Beine übers Bett, das ganze und das halbe in der Prothese. Dann saß er da, versuchte sich zu erinnern, hob den Arsch hoch, zog langsam die nasse Hose herunter. Der rechte Oberschenkel war taub. In den linken schnürten sich die Riemen, die die Prothese hielten. Lederriemen über einer Ledergamasche, die bis in den Schritt reichte. Bruno löste die Schnallen, klappte die Gamasche auf, zog mit mühsamer Bewegung die Prothese herunter. Der Stumpf steckte in weißen Baumwolllappen, die jetzt nicht mehr weiß waren. Das entzündete halbe Bein zuckte, als wollte es auf eigene Rechnung davon, zu dem fehlenden anderen Teil laufen, den eine russische Mine zerfetzt hatte.

Papst hielt Bruno Kieling eine Strafpredigt. Bruno hörte zu, dachte: »Leck mich am Arsch!« Er hüpfte auf einem Bein zu den Waschräumen, zog sich aus, schwang sich über die Kachelbank. Das Wasser kam eiskalt aus dem Duschkopf. Es fiel wie kräftiger Regen auf seinen Körper. Erlösung von Suff und Schmerz.

»Lasst mich«, brabbelte er vor sich hin, »ich habe nur ein Leben. Verschont mich mit diesen vorgestanzten Gedanken. Ich war groß und stark. Sie haben mich auf die Schlachtbank geführt, ich bin ihnen entkommen, halb verblutet, ein Stück Bein weniger. Aber ich bin davongekommen. Nun will ich es noch ein Weilchen auskosten.«

Stalingrad. Der pure Wahnsinn. Der Kampf in der Hölle.

»Wo bin ich?«, rief er in den Wasserstrahl unter der Dusche, als riefe er es seinen Kameraden zu. »Wir sind ein verlorener Haufen. Wären wir nur nicht mit den Nazis gegangen.«

Damals war Bruno Kieling neunzehn Jahre. Betrogener Landser.

Im Kessel von Stalingrad endete eine deutsche Offensive, die im Sommer 1942 begonnen hatte. Hitler wollte den Kampf im Osten endlich entscheiden, nachdem eine erste Operation im Winter 1941 vor

Moskau stecken geblieben war. Die Heeresgruppe A sollte den Kaukasus erobern und die dahinterliegenden Ölfelder. Die Heeresgruppe B mit der 6. Armee und Teilen der 4. Panzerarmee das wichtige Verkehrs- und Rüstungszentrum Stalingrad angreifen. Am 19. August rückten die deutschen Truppen in den Süden der Sowjetunion vor, am 12. September 1942 begann der Kampf um Stalingrad. Bruno war dabei. Jahrgang 1920. Beschissen und betrogen.

Geboren in Heidenberg, früher Schlossberg, Landkreis Angerburg, Ostpreußen, jetzt Grodzisko. 566 Einwohner im Jahr 1933. Dann Krieg. Kriegsende. Er hatte keine Ahnung, wie viele von den 566 umgekommen waren. Wer noch lebte, war geflohen. Sein ganzes Dorf tot oder verjagt. Nach dem Krieg kam Bruno Kieling als Umsiedler nach Thüringen. Wilhelmsdorf. Über dem Saaletal. Talsperre Hohenwarte. Schiefergebirge Obere Saale. Jetzt war er wieder in Stalingrad. Aus Thüringen angereist mit der FDJ für fünf Wochen, als zweiter Landesvorsitzender. Aus der Dusche wieder zurück im Zimmer, versorgte er den Stumpf mit Salbe, Puder und frischen Lappen, steckte ihn in die Prothese, zog die Schnallen fest.

Klaus Papst predigte weiter: »Wir sind hier, um zu lernen. Um Inhalt und Ziele der Tätigkeit des Komsomol zu studieren, seine Arbeitsweise in den verschiedenen Wirkungsbereichen kennenzulernen, uns über den Anteil der sowjetischen Jugend an der Erfüllung des ersten Nachkriegs-Fünfjahrplans zu informieren. Nicht Wodka saufen, Heringe verschlingen, den Kapitalismus predigen. Nein. Lernen sollst du, studieren!«

Bruno setzte sich aufs Bett. Nun. Dafür hatte er sich ins Zeug gelegt, gescharrt und gebuckelt, gekämpft und geschuftet, Schulungen gemacht, Marx und Lenin gebüffelt, dass er mitfahren durfte nach Stalingrad, wo er im Unterstand gelegen hatte im Kampf um eine Höhe. Aber da war noch was anderes. Und das geschah gegen seinen Willen. Er taumelte durch die eingestürzte Welt in seinem Inneren. Draußen war drinnen. Diesen gottverfluchten Schritt zurück in das Inferno aus zerschossenen Bäumen, Menschenleibern, brennenden Maschinen, aufgerissenen Pferdekadavern, Schlamm, Blut, Granaten, Gas und Tod schuldete er sich. Reise in den Nebel, wo schweigend das Nachwort kauerte zu dem Roman seiner zerstörten Jugend. Ausflug zu den verwesten Kameraden unter dem nicht verstummenden Geheul der Stalinorgeln.

Die junge Frau, die er dann, als er endlich die Uniform los war, in Thüringen traf, hatte eine weiche Haut. Ein ruhiges Gemüt. Sie besaß die Kraft, den nachtobenden Krieg in ihm zu beruhigen. Sie konnte ihn alles vergessen lassen. Aber jetzt war sie nicht bei ihm. Jetzt rollten die Panzer wieder über ihn hinweg, stürzten Stahlmaste, Flugzeuge, Feuer speiende Maschinen und glühender Stahl aus allen Himmeln auf ihn nieder. Rotarmisten überrannten seine Einheit wie Insekten. Abwehrgeschütze donnerten in seinem Ohr. Schläge und weiße Wolken aus Phosphornebel. Grässliches Sirenengebrüll. Alles Gewesene drang auf ihn ein. Eine Sinnestäuschung. Durch grausame Zeiten gepeitscht. Er hörte das Heulen – jede Nacht heulte es durch seinen Schlaf. Er musste diesen Ort noch einmal besuchen. Er musste das Schlachtfeld noch einmal betreten. Sehen. Riechen. Schmecken. Er musste die Erde befühlen. Er musste dorthin. Koste es, was es wolle.

Jetzt stand er wieder auf dem alten Schlachtfeld. Bruno Kieling, der Obergefreite, der Melder, der die Strippen zog, oft hinter der Front, ist auf das Schlachtfeld zurückgekehrt. Die Dämmerung war fahl. Der Himmel war wie eine Kuppel, unter der die Toten der vergangenen Nacht gesammelt wurden. Berge von Toten. Am Wegrand aufgestapelt. In den Bäumen und Büschen hingen blutige Uniformfetzen. Anatomie eines Kriegsmorgens. Stalingrad. Hitler befahl, die Stadt zu halten.

»Es genügt nicht«, sagte Klaus Papst, »sich nur mit Worten zur Freundschaft mit der Sowjetunion zu bekennen. Erst die Tat hilft dem gemeinsamen Werk der Aufklärung unseres Volkes über die Sowjetunion weiter.«

»Hör mal zu, du aufrechter Genosse!«, sagte Bruno in seiner breiten Aussprache. »Du bist emigriert? Du warst in England während des Krieges? Ja? Bist zurückgekommen nach Deutschland? Warum? Ich bin vom ersten Jahr an dabei gewesen. Polen. Dann Russland. Hier in Stalingrad habe ich mit meiner Einheit 159 Tage gelegen und dem Tod bei seiner Arbeit zugesehen. Was immer ich gestern gequatscht habe – gewisse Wunden heilen nicht auf Befehl. Der Todesschrei eines Menschen hallt lange nach. Du dort. Ich hier. Jeder, wo er hingehört. Ich halte dich für einen guten Sohn Deutschlands.«

Er verstummte, begann zu zittern. Papst schwieg.

»Ich kann es nicht erklären.«

Klaus Papst sagte: »Gefühle alleine sind in der Situation nicht das Richtige. Sind wir uns einig?«

Bruno, zerknirscht: »Ich weiß nicht, wie ich mir das rausreißen soll.«

»Was?«, fragte Papst.

»Nuscht. Die Gefühle im Bauch, was ich habe, meine Oberleitung brennt hier durch. Vielleicht liegt es an der Wolga.«

Bruno lief hinaus auf die Wiese. In der Nacht war Schnee gefallen. Er stand auf der unfassbar weißen Fläche. Er wollte am liebsten erstarren. Er wollte hier als Denkmal von zu Stein gewordenem Gefühl stehen bleiben. Stalingrad. Einer, der zurückgekehrt war in den Schrecken. Er wollte tot sein, aber er hatte zu viel Leben.

Klaus Papst kam Bruno nachgelaufen. Er brüllte: » Bruno! Benimm dich wie ein guter Genosse. Oder ich schlage dich zusammen.«

Da trat Bruno zwei Schritte näher an ihn heran, stand stramm vor dem Genossen Papst. »Ich weiß nicht, was du im Augenblick empfindest, Obermacker! Hör zu. Ich wünsche keinem Menschen auf der ganzen Welt etwas Schlechtes, aber du sollst einmal von einem Schicksalsschlag so niedergeschlagen werden, dass du dich selbst nicht mehr kennst. Das wünsche ich dir. Wo du dich nicht auf das Parteiprogramm besinnst, sondern auf dein eigenes Herz. Wenn da überhaupt ein eigenes ist.«

Bruno spuckte aus. Papst sah ihm mit stechendem Blick in die Augen. Guck du nur, ich gucke zurück. Papst packte Bruno, versuchte, ihn zu den anderen zurückzuschleppen. Doch da hatte er sich verschätzt. Seine Kraft reichte nicht. Bruno stieß ihn beiseite und ging in die andere Richtung davon. Seine Prothese knarzte, aber er ging. Die Krücken lehnten im Zimmer hinter der Tür.

Jetzt war Bruno in seine Vergangenheit aufgebrochen.

4

Bruno lief auf der Landstraße, er lief Richtung Norden. Irgendwo da draußen im kalten Morgendämmer war die Höhe, wo er gelegen, um die er mit seiner Einheit gekämpft hatte. Er wollte die Bäuerin finden, die ihm vor sieben Jahren, im Dezember 1942, einen Becher Brei hingereicht hatte. Er musste noch einmal zu dem Ort, vor dem Haus stehen. Der Weg ging gerade hin, wie mit dem Messer an den niedrigen Hütten lang geschnitten.

Er sah ihr Gesicht vor sich, verschwommen ihre dunklen Haare, ihre braunen Augen, ihren Kindermund, ihre dünnen, für eine Bäuerin viel zu feinen Hände. Er wird sie schon finden, das wusste er.

»Ich bin hier, um Danke zu sagen.« Mehr wollte er nicht. Dann würde es vielleicht aufhören in ihm, dieses Wühlen, das ihn so ungeschickte Dinge sagen und tun ließ wie in der vergangenen Nacht. Lieber wollte er aus der Partei fliegen, alles lieber, als darauf zu verzichten, die junge Bäuerin zu suchen, die ihm den Maisbrei hingereicht hatte.

Er hatte sein Ziel fast erreicht. Er war in Stalingrad und ging seinen Weg. Er musste die junge Frau finden, er musste sie noch einmal mit eigenen Augen sehen. Sonst fing er an zu glauben, er hätte sich diesen Engel nur eingebildet. Mitten im ärgsten Schlamassel bekam er einen Becher mit warmem Brei. Von zwei dünnen Bauernmädchenhänden. Ohne zu fragen, ohne zu zögern, wie von einer höheren Macht bestimmt, bekam er den Becher an die aufgesprungenen Lippen gedrückt.

Das hat ihm das Leben gerettet. Er wollte noch einmal diese Augen sehen.

Wenn er malen könnte, würde er sie malen. Zwei Augen so wie zwei dunkle Blumen.

»Bruno Kieling!«, schrie es hinter ihm her. »Komm zurück!«

Es hatte wieder zu schneien begonnen. Bruno drehte sich um, sah Papst weit entfernt und komisch klein auf dem Platz vor den zerschossenen Häusern stehen und gestikulieren.

»Nein«, dachte Bruno. »Alles ein Missverständnis, ich bin hier nur für mich, ich trete nur für mich ein. Ich verstehe nichts von großen Programmen, ich bestehe aus winzigen Schritten, aus nicht geweinten Tränen. Von wegen Bauern- und junge Arbeiter-Republik. Keiner versteht den anderen, und der Sozialismus ändert daran auch nichts. Ihr habt ein ruhiges Gewissen, ich habe kein ruhiges Gewissen. Das ist der Unterschied zwischen euch und mir. Deine Ruhe, Papst, und meine Unruhe.«

Er wusste, dass der Sekretär des Zentralrates Klaus Papst jetzt sein Feind sein würde. Er tanzte aus der Reihe und beachtete die Regeln nicht. Wennschon!

Bruno ging stur den Weg Richtung Norden. Immer der Nase nach. Das Mädchen mit dem Maisbrei zu finden. Die junge Frau mit den seltsamen Händen. Mit den suchenden Augen. Kein Siegeszug des Kommunismus. Das Bauernmädchen.

Klaus Papst gab es auf. Bruno Kieling war nun fällig. Wo immer der hinlaufen würde an diesem Morgen, er hatte mit seinem Verhalten der Freundschaft der Jugend der DDR zur Sowjetunion Schaden zugefügt.

Um sieben Uhr versammelten sich die Mitglieder der FDJ-Delegation zum gemeinsamen Frühstück mit den jungen Komsomolzen. Bruno Kieling fehlte. Der war unterwegs zu seinem alten Graben, zu dem Schlachtfeld, unterwegs zu seiner Lebensretterin.

Der Weg führte durch Straßen, vorbei an Häusern, die in Schutthaufen aus Stein und Eisen verwandelt worden waren. Bruno war mit der elektrischen Vorortbahn bis zur Endhaltestelle gefahren. Jetzt ging er zu Fuß. Eisiger Wind. Es klang wie Zähneknirschen. Es waren seine eigenen Schritte, die er wie einen Verfolger hinter sich herknirschen hörte. Es schrie der Wind in dem kahlen Geäst. Er sah Schwärme von Raben. Fleisch ist Fleisch. Wenn er stürzte, dann war er auch nur eine Portion Fleisch, dann würden sie zu Tausenden über ihn herfallen, ihn aufspießen mit ihren hungrigen Schnäbeln.

Nach ein paar Stunden Weg stand Bruno vor einem Gehöft. Im grauen Frostschimmer ahnte man das Dorf. Vor dem Haustor hielt ein Panjewagen. Ein kleiner Kerl mit einer schwarzen Nase sprang vom Bock und schlug auf das verhungerte Pferd ein. Bruno fragte ihn, warum er das Pferd schlug.

»Was mischst du dich ein? Was willst du, Scheißkerl? Wer bist du überhaupt? Was sprichst du für ein komisches Russisch?«

Langsam verlor der Kleine seine Wut und wurde neugierig auf den Fremden. Er witterte Zerstreuung. Für die war er immer zu haben.

Bruno beschrieb ihm die Frau, die er suchte. Der Bauer mit der eindrucksvollen Nase überlegte. »Wenn wir die gleiche meinen – dann heißt sie Sofia. Ein Kind ist ihr gestorben. Sie war mit einem Säufer verheiratet. Vor drei Tagen ist er nun selbst verstorben.«

»Wer?«

»Wer? Hörst du nicht gut? Ihr Mann Fjodr. Ihn hat der Schlag getroffen. Die Leiche liegt noch auf dem Tisch in der Küche.«

Es schneite inzwischen stärker, die frühe Dämmerung schob schwarzes Gewölk über das Land. Der Kleine fuhr mit Bruno auf dem Panjewagen durch das ganze Dorf, bis an das andere Ende, dort setzte er ihn vor einer Kneipe ab.

Drinnen stellte sich Bruno hinter den Ofen. Als man ihn fragte »Wer bist du? Woher kommst du? Wo bist du zu Hause?«, antwortete er in seinem holprigen Russisch: »Ich bin mit der Freien Deutschen Jugend aus Berlin hierhergereist. Ich komme in keiner bösen Absicht, ich bin ein deutscher Bauernstudent, ich suche eine Frau, ein Bauernmädchen, das mir das Leben gerettet hat. Vielleicht heißt sie Sofia?«

Sie hieß Sofia. Ein Mann mit einer Geige und einem Kind an der Hand ging hinaus. Bruno wartete. Er trank vier große Schnäpse. Jemand reichte ihm einen Apfel. Ein Alter schenkte ihm ein kleines Stück polierter Jade. Die Menschen drängten in die Kneipe und staunten ihn an. Aus Deutschland? Aus Berlin? Zu Fuß? Wo sein Wagen stünde, wollten sie wissen. Er war ohne gekommen. Ohne Wagen? Ohne Pferde? Mit dem Flugzeug? Der amputierte Stumpf brannte wie Feuer. Schließlich kam der Mann mit der Geige zurück und führte Bruno aus der Kneipe hinaus zu einer Bude, wo Eiscreme verkauft wurde. Hier wartete Bruno wieder eine lange Zeit.

Als er schon nicht mehr daran glaubte, stand sie plötzlich vor ihm.

Die Frau sah Bruno lange an. Er war wie eine Erscheinung für sie. Dann lachte sie plötzlich. Als wären sie alle Gespenster. Alle Menschen.

Wie alt mochte sie sein? Sie sah kaum älter aus als neunzehn. Ihre Schönheit verschlug Bruno den Atem, er konnte sich nicht erinnern, dass sie damals, als sie ihm den Brei gereicht hatte, so schön gewesen war.

Später erzählte der Mann mit der Geige, dass Sofia und der Fremde kaum einen zusammenhängenden Satz gewechselt hätten. Sie lief zwei Schritte vor ihm her, er lief ihr nach. Die Leute in der Straße sahen, wie Sofia mit dem Deutschen in ihr Haus verschwand.

In der Küche lag in seinem besten Anzug für die Beerdigung eingekleidet Sofias toter Mann auf dem Tisch. Auf der Bank dahinter lehnte eine Puppe mit heruntergekipptem Wollkopf. Als hielte sie Totenwache. Es war still in der Küche. Bruno und Sofia saßen eine Weile neben der Puppe. Sie schauten auf den Toten vor sich. Dann fasste Sofia nach Brunos Händen. Er wandte ihr den Kopf zu. So verharrten sie eine Weile wie erstarrt. Bis sie aufstand und dicke Lappen vor das Fenster hängte.

Der Mann mit der Geige erzählte am nächsten Tag, dass er hinter den verhangenen Fenstern zwei Schatten gesehen hatte. Es habe von draußen ausgesehen, als tanzten die Schatten ein Tänzchen.

Gut vier Stunden nach Mitternacht war Bruno zurück im Gästehaus des Komsomol, bei seinen Genossen Delegierten aus der Deutschen Demokratischen Republik. Bruno knipste das Nachttischlicht an. Sein Zimmer war tipptopp eingerichtet. Das machte besonders nach seinem verbotenen Ausflug durch die geschundene Stadt großen Eindruck auf Bruno. Sein Zimmergenosse schlief.

Um den Genossen nicht zu wecken, stülpte er ein Handtuch über den Lampenschirm. Sein Stumpf war blutig gelaufen. Er musste den Lappen mit einem Ruck herunterreißen, es blieben Hautfetzen daran hängen. Er reinigte den Stumpf, umwickelte ihn mit frischen Lappen. Dann knipste er das Licht aus. Mit Schmerzen kroch er unter die Decke. Obwohl er todmüde war, konnte er kein Auge schließen. Die Erinnerungen tanzten und rissen ihn hinein in den Film in ihm, in den Kriegsfilm hinter seiner Stirn. Vor ihm das zerbombte Gelände, die Tragfläche des Stukas, die wie ein Splitter in der Erde steckte. Hinter ihm das Labyrinth der Sappen. Weit zurück die Höhe. Leblos, wie ein Lichtjahre entfernter fremder Planet. Der gewesene Krieg hatte das Gelände in ihm besetzt, aus diesem inneren Krieg gab es kein Entkommen.

Dämmerlicht. Mörder. Er schoss sich selbst mitten ins Gesicht, aber sein Kopf blieb auf den Schultern. Die Erde hatte eine undeutliche Gestalt. Er lebte noch: ein verdrecktes Wesen mit einem ganzen und einem halben Bein. Die Erde rieselte über den blutigen Stumpf. Eine Mine. Es war wie eine Berührung, eine heiße Berührung. Dann wurde er rausgeschafft. Dabei sah er sein Leben an sich vorbeirauschen, lauter schwarzgraue Bleistiftzeichnungen. Frühling in Masuren, der Himmel schwarz und manchmal weiß. Der See graues Gestrichel.

Tage später wachte er in einer Lazarettbaracke auf. Neben seiner Pritsche ein einzelner Stiefel. Da begriff er, was mit ihm war. Über Dresden musste er Richtung Süden, nach Thüringen. Zehn Tage nach ihrer Bombardierung humpelte er durch die zerstörte Stadt. Seine Hände von den Krücken blutig gerannt. Keiner konnte ihm helfen. Ein russischer Soldat erklärte ihm, es sei alles seine eigene Schuld. Hitler war tot.

Aus der Höhe ein klirrender Wind. Ein Nachthimmel wie schwarzer Schlamm.

Bruno wälzte sich unruhig im Bett. Er hätte bei Sofia bleiben sollen. Die Katze war auf den Tisch gesprungen, als er ging. Er sah noch, wie die Katze das Gesicht des Toten leckte. Sofia sagte, er solle bleiben, nicht fortgehen. Den Kopf in die nackten Knie gestützt. Er wollte bleiben, aber er hatte Angst. Sie weinte, er musste los. Er versprach ihr wiederzukommen.

Er wusste, dass er log. Seine Frau Magdalena in Thüringen war acht Jahre älter als er. Ihr Mann war gefallen. Als sie das erste Mal mit Bruno zum Saale-Stausee hinunterlief, an einem Sonntag im August, da dachte er, mit ihr und in dieser Landschaft könnte er den Krieg vergessen. Schwimmen wollte sie, schwimmen. In ihrer Jugend war sie eine leidenschaftliche Schwimmerin gewesen, mit vielen Wettkämpfen und Auszeichnungen. »Ich wäre Weltmeisterin geworden, wenn es keinen Krieg gegeben hätte«, hatte sie geprahlt. Tausend Meter Kraulen – das war ihre Wettkampfstärke. Unten am Ufer, wo Brombeersträucher ihre Zweige in den See tauchten, half sie ihm mit seinen eineinhalb Beinen über die scharfen Schiefersteine ins Wasser. Das war für Bruno ein glücklicher Moment. Er legte sich in dem braunen Wasser auf den Rücken, ruderte gerade so viel, dass er die Nase oben behielt. Über ihm strahlte ein blauer Himmel. Sonntag im Frieden. Irgendwo jauchzten Kinder. Das Grün der bewaldeten Hänge schimmerte still – er trank den Frieden. Die Stille verzauberte ihn. Mal ein Vogel, der mit klatschendem Flügelschlag über das Wasser wischte. Magdalena pflückte Brombeeren am Ufer. Dann fütterte sie ihn mit den Beeren. Nie war er glücklicher als an jenem Sonntag.

Daran dachte er, als er schlaflos auf dem Bett lag im Haus des Komsomol. Stalingrad, andere Zeit. Der Stumpf brannte wie Feuer. Es mochte vielleicht sechs Uhr sein. Der Atem kam, der Atem ging.

Er hätte nicht von seiner Delegation fortlaufen dürfen.

In der allerersten Nachkriegszeit, als Bruno sich verraten und betrogen fühlte, war er auf einen Genossen getroffen, der ihn gut behandelte. Ganz schnell war er Parteianwärter, werdender Kommunist. Dann lernte er Magdalena kennen. Auf einer Faschingssitzung im Ratskeller von Pößneck. Sie wollte Bruno auf der Stelle heiraten. Da war nichts zu machen. Kaum war der Krieg vorbei, war er verheiratet. So demoliert, wie er war – Magdalena hatte einen festen Willen.

Bruno lag auf seinem Bett in Stalingrad. Ein gutes Bett, in einem Gästehaus mit anständiger Verpflegung. Gestern war hier noch die Angriffsschlacht.

Am Morgen ließen sie ihn merkwürdigerweise in Ruhe. Keiner fragte. Auch nicht der Genosse Klaus Papst. Sollten sie die Sache auf sich beruhen lassen?

Beim Gang über das Werksgelände trafen die FDJ-Delegierten auf eine Gruppe deutscher Kriegsgefangener, die mit Hilfsarbeiten beschäftigt waren. Bruno glaubte, das eine oder andere Gesicht zu erkennen. Die Gefangenen, elende Gestalten, sahen Bruno aus unbeschreiblichen Augen an. Er wollte mit ihnen sprechen. Er durfte nicht, er sollte das Maul halten. Er sagte trotzdem seinen Namen, seine Einheit. Einige der Gefangenen riefen Namen und Einheit zurück. Sie bekamen die Peitsche. Bruno beschwerte sich über diese Behandlung, das gab wieder

Ärger. Klaus Papst forderte Bruno auf, weiterzugehen und zu schweigen.

Am 5. Dezember flogen die Delegierten nach Berlin zurück.

Zu Hause erzählte Klaus Papst seiner Frau Gabriele die Geschichte von dem unverbesserlichen Genossen aus Thüringen, die Geschichte von Bruno Kieling. Gabriele hielt dabei ihr Söhnchen auf dem Schoß. Der kleine Robert schien der kräftigen Stimme des Vaters gerne zu lauschen. Er verstand die Worte nicht in ihrem ganzen Sinn, aber er spürte, dass in seinem Sprechen etwas Schlafloses war.

Gabriele hörte zu. Es fiel ihrem Mann gar nicht auf, dass aus seiner Erzählung über die Reise nach Stalingrad ein Monolog geworden war über die politisch-ideologische Arbeit, welche die FDJ noch leisten musste, um die junge Generation für die Freundschaft mit der Sowjetunion zu gewinnen.

5

Gute zwei Wochen später stand Bruno Kieling in Wilhelmsdorf vor seinem Hoftor. Es schneite. Weiße Weihnachten. Minus achtzehn Grad. Es war ganz still. Bruno schaute über den gefrorenen Weiher zu dem Kirchlein hinüber, das seine Turmspitze in den Schneehimmel reckte. Von Bucha über Kalte Schenke herkommend hörte Bruno ein Wagenbrummen. Unheimlich klang es. Wer mochte sich bei dem Schnee hier herauf verirren?

Sollte er besser abhauen? Zurück nach Stalingrad, zurück zu Sofia? Achtzehn Hektar, die bei der Hochzeit mit Magdalena auch seine achtzehn Hektar geworden waren. Wer weiß, für wie lange. Die Pläne zur Enteignung der Flächen und der Höfe lagen in den Schubladen der Partei bereit. Die Schwierigkeiten wurden nicht geringer für die Bauern. Viele waren schon abgehauen, bevor sie wegen einer nicht genehmigten Schlachtung oder wegen Nichterfüllung der Pflichtablieferung in die Mühlen der Justiz gerieten. Wenn einer erst mal auf der Anklagebank saß, dann kam er nicht unter vier Jahren Zuchthaus davon. Der Nachbar saß wegen nicht genehmigten Einschlags und Handels mit Holz. Fünf Jahre hatten sie dem armen Schwein aufgebrummt. Das ZK schickte Brigaden über das Land, um die Bauern zu beobachten. Überall wurden die Stützpunkte des Klassenfeindes vermutet. Selbstverständlich beschränkten sich die Spitzel nicht nur darauf, zu beobachten und Berichte zu schreiben. Bruno überlegte, ob er aus Protest gegen diese Politik nicht die Scheune anzünden sollte.

Es war Weihnachtszeit. Bruno Kieling wollte das Frühjahr abwarten.

Der Wagen hielt direkt vor ihm. Zwei Genossen von der örtlichen Volkspolizei stiegen aus. Ohne viele Worte zu machen, verhafteten sie Bruno wegen »Nichterfüllung der Ablieferungspflicht«. Er wurde sofort nach Rudolstadt gebracht. Bruno war angeblich bei den Milchlieferungen unter dem Abgabesoll geblieben. Er wurde über die Weihnachtstage in einen eiskalten, nassen Keller gesperrt, um eine Flucht in den West-Sektor zu verhindern. Als sich Brunos Frau Magdalena nach dem Grund für die Verhaftung erkundigte, tischten ihr die Männer von der Volkspolizei eine ganz andere Geschichte auf. Sie erzählten ihr von Brunos reaktionären Reden in Stalingrad und dass er ein amerikanischer Spion sei.

Zur Christnacht, als die Kerzen an dem kleinen Tannenbaum brannten, fragte der alte Bauer seine Tochter, wo denn ihr Mann stecken würde.

»Die Genossen von der Volkspolizei haben ihn abgeholt.«

»Warum?«

»Sie sagen, dass Bruno gegen den Russen spioniert. Für den Ami. Deshalb muss er ins Gefängnis. Das ist der Kampf gegen die reaktionären und kapitalistischen Elemente. Sagen sie.«

Der Alte schwieg, bis Frau und Tochter aufgegessen hatten. Dann ging er zur Wohnzimmeranrichte, auf der eine Uhr sehr laut tickte, nahm aus dem unteren Fach die Bibel heraus. Er schlug sie an einer markierten Stelle auf und las: »Es wird zur letzten Zeit der Berg, da des Herren Haus ist, fest stehen, höher denn alle Berge, und über alle Berge erhaben werden; und werden alle Heiden dazu laufen.«

Er schwieg, dann schlug er die Bibel zu. »Im Namen des Vaters, des Sohnes und des Heiligen Geistes. Amen.«

Sie sangen gemeinsam ein Weihnachtslied. »Macht hoch die Tür, die Tor' macht weit, es kommt der Herr der Herrlichkeit.« Anschließend saßen sie noch eine Weile mit gefalteten Händen am Tisch, schwiegen, lauschten dem Lied hinterher. Magdalenas Vater faltete still seine Serviette. Die Mutter kämpfte gegen die Müdigkeit, die sie nach dem Essen überfiel. Was Bruno anging, vertraute sie auf Gott. Die Kirchturmuhr schlug acht Mal. Sie zündete zwei frische Kerzen an.

»Was wird nun werden mit Bruno?«, fragte der Vater seine Tochter.

»Überall werden die Bauern verhaftet. So schnell kommt keiner wieder raus.« Magdalena holte tief Luft. »Wir können froh sein, hat der gesagt vom Kreis, wenn wir wegen Brunos Geschichten nicht zwangskollektiviert werden. Wenn es dazu kommt, Vater, fliehe ich.«

»Wohin willst du fliehen?«, fragte die Mutter.

Nach einer sonderbaren Pause antwortete Magdalena: »Ins Irrenhaus nach Jena!«

Daraufhin starrte sie mit abgestumpftem Blick auf ihre Hände.

»Bruno ist ein Guter«, sagte sie. »Ich möchte ihn dort nicht alleine lassen, wo er jetzt ist. Ich möchte am liebsten noch heute Nacht zu ihm hin.«

»Die Vorschriften sind streng«, wandte die Mutter ein.

»Vielleicht ist das Unheil gar nicht so groß, wie du denkst«, sagte der Vater. »Noch ist nichts verloren.«

Doch er glaubte selbst nicht, was er sagte. Das Ablieferungssoll wurde von der SED willkürlich hochgesetzt; wer nicht lieferte, wurde zwangsenteignet.

Plötzlich stand Magdalena auf und zog eine grässliche Fratze. Die sollte der Heiland sehen.

Als nichts half, brachte der Vater seine Tochter nach Jena ins Irrenhaus.

6

Nach dem Jahreswechsel wurde Bruno Kieling der Prozess gemacht. Unter dem Vorwand der ungenügenden Erfüllung der Ablieferungspflicht landwirtschaftlicher Produkte verschwand er im Gefängnis von Bautzen, danach wurde er zwangsverpflichtet in den Uranbergbau Wismut. Seine Frau Magdalena starb im Irrenhaus, die Eltern wurden enteignet. Der Bauernhof mit seinen achtzehn Hektar wurde der Wilhelmsdorfer LPG einverleibt.

Ganz und gar zufriedengestellt durch die Abrechnung mit dem klassenfeindlichen Element Bruno Kieling, kletterte Klaus Papst in kämpferischer Stimmung in der Parteihierarchie weiter steil bergauf. Schon ein knappes Jahr später wurde er auf Vorschlag der FDJ zum Volksbildungsminister des Landes Brandenburg gewählt. Seine Frau schenkte einem zweiten Kind das Leben, wieder einem Buben, dem die Eltern den Namen James gaben.

Schnell nahm Klaus Papst auch die nächsten Sprossen auf der Karriereleiter: Er wurde stellvertretender Vorsitzender des Bezirksrates von Cottbus und Mitglied der zentralen Parteileitung. Noch hatte er keine eigene Haushälterin, keinen eigenen Kraftfahrer. Eine eigene Haushälterin und ein eigener Kraftfahrer waren sein erklärtes Ziel. Vor allem aber wünschte er sich einen repräsentativen Wagen. Er liebte Autos fanatisch. Keine drei Jahre später hatte er den gewünschten Wagen und eine Haushälterin.

Vor den Schulkameraden sprach Robert von seinem Vater wie von einem sagenhaften König, der überall mit seinem Wissen und mit seiner Wucht im Einsatz war. Er gebrauchte immer wieder dieses Wort: »Von allen Parteimännern hat er die größte Wucht«, sagte er beim Fußball. »Es wird euren Eltern noch einmal leid tun, dass sie nicht besser auf ihn und auf die Partei gehört haben.«

Robert saugte jedes Wort auf, das sein Vater fallen ließ, wenn er zu Hause beim Abendbrot von den großen Herausforderungen und seinen wichtigen Aufgaben sprach. Die Großbauern hamsterten Erzeugnisse – sein Vater hatte außer Bruno Kieling schon dreißig Großbauern überführt. Robert prahlte mit solchen Geschichten vor den Freunden, er wusste dabei gar nicht richtig, wovon er eigentlich sprach, er wusste nur, dass sein Vater ein mächtiger Mann war.

Dieser Bruno Kieling geisterte in ungeheurer Lebendigkeit durch die Erzählungen des Vaters. Er war bei den Papsts zu Hause der Inbegriff des reaktionären Einzelbauern, der unfähig war, an das Ganze zu denken, der für den kleinen Vorteil die große Sache des Sozialismus verriet – ein mieser Egoist, der für ein Glas Schnaps mit den feindlichen Amerikanern paktierte, der aber jetzt, dank Roberts Vater, umerzogen wurde.

Robert war begeistert von der Leidenschaft, mit der sein Vater gegen die Feinde der DDR kämpfte. So wollte er auch für sein Land, für die DDR, kämpfen. Robert Papst wollte nicht bloß einen Mann wie Bruno Kieling umerziehen, er wollte tausend Kielings umerziehen. Mit einer tiefen Unruhe wartete Robert auf seine Gelegenheit.

Für Klaus Papst war die Welt in Ordnung. Nur seine junge Frau Gabriele bereitete ihm Sorgen. Sie war unzufrieden mit ihrem Leben. Sosehr sie sich auch anstrengte, das Leben in der ostdeutschen Provinz blieb ihr fremd. Die Menschen sprachen eine andere Sprache als sie, auch wenn sie Deutsch sprachen.

Sie war eine verheiratete Frau mit zwei Kindern. Sie hätte gern am Theater gearbeitet, aber ein Engagement als Schauspielerin zu bekommen, war aussichtslos. Mithilfe der Partei bekam sie eine Stelle als Kulturredakteurin bei der *Lausitzer Rundschau.* Diese Arbeit befriedigte sie nicht wirklich. Ihr Problem saß tiefer. Der Mann, den sie geheiratet hatte, ging fremd, er liebte inzwischen eine andere: die Partei. Darüber konnte sie mit ihm nicht sprechen. Freundinnen hatte sie keine. Niemand konnte Gabriele die Frage beantworten, warum sich ihr Mann lieber achtzehn Stunden im Dienst verbrauchte und auf Versammlungen sprach, statt seine Zeit öfter mit seiner attraktiven Frau und seinen zwei Söhnen zu verbringen.

Warum hatte er sie geheiratet und sie nach Deutschland verschleppt, wenn er dann die ganze Zeit zwischen Ost-Berlin und Karl-

Marx-Stadt, Rostock und Gera, kreuz und quer durch die DDR unterwegs war? Merkte er nicht, wie einsam sie war, wie sie an diesem Leben zerbrach? Oder wollte er es nicht merken und brauchte die Familie nur als Hintergrund für seine großen Auftritte auf der politischen Bühne?

Der Mann, den Gabriele geliebt hatte, war mit seinem Witz und mit seinem Charme, mit seinem ganzen Wesen in England geblieben.

Gabriele Papst versuchte eine gute Journalistin zu sein.

Sie widmete ihre Liebe den beiden Söhnen. Besonders Robert, ihrem Ältesten, erzählte sie von Büchern, Bildern, Musik und Theater. Robert nahm das alles mit Leidenschaft auf, aber er war immer im Kampf mit sich selbst und dem Vater in sich. Er liebte die Geschichten, die Bücher, die Bilder, die Musik, die Lieder und Märchen, das Theater, dem er durch seine Mutter nahekam. Aber sobald er draußen mit den Schulkameraden zusammen Fußball spielte, tat er alles, um ein Mann zu sein. Bücher und Theater waren weiblich, er musste und wollte unweiblich sein, ein Mann sein wie sein Vater. Er wollte Feinde umerziehen.

7

Cottbus liegt hundert Kilometer südöstlich von Berlin, an der Spree, zwischen dem Lausitzer Grenzwall im Süden und der Spreewaldniederung im Norden.

Der Fußballplatz befand sich hinter dem Haus mit den schönen Erkern. Gerade hatte er ein Tor geschossen, als der Vater vorbeikam, Robert am Arm packte und ihn aus dem Spiel zerrte. »James ist weg! Er ist nicht in seinem Zimmer!«, sagte der Vater scharf. »Er ist nicht in seinem Zimmer. Du hast es übernommen, auf deinen Bruder aufzupassen. Aber du treibst dich auf dem Fußballplatz herum?«

»James ist in seinem Zimmer«, widersprach Robert dem Vater.

»Nein! Dort ist er nicht! Er ist weg!«

Robert rannte los, jagte über den Markt am Konsum vorbei, vorbei an der Wäscherei. Er rannte hinter jedes Haus auf dem Weg. Bis er in die Töpferstraße kam. Er schlüpfte in das alte Eckhaus, stieg das Treppenhaus hinauf. Hier wohnten die Müllers. Roberts Bruder James hatte den kleinen Hector Müller im Kindergarten kennengelernt. Schnell waren die beiden Freunde geworden. James liebte den Blick vom Dach. Hier hoch stieg er, sobald er ausbüxen konnte. Von hier oben hatte er einen schönen Rundblick über Cottbus. Der Rathausturm war vom Krieg nur noch ein Stummel, die Haube des Kirchturms fehlte.

Als Robert die lose Eisentür aufstieß und hinaustrat auf das flach abfallende Dach, sah er unter sich das Häusergewürfel der Stadt, das Rauf und Runter der Gassen und Straßen. Rechts blies der ellenlange Schornstein der Elektrizitätswerke eine beachtliche Rauchfahne in den Abendhimmel. Vor dieser Kulisse saß direkt am Dachrand sein kleiner Bruder James. Robert lief zu ihm hin, packte ihn, zog ihn von der Tiefe weg. Hand in Hand stolperten sie die Treppe hinunter, schlichen an der Wohnung von Hector Müller vorbei und machten sich schleunigst auf den Heimweg. An der Ecke Turmstraße sagte Robert: »Da hast du mir wieder eine schöne Suppe eingebrockt.«

Er schleppte seinen jüngeren Bruder in das Haus mit den schönen Erkern in den zweiten Stock hinauf. Von draußen war die Stimme der Mutter zu hören. » Alles, was dir schiefgeht, lässt du an Robert aus. Ich will nicht mehr länger in dieser Stadt sein. Alle starren mich nur feindlich an. Wir sind Fremde. Die Menschen hassen uns hier, sie wollen von uns nichts wissen. Nichts von dir und deinen Genossen. Was bist du bloß für ein Vater? Dass du uns dem aussetzt? Wo sind meine Söhne? Wo sind sie?«

»Sie werden schon wiederauftauchen, spätestens wenn sie Hunger haben!«, sagte der Vater.

»Nein!«, sie begann zu weinen. »Nein! Hier kriege ich nicht mein drittes Kind. Warum bin ich nicht in England geblieben? Warum habe ich nicht auf meine Mutter gehört? Ich hasse das Leben in Deutschland.«

Als Robert mit James an der Hand die Wohnungstür aufstieß, gab sie sofort nach.

Die Köpfe der Eltern flogen herum. Augenblicklich vergaßen sie ihren Streit. Die Mutter nahm James, hob den kleinen Ausreißer zu sich in die Höhe, küsste ihn. »Da bist du ja«, sagte sie.

»Ein Theaterweib ist sie«, dachte ihr Mann ärgerlich. Er hätte dem kleinen James und dem fünf Jahre älteren Robert gern eine Tracht Prügel verpasst dafür, dass sie sich nicht an getroffene Verabredungen hielten. Gabriele war wegen dieser Spannungen ihrem Mann gegenüber stets eine unsichere Frau, sie versuchte sich aus dieser Unsicherheit mit ihrer vorsichtigen Wiener Liebenswürdigkeit zu retten.

Schwarze Haare, eine fast durchsichtige Haut, wer sie verstand, konnte ihre Gedanken von der Stirn ablesen. Wenn sie mit den Jungs so behutsam umging wie in diesem Augenblick, fast süßlich erschien es ihm, wäre er am liebsten türenschlagend aus der Wohnung gerannt. Das, was er an seiner Frau einmal geliebt hatte, ihre österreichische Aussprache, ihre Klarsicht, ihre zögernde Ironie, ihre von einer ewig frischen Träne benetzte Melancholie, erfüllte ihn mit Ungeduld.

In dieser historischen Umbruchsituation, in der der Sozialismus gegen den Klassenfeind im ständigen Überlebenskampf stand, gab es nach seiner Meinung für Zartheiten keinen Platz. Die Söhne sollten von Anfang an Härte gegen sich selbst lernen. Mut. Weitblick, sich keinen Träumereien hingeben. Der Klassenfeind führte seinen Kampf über die Literatur, über Filme und falsche Versprechungen von Freiheit und Kunst. Die Kunst hatte dem Freiheitskampf der Proleten zu dienen oder zu schweigen.

Robert liebte seine Mutter. Gleichzeitig spürte er überdeutlich, dass sein Vater familiäre Sentimentalitäten nicht ausstehen konnte. Diese widerstreitenden Gefühle zerrissen ihn. Hinzu kam, dass ihn eine ständige Eifersucht auf den jüngeren Bruder James quälte, er wollte die Mutter ganz für sich alleine haben. Am liebsten hätte Robert sie alle in verschiedenen Räumen voneinander separiert. Dort der Raum für ihn und seine Mutter, dort einer, wo er nur dem Vater gehörte.

Robert empfand die Zärtlichkeiten seiner Mutter für den kleinen Bruder als blanken Verrat. Er liebte sie, nur er.

Einmal war Robert zufällig in das Badezimmer gekommen, als

seine Mutter gerade gebadet hatte. Da sah er sie nackt. Dieses Augenglück suchte er jedes Mal wieder, wenn er sie sah.

Sobald aber der Vater zu Hause war, hielt sich Robert an ihn.

»Robert?«, sagte seine Mutter mit leiser, weicher Stimme. »Du hattest mir etwas versprochen. Wenn ich auf Arbeit bin, wolltest du nach James sehen. Ich habe dich sehr lieb – aber so darfst du mich nicht erschrecken.«

»Ich wollte dich nicht erschrecken. James ist einfach, ohne mir ein Wort zu sagen, zu seinem Freund Hector abgehauen.«

»Ist er wieder auf das Dach?«, fragte der Vater.

»Du brauchst dich jetzt nicht mehr aufzuregen. Es ist gut, dass ihr zurück seid. Wir haben uns Sorgen gemacht. Das nächste Mal wirst du deinen Bruder James nicht alleine lassen. Versprichst du mir das, Robert?«

»Ja«, sagte Robert. »Ich verspreche es dir.«

»Morgen, sobald Vati zur Bezirksratssitzung fort ist, gehe ich mit euch in den Tiergarten.«

Gleich fragte James: »Was für Tiere gibt es dort?«

Die Mutter musste lachen. »Da gibt es ein Trampeltier aus der Sowjetunion. Stelzvögel. Kraniche und Störche. Hirsche und Stachelschweine. Das Wetter ist warm, und es ist lange hell. Im Sommer ist der Tierpark abends am schönsten. Ich nehme die Kamera mit, und ich werde lauter hübsche Fotos von euch knipsen mit den Kranichen und dem Trampeltier. Jetzt gibt es Abendbrot. James? Robert? Helft ihr mir?«

»Robert kommt mit mir«, sagte der Vater. Er ließ seine Frau mit James in der Küche zurück, drängte mit Robert ins Arbeitszimmer. Dort stieß er seinen Sohn grob in den Schreibtischsessel.

8

»Sitz!«

Er sah seinen ältesten Sohn an.

»Wie alt bist du jetzt?«, fragte ihn der Vater.

»Weißt du das nicht?«

«Ich stelle die Fragen. Antworte!«

»Ich bin elf!«

»Hast du schon mal was von einer Kadettenschule gehört?«

»Kadettenschule?«, fragte Robert.

»Die suchen dort junge Leute, die sowohl sportlich wie fachlich und politisch geeignet sind, eines Tages die Elite unserer Nationalen Volksarmee zu bilden. In der Kadettenschule sollen sie ausgebildet werden für ihre große Aufgabe. Solche Schulen gibt es in England, Amerika, in der Sowjetunion. Das wollen wir bei uns in der DDR auch machen. Es werden zunächst vier Klassen zusammengestellt. Also eine sechste, eine siebte, eine achte und eine neunte Klasse. Jeweils fünfzig Jungs. Die Besten der DDR. Sie sollen bis zum Abitur diese Kadettenschule besuchen, dann kommen sie drei Jahre auf die Offiziersschule. Sie müssen sich für zwölf Jahre bei der Nationalen Volksarmee verpflichten. Die Bewerber werden von Kommissionen ausgesucht. Jetzt musst du dir das überlegen. Willst du das, oder willst du das nicht.«

Robert hatte aufmerksam zugehört. Sollte er zusagen? Dann müsste er nicht länger zu Hause sitzen, zerrissen zwischen zwei Lieben – zu dem mächtigen Vater und der schönen und geheimnisvollen Mutter.

Seine Mutter war schwanger. So viel hatte er mitbekommen. Er hatte schon die ganze Zeit die lästigen Verpflichtungen mit seinem kleinen Bruder James am Hals, auf noch einen Balg aufzupassen, hatte er keine Lust.

Er sprang aus dem Sessel und stellte sich mit ernstem Gesicht vor den Vater: »Du weißt ja, Vati, dass ich meinem Land dienen will, wie du. Endlich kriege ich eine Gelegenheit, die ich nicht ausschlagen kann.

Ja. Da will ich dabei sein.« Er zog ein noch ernsteres Gesicht. »Was macht man da?«, fragte er. »Auf dieser Kadettenschule?«

»Da lernst du schießen, da lernst du reiten, da lernst du Motorrad fahren. Da lernst du alles, was du als Offizier in einer Armee brauchst und können musst. Alles. Nachtmärsche. Bergsteigen. Da lernst du, wie du Flüsse schwimmend durchquerst und wie du dich in der freien Natur von Beeren und Würmern ernährst. Du hast nur einmal im Jahr Ferien, und ansonsten, das sage ich dir gleich, wird dir dort nichts geschenkt. Dort tut dir erst mal alles grimmig weh, dort wirst du erst mal auseinandergenommen. Dort lernst du die Sonne kennen, den Regen, den Wind und den Frost. Wenn du das alles am eigenen Leib erfahren hast, erst dann wirst du wieder zusammengesetzt. Dann bist du ein ganzer Kerl. Ein Soldat. Vielleicht ein Offizier.«

Im Gesicht und in der kräftigen Figur glich Robert seinem Vater. Er hatte seine energischen Augenbrauen, seinen Schädel, das harte Kinn. Doch den verspielten, ziemlich wechselhaften, unberechenbaren Charakter, den fraulichen Mund, die unruhige Fantasie und die dunkel träumenden Augen hatte er von seiner Mutter. Robert begeisterte sich schnell, um schon im nächsten Augenblick das Gegenteil von dem zu verfolgen, was ihn eben noch antrieb. Der Vater hatte die Sache bewusst ein wenig dramatischer geschildert, um zu sehen, wie sein Sohn darauf reagierte und ob die spontane glühende Begeisterung für eine Zukunft als Kadett unter solchen Aussichten standhielt.

Er hörte Robert laut und deutlich sagen: »Ja. Lass mich dorthin gehen. Ich will ein guter Offizier werden, ein Offizier unserer Armee. Ich will aus tausend Kielings tausend gute Kommunisten machen. Ich will gegen unsere Feinde kämpfen.«

Der Vater schwieg.

Er trug einen dunklen Anzug, weißes Hemd, roten Schlips mit riesigem Knoten. In Roberts Augen sah er aus wie aus einem englischen Film. Irgendwie provozierend musste er mit diesem Outfit in seiner Umgebung wirken. Den Sohn erfüllte das ungewöhnliche Aussehen des Vaters mit Stolz. Im Kampf mit allen Feinden der DDR, trat er auch äußerlich anders in Erscheinung als die anderen.

Ärger nagte an dem Genossen Klaus Papst über seine Mitarbeiter.

Er war jetzt vierunddreißig Jahre alt. Stellvertretender Vorsitzender des Rates des Bezirks: im steten Kampf mit dem Mangel an Saatgut und täglichen Bedarfsgegenständen, im Kampf mit dem versteckten Hass der Bevölkerung auf die Kommunisten, auf das russische System. Hass auch auf ihn, und Parteiintrigen. Eine Genossin hatte sich über seinen rabiaten Umgangston beklagt. Klaus Papst sei überheblich, arrogant, ein notorischer Besserwisser. Die Genossen warfen ihm vor, seine Abteilung wie ein Nazileutnant zu kommandieren. In einem vertraulichen Bericht, der ihm zugespielt wurde, konnte er über sich lesen, dass er ein starker Zigarettenraucher sei, Alkohol regelmäßig und sehr intensiv trinken würde und zum Ausgleich starken West-Kaffee. Seine größte Leidenschaft sei nicht die Partei, seine größte Leidenschaft sei das Autofahren. Die Genossen warfen ihm vor, dass er über das Maß hinaus hohe Forderungen an seine Mitarbeiter stelle, ohne an sich selbst die gleichen Maßstäbe anzulegen. »Er dringt auf absolut pünktlichen Beginn, ist dagegen selbst nicht immer pünktlich.« Sie warfen ihm unterschwelligen Sadismus vor: »Eine ganz besondere Freude hat er daran, bestimmte Beratungen und Schulungen auf die freien Samstagnachmittage oder Sonntagvormittage zu verlegen.«

Von diesen Angriffen auf seine Person und auf seine Arbeit hatte er heute Kenntnis erlangt.

Klaus Papst musste auf der Hut sein. Es lag nahe, dass hinter dem Bericht eine Parteiintrige steckte. Ulbricht gegen Honecker. Oder umgekehrt. Lauter Vermutungen, schwankender Boden. Er, Klaus Papst, war der Intimfreund des FDJ-Vorsitzenden Erich Honecker. Honecker wiederum war ein Protegé des Staatsratsvorsitzenden Walter Ulbricht. In letzter Zeit aber wurde Honecker von sowjetischer Seite scharf gerügt.

Er hatte sich seiner Sache zu sicher gefühlt. Die internen, geheimen Stasiberichte setzten ihm zu, mehr, als er sich selbst eingestehen wollte.

Schließlich beugte sich der Vater über den Schreibtisch, um den Sohn mit festem Blick anzusehen. »Du willst gegen unsere Feinde kämpfen? Weißt du, wovon du sprichst? Die Feinde sind überall. Unsere Traktoristen werden von den Großbauern mit Schnaps bestochen, dann laufen sie von der LPG weg und arbeiten für die. Wir müssen noch lange für den Sozialismus kämpfen. Jeder zählt. Auch du!«

Robert hielt den prüfenden Blicken seines Vaters stand. Das gefiel dem Vater, und er sagte mit viel besserer Laune: »Gut. Wenn du das wirklich willst, dann musst du zu einer Kommission, die testet deine sportlichen und deine schulischen Leistungen. Aber nur, wenn du es wirklich willst. Ich zwinge dich nicht.«

Robert fasste nach den Händen seines Vaters und sagte schnell: »Ja. Vati, ja! Ich will dorthin, ich will. Melde mich auf der Stelle zur Prüfung an. Bitte.«

»Überleg es dir zwei Tage. Lerne: Ja ist schnell gesagt. Wenn du in zwei Tagen immer noch hinwillst, dann komm zu mir, dann melde ich dich bei der Kommission zur Aufnahmeprüfung an. Ich sage dir aber gleich: Diese Prüfungen werden sehr hart, es werden nur die Intelligentesten und die Stärksten ausgewählt. Unser Name, meine Verbindungen bringen dir keinen Vorteil. Eher im Gegenteil.«

Der Vater hatte sich während dieser Ansprache mit aufgekrempelten Ärmeln vor Robert auf den Schreibtisch gesetzt und sich eine Zigarette angezündet. Jetzt sah er seinen Ältesten wieder prüfend an. Dass Robert seinem Blick noch immer nicht auswich, nahm er als ein gutes Zeichen.

Eine gewisse feierliche Heiterkeit erfasste den Vater. Dieser miese Tag war plötzlich zum Festtag geworden. »Robert!«, sagte er und legte plötzlich einen Arm um die Schultern seines Sohnes. Er zog ihn mit einer kräftigen Umarmung an sich und drückte ihn: »Ich bin stolz auf dich, mein Junge. Weißt du. Ich wollte dich erst gar nicht fragen, weil ich Angst hatte, du könntest für diese große Aufgabe noch nicht reif genug sein. Aber jetzt sehe ich: Du bist schon viel weiter. Du kannst General werden. Du kannst auf jeden Fall etwas Großes werden bei uns, in unserer schönen DDR.«

Robert war noch glücklicher als sein Vater. Er hätte am liebsten laut geschrien vor Glück. Seit er denken konnte, hatte er davon geträumt, von diesem Augenblick der vollkommenen Übereinstimmung mit dem Vater. Von nun an hatte Robert nur noch eine einzige Angst, dass er bei den Tests durchfallen und nicht zu den zweihundert auserwählten Kadetten gehören könnte. Als Kadett würde ihn sein Vater lieben. Lieben, bewundern, hoch ansehen. Robert wollte den Weg zum Herzen seines Vaters finden und in dieser Liebe glücklich werden.

Die Mutter kam herein. »Gabriele. Jetzt kriegst du was zu hören. Heute ist ein Festtag.« Er legte wieder einen Arm um die Schultern seines Sohnes, dieses Mal fester. Die freie Hand drückte er sanft auf den Bauch seiner Frau. Er lächelte. Es wurde ein richtig feierlicher Moment, den Robert nie vergessen sollte. Dann sagte der Vater mit einer Stimme voller Erhabenheit: »Unser ältester Sohn Robert geht ab August auf die neu gegründete Kadettenschule nach Naumburg. Ich habe ihn gefragt. Er hat sofort Ja gesagt. Ich habe seine Zusage noch nicht angenommen. Wenn er in zwei Tagen immer noch Ja sagt, dann melde ich ihn zu den Tests an. Was sagst du dazu? Gabriele?«

Die Mutter lachte laut auf.

»Warum lachst du?«, fragte der Vater.

»Weil du deinen Sohn so wenig kennst. Das hättest du wissen können, dass er alles tut, um dich stolz auf ihn zu sehen. Er hat ja nur dich im Blick in allem, was er tut.«

Die Familie setzte sich in der großen Küche zu Tisch.

Es traf Gabriele hart. Aber sie ließ sich nichts anmerken. Sie konnte sich ihren großen Jungen nicht als Soldat vorstellen. Eher als Künstler. Als Dichter oder als Dirigent. Sie saß still bei Tisch, sah ihren Söhnen James und Robert zu, wie sie tranken und kauten, sie dachte an das Kind, das ruhig in ihrem Bauch schwamm. Klaus Papst lächelte die ganze Zeit und trank alleine eine Flasche roten Saale-Wein aus. Als er das Glas auf Robert hob, versuchte sie, so gut es ging, fröhlich zu wirken. Das war etwas zwischen Vater und Sohn, vielleicht würde es sich Robert bis in zwei Tagen anders überlegen. Insgeheim betete sie, dass ihr drittes Kind ein Mädchen werden würde.

9

Ein paar Tage später war es Juli geworden in Cottbus. Die großen Schulferien leerten die Schulen, der nahe Spreewald gehörte den wenigen Sommergästen, die sich ein paar Tage Urlaub leisten konnten, an der Spree spazieren gingen, schwammen, Pilze sammelten.

Für Robert begannen die Aufnahmeprüfungen zur Kadettenschule. Über zwei Wochen zogen sich die Tests hin. Das Ziel dieser Tests war, die physische wie die geistige Eignung für die Erziehung und Ausbildung zum Offizier zu ermitteln. Dazu gehörten: vierzig Kilometer lange Geländeläufe. Zwei Gepäckmärsche. Ein Zwanzig-Kilometer-Nachtwaldlauf. Am Ende ein Boxkampf. Ein Boxkampf mit 16-Unzen-Kampfhandschuhen. Robert hatte bisher immer nur mit Sandsackhandschuhen trainiert. Diese Handschuhe kamen ihm sauschwer vor.

»Natürlich sind die sauschwer«, grinste der Prüfer. »Bei diesem Boxkampf kommt es nicht auf Stil oder Fitness an, sondern nur darauf, eine Minute lang wie wild Schläge auszuteilen und einstecken zu können.«

Robert teilte gut aus. Er bekam einen harten Schlag auf die Nase. Das Nasenbein war gebrochen. Er würgte die Tränen hinunter, die Rotze, das Blut. Das war es. »Das Blut passt gut zu meinen roten Boxhandschuhen«, tröstete sich Robert tapfer.

Er bestand alle Tests mit sehr gut. Von über dreitausend Bewerbern gehörte Robert Papst zu den zweihundert Besten. Die Prüfer bescheinigten ihm eine herkulische Kraft, starke, geschmeidige Sehnen, Ausdauer und scharfen Verstand. Robert Papst, elf Jahre alt, hatte in der DDR eine grandiose und alles versprechende Zukunft vor sich.

Er war unbeschreiblich froh, seinen Vater stolz und glücklich gemacht zu haben.

An dem Kummer von Roberts Mutter über die künftige Soldatenlaufbahn ihres Sohnes änderte es wenig, dass er als einer der Allerbesten auf der Kadettenschule aufgenommen war. Dieser feine Junge mit seiner weit schweifenden Fantasie, mit seiner spöttischen, durchdringenden Intelligenz, seiner respektlosen Schlagfertigkeit, seinen bunten Träumen und ungeheuren Ideen – dieser Junge, davon war sie überzeugt, gehörte nicht in eine Kaserne. Gabriele Papst wusste, dass ihr Sohn den stumpfen militärischen Drill kein ganzes Jahr ertragen würde. Ihre größte Sorge war, dass es dann für einen anderen Weg zu spät sein könnte.

Während Robert um die Liebe seines Vaters buhlte, kämpfte Klaus Papst um die Liebe der Partei. Dass sein Sohn an der Kadettenanstalt Naumburg aufgenommen war, hatte Eindruck gemacht bei den Genossen. Der Vater ging seinen Weg nach oben.

Robert spürte bald, dass er, nachdem der erste Rausch verflogen war, mit seiner Aufnahme alles und gar nichts gewonnen hatte. Zum ersten Mal rührte sich in ihm ein Hassgefühl gegen den Vater. Wie aus einem verdorbenen Magen stieg das hoch. Er konnte es kaum noch abwarten, endlich in die Kadettenanstalt einzurücken. Dort hoffte er, sich aus dem inneren Widerstreit befreien zu können.

Seit feststand, dass er aufgenommen war, lief Robert jeden Tag herum, versuchte sich als Soldat in Uniform zu denken, was ihm bei aller Fantasie nicht gelang. Er sah die Uniform an sich herunterrutschen. Immer wenn er einem NVA-Soldaten in den Straßen begegnete, ahmte Robert Gang und Bewegung, Haltung und Blicke nach. Vergeblich. Er bekam den steifen Gang nicht hin, die Blicke nicht, die ganze Haltung, das Uniformierte, er rutschte aus sämtlichen militärischen Schablonen.

Fünf Tage vor Beginn der Ausbildung nahm ihn seine Mutter zum ersten Mal mit ins Theater nach Berlin. »So viel habe ich dir über das Theater erzählt«, sagte die Mutter, »jetzt sollst du mit eigenen Augen und Sinnen erleben, wie es dort zugeht, wie die Bühne das Leben als Kunstwerk mit echten Menschen zeigt.«

Robert hatte keine Vorstellung von dem, was seine Mutter ihm mit aufgeregten Worten ankündigte. Das Leben als Kunstwerk mit echten Menschen? Das klang verdreht, er wollte gut hinsehen.

Das Stück, das sie in der Volksbühne am Ostberliner Rosa-Luxemburg-Platz sehen würden, hieß *Nora oder Ein Puppenheim*. Während sie ihm geschwind noch einmal den Schlips band, der Knoten war ihr zu groß geraten, erzählte ihm die Mutter kurz die Handlung. »*Nora oder Ein Puppenheim* ist ein Theaterstück von Henrik Ibsen. Es geht darin um eine Familiensituation, aus der Nora ausbrechen will.« Gabriele drückte Robert leicht den Kopf in den Nacken, um besser unter den Hemdkragen fassen zu können.

»Warum will sie ausbrechen?«, fragte Robert.

»Weil Noras Vater und auch ihr Mann sie behandeln, als wäre sie gar nicht sie selbst, als wäre sie nur der Besitz von den zwei Männern.«

»Wie, der Besitz?«, fragte Robert.

»Wenn du behandelt wirst, als ob du dir nicht selbst gehörst – dann bist du nicht du selbst, dann bist du wie Besitz, dann packt dich die Wut.«

Robert schielte zu seiner Mutter hinauf. Ihre Locken fielen über sein Gesicht.

»Aus dieser Wut heraus«, hörte er sie sagen, »verlässt Nora ihren Mann und ihre Kinder. Das darf aber so nicht gespielt werden.«

»Warum nicht?«

»Weil eine Mutter ihre Kinder nicht verlässt, deshalb bleibt Nora natürlich bei ihren Kindern. Das sehen wir uns heute Abend an. Komm, gehen wir. Sonst verspäten wir uns noch.«

Nach einem Tag mit Gewittern und Wolkenbrüchen war der Berliner Abendhimmel ganz klar und samtblau, die Luft war frisch, spätsommerlich warm.

Wo in den Zwanzigern und den frühen Dreißigern Hunderttausende Lichter brannten und die großen Revuen über die Bühne des Admiral-Palastes rauschten, ragten noch immer Ruinen auf, gähnten öde Brachen. Doch zwischen all der Zerstörung, zwischen den neuen, seelenlosen Zweckbauten, in diesem Wirrwarr von gestern, morgen, heute und übermorgen suchten die Berliner wieder ein bisschen Abendvergnügen.

Robert saß zum ersten Mal im Theater. Er sah die vielen Menschen um sich herum nicht, er hörte nicht ihr Flüstern, ihr Murmeln oder Rascheln, er roch nicht ihr dünn drübergewischtes Parfüm, ihren Bieratem. Er starrte mit einer ungeheuren Anspannung zu der riesigen, sich wie eine geöffnete Auster von einem Portal zum anderen biegenden Bühne hinauf. Als die Lichter erloschen, brannten seine Augen, schlug sein Herz laut wie eine Trommel vor einer Schlacht. Er krallte beide Hände in seine Oberschenkel. Die Mutter lächelte ihm zu. Er wollte auf alles, auf jede Bewegung und jeden Satz achtgeben, dass ihm auch nicht das kleinste Detail entginge. Anfangs saß er wie ein Zaungast feierlich lange ohne eine Reaktion da. Weder Zustimmung noch Ablehnung. Nach der Szene aber, in der Nora die Sache mit dem gefälschten Schuldschein gesteht, klatschte er lange. Er war der einzige Zuschauer, der an dieser Stelle klatschte.

Als Nora zu ihrem Mann sagte: »Ich war fröhlich und vergnügt, wenn du mit mir gespielt hast, so wie die Kinder es waren, wenn du mit ihnen gespielt hast, unser Zuhause war nichts anderes als ein Spielzimmer, du hast uns ja alle wie Puppen behandelt, gar nicht wie Menschen!«, da dachte Robert: »Die Frau auf der Bühne ist meine Mutter.« Wenn er ehrlich war, hatte er sich während der Vorstellung nicht besonders für diese Nora interessiert. Aber als sie mit einem Mal hinausging aus dem Puppenhaus und die Tür hinter sich zuschlug, dass die Puppenstubenwände wackelten, fing Robert an zu weinen. Er weinte so herzzerreißend, so laut um Atem ringend, schluchzte so erschütternd, dass die Zuschauer um ihn herum vergaßen aufzustehen. Er weinte und weinte. Warum kann es nicht sein, dass eine Familie auch ein Ort ist?

Nach der Vorstellung standen Mutter und Sohn noch einen Moment auf dem leeren Platz vor dem düsteren Theaterbau. Zwei beschwipste Frauen kamen an ihnen vorbei. Sie kämen von einer Beerdigung, riefen sie, darauf sangen sie ein Lied.

Robert stotterte zusammenhangslose Worte, er versuchte, ernst zu schauen, plötzlich sagte er: »Jedes Herz hat zwei Herzkammern. Die eine will weg und will ein Anarchist sein, und die andere will geborgen sein, die andere Herzkammer. Jemand, der sagt, er hätte nur eine Herzkammer, nämlich die Anarchisten-Herzkammer, und der andere nur die, die zu Hause sein will – der lügt.«

Irgendwie ahnte Robert, dass die Kadettenschule der Fehler seines

Lebens war. Er wusste, dass er niemals in eine Uniform passen würde. Die Offizierslaufbahn war nichts für ihn.

Warum eigentlich kann es nicht sein, dass die Familie ein Ort ist?

Auf dem Weg in die Berliner Gästewohnung der FDJ, wo sie übernachteten, überwältigten Robert Fragen über Fragen. Er sah sich in eine ausweglose Richtung unterwegs – wie seine Mutter.

Es war zu spät für die Umkehr.

10

Robert saß mit starr aufgerissenen Augen inmitten von Bohnerwachsgeruch und Anstaltslärm an einem langen Tisch. Kadettenanstalt Naumburg. Seit ein paar Minuten hockte er hier in der Eingangshalle, völlig allein und frierend, obwohl es ein warmer Augustabend war. Seine Eltern waren nach Cottbus zurückgefahren. Gabriele wollte ihrem Sohn vor dem Anstaltstor noch einen heimlichen Kuss zum Abschied geben. Robert stieß sie weg, er mochte nicht geküsst werden, er wollte ein Mann sein. Jetzt waren die Eltern mit dem kleinen Bruder fort. Ihn hatten sie in dem Traum des Vaters von den Elitesoldaten ausgesetzt.

Robert musste seinen eigenen Traum finden. Er hatte beide Hände im Schoß liegen, unter dem Tisch, neben sich einen Trainingssack mit ein paar persönlichen Sachen. Zwei Bücher. Briefpapier. Er hatte seiner Mutter versprochen, jede Woche einen Brief zu schreiben. »Schreib alles auf«, hatte sie zu ihm gesagt. »Es wird dir helfen.«

Sobald er aus seiner Verlorenheit durch einen Ausbildungsoffizier aufgeschreckt wurde, musste er laut gebrüllte Kommandos befolgen, wie ein eingefangenes Tier, das von einem fremden Kontinent hinter diese Mauern verschleppt worden war. Hier, in dieser makabren, undurchschaubaren Umgebung fand die Eingewöhnung in seine Exekution statt. Hier sollte er lernen, auch angesichts des Allerschlimmsten ruhig zu bleiben. Lerne, das herabstürzende Fallbeil mit einem Lächeln zu empfangen.

Robert war schon auf dem Weg zu den Duschen. Alles grünlich beleuchtet, Kachelgänge und nackte Füße, kleine nackte Füße von den anderen Kadetten, die alle neben und über seinen kleinen nackten Füßen hertappten und mit ihren Sohlen über die graugrünen Kacheln schmatzten – eine ängstliche Herde, die nur in diese eine Richtung flüchten konnte, wo die Duschkabinen auf sie warteten.

Jetzt begann er zu ahnen, welche Wirklichkeit ihn hinter seiner Ausbrechersehnsucht erwartete. Grüne Kachelgänge, brüllende Offiziere.

»Duschen! Los! Wir schauen genau zu, wer sich vor dem kalten Wasser drückt!«

Sein nackter Körper zwischen den anderen nackten Körpern. Er schämte sich. Er hatte sich vorher nie so geschämt. Er wusste nicht, wohin er schauen sollte. Die kleinen Zipfel der anderen Kadetten zogen seine Blicke an, gegen seinen Willen, er konnte nur auf die wippenden Dinger sehen zwischen den Beinen.

Am Abend schrieb Robert gleich seinen ersten Brief an die Mutter. Die Nachtwache ließ sich den Briefbogen geben, las: »Liebe Mutti! Ich habe einen anderen Körper, beim ersten Mal Duschen sah ich an den Blicken der Kadetten, dass ich anders aussehe. Von dem Unteroffizier Schnedelbach wurde mir gesagt, dass ich Jude bin. Ich dachte, etwas ist mit mir nicht in Ordnung. Was ist das an mir, das anders ist? Der Offizier sagte, dass ich beschnitten bin. Das wäre so bei den Juden. Vielleicht bin ich metaphysisch, dachte ich, als ich in das gekachelte Bad kam. Wegen dieser Duschköpfe über mir. In der Schule habe ich das immer wieder gesehen und gelernt, wie die Juden unter den Duschköpfen standen, aus denen kein Wasser kam. Die Bilder von Auschwitz erinnere ich genau. Als dann der Offizier plötzlich die Tür zumachte, bekam ich absolute Platzangst unter den anderen zwölf nackten Kadetten. Vielleicht ist es Quatsch, aber irgendwo tief drin fragte es, was kommt da oben jetzt wohl heraus? Kommt da wirklich Wasser heraus? Bei diesen Duschen kam erst Dampf heraus. Weil sie vorheizten, deshalb. Erst wurden wir kochend heiß, dann eiskalt geduscht. Als wir rauskamen, waren unsere Privatsachen verschwunden. Es lagen für alle Trainingsanzüge bereit. Anziehen. Abendbrot. Und zack! Gleich werden wir auf die Schlafsäle verteilt. Morgen …«

Die Wache fragte Robert in freundlichem Ton: »Du? Kleiner? Haben dir das deine Eltern nicht gesagt?«

»Ich habe mich nicht getraut, sie zu fragen«, flüsterte Robert zu dem Kopf über dem Briefpapier hinauf.

»Du bist in England geboren, Kleiner«, sagte der Wachsoldat.

»Ich habe einmal meinen Vater gefragt, warum ich in England geboren bin.«

»Was hat er geantwortet?«

»Weil wir Antifaschisten sind und Hitler-Deutschland verlassen mussten. Er hat nichts von dem gesagt, dass wir Juden sind.«

»Gut, Kleiner. Pass mal auf.« Die Wache sah sich um. »Ich bin auch jüdisch. Mach dir nichts draus. Morgen kriegt ihr eure Uniformen. Schreib deiner Mutter, dass ich Oberfähnrich Kurt Nagel bin und ein Auge auf dich haben will. Das hilft ihr ein bisschen von den Sorgen, die sie sich macht wegen dir.« Mit diesen Worten reichte Nagel Robert den angefangenen Brief zurück.

Robert saß schweigend da.

»Wenn dich jemand belästigt, Kleiner, kommst du zu mir.«

Robert nickte. Oberfähnrich Nagel ging nach vorne. Es ertönte ein Pfiff. Alle mussten sich neben den Tischen aufstellen. Robert zerriss schnell den Brief. Es war ihm unmöglich, seiner Mutter einen Brief zu schicken, den schon jemand vor ihr gelesen hatte.

Dann erfolgte die mit Spannung erwartete Verteilung auf die Schlafsäle. Die Aufenthaltsräume waren immer für zwölf Knaben. Je fünfundzwanzig Kadetten kamen auf einen Schlafsaal. Der Junge im Bett neben Robert hatte große schwielige Hände, die Schwielen waren zum Teil aufgerissen, blutig. Robert konnte nicht hinschauen. Auf der anderen Seite lag einer, der musste unaufhörlich pupsen.

Nagel löschte das Licht im Saal. Robert versuchte zu schlafen. Er hätte dem Oberfähnrich gern erklärt, warum er den Brief zerreißen musste. Er wusste jedoch nicht, mit welchen Worten er sich ihm verständlich machen konnte.

Die Geräusche der anderen im Schlafsaal, der Lärm von der Fernverkehrsstraße, die an der Anlage vorüberführte, die huschenden Lichter in den Fenstern, die matte Lampe über der Saaltür, die die ganze Nacht brannte und unter der der Oberfähnrich wie ein Gespenst auftauchte – Robert konnte nicht einschlafen. Er zählte bis sechzig, als das nichts half, stellte er sich vor, zu schlafen und bloß zu träumen, dass er wach lag. Er träumte, dass er einen Oberfähnrich kannte mit Namen Nagel, er träumte, dass er Jude geworden war, er träumte die schwieligen roten Hände seines Bettnachbarn und den Gestank des pupsenden Jungen auf der anderen Seite, er träumte das schmale Bett, die Geräusche von der Fernverkehrsstraße, er träumte die huschenden Lichter, die Glut der Kippen, wenn die Nachtwache rauchte, die geflüsterten Stimmen. Alles geträumt. Er presste das Gesicht in das Kopfkissen, um nicht zu weinen. Er wurde fast ohnmächtig vor Atemnot. Er schluckte die Tränen hinunter. Er fand keinen Schlaf. Bis zum Wecken nicht. Er stand auf und riss sich zusammen. Nach der kalten Dusche blieb ein unbeaufsichtigter Moment, den nutzte Robert und lief im Trainingsanzug auf den Hof. Die frische Luft richtete ihn auf. »Ach ja«, sagte er vor sich hin. Und: »Sehr gut. Ich träume ja alles nur.« Dabei wusste er nicht, wie lange ihm dieser Trick helfen würde. Er hatte ständig das Gefühl, dass die Zeit wie ein langsames Ungeheuer auf ihn zukroch. Er konnte kaum einen Schritt tun. Auf seinem Körper machte sich das Gewicht von über tausend Tagen und Nächten breit, die er hinter diesen Mauern noch vor sich hatte.

Er stand schon eine Weile im Anstaltshof, starrte die Mauern an, diese hohen Mauern, so hohe hatte er noch nicht gesehen. Er hob den Kopf, sah höher hinauf, noch höher, die Mauern hörten gar nicht auf, sie reichten bis in den Himmel. Und dann kamen erst die Beobachtungstürme. Dort oben standen Posten, die ragten mit ihren Stahlhelmen direkt in die Wolken. Die Gewehrläufe stachen ins Himmelszelt.

Er überlegte. General Stauffenberg hatte Panzereinheiten durch die Eifel zum Einmarsch nach Frankreich kommandiert. Das erzählte ihm einmal sein Vater. Der Vater erkannte Stauffenbergs Widerstand gegen Hitler nicht an. »In welcher Anstalt«, fragte sich Robert, »hatte Stauffenberg das Handwerk des Krieges gelernt? Hier? In Naumburg?« Bei Hitler befand sich hinter diesen Mauern die Nationalsozialistische Erziehungsanstalt. Hellmann. Sturmführer SA. Heute kommandierte hier Generalmajor Blechschmidt.

Ein anderer Kadett kam zu Robert gelaufen und stellte sich neben ihn. Er suchte nach dem, was Robert sah. Robert sah die hohe Mauer. Der andere merkte natürlich nicht, dass Robert die Mauer träumte. Der andere fragte Robert, ob er dabeibleiben könne.

»Wobei?«, fragte Robert.

»Bei dir.«

Weil der höflich fragte, antwortete Robert ebenso höflich: »Gewiss. Wir müssen aber Ruhe bewahren.«

»Warum?«, fragte der andere.

»Weil die Ruhe eine Pflicht ist. Und weil ich alles träume«, sagte Robert schließlich.

Der andere fragte, wie lange Robert schon träumte.

Robert legte den Kopf noch weiter zurück in den Nacken: »Schon lange, seit dreißig Millionen Lichtjahren, aber das merkt man mir nicht an.«

»Was?«

»Dass ich schon so lange, seit dreißig Millionen Lichtjahren hohe Mauern träume. Siehst du es mir an?«

»Nein«, sagte der andere.

»Na also. Die Welt träumt von langen, hohen Mauern. Warum? Warum wohl träumt sie davon?«

»Ja, warum?«, fragte der andere.

Robert bemerkte, dass es der Junge aus dem Bett rechts von ihm war, der mit den schwieligen, aufgesprungenen blutigen Händen.

»Denk mal an die Chinesische Mauer«, sagte Robert und konnte dabei nicht von den Händen des anderen wegsehen. »Die Chinesische Mauer ist nur zum Anlehnen da. Die Welt braucht das. Mauern. Hohe Mauern. Weil sie dann einen Aufschub gewinnt. Gegen das Andere.«

»Ich kann frei stehen«, sagte der Kadett mit den Schwielenhänden.

»Du. Aber die Welt? Warte, bis sie fertig ist.«

»Womit?«

»Mit dem Bau von Mauern.«

»Die Welt?«

»Die Welt, ja, in der wir leben. Die Welt.«

Ein Wind kam auf und fuhr bis in die Gedanken der beiden Knaben hinein.

»Was ist mit deinen Händen los?«, fragte Robert den anderen.

»Einen Tag bevor ich nach Naumburg gefahren bin, kam das Winterholz. Drei Ster. Die musste ich sägen und klein hacken, in'n Korb rein, in'n Keller schleppen. Meine Mutter ist klein und hat, seit mein Vater abgehauen ist, keinen Neuen gefunden.«

Sie traten von einem Fuß auf den anderen.

»Man darf hier nicht alleine auf die Toilette gehen«, sagte der andere. »Weißt du das?«

»Zu wievielt muss man denn gehen?«, fragte Robert.

»Das weiß ich doch nicht. Die Zahl ändert sich jeden Tag. Nachher werden wir es von Unteroffizier Schnedelbach erfahren. Ich weiß nur, dass man nicht alleine gehen darf.«

»Komm«, sagte Robert, »gehen wir zurück zu den anderen. Sonst merken sie noch etwas von unserem Traum von den Mauern.«

»Gleich«, sagte der andere. »Gleich bekommen wir die Uniformen. Sie sind wie die von der NVA, gleicher Stoff.«

»Woher weißt du das?«

»Von meiner Mutter. Sie arbeitet bei VEB Mode. Auf den Schulterstücken von unseren Uniformen soll ein goldenes K stehen.«

Robert lachte. »Gold? Mensch. Da wird man sich anstrengen müssen.«

»Es ist von vorneherein drauf!«

»Umso mehr«, sagte Robert. »Wie heißt du eigentlich?«

»James.«

»Ach du bist James?«

»Ja.«

»Wie mein kleiner Bruder.«

»Und du?«

»Ich bin Robert.«

»So heißt mein Vater.«

»Das hat der Zufall gut ausgewählt«, sagte Robert.

»Aber der ist abgehauen.«

»Dein Vater ist abgehauen?«

»Ja. Mit 'ner anderen. Die haben immer zusammen Radio gehört auf'm Bahnhof in Sangerhausen, da war ein Funkloch, da sind die West-Sender nur so reingerauscht. So haben sie sich kennengelernt.«

Robert und James lachten unter der hohen Mauer. Und das träumten sie beide, und sie merkten es, oder sie merkten es doch gar nicht?

Sie mussten Löcher in ihre Träume schlagen.

»Was glaubst du, James, warum unsere Eltern uns gezeugt haben?«, fragte Robert.

»Das musst du sie selbst fragen.«

»Völlig richtig. Aber kannst du sie das fragen?«

»Nein. Das würde ich mich nie trauen. Du?«

»Ich auch nicht. Ein Freund in Cottbus hat mal gefragt.«

»Und?«

»Sie haben gesagt: So etwas fragt man nicht als Kind. Der Vater meines Freundes hat gesagt, mit dir ist was nicht in Ordnung. Das liegt in deiner Existenz begründet.«

»Was?«

»Dass seine Eltern ihn gezeugt haben.«

James sah vor sich hin. »Ich kann mir nicht vorstellen, wie sie das gemacht haben. Mich als Kind? Warum? Wenn man dann mit einer vom Bahnhof abhaut?«

»Ich kann es mir auch nicht vorstellen. Sie haben einen großen Fehler gemacht.«

»Was willst du werden?«

»General. Du?«

»Stalin. Warum willst du General werden? Der ist unter Stalin?«

»Es kann nur einen Stalin geben.«

11

Die Uniform aus schwerem Kammgarn kratzte Robert, besonders an den Beinen, am Kragen und auf der Schulter. Als er sich damit im Spiegel sah, war er sich nicht ganz sicher über den Eindruck, den er in dem dunkelgrünen Ungetüm machte. Robert fand, die Uniform sah an ihm irre aus. Allerdings konnte er in einem Traum kaum anders gekleidet erscheinen.

Er musste nur noch sieghafter gehen. Sieghafter auftreten. Sieghafter.

Er fühlte sich einsam. Er fühlte sich traurig. Er las Anton Makarenko. *Der Weg ins Leben.* Er fürchtete sich vor dem Aufstehen. Nicht vor der eiskalten Dusche fürchtete er sich, nicht mehr vor dem Nacktsein, nicht vor dem Frühsport, nicht vor dem brutalen Unteroffizier Schnedelbach. Er fürchtete sich vor dem kratzenden Ungetüm aus grünem Kammgarn, er fürchtete sich vor der Uniform.

Die Schule kam Robert hundertmal schlimmer vor, als er sich die Nationalsozialistische Erziehungsanstalt vorstellte. Alles war in nasse Kälte getaucht. Die Uniform. Die Betten. Die Räume. Den Ton, den die Vorgesetzten den Kadetten gegenüber anschlugen, kannte Robert nur aus alten Filmen und vom Erzählen. Jedes Wort wurde gebrüllt. Der Einzige, der nicht brüllte, war Oberfähnrich Kurt Nagel. Leider war Kurt Nagel ununterbrochen krank, und irgendwann blieb er ganz weg. Er war zum Kabarett nach Leipzig gegangen, erfuhr Robert viel später, trat im »Rat der Spötter« auf. Robert wollte Nagel einen Brief schreiben. Er wollte ihm die Kadettenanstalt aus seinem Blickwinkel schildern. Die Kadettenanstalt als Kabarettnummer.

Sie hatten jeden Tag bis Mittag Schule, Robert lernte Fremdsprachen, Russisch und Englisch. Russisch vernachlässigte er, er warf sich auf Englisch. Shakespeare und John Steinbeck. William Faulkner. F. Scott Fitzgerald.

Nach dem Unterricht fand die militärische Ausbildung statt.

Geländeübungen. Alle vier Wochen großer Alarm: amerikanische

Spione im Umfeld von Weißenfels. Dann musste Robert mit seinem Zug los. Es ging tage- und nächtelang durch die thüringischen Wälder, immer hinter den vermeintlichen amerikanischen Spionen her. Die Kadetten bauten sich selbst eine Schwimmhalle, Boden ausschachten, Fundament auszementieren, alles machten sie selbst. Das wollte er alles penibel aufschreiben, um es Nagel als Nummern-Programm für den »Rat der Spötter« anzubieten.

Sie waren vier Freunde. Robert. James mit den blutigen Händen aus Sangerhausen. Karl, der Hammer aus Rostock. Fritz, der Pupser aus Berlin. Fritz war der Clown. Karl hatte die meiste Kraft. James war das Organisationstalent. Robert war das Gehirn der Vierergruppe. Robert, James, Karl und Fritz gaben in ihrem Zug den Ton an. Sie hatten ihre festen Plätze im Kinosaal der Anstalt. Die Plätze konnte ihnen keiner streitig machen. Sie waren die Bosse.

Es gab verschiedene Arbeitsgemeinschaften. Arbeitsgemeinschaft »Geschickte Hände«, Arbeitsgemeinschaft »Volkstanz«. Robert war bei der Arbeitsgemeinschaft »Rundfunk«. Er schrieb und nahm Kriminalhörspiele auf, bei denen die anderen Kadetten herausfinden mussten, wer der Täter war. Robert dachte sich eine Menge Geschichten aus. Wer zuerst mit der richtigen Lösung in das Rundfunkarchiv kam, der erhielt eine Schachtel Kekse als Auszeichnung.

Zu essen gab es dreimal wöchentlich Eintopf. Krautwickel ohne Fleisch. Gulasch. Gekochten Fisch. Alle vier Wochen gab es am Dienstag große Teller mit Schweinsleberstücken.

Nach eineinhalb Jahren wurde die Ausbildung brutaler. Der Traum von den Elitesoldaten wurde immer mehr zum Alptraum. Die Löcher wurden größer. Durch diese Löcher schaute Robert in die leere Welt seines Vaters, in welcher der Fanatismus wie ein Lötkolben leuchtete, weil kein besseres Licht vorhanden war. Alles erschien darin verzerrt und entstellt.

Viele hatten Heimweh. Robert trainierte es sich ab, bis er kein Heimweh mehr hatte. Er lag die langen Nächte hindurch wach im Schlafsaal. Er trainierte, ohne Tränen zu weinen.

Über der Tür des Schlafsaals die matte Lampe. Sie gab ein milchiges Licht. Es war nie ganz dunkel. Wenn das große Licht ausging, dann schien der Mond. Die Lampe nannte Robert den Mond. Roberts Mond.

Wenn die jungen Kadetten aus den Ferien zurück waren, sah Robert in dem trüben Licht des Mondes, wie nachts die Decken bebten – weil die Jungs darunter heulten. Keiner wollte, dass es die anderen merkten. Irgendwann schlichen die Ersten hinaus.

Robert wusste, dass sie nicht aufs Klo gingen. Sie schlichen sich unter das Dach und versuchten, sich dort oben aufzuhängen. Zwei von ihnen sah Robert hängen, aber beiden war der Selbstmord nicht gelungen. Es reichte lediglich für Verrenkungen und Schürfwunden im Hals- und Nackenbereich.

Wenn Robert in den Spiegel sah – was er ununterbrochen tat, immer wieder studierte er sein Spiegelbild –, sah er müde und gleichgültig aus, stumpf. Er hatte alle Spannkraft verloren. Er sah in den Spiegel und fragte sich, was das war, das ihn anders machte, anders gemacht hatte seit seiner Ankunft.

Er hatte plötzlich das Verlangen nach Schnaps. Er wollte auf seine Umgebung nicht mehr mit logischen Gedanken antworten, er wollte sich auf den Kopf stellen mit einer Schnapsflasche zwischen den Füßen. Dabei kam ihm die Hitler-Idee: Wenn er alleine vor den Spiegeln in den Waschräumen stand, probierte er, wie Hitler zu gestikulieren und zu reden.

Es machte ihn regelrecht rasend, dass er über vieles schrieb, bloß nicht über seine realen Erlebnisse. Er wollte doch dem Oberfähnrich Kurt Nagel alles aufschreiben, dass die was zum Lachen und zum Schaudern hatten beim »Rat der Spötter«: Spione. Schweineleber und ein Kadett, der in der ehemaligen preußischen Kadettenanstalt den Hitler probierte. Er konnte oder er wollte es nicht aufschreiben. Er schrieb: »Der Abend brach herein. Bei der Erinnerung an den Eintopf des gestrigen Tages, der voller Maden war, stülpt sich mir der Magen um. Ich erbrach mich über den Tellern meiner Kumpel. Das sorgte für eine heftige Prügelei. Unteroffizier Schnedelbach versuchte, mich festzuhalten, ich trug ihn auf hochgestemmten Armen durch den Saal zur

Essensausgabe. Das sorgte für Heiterkeit. Die aber bald verstummte. Daraufhin beachteten mich die anderen tagelang nicht. Weder der Pupser noch der Hammer noch die roten Hände. Ich durfte nicht länger ihr Wortführer sein. Sie wollten meine Überheblichkeit brechen durch Isolation.«

Kaum ein Satz über das Leben in der Kadettenanstalt, lieber schrieb er über die Nächte mit seiner Lieblingsschauspielerin Sophia Loren.

»Ein nacktes müdes Weib. Ich bemerkte, wie sie ein Gähnen zurückhielt. ›Geh schlafen‹, flüsterte ich. Ein Mann, der seiner schönen Geliebten nicht alles vergibt, was sie aus einer Laune heraus tut, vernichtet das Gold seines Glückes mit ihr für immer. Am nächsten Tag schlief Sophia bis Mittag, dann brachte ich ihr das Frühstück ans Bett.«

Robert wollte weg aus Naumburg. Er wollte Gedichte schreiben und Geschichten von jungen Frauen wie Sophia Loren, die er in verzwickten Liebesgeschichten auftreten und glücklich oder unglücklich werden ließ. Er wollte nicht länger amerikanische Spione in den Wäldern von Thüringen jagen und reaktionäre Bruno Kielings umerziehen.

Er schrieb dem Vater einen Brief. Er bat ihn eindringlich, ihn von der Kadettenschule herunterzunehmen. Er wollte sich nicht länger zum Offizier der NVA drillen lassen. Er wollte Schriftsteller werden.

Aus Berlin antwortete der Vater seinem Sohn: »Nun zu Deinem Wunsch, Schriftsteller zu werden. Du fragst, was Du dazu unternehmen sollst. Das Erste und Wichtigste ist, dass Du jetzt alle Möglichkeiten, viel zu lernen, gut nutzt. Du meinst, Dein Besuch der Kadettenschule würde Dir diesen Berufswunsch versperren. Das ist nicht richtig. In der Kadettenschule erwirbst Du Dir nicht nur die notwendigen Grundkenntnisse, sondern, da Du im Kollektiv heranwächst, bist Du auch in der Lage, die Menschen besser kennenzulernen. Du hast außerdem die Gewähr, dass Du im Geiste des Marxismus-Leninismus erzogen wirst. Schriftsteller, die nicht fest auf dem Boden dieser Weltanschauung stehen, können heute schon bei uns kaum bestehen und werden es in der Zukunft schon gar nicht mehr. Du meinst, dass der Besuch der Kadettenschule Dich für Dein Leben zum Beruf des Truppenkommandeurs stempelt. Das ist nicht richtig. Du wirst dann eines Tages Politoffizier, lernst die Menschen gut kennen, weil Du mit ihnen lebst, schreibst Du einen guten Roman. Ich glaube daher, dass Du keine Sorgen um Deine Zukunft zu haben brauchst. Das sei für heute von mir alles. Herzliche Grüße und Küsse von Deinem Vati«.

Kein Entkommen. Auf vier Jahre nicht. Die Kadettenschule funktionierte wie ein Knast. Ausgang nur zu viert. Nur sonntags, nur zwei Stunden. Wecken um halb sechs Uhr. Dreiviertelstunde Frühsport. Dann war Unterricht.

Robert hielt es in der Kadettenanstalt nicht mehr aus.

Er musste einen Ausweg finden. Er kam auf die Idee, vor den Offizieren den Hitler zu spielen, er wollte alles sagen, was in der DDR verboten und ein Tabu war. Er legte los, die Proben vor dem Spiegel sollten ihm jetzt zu dem erwünschten Schockeffekt verhelfen, zum sofortigen Rausschmiss aus der Kadette Naumburg.

»Ich bin ein Staatsfeind. Der Sozialismus ist das Allerletzte, was ich überhaupt kenne«, brüllte er mit bellender Hitler-Stimme.

Nichts passierte. Die anderen Kadetten lachten. Die beiden Offiziere sahen Robert erst mal nur hilflos an.

Robert machte weiter mit seiner Nummer. »Der Kapitalismus ist besser. Der Sozialismus ist Scheiße! Adolf Hitler hatte recht. Die Vermischung der Rassen ist ein schändliches Verbrechen. Juden sollten abhauen. Die katholische Kirche hat auch recht.«

»Dieser Junge bringt zu viel Unruhe in die Truppe! Er muss gehen!« Die Offiziere packten Robert, während sich ein paar der Kadetten halb totlachten – die Mehrzahl lachte jedoch nicht. Sie wandten sich von seinem Auftritt ab.

Man zerrte Robert in die Anstaltsküche, verdonnerte ihn zum Küchendienst. Robert nahm den großen Teekessel und kippte sich den heißen Tee über die Beine. Mit einem verbrannten Bein kam er in die Krankenstation. Später rannte er mit scharfer Munition los und ballerte unter den hohen Mauern herum.

Alles, was er sich mit seinen skandalösen Auftritten einhandelte, war, dass ihm der Ausgang gestrichen wurde und er nicht mehr nach

Naumburg zum Tanzen durfte. Die anderen Kadetten sprachen jetzt nicht mehr mit ihm. Er wurde aus dem Schlafsaal geholt und musste mehrere Nächte im Stehen verbringen.

Seine Mutter, die Robert gerne aus dem Kerker in Naumburg gerettet hätte, konnte gegen ihren Mann nichts ausrichten. Aber einmal belauschte sie durch die offene Tür des Arbeitszimmers ein Gespräch zwischen ihrem Mann und General Ganzburger. Die beiden Männer standen mit ihren Whiskygläsern am Fenster. Sie tranken, rauchten amerikanische Zigaretten. Gabriele Papst stockte der Atem. Die Neuigkeit, die sie aufschnappte, wollte sie so schnell wie möglich Robert zukommen lassen: Die DDR-Führung hatte die Schließung der Schule zum kommenden Juni beschlossen. Es war Ende April.

Unter einem Vorwand fuhr Gabriele zwei Tage später an die Saale nach Naumburg. Sie traf Robert vor dem großen Eingangstor. Von dort aus ging sie mit ihrem Sohn ein Stück spazieren. Aus Robert war ein junger, schlanker Mann geworden, mit Ansatz zu einem schwarzen Stoppelbart. Seine dunklen verträumten Bubenaugen blickten sie jetzt energisch an, bohrend, entschlossen. Sie hätte ihn gerne noch einmal geküsst, wie sie ihn früher zur Nacht in den Schlaf geküsst hatte.

Robert sah, dass die Mutter dicker geworden war, die feinen Konturen hatten sich verloren in einem von Unlust und Alkohol gezeichneten Gesicht. Und doch war alles vertraut zwischen ihnen, und das feine Gefühl füreinander war schon beim ersten Hallo wieder da.

Als sich die Neuigkeit von der bevorstehenden Schließung der Anstalt herumsprach, war es mit dem Unterricht und mit der Disziplin vorbei. Binnen eines Monats gab es in der Kaserne nichts mehr, was noch funktionierte. Sämtliche Waschbecken wurden von den Kadetten aus den Wänden gerissen und zertrümmert, die Fenster und Türen kaputt gehauen. Robert schrieb auf die Tür unter dem Mond: »Das Ende von 1000 Tagen Angst! Heilt Hitler in euch!«

Die Offiziere trauten sich nicht mehr, gegen die jungen Kadetten vorzugehen.

Robert schrieb, aber er schrieb immer noch nichts von dem auf, was passierte. Er schrieb sich weg. Er beschrieb, wie er mit Sophia Loren am

Strand schlief. Er hätte lieber das genaue Protokoll geschrieben über die Auflösung der Kadette von Naumburg. Aber sobald er sich hinsetzte, um über Naumburg zu schreiben, geriet ihm ein weiteres Liebesabenteuer mit der schönen Sophia Loren dazwischen.

»Mir fehlt die Geduld eines Buchhalters. Ich sollte bei einem Uhrmacher in die Lehre gehen, Unruhen reparieren, Geduld lernen. Ich kann nicht aufschreiben, was ich sehe. Ich kann nur Gegenentwürfe aufschreiben«, notierte er.

Wenn nicht Sophia Loren dran war, dann dachte er über ein Versdrama nach über Kain und Abel. Er haderte mit sich selbst. »Ich schreibe über Kain und Abel und über Sophia Loren. Dieses verfluchte Hinausschreiben, dieses Rausschreiben aus dem, was ich vor mir sehe, das Rausschreiben ist meine Krankheit. Warum schreibe ich mich nicht ran? Warum schreibe ich mich raus? Raus aus was – warum?«

Das Politbüro des ZK der SED beschloss offiziell die Auflösung der Kadettenanstalt Naumburg. Der Aufwand für diese Anstalt stand in keinem Verhältnis zum Nutzen, eine gewisse Inzucht sollte vermieden werden, waren doch die Mehrzahl der Kadetten Generals- und Funktionärssöhne. Auch die Zielstellung, die Kadetten auf eine Ausbildung an einer Offiziersschule der NVA vorzubereiten, wurde nicht erreicht. Andere Stimmen sagten, dem für Armeefragen verantwortlichen Erich Honecker sei zugetragen worden, dass auf der Kadettenschule von Naumburg eine Selbstmordorgie eingesetzt habe.

Jetzt war Robert heraus aus dem Elitesoldatentraum seines Vaters. Jetzt war Naumburg seine Geschichte. Er hatte etwas zu erzählen. Doch, seltsam genug, wenn ihn sein Bruder James nach den Erlebnissen von Naumburg fragte, schüttelte Robert den Kopf – und schwieg.

Er trug diese vier Jahre in seinen tiefsten inneren Keller hinunter. Sein Stolz verbot es ihm, den anderen seine Tränen sehen zu lassen.

12

Der Traum von den hohen Mauern wurde an anderer Stelle weitergeträumt. Während Robert vier Jahre auf der Kadettenschule zubrachte, hatte sein Vater den Aufstieg aus der Provinz nach Ost-Berlin und zum Staatssekretär und stellvertretenden Kulturminister geschafft.

Gabriele Papst fand sich von Tag zu Tag in einer immer auswegloseren Lage – in Ost-Berlin war für sie alles feindlich, zugleich war es zum Fortgehen längst zu spät. Eine Rückkehr nach London, wohin sie sich sehnte, kam nicht mehr in Frage. Auch die Familie bot keinen Ausweg aus der verfahrenen Situation. Sie hatte drei Söhne und musste sich entscheiden zwischen bürgerlicher Wehmut, endloser Unzufriedenheit und dem Leben in Ost-Deutschland.

Gabriele entschied sich für das reale Leben in der DDR.

»Man kann auch im Kopf reisen, das sind die viel weiteren Reisen«, redete sie sich ihre Entscheidung schön.

Mit immer größeren Portionen Alkohol verabschiedete sie sich von ihrem letzten Traum, eines Tages als Schauspielerin auf einer Berliner Bühne zu stehen. Sie trat in die Partei ein, wurde Mitarbeiterin in der Abteilung für Agitation und Propaganda beim ZK der SED. Gabriele Papst wollte dann doch lieber an der Seite ihres Mannes für ein neues Deutschland kämpfen.

Als Teil der DDR-Führung war Klaus Papst jetzt intensiv mit der Planung zur Abriegelung der offenen DDR-Grenze nach West-Berlin beschäftigt. Eine unwiderrufliche Antwort wollte der DDR-Ministerrat auf die massenhaften Abwanderungen der jungen Menschen aus Ost-Deutschland geben, ein undurchlässiger Riegel zwischen der DDR und West-Berlin wurde geplant. Die Vorbereitungen mussten geheim und vorsichtig betrieben werden. Sie zogen sich mehr als zwei Jahre hin. Noch waren die Warschauer-Pakt-Staaten, unter dem Kommando der KPdSU in Moskau, gegen Ulbrichts Mauerpläne. Doch Ulbricht verfolgte beharrlich sein Abriegelungsvorhaben. Immer neue Gerüchte kursierten.

13

In diesen Jahren feierte das Theater Bertolt Brechts – das Berliner Ensemble – auf der ganzen Welt Triumphe.

Mit seinen grandiosen Schauspielern, allen voran der Star des Ensembles, im Volksmund Helli genannt, sollte es das »menschliche Antlitz der neuen sozialistischen Zeit« überall hintragen.

Erst lief die Einladung des Theaters aus Berlin als vages Gerücht durch Bukarest. Doch falls es sich bewahrheiten sollte, würde sich einer besonders freuen, die berühmte Helli wiedersehen zu dürfen: ihr fremder Vetter, der Professor Otto Meinl.

Wie Klaus Papst war Otto Meinl aus Deutschland vor den Bluthunden Hitlers geflüchtet. Im Unterschied zu Papst aber brannte Meinl nicht auf eine Rückkehr nach Berlin. Noch nicht …

14

Im Sommer des Jahres 1957 gastierte das Berliner Ensemble tatsächlich mit Maxim Gorkis *Die Mutter* in Bukarest. In der Hauptrolle: der Star! Helli! Die weltberühmte Schauspielerin war die Cousine des Psychologen Otto Meinl.

Sie war einen Tag nach dem Reichstagsbrand im Februar 1933 vor den Nazis über Dänemark, Schweden bis nach Amerika geflüchtet, um im Jahr 1948 nach Ost-Berlin zurückzukehren.

Otto Meinl hatte Hitler-Deutschland über Prag verlassen und floh nach Rumänien, wo seine Schwester reich verheiratet war.

»Tu mir einen Gefallen«, bat Otto seine Frau Melanie, »besorg Theaterkarten für dich und für mich für das Gastspiel aus Berlin.«

Es war keine Kleinigkeit, für dieses Ereignis Karten zu bekommen. Ganz besonders für Otto Meinl nicht, der bei der stalinistischen Parteiführung in Ungnade gefallen war als »bürgerlicher Psychiater«, der deshalb seine Professur an der Universität von Bukarest verloren hatte und ein Leben unter jämmerlichen Bedingungen führte.

In zweiter Ehe verheiratet mit einer fünfundzwanzig Jahre jüngeren Rumänin, mit der er zwei kleine Kinder hatte, ein Mädchen und einen Jungen, griff er nach jedem Strohhalm, an dem er sich aus dem Zusammenbruch seiner politischen, wissenschaftlichen und menschlichen Hoffnungen herausreißen konnte.

Seine junge Frau sah den kleinen deutschen Professor aus trotzigen Augen an.

»Ach so«, sagte sie, »Karten für das Theater soll ich dir besorgen?« Sie sah sehr schön aus, es quälte ihn, dass sie von ihm fortgegangen war mit ihrem Sohn, während er mit dem Mädchen in einem Zimmer wohnte, das ihm in ihrer einstigen gemeinsamen Wohnung geblieben war.

Es gab nicht mehr viel zu reden zwischen ihnen, die Entlassung aus der wissenschaftlichen Arbeit hatte harte Bedingungen geschaffen.

Sie versuchte sich mit Übersetzungen aus dem Französischen durchzuschlagen, er mit Arbeiten für rumänische Ärzte, die sein Können unter ihrem Namen auf eigene Kasse ausnutzten.

»Ich schäme mich für unser Unglück vor unseren Kindern, vor meinen Freunden in der ganzen Stadt.«

»Ich auch!«, fiel er ihr ins Wort. Ehe er weitersprechen konnte in seinem noch immer etwas mühsamen Rumänisch, sagte sie: »Was willst du denn im Theater? Soll uns etwa deine prominente deutsche Verwandte aus der elenden Lage helfen?«

»Ich habe den Versuch immer aufgeschoben, wieder mit ihr in Kontakt zu treten. Dieses Gastspiel aus Berlin ist eine gute Gelegenheit. Ich weiß ja nicht einmal, ob sie sich überhaupt noch an ihren fremden Vetter erinnert, den sie kurz vor dem Schreckensjahr dreiunddreißig als Teil jener Familie anerkannte, von der sie sich als blutjunge Schauspielerin kurz und bündig losgesagt hatte. Keine Aufwallung des Blutes! Nein, Melanie, auch kein Versuch, das Trennende nicht respektieren zu wollen, allein meine tiefe Freude darüber, diesen Menschen aus meiner Vergangenheit, ungeachtet aller aus allen Himmelsrichtungen tobenden Lebensstürme, wiederzusehen. Dann will ich einmal aus ihrem Mund erfahren, was sie aus dem neuen Deutschland zu erzählen hat.«

Seine Frau hörte ihm seit Langem wieder einmal ruhig zu. Ihre Augen sahen dabei skeptisch und kühl auf ihn, verwundert, herablassend.

»Soll ich das wirklich tun? Mich um Theaterkarten bemühen?«

»Begreif doch. Ich würde mich unsäglich freuen, wenn ich Helli wiedersehen dürfte. Sie ist für mich noch eine Verbindung zu meinem verlorenen Vaterland.«

»Hast wohl vergessen, was dieses verlorene Vaterland dir und uns angetan hat?«

»Liebe Melanie! Gar nichts ist vergessen. Bitte verhilf mir mit deinen Beziehungen in der Stadt zu einer Einladung für das Gastspiel! Ich habe ihr geschrieben, doch mein Brief ist unbeantwortet geblieben. Wer weiß, warum. Falls du es hinbekommst, zwei Karten für uns zu ergattern, wird uns das Gastspiel wenigstens für einen Theaterabend den persönlichen Gram und die Niederlagen vergessen lassen.«

Sie zögerte einen Augenblick. Im Grunde ihrer Seele hatte sie den Glauben an die Ehe mit dem so viel älteren deutschen Mann, von dem sie zwei kleine Kinder hatte, aufgegeben.

Und wie viel Respekt und wie viel Bewunderung hatte sie noch vor ein paar Monaten für diesen Mann gehabt!

Seine wissenschaftlichen Erfolge waren vergessen, der Sieg der Stalinisten hatte ihn auf den Haufen zu den Verlierern geworfen.

Ihre Tochter, die kleine Nora, sang auf der Straße mit den Zigeunern, dafür bekam sie von ihnen eine aus Zeitungspapier gerollte spitze Tüte mit Sonnenblumenkernen. Seinen Sohn Emil sah der Professor nur noch selten. Emil lebte mit der Mutter, trieb sich mit fliegenden Händlern herum, träumte von Reichtum. Bei passender Gelegenheit stahl er seinem Vater eine Rasierklinge und tauschte sie gegen eine frisch geborene Katze ein, die er mit nach Hause brachte. Als die kleine Katze plötzlich starb, begrub er sie traurig auf dem Hinterhof und kam zwei Tage später mit einer jungen, aber diesmal ausgewachsenen Katze an, die er im Tausch für einen gestohlenen Kugelschreiber bekommen hatte.

»Gut. Ich will sehen, was ich tun kann.«

Otto wollte seine Frau hilflos dankbar umarmen, aber sie wehrte seine Bewegung ab, verschwand wie ein flüchtiger Schatten aus der Wohnung.

Es war nachmittags um fünf Uhr. Otto Meinl schloss die Tür, ging nachdenklich auf und ab. Da Nora, seine Tochter, immer noch nicht nach Hause gekommen war, lief er hinunter auf die Straße. Unter einem Kastanienbaum im Kreis von Zigeunern hörte er sie singen. Mit einer ausdrucksvollen, verschwenderischen Kinderstimme sang sie. Schon ganz eigen war diese Stimme. Da kam dem Professor der ganze Sozialismus, Kommunismus grässlich und sinnlos vor. Konnte er seinen beiden Kindern wirklich kein besseres Leben bieten?

Unvermittelt und mit aufgeregter Stimme rief er Nora zu sich.

»Ich will nicht, dass du mit diesen Leuten dort auf der Straße singst«, stieß er hervor.

Das kleine Mädchen richtete einen langen Blick auf den Mann, der ihr Vater war. Ihr Mund war schwarz von Zeitungspapier und Sonnenblumenkernen.

Sie sprach kein Wort, bis sie in ihrem Bettchen lag und unter zusammengekniffenen Augenlidern tat, als ob sie schlief.

Es gab wissenschaftlich noch so viel zu tun für ihn, aber der Professor hatte keinen Arbeitsplatz mehr.

Beinahe sechzig Jahre war er alt. Ein dramatisches Leben lag hinter ihm.

Er saß an seinem Schreibtisch, in trübes Lampenlicht getaucht spitzte er langsam seinen letzten Bleistift an.

Stille im Zimmer. Nora schlief?

Nach dem Abitur hatte Ottos Vater Arthur Meinl, Erfinder einer lichtempfindlichen Sortiermaschine, darauf bestanden, dass sein Sohn an der Technischen Hochschule von München Elektrotechnik studierte. Aber nach sechs Semestern wollte er von der Elektrotechnik zur Psychologie wechseln. Otto Meinl erschien im Psychologischen Institut von Professor Alfred Adler, stellte sich vor, sagte ihm, dass er nicht mehr länger Elektrotechnik studieren wolle. Ihn würden die psychologischen Geheimnisse mehr interessieren als die elektrischen. Alfred Adler nickte. »Ich verstehe. Ich vermute, Sie wollen den Wechsel nur, weil Sie sich vor den Prüfungen fürchten. Wenn Sie die Prüfungen zur Elektrotechnik abgelegt haben und dann immer noch zur Psychologie wechseln möchten, dann nehme ich Sie.«

Er hat sie alle gemacht, alle Prüfungen, Otto Meinl beendete sein elektrotechnisches Studium mit einem guten Abschluss. Damit kehrte er zu Adler und zur Psychologie zurück. In den folgenden Jahren studierte er an der Berliner und später an der Frankfurter Universität. Dort promovierte er im Jahr 1927 an der Naturwissenschaftlichen Fakultät mit der Arbeit *Zur Psychologie sogenannter Abstraktionsprozesse* – Hauptfach Psychologie, Nebenfächer Physik und Philosophie – bei den Professoren Adhémar Gelb und Kurt Goldstein.

Er gehörte zu den Kindern, die ihre Sturm-und-Drang-Zeit in den chaotischen zwanziger Jahren ausleben konnten. Als er von Frankfurt nach Berlin zurückkehrte, besuchte er zum ersten Mal seine Cousine Helli. Sie war eine junge Schauspielerin auf dem Weg zum Ruhm. Er sah sie in Stücken von Gorki und Arnold Bronner auf den Berliner und den Frankfurter Bühnen, besonders lebhaft erinnerte er sich an eine Aufführung: *Der Mond von links.* Helli half ihm später bei der Organisation politischer Abende, die mit ihrer Hilfe und Unterstützung Bombenerfolge wurden.

Ottos Schwester Irma, die in München den reichen rumänischen Unternehmer Jenny Stern kennengelernt und geheiratet hatte, kam aus Kronstadt in Rumänien zusammen mit ihrer Freundin Lilly zu Besuch nach Berlin. Otto verliebte sich auf der Stelle in die stille Pianistin.

Für Lilly bedeutete Berlin die Entdeckung einer andern Welt. Otto führte sie in Clubs. In Bars. Sie hörten politische Reden, sahen Musicals inmitten eines tobenden Publikums. Er hatte Zugang zu allen Gesellschaftsschichten. Er ging mit Lilly zu Max Reinhardt ins Theater. Abends trafen sie sich bei Albert Einstein. Jazz, lautete die Ansage, Orient und Richard Strauss. Lilly hatte nicht genug Augen und Ohren und Sinne für diese explodierende, bedenkenlose, sehr viel versprechende Berliner Welt, um all das aufzunehmen, was dort zwischen

Kurfürstendamm, Reichstag und Friedrichstraße auf sie einstürzte. Otto Meinl zeigte ihr die goldenen und die elenden Winkel Berlins, die Stadtpaläste der Kriegsgewinnler und die unterirdischen Löcher, wo die Bettlerkinder hausten.

Lilly verließ Kronstadt, sie übersiedelte nach Berlin und studierte dort Kirchen- und Schulmusik. Otto und Lilly belegten zusammen Fortbildungsseminare in allen interessanten Wissensbereichen, sie besuchten die fortschrittlichsten Gymnastikkurse.

Otto Meinl arbeitete am Zentralinstitut für Erziehung und Unterricht, besonders beschäftigte er sich mit der Erneuerung der Lehrprogramme für die Grundschule. Lilly bekam eine Stelle als Klavierlehrerin an der Berliner Musikschule. Otto und Lilly heirateten und verbrachten den Sommer in Lychen, in dem Städtchen zwischen den sieben Seen. Dort schrieb Otto ein Kinderbuch: *Tommy und die sieben Flößer.* Das Buch ging auf der Flucht aus Deutschland verloren. Die Weltwirtschaftskrise machte kurzen Prozess mit Meinls großen Plänen, sie warf ihn rücksichtslos auf die Straße zu den anderen Millionen Arbeitslosen.

Die politische Lage in Deutschland verdüsterte sich zusehends. Hitler kam an die Macht, kurz darauf brannte der Reichstag, und gleich am nächsten Tag wurde als Brandstifter ein armer Hascher verhaftet, ein angeblicher holländischer Kommunist. Otto Meinl wusste, was die Stunde geschlagen hatte. Im April 1933 floh er über Nacht mit Lilly von Berlin nach Prag zu den Schwiegereltern. Prag war damals von Flüchtlingen überfüllt. Eine Zeit lang wohnten sie bei Lillys Eltern und versuchten, Arbeit zu finden. Es war aussichtslos angesichts des nicht abreißenden Flüchtlingsstromes aus Deutschland. Otto nahm Verbindung zu seiner Schwester in Rumänien auf, und die Eheleute beschlossen, dort ihr Glück zu versuchen, wo Ottos Schwager Jenny Stern Land und Fabriken besaß.

Nach seiner Ankunft in Bukarest erwarb sich Meinl rasch einen Ruf durch seine psychoanalytischen Beratungen. Nach und nach erweiterte sich der Bekanntenkreis des Paares, er sprach immer besser die rumänische Sprache – schon nach ein paar Monaten konnten sich Lilly und

Otto eine eigene Wohnung mieten. Er ließ seine Eltern aus München nachkommen.

Mit einer Reihe angesehener Ärzte gründete Meinl in einem Krankenhaus eine Erziehungsberatungsstelle – sie wurde in kürzester Zeit die bestbesuchte Sektion der Klinik. Außerdem hielt er psycho-pädagogische Kurse. Er konnte gar nicht so viele Leute aufnehmen, wie zu ihm kamen. Sowohl von den Kursen als auch von der klinischen Arbeit entstanden detaillierte Aufzeichnungen, unter anderem sammelte Meinl viel dokumentarisches Material über die Straßenkinder und die Straßenbanden von Bukarest.

Im Jahr 1934 wurden die Pässe von Lilly und von Otto durch die Deutsche Gesandtschaft in Bukarest eingezogen. Hitler-Deutschland erkannte ihnen die deutsche Staatsbürgerschaft ab, die Eheleute Otto und Lilly Meinl wurden für staatenlos erklärt. Dadurch wurde ihre Lage kompliziert, unübersichtlich, hoffnungslos. Die Schikanen durch die rumänischen Behörden rissen nicht ab, sie verloren die Möglichkeit, legal ihre Berufe auszuüben, sie konnten jetzt nur noch schwarzarbeiten.

Im Jahr 1938 wanderte Ottos Schwester Irma mit ihrem Mann Jenny Richtung Palästina aus. Nachdem die zahlreiche Familie Stern das Land verlassen hatte, wurde das Leben für die wenigen zurückgebliebenen Familienmitglieder noch schwerer und bedrohlicher.

Nach Gebietsverlusten an die Sowjetunion und an Ungarn war die Regierung des rumänischen Königs Carol am Ende. Anfang September 1940 wurde General Antonescu Ministerpräsident von Rumänien, mit uneingeschränkten Vollmachten. Mithilfe der Eisernen Garde zwang Antonescu König Carol zum Thronverzicht und verbündete sich mit Hitler gegen die Sowjetunion. Am 12. Oktober 1940 nahmen die ersten deutschen Militärausbilder ihren Dienst in Rumänien auf.

Am 22. Juni 1941 trat Rumänien als Alliierter Hitlers in den Zweiten Weltkrieg gegen die Sowjetunion ein. Unter Antonescus Diktatur wurden Hunderttausende rumänischer Juden deportiert. Jetzt saß Otto in der Falle mit Lilly. Auf der Flucht vor den deutschen Nazis waren sie in die Fangarme der Eisernen Garde geraten, in das Netz der rumänischen Faschisten.

Im Sommer 1942 wurden beide von der geheimen Staatspolizei verhaftet, verurteilt wegen Antikriegshetze und wegen des Abhörens fremder Sender im Krieg. Der Staatsanwalt beantragte für Otto Meinl die Todesstrafe. Es war sein Glück, dass in der Zeit seines Prozesses die rumänischen Truppen die erste große Niederlage gegen die Rote Armee vor Stalingrad erlitten – die Rumänen wurden von den Russen restlos geschlagen.

Diese Kriegsentwicklung machte die Richter vorsichtig, es gelang Otto Meinl, sie mit Geld, das Freunde für ihn einsammelten, mit seiner Omega-Armbanduhr und seiner Remington-Schreibmaschine zu bestechen.

Die Todesstrafe wurde nicht vollstreckt, sondern in lebenslange Kerkerstrafe umgewandelt.

Im August 1944 wurde der faschistische Diktator Antonescu gestürzt. Rumänien wechselte die Fronten und lief von Hitlers Seite zu den Armeen der Sowjetunion über. Am 23. August 1944 feierte Rumänien das Kriegsende, die sogenannte Befreiung durch die Rote Armee. Otto Meinl war dem Faschistenkerker in Rumänien wie durch ein Wunder entkommen.

Er kehrte, auf fünfzig Kilo abgemagert, in seine Bukarester Wohnung zurück. Als er unter dem Staub der letzten Jahre und unter Spinnengewebe seine alte Bude wieder betrat, fragte er sich, wo seine Frau Lilly blieb, warum sie nicht längst nach Hause gekommen war. Dabei erfuhr er von Freunden, dass sie im Gefängnis ein Liebesverhältnis mit einem der führenden kommunistischen Männer des Untergrundes angefangen hatte. Das war für Otto Meinl ein Schock!

Die stille Pianistin, seine Lilly, entpuppte sich als raffiniert abgründige, doppelgesichtige Frau, die sich die Männer ungerührt griff und sie wieder wegwarf.

Otto ließ sich scheiden, stürzte sich ganz und gar in die Arbeit. Es herrschte Aufbruchsstimmung in Rumänien, alle waren vereint im ehrlichen Kampf für den Sieg ihrer kommunistischen Idee. Otto Meinl baute am Neurologischen Institut von Bukarest eine eigene Abteilung zur Erforschung von Sprachstörungen auf und bekam einen Lehrstuhl an der Psychologisch-Pädagogischen Fakultät an der Universität in Bukarest. Bald darauf verliebte er sich in seine beste Studentin, in Melanie Herschkowicz.

Blutjung und eine atemberaubende Schönheit war sie, als er sie zum ersten Mal sah. Sie brachte mit ihrem Charme und mit ihrer verspielten, von keinen Tabus getrübten Neugier den Frühling in seine von Fluchten, Krieg, Kerker und Betrug erstarrte Seele.

Sie interessierte sich brennend für die nervlichen Zusammenhänge im menschlichen Gehirn. Sie saß in jeder von Ottos Vorlesungen, sie war seine talentierteste, seine bewunderndste Studentin.

Er sah ihr junges, ernstes Gesicht – nicht eine unter seinen Studentinnen gab es, die es mit ihr an wissenschaftlichem Ehrgeiz und an Leidenschaft aufnehmen konnte. Sie fragte ihn aus und folgte seinen Ausführungen mit Herzklopfen. Er fragte sie, von ihrem Herzklopfen angesteckt, ob sie ihn heiraten wolle. Fünfundzwanzig Jahre älter war er als sie, er hätte ihr Vater sein können. Aber das konnte die »schöne Mellie«, wie sie überall in Bukarest genannt wurde, nicht abschrecken. Sie heiratete den kleinen deutschen Professor – selbstverständlich gegen den Willen ihrer Eltern. Sie bestand auf einem Mann, den ihre jüdischen Eltern hassten. Die jüngste Tochter von vier Kindern sollte einen reichen, schönen Juden bekommen, so wollte es die Tradition der alten und großen jüdischen Familie Herschkowicz, die aus Bacau an der Moldau stammte. Keiner aus ihrer Familie verstand, was Melanie an diesem zwar jüdischen, doch deutschen, so viel älteren, gnomartigen Herrn Professor fand, der gerade dem Gefängnis entkommen war und der die rumänische Sprache mit fürchterlichem deutschen Akzent sprach.

Aber die Eltern wussten auch, dass sie nichts gegen den Tigerwillen Melanies ausrichten konnten. Schon mit achtzehn Jahren, während des Krieges, gründete sie mit Freundinnen heimlich eine Schule für verfolgte jüdische Kinder. Stolz trug sie den Gelben Stern. Als die Faschisten geschlagen waren, gründete sie die erste sozialistische Jugendzeitung. Mit jüdischem Witz und skrupelloser Unhöflichkeit hängte diese fesselnde Frau die Sonne ihres Idealismus an den vom Nachkrieg verdüsterten Himmel über Bukarest.

Es war eine rasche Hochzeit – nur ihre beiden älteren Schwestern, Irina und Walli, waren gekommen –, die ganze Zeremonie fand statt zwischen zwei Vorlesungen. Man streifte ein Paar einfache Ringe über und sagte um zwölf Uhr Ja! Das war es. Es dauerte keine Viertelstunde. Nach dem Ja-Wort kehrte sie in ihren Hörsaal zurück, wischte sich den Hochzeitskuss von den Lippen, beugte sich über wissenschaftliche Fragebogen. Der Professor und seine Studentin, jetzt Mann und Frau. Er hatte einiges zu erzählen von Erfolgen und Niederlagen.

Die alten Bilder überfluteten Otto Meinl an seinem Schreibtisch mit ihren Farben, Stimmungen und Tönen. Ein halbes Jahr nach ihrer Hochzeit verschärften sich die innerparteilichen Rivalitäten bei den rumänischen Kommunisten, die Liberalen wurden von den Stalinisten brutal verdrängt, zum Teil eingekerkert, dieses Mal unter schlimmeren Bedingungen als bei den Faschisten.

Otto Meinl und Melanie hatten alles in allem bei diesen Parteisäuberungen großes Glück. Er verlor zwar seine Stellung als Professor, er durfte nicht mehr forschen, Melanie und er wurden kurzerhand auf die Straße geworfen. Aber er konnte Gott danken, dass sie ihn und seine Frau nicht, wie viele andere, in den Kerker warfen.

Es regnete. Helli und Otto saßen sich in der Theaterkantine gegenüber – nach über zwanzig Jahren, nach Krieg und Emigration sahen sie sich wieder. Melanie hatte diese Begegnung mithilfe einiger einflussreicher Freunde möglich gemacht. Sonst hätte man den degradierten und abgewrackten Exprofessor Otto Meinl sicher nicht in das Theater zu der großen Genossin und Schauspielerin aus Berlin vorgelassen. Die Begegnung zwischen den beiden sorgte sofort für eine Menge Gerüchte.

Otto Meinl war ängstlich bemüht, seine durchgescheuerten Ellenbogen vor der berühmten Cousine zu verstecken. Er war seit ihrem letzten Zusammentreffen grau und alt geworden. Er hatte sich Geld geborgt, um Helli einladen zu können. Er litt unter Herzproblemen. Aber er wollte sich von seiner Misere nichts anmerken lassen.

Sosehr sich Meinl auch bemühte, er konnte der Cousine nichts vormachen.

»Zum Hin-und-her-Reden ist keine Zeit. Du musst in die DDR«, sagte sie.

»Wohin? Nein, Helli. Nach Deutschland gehe ich nicht wieder zurück. Dieses Land betrete ich nie wieder.«

»Wovon lebst du? Du und deine Familie?«, fragte sie ihn.

»Ich weiß es nicht. Wir leben irgendwie. Wir sind nicht anspruchsvoll.« Er konnte oder mochte nicht über sich und seine miese Situation sprechen. Sein Herz zog sich zusammen, die Brust tat ihm weh. »Wir kommen schon durch.«

»Du bist verrückt, wenn du es nicht wenigstens in Erwägung ziehst. Bei uns entsteht ein demokratisches Deutschland. Warum siehst du es dir nicht einmal an?«, redete Helli auf ihn ein. »Das ist ja nicht mehr das Deutschland der Mörder und der Nazibanden, vor dem wir geflohen sind, das ist ein neues Deutschland. Ohne Faschisten. Ohne Ausbeutung. Komm halt einmal auf Besuch zu mir nach Berlin und überzeuge dich selbst.«

Sie rückte mit dem Sessel etwas näher zu ihrem Vetter und sagte, leise und mit weicher Frauenstimme: »Du weißt gar nicht, Otto, welche Freude mir das Wiedersehen mit dir macht. Es ist mein großer Wunsch, dich und deine Familie näher bei mir zu wissen, sodass wir unseren Lebensabend gemeinsam verleben können.«

Diese Worte rührten ihn. Inzwischen kamen immer mehr Berliner Schauspieler in die Theaterkantine. Viele Stimmen mischten sich in das Gespräch, redeten und diskutierten, fragten und brüllten durcheinander. Sie versuchten alle, den Professor zu ermuntern, ihr neues Deutschland, ihre DDR zu besuchen.

Ein halbes Jahr später stieg Otto Meinl skeptisch und widerwillig in Bukarest in den Nachtzug und traf seine Cousine in Ost-Berlin.

Als er von der Reise zurückkam, holte ihn seine junge Frau Melanie zusammen mit den beiden Kindern Nora und Emil am Bahnhof Gara de Nord ab. Sie sahen den Professor in der Tür des in die Halle ausrollenden Zuges – aber so kannten sie ihn nicht, so hatten sie ihn nie zuvor gesehen. Er trug einen nagelneuen, maßgeschneiderten Anzug. In einer Hand hielt er eine knallrote Thermoskanne. Melanie glaubte zu träumen.

Kam er denn aus dem Paradies? Ja. Direkt aus dem Paradies. Otto Meinl hatte eine Menge zu erzählen. Er setzte sich gleich mit seiner Familie an einen freien Tisch in der Bahnhofshalle. Der Rauch der Züge vermischte sich mit dem späten Nachmittagslicht, mit den vielen lauten Stimmen, mit dem Kaffeegeruch und dem Dunst gekochter Maiskolben. Otto Meinl erzählte aufgeregt davon, wie er mit Helli in Ost-Berlin im Gästehaus der Regierung zu einem opulenten Essen eingeladen worden war. Alle Türen flogen auf, wohin auch immer die berühmte Schauspielerin mit ihm kam. Sie hatte sogar einen Chauffeur. Herr Ruppi fuhr sie durch Berlin, Herr Ruppi fuhr sie hinaus an den Scharmützelsee in das Wochenendhaus nach Buckow. Solch eine vom Silberglanz des Seewassers überhauchte Stille hatte er seit Ewigkeiten nicht mehr erlebt, nicht seit den letzten deutschen Sommerferien in Lychen mit seiner ersten Frau Lilly. Es war ihm, als bekäme er die verlorene deutsche Heimat in ganz neuer Gestalt zurückgeschenkt. Gereinigt von den Fratzen der Nazis, gereinigt von Bosheit, von Verfolgung und Mordlust.

Er hatte Helli zu Empfängen begleitet, bei denen sich berühmte Menschen um eine berühmte italienische Schauspielerin drängten. Er hatte mit Ministern und Botschaftern an einem Tisch gesessen, und, was das Wichtigste war, er hatte den Präsidenten der Akademie der Wissenschaften getroffen. Dieser vermittelte entscheidende Gespräche mit dem Chefarzt der Nervenklinik der Charité. Darüber eröffneten sich für die Forschungsvorhaben des Professors Meinl ganz neue Möglichkeiten. Er bekam das Angebot, in Ost-Berlin seine an der Universität von Bukarest begonnenen sprachpathologischen Arbeiten fortzusetzen.

Nora, Emil und Melanie saßen in der verrußten, verrauchten, lärmenden Bukarester Bahnhofshalle mit den mampfenden, rennenden, pfeifenden, japsenden, quietschenden, spuckenden, kreischenden Menschen und kriegten vor Staunen über solche Neuigkeiten ihre aufgerissenen Münder nicht mehr zu.

Es war Otto Meinls fester Entschluss, aus der rumänischen Misere auszubrechen. Sobald es sich machen ließ, wollte er mit seiner Familie nach Ost-Berlin umsiedeln. Es gab in ihrer Situation keinen besseren Ausweg. Ein eigenes Institut wartete. Freundlicher Empfang, Aufgeschlossenheit, überall Neugierde auf seine wissenschaftlichen Arbeiten – das Ende eines endlos bedrückenden Flüchtlingsdramas war in Sicht.

Der fast sechzigjährige Professor sprach erregt, er zog den Arm seiner Frau an sich, umklammerte ihre Hand und drückte sie an sein Gesicht. »Komm zu mir zurück, zu deiner Familie. Ich bitte dich, ich flehe dich an, lass uns von hier fortgehen nach Berlin, lass uns einen neuen Anfang wagen. Die DDR ist nicht Deutschland, wie es einmal war. Ich kann dir nicht beschreiben, wie anders es dort ist, wie ganz anders. Ich weiß, Melanie, ich weiß, was es für dich bedeutet, deine Heimat verlassen zu müssen – aber hier haben wir keine Zukunft. Verzeih mir mein Alter, mein Unglück, hör auf mich, geh mit mir und den Kindern nach Berlin – es wird für Nora und Emil, für unsere Familie die Rettung sein – für dich und ganz besonders für unsere Arbeit.«

15

Die Vorbereitungen zur Übersiedlung der Familie Otto Meinl zogen sich mit bürokratischer Zähigkeit in die Länge. Es gab keinen Präzedenzfall, keine Formulare für einen solchen Vorgang. Es war ein einmaliges Ereignis, dass eine ganze Familie von einer sozialistischen Diktatur freiwillig in eine andere sozialistische Diktatur übersiedelte, aus der Volksrepublik Rumänien in die DDR. Trotz aller schweren politischen Verfolgung, die Otto Meinl und seine Frau im kommunistischen Rumänien erfahren hatten. Der Fall wurde zwischen den Bürokraten hin- und hergewälzt.

Als im Winter 1960 endlich alle Hürden überwunden waren und Melanie Meinl die Kisten und Koffer packen sollte, wollte sie die Übersiedlung wieder rückgängig machen. Sie wollte plötzlich doch nicht fort. Otto Meinl packte seine Frau und redete ihr mit Leidenschaft ins Gewissen. In Rumänien hatten sie keine Arbeit. Wollte sie die Zukunft der beiden Kinder gefährden? Es war höchste Zeit, die Not trieb sie vor sich her. Kein Zögern, jetzt oder nie, in Berlin wartete ein neues, besseres Leben, eine große Wohnung, ein eigenes Institut, warteten wissenschaftliche Arbeit, gute Schulen, hochklassige Universitäten für die Kinder.

Ein kleiner Trost für Melanie, die Heimat und Liebhaber zurückließ, war die Aussicht, über die offene Grenze nach West-Berlin und von dort weiter nach Paris ziehen zu können. In Paris hatte sie Verwandte, Französisch war für sie zweite Muttersprache, während sie Deutsch kaum beherrschte. Traurig und mit bleichem Gesicht packte Melanie Meinl endlich die letzten Erinnerungsstücke ein.

»Also gut«, sagte sie leise, »gehen wir nach Berlin. Aber wenn ich es dort nicht aushalte, ziehen wir auf der Stelle nach Paris.«

Nur um endlich fortzukommen, stimmte Otto den Plänen seiner Frau zu.

Im Sommer 1961 landete Hellis arme Bukarester Familie auf dem Flughafen in Berlin-Schönefeld. Da stand er: der Deutschland-Heimkehrer. Ein alter, herzkranker Mann, mit seiner jungen Frau und den zwei Kindern. Standen da, fremd und verloren in der grüngrauen, öden Ankunftshalle. Melanie verbarg ihre verweinten Augen hinter einer riesengroßen schwarzen Sonnenbrille. Emil und Nora trauten ihren Augen nicht: Draußen regnete es in Strömen. Die Bukarester Sommer waren heiß. Heiß und bunt, die Luft schmeckte nach gegrilltem Mais und nach Marillen. Hier wirkte alles einsam, wirkte alles wie mit Scherben bewaffnet. Aus den Flughafenlautsprechern kamen geisterhafte Stimmen. Eine Schrift an der Wand. Der Vater sollte vorlesen. »Seid bereit zur Arbeit und zur Verteidigung der Heimat. Jugendobjekt Zentralflughafen der Deutschen Demokratischen Republik.«

Nora verstand nichts. Aussichtslos. Sie konnte kein Wort Deutsch. Sie starrte verstört auf das zu einer dürren Zwiebel zusammengeknotete Haar der berühmten Tante Helli. Professor Meinl war kalkweiß im Gesicht, mitgenommen von der Reise und den Schikanen in Bukarest. »Wir mussten alle Koffer und Bücherkisten noch einmal öffnen. Es herrschte eine unvorstellbare Hitze heute Morgen beim Abflug. Die Zollbeamten haben uns nach Devisen durchsucht. Dollar oder D-Mark.

In dem Fall unglücklicherweise«, erzählte Otto Meinl seiner Cousine, »hab ich immer Klopapier in den Hosentaschen – eine alte Angewohnheit von mir, weil es in Rumänien nirgendwo in den öffentlichen Lokalitäten Klopapier gibt. Die Grenzpolizisten freuten sich schon, als sie es rascheln hörten, sie vermuteten lauter Dollarscheine. Als sie nur Klopapier fanden, fühlten sie sich verarscht. Zur Strafe dachten sie sich ein paar zusätzliche Schikanen aus, Melanie musste das Futter aus den Winterkleidern lösen, sodass wir fast unsern Flug verpasst hätten.«

In diesem Augenblick drängte sich Nora an die Seite des Vaters und fragte, was »rahat« auf Deutsch heißt.

»Scheiße«, flüsterte der Vater.

»Scheiße«, sprach sie ihm langsam nach.

»Jetzt kommt! Ihr seid gut angekommen, und das ist das Wichtigste«, drängte Helli. »Willkommen in der DDR!«

»Scheiße«, murmelte Nora.

Es war der 5. August 1961.

Hellis Fahrer, der schweigsame Herr Ruppi, chauffierte die Familie in die Stadt.

Nora traute ihren Augen immer weniger. Der fürchterliche Regen, der nicht aufhörte. Sie fuhren an Ruinen vorbei, manchmal war ein Panzer zu sehen, grüne Uniformen. Polizisten. Soldaten. So hatte es doch hier bei seinem ersten Besuch nicht ausgesehen, grübelte der Professor. Alles schien verlassen. An einer Straßenecke spielten Kinder mit Holzgewehren Krieg. Auf einem Platz sah sie einen Haufen Menschen, die in die Höhe starrten, als erwarteten sie dort eine große Sache. Endlose schwarzgraue Wände, auf die für Nora nicht entzifferbare Parolen geschmiert waren. Otto Meinl übersetzte: »Die Führer kommen und gehen. Das Deutsche Volk bleibt.« Sie mussten ein einspänniges Pferdefuhrwerk abwarten, das mit mühsam zusammengezurrten, übereinandergestapelten Särgen aus hellem Birkenholz vor ihnen die Straße kreuzte. Pfützen, in denen das Spiegelbild einer Fensterhöhle schwamm wie das tote Auge eines deutschen Hauptmanns. Ein Drehorgelspieler mit einer dreibeinigen Katze auf seiner musikalischen Kiste. Ein splitternackter betrunkener Mann mit einem Zylinder auf dem Kopf, der ein Fahrrad neben sich herschob. Hinter ihm her eine Meute Polizisten mit gezückten Knüppeln. »Berlin, der Schutthaufen bei Potsdam.« Bertolt Brecht.

Otto standen die Tränen in den Augen. Diese Stadt hatte er vor achtundzwanzig Jahren auf der Flucht vor den Bluthunden Hitlers verlassen. Mit Lilly, einer Pianistin aus Kronstadt. Jetzt kam er mit seiner zweiten Frau Melanie zurück. Sie verbarg die Tränen hinter der Sonnenbrille, dachte an Paris. Jung. Schön. Eitel. Sehr begabt. Otto lächelte hilflos. Er fühlte sich müde und schuldig. Er war einem Irrtum aufgesessen. Es betrübte ihn, dass er den ersten Eindrücken naiv vertraut hatte. Er hatte nun keine Kraft mehr, gegen die Verschwörung der Geister zu kämpfen, die ihn vor sich herstießen, die ihn verhöhnten in seinem Bemühen, als Wissenschaftler und Vater ein glückliches Leben mit seiner Familie führen zu wollen. Das Leben trieb es mit ihm, je nachdem. Es war ein tragischer Tanz gegen die Zeit, den er seit seiner Jugend im Launensaal der Mächtigen tanzen musste, er, der Wissenschaftler. Keiner hatte ihn gefragt, ob er Jude sein wollte. Sein Leben lang nie religiös, musste er plötzlich Jude sein. Jude? Er fühlte sich als Mensch, doch als Juden hetzten ihn die Mächtigen seit Jahren. Er war Wissenschaftler. Die Wissenschaft will ins Kloster. Man ließ ihn nicht ins Kloster.

In Berlin wollte er zusammen mit seiner Frau ein eigenes Institut aufbauen. Sie war fünfundzwanzig Jahre jünger als er, besessen von der Wissenschaft, ihr würde er später einmal sein wissenschaftliches Erbe übergeben, sie sollte die gemeinsamen Forschungen weiterführen.

Das menschliche Gehirn war die Landschaft ihrer Expeditionen. Wie prägt Sprache unser Denken? Welchen Einfluss hat die Grammatik darauf, wie wir die Welt sehen? Wie kann man die Sperre beseitigen, die nach einem Schlaganfall das Wörtergedächtnis blockiert? Wie kann man das gestörte Sprachzentrum deblockieren? Otto Meinl hatte bereits in den zwanziger Jahren in Berlin und in Amsterdam, Frankfurt und Wien mit Patienten gearbeitet, die sich nur mit ungeheurer Anstrengung oder gar nicht mehr an die Namen der Gegenstände erinnerten. Mit Kriegsverwundeten, die nicht mehr wussten, worauf sich die Worte Hand oder Auge oder Nase bezogen.

Die Sprache macht unser unmittelbares Sein zum mittelbaren Haben. Neben die äußere und die innere Welt stellt sie die Welt der Namen, die Welt der Begriffe.

Die Schwierigkeiten mit den Begriffen. Richtet der Mensch seinen Blick auf die Welt nach seiner Sprache aus? Oder kodiert Sprache doch nur einen Bruchteil unseres Denkens?

Immer wieder diese Frage: Wie prägt die Sprache unser Denken?

Helli wollte mehr wissen, fragte den Cousin während der Fahrt an den Schiffbauerdamm über den Gegenstand seiner Forschung aus.

»Die Struktur unserer Sprache stammt mindestens aus der Steinzeit. Ehe sie die Sprache für sich fanden, sahen die Menschen etwas. Sie waren ein Teil von diesem Anblick und konnten es nicht sagen. Sie mussten die Welt um sich herum in ihre Bestandteile zerlegen: in die Naturerscheinungen, die Gegenstände, in Licht und Zeit. Und sie mussten ihre Tätigkeiten beschreiben. Steinzeitliche Zerlegungsweisen, um unmittelbares Sein und gegebene Wirklichkeit ins Begriffliche, in das benannte Haben zu überführen: Zerlegungen zu einem Beieinander von Subjekt und Objekt, von Täter und Tun, Ding und Eigenschaft, Sache und Umstand. Eine grandiose Konvention, die als Praxis Jahrtausende und einen Tag für sich hat. Sie überwältigt als Mittel die Unbefangenheit des Abbildens unmittelbarer Wirklichkeit mit einem uralt primitiven Apparat von Kategorien. Unser Geist hat sie nicht geformt – sie formt unseren Geist.« Es war für Helli faszinierend, Otto zuzuhören.

Es gab noch so viel zu tun, da waren noch so viele offene Fragen. Doch die Politik war schon wieder dabei, dem Wissenschaftler einen Strich durch die Rechnung zu machen. Der neu gewählte amerikanische Präsident John F. Kennedy hatte sich Anfang Juni 1961 mit Chruschtschow in Wien getroffen. Sie hatten über Abrüstungsfragen gesprochen. Chruschtschow schlug Kennedy vor, West-Berlin zu demilitarisieren und in eine neutrale Stadt zu verwandeln. Kennedy lehnte diese Vorschläge ab. Chruschtschow hielt jetzt seine Spielhand über die Stadt. Gleich wird diese russische Hand ihren Zug machen auf dem deutschen Schachbrett. Sie warf schon längere Zeit einen bedrohlichen Schatten auf Berlin.

»Zum Glück gab es noch die andere Seite, West-Berlin«, dachte der Professor. Noch war die Grenznaht offen zwischen Kapitalismus und Kommunismus.

»Na ja«, sagte in diesem Moment Helli, als hätte sie Ottos Gedanken erraten und die historische Gefahr gefühlt, die der Stadt drohte. »Na ja, nun kommt erst einmal an, wenn es euch dann in Ost-Berlin nicht gefällt, gibt es ja auch noch West-Berlin.«

Der Vater übersetzte. »Morgen will ich nach West-Berlin«, dachte Nora. Melanie weinte immer noch.

»Du hast mich belogen«, sagte sie zu ihrem Mann, »als du schwärmend von Deutschland zurückkamst. Wo ist das alles, wofür du uns hierhergelockt hast? Wo? Zeig es mir doch, dein deutsches Paradies.«

»Warte, warte, morgen wird alles freundlicher aussehen, heute ist kein guter Tag. Du wirst alles finden, wie ich es versprochen habe.« Er konnte nicht weitersprechen. Er glaubte sich selbst kein Wort.

In Bukarest hatte man ihr den rumänischen Pass abgenommen. Melanie war seit ein paar Stunden staatenlos. Stolze Rumänin. Ohne Sprache. Ohne Orientierung.

Sie wollte um ihr Glück kämpfen. Sie war noch keine vierzig. Morgen würde es vielleicht nicht mehr regnen, dann wollte sie mit ihrer Tochter hinüberfahren in den Westteil der Stadt. Vielleicht konnte sie dort ihre Smaragdkette verkaufen. Dann hätte sie Geld. Sie könnte sich bewegen, sie könnte nach Paris. Hier wollte sie nicht bleiben, in Berlin würde sie zugrunde gehen. Paris.

Auf der Fahrt hinein nach Berlin-Mitte träumte Emil von einem geladenen Revolver. Er wollte auf der Stelle herausbekommen, wo und für wie viel Geld er sich einen Revolver kaufen konnte, dazu ein schnelles Fahrrad. Rasierklingen gegen Zigaretten eintauschen, zu Geld kommen. Hier wollte er auf keinen Fall unbewaffnet herumspringen. Als Erstes musste er sich darauf konzentrieren, Geld aufzutreiben. Das wurde ihm sofort klar beim Anblick dieser Stadtbilder. Das Geld ist die wichtigste Waffe. Fahrrad und Revolver! Alle starrten zu den beschlagenen Fenstern hinaus. Schweigen herrschte im Wagen.

Einmal fragte Helli Nora, was sie denn schon auf Deutsch sagen könne. »Scheiße«, sagte Nora, nachdem ihr der Vater die Frage übersetzt hatte. »Scheiße!«

Helli lachte. »Na, das ist gar nicht schlecht für den Anfang.« Die kleine Nora gefiel ihr.

Nora schwor sich in die geballte Faust: Sie würde nicht Deutsch lernen, sie würde niemals in ihrem Leben Deutsch lernen, das eine deutsche Wort ist schon zu viel! Sie stampfte unter der Rückbank mit ihrem Fuß auf und sagte zu ihrem Vater auf Rumänisch: »Vati! Merke es dir gut. Ich werde nicht Deutsch lernen. Ich bleibe nicht hier.«

Als er seine Tochter so sprechen hörte, traf es ihn tief. Aber er murmelte nur schwach auf Rumänisch: »Nu vorbi asa cu mine!« Sprich nicht so mit mir!

Mit den Gedanken war er im Kloster. Im Wissenschaftskloster.

»So. Otto? Was ist jetzt dein nächstes Ziel?«, fragte Helli.

»Mein nächstes Ziel? Eine Abteilung für Sprachpathologie in den Räumen der Nervenklinik, wo ich endlich die Möglichkeit zu intensiven wissenschaftlichen Untersuchungen bekomme. Mein ganzes Leben lang warte ich auf mein eigenes Institut. Wie entscheidet zum Beispiel ein Künstler, ob er den Tod als Mann oder als Frau darstellt? Hat das mit seiner Sprache zu tun?« Er war gleich mittendrin in seinen Fragen. »Deutsche Maler stellen den Tod gern als Mann dar, russische Maler dagegen malen den Tod eher als Frau.«

»Das hört sich faszinierend an«, sagte Helli. »Darüber will ich mehr wissen. Dein Institut wird sicher auch dem Theater nutzen. Was für grandiose Stoffe stecken in diesem Thema.«

Durch das Interesse der Cousine kehrte eine gewisse Sorglosigkeit in ihn zurück. Er strahlte. Melanie verstand die Freude ihres Mannes nicht, sie wandte sich von ihm ab. »Lüge bitte nicht weiter, Otto!«

Nora stieß ihrer Mutter den spitzen Ellbogen in die Seite.

Emil zitterte am ganzen Körper. Als ihn Nora fragte, sagte er: »Ich weiß nicht, was ich habe«, dabei dachte er immer weiter an einen scharf geladenen Revolver. Fahrrad und Revolver. Fahrrad und Revolver. Revolver scharf, Fahrrad schnell.

Endlich erreichte die Familie die Chausseestraße. Helli kurbelte das Seitenfenster herunter. Der Wagen fuhr langsamer. Alle schauten. Starrten. Erstarrten. Sie waren angekommen vor dem Haus Nummer 125. Hellis böser Dackel Ali kam gerannt und schnupperte herum, mit Argwohn und Hundemurren.

16

Hellis Wohnung wirkte auf Nora wie ein großes, edel vollgerümpeltes Grab. Schwere schwarze Möbel. Überall alte, verstaubte Flaschen mit langen, kurzen, ganz kurzen, krummen, geraden, geschwungenen Hälsen. Bauchige Flaschen. Flache Flaschen. Grüne. Braune. Schwarze. Grieselige Flaschen. Überall. Wo keine Flaschen standen, hing, thronte oder balancierte in beständiger Absturzgefahr edles Porzellan. Ein chinesisches Paar in einem feinen Blütensessel – »Meißner«, flüsterte Otto ehrfurchtsvoll. Teller mit zwei kunstvoll geschwungenen, verkreuzten Säbeln – »Meißner!« – tanzende bunte Figürchen – »Meißner!« – hübsche leuchtend weiße Vasen mit blauen Bildern – »Meißner!« – sogar eine betörend zarte Rokoko-Uhr – »Meißner!!« – Tassen – »Meißner!!« – Terrinen – »Meißner! Meißner!!« – eine auf dem Rücken liegende Sau, über der in roter Entflammung ein Hexlein schwebte. »Meißner!!!« Selbst dieses Brocken-Paar aus der Walpurgisnacht.

Die Wände hoch Bücher. Als Nora vors Fenster trat, schrie sie erschrocken auf. Sie sah zwischen zwei Kastanienbäumen über eine Ziegelmauer auf den Dorotheenstädtischen Friedhof. Sie sah auf Gräber. Gräber! Die Gräber von Brecht und von Bronnen, die Gräber von Hegel und Fichte. Regen und Gräber. Für Brecht war der Blick in den Friedhof nicht ohne Heiterkeit gewesen. Vielleicht, weil er dort den Platz seiner letzten Emigration erkannte? Für Nora war diese Wohnung mit dem Friedhof unter den Fenstern ein Schreckensort.

Helli hatte ein Bündel Geld im Wohnzimmer auf den Tisch gelegt. Ehe sie sich verabschiedete, um sich von Ruppi hinaus nach Buckow an den Scharmützelsee bringen zu lassen, sagte sie: »So. Jetzt macht es euch bequem.« Dann fuhr sie in den kalten Rest der Sommerferien.

»O Gott!«, rief Melanie, als sie das Fieberthermometer ablas. Emil hatte über vierzig Fieber. Kalte Wickel. Essig.

Die Flüchtlingsfamilie saß hilflos da. Nora rief immerzu: »Tata! Asa ti spun eu tie ca nu vreau sa invat nemteste si nici n-o sa raman aici. Pana la optispe ani sa stau aici dar dupa aia ma intorc inapoi. Asa sa stii si tu. – Papa! Ich will nicht Deutsch lernen, ich bleibe nicht hier. Merk dir das!«

Der Professor wusste nicht, was er zuerst tun sollte. Der Tanz vor dem Klostertor der Wissenschaft ging weiter. Nicht bloß weiter. Mit doppeltem Tempo ging er weiter. Otto Meinl musste unzählige Formalitäten erledigen. Er musste vor allem seine deutsche Staatsangehörigkeit zurückkriegen, die ihm die Nazis aberkannt hatten. Er musste hundert Gänge durch Behörden machen, die Urkunden mit dem Hakenkreuz vorzeigen, um zu beweisen, dass er ein deutscher Staatsangehöriger war, ein Jude, dem man die Staatsangehörigkeit zu Unrecht abgenommen hatte.

Nora wollte auf der Stelle nach West-Berlin. Als sie das nicht durfte, setzte sie sich vor den Fernseher. Dort sah sie *Modekiste, Sandmännchen.* Komisch graue Bilder.

Wie konnte sie hier jemals ankommen? Achtzehn Jahre werden! Abitur machen! Singen. Sie wollte ein Star werden. Um dann mit Abitur und einer eigenen Schallplatte nach Bukarest zurückzukehren.

Zwei Tage nach ihrer Ankunft ließ sich Otto Meinl von seiner Tochter zu einem Spaziergang überreden. Vater und Tochter liefen die Chausseestraße hinunter Richtung Westen.

Plötzlich standen sie vor einem Puppengeschäft. Puppen interessierten sie nicht, sie wollte den Westen sehen. Aber der Professor mit Nora an der Hand wollte nicht weitergehen. Der nächste Schritt wäre der Westen gewesen.

»Warum gehst du nicht weiter, Tata?«, fragte ihn Nora.

»Grenze. Wir haben keine Ausweispapiere, ohne Papiere sind wir vogelfrei.« Überall waren Soldaten zu sehen.

»Tata? Lass uns gleich wieder zurückfahren nach Bukarest. Es war nicht gut, hierherzukommen, hier muss man im Sommer heizen, ich habe schon eine Blasenentzündung«, sagte Nora.

Der Professor blieb stehen. Mitten auf dem Gehweg. In einer Seitenstraße stand ein Schützenpanzer. Otto Meinl streichelte seiner Tochter über den Kopf, lächelte. Lächelte irgendwie. Er wusste in dem Augenblick: Es war zu spät, um zurückzufahren.

17

Ohne Freude wird nichts aus dem Sozialismus. Ohne Menschen wird auch nichts daraus. Klaus Papst, stellvertretender Kulturminister, saß mit sechs hochrangigen Genossen in der Sauna. Sie schwitzten. Zwischen dem ersten und dem zweiten Aufguss hatte Viktor, der für ihr Vergnügen sorgte, eines der Hefte aufgeschlagen, hielt es in das kleine Saunafenster. Alle rissen die Augen weit auf. Kein Parteiprogramm? Was ist das? Eine ganz frische Ladung von Pornoheften im DIN-A4-Format mit hübschen nackten Mädchen aus Südamerika war angekommen. Esst die Mädchen mit euren Augen. Verschlingt sie. Freut euch. Schweigt davon. Versteckt die Hefte vor euren Frauen, gut vor euren Kindern. Denkt daran. Später. Diese Bilder sind die Belohnung für harte, undankbare Arbeit. Das Volk, dem der Sozialismus gilt, der es von Ausbeutung und Krieg erlösen soll, dieses Volk mag keine auf die Zukunft ausgestellten Wechsel auf das Glück. Das Volk will für harte Arbeit ehrlichen Lohn. Und zwar sofort. Es ist eine zähe Plackerei mit diesem Volk. Deshalb muss irgendwann auch mal eine nackte Freude drin sein für die Genossen. Klaus und die anderen schwitzten, alle dachten an den Stacheldraht, der bereits geliefert war. Dann würde alles sehr schnell gehen. Je nachdem, wie sich Moskau entschied. Bis es so weit war, nackte Mädchen.

Die Interessen und Wünsche der Jugend, die unbefriedigt blieben, sorgten für große Fluchtbewegungen. Der anschwellende Flüchtlingsstrom junger Menschen nach West-Deutschland war das größte Problem. Über Berlin konnten die Menschen aus Ost-Deutschland der DDR und den Genossen davonlaufen. Republikflucht galt als ein Staatsverbrechen, doch solange die Grenze nach West-Berlin offen blieb, ließ sich wenig gegen die Fluchtbewegung durchsetzen. Deshalb Stacheldrahtrollen.

Bereits vor dem Saunawochenende in Wandlitz am Liepnitzsee hatte es zwischen Ulbricht und Chruschtschow mehrere Telefonate gegeben, in denen es immer wieder um die Frage der Absperrung der Sektorengrenze nach West-Berlin ging.

Die Genossen schwitzten, Ulbricht telefonierte.

»Sie sehen ja, Towarischtsch Chruschtschow, Sie sehen ja, wie ich Ihnen alles offen vorlege, ich bewundere Sie, und Sie geben mir auch bei dieser Gelegenheit wieder Grund zur Bewunderung«, hatte Ulbricht in Richtung Moskau gesagt.

Sieben nackte Männer – alle Ende vierzig – alle ausgestattet mit viel Macht, abgeschirmt in einer Waldsiedlung, mit Hubschrauberlandeplätzen und Bunker, Autobahnanschluss in Planung.

»Ab und an ein wenig Wollust«, seufzte Klaus Papst seinem besten Freund ins Ohr. Franz Ganzburger war der Sohn eines Gerbermeisters, Papst der Sohn eines Schneiders und Stoffhändlers, beide kamen aus Bayern. Zwischen ihnen kam niemals Langeweile auf oder Neid.

Plötzlich schrie Franz Ganzburger, in der voll besetzten, auf über hundert Grad hochgedampften Sauna schrie er. Klaus sah ihn an. Der General hatte einen Freudenschrei auf dem Herzen. Eine sinnlose, blödsinnige, blutsaufende Freude. Deshalb schrie er, klatschte in seine weißen Hände. Die 4. Armee? Er kommandierte seine Einheiten von der Stunde ihrer Einkesselung bis zu seiner Gefangenschaft. In der Gefangenschaft lief Ganzburger zu den Russen über und kam auf die Schule nach Krasnogorsk. Vergangenheit. Hitler war tot. Eine neue Zeit. Ein neues Deutschland. Franz. General bei den Nazis. General bei den Kommunisten. Er lächelte. Falsches Gebiss. Sechsundvierzig Jahre alt. In seiner Freizeit schrieb er Gedichte, interessierte sich für Außenpolitik und Diplomatie.

Sein Vater war Abdecker und Gerber in einer Kleinstadt in Bayern gewesen. Im Winter, wenn die großen Jagden über das Land ausschwärmten, brachten die Bauern Berge von Fellen. Wildhasen. Rehe. Hirsche. Saufelle. Die wurden dann in der Gerberei des alten Ganzburger von den Fleischresten befreit, mit Eichenlohe aufgelegt. Der alte Ganzburger war ein kleiner Mann, gerade mal einen Meter fünfzig. Das zahlte er seiner Mitwelt mit Sadismus heim. Am ärgsten hatte darunter sein Sohn Franz zu leiden. Franz musste mit den Burschen im Schuppen die blutigen Felle ausschaben. Bis er sich schnitt. Davon bekam er eine Blutvergiftung. Mit Müh und Not sprang er dem Tod von der Schaufel. Der Vater hatte in einer Schublade, zuunterst versteckt, zwischen einem Gesangbuch und einem Buch von Ganghofer, Gedichte gefunden, die der Sohn geschrieben hatte. Gedichte über abgestorbene Bäume. Über Herbstlaub und tote Fische, die der Fluss übers Tal verstreut. Der Vater fragte den Sohn, wer diesen Mist verfasst und auf das Papier geschmiert hatte. Franz sagte es ihm direkt ins Gesicht. »Ich!« Der Vater stürzte sich auf ihn, schlug ihm die Faust ins Gesicht. Nach dem sechsten Hieb schlug Franz seinen zu klein geratenen Vater halb tot. Er riss ihm die Zähne aus dem Maul, Zahn für Zahn. Der Vater erstickte fast an dem Blut, das ihm den Rachen füllte.

Dann stellte er den Alten auf die kurzen Beine, stieß ihn vor sich her zur Mutter in die Küche, setzte ihn auf die heiße Ofenplatte. In seiner Wut siezte er die Mutter: »Mutter? Sie müssen den Herrn Vater verarzten. Ich gehe fort. Ihr seht euern Sohn nicht wieder.«

Er kam bei einem Priester unter, machte das Abitur und begann eine Ausbildung zum Berufsoffizier. Seit dem Frühsommer saß der Gerbersohn im Hauptstab der Nationalen Volksarmee. Mit ihm konnte Klaus Papst über alles sprechen. Ganzburger machte seiner Frau Gabriele den Hof. »Sie ist hübsch. Sie ist aus Wien, sie kann charmant sein und wie eine echte Frau lächeln, obendrein ist sie gescheit.« Klaus Papst passte diese Freundschaft gut in seine Pläne. Seine Frau, das wusste Klaus, war treu. Warum sollte der General nicht für sie schwärmen?

Sieben nackte Männer. Eine Orgie der Genossen, die von einer welthistorischen Laune ihren Profit eintrieben.

Es gab hier alles, in dieser abgeschirmten Wohnanlage, alles gab es, was es sonst im Land des Mangels nirgends gab. Woanders mussten die Genossen das Kunststück fertigbringen, auf dreitausend Menschen sechs Kilo Schnittkäse zu verteilen. Nicht hier draußen am Liepnitzsee. Hier kümmerten sich ein Sonderbetrieb und ein Oberst um alle Besonderheiten, welche die Genossen wünschten.

Den Aufguss besorgte Viktor, ein nicht mehr aktiver Zehnkämpfer. Eine weiße, haarlose, muskulöse Gestalt. In West-Berlin hatte er an der Kantstraße ein paar Miezen laufen und betrieb an der Ecke Fasanenstraße ein Edelbordell. Er erfüllte die Wünsche der Genossen jederzeit. Pünktlich. Verschwiegen. Zuverlässig. Mit einer gewissen Traurigkeit. Er glaubte an den Kommunismus. Er war der Ansicht, dass Prostitution und kommunistische Führer nicht zusammenpassten.

Der große Frauenfresser in dieser Männerrunde war der Genosse Adolf Vogel, genannt die Dohle. Gelernter Friseur. Einen Mund hatte der wie ein Karpfen – lüstern und ewig feucht, nach vorn gestülpte Lippen, dabei ganz unschuldige Augen, in denen, kaum zu finden, eine grausige Hinterlist schlummerte. Noch ein letzter Aufguss. Viktor kippte den Holzbecher mit dem mit Majoran und zerstoßenem Wacholder gewürzten Wasser über die glühenden Steine. Dampf stieg auf, doppelt heiß.

Viktor schwang das Handtuch über den eingezogenen Köpfen der Genossen. Dohle überkam eine nicht zu übersehende Erregung. Fritz blieb, wie man es von einem Geheimdienstchef erwarten konnte, gelassen. General Franz, Genosse Klaus – sie konnten nicht genug kriegen – egal wie es brannte – sie wollten es spüren. Das Leben. »Wie nackt ihr alle seid!«, johlte Dohle. »Wie nackt alles ist. Die deutschen Weiber sind nichts wert.«

Alle lachten. Fritz lachte nicht. Er hielt Dohle für einen Doppelspion und dessen demonstrative Unmoral für die Maske eines Lüstlings ohne Lust. Dohle, darin war sich der Stasichef sicher, arbeitete hinter der Proleten-Maske für den Klassenfeind, für die USA! Dieses Karpfenmaul. Verrätermaul.

Als Dohle die kalten Blicke von Fritz auf sich spürte, verstummte er. Aber Wollust und heißer Dampf ließen ihn alles nur noch in verschwommener, weicher, fleischfarbener Auflösung sehen.

Hinein in das geile Chaos!

Sie verließen die Sauna, taumelten hinaus mit glühenden Gesichtern. Quer über das Wiesengrundstück, durch einen Waldknick zum Ufer, stürzten sich in das kühlende Wasser. Dann wurden sie von Viktors nackten Dienerinnen, die wie tahitische Mädchen nur mit zauberhaften Lendenschurzen bekleidet waren, mit Birkenruten ausgepeitscht.

Als sie zurückkehrten ins Lusthaus, begann es zu dämmern. Das war die rechte Stimmung. Bald lagen sie in den langen Sofas, die überall an den Wänden standen, und wurden von den Mädchen wunderbar verwöhnt. Befleischte Knochen. Das Tierleben der Menschen. Aus vorsintflutlichen Zeitaltern steigt durch die versteinerten Hüllen die Wollust auf. Unzerstörbar. Göttlich.

Alles hat keinen Sinn und keine Seele.

»Dreht eure Augen von mir weg«, prustete Klaus Papst unter den Zärtlichkeiten seiner Tahitianerin aus der Westberliner Kantstraße.

Erich lächelte. Verzagt und weggewischt.

Pommer knutschte.

Der Stasichef grinste wie ein Chinese.

Der Gedanke ist der Schlüssel zu allen Schätzen.

Nichts ersehnen, alles erwarten.

Beim Küssen dachte Klaus Papst an das Wort Paradies.

»Ich überlasse die Sorge den Ereignissen. Das Mädchen ist wirklich schön. Vielleicht kann ich sie überreden, dass sie bei mir bleibt.«

Während dieser Wandlitz-Orgie saß Walter Ulbricht zwei Häuser weiter im Wochenendhaus des sowjetischen Botschafters in der DDR und telefonierte wieder einmal mit Chruschtschow.

Ulbricht zu Chruschtschow: »Jetzt zur Schließung der Grenze. Welcher Termin ist der beste? Was machen wir in dieser Frage?« Nach kurzem Geplänkel präsentierte der SED-Chef einen ernst gemeinten Vorschlag zur Absperrung der Sektorengrenze zu West-Berlin: »In dieser Woche wird Ebert sich an die Bevölkerung der DDR mit der Bitte wenden, bis zur Normalisierung der Lage von Reisen nach Berlin abzusehen«, berichtete er. »Zugleich wird der Autobusverkehr nach Berlin eingestellt. Aber die Leute werden fragen, weshalb sie nicht in ihre eigene Hauptstadt fahren dürfen. Das muss man denen erklären.«

Ulbricht hatte seinen Köder ausgeworfen – Chruschtschow biss an: »Das darf man nicht zulassen; sie müssen die Möglichkeit haben, in ihre Hauptstadt zu fahren.«

Jetzt hatte der SED-Chef den ersten Mann der Supermacht, wo er ihn haben wollte. Rasch fügte Ulbricht an: »Technisch können wir das in zwei Wochen vorbereiten.«

Und nun bekam Ulbricht von Chruschtschow die erhoffte Genehmigung, um die er seit Monaten erfolglos gebeten, ja fast gebettelt hatte: »Führt das durch, wann ihr wollt. Wir können uns jederzeit darauf einrichten.«

Doch Ulbricht sicherte sich ab, erfahren durch sein erfolgreiches Lavieren während des stalinistischen Terrors. »Fürchten Sie keine Auswirkungen auf die westdeutschen Wahlen, dass das Adenauer und Brandt hilft?« Chruschtschow antwortete hemdsärmlig: »Ich denke, Adenauer wird gewinnen. Wir machen hier keine politischen Spiele.« Taktisch klug bohrte Ulbricht noch weiter. Erneut machte er einen offenkundig unsinnigen Vorschlag, damit Chruschtschow ihm im Gegenzug vorschlagen konnte, was auch er wirklich wollte: »Vor Durchführung dieser Maßnahme muss ich erläutern, wie unsere Wirtschaftspolitik aussehen wird, damit das alle wissen.« Und wieder tappte Chruschtschow in die Falle: »Dazu habe ich eine andere Meinung. Vor Einführung des neuen Grenzregimes sollten Sie überhaupt nichts erläutern, das würde die Fluchtbewegung nur verschlimmern.« Dann verkündete der Führer der Sowjetunion den Plan: »Wir lassen euch jetzt eine Woche Zeit, damit ihr euch wirtschaftlich vorbereiten könnt. Dann beruft ihr das Parlament ein und verkündet: ›Ab morgen werden Posten errichtet und die Durchfahrt verboten. Wer passieren will, kann das nur mit Erlaubnis bestimmter Behörden der DDR tun.‹« Scheinbar kleinlaut stimmte Ulbricht zu: »Das ist ein richtiges Argument.« Damit war der Mauerbau beschlossen. Nun blieben der SED noch zwölf Tage. Der Stacheldraht war längst angeliefert. Nach Moskaus Zustimmung konnte alles sehr schnell geschehen.

In dem Badehaus übertraf die gute Stimmung der sieben mächtigen Männer alles.

Jetzt machten Bordeaux und Burgunder die Runde. Das war der zweite Abschnitt des Festes! Die Speisen wurden hereingetragen. In Badetücher gehüllt, stürzte sich darauf das vielköpfige Lusttier.

Ein sich steigerndes Durcheinander von Worten und zweifelhaften Witzen, grotesken Wahrheiten, die zu Geschrei wurden, Urteilen und Dummheiten, die wie Kugeln in einer Schlacht ihre Bahnen über der Tafel zogen. Wut und Lächerlichkeit. Hexensabbat der Geister.

»Geben wir es zu!«, brüllte Ganzburger. »Wir sind blöde Tiere!«

Schnelle Arbeit an den Hausausgängen nach West-Berlin wollte der General ohne großes Trara erledigen. Er verschlang ein Filet, küsste sein Mädchen in den Nacken.

Alle klatschten. Was wahr ist, soll wahr bleiben.

Klaus Papst war schon tief in dem seligen Vorhimmel, wo die Lichter des Geistes erlöschen und der Körper sich, frei von seinem Gewissen und schrecklichen Aufseher, in den sirrenden Freuden einer Walpurgisnacht suhlt.

Die Mädchen drängten sich zusammen wie ein Bienenschwarm um die sieben Männer und blätterten vor ihnen die Hefte durch mit den schamlosen Fotografien.

»Genossen!«, rief plötzlich eine Stimme, »Ulbricht hat recht behalten. Chruschtschow hat seine ablehnende Haltung zu unseren Mauerplänen aufgegeben.«

18

In Roberts Zimmer stand das Bett herrschsüchtig in der Mitte. Seine beiden Brüder teilten sich das kleinere Zimmer nebenan. An diesem Sonntag waren sie bei ihrer Großmutter in Potsdam. Sie durften im Garten zelten. Es waren große Ferien, und Robert arbeitete über den Sommer beim Fernsehfunk. Er schleppte Kulissen für das Kriminalfernsehspiel *Ginseng. Gold. Und Rattengift.* Es ging um Spekulanten und Gauner, die durch Goldkauf und -verkauf der DDR-Wirtschaft schweren Schaden zufügten. Die Kripo legte den Gaunern das Handwerk. Robert drehte sich auf den Bauch. Berliner Sonntag im August. Halb schlief er, halb trieb er Philosophie, halb kämpfte er mit einem Schnapskater. Wie war eigentlich das Wetter?

Innerhalb eines bestimmten Zeitraumes erneuert sich der Mensch vollkommen. »Ich werde ganz anders werden und doch noch ebenso aussehen«, dachte er. Er versuchte, sich sich selbst in dreißig Jahren vorzustellen. Dichter? Er bekommt mit fünfzig den Nationalpreis der DDR in Gold? Er lädt seinen Vater zur Verleihung ein? Der Vater erscheint nicht? Er versteht nicht, was sein Sohn schreibt. Die Texte seines Sohnes erfüllen ihn mit Widerwillen und Scham.

Robert fragte sich: »In dreißig Jahren – welche Prognose? Ganz Deutschland ist sozialistisch?« Er arbeitet an einem riesigen Romanwerk? Wie Robert Musil? *Mann ohne Eigenschaften.* Dreißig Jahre lagen vor ihm. Trotz seiner großen Pläne – Robert sah sich in keinem der Zukunftsbilder auftreten. Er überlegte. Er sah sich als obdachlosen Mann an einer Wurstbude lehnen – von jungen und alten Frauen umringt, über ihm waren große schwarze Vögel.

Warum wollte ihm kein Zukunftsbild einfallen, in dem er sich ohne Angst finden konnte?

Als er aus der Kadettenanstalt in die Gerhart-Hauptmann-Oberschule kam, vor der Klasse stand, sagte der Lehrer: »Das ist Robert Papst. Er ist neu. Seid freundlich zu ihm.« Die anderen in seiner Schulklasse hatten alle West-Geld. Er hatte keines. Dafür war er im Sport unschlagbar. Er sagte sich: Du darfst nicht besser sein als die anderen. Sonst wird dich keiner leiden mögen. Darum schaltete er von achtzig auf achtzehn Liegestütze herunter. Das half ihm auch nicht aus dem Fremdsein. Wegen seines Vaters wollte keiner was mit ihm zu tun haben. Die anderen fuhren rüber in den Westen, kauften ein. Um nicht aufzufallen, fuhr er auch mit rüber. Er bekam zu hören: »Scheiß-DDR!« Mit einem Funktionärssohn wollte keiner was zu tun haben. In Köpenick wohnten nur die besseren Leute. Ärzte. Wissenschaftler, Künstler.

Sie waren gegen die DDR. Sie warteten das Abitur ihrer Kinder im Osten ab, dann gingen sie rüber, damit die Kinder in West-Berlin an der FU studierten.

Robert wollte eine Karriere als Dichter machen. Zum Einzelgänger gezwungen, wollte er Einzelgänger sein. Der Vater hatte aus ihm einen Offizier machen wollen, einen Mann über der Masse. Robert wollte Dichter werden.

Den Schriftsteller Günter Edmund hatte er über dessen Tochter Johanna kennengelernt, die mit ihm auf die Oberschule ging. Johanna war hübsch, knabenhaft und hysterisch. Sie verliebte sich in Robert und wollte sofort ein Kind von ihm und zum Judentum übertreten. Sie nahm Robert nach der Schule mit zu sich nach Hause. Sie wollte, dass er ihr zuhörte, wie sie sang, sie wollte als Sängerin berühmt werden, doch Robert unterhielt sich lieber mit ihrem versoffenen Vater. Der Dichter las Robert seine Geschichten vor. Gespenstergeschichten aus dem Krieg. »Wer nicht aufstehen kann, ist tot. Ein weißer Arm, der aus dem Wasser greift nach einem toten Kind.« Robert lernte diese knappen Günter-Edmund-Sätze auswendig. Die stärksten davon variierte er in zahlreichen Versionen.

Schreiben könne man nur in der Schule des Lebens lernen, hatte sein Vater postuliert. Robert fragte den Schriftsteller, ob man das Geschichtenschreiben lernen könne. Günter Edmund sagte: »Ich habe es so gemacht: Ich habe mir Menschen vorgestellt, die ich kenne, in Situationen, in denen sie nie waren. Ich rate dir, wenn du Schriftsteller werden willst, denke dir immer solche Situationen aus und versuche sie zu beschreiben.«

Robert wollte es ausprobieren. Er hatte sich schon eine Geschichte ausgedacht. Eine Erzählung über seine dicke Musiklehrerin. Er stellte sich vor, wie er sich in diese unglückliche Frau verlieben und bei ihr eine Nacht verbringen würde. Er wollte genau beschreiben, wie er sich von seiner Musiklehrerin verführen lässt. Die Geschichte wollte er Edmund zeigen. Edmund war meistens betrunken. Das beeindruckte Robert.

Wenn es zum Dichter nicht reichte: Gammler. Alles, nur kein nützliches Mitglied dieser Gesellschaft. Im Verkommen war sein Talent groß. Keine Angst vor dem Absturz haben ins Bodenlose. Sein Zimmer versank im Chaos.

Mit Mädchen hatte er in dieser Zeit noch nichts. Auch nichts mit Edmunds Tochter Johanna. Sosehr sie ihn bedrängte: Robert war noch Jungfrau. Er wollte versuchen, seine erste Nacht mit einer Frau zu beschreiben, bevor er sie erlebt haben würde. Darauf kam es ihm an. Die Liebe Doppelpunkt eine Vermutung. Ob er das zuerst machen würde oder etwas anderes. Ob er sie erst auszieht? Oder ob er sich erst auszieht? Oder ob er vielleicht vor der Liebe ein Spiegelei isst?

Sobald er heute aufgestanden war, wollte er die Liebesgeschichte mit seiner Musiklehrerin aufschreiben. Er wollte sich wie Günter Edmund betrinken und dann loslegen.

Er hatte von der Filmparty am Vorabend eine Flasche Wodka mitgehen lassen und sie unter dem Bett versteckt. Der Wodka sollte die Geschichte flüssig machen. Auf die Innenseite seiner Zimmertür schrieb er drei Sätze: »Jedes materielle Glück beruht auf Zahlen!« Und: »Wind ist eine Bewegung der Luft.« Und: »Es ist schön zu siegen, es ist leichter zu siegen, als zu verlieren.« Anschließend wischte er die Sätze wieder aus, schrieb drei andere Sätze und wischte auch die wieder aus.

Gestern, nach Drehschluss, hatten sie eine Sommerparty gefeiert. Zwei von den Maskenbildnern legten ihre Arme um Robert. Sie flüsterten ihm Schlüpfrigkeiten ins Ohr, beide wollten ihm zwischen die Beine fassen. Der schwule Aufnahmeleiter mit dem Hasengebiss wurde eifersüchtig, das war Roberts Rettung. »Ich bin dein wahrer Kamerad«, lispelte er.

Das Hasengebiss war in Robert verliebt. Rettungslos. Heimlich. Homosexualität war strafbar. Von ihm hatte Robert ein Poster der Fußballmannschaft Inter Mailand geschenkt bekommen. Robert hatte sich Inter Mailand gleich an die Wand gepinnt – es sah super aus. Sein Vater war gegen das Poster, wodurch es Robert richtig wertvoll wurde. Robert hatte noch nichts von der Welt gesehen. Ein bisschen was von Polen. Einen Fetzen Ostseeküste. An England hatte er keine Erinnerungen.

In zwei Wochen waren die Ferien zu Ende. »Ich könnte einfach das ganze nächste Schuljahr auf dem Bett liegen bleiben«, dachte Robert,

»wie Oblomow, mir Geschichten ausdenken. Dreitausend Vermutungen über das Leben des jungen Dichters Robert Papst. Wie Johann Sebastian Bach – vor seinem ersten Takt. Takt 42 – die Altstimme. Neunundsiebzig Töne lang ausschließlich über den Vokal A!

Ich versuche herauszufinden, was meine Bestimmung ist und wo sich das Gegenstück zu mir aufhält. Die Unterstimme – das tragende Generalbassfundament. Der Augenblick, wo der Kuss zum Biss wird. Der Moment, wo Zärtlichkeit sich in Bestialität verwandelt. Die erste Liebe – oder ist es die letzte Liebe? Und dann kommt ein Wind, oder auch nicht. Wo Streicheln zum Schlagen wird. Auch Schläge sind Berührung. Treten in deinem Theater die Verletzungsmaschinen auf, Robert? Oder treten bei dir die von den Verletzungsmaschinen Verletzten auf? Zur Macht unwillige Könige treten bei mir auf. Eulenspiegel. Charaktere als Masken unterschiedlicher Vermutungen. Ich muss das Ausatmen lernen.«

Am Schluss wartete dann die Umarbeitung eigener Werke. Altersaufgabe. Nicht Werk: Aufgabe. Umarbeitung. Aufgeben. *Baal* als Endspiel. Nicht das Ende des Applauses abwarten. Vor dem Applaus feiern!

Herkules am Scheideweg
Ich will dich nicht hören
Ich will dich nicht wissen
Verworfene Wollust
Ich kenne dich nicht

Er wollte einen großen Roman schreiben. Ein gigantisches Bauwerk.

»Einen Roman will ich verfassen als Krönung meines Lebenswerks des Aufgebens. Aufgeben als Lebensaufgabe. Etwas beginnen, was von vornherein keine Chance hat auf Vollendung. Ich will das Lebenswerk als Lebenszerstörungswerk beginnen. Wo keiner einen Helden sucht, dort suche ich meine Helden. Wenn ich einen gefunden habe, mache ich mich an die Arbeit.« Er überlegte. »Spannend wird der Moment, wo mein Held auf meine Absichten reagiert, einen künstlichen Charakter herzustellen. Die Hauptfigur wehrt sich gegen die Absicht des Dichters, eine künstliche Hauptfigur aus ihm herzustellen.«

Herstellung künstlicher Charaktere, nannte Robert Papst dieses literarische Verfahren, bei der eine Veröffentlichung entsteht.

»Früh vollendet. Wie Rimbaud. Mit dreiundzwanzig muss alles getan sein. Mein Vorrat an Kreativität ist größer, als es meine dichterischen Möglichkeiten sind – tödliche Konstellation. Ich beschreibe jetzt meine Liebesgeschichte mit der dicken Musiklehrerin, damit fahre ich hinaus zu Edmund, ich lese ihm die Arbeit vor (Entdeckung der Liebe!), ich setze mich Edmunds erbarmungsloser Kritik aus, danach schlafe ich mit seiner hysterischen Tochter Johanna. Vergeblich vergossene Samenflüssigkeit! (Verlust der Liebe!) Später frage ich Edmund: ›Ich suche eine Hauptfigur. Herr Edmund, was denken Sie? Wie soll ich vorgehen?‹ Wenn Edmund fragt: ›Was für eine Hauptfigur soll es sein? Künstler? Arbeiter? Bauer?‹ ›Ich. Ich als Hauptfigur. Ein Theaterstück als Versuch, die Tage des Schreibens auf die Bühne zu bringen, die Briefe und die Mädchen und die Zeitungen.‹«

Shakespeare kopieren, lauter Shakespearekopien.

Richard II heute – vor dem Pergamonaltar – ruft: »Genug! Stoppt den König, stoppt mich, Königsein ist keine Existenzform für mich. Betrachtet mich als Schriftsteller.«

Robert sah in ein Stück Spiegelglas, das er über seinem Kopf in die Höhe hielt, das sein Bild in einen anderen, größeren Spiegel warf. Jetzt kramte er aus einer Tasche einen Lippenstift. Den hatte er von den schwulen Maskenbildnern bekommen.

Ein mattes Rot, das auf seinen Lippen schwarz wirkte. Mit dem Stift zog er sich die Lippen nach. Dann hob er wieder das Spiegelglasstück über seinen Kopf, betastete mit der freien Hand sein Gesicht. Er wunderte sich über sein Kindergesicht. Es stand nichts darin von den Schlägen, die ihn auf der Kadettenschule getroffen hatten.

Er schob die Scherbe unters Bett.

»Ich passe mit meiner Geschichte in kein Poesiealbum«, murmelte er.

»Wer bin ich neben Camus? Neben Melville? Neben Kafka? Amerika. Die Einfahrt des Schiffes. Ich, Robert Papst. Unter der Freiheitsgöttin. Ich muss nach New York. Mein Ziel ist New York.«

Das trockene Laub raschelte im Wind auf dem Asphalt.

Am 16. und 17. Dezember 1835 brannte New York. Zwischen South Street Seaport, Wall Street und der Broad Street fielen mehr als sechshundertfünfzig Gebäude dem Flammeninferno zum Opfer!

»Wenn ich es eines Tages hier raus und nach New York schaffe«, dachte Robert, »gehe ich gleich zu der alten Brandstätte. South Street Seaport. Aber wie soll ich es je nach Amerika schaffen? Ich bräuchte mich nur anzuziehen, zur S-Bahn zu laufen, hinüberzufahren durch die offene Sektorengrenze in den Westen. Es wird klug sein, wenn ich noch heute hinüberfahre. Einfach weg. Den Vater abschütteln. Die Dinge liegen hoffnungslos. Mein Ziel ist ein Platz in der Reihe mit Camus. Kafka. Melville. Wie kann ich mich an meinen Anspruch heranarbeiten?«

Im nächsten Augenblick wurden Roberts morgendliche Träumereien und Ausbruchsfantasien durch aufgeregte Schritte und lautes Rufen seiner Mutter gestört. Er wischte sich den Schlaf aus den Augen, lief aus dem Zimmer. Er dachte, es sei längst Mittag. Es war aber noch früh am Vormittag. Wieder hörte er seine Mutter rufen.

»Endlich! Endlich!«

Sie stand mit fuchtelnden Armen, aufgelösten Haaren, überkippender Stimme und glasigen Augen vor ihm.

»Endlich!«, rief sie ihrem Sohn ins Gesicht.

»Was endlich?«, fragte Robert.

»Endlich haben sie zugemacht! Endlich haben wir jetzt die Tür zugeschlagen! Jetzt ist zu! Jetzt können sie uns nicht länger rausholen, was wir hier erarbeiten. Die Lehrer und Ärzte abwerben und uns unser Essen mit West-Geld billig wegkaufen und so.«

»Wie zugemacht?«, schrie Robert die Mutter an. »Was ist passiert?«

»Wir bauen eine Mauer. Wir kriegen die Mauer. Jetzt ist die Zeit vorbei, wo sie unsere DDR als Plünderbude benutzen können. Wir haben endlich die Mauer, die unsere Hauptstadt vor den Raubzügen der Ausbeuter schützt.«

Robert glaubte nicht richtig zu hören. War seine Mutter irre? Eine Mauer durch Berlin? Er sprang in seine Kleider. Kaum angezogen lief er aus der Wohnung, rannte zur S-Bahn. Fuhr quer durch die Stadt zur Friedrichstraße. Was er sah, wirkte surreal auf seine Sinne.

Stacheldrahtrollen versperrten Straßen. Hausausgänge wurden zugemauert.

Er sah die Straße zum Tiergarten in ihrer Mitte von einer höher wachsenden Mauer verstellt. Er lief weiter. War er immer noch betrunken? Er blieb stehen. In einem weiten Bogen wurden die Straßen Richtung Westen: abgeschlossen. Er stand da und starrte. Er schlug sich in den Bauch, riss sich an den eigenen Haaren. Das Bild blieb. Er erinnerte sich jetzt an das Gerede beim Fernsehfunk. Sie quatschten schon seit einiger Zeit davon, dass irgendwas passieren würde. Die Bühnenarbeiter, die Schauspieler, die Beleuchter, die Kostümmädchen, der schwule Aufnahmeleiter mit dem Hasengebiss – alle quatschten davon, dass etwas in der Luft liegen würde. Es stand täglich in den Zeitungen: »Wir dulden nicht länger die Abwerbung unserer Fachkräfte.«

Eine Mauer. Traum von den hohen Mauern. Er schrie: »Nein. Keine Mauer. Oder eine, die man auch vom Mond sieht!«

Die Partei hatte für die letzte große Etappe der sozialistischen Umgestaltung Ost-Deutschlands einen hohen Preis bezahlen müssen. Die Versorgungsschwierigkeiten, die aus der brutalen Kollektivierung der Landwirtschaft resultierten, und der verschärfte politische Kurs der Partei, die Heraufsetzung der Arbeitsnormen stürzten das SED-Regime in eine tiefe Krise. Nur mithilfe sowjetischer Panzer hatten die Machtverhältnisse zwischen Elbe und Oder garantiert werden können. So blieb jenen Menschen, die sich dem Zwang von Partei und Staat und den Panzern der Sowjetunion ohnmächtig ausgesetzt sahen, nur noch ein Weg, sich der DDR zu entziehen: die Flucht nach West-Deutschland, in die Bundesrepublik. Der Strom der Menschen, die der DDR für immer den Rücken kehrten, wurde zu Beginn der sechziger Jahre zur Massenflucht, an der die DDR auszubluten drohte. Besonders hoch war der Anteil der Jugendlichen. Im Sommer 1961 drohte der DDR der Kollaps. Radiostimmen. Eine Wolke zog sich seit Langem über den Köpfen der Berliner zusammen. Aber eine Mauer als Grenze konnte sich kein normaler Mensch vorstellen. Die Bauern waren in der Frage realistischer.

Es gab genug Beton und Stacheldraht. Warum sollten die Roten Berlin nicht dichtmachen?

Die Stimmung unter den Bauern, die den Hauptstoß des ideologischen Gewalthammers abbekamen, war weitaus düsterer als die unter den Arbeitern. Die Bauern fühlten das Blut. Sie waren zum Letzten bereit, sogar zur Aufgabe ihrer Höfe, auf denen die Familien seit Generationen saßen und wirtschafteten. Die Bauern sahen klar, dass sie es bei den neuen Mächtigen mit offenkundigen Verbrechern zu tun hatten. Es gab nichts mehr zwischen ihnen und den roten Bonzen, was christlich, brüderlich oder ehrlich gemeint war. Die Bauern spürten deutlich, dass das Unheil mit schrecklicher Wucht über sie hereinstürzen würde – wenn sie nicht schleunigst ihre Höfe verließen und die Flucht in den Westen antraten.

An der Friedrichstraße war es schwarz von Bauern. Ein Bauernheer war nach Berlin gezogen und war um einen Tag zu spät gekommen.

Bleich stand Robert da und sah den Kampftruppen, den Volkspolizisten zu, die mit Maschinengewehren und Handgranaten die aufgebrachten Menschen in Schach hielten.

Robert lief die Reihe der Bauern ab. Er fragte sie, aber sie antworteten nicht. Sie saßen da und hatten Angst – die Bauern, über die sein Vater aufgeblasene Texte verfasste, in denen er über Thomas Müntzer schrieb und über dessen Bauernaufstand.

Sie hatten Angst, verhaftet zu werden, sobald sie in ihre Dörfer zurückkehren würden, die sie in der Nacht zuvor verlassen hatten, nachdem sie heimlich alles verkauft und zu Bargeld gemacht hatten.

Haus und Hof verkauft. Ställe. Wiesen und Äcker. Alles verkauft. Die Taschen voller Ost-Geld, das nichts wert war, das sie im Verhältnis eins zu vier tauschen mussten in West-Berlin, um den Neuanfang zu bezahlen. Ihr Instinkt hatte sie vor der großen Mauer gewarnt. Nun waren sie ein paar Stunden zu spät nach Berlin gekommen.

Da saßen jetzt also die Bauern des ersten deutschen Arbeiter-und-Bauern-Staates, die Nachfahren des Thomas Müntzer, als die sie gepriesen wurden in den Schulbüchern, da saßen sie auf ihren Koffern, die Köpfe auf die Knie gestützt. Sie warteten auf die Züge, die sie zurückbringen würden in ihre Dörfer in der Umgebung Berlins, zurück ins Havelland, nach Thüringen oder sonst wohin in die Republik, wo ihnen jetzt nichts mehr gehörte.

Zurückkaufen konnten sie ihre Höfe nicht, rüber konnten sie auch nicht. Kein Zug fuhr. Nichts rührte sich. Die Züge standen auf den Gleisen, sie blieben erst mal zugesperrt. Die Bauern sollten begreifen: Raus kommt ihr nicht. Zurück kommt ihr auch nicht. Wenn ihr das kapiert habt, dann kommt ihr ins Zuchthaus oder in den Uranbergbau. So saßen die Bauern, als Robert ihre Reihen ablief, vom Bahnhof Friedrichstraße bis zum Brandenburger Tor, saßen schwarz und weinten.

In einer Bar irgendwo Ecke Unter den Linden saß ein kleiner Mann am Klavier. Er trug eine dunkle Brille, in seinem Mundwinkel klemmte eine Zigarette. Der Qualm kräuselte sich in die Höhe. Der Kleine spielte Schubert. *Deutsche Tänze.* »Verfluchte Welt«, dachte Robert, als er ihm von der Tür aus zuhörte. »Boxkampf und Dancing.«

Robert erinnerte sich, dass er an diesem Morgen hatte nach New York aufbrechen wollen. Und nun – kein Hemingway? Kein Kafka? Kein Don Cherry, Miles Davis. Kafkas Freiheitsgöttin mit dem Schwert – Einfahrt nach Manhattan auf dieser Seite geschlossen.

Dafür Hochstimmung zwischen Gendarmenmarkt und Hamburger Straße. Mädchen und Jungen in Blauhemden schwenkten Wimpel. Auf den großen Plätzen sprachen sein Vater, Honecker und die Genossen. Sie redeten von der Befreiung der Stadt, die sie einmauerten. Es ging nicht um Wirklichkeit. Es ging um Wahnbilder.

Ein Telefonat mit Chruschtschow genügte Ulbricht, um Berlin einzumauern.

»Lauf los«, redete sich Robert zu. »Vergiss deine angebliche Geschichte, deinen Namen, vergiss endlich deinen Vater. Oder mach es wie Hamlet. Verstell dich, spiele den Irren. Sei die Mausefalle, in die dein Vater tappt. Halte ihm den Spiegel vor. Geh deinen Weg durch deine Landschaften, geh weg hier! Geh! Noch kannst du. Ich bin ein junger Mann. Ich will Gedichte schreiben. Ich hasse Volksversammlungen.« Sein Vater war an führender Stelle dabei, als sie an diesem

Sonntag die Stadt zerteilten. Er konnte es sich nicht vorstellen, von jetzt an in einer halbierten Stadt eingemauert leben zu müssen. Leben? Hier? »Geh doch!« Aber er ging nicht.

Ecke Unter den Linden spielte einer Schubert. *Deutsche Tänze.* Eine letzte Zigarette, die im Maul verglühte. Robert hörte seinen Vater. »Setz dich auf den Hintern und schreib auf, was du siehst. Aber sieh es mit den Augen eines guten Kommunisten.« Wie kam diese Stimme in ihn hinein? »In fünfundzwanzig Jahren bin ich mein eigener Knochenbrecher«, dachte Robert. Er hörte seinen Vater sagen: »Prognose zersetzt Selbstzufriedenheit.«

»Ich muss meinen Vater töten. Aussichtslos. Ich liebe ihn doch mehr, als ich ihn hasse.«

Robert blieb stehen. Alles drehte sich in einer ungewohnten Geschwindigkeit. Er konnte nicht mehr aufrecht gehen. Er krümmte sich hinab zum Boden, wie ein Greis, wie ein Sturzbetrunkener. Er kroch auf allen vieren zu einer Bank, das Maul voller Staub und voller Poesie. Unter den Linden in Richtung Siegessäule. Aus dieser Perspektive war für ihn die Siegessäule schon weg. Er meinte, die *Deutschen Tänze* kämen ihm nach. Er hätte gerne um Hilfe geschrien. Überall wuchsen Stacheldraht und Mauern in den Himmel. Eine Frau kümmerte sich um ihn. Sie lächelte. Er lächelte. Sie half Robert zurück auf die Beine. Er stand wieder. Vier Jahre Kadett. Jetzt Oberschüler, bald macht er Abitur. Dort in der Eckkneipe, dort spielte einer Schubert auf dem Klavier. Zum Tanzen und zum Lachen. Alles gleich. »Geh hin oder lauf besser gleich weg«, sagte die Frau zu Robert.

»Es klingt aber schön«, sagte Robert.

Um das Brandenburger Tor standen dicht, Schulterstück an Schulterstück, Soldaten. Waffen stachen in die graue Luft, Helme schimmerten. Maurer taten ihre Arbeit. Wie denen wohl zumute ist, überlegte Robert. Er hörte die Kellen klappern, hörte, wie sie den Mörtel hackten, wie sie spachtelten in der preußischen Wüste. Der Staat zementierte sich ein. Der Staat seines Vaters.

Auf der Westseite waren riesige Lautsprecherwagen aufgefahren.

Heiseres Rufen. Eine Stimme. Viele Stimmen. Es brüllte aus allen

Himmelsrichtungen. Der ganze tiefe Backsteinhimmel hallte wider von hundertfachem Gebrülle.

»Hört uns!«

»Steht auf gegen das Unrecht!«

»Die Amerikaner werden euch nicht alleinelassen!«

Neben Robert stand ein Mann in einem Staubmantel, hörte, glotzte und aß eine Bockwurst. Der Senf tropfte von der Wurst. Der Wurstesser sagte zu Robert: »Ja, so ist es.«

Robert gab dem Wurstesser recht. »Ja, so ist es wirklich. Und es ist erst der Anfang.« Vielleicht war der Wurstesser seine Hauptfigur?

Er hörte die Marschschritte der Soldaten. Bis zur Nacht würde der Krieg, darin war sich Robert sicher, die Stadt erreicht haben, um sie an allen acht Ecken und Enden zu packen. Robert wartete vor dem Brandenburger Tor, auf der Ostseite. Er hoffte, dass jeden Augenblick die Amerikaner rüberkommen würden, mit ihren Panzern und ihren Soldaten. Alles stand auf Messers Schneide. Die Lautsprecher brüllten, aber es passierte überhaupt nichts. Kein amerikanischer Panzer rollte Richtung Alexanderplatz.

Ein paar Frauen gingen auf der Westseite vorbei, zogen die Blusen hoch, zeigten den Arbeitern und Soldaten ihre Brüste.

»Gebt mir eine Waffe«, dachte Robert. Welche Waffe? Sollte er sich als Soldat melden oder als Dichter? Blei oder Worte? Welches Alter hat die menschliche Sprache? Seine Arbeit als Dichter richtete sich gegen das Vergessen. Den Krieg um ihn herum wollte er in Worte fassen. Er musste diesem Tag seine Worte geben, er musste ihn aufschreiben. Gräuelmärchen Deutschland. Was er hörte, klang irgendwie vertraut, er wusste jedoch nicht, worauf sich die Worte bezogen. Je klarer etwas in seinem Sprachgedächtnis war, umso verschwommener erschien es in diesen Augenblicken, wo etwas Unvorstellbares mit seiner Stadt vorging.

Das Lauernde, das immer zugleich dafür und dagegen ist. In der Umarmung der Verrat. Sein Volk? Er hatte keines. Er war und bleibt der Fremde. Die Wörter wurden seine Heimat. Oft machte er unheimliche, wundersame, ausgedehnte Reisen, indem er sich auf einem Wort in die Abgründe der Vergangenheit einschiffte – wie eine Libelle auf einem Hollerblatt einen Fluss hinuntertreibt, so konnte er auf einem Wort dahintreiben in den Dschungel des Gewesenen. Heute, an einem Sonntag im August, saß er wieder wie ein Insekt auf einem Grashalm. Aber heute trieb er nicht, von einer Lektüre ermuntert, einen geträumten Fluss hinunter. Heute war das Treiben wirklich. Oder etwa nicht? Schlief er? Lag er begraben auf dem Französischen Friedhof? Er war das lebende Insekt auf dem Grashalm im Wirklichkeitsfluss, auf dem Wasser der Spree.

Ein paar mit Dachlatten bewaffnete Kerle zogen grölend zum Brandenburger Tor. Die Markierungen der Mauer beschrieben auf der westlichen Seite einen Bogen um das Tor. Robert folgte den Markierungen mit seinen Blicken. Die Mauer stieß schon an die Wolken, sie mauerten aber weiter, höher.

Hammer und Zirkel. Die Fahne der DDR sollte über den Wolken klirren.

Fahnenmast. Dieses Wort. Fahnenmast. Fahnenmast.

Auf einem Motorrad rasten zwei ineinander verkrallte Kerle mit schwarzen Lederjacken auf die Bauarbeiter zu und durchbrachen die markierte Sperre. Eine Minute später explodierte die Maschine. Die beiden Kerle hatte es bei dem Aufprall heruntergerissen. Man wollte die Leute mit solchen Aktionen provozieren, um losschlagen zu können. Aber keiner ließ sich zu irgendetwas anstacheln.

Ein Wahnsinniger erschien auf der Bildfläche. Er schrie ununterbrochen: »Der Messias ist da. Der Messias ist gekommen.«

»Verschwinde! Komm morgen wieder!«

Robert sah, wie das Motorrad verbrannte; niemand nahm Notiz davon.

Ja, verschwinden. Strohhalm und Insekt trieben den Fluss hinunter. Eine andere Frau hängte sich an Robert.

»Du gefällst mir, Kleiner. Ich hab meinen Mann voriges Jahr das letzte Mal gesehen, der Lenz ist verblüht, jetzt nehme ich dich mit zu mir.« Robert lächelte. Er war mit seinen Gedanken auf dem Grenzfluss unterwegs.

»Auch auf Frauen und Kinder soll geschossen werden, lautet das Kommando«, sagte die Frau. »Das sind solche verklemmten Schweine. Komm mit mir, noch kann man rüber.«

Eine Weile stand Robert mit der fremden Frau da, schaute auf das Brandenburger Tor. Um sie herum alles schwarz vor Menschen. Steht auf gegen das Unrecht! Keiner stand auf. Dumpfes Brüten herrschte.

Muss ein Schriftsteller betrunken sein, um den Kontext aufzulösen? Worauf greift ein Schriftsteller zurück, wenn er Wörter finden muss für eine neue Landschaft, in der alles anders ist, als es scheint?

Er wollte mit der Frage zu Günter Edmund fahren, raus an den See zu der alten Mühle. Er wollte von dem Dichter wissen, was er zu den Ereignissen sagte. Er wollte auch Johanna wiedersehen. Vielleicht erklärte sie ihm den Übergang von der Empfindung zum Gedanken, vom Gedanken zum Wort, vom Wort zu seinem hieroglyphischen Ausdruck, vom Alphabet zur geschriebenen Sprache, deren Schönheit in einer Folge von Bildern besteht, die der Redner anordnet und die wie Hieroglyphen des Gedankens sind. Vielleicht wusste sie, wodurch in dem Wort »wahr« eine nahezu unwirkliche Lauterkeit aufschien.

Wahr – dieses Wort. In dem kurzen Ton, in dem es ausgesprochen wird, liegt ein unbestimmtes Bild der keuschen Nacktheit. Das Wahre in jedem Ding: keusch und nackt. In dieser Silbe eine unerklärliche, unvergängliche, unverfängliche Frische. Wahr. Er wollte Johanna fragen, was ihr bei dem Wort wahr einfiele.

Mit solchen Gedanken stand er neben der Frau, die sich an ihn gehängt hatte, unter dem Gebrüll der Lautsprecher. »Süßer? Warum kommst du nicht mit zu mir in die Kantstraße?«, hörte er sie fragen.

»Meinst du mich?«

Sie sah Robert plötzlich mit einem völlig irren Ausdruck an. Sie ließ ihn stehen, wetzte davon, als flögen ihr Kugeln nach. Unter den verdutzten Blicken der Maurer und Soldaten rannte sie die breite Chaussee hinunter, die Straße des 17. Juni Richtung Siegessäule. Immer wieder den Kopf in Panik herumgerissen nach Robert, verschwand sie zwischen Birken und Büschen im Tiergarten. Rüber war sie. Das imponierte ihm. Er wollte sie fragen, warum sie vor ihm fortlief. Kein Schuss war gefallen. Am liebsten wäre er ihr hinterhergerannt. Einfach rüber in den Westen. Flugticket kaufen. New York. Er drückte den rechten Daumen gegen eine Schläfe, bis er davon Kopfweh bekam. »Geh, geh doch. Jetzt kannst du noch rübergehen. Morgen früh ist es zu spät. Was willst du von deinem Vater? Willst du ihm den erhobenen Zeigefinger ins Herz stoßen, mit dem er seine kleine graue Welt aufspießt? Geh!« Aber Robert rührte sich nicht. Er wollte in den Augen des Vaters kein Verräter sein. West-Berlin verschwand hinter Mauersteinen.

Er drehte dem Brandenburger Tor den Rücken zu. Er ging Unter den Linden entlang, verkrümelte sich in einer Seitenstraße Richtung Bahnhof Friedrichstraße. Er stand auf dem Bahnsteig. Wartete. Im Hinterkopf hörte er die ganze Zeit das Klavier aus der Bar. *Deutsche Tänze.* Schubert. Ein toter Pianist, der eine Lucky Strike rauchte.

Jetzt war seine Sehnsucht nach einem Mädchen riesengroß. Die Bilder von den greinenden Bauernheerscharen hatten ihn erschöpft und sehnsüchtig gemacht nach Zärtlichkeit, von der er nicht wusste, ob sie ihm gut- oder wehtun würde. Was sie wohl sagen würde? Johanna? Zu seiner Sehnsucht? Mit der er sich gern an sie gepresst hätte wie ein gejagtes Tier?

»Bist du besoffen?«

»Ja, ich sehe lauter letzte Bilder, wie ein Betrunkener, aber ich weiß nicht, wovon ich besoffen bin.«

Alle Wörter – Zeichen einer sprudelnden Kraft, die sie von der Seele empfangen und die sie ihr wieder schenken durch den Zauber wunderbarer Wirkung und Gegenwirkung zwischen Wort und Gedanken. Wie zwei Paar Lippen, die so viel Liebe voneinander schlürfen, wie sie einander gaben.

Durch ihren Anblick allein beleben die Worte in unserem Gehirn die Dinge: Wald und Flugzeug. Turm und Wüstensturm. Eisvogel und Kellerstiege – die Worte dienen den Dingen als Gewand. Mauer. Stalingrad. Toter Mann. Hauptmann.

Er zog die Schultern in die Höhe. Zweimal, dreimal, wie ein Clown zog er die Schultern hoch. Wir sind zu groß und zugleich zu klein.

Die S-Bahn kam. Robert stieg ein. Richtung Grünau.

Ihm gegenüber saß ein Mann, der hatte nur ein und ein halbes Bein, der war unheimlich. Die Prothese hatte er sich abgeschnallt, über die rechte Schulter gelegt. Der lachte und trug im Sommer einen Mantel, aus den Manteltaschen quollen Kuchenstücke. Er hielt Robert eins hin. »Hier. Iss dich mal satt, Jungchen. Gibt Kraft, wirst Kraft brauchen.«

Er kam von der Großbaustelle Schwarze Pumpe. Dort hatte er mit einem und einem halben Haxen nachts Fundamente ausgehoben. »Hier. Fass mal an, gute Prothese. Hat gehalten trotz der langen Schufterei.«

Robert berührte die Prothese. Unten sah er, über dem künstlichen Fuß, einen abgelaufenen Halbschuh.

»Du hast so ein Gesicht. Donnerwetter. Das kenne ich. Bruderherz.«

Das künstliche Bein über der Schulter. Das Bild ging ihm nicht aus dem Kopf. Warum nennt er mich Bruderherz? Woher kennt der mich?

»Funktionärsgesicht!«, rief der Beinamputierte. Robert hob den Kopf. Schimpfend und lachend schnallte sich der andere die Prothese an. Zeterte, dass er nichts mehr verstehen könne. Seit drei Stunden verstünde er nichts mehr, seit drei Stunden würde er die deutsche Sprache nicht mehr kennen. »Es ist jetzt eine Lügensprache«, rief er den Leuten im Zug zu. »Leute? Wollt ihr nicht lieber noch mal zu den schönen Anfängen zurückkehren? Wo die Menschen Zucker ins Wasser gestreut haben? Hat auch geschmeckt. Was tut der Kommunismus ins Wasser?« Er deutete auf Robert Papst. »Zement.« Die Leute lachten. Und schauten weg. »Teilung ist das Schlimmste, was dem Menschen widerfahren kann. Die Teilung eines Menschen in zwei Hälften, die Teilung eines Landes in zwei«, predigte Bruno Kieling weiter.

Robert wusste nicht, dass das Kieling ist, Bruno Kieling, der Klassenfeind, von dem sein Vater ununterbrochen gesprochen hatte, als Robert ein Knirps war. Stalingrad. Ablieferungssoll. Klassenfeind. Kieling umerziehen, alle Kielings umerziehen.

19

Als Robert nach Hause kam, stand sein Vater vor ihm. Groß. Aufgekrempelte Ärmel. Zigarette im Mund. Ganz der gut aussehende Mann, der stolze Funktionär. Roter Schlips, großer Knoten. Auf der Ablage unter dem Korridorspiegel eine Pistole. Daneben eine Flasche Whisky. Roberts Vater strahlte. Alles lief wie am Schnürchen, alles ging beim Bau der Mauer nach Plan. Stolz und zufrieden sah der Vater seinen Ältesten an.

»Nach sechsundfünfzig Stunden Dienst«, sagte der Vater, »wo sie alle Bammel hatten, dass sonst was passieren würde, steht die Sache. Die Grenze ist zu!«

In der Tür erschien Roberts Mutter. Sie war jetzt noch ärger betrunken als am Morgen. Sie schien sich in Roberts Augen ganz vergessen zu haben. Sie lächelte. »Robert«, sagte sie mit schwerer Zunge. »Du hast den tollsten Vater. Komm mit uns feiern. Endlich zu. Endlich zu! Zu, zu, zu!!« Der Vater wollte einen Arm um die Schultern seines Sohnes legen. »Nach sechsundfünfzig Stunden Schufterei habe ich von dir ein freundliches Wort verdient.«

»Mit dir rede ich nicht mehr!«, sagte Robert. Er sah seinen berauschten Vater geradeheraus an. Die Mutter versuchte, Robert einen Kuss zu geben. Der Vater verstand noch immer nicht und sagte: »Keine Diskussionen, Robert. Diskussionen morgen. Heute will ich das Ding mit euch feiern!«

»Ich habe gesagt: Mit dir rede ich nicht mehr. Du bist ein Teil der Unrechtsherrschaft.«

Robert schob seine Mutter wie eine Puppe in die Arme des Vaters, wandte sich ab, verschwand in sein Zimmer.

»Robert!«, brüllte der Vater.

»Mach es mit dir selber aus!«, antwortete Robert, schlug die Tür hinter sich zu. Der Vater kam ihm nachgepoltert.

»Pass mal auf«, brüllte er, »wie ich dich fertigmachen werde.« Mit diesen Worten fetzte er das große Poster mit der Fußballmannschaft von Inter Mailand von der Wand und zerriss es. »Bring dich vor mir in Sicherheit, Junge!«

Daraufhin ging Robert ohne ein Wort in das Arbeitszimmer seines Vaters. Über dem Schreibtisch hing das gerahmte Porträt von Walter Ulbricht. Robert nahm das Bild vom Haken, löste es aus dem Rahmen, zerriss es in hundert Schnipsel, streute die Schnipsel wie Konfetti über den Schreibtisch des Vaters, der in diesem Moment in der offenen Tür erschien. Das war Roberts Brief an den Vater. Er sah Schweiß auf der Stirn seines Vaters. Robert lachte laut.

20

Um den gegen den Vater begonnenen Krieg im größeren Kreis weiterzuführen, musste Robert die Schulfreunde für sich gewinnen. Die Kinder der Ärzte und Wissenschaftler, seine Feinde aus der Oberschicht, waren rechtzeitig in den Westen verschwunden. Der Osten war jetzt sein Revier. In der Schule stand Robert auf dem Pausenhof und predigte: »Alle Berliner Oberschulen gehen nicht zum Kartoffeleinsatz!« Es mussten sich nämlich die Schüler während des ersten Monats nach Schulbeginn auf die umliegenden Dörfer zum Kartoffellesen verteilen.

Zunächst stimmten ihm die Mitschüler zu. Aber die Streikbegeisterung bröckelte rasch. Die Lehrer schrieben die Namen der Lautesten auf. Seine Kumpel verloren den Mut. Der Sportlehrer entpuppte sich als eifriger Informant, der den leisesten Widerspruch gegen die offizielle Linie nach oben meldete. Dann wurden auch die Lauten leiser, die Forderungen wurden kleiner, immer kleiner. Bald schon hieß es: »Wir gehen hin, aber wir sammeln keine Kartoffeln.«

Der nächste Schritt zurück in Reih und Glied war: »Wir sammeln etwas langsamer.« Dann waren sie draußen. Die Schulklassen bückten sich auf den Kartoffeläckern in die lehmigen Furchen, lasen die Kartoffeln auf. »Für fünfzehn Körbe gibt es drei Flaschen Bier und eine

Zigarette!«, rief der Oberbauer. Robert traute seinen Augen nicht, wie die Jungs da loslegten.

Abends dann Bier und Zigaretten. Da durfte jeder auch gerne einmal Staatsfeind sein, durfte ein paar DDR-feindliche Äußerungen loslassen in die nach Pellkartoffeln, Bier, Griebenschmalz riechende, rauchgeschwängerte Luft.

»Die Mauer ist eine Schande!«

»Junge. Kein Problem.«

Robert schwieg. Die anderen machten sich einen Spaß daraus, ihn mal wieder mit seinem Vater zu ärgern. Robert schwieg. Er verkroch sich in sein Bett unter die Decke. Die Taschenlampe zwischen den Zähnen, als die anderen schliefen, schrieb er.

Die erste Liebe. Eine Vermutung.

»Ich habe mich heute in der Schule in meine dicke Musiklehrerin verliebt. Sie saß so unglücklich da mit ihren dicken Oberschenkeln. Ich wollte nicht hinsehen. Und dann musste ich wieder und immer wieder hinsehen. Sie schien es zu bemerken. Weil sie nach dem Rocksaum tastete, der sich tiefer in ihren Schoß hineinzog. Höher hinauf, tiefer zog sich ihr Rock. Mit dem Rock zogen meine Blicke höher, immer höher hinauf. Dorthin, wo es irgendwie dunkelschwarz schimmerte. Ich wollte wirklich nicht hinsehen. Aber sie saß so da, dass ich nicht anders konnte, als immer wieder hinzuglotzen. Ich konnte mir alles Mögliche vorstellen. Plötzlich hatte ich mich verliebt. Oder auch nicht. Ich hockte da und dachte etwa: Ich bin verliebt in meine dicke Musiklehrerin. Sie hat einen Mann. Sie glaubt, dass ihr Mann vielleicht lieber eine Dünne als eine Dicke hätte. Was sie auch tut, sie nimmt nicht ab. Sie hungert. Wird dicker. Dicker. Sie ist eine gute Musiklehrerin. Vor ein paar Tagen, vor dem Schulhaus, sagte sie zu mir: ›Ich muss schon sagen, Robert, manchmal begreife ich dich nicht.‹ Daraufhin sagte ich: ›Ich mich auch nicht. Was soll ich machen? Mozart werden? Unter eine Brücke ziehen?‹ In einem stillen Moment küsste sie mich und sagte: ›Unsere Liebe ist aussichtslos.‹ Ich fragte sie, warum. ›Weil du nicht warten kannst‹, antwortete sie. Mozart und das Armengrab. Das Mozart-Klischee. Sie stand nackt vor mir. Sie war die schönste aller Frauen.

Dick und schön. Plötzlich glücklich. Vielleicht gibt es eines Tages das Robert-Papst-Klischee. Nicht: Armer Künstler. Sondern: Zu viel Künstler. Ich bin der Zuvielkünstler. Einmal passierte es, in der Turnhalle. Sie zog mich aus. Sie roch nach Lebensmitteln. ›Ausgezogen‹, flüsterte sie, ›gefällst du mir besser.‹ Sie biss mich, fragte mich nach meinem Kanonenrohr. ›Ich bin Pazifist‹, sagte ich. Sie lachte. Was für ein schwarzes Paradies. Liebe?«

Robert las den Text durch. Er schämte sich, zerriss das beschriftete Papier. Ich werde mich mündlich erzählen, dachte er. Ich werde mich nicht notieren. Ich bin nicht wiederholbar. Ich müsste jemanden haben, der alles notiert. Ich kann nicht schreiben, wenn ich alleine irgendwo sitze, alleine liege, mich verkrieche. Ich kann die Welt nicht schreibend festhalten, ich kann sie nur im Sprechen finden.

Er hielt dagegen, dass schreiben schreiben hieß, nicht sprechen.

Verfertigung der Gedanken beim Sprechen.

Er erschrak über sein Spiegelbild im S-Bahn-Fenster. Weiße Streifen durchflogen es. Ein Mann, der langsam eine Macke kriegt. Er schloss vor dem Spiegelbild die Augen. Noch immer hatte sich die Fontanelle nicht geschlossen. Noch immer nicht? Warum hatte er so lange schon einen offenen Kopf? Das musste er herausfinden. Zurechnungsfähig oder nicht? Er zog eine Grimasse. Ein altes Kind sah ihn an.

21

Robert schrieb die Liebesgeschichte noch einmal. Dann machte er sich auf den Weg zu Günter Edmund. Als er auf dem Gartengrundstück ankam, rief der betrunkene Dichter: »Wer da?«

»Ich bin's. Robert Papst.«

»Das Kennwort?«, sagte Edmund.

»Ich!«, antwortete Robert.

»Ich ist ein anderer«, grinste Edmund.

»Jungchen. Du darfst ihm nur das Wenigste glauben!«, knurrte eine

Stimme. Als Robert sich umsah, entdeckte er hinter dem Ofen, neben Bergen von alten Zeitungen und Packpapier, Holzwollbündeln und Groschenheften, einen Mann. Er saß da in Unterhosen, zwei Krückstöcke lehnten neben ihm. Robert sah, dass dem Mann ein halbes Bein fehlte. Der Stumpf hing rot wie ein Stück Fleisch von der Bank. Er erkannte den Mann aus der S-Bahn mit der Prothese über der Schulter und den Käsekuchen in den Taschen.

Der betrunkene Edmund rülpste und schielte zu Bruno Kieling hinüber.

»Ja. Der verlorene Jahrgang. Über den kannst du was schreiben. Der kennt deinen Vater. Er wird dir alles erzählen, dann schreibst du seine Geschichte. Vierunddreißig Sätze über deinen Vater. Damit bewirbst du dich in Leipzig beim Literaturinstitut.« Edmund lachte. »Ich weiß, du wirst aufgenommen. Bestimmt.«

»Dein Vater ist ein Funktionsschwein.«

»Funktionärsschwein meinst du?«

»Funktionsschwein, meine ich. Ich kenne den.«

»Woher kennst du ihn?«

»Ich habe ihn verflucht. Ich warte ab, bis ihn mein Fluch trifft. Keine Berge werden ihn vor meinem Fluch verstecken. Ich habe Zeit. Ich warte länger als lange. Ich war in der Wismut und in Schwarze Pumpe. Im Arbeitslager, verstehste? Wegen deinem Vater. Warum? Weil ich gesagt habe über die DDR, sie ist der nasse Furz der Geschichte und so ein Furz ist zum Lachen. Mein Besuch in Stalingrad. Wo ich vor den Genossen über mein Verhältnis zu mir und zum Geld nachgedacht habe. Und zwar laut.«

Johanna kam herein. Sie nahm den Becher, aus dem ihr Vater trank, brachte ihn Bruno. »Trink was. Was kann Robert für seinen Vater?«

»Also das sage ich dir, eine Menge.« Bruno lachte.

Johanna sah Robert kokett an.

»Also glauben Sie, ich kann das üben? Geschichten schreiben?«, fragte Robert.

Günter nickte. »Ja. Kannst du üben.«

Johanna sagte: »Erzähl ihm doch, wie du es geübt hast.«

»Habe ich längst. Abschreiben. Gute Dichter abschreiben, immer wieder abschreiben. Bis die Finger bluten: abschreiben.«

Der Dichter ging zu Bruno und holte sich den Becher zurück. Aus einer Flasche Schnaps goss er nach.

»Was liest du?«

Robert schwieg.

»Welche Bücher?«

Robert fielen die Bücher nicht ein, die er las.

»Das kommt vor«, sagte Bruno.

»Trink nicht so viel, Vater!«, rief Johanna.

Bruno kam von der Ofenbank auf einem Bein zum Tisch gehüpft und setzte sich. Er klapperte mit den Zähnen, zum Zeichen, dass ihm kalt war und er dringend Sprit benötigte. Der Schriftsteller schob ihm am langen Arm die Pulle hin. Als Bruno danach fasste, zog sie der Schriftsteller wieder zurück. Das ging einige Male so hin und her. Dann überließ er Bruno Kieling die Schnapsflasche. Zu Robert gewandt erklärte Günter Edmund: »Ich wusste von ihm nur, dass er Bruno heißt und Umsiedler war, der vier Jahre gesessen hatte und jetzt auf der Baustelle arbeitet. Er setzte sich zu mir, lachte mich aus. Schreiben willst du über die Baustelle? Was willst du über die Baustelle schreiben? Schreib über mich, sagte er und ließ sich von mir auf ein Bier einladen. Und jetzt werde ich den Kerl nicht mehr los.« Er sah Robert an. »Geh raus, nach Wandlitz oder zu den Mädchen im Friedrichstadtpalast, recherchier, hör dir ihre Geschichten an. Dort findest du, was du schreiben willst.«

Schon ging es wieder los. Lautes Zähneklappern von Bruno, Flaschenrücken von Günter. »Wir sind schon ein Verein.«

Johanna lachte.

Ihr Vater sagte: »Gut, dass alle Weisen zurückhaltend sind. Abhilfe entsteht aus langsamer Aufnahme.«

Johanna nahm einen Putzlappen vom Herd, wischte den Tisch.

»Ich habe in Stalingrad eine Frau besucht. Russin, hat mir das Leben gerettet. Dein Vater hat es verpfiffen bei den Parteioberen. Meine Frau Magdalena, die hat den Verstand verloren, als sie ihr von der Sache erzählt haben. Die Kolchose kam obendrauf. Sie hat gebrüllt, drei Tage und drei Nächte. Sie haben sie in das Irrenhaus einliefern müssen. Jena. Nun ist sie verstorben, hat gebrüllt, bis es aus war mit ihr. Willst du weiterhören?«

»Sicher.« Günter nickte, grinste wie ein zahnloser Chinese. Zu Robert sagte er: »Der Bruno ist ein großer Stoff. Der ist was zum Aufschreiben.«

Er trank einen Schluck. Grunzte.

»Warte, ich will dir eine kleine Erzählung von mir zeigen. Sie ist die langweiligste Erzählung, die ich je geschrieben habe. Aber gut. Gute Arbeit. Die Erzählung heißt: *Stahlsarg.*«

Johanna ließ ihren Vater nicht weitersprechen, sie sang ein Lied.

»Zwei Gitarren hinter der Wand
stimmten klagend …
Dve gitarý za styenoyu
Zhalobno zanýli
Sertse, pamyatný napyev
Milý, eto tý-li?
… oh Herz, eine altvertraute Weise an.
Liebster, bist du das?
Wind, weites Feld, Kornblumen,
und eine Straße, die in weite Fernen führt …«

Robert dachte: »Schade. Sie singt. Aber sie hat ein hübsches Gesicht. Sie hat schöne Beine.« Wo sollte er hin? Nach Hause konnte er nicht, dort war sein Feind, der Vater. Unter eine Brücke ziehen? Da blieb er doch lieber bei ihr. Johanna sang, dabei zog sie für Robert den Rock ein wenig in die Höhe. Später nahm sie ihn mit in ihr Gartenhaus.

»Ich bin noch Jungfrau«, sagte sie.

»Ich auch«, sagte Robert.

Die Augenlider, die er, die sie erblickte im Zwielicht. Die Fingerspitzen, die seine Beine auseinanderdrückten. Auf dem Boden lag ihr Rock.

Stille. Schlurfende Schritte. Ein Summen.

Im Morgengrauen sagte Robert: »Ich möchte, dass das Erzählen ein Vergnügen ist. Ein Versuch von mir, mit dir in Kontakt zu treten, aus Not oder aus Furcht oder aus Freude. Ich möchte dir etwas mitteilen, das ich für so wichtig halte, dass ich es dir erzähle.« Dann lief er eine Weile auf und ab. »Ich möchte das genaue Protokoll von dem undeutlichen Gefängnis, aus dem ich nicht rauskomme. Schwarze große Vögel sind da.«

Es wurde wieder Nacht.

»So ein langes Selbstgespräch!«, seufzte Johanna.

»Ja«, sagte Robert. »Ich weiß.« Er setzte sich auf einen wackligen Stuhl neben der Tür, schaute sich um. Nur eine schwache Glühbirne brannte über dem Tisch. Fliegenpapier hing vom Lampenschirm. Aus der Ofenecke starrten Robert ein Paar Augen an. Robert beugte sich vor. »Wer erklärt und wer erläutert / Der Augen zweideutige Sprache.«

Mit einer schnell geschriebenen Gerichtsreportage bewarb sich Robert bei verschiedenen Medieneinrichtungen. Nach dem Abitur bekam er eine Stelle als Volontär bei der Nachrichtenagentur der DDR. Nach drei weiteren Monaten schickte er seine Bewerbung nach Leipzig zur Karl-Marx-Universität, Abteilung Journalistik.

Bruno Kieling. Umsiedler. Eine Erzählung von Robert Papst.

22

Die Regierung der DDR hatte es trotz aller Unwahrscheinlichkeit geschafft, Ost-Berlin abzuriegeln.

Auf der Flucht vor den Problemen in Rumänien und vor dem Berufsverbot des Vaters, war die Familie von Professor Otto Meinl nun in einem riesigen Gefängnis hinter Mauern, Stacheldraht und Wachtürmen gelandet.

Jetzt hockte der deutsche Emigrant in der ostdeutschen Misere, mit seiner unglücklichen Frau, mit Tochter und Sohn, die er aus Bukarest an die Spree gebracht hatte. Eine Woche nach seiner Rückkehr aus dem dreißigjährigen Exil, am Ende einer dramatischen Lebensreise, saß der Professor für Psychologie wieder in der deutschen Falle.

Dem Schlimmen ausweichend war er dem Schlimmeren in die Arme gerannt. Aus der Vermeidung war eine Herbeiführung geworden. Der Professor hatte die Gefahr nicht gesehen. An die Möglichkeit, dass sich eine Stadt wie Berlin unter dem Schutz russischer Panzer über Nacht einzementieren könnte, an eine solch bizarre Möglichkeit hatte der Professor nicht gedacht. Immer wieder hatte er die Entscheidung, nach Deutschland zu gehen, mit der offenen Berliner Sektorengrenze gerechtfertigt. Und jetzt war sie zu. Jetzt war es zu spät. Die Falle war zugeschnappt. An der deutsch-deutschen Grenze wurde scharf geschossen.

Mit Selbstvorwürfen marterte sich der arme Professor. »Ich bin bloß ein jämmerlicher Spielball der Politik«, dachte er. »Nicht gefragt, nicht wahrgenommen, nicht wirklich gebraucht, nicht gehört. Allein mit meinen Büchern, meiner Schreibmaschine. Sender und Empfänger in einer Person. Meine Erkenntnisse und meine Botschaften wird keiner lesen. Der Wind trägt sie fort, verstreut sie, bis sie verloren sind. Ein Rauschen, ein Rascheln. Mein wissenschaftlicher Monolog bleibt ungehört. Und jetzt bin ich bald sechzig. Eile und Sorge verderben das Dasein. Was soll hier aus meiner jungen Frau werden? Was aus meinen Kindern?«

Die Zeit, die er auf den Ämtern verbrachte, hatte er eigentlich dazu verwenden wollen, dringend wichtige neuropsychologische Untersuchungen zum Problem der Transkodierung vorzunehmen. Es beschäftigten ihn jene Mechanismen, die das Hinüberwechseln von einem Zeichensystem zu einem anderen gewährleisten. Nichtsprachliche Aufgaben. Er wollte an seinem Buch arbeiten über die Schriftsprache. Er wollte, wollte.

Doch andere Dinge hatten Vorrang. Während dieser ersten Tage in Berlin nach dem Mauerbau schlief er wenig, eilte von Schmerzen gepeinigt aus dem Haus. Alles hing an ihm. Die Wohnung in der Chausseestraße war nur vorübergehende Unterkunft. Ende August würde Helli aus Buckow in ihre Wohnung zurückkehren. Bis die Ferien vorbei waren, musste Otto Meinl eine Wohnung für seine Familie gefunden haben.

Er musste, er musste! Nora saß den ganzen Tag vor dem kleinen Fernsehapparat, oder sie hörte Schallplatten, die Vorhänge zur Friedhofseite zugezogen. Auf einmal konnte sie ein Lied auf Deutsch singen. »In einer kleinen Konditorei, da saßen wir zwei und fraßen für drei.« Es gab keine andere Musik. Entweder die Gassenhauer aus dem Fernsehen oder die Schallplatten von Weill und Eisler.

»Ja, das Meer ist blau, so blau.« Sie hasste erst die hohe zittrige Stimme von Lotte Lenya, aber nachdem sie diese Musik immer und immer wieder gehört hatte, fing sie langsam an, sie zu lieben. Den *Matrosen-Tango* hörte sie bald zehn Mal am Tag.

Mithilfe von Hellis Sekretärin schaffte es Noras Vater schließlich, eine Wohnung zu finden. In Treptow, in einer alten Villa mit hohen Zimmern, Fenstern zum Treptower Park. Als die Familie zum ersten Mal die eleganten und großzügigen Räume betrat, kamen sie sich vor wie Eindringlinge. Auf dem Tisch stand ein angefangenes Frühstück, die Schränke waren offen.

Auf den Stühlen im Schlafzimmer lagen Nachthemden. Die Arztfamilie, die hier gewohnt hatte, war in letzter Minute über die Sektorengrenze in den Westen geflohen.

Am gleichen Tag, an dem die Meinls mit nichts als zwei Koffern eingezogen waren, stand ein Lastwagen vor dem Haus. Biedermeier-Möbel, Wäsche, Geschirr, Teppiche, Bilder, Töpfe und Pfannen. Grüße von Helli.

Es dauerte kein halbes Jahr, da sprach Nora fast fließend Deutsch. Mit kleinen Fehlern, manchmal verwechselte sie Huhn und Hund. Obgleich sie doch geschworen hatte, diese Sprache niemals zu lernen. Als der Professor seine Tochter so gut Deutsch sprechen hörte, lachte er und hatte zugleich Tränen in den Augen. »Siehst du!«, sagte er. » Das ist doch eine schöne Sprache.«

Die Mauer und alle Widrigkeiten waren vergessen, er konnte sich jetzt endlich ganz auf sein Ziel konzentrieren, sein eigenes Institut in der Charité zu bekommen.

Es gab zu Beginn der sechziger Jahre nur wenige theoriegeleitete Ansätze in der Aphasietherapie. Otto Meinls Forschungsansatz zur Deblockierung aphasischer Störungen überzeugte den Präsidenten für Psychologie an der Akademie der Wissenschaften, Professor Wilfried Rechts. Anlässlich der Eröffnung der neuen Abteilung sagte Rechts: »Mein lieber Professor Meinl, so lange hat man Sie von Ihrer wissenschaftlichen Arbeit abgehalten, bis kurz vor Ihrer Pensionierung. Jetzt wünsche ich Ihnen für Ihre Arbeit an dem Institut für Sprachpathologie in den Räumen der Charité einen großen Erfolg.«

Seit seiner Ankunft in Ost-Berlin waren zwei Jahre vergangen. Er begann damit, eine Arbeitsgruppe aufzubauen. Er traf eine Menge guter Entscheidungen. Seiner Frau Melanie übertrug Otto Meinl die therapeutische Umsetzung seiner Forschungsarbeiten.

Nach über einem Vierteljahrhundert Flucht, Verfolgung, politischer Diskriminierung kann Meinl die wissenschaftliche Arbeit an der Charité aufnehmen. Meinl macht sich daran, von den Probanden Sprachmaterial und Daten zu sammeln, Daten von Schlaganfallpatienten, Daten aus China, Griechenland, Indonesien und Russland.

»Schieb die Tasse ein wenig mehr nach Nordwesten. Da ist eine Ameise neben deinem nach Süden weisenden Bein. Wohin gehst du? Ich stehe in entere Hallo«, sagte die Frau mit dem leichten Schlaganfall.

Der Gebrauch einzelner Wörter ist die elementarste Form des Sprechens. Aus den Wörtern müssen Sätze und Absätze komponiert werden, um einen Gedanken wiederzugeben. Wie aber soll man einen Gedanken ausdrücken, wenn der Sinn der Wörter nicht sofort erfasst wird und wenn einem eben dieser Gedanke zusammen mit den Wörtern, die man gerade erst begriffen hat, entfällt?

»Wie geht es Ihnen? Haben uns lange nicht gesehen.«

»Es tet tut.«

»Noch mal: Mir geht es gut. Haben Sie zu Hause geübt? Sprachlich? Schreiben? Lesen? Sprechen?« »Sprache nicht und schweigen auch nicht.« »Aber?« »Aber Schweigen geübt. Unterhalten geübt. Unterhalten.« »Mit wem?« »Frau und Töchtern. Schweigen auch nicht.«

»Können Sie Kinder sagen?« »Kindern.« »Haben Sie gearbeitet? Heimarbeit?« »Abends?« »Abendhimmel?« »Abendpimmel. Grau und bleich über der Ladenschaft.«

Es traf sich im Sinne seiner Arbeit hervorragend, dass dem Professor von allerhöchster Regierungsstelle der Umzug aus der von der Charité weit entfernt liegenden Wohnung am Treptower Park nach Mitte angeboten wurde. Von der neuen Wohnung in der Schillingstraße würde der Weg zur Arbeit nur noch ein Katzensprung sein.

23

Der Grund für den Umzug der Familie aus der Gründerzeit-Villa am Treptower Park in einen Neubaublock an der Jannowitzbrücke lag in der großen Politik begründet.

Der Staatsratsvorsitzende der DDR, Walter Ulbricht, reiste am 24. Februar 1965 zu einem Freundschaftsbesuch nach Ägypten. Eingeladen hatte ihn Gamal Abdel Nasser, der Präsident des Landes. Dramatischer Anlass für diese Einladung waren von der Bundeswehr ausrangierte Panzer und Flugzeuge, die die Bundesrepublik an Israel zu liefern sich anschickte. Der ägyptische Präsident protestierte gegen diese direkte Unterstützung Israels und rächte sich mit der Einladung des DDR-Vorsitzenden.

Walter Ulbricht wurde mit allen Ehren als Staatsoberhaupt empfangen. Angesichts ihrer bisherigen internationalen Isolierung bedeutete dieser Staatsbesuch eine kolossale Aufwertung der DDR.

Im Vorfeld des Ulbricht-Besuches traf der westdeutsche Botschafter mit Nasser zu einem Gespräch zusammen, in dem der Ägypter ihm erklärte, dass der Staatsratsvorsitzende der DDR definitiv am 24. Februar 1965 nach Kairo kommen werde. Als der Botschafter die möglicherweise drastischen Folgen dieses Besuches bezüglich des Alleinvertretungsanspruches der Bundesrepublik erläuterte, konterte Nasser, dass die Bundesrepublik nicht nur Waffen an Israel liefern, sondern Israel auch wirtschaftlich aufpäppeln würde. Er drohte mit der Anerkennung der DDR.

Während man in West-Deutschland die sofortige Einstellung der Waffenlieferungen an Israel diskutierte, um auf diese Weise Nasser die Anerkennung der DDR zu erschweren, prahlte Ulbricht vor aller Welt mit seiner Einladung. Gierig auf diplomatische Anerkennung, beauftragte er noch vor seiner Abreise eine zweiköpfige Suchkommission, in Berlin Ausschau zu halten nach einem geeigneten, repräsentativen Wohngebäude, wo Botschaft und Botschafter Ägyptens untergebracht werden konnten.

In Kairo liefen die Vorbereitungen für den Besuch auf Hochtouren. Das Empfangsprotokoll sah eine Begrüßung des Gastes aus Ost-Berlin durch uniformierte Studenten der Sportschule Kairo vor dem Ramses-Bahnhof vor. »Willkommen, Walter Ulbricht«, probten die Sportstudenten tagelang im exakten Rhythmus auf Deutsch zu skandieren. »Achlen, Herr Olbracht!«

Der ganze Platz um den Bahnhof wurde mit Teppichen ausgelegt.

Als Walter Ulbricht die Stadt am Nil betrat, sorgten die blau-rot-gelb uniformierte Palastwache und die auf dem Ramses-Platz ausgelegten Teppiche für ein überwältigendes orientalisches Gepränge. Der linkische Spitzbart, der in Deutschland auf beiden Seiten der deutschen Mauer gründlich verhasste Vorsitzende der DDR konnte, seine packpapiergraue Frau Lotte am Arm, nicht glauben, was er da zu sehen bekam: Hammer und Zirkel wehten auf schwarz-rot-goldenem Tuch im Wind.

Die DDR betrat die Welt durch das arabische Tor. Einundzwanzig Schuss Präsidenten-Salut zur Begrüßung. Fahrt im offenen Cadillac zum Präsidentenpalast, wo man für den Gast aus Berlin am Abend ein fulminantes Bankett gab.

Die Salutschüsse waren in Kairo kaum verhallt, da wurde die Suchkommission »Ägyptische Botschaft« in Ost-Berlin zum ersten Mal fündig.

Nachdem die Suchkommissare mit ihrem Wagen langsam die Straße Am Treptower Park hinunterrollten, hielten sie vor dem Haus Nummer 46/47. Die beiden Herren fanden sehr großen Gefallen an dem Gebäude. Sie hielten es für ihre Zwecke für geeignet, auch für repräsentativ genug, um darin die Botschaft einer großen arabischen Nation unterzubringen, und sie informierten auf der Stelle ihre ägyptischen Kollegen.

Ulbricht saß zu dieser Stunde mit seinem Stab im Garten des Präsidentenpalastes in Kairo-Heliopolis auf prächtigen Sesseln mit bunten Sitzpolstern. Palmen erhoben ihre herrlichen Kronen. Sonne glänzte darüber. Ein angenehm trockener, warmer Wind wehte aus der Wüste.

In Berlin standen die Männer von der Botschafts-Suchkommission vor dem Haus Am Treptower Park.

Das Anwesen gehörte dem ehemaligen Porzellanfabrikanten und NSDAP-Mitglied Fritz Hesse und seiner Frau Traudel, einer vergessenen Opernsängerin. Das Ehepaar Hesse bewohnte den ersten Stock links. Auf derselben Etage wohnten rechts die Taubes, beide Rentner. Im zweiten Stockwerk links wohnten seit November 1961 die Meinls. Mit ihnen auf der Etage wohnte Professor Gerhard Meier mit seiner Frau Urtel. Über den Meinls wohnte im dritten Stock der Pianist Peter Stechlin mit seiner Frau, der Komponistin Rebecca Stechlin.

Fritz Hesse öffnete der vierköpfigen Männerabordnung die Tür und führte sie dann, nachdem das offizielle Anliegen ihres Besuches geklärt war, durch sein Haus.

In der Baumwollspinnerei Schibin al-Kaum, knappe hundert Kilometer vor den Toren Kairos, jubelten die Arbeiter Walter Ulbricht zu. Er bekam feuchte Augen und wollte von seinem Dolmetscher das arabische Wort für »Freundschaft« wissen.

Am Treptower Park musste nun möglichst schnell die praktische Umsetzung der Angelegenheit »Ägyptische Botschaft« angepackt werden.

Herr Hesse bekam den Auftrag, sämtliche Mieter von der bevorstehenden Zweckverwandlung des Hauses zu unterrichten. Alle Hausparteien sollten sich auf der Stelle nach neuen Wohnungen umsehen.

Traudel Hesse sang ihre Lieblingsarien aus *Carmen*. Es klang entsetzlich.

Herr Taube verstopfte sich beide Ohren mit getrocknetem Klebstoff, den er zu Kugeln rollte. Frau Taube saß mit einer angefangenen Strickarbeit in der Nische am Fenster und sah immer wieder in den kahlen Park zu den Raben hinüber. Einen Augenblick lang senkte sie den Kopf und hielt inne, sonst wäre sie mit der Stricknadel hinübergerannt und hätte an der ausgemusterten Operndiva ein Schlachtfest verübt.

Herr Hesse spürte, nachdem die Suchkommissare abgezogen waren, ein Ziehen in der Bauchgegend, das ihn irritierte. Woher kam dieser Schmerz? Er hatte schweißnasse, eiskalte Hände, er musste sich auf das Treppengeländer stützen. Er versuchte ruhig zu atmen. Er hörte seine Frau singen. Jeder Ton, der aus der offen stehenden Wohnungstür zu ihm hinaus ins Treppenhaus schepperte, jagte ihm Entsetzen ein, vergrößerte den Bauchschmerz. Wie sollte er seiner Frau diese Neuigkeit beibringen, dass ihr schönes Haus, das letzte Überbleibsel ihrer Manufaktur, dem verhassten Staat übergeben werden musste? Er wollte zunächst mit dem Professor Meier über die Neuigkeiten sprechen. Meier war Linguist und ein hundertprozentiger, doch gutmütiger Kommunist. Parteimitglied mit weitreichenden persönlichen Beziehungen. Hoffte Hesse.

24

Hesse hielt die Linguistik für eine Angelegenheit der Medizin. Er hoffte auf ein paar beruhigende Worte wegen des Bauchschmerzes, der ihm den Atem nahm. Außerdem glaubte Hesse, Professor Meier könnte ihm darüber hinaus dabei behilflich sein, das Problem der Hausenteignung abzuwenden.

Meier konnte nur schallend lachen, Nein, von Mägen verstehe er gar nichts; seine Wissenschaft sei lingual – komme von der Zunge. Sprachwissenschaft.

Für die geplante Hausenteignung hatte er nur Vollmundiges übrig.

»Das Wehen des Windes der Geschichte – das ist ein großer Augenblick«, tönte er wie aus sechs Posaunen. »Der Staat wird keinen von uns auf die Straße setzen, dieser Staat nicht!«

Er lachte.-

Das war es. Hesse stand alleine auf der Wendeltreppe in seinem Treppenhaus. Schwarzbitter. Aus dem dritten Stock war Klavierspiel zu hören. Der berühmte Pianist übte wie jeden Morgen Beethoven. Die *Bagatellen.*

Nora lag auf ihrem Bett, lauschte dem Klavierspiel in den Räumen über ihr.

Sie liebte es, Peter Stechlin Beethoven spielen zu hören. Einmal war sie mit ihm in ein kurzes Gespräch über Beethoven geraten. Der Pianist sagte: »Beethoven, soweit ich weiß, war meist sehr ernst, manchmal auch lustig, aber immer satirisch und bitter. Eines Tages soll ihm ein junger Mann auf dem Klavier vorgespielt haben. Als er aufhörte, soll Beethoven gesagt haben: ›Junger Mann. Sie müssen noch lange spielen, ehe Sie einsehen lernen, dass Sie nichts können.‹« Stechlin machte eine Pause. »Und du? Du willst Sängerin werden?«

Nora erzählte ihm von ihrer Kindheit in Bukarest. Wie sie als kleines Mädchen morgens um fünf Uhr nach Fisch anstand, nach Zucker und Öl. »Es war ein Spielen für mich, ein spannendes Spielen ums Gewinnen: Ob es dann noch Fisch gab, wenn ich drankam. Ich habe von den Zigeunern in meiner Straße Tanzen und Singen gelernt.« Der Pianist hörte zu. Er war hingerissen.

Er lächelte, verbeugte sich vor Nora, sagte charmant: »Ich weiß wirklich nicht, was er mir gesagt haben würde, der große Beethoven, wenn ich ihm vorgespielt hätte.«

Darauf rief Nora, ohne nachzudenken: »Das weiß ich! ›Das spielen Sie gut‹, hätte er gesagt. ›Das spielen Sie gut.‹«

»Was?«

»Alles. Was Sie spielen, spielen Sie gut. Bach. Beethoven. Alles.«

Stechlin murmelte: »Du sagst das so ernst, dass du mich zwingst, es dir zu glauben.« Gerührt bedankte er sich bei dem Mädchen und eilte darauf die Wendeltreppe hinunter aus dem Haus.

Seit diesem Dialog war Nora verliebt in den Musiker. Sobald sie ihm im Treppenhaus begegnete, wurde sie rot.

»Eine unangenehme Bekanntmachung«, rief Hesse durchs Treppenhaus. »Alle Bewohner des Hauses Am Treptower Park 46/47 müssen ausziehen!«

»Und wenn man nicht auszieht?«, fragte Nora.

Herr Hesse schüttelte den Kopf. »Dagegen ist nichts zu machen. Wenn die Regierung es beschlossen hat, gibt es keine Widerrede. In einem Monat kommen die Bauarbeiter, dann müssen wir alle raus sein. Und du auch, du polnische Wanze!«

Immer verwechselte Herr Hesse die Länder. Alles, was nicht aus Berlin war, war für Herrn Hesse Doppelpunkt polnisch!

Plötzlich stampfte er wie ein Verrückter mit einem Fuß auf. Er schrie: »Was dieses rote Pack von mir verlangt, das ist unmenschlich!« Im Zorn der Verzweiflung riss er sich zwei Knöpfe von seiner Jacke und warf sie gegen den hohen Spiegel im Treppenhaus.

»Seit es feststeht, dass wir hier rausmüssen, singt meine Frau nicht mehr.«

Er schrie vor Lachen nach diesem Satz. »Traudel singt nicht mehr! Jesus! Was für ein Freudenfest wäre das unter anderen Bedingungen geworden. Aber jetzt diese Stille ist hundertmal fürchterlicher, als es ihr Singen je war!«

Daraufhin sah er vor Nora zu Boden. Ein paarmal hob er noch stumm die schlaffen Schultern. Sein Gesicht sah plötzlich aus wie eine Faschingsmaske. Nora bückte sich nach den abgerissenen Knöpfen.

Herrn Hesse trat der Schweiß auf die Stirn.

Am Ende des Korridors, in der Tür zum Keller, stand seine Frau mit schwarzen Händen und schwarzem Gesicht. Sie versuchte, ein Stück Steinkohle zwischen den Zähnen zu zerbeißen, und dabei kicherte sie wie eine Irre.

Nach einer Stunde fuhr ein Wagen vor. Frau Hesse wurde in eine Zwangsjacke gestopft und in die Psychiatrie gebracht.

»Psst«, sagte Herr Hesse am Tag des Auszuges und legte den Zeigefinger an die Lippen. »Ich ziehe weg.« Dabei nickte er mit dem Kopf immer nach oben, in den Berliner Himmel. Hesse, der stets piekfein herumlief, war unrasiert, seine Hosen hingen befleckt an ihm herunter.

Nora war am allerletzten Morgen noch einmal die Treppe hinauf vor die Wohnung von Peter Stechlin geschlichen. Die Tür stand ein Stück auf. Sie steckte ihr neugieriges Gesicht durch den Spalt. Der Flügel war noch nicht abgeholt worden, er stand da wie ein schwarzes, geduldiges, edles Tier. Peter Stechlin saß davor, der Kopf war ihm auf den rechten Arm gesunken über den Tasten.

»Herr Stechlin?«, flüsterte Nora leise. »Sie müssen sofort aufwachen, gleich fährt der letzte Möbelwagen weg.«

Peter Stechlin hob langsam den Kopf. Er glaubte zu träumen, als er das madonnenhafte Mädchen mit den dichten schwarzen Haaren und den auffallenden Augenbrauen durch den Türspalt zu ihm hereinlinsen sah.

»Ja«, nickte Stechlin, »ja, ja, nun ist es wohl so weit?«

»Ja«, nickte Nora, »wir werden zu unserer neuesten Wohnung abtransportiert.«

Stechlin musste über diesen Satz schallend lachen.

»Warum lachen Sie?«

»Nur so. Wo zieht denn nun deine Familie mit dir hin?«

»Wir ziehen in die Schillingstraße, in die Nähe vom Kino International und der S-Bahn. Ich gehe jetzt auf die EOS, Erweiterte Oberschule, und ich muss Sie noch was fragen.«

»Was denn?«

»Werden Sie auch in die Schillingstraße umziehen?«

»Nein.«

»Herr Hesse und Frau Taube ziehen auch in die Schillingstraße um. Das wäre doch ein schönes Ergebnis, wenn Sie mitkämen?«

»Sicher. Das wäre ein schönes Ergebnis – wegen dir. Aber ich ziehe in ein Haus, wo ich niemandem mehr mit meinem Klavierspiel auf die Nerven falle.«

»Mir fallen Sie nicht auf die Nerven. Sie spielen gut. Ich wollte noch einmal nachfragen: Stimmt es, was Sie unlängst erzählt haben von

Beethoven? Dass es sehr lange Zeit dauert, bis man es einsieht, dass man nichts kann?«

Peter Stechlin zog die Schultern hoch. Er sah ratlos aus. Er schwieg.

Eine Weile standen sich der Pianist und das junge Mädchen still gegenüber.

»Kommt darauf an.«

»Soll das heißen, dass ich es lange ausprobieren muss?«

»Was?«

»Singen!«

»Du singst sehr schön.«

»Und das soll ich Ihnen glauben?«

»Ich verstehe etwas davon.«

Noch einmal schwiegen sie.

»Das glaube ich, dass Sie was davon verstehen«, sagte Nora schließlich und schämte sich.

»Und wenn du es dein ganzes Leben lang ausprobieren musst – wennschon. Es ist ein Geschenk, so schön singen zu können wie du. Solch ein Geschenk braucht deine ganze Aufmerksamkeit.« Er sah Nora forschend an. »Verstehst du? Was du kannst, das musst du erwerben, das gehört dir nicht. Spuren. Alles Spuren. Geister klingen. Es sind die Geister.« Stechlin lachte über seine Formulierung. »Im Allgemeinen bin ich resignativ. Was die Menschen nicht alles anstellen mit ihren Geschenken. Fürchterlich. Meine Noten!«, rief er. »Ich habe sie verlegt, ich muss sie suchen.« Er reichte Nora zum Abschied die Hand. »Üben. Arbeiten. Das ist die beste Wahl. Die meisten Menschen sind strohdumm und bösartig.«

In diesem Augenblick kamen vier Möbelträger mit breiten Schulterriemen die Treppe herauf. »Ein Flügel? Ist der hier abzuholen?«

»Ja, ja. Hier! Kommen Sie herein. Hier wartet der Flügel.«

»Auf Wiedersehen. Leben Sie wohl. Für mich sind Sie der größte Pianist. Ich habe gerne in dem Zimmer unter Ihnen gewohnt.«

»Und jetzt?«, dachte Nora. Sie ging langsam die Treppe hinunter.

Die Antwort war klar. Singen! Sie musste es lange ausprobieren. Üben. Arbeiten. Begabung ist ein Geschenk, das einem nicht gehört. Noch nicht.

Vor der Haustür schob sie ihre Hand vorsichtig in die Hand ihres Vaters.

Sie schaute noch einmal zurück, um zu sehen, ob das Klavier schon die Treppe heruntergeschwankt käme.

»Hat er dir was Nettes zum Abschied gesagt? Herr Stechlin?«

»Die meisten Menschen sind strohdumm und bösartig.«

»Ich würde sagen: Die meisten Menschen sind Egoisten. Sie sehen nur auf ihren persönlichen Vorteil. Bösartig? Das setzt ja eigene Energie voraus. Nein. Die meisten Menschen sind viel zu träge, um bösartig zu sein.«

Seine Tochter schien sich überhaupt nicht für seine Worte zu interessieren.

Professor Otto Meinl hatte von der Regierung der DDR im Austausch für die Villen-Wohnung am Treptower Park zwei nebeneinanderliegende Neubauwohnungen bekommen. Mit einem Durchbruch wurden sie miteinander verbunden. Die kleinere Hälfte teilte sich Nora mit ihrem Bruder Emil.

25

Ende September kam Robert Papst mit dem Morgenzug aus Ost-Berlin in Leipzig an. Er ging zu Fuß zur Karl-Marx-Universität, um sich für das erste Semester Journalistik im Roten Kloster anzumelden. Er hatte sich vorgenommen, sich gutzustellen mit den anderen Studenten, und besonders mit den Dozenten, den Professoren und den Parteisekretären. Man konnte, wenn man wollte, ein braver Junge sein. Er wollte nicht länger derjenige sein, der für Rebellion oder das morgendliche Lachkonzert in seiner Klasse sorgte. Er wollte sich auf seine Ausbildung konzentrieren.

Drei Jahre nach dem Bau der Mauer schien die Zeit für grundlegende Reformen gekommen. Durch die fortschreitende Entstalinisierung nach dem 22. Parteitag der KPdSU waren im Ostblock Hoffnungen geweckt, die mit mehrjähriger Verspätung schließlich die Parteiführung in Ost-Berlin erreicht hatten. Walter Ulbricht hatte sich entschieden an die Spitze dieses großen Reformprojektes gestellt.

Das neue Konzept ging über eine bloße Veränderung der Wirtschaftspolitik weit hinaus. Es eröffnete ungeahnte Freiräume in Bildung und Kultur. Die junge Generation sollte sich von nun an ohne Gängelei, ohne Zeigefingerheben und ohne Kommandoton bei »ehrlicher sauberer Liebe« entfalten dürfen. Streitigkeiten sollten nun nicht mehr vermieden, Konflikte nicht länger vertuscht, sondern ausgefochten, der Weg frei gemacht werden für individuelle Entwicklungen, für eine Auseinandersetzung mit abweichenden Meinungen in fairer, faktenreicher Debatte. Motto: »Liebe Mädchen und Jungen. Wir akzeptieren die Realitäten. Wir akzeptieren den zeitgenössischen Musikgeschmack der jungen Generation. Ihr seid die Hausherren von morgen. Die Jugend kommt anders zum Sozialismus als ihre Väter. Die Sozialistische Einheitspartei Deutschlands hat mit all denen, die unserer Jugend misstrauen, nichts gemein. Sozialistisch ist, jungen Menschen zum Lebensglück zu verhelfen, und nicht, Tragödien zu schaffen. Je offener wir die Probleme anpacken, desto besser können unehrliche Verhältnisse vermieden werden.«

Das war die neue Linie.

Roberts Vater, Genosse Klaus Papst, machte während der Jugendkulturkonferenz seine Bedenken geltend. »Wer stoppt den Selbstlauf, wenn das hier verbreitete Kommuniqué von den Jugendlichen beim Wort genommen wird?«, fragte er.

Dafür kassierte er von Walter Ulbricht eine Zurechtweisung. »Manche älteren Bürger«, sagte der Vorsitzende und trat dicht an den Genossen Papst heran, so dicht, dass Papst die Zahnpasta, vermischt mit Kaffee und fauligem Apfel, aus dem Mund des Chefs riechen konnte, »manche älteren Bürger der DDR stehen der Jugend mit Unbehagen und Misstrauen gegenüber. Solchen ›Skeptikern‹ müssen wir, lieber Genosse Papst, zu einer besseren Beurteilung unserer Jungen und Mädchen verhelfen.« Und setzte im scharfen Ton hinzu: »Die SED hat mit all denen, die unserer Jugend misstrauen, nichts gemein.«

Das war ein Magenschwinger, der bei Klaus Papst für ein kreidebleiches Gesicht sorgte.

Zunächst verabschiedete man das Gesetz für ein neues ökonomisches System der Planung und Leitung der Volkswirtschaft. Kernstück war die Ablösung einer schwerfälligen, ineffizienten, bürokratischen Kommandowirtschaft durch ein System ökonomischer Anreize. Ziel war eine gewisse Selbstregulierung auf der Grundlage des Plans. Die konnte nicht mit dem bis dahin geförderten Typ des braven Vollstreckers zentraler Kommandos erreicht werden.

Gewünscht waren nun selbstständig denkende, selbstständig handelnde, entscheidungsfreudige Menschen sowie eine offene, ehrliche, ungeschminkte, realistische Darstellung und Bewertung der wirtschaftlichen Fakten und der Lebensbedingungen. Robert bekam diese Neuigkeiten von seiner Mutter zu hören, die nach der Freude über den Mauerbau wieder eine Wandlung durchgemacht hatte. Aus der angepassten Funktionärsfrau war eine Kritikerin des Systems geworden, die sich nicht länger von ihrem Mann den Schneid abkaufen ließ. Klaus Papst war stinksauer darüber, dass sein Sohn auf der Karl-Marx-Universität in Leipzig studieren durfte, obwohl er gegen die Grenzmaßnahmen der DDR einen polemischen Krieg führte. Seiner Meinung nach hätte sich sein renitenter Sprössling erst einmal durch harte produktive Tätigkeit in einem sozialistischen Industriebetrieb bewähren müssen, wo er durch die Arbeiterklasse und durch die Arbeit selbst erzogen worden wäre.

»Mensch, Klaus«, hatte Erich Honecker bei einem Gespräch der beiden gerufen. »Tanz und Rockmusik, Literatur und Kunst sollen für uns genutzt werden. Die Einbindung der Jugend durch Lob und Rockmusik. Auch du erweist der Feder die Ehre, hast ein Buch geschrieben über Thomas Müntzer und den Bauernkrieg und sogar ein Büchlein über London. Wenn dein Junge gerne schreibt – dann bekommt er von uns jetzt die Chance dazu. Dann wird er auch seine Meinung zu unseren Grenzmaßnahmen ändern.«

In Leipzig fragte sich Robert zur Tieckstraße durch. Auf dem Areal zwischen Tieck- und Fockestraße befanden sich die Wohnunterkünfte.

Ein Stück weiter westlich lag die Galopprennbahn Scheibenholz. Vielleicht könnte er eine Geschichte über einen Renntag in Scheibenholz machen. »Vollblut. Die Geschichte eines jüdischen Jockeys.«

Robert wollte kein Journalist werden, ihn interessierte nicht das Schnellschreiben. Was ihn aber am Journalismus interessierte, das war die Recherche, das professionelle Erkunden von Geschichten und außergewöhnlichen Lebensläufen, die vielschichtigen Biografien interessierten ihn, politische Komplotte, Verbindungen, korrupte Machenschaften. Wie die Geschichte des Umsiedlers Bruno Kieling, zum Beispiel, der nach einem Stalingrad-Besuch bei der Partei in Ungnade gefallen und auf lange Jahre im Uranbergbau der DDR verschwunden war. Sorgfältig gehüteten DDR-Tabus wollte Robert Papst mit seinen Recherchen auf die Spur kommen. Er wollte brillante Geschichten schreiben über das Leben in seinem Land. Er wollte die tatsächlichen Lebensbedingungen der Arbeiter erkunden, berichten über die Widersprüche im Sozialismus. Er wollte Kleinbürger und Soldaten mit ihren Ängsten und Bosheiten, Parteileute und Künstler, Handwerker und Ost-Gangster porträtieren. Robert wollte einen Zyklus von Geschichten, Berichten und Schilderungen entwerfen und einen möglichst klaren, realistischen Einblick in das ostdeutsche Leben zwischen Berlin und Gera geben.

Es kam ihm allein auf das Material an, auf die Erkundung von Zusammenhängen. Die Form würde sich schon ergeben, durch die Form würde er den Stoff leuchten lassen und sich bei keiner Mode, keinem Stil anbiedern.

Er wollte die Technik eines journalistischen Trüffelschweins erlernen. Das Handwerk zum Schreiben von Skandalgeschichten. Alles andere würde er sich anhören und auf seine Anwendbarkeit untersuchen. In seinen Tagebuchnotizen war Robert voller Hoffnungen und Pläne.

Man begrüßte ihn mit einem: »Wir haben es uns nicht leicht gemacht: Aber unsere Wahl ist auf dich gefallen.«

Der erste Monat auf der Uni verging mit Eingewöhnen, Kennenlernen und mit dem Erkunden der Nachbarschaft. Die Kommilitonen waren meistens von Partei- und Staatspolitik überzeugte Leute.

Keine Goldgräber wurden gesucht. Keinem wüsten Haufen von Arbeitern in der Schwarzen Pumpe sollte hinterherrecherchiert werden. Keine Adeligen aufgestöbert, keine neue Stauffenberg-Abrechnung geschrieben, kein moderner Eulenspiegel gefunden werden. Roberts Kommilitonen: zwanzig brave Typen, die mit Fleiß den Durchbruch schaffen wollten zum Redaktionsmitglied beim Rundfunk oder bei einer Zeitung. Kein investigativer Journalismus war gefragt. Wo Robert Papst das geheime Ost-Deutschland aufspüren wollte, sollten die Jungjournalisten eine Bestätigung des sozialistischen Systems liefern. Eine Geschichte der Männer um Ulbricht, die die Mauer geplant und hochgezogen hatten, schwebte ihm vor. Die Antifaschisten als rote Faschisten.

Robert Papst meinte gleich beim ersten Glas Korn, dass man nur durch gezielte Grenzverletzungen herausbekommen könne, wo die Schmerzgrenzen der Mächtigen verliefen. Wo die geistigen Minenfelder lagen.

Eines Morgens, er lag auf dem Bett in seiner Studentenbude, las er: »Genosse Chruschtschow ist aus Altersgründen zurückgetreten.«

Aus Altersgründen zurückgetreten? Das interessierte ihn. Er hatte eine Idee. »Ich will doch mal sehen«, sagte er zu sich, »wie alt die Herren bei uns sind im Politbüro in Berlin.« Nikita Chruschtschow war siebzig Jahre alt. Das Ergebnis seiner Recherche verarbeitete Robert Papst zu einer Wandzeitung: »Rücktritt aus Altersgründen«, schrieb er in leuchtenden Großbuchstaben. Dann hängte er sein Werk an prominenter Stelle in der Eingangshalle zum Roten Kloster auf: »Walter Ernst Paul Ulbricht, am 30. Juni 1893 in Leipzig geboren, war am Tag des Rücktritts von Nikita Chruschtschow ein Jahr älter als der Vorsitzende der KPdSU.« Darunter schrieb Robert: »Nikita Chruschtschow ist aus Altersgründen zurückgetreten.«

Die ersten Leser der Wandzeitung lachten lauthals. Das war ein echter Coup. Aber bald schon brach an der Uni ratloses Hin und Her aus. Für und Wider. Telefonate. Hektik. Gebrüll. Die Staatssicherheit wurde alarmiert. Die Sache wurde ernst für Robert Papst. Der Rektor der Universität und seine Mitarbeiter trafen sich zu einer Besprechung. Bei aller Liberalität, die die neue Jugend-Kulturpolitik für die

Studenten vorsah – die junge Generation sollte sich ohne Gängelei und Zeigefingerheben entfalten dürfen –, aber diese Wandzeitung war nach Meinung des Parteisekretärs der Karl-Marx-Universität im Verantwortungsbereich Agitation und Propaganda ein staatsfeindlicher Akt. Er sah in ihr eine gnadenlose Verhöhnung der führenden Persönlichkeiten der DDR.

Die Wandzeitung hing noch keine Stunde, da wurde Robert zum Rektor gerufen. Hier seien eindeutig die Grenzen der neuen Freiheiten überschritten. Hier sei eine massive Störung der sozialistischen Gemeinschaft festzustellen. Jeder Student, der beim Lesen von Roberts Wandzeitung beobachtet worden war, wurde gezwungen, seine Ablehnung und seine Einwände gegen diese Aktion schriftlich zu formulieren.

Das Machwerk wurde nach fünfzig Minuten von der Staatssicherheit abgehängt.

Im Rektorenzimmer stand Robert fünf Männern gegenüber – das übertraf seine schlimmsten Befürchtungen. Er hatte klatschnasse Hände, sein Mund war trocken, die Zunge klebte am Gaumen, sein Sprechen war kein Sprechen, es war ein Würgen – aber er wollte auf seinem Meinungsrecht bestehen.

»Ist dir klar, dass du mit dieser Wandzeitung sehr viel aufs Spiel setzt?«, schrie einer der fünf Männer.

»Es ist mir nicht klar. Was? Würden Sie es mir bitte sagen? Was setze ich aufs Spiel?«

»Das Geschenk einer akademischen Ausbildung riskierst du. Dieses Geschenk macht dir der Sozialismus, und du, du kleiner Scheißer, du Scheißkerl, du willst die führenden Persönlichkeiten unserer Republik anpissen?«

»Ich habe geglaubt, hier würde man die journalistische Arbeit und die genaue Recherche ernst nehmen«, antwortete Robert schlagfertig. Er sah nach seiner Antwort in unbeschreibliche Gesichter, riesige, Luft schnappende aufgeklappte Mäuler zeigten mit Zement gefüllte Zähne.

»Was soll ich jetzt machen?«, fragte Robert vor dem Tribunal.

Schweigen, die aufgebrachte Stimmung beruhigte sich.

»Du sollst«, sagte der Dekan der Fakultät für Journalistik, »du sollst jetzt da hinuntergehen und an derselben Stelle eine Stellungnahme aufhängen, in der du erklärst, dass das Konzept und der Grundgedanke deiner Wandzeitung ein Fehler war und dass du dich davon distanzierst und alles zurücknimmst.«

»Wie denn das?«, fragte Robert.

»Wie?«, schallte es ihm aus dem Tribunal entgegen.

»Ich kann doch nicht das Alter von Ulbricht zurücknehmen. Was soll ich denn da hinschreiben?«

Der Sekretär für Agitation und Propaganda brüllte: »Entweder nimmst du das zurück, oder du wirst exmatrikuliert und kommst in den Oderbruch! Dort kannst du dich dann in den Sümpfen bewähren, anschließend beim Erdölkombinat in Schwedt.«

Robert Papst blieb bei seiner Haltung. »Walter Ulbricht ist einundsiebzig. Wie alt wünscht man sich den Ersten Staatsratsvorsitzenden hier in Leipzig? Einundfünfzig?«

Eisiges Schweigen. Der Parteisekretär sagte: »Ich werde deine Festnahme vorschlagen. Wenn du so uneinsichtig bist!«

»Ja«, sagte Robert. »Schlagen Sie das vor.«

»Dann wirst du ins Gefängnis befördert!«

»Befördert? Das ist gut. Befördert seid ihr alle!«

»Zu deiner Disziplinierung werden wir dich in die Sümpfe schicken.«

»Wenn ich hier in Leipzig das Alter der Alten zurücknehmen lernen soll, wo soll das enden? Dann verzichte ich freiwillig auf das Geschenk einer akademischen Ausbildung. Guten Morgen, meine Herrn.« Obgleich es sechs Uhr am Abend war, sagte Robert »Guten Morgen«. Robert musste die Karl-Marx-Universität verlassen. Er wurde zur Wiesenentwässerung in das Rhinluch zwangsverpflichtet.

Noch im 18. Jahrhundert durchstreiften hier Wölfe die Wälder und Sümpfe, zumal im Osten. Dann ging es jedoch los – mit dem Preußenkönig Friedrich I. »Zuvörderst« nahm der sich die große »morastige Wüste« vor, den Oderbruch. Er nannte es »meine preußische Wüste«, eine natürliche Auenlandschaft, die zweimal im Jahr überschwemmt wurde. Sein Sohn, Friedrich II., auch der Große genannt, führte das

Trockenlegungsprojekt seines Vaters mithilfe holländischer Entwässerungsfachleute und mit dem Einsatz von Soldaten fort. »Ländereien urbar zu machen, beschäftigt mich mehr als Menschenmorden«, hatte er bereits vor seiner Inthronisierung in Küstrin geäußert. Beim Oderbruch konnte er abschließend stolz verkünden: »Hier habe ich eine Provinz im Frieden erobert.« Der Preußenkönig war geradezu besessen davon, aus grauen, trostlosen Sümpfen blühende Gärten zu machen. Ständig entdeckte er bei seinen Provinzvisiten neue Wüsten, neue Feuchtgebiete und Moore, die der Entwässerung gewissermaßen harrten.

Nach der Arbeit im Rhinluch musste sich Robert ein weiteres Jahr im Erdölkombinat Schwedt bewähren. Erst dann wollte man sehen, ob er wieder das Geschenk der akademischen Ausbildung vom Sozialismus entgegennehmen dürfte. Oder auch nicht. Die ganze Zeit der Zusammenstoß mit dem Staat. Wie konnte er das aufschreiben?

Als Sprechgesang? Als Kabarettnummer? Theater? Als Gesellschaftsroman ohne Gesellschaft?

26

Seit einem Jahr lebte die Familie Meinl in der Schillingstraße. Nora war der Umzug von Treptow nach Mitte wie eine Reise aus der Provinz in die große Stadt vorgekommen. In der neuen Umgebung hatte sie schnell ein paar gute Freunde gefunden. James Papst, der mit seinem kleinen Bruder Max und den Eltern um die Ecke in der Alexanderstraße wohnte, war Noras bester Freund geworden. Sie hatten den gleichen Schulweg und lernten sich in der S-Bahn kennen. James lachte viel. Er wieherte wie ein Fohlen, wenn er lachte. Das gefiel Nora. James wollte noch vor dem Abitur bei der NVA den Armeedienst antreten, um dann möglichst rasch Schauspieler werden zu können. Der beste Schauspieler aller Zeiten. Er wollte besser als Marlon Brando werden und Gustaf Gründgens.

James kannte Berlin-Mitte wie seine Westentasche. Er konnte Nora eine Menge von seinem geheimen Berlin zeigen. Klärchens Ballhaus. Der Spiegelsaal im 1. Stock beeindruckte Nora. Er zeigte ihr, wo Franz Biberkopf gesessen und den Frauen aufgelauert hatte. Er führte sie durch das Straßengewirr hinter der Oranienburger Straße. Er zeigte ihr alte Luftschutzkeller, die zerstörte Berliner Synagoge, heimliche Schnaps- und ehemalige Waffenlager.

James war erst fünfzehn, hatte aber schon einen eigenwilligen Charakter. Er war charmant und Nora gegenüber sehr zuvorkommend. Er war rettungslos verliebt in sie.

Vier Jahre war sie jetzt im neuen Deutschland. Noch immer zählte Nora die Monate, Wochen, Tage und Stunden bis zu ihrem achtzehnten Geburtstag. Zum ersten Mal hatte sie in Deutschland einen Freund, den sie mochte. Sie fand James lustig und unterhaltsam, frech und lieb. Jeden Morgen auf dem Weg zur Schule wartete er an der S-Bahn-Haltestelle Jannowitzbrücke auf sie. Immer hatte er ein kleines Geschenk dabei. Stein. Gänseblume. Englische Münze. Handvoll Wind. Da lachte sie. Handvoll Wind war das herrlichste Geschenk. Dass sein Vater stellvertretender Kulturminister war, beeindruckte Nora nicht weiter. Sie interessierte sich für italienische Filme, für melodramatische Geschichten und traurige Melodien.

Nora und James liefen die Brückenstraße entlang, die Alexanderstraße, zwischen Ruinen und gelbgrauen Großbauten. James erzählte von seinem älteren Bruder Robert, dem »verbotenen« Dichter und »Kopf der Untergrundbewegung«, der zur Strafe Wiesen entwässern und im Erdölkombinat schuften musste. Seit Robert von der Uni in Leipzig gefeuert worden war, war er in der Familie der »Verbotene«, aber für James war Robert der kühne Anführer einer geheimen Bewegung.

Nora fragte James: »Hat sich denn da was bewegt?«

»Zum Teufel noch mal, ja. Du wirst es bald erleben!«

Das Gericht lag nicht weit vom Berliner Rathaus. James lud Nora auf ein Getränk in die Letzte Instanz ein. Unter dem Tisch gab er Nora Gedichte von Robert zu lesen.-Dann erzählte er ihr von seinem Vater. Er war der Grund dafür, dass James so schnell zur NVA abhauen wollte. Zu Hause hielt er es nicht mehr aus.

»Hin muss ich ja sowieso, also will ich es rasch hinter mich bringen, um bald ein großer Schauspieler zu werden«, sagte James. »Am liebsten zu einer Hubschrauberstaffel. Schon als kleiner Junge bin ich auf Dächer gestiegen. Ich mag die Höhe. Du weißt nicht, wie schlimm es bei mir zu Hause ist, schlimmer als in Stalingrad.« Nora wunderte sich. Was wusste James von Stalingrad?

»Alles. Hölle!«

Er erzählte von politischen Rivalitäten zwischen seinem Vater und Honecker. Der Vater geriet immer mehr in Bedrängnis, seit Robert in Leipzig aus der Uni geflogen war. Er sollte in die Provinz abgeschoben werden, weil er als hoher Minister seinen Sohn nicht auf Linie bringen konnte. Mit diesem Sohn wurde er vor den Genossen im Zentralkomitee unglaubwürdig.

Nora wunderte sich, wie scharf James die Konstellationen beschreiben konnte.

»Strategisches Denken!«

Auf einer Spreebrücke standen drei junge Burschen, hielten die Angelruten in das schwarze Wasser des Spreekanals. »Gibt es Fische da drin?«, fragte Nora. »Ja«, lachte der kleinste von den dreien. »Aber die beißen heute nicht.« Tatsächlich trieben die Schnüre schlaff im Wasser, es rührte sich nichts. »Warum beißen die heute nicht?«

»Mysterien der Natur«, antwortete der Kleine. Sie setzten ihren Streifzug in Richtung Kino International fort. Auf der rechten Seite war eine Tür, die stand offen. Man hörte eine Gitarre und ein Banjo, eine Stimme sang dazu. Nora und James wurden neugierig, gingen hinein. Sie hörten dem Sänger zu, der mit englischem Akzent *Wenn alle Brünnlein fließen* sang.

Ein großer Raum, viele junge Leute saßen im Kreis auf dem Boden, immer stand einer auf, sang ein Lied, sagte ein Gedicht auf oder erzählte eine Geschichte. Nora und James setzten sich dazu. Ein junger Bursche zeigte verschiedene Pantomimenummern.

Die Leute lachten sich tot.

Dann stand Nora auf und sang zwei rumänische Lieder. Das kam gut an. Die Zuschauer tanzten, trampelten, wollten mehr. Ein junger

Mann sprach Nora an. Er war Musiker in einer Band und ging wie sie auf die Heinrich-Hertz-Oberschule. Er stellte ihr seine Kumpel vor. Der Bandleader hieß Charly. Charly Plinke hatte die Band gegründet: Another Blue. Die Texte schrieb Arthur. Ditzi spielte Gitarre, Justus am Keyboard und Charly am Schlagzeug. Der dicke Willi am Bass. Eine Schülerband auf dem Weg zum Durchbruch.

»Uns ist die Sängerin ausgestiegen«, sagte Charly. »Hast du nicht Lust, bei uns zu singen? Mit deiner Stimme? Du hast eine Minute, um dich zu entscheiden.«

Nora seufzte. »Manchmal ist so eine Minute gar keine kleine Sache.« Charly Plinke überlegte, was sie wohl meinte. Sie standen jetzt auf der Straße neben der Tür. Es war inzwischen dunkel, man sah ein paar matte Scheinwerferlichter über die leere Ecke wischen.

Nora war aufgeregt. Sie nickte. Sie sagte: »Ja. Das Angebot nehme ich an. Das mache ich. Ich bin eure neue Stimme. Wann fangen wir an?«

»Heute ist Sonntag. Nächsten Samstag ist eine Veranstaltung in der Parteihochschule in Bernau. Hättest du Lust, mit uns aufzutreten?«

»Was soll ich singen?«, fragte Nora.

»Deine Lieder, bring ein paar Noten mit«, sagte Willi.

Charly fragte: »Kannst du: On a wagon bound for market / There's a calf with a mournful eye / Dona, dona, dona, do?«

»Ja, das kann ich gut.«

27

Ein Paar himmelblaue Augen sahen Robert an. Er lag in einem Kinderschlafzimmer, und sie, jetzt erinnerte er sich wieder, war Köchin in der Kantine der Düngemittelfabrik in Schwedt. Seit einem halben Jahr war er als Hilfsarbeiter auf der Baustelle. Die Fabrik lief noch auf Probebetrieb, und es kam ständig zu Störungen und Havarien. Bei Arbeiten in der Kalkammonsalpeter-Anlage hatte sich Robert eine Verätzung zugezogen.

»Ich hab keine Unterkunft«, hatte er gesagt, und sie sagte: »Kommen Sie doch mit zu mir.« Da ist er mit ihr in das Mietshaus hinauf, in dem sie wohnte. Die Treppen knarzten. Kalkammonsalpeter ist ein Stickstoffdünger. Stickstoff ist ein Hauptnährelement in der Pflanzendüngung. Die Treppen aus Holz. Knarzten. Krntz. Krntz. »Machen Sie bitte leise«, flüsterte sie ihm zu, »machen Sie bitte leise, damit keiner aufmerksam wird.« Leise. Tipp-tipp. Die Treppen knarzten trotz aller Vorsicht. »Die Petrolchemie ruft Euch«, stand in dem Faltblatt des im Aufbau befindlichen VEB Erdölverarbeitungswerk Schwedt. Deshalb war Anne mit ihrem Mann von Leipzig nach Schwedt umgezogen. Der Mann war Bauarbeiter und schulte um. Kalkammonsalpeter hat als Nitratdünger eine schnelle Anfangswirkung. Die bodenversauernde Wirkung der N-Anteile wird durch den enthaltenen Kalk kompensiert. Sie waren oben angekommen. Sie öffnete die Tür.

»Anne heißt du?«

»Anne. Du?«

»Robert.«

Sie schlüpften in die Wohnung hinein. Leise. Leise. Anne sah nach ihren beiden Kindern, zwei Mädchen, vier und sieben. Annes Mann hatte vor ein paar Monaten rübergemacht. West-Deutschland. Abgehauen. Sie räumte das Zimmer für Robert auf. Später saßen sie im Wohnzimmer, sie goss zwei Gläser Rotwein ein.

»Als ich exmatrikuliert worden bin«, erzählte Robert, »habe ich sechs Wochen im Rhinluch gearbeitet, bei der Wiesenentwässerung. Unser Brigadier hieß Schackerbilly, das heißt, wir nannten ihn so, weil er ständig angerannt kam und schrie: ›Hier wird nicht gepennt, hier wird geschackert.‹ Die Hitze im Rhinluch war drückend und schwer. Die Luft war trocken, und wir waren schon um fünf Uhr früh in die Gräben gegangen, als auf den Straßen noch kein Staub lag. Ich arbeitete in der Kolonne, die die Faschinen am Rand der Gräben einsetzte. Wir standen bis zur Hüfte im schmutzigen Wasser und schlugen mit schweren Hämmern die Pflöcke ein. Schackerbilly trieb uns an, und in der ersten Zeit arbeiteten wir nur, wenn er zu sehen war. Er trug Stiefel, die die Beine bis zu den Oberschenkeln bedeckten, und uns lief das braune

Wasser in die Schuhe. Ausziehen konnten wir sie nicht, denn der Grund war von Wurzeln verknotet. Acht Mann arbeiteten in der Kolonne. Mit der Zeit gewöhnten wir uns an die Hitze und an den Rhythmus der Arbeit. Je weiter wir vom See wegkamen, desto weniger Mücken gab es, und die Arbeit wurde erträglicher, aber nicht leichter. Schackerbilly hatte sich seine Kolonne ausgesucht aus den sechzig Neuangekommenen. Als er uns zum ersten Mal prüfte, traf ich ein paarmal mit dem Hammer nur den Rand des Pflocks und rutschte ab. Das Wasser spritzte auf. Schackerbilly sprang in den Graben, packte mich am Hemd und schrie: ›Wenn du beim nächsten Mal nicht triffst, du schlapper Hund, schick ich dich zurück zum Ausbaggern!‹ Er schlug mir mit voller Kraft in die Rippen und etwa dreißig bis vierzig Leute standen herum, um zu sehen, wie ich wieder danebenschlug. Ich hob den Hammer weit in die Luft und spürte, wie alle auf den schon zerspalteten Pflock starrten. Der schwere Hammer pfiff durch die Luft, und der Pflock zwängte sich bis weit unter den Wasserspiegel in den Boden. ›Na bitte‹, sagte Schackerbilly. Von dem Tag an saß ich mit ihm Nacht für Nacht vor der Scheune, in der wir schliefen, und er erzählte. Mit fünfzehn Jahren war er von zu Hause weggegangen, um Matrose zu werden. Er war nicht mal bis an die Küste gekommen. Das Geld reichte nicht, und er ging in den Westen. Dort kaufte er sich in einem großen Kaufhaus einen zu großen Anzug in der Hoffnung, er werde noch wachsen. Ich sehe ihn, wie er am Wochenende in diesem zu großen Anzug auf sein Fahrrad stieg, um zu seiner Frau zu fahren. Er hatte drüben im Bergwerk gearbeitet und mit seiner Frau zwei Kinder. Beim Butterschmuggel aus Holland war er von der Polizei gefasst worden und kam ins Gefängnis. Immer wenn er von Holland sprach, zeigte er mir seine Fotos von den kleinen weißen Häusern an der Grenze, mit den bunten Dächern. Im Gefängnis arbeitete er in einem Hochofen, bei der Entschlackung. Es war heiß dort, denn fünfzehn Zentimeter unter der Schlacke lag Glut. Schackerbilly erzählte, und wir tranken in der Nacht kühles Bier, aßen frisches Brot mit Schmalz. Vor seiner Haft hatte er im Bergwerk einen schweren Unfall und war fünf Tage und fünf Nächte in der Grube eingeschlossen. Schackerbilly erzählte, wie er auf den Atem seiner Kollegen gehört hatte, der immer leiser wurde, und er sagte, dass er oft davon träumte, dass einer von den vieren ihn auffressen wollte. Dabei lachte er und zeigte zwei Reihen falscher weißer Zähne. Die echten hatte er bei Prügeleien verloren. Als er aus dem Gefängnis herausgekommen war, hatte seine Frau ihn verlassen, er war in die DDR zurückgekommen, war zur Entwässerung der Felder ins Rhinluch geschickt worden und hatte wieder geheiratet. Oft war er traurig, und wenn er am Montag früh von seiner Frau kam, legte er sich ins Gras neben den Graben und schlief. Mittags, wenn die Sonne senkrecht über den Feldern stand, legten auch wir uns auf den Rücken, und die Felder waren schwarz in den Pausen von Arbeitern und Mädchen, die aus den Gräben gekrochen waren. Ich lag in diesem Menschenhaufen und dachte, dass ich lieber so alt wäre wie Schackerbilly und das Leben schon hinter mir hätte.«

Robert schwieg.

In der Wohnung war es ganz still. Vom Fenster aus sah man auf eine gepflasterte Straße hinunter. Die Ränder waren aufgegraben. Ein Trabant drückte sich an die Hauswand, von der wie giftige Farbe ein gelbes Licht herabsabberte.

Anne stand auf, ging zu den Kindern hinüber. Dann kam sie zurück. Irgendwo unten auf der Straße klapperte ein lockeres Laternenglas im Wind. »Na ja«, sagte sie. Sah ihn an.

»Woran denkst du?«

»An nichts.«

»Ich auch.«

Sie hatte sich ein bunt bedrucktes Tuch um die Hüften gebunden, mit dem Markusplatz darauf.

»Aus der Lagunenstadt Finedich«, sagte sie. »Da möchte ich gern mal hin. Der Markusplatz ist 175 Kilometer lang und 84 Kilometer breit«, sagte sie. »Weißt du das?«

»Nein«, sagte Robert. »Was für ein riesiger Platz.«

»Ach«, sagte sie. »Finedich! Würd ich gerne einmal sehen.« Dann schlief sie mit Robert. »Mach's bitte leise«, flüsterte sie.

Am nächsten Mittag wartete Robert am Straßenrand. Er hielt Ausschau, ob ihn ein Wagen mitnehmen würde nach Berlin. Grüner Ami-

Parka. Knallenge dunkelblaue Jeans. Ein Auto hielt. Kleiner Wagen mit westlichem Kennzeichen.

Er reckte den Kopf. Anne aus Schwedt hatte nach Küche und nach Salpeter gerochen. Im Bett war sie ein Feuerwerk.

Gegen Abend stand Robert mit einem Buch und einer Zahnbürste in der Tasche vor der Mokka-Milch-Eisbar. Wartete auf Johanna. Ein Wanderer. Dionysos. Auf der Suche nach dem Licht. Im Kino International lief *Beton.*

28

Als Nora und James aus dem Club im Kino International kamen, standen sie plötzlich Robert gegenüber. Die beiden Brüder begrüßten sich. Robert reichte auch Nora die Hand, aber er sah über sie hinweg. Er sprach ernst und erregt mit James. Nora verstand nichts von dem, was sie redeten. Dann hielt eine junge Frau neben Robert auf einem Moped. Es war Johanna.

»Du bist ein Lump«, sagte sie.

»Wir sind alle Lumpen«, sagte Robert. Sie warf ihm den Zündschlüssel gegen die Brust. Er fing ihn lässig auf.

»Sag dem Vater nicht, dass du mich hier gesehen hast, er schickt dich sonst mit den Bullen hinter mir her«, sagte Robert zu James. Er schwang sich auf das Moped und brauste davon. Seine Amikutte blies sich zu einem Ballon auf und drohte mit ihm abzuheben in die Lüfte. Hinauf unter den Backsteinhimmel über Berlin.

»Das war er. Mein Bruder. Jetzt hast du ihn endlich mal kennengelernt. Er hat dich so merkwürdig angesehen. Du hast ihm gefallen.«

»Wer? Ich?«, fragte Nora.

James nickte. Er hätte Nora jetzt gerne geküsst. Aber da müsste sie schon den Anfang machen. Er betrachtete sie aus den Augenwinkeln. Sie war so schön.

Nora und James liefen schweigend Richtung Schillingstraße.

Johanna war, ohne ein Wort zu sagen, in der Mokka-Milch-Eisbar verschwunden.

»Sie war eine Zeit lang seine Freundin«, erklärte James. »Sie singt. Robert mag keine singenden Frauen. Er wohnt jetzt wohl wieder bei ihr. Ich glaube aber nicht, dass sie wieder richtig zusammen sind.«

»Was kann ich tun?«, überlegte James. Er wollte Nora sagen: »Ich liebe dich.« Aber er hielt die Worte auf den Lippen fest.

Ein paar verstreute Lichter tupften ein trübes Licht in die Ostberliner Nacht. Nora schien alles wie verzaubert. Sie wunderte sich über ihre Gefühle. Sie war glücklich. Nie zuvor war sie in Berlin so glücklich gewesen. Sie hörte James' Bemerkung nachhallen: »Er mag keine singenden Frauen.« »Wennschon«, dachte sie. Das galt für die andere, nicht für sie.

»Was ist denn los?«, fragte James. »Ist was passiert?«

»Gar nichts! Gar nichts!«, rief sie.

Er wollte sie in seine Arme nehmen, aber sie lief ihm weg. Nie hätte sie gedacht, dass sie sich in Deutschland verlieben würde.

Vor ihrer Haustür blieb Nora stehen. »Komm her, James, mein lieber James.«

»Nora!« Mit fliegenden Armen kam er auf sie zu. »Warum rennst du weg?«

»Ich musste einfach – ich möchte fliegen. Und jetzt sage ich dir Gute Nacht und gehe in mein Zimmer.«

»Nimm mich auf ein paar Minuten mit zu dir. Ich will dir etwas sagen.«

»Nein, ich kann dich jetzt nicht mit hochnehmen. Ich will alleine sein. Ich muss schlafen.«

Sie verabschiedeten sich und er verschwand in der Dunkelheit.

29

Klaus Papst war in den vergangenen Monaten, seit man seinen Sohn in Leipzig exmatrikuliert hatte, hager und knochig geworden. Er steckte in seinem ewig dunkelgrauen Anzug wie ein verbitterter Büßer.

Sonntagabend. Er hatte seinen Freund, Exgeneral Franz Ganzburger, zum Abendbrot mit der Familie eingeladen, um mit ihm über die neue Politik zu sprechen, aber auch über seinen missratenen Sohn Robert.

Sein letztes Meisterstück deutscher Qualitätsarbeit hatte Ganzburger beim Bau der Mauer abgeliefert. Er musste dann aber aus gesundheitlichen Gründen ehrenvoll aus der Nationalen Verteidigungsarmee verabschiedet werden. Er bekam das Angebot, in den diplomatischen Dienst einzutreten, war mehrmals Gast wichtiger osteuropäischer Regierungen gewesen. Nach dem erfolgreichen Mauerbau vertiefte er seine Kenntnisse auf den verschiedenen politischen und wirtschaftlichen Gebieten. Er las viel und studierte die Materialien des Ministeriums für Auswärtige Angelegenheiten. Er sollte den Posten des stellvertretenden Botschafters in Prag übernehmen.

Die neuen Freiheiten, die der Jugend zwischen Spree und Oder neuerdings zugestanden wurden in einem vielversprechenden Jugendkommuniqué, sprengten die eingefahrenen Gleise, sie brachten Chaos in die starren Formen.

Die Genossen um Klaus Papst und Franz Ganzburger sammelten Verbündete, um die stürmisch begonnene Liberalisierung aufzuhalten. In ihrer Vorstellungswelt führte die neue Politik zur Abkehr der jungen Generation von der DDR-Gesellschaft. Sie gefährdete den Sozialismus. Der Hauptkampf, das war Papst und Ganzburger klar, war auf dem kulturpolitischen Feld zu führen.

»Ist es wahr«, fragte Klaus Papst, »dass schon wieder kleine Gruppen von Jugendlichen, die als Anhänger von den Rolling Stones und den Beatles auftreten, mit langen Haaren und Geschrei in Leipzig über den Leuschner Platz gezogen sind?«

»Ja, ist wahr«, Ganzburger nickte.

»Die Beatmusik macht die jungen Leute verrückt«, sagte Klaus Papst. Er sah seine beiden Söhne James und Max an. »Lernt! Arbeitet! Ihr müsst Verantwortung übernehmen«, sagte er.

Nachdem Klaus Papst noch einmal sehr eindringlich die Gefahren geschildert hatte, die der DDR aus einer fortgesetzten kulturpolitischen Aufweichung drohten, sprachen beide Genossen die Hoffnung aus, dass sich mit einer harten Hand die Sache des Sozialismus weiter vorantreiben und verbessern ließe.

»Ich werde nicht davor zurückschrecken, selbst in meiner Familie mit harter Hand durchzugreifen. Auch nicht gegen meine Söhne.«

»So machen wir das«, rief der Genosse Ganzburger.

»Pass mal auf«, sagte der Vater zu James. »Uns liegt ein Beobachtungsbericht vor, wonach dein Bruder als Anhalter in einen PKW mit westlichem Kennzeichen in Richtung Hauptstadt eingestiegen ist. Die Genossen der VP haben später die Spur des Wagens verloren. Ich werde Himmel und Hölle in Bewegung setzen, um den Strolch festzusetzen und durch härteste körperliche Arbeit zu einer normalen sozialistischen Lebensweise zurückzuführen. Er hat keine Aufenthaltserlaubnis für die Hauptstadt. James? Wenn du uns dabei hilfst, deinen Bruder zu finden, helfe ich dir, sobald wie möglich deinen Wehrdienst anzutreten.«

»Wie?«, sagte die Mutter. »Du willst James dazu anstiften, dass er seinen Bruder bei der Volkspolizei anzeigt?«

»Kapierst du nicht? Der Junge will was tun. James will sich nützlich machen. Soll ich dir was sagen? Wenn ich es bei dem Jungen nicht schaffe, dann hänge ich meine politische Arbeit an den Nagel.«

James ballte unterm Tisch die Fäuste.

»Vati. Nach allem, was ich gehört habe, sage ich dir was. Mein Entschluss steht fest. Ich will zur NVA. Und zwar sofort. Ich habe gute Augen, ich habe eine große Ausdauer – ich gehör nicht länger auf die Schulbank, ich gehöre in unsere Armee!«

»Wenn du achtzehn bist«, sagte die Mutter, »kommst du ganz von selbst in die Armee!«

»Ich will gleich hin. Es ist mein fester Wille. Vati? Du brauchst nur Ja zu sagen. Das ist alles. Dann rücke ich ein.«

»Eben haben wir darüber gesprochen, dass unsere Republik von Langhaarigen und Rowdys bedroht wird. Warum macht ihr in eurer Schule keine Aktion, wo ihr denen die Haare abschneidet?«, fragte der Vater.

»In unserer Armee könnte ich größere Aufgaben erledigen. Ich bin fit«, antwortete James.

»James«, sagte die Mutter mit erschöpfter Stimme. »Du sollst keinem in deiner Klasse die langen Haare abschneiden.«

»Mutti. Wenn Vati es will? Wenn wir dann wieder zusammen sind?«, platzte es aus James heraus.

Alle verstummten. Genosse Ganzburger zog ein langes Gesicht.

Die Haushälterin räumte den Tisch ab. Für eine Weile saßen alle da wie Wachsfiguren. Der Jüngste, Max, wollte blind sein, er wollte sich verstümmeln, wenn es half, dieser Familienhölle zu entkommen.

James war froh, dass er seine Klappe gehalten und den älteren Bruder nicht verraten hatte. Auch wenn Robert ihm jetzt Nora wegschnappte – denn davon war er überzeugt. Umso mehr hoffte er, bald in die Armee einzurücken. Er wollte Soldat werden und Alkoholiker, dann Schauspieler. Als Schauspieler wollte er alle und alles hinter sich lassen.

»Unsere Gesellschaftsordnung hat die Pflicht, alle Einflüsse und Erscheinungen westlicher Unkultur zu bekämpfen«, sagte der Vater seinen Söhnen als Gute-Nacht-Gruß.

Genosse Ganzburger fühlte eine verwirrende Zärtlichkeit für die Frau seines Genossen stellvertretenden Kulturministers. Man hörte die Uhr auf dem Schrank. Das Ticken klang wie Ächzen. Gabriele dachte: »Es ist eine Niederlage, eine einzige Niederlage, unser Leben in Deutschland.« Ihr Mann goss ihr schon wieder Whisky ein, ein ganzes Glas voll. Sie trank. Freute sich, dass langsam alles zerfloss um sie her, weich wurde. Auf Robert war sie stolz. »Robert wehrt sich. Aber wer weiß, wie lang er das durchhält. Alles geht dahin«, dachte sie.

»Gabriele?«, flüsterte Genosse Ganzburger. »Warum besuchst du mich nicht in Prag? Mir scheint, du brauchst einen Umgebungswechsel.

Während du dich in Prag erholst, wird sich dein Mann mit eurem Ältesten aussprechen.« Gabriele sah alles durch einen Schleier, alles Eckige, Gemeine und Schmerzende verschwand hinter diesem Schleier.

Ihr Blick glitt nach innen.

Wofür, fragte sie sich, gab sie sich solche Mühe mit ihrem Mann? Mit ihrer Familie? Hier fand ihr Leben keine Erfüllung, nur lange düstere Tage.

Prag? Eine Woche? In ein Kaffeehaus gehen mit Ganzburger? Warum nicht?

»Ich werde es mir überlegen«, hauchte Gabriele.

30

Der Bus nach Bernau war zum Glück noch nicht da, als Nora viel zu spät zur Haltestelle kam. Wer weiß, ob sie Robert Papst sonst so schnell wiedergesehen hätte. Er wartete mit seiner Freundin Johanna und anderen Musikern. Zigarette im Mundwinkel. Grüne Amikutte, knallenge Jeans. Die Jungs von Another Blue standen mit ihren Instrumenten herum.

Dann kam der Bus. Robert stieg ein und setzte sich zu Nora, und Nora dachte: »Warum sitzt der hier bei mir? Warum sitzt er nicht bei seiner Freundin?« Robert wollte wissen, wie sie seinen Bruder James kennengelernt habe.

»Er ist mein Nachbar, wir haben den gleichen Schulweg.«

Robert lächelte. »Er ist dein Nachbar?«

»Hör mal«, sagte Nora. »Ich brauch ein bisschen Ruhe, sonst kann ich nicht singen.«

»In Ordnung. Kein Problem. Welche Musik hörst du am liebsten?«, fragte er sie nach einer Schweigeminute.

»Elvis, Fats Domino, Bob Dylan, Beatles, Stones«, sagte Nora.

»Du hörst ja nur verbotene Sachen«, sagte Robert.

»Und du?«, fragte Nora.

»Ich? Elvis, Fats Domino, Bob Dylan, Beatles, Stones.«

»Wirklich?«, sagte Nora.

»Wirklich«, sagte Robert.

»Ganz schöner Zufall«, sagte Nora.

»Gibt es manchmal im Leben. Kommt manchmal vor.«

»Ja«, sagte Nora. »Soll vorkommen.«

»Ja«, sagte Robert. »Dabei wird immer gesagt, das gäbe es nicht mehr. Und dann passiert es doch immer wieder.«

»Was?«, fragte Nora.

»Na, die Sache mit dem schönen Zufall«, sagte Robert.

Dann schwieg er und schrieb was auf einen Zettel.

Nora mochte das Gedicht, das Robert ganz schnell auf seinen Knien für sie hingekritzelt hatte. Nach einer guten Stunde waren sie in Bernau. Parteihochschule. Nora trug ein gelbes Sommerkleid. Sie sorgte damit gleich für eine unruhige Stimmung bei der FDJ-Leitung.

An den Wänden waren Bänke aufgereiht. Der Saal voller Stühle. Vorne eine viel zu hohe Bühne, rechts und links neben der Bühne zwei Türen, durch die sich die Sängerinnen und die Musiker mit ihren Instrumenten zum Auftritt quetschten. Auch auf der Bühne herrschte ein heilloses Durcheinander. Musiker mit Gitarren, Textblättern, Notenständern, Trommeln, Geigen, Mundharmonikas. Es wurde gerufen, gezankt, Auftrittsabfolgen besprochen. Es wimmelte von aufgeregten Menschen. Und alle trugen die Blauhemden der Freien Deutschen Jugend. Nur Nora nicht. Nora strahlte sonnenblumengelb.

Der FDJ-Leiter kam und stellte sich großkotzig vor Nora hin.

»Ohne FDJ-Hemd können wir dich hier nicht auftreten lassen. Hörst du?«

»Ich hab keines«, sagte Nora.

»Dann müssen wir eines für dich finden. «

Das Hemd, das man fand, war riesig. Nora versank darin wie in einer Gewitterwolke.

»Also unter diesen Umständen ist es wohl günstiger, ich trete in meinem Kleid auf.«

Es wurde hin und her diskutiert, bevor man Nora die offizielle

Erlaubnis erteilte, mit der Band Another Blue in ihrem gelben Sommerkleid aufzutreten.

»Nora kommt aus Rumänien, meine Damen und Herren«, sagte der Conférencier die kleine Sängerin mit der großen Stimme an. Dann trat sie auf. Noras Gesang klang in Roberts Ohren, als hätte er sich in eine arabische Stadt verirrt. Das letzte Sonnenlicht verglimmt, die weißen Hauskuben sind von dem dahinziehenden Licht rot gefärbt. Wie Wüste klang Nora und wie Wind, wie Märkte, die nach Zimt rochen und nach Safran schmeckten. Robert war begeistert. Zum Schluss sang sie mit der Band: »On a wagon bound for market / Dona, dona, dona, dona, dona, dona, dona, do.«

Auf dem Heimweg im Bus zurück nach Berlin, rief Robert: »Ich lade euch alle zu mir in meinen Gral ein.«

Es war Johannas Gartenhaus – von wegen: sein Gral. Aber Robert war wie betrunken. Er war verliebt, schlagartig verliebt, wie er noch nie verliebt gewesen war. Auf der Rückfahrt kritzelte er ununterbrochen Liedzeilen für Nora.

Es ging alles so schnell, sie lachte und freute sich, ihr Herz war von einem Blitz geweckt, jetzt stand es in Flammen. Sie saß die ganze Nacht bei Robert auf dem Bett unter einem Poster von Che Guevara und einem anderen von Downtown Manhattan. Der Fußboden bestand aus grün lackierten Holzdielen. Das gefiel Nora. In der Ecke ein Kanonenofen. Ein langer Schreibtisch – überall Bücher, beschriebenes Papier, schmutzige Tassen, eine richtige Dichterhöhle. Irgendwann sprang Johanna auf und verschwand. Sie knallte die Tür hinter sich zu. Nora nahm es kaum wahr. Es gab nichts zu trinken. Ein bisschen Kakao. Einen Rest Nescafé, ein letztes Glas Bier. Nichts zu essen, außer einer halben Tüte Salzletten aus dem Westen. Trotzdem. Nora durchlebte in der Nacht lauter herrliche, nie gekannte Räusche. Räusche, in die sie der verbotene Dichter versetzte mit seinen Worten und mit seinen Komplimenten, mit seinen überallhin purzelnden Einfällen. Morgens um sechs Uhr sagte Nora: »Ich muss jetzt nach Hause, mein Schulzeug holen und in die Schule gehen.« Willi und Robert stritten sich, wer von ihnen Nora in die Schule begleiten durfte.

»Willi«, entschied Nora. Eigentlich wäre ihr Robert lieber gewesen. Aber sie wollte es vor James noch verstecken, dass ihr Herz dem verbotenen Dichter verfallen war.

31

Nora musste sich beeilen. James hatte auf die Erzählung von ihrem Ausflug nach Bernau und der anschließenden Fete bei Robert verletzt und verwirrt reagiert. Er war eifersüchtig, dass sie ihn nicht mitgenommen hatte. Sie konnte es James nicht erklären, sie war schon viel zu spät dran.

Arthur, Charly, Willi, Justus und Ditzi warteten im Keller der Villa von Charly Plinkes Eltern auf Nora. Die Jungs wollten endlich mit den Proben loslegen für ihre erste Single. Alle waren Greenhorns, naive, begeisterte Anfänger. Unpünktlichkeit kannten sie nicht. Unpünktlich war die S-Bahn.

»Du bist ja eine Knackwurst«, sagte Willi wütend.

»Wusstest du das nicht?«, gab Nora frech zurück.

»Wir warten seit über 'ner Stunde auf dich!«

Nora hüstelte übertrieben, klapperte mit den Zähnen, schob ihre Verspätung mit dramatischen Gesichtszügen auf das grauenvolle Berliner Wetter. Die S-Bahn war ihr vor der Nase weggefahren, schwindelte sie, sie hatte die hohen Absatzschuhe an und konnte nicht so schnell laufen bei dem schlimmen Regen. Dabei regnete es gar nicht mehr.

Endlich stand sie vor dem Mikrofon. Mit gewagten Stöckelschuhen, kalten Füßen, mächtig verliebt. Sie bekam den Text vom ersten Song in die Hand gedrückt und rümpfte gleich die Nase.-

Justus maulte: »Es wird jetzt nicht länger gequatscht, es wird jetzt geprobt. Egal wie das Wetter ist. So ist das bei uns.«

Der Kellerraum war niedrig, viel zu dunkel, zu eng, zu klamm, Nora fror, sie war mit den Gedanken ganz woanders. Die Jungs drängten sich alle nah an sie heran, was sie auf den Tod nicht ausstehen konnte. Sie stand auf dem kleinen Podest vor dem Mikrofon und las den Text, den sie singen sollte, schon zum dritten Mal, er gefiel ihr immer noch nicht.

»Wie soll ich diesen Text singen?«, mäkelte sie herum. Justus am Keyboard glühte – er mochte den Text, er mochte aber auch die neue Sängerin. In ihre Stimme war er verliebt, restlos, seit dem Auftritt in Bernau. Wenn sie loslegte, zitterte die Luft. Justus war der ruhige Verrückte in der Band. Willi, der Bass, stand zwar nicht auf kleine Frauen – aber diese Kleine hatte was, das ihn neugierig machte. Ein bisschen klein zwar – aber große Stimme. Die hatte Echo wie eine Kathedrale. Charly ahnte sofort, dass sie eine talentierte, aber schwierige Zicke war. Auf so was stand Charly gar nicht. Er schrieb Musik, er wollte Erfolg haben. Ihn interessierte nur der Erfolg. Hauptsache, die Zuhörer tobten und jubelten und standen auf den Bänken, dann war Charly zufrieden. Ditzi hatte Zahnschmerzen. Ihm bereitete sein rechter Backenzahn Sorgen.

»Also los!«, sagte Charly. »Fangen wir endlich an! Hier sind die Noten.« Er reichte Notenblätter herum. Aber Nora blieb stur und wollte nicht anfangen.

»Das ist Arbeit!«

»Nein, das ist keine Arbeit, ich singe aus Spaß, oder ich singe gar nicht. Das hier ist Quälerei.«

»Es ist Arbeit. Es ist Quälerei, da hast du recht – aber wenn wir Glück haben, landen wir mit unserem Song in der Hitparade.«

Nora blieb trotzig. »Damit? Damit landeste bestimmt nicht. Nicht mit diesem Text. Diesen Text kann ich nicht singen. Was heißt denn das, was da steht? Was für Bilder sollen das sein? Was ist das für eine verkitschte Poesie?«

Am leidenschaftlichsten verteidigte Justus den Text.

Arthur, von dem der Text stammte, saß in einem schäbigen braunen Sessel, lehnte sich zurück, das ganze Ding, dem ein Bein fehlte, schaukelte hin und her. Dabei wiederholte er immer wieder lächelnd: »Worüber regst du dich auf? Das ist doch poetisch.«

»Was? Was ist daran poetisch?« Nora dachte dabei an Roberts Gedichte. Die waren Poesie, dieser Text war Murks.

»Das ist die Poesie des kleinen Moments«, ereiferte sich Justus. Als Nora zum fünften Mal sagte: »Das ist nicht poetisch, ich kann den Murks nicht singen«, stieg Charly mit Gebrüll in die Diskussion wieder ein.

»Jetzt pass mal auf, Nora«, sagte Charly. »Okay! Du kannst natürlich tun und singen, was du willst. Aber solange du hier die Bandsängerin bist, singst du die Lieder, die wir machen wollen. Du kannst gerne eigene vorschlagen. Aber jetzt ist dieses Lied dran. Denn wir fünf Nasen, wir wollen gottverdammt noch mal dieses Lied aufnehmen. Wir haben dich gefragt, ob du hier mitmachen willst. Du hast Ja gesagt, du bist hierhergedackelt, und jetzt kannst du hier nicht so ein Gezicke vom Stapel lassen. Wir wollen endlich proben! Entweder du singst das – so wie es auf dem Papier steht –, oder du singst es nicht und verschwindest! Aber lass uns mit deiner Geschmacksdiskussion zufrieden. Sonst suchen wir uns lieber eine neue Singamsel. Alles klar?«

Nora wurde nach diesem Ausbruch ganz still.

Im Halbdunkel des Kellers sah sie in den fünf Gesichtern die Zigaretten glimmen. Die Jungs waren in Ordnung. Sie meinten es ernst. Sie warteten. Sie wollten dieses Lied aufnehmen und damit in die Hitparade der DDR. Das musste sie respektieren oder verschwinden.

»Mach dir nichts daraus«, Nora gab sich innerlich einen Stups. »Wenn sie das schön finden, dann soll es von mir aus so sein. Ich sing das Lied jetzt, und wenn ich mich durchgesetzt habe, wenn mich die Leute gern hören, dann werde ich solche Texte nicht mehr singen. Dann singe ich meine rumänischen Lieder und die Texte von Robert Papst!«

»Gut«, sagte sie plötzlich mit theatralisch gesenktem Kopf, »ich sing das jetzt.«

Charly musste lächeln. Willi klatschte. Justus schlug auf seinem Klavier den ersten Ton an.

Nora nickte. »Okay. Lasst uns anfangen.« Ditzi zählte den Rhythmus an.

Nora sang das Lied und tat nichts weiter, und gerade das: dass sie das Lied so leer sang, ohne Emphase, ohne Persönlichkeit, ohne ein Gefühl, das gab diesem Text zu dieser Musik einen spröden Reiz. Sie sang wie ein aus sich selbst verstoßenes Mädchen, und das klang wie der traurige Sonntag von Billie Holiday. *Gloomy sunday.* Eine eigene ostdeutsche Melancholie hatte das.

Justus war nach drei Stunden Probe in Nora verliebt. Noch mehr war es der dicke Willi am Bass.

»Der Abend ist gekommen und hat mit einem Hauch die Sonne fortgenommen und deine Liebe auch.«

Das Lied wurde bis zum Umfallen probiert.

Der anfängliche Widerwillen Noras wurde von dem Trotz der Musiker besiegt. Die Band verschmolz schließlich in einem echten musikalischen Rausch. Als die Probe zu Ende war, fühlten sich alle wie nach langer Reise einsam und verschworen zugleich. Charly witterte einen großen Erfolg, und diese Hoffnung versteckte er sofort hinter seiner schnoddrigen Ironie. »Na, das wird ja eine Superkacke werden!«

Er trieb die Musiker an, ihre Instrumente einzupacken, und knipste dabei das Licht immer wieder ein und aus. Ein klarer Rausschmiss. Das nächste Mal würden sie sich im Plattenstudio wiedersehen – wenn sich Nora keinen Rückfall in die Zickentour leistete.

Sie schnappte sich ihr Mäntelchen und verschwand mit einem knappen »Hallo« in die Berliner Nacht.

Zwei Tage später wurde der Song am Reichstagufer in den Amiga-Tonstudios des VEB Deutsche Schallplatten Berlin auf einer Single aufgenommen. Nachdem der Berliner Rundfunk ihn zum allerersten Mal gesendet hatte, wurde der Song über Nacht in Ost-Berlin ein Super-Hit. Der Song machte Nora in Berlin und schließlich in der ganzen DDR berühmt. Überall lief dieses Lied: »Der Abend ist gekommen und hat mit einem Hauch die Sonne fortgenommen und deine Liebe auch.« Another Blue schaffte es auf Anhieb auf Platz eins der DDR-Hitparade.

Justus wusste, dass die Band den Erfolg Nora verdankte. Er organisierte einen riesigen Strauß roter Rosen, was in Ost-Berlin weiß Gott keine Kleinigkeit war.

»Der Abend ist gekommen und hat mit einem Hauch die Sonne fortgenommen und deine Liebe auch.«

Der Hit lief rund um die Uhr, er wurde ständig überall gespielt.

Ein Fotograf stieg mit Nora auf die Dächer des Nikolaiviertels, lief mit ihr in den Gassen herum und fotografierte sie unterm halb fertigen Fernsehturm am Alex. Eine Woche später schauten riesige Plakate mit Noras Bild von den Litfaßsäulen.

Justus kritzelte auf eins der Plakate in der Nähe von Noras Wohnung: »Ich liebe Dich.«

Er schrieb ihr auf rotem Briefpapier: »Du bist Musik, und so sonderbar bist Du.«

Aber Nora gab Justus den Brief ungeöffnet zurück.

Sie fuhr nach Bad Muskau. Auf einem dunkelgelben Stoppelfeld musste sie, eine Woche lang, jeden Abend auf die untergehende Sonne zulaufen, und dabei wurde sie gefilmt. Immer wieder ging sie über das verbrannte Stoppelfeld in die untergehende Sonne, sang dabei das Lied, das sie nicht mochte.

Der Abend ist gekommen.

Nora war plötzlich in Ost-Berlin ein Star.

32

Kerzen brannten. Rote Lampen flackerten. Die Vorhänge hatte sie am hellen Nachmittag zugezogen. Ein Nachmittag wie zwei Nächte.

Ihre Freundinnen tanzten und machten einen Höllenkrach. Noch war es Sommer. Nora trug ein kurzes duftiges Kleid. Die Musik war wie Brandung. Elvis. Beatles. Die Stones. Alles, was verboten war. Offiziell galt in Ost-Berlin die Regel: Alles, was nicht erlaubt ist, ist verboten. Bei Nora zu Hause war alles erlaubt, was verboten war. Ihr Bruder Emil konnte immer alles besorgen, die neuesten Rock-LPs wurden auf Wunsch sofort von ihm beschafft. Emil gebot über viele gut verborgene Kanäle.

Die Gläser flossen über. Ein irrer Lärm. Das Leben – zwischen weggewandten Schultern, unschuldiger Berührung und schöner Undeutlichkeit. Die Eltern waren zu einem Kongress nach Bratislava gefahren. Nora und ihr Bruder hatten die Wohnung für sich.

Mitten in ihrer Fete klingelte das Telefon.

»Ja? Hallo? Hier ist Robert Papst. Kann ich dich kurz treffen?«

Sie lachte und sie freute sich, und natürlich log sie ein bisschen, als sie in das Telefon sagte: »Nein, das geht gerade nicht.«

Sie machte eine lange Pause, ehe sie weitersprach. Sie war neugierig auf seine Reaktion. Sie hoffte auf ein ungeschicktes, auf ein verräterisches Wort. Sie hörte seinen Atem. »Ich hab hier gerade eine Fete«, sagte sie. »Aber du kannst gern heraufkommen, wenn du magst.«

Willi, der Bass, grapschte weich und selig nach Nora.

Sie wich ihm aus, hörte Robert in das Telefon sagen: »Nein, da habe ich nicht so eine große Lust dazu – auf Fete. Wer ist denn da bei dir?«

»Freunde von mir!«

»Etwa auch mein Bruder James?«

»Nein. Er ist eifersüchtig auf dich und böse auf mich. Außerdem bereitet er sich auf seine Musterung vor.«

Stille am anderen Ende der Leitung. Dann sagte Robert: »Nein, ich will nicht hochkommen, aber ich würde dich trotzdem gerne sehen. Kannst du nicht herunterkommen?«

»Ich kann jetzt unmöglich hier weg – ich habe doch eine Fete!! Verstehst du? Die ist nicht zum Weggehen.«

Sie hörte sein Schweigen, sie sah seine schönen Augen vor sich. Nach einer kleinen Pause fragte sie ihn: »Was ist mit dir? Warum willst du, dass ich von meiner Fete fortlaufe?«

Wieder eine Pause.

»Ja«, hörte sie ihn sagen, »ja, hm, ich wollte dich was fragen.«

»Was denn?«

»Ich glaube, ich wollte dich fragen: Kannst du mir fünf Mark borgen?«

Sie lachte, sie sagte mit ihrer schönen dunklen Mädchenstimme: »Ja. Fünf Mark kann ich dir borgen. Komm einfach vorbei.« Sie schloss die Augen – sie fühlte sich als Frau. Der Dichter kam zu ihr, um sich fünf Mark von ihr zu borgen? Das war schön. Die Party jubelte, über Ost-Berlin wehte mit Lust und zart und rau ein Wind und war schon fast ein Sturm.

»Ja gut, dann komme ich jetzt vorbei. Du? Kannst du nicht runterkommen?«

Sie schwieg. Im Zimmer tanzten sie wild, die hitzigen Körper ließen die Glasscheiben beschlagen.

»Gut«, sagte sie leise. »Gut. Wenn du da bist – klingel. Dann komme ich runter.«

Sie legte auf, wühlte sich durch die Tanzpaare und nahm aus einer Schublade fünf Mark.

Willi, der Bass, tanzte inzwischen mit Regina und sah Nora mit träumerischen Blicken nach.

»Fünf Mark«, dachte sie. »Warum will er sich fünf Mark von mir borgen?«

Über die Liebe kommst du an, deshalb hatte sie die Liebe trotzig gemieden. Sie wollte doch, bis sie Abitur hat und achtzehn ist, mit dem Verlieben warten. Dann ist sie frei, dann kann sie leben, wo sie will und tun und lassen, was ihr einfällt. Dann kann sie wieder zurück nach Bukarest. In Deutschland will sie sich nicht verlieben.

Ihr Land hieß Rumänien. Ihre Straße war immer noch die Strada Stelea Spătarul im 9. Bezirk von Bukarest, wo ihr Geburtshaus stand, neben der Polizeistation, vor der die Zigeuner kampierten, von denen sie ihre Lieder gelernt hatte. Sie wartete ungeduldig darauf, den verbotenen Dichter wiederzusehen.

Als sie aus dem Haus auf die Schillingstraße trat, war von Robert weit und breit keine Spur. Sie lief auf die andere Straßenseite und setzte sich auf die Bank neben dem Eingang zur Poliklinik. Ein verrostetes Bänkchen. Neben der Poliklinik eine Reinigung. Revalex. Daneben das kleine Konsum-Kaufhaus. Wenn es hieß: »Heute gibt's was«, bildete sich, ohne dass man wusste, was es gab, schnell eine Riesenschlange vor dem Kaufhaus. »Heute gibt's was.«

Immer etwas anderes. Pfirsiche. Oder Erdbeeren. Manchmal Bananen. Meistens nur Bohnen und Kartoffeln oder Äpfel. Wenn es Erdbeeren gab, dann ging es wie ein Lauffeuer durch das Viertel. Sie wurden nicht pfundweise verkauft. Die Erdbeeren wurden nur körbchenweise verkauft. Ein Körbchen pro Person.

Robert müsse sich vor seinem Vater verstecken, vor den Bullen, hatte James gesagt, sonst sperrten sie ihn ein. »Ich hasse Käfige«, dachte Nora. »Ich träume den Vögeln hinterher auf ihrem Flug durch die Luft.«

Bei ihr zu Hause tobte die Party. Sie wartete auf Robert. Eine ältere Frau mit einem frischen Kopfverband kam aus der Klinik. Sie setzte sich neben Nora auf das Eisenbänkchen. Sie roch nach Desinfektionsmitteln. »Es muss wer in mir eingesperrt sein.«

»Wer?«

»Tumor. Will es gar nicht wissen.«

Nora hob kurz den Blick zu der Frau. Der dicke Verband über ihrem Kopf sah dramatisch aus. Die Frau kramte eine lose Zigarette aus einer Tasche, zündete ein Streichhölzchen an, der Wind blies es aus.

»Ja, es heißt: nicht rauchen. Ich kann nicht ohne.« Noch ein Streichhölzchen und noch eins – ehe die Zigarette brannte. »Mein Mann hat alles versoffen, ich rauche.«

In diesem Augenblick landete ein junger Rabe vor ihr und hüpfte zum Bordstein, unter dem eine lange Wasserlache dahinrann. »Der Abend ist gekommen« – Nora beobachtete den Vogel, der seinen schwarzen Federkopf immer wieder in das Wasser stieß. Sie überließ sich dem Anblick des jungen Raben, aber im oberen Augenfeld sah sie ein Paar Männerbeine in knallengen Jeans daherkommen. Vorsichtig hob sie den Kopf.

Er war es! Drüben lief Robert auf ihre Haustür zu. Als er einen Moment zögernd vor den Klingelknöpfen stand, versetzte sie dieser Augenblick in eine zarte Erregung.

»Armer Dichter«, sagte Nora vor sich hin.

Ohne Geld kann keiner etwas ausrichten. Sie dachte an die komische Fete bei Robert im Gartenhaus. Im Nachhinein wunderte sie sich, dass er überhaupt nichts zu essen hatte. Kein Brot. Keine Butter. Er lud alle zu sich ein, und dann gab es nichts. Sie fand das lustig. Es gab nichts. Da waren alle bald verschwunden – bis auf Willi, der ihr immer so melancholisch hinterhersah.

Sie stand auf, lief über die Straße.

»Robert!«, rief sie. Im nächsten Augenblick standen sie sich gegenüber.

»Gerade hab ich bei dir geklingelt«, sagte Robert.

Sie lachte. In ihrem duftigen Kleid sah sie in Roberts Augen sehr verführerisch aus.

»Wo kommst du her?«, fragte sie.

»Von da«, sagte er. »Und du?«

»Ach«, lächelte sie. »Von da.«

»Ja«, sagt er. »Ich war zufällig hier in der Nähe.«

»Ja«, sagte sie. »Der Zufall meint es wirklich gut mit uns.«

Er schwieg. Sie genoss die Stille zwischen ihnen.

Sie hielt in ihrer linken Faust den Fünfmarkschein. Sie holte tief Luft. Ihre verlegene Aufgeregtheit steckte ihn an. Ehe es schlimmer wurde, nahm sie seine rechte Hand, drückte den zusammengefalteten Geldschein hinein.

Robert wollte sich bedanken.

Ihm fiel ihre Schönheit noch mehr auf als beim ersten Mal, er konnte seinen Blick nicht von ihr lösen. Er bekam keine drei Worte heraus.

Sie sah in seine großen graugrünen Augen. Die erste Aufregung wurde sogar noch schlimmer. Es wurde ihr weich und warm im Bauch. Doch sie hielt seinen Blick mit Sanftheit aus. »Süden. Osten. Klein und alles riesig«, dachte sie.

Es kam ihm vor, als wüsste nur Nora, wie die Liebe ist. Sprache, die auf ganz neue Weise spricht.

Die deutschen Worte waren für Nora immer noch frisch. Sie traten hervor wie Musiknoten, voller Bild und Klang, voller Stimmung und Gefühl. Erdbeeren im Schnee. Die Welt war jetzt zwanzig Jahre jung. Eiszeit war Frühling. Junger Mann in engen Jeans.

»Komm doch einfach mit hoch«, sagte sie.

»Ach nein«, sagte er. »Ich warte schon die ganze Zeit auf dich. Ich bin lieber alleine mit dir.«

»Klar«, sagte sie.

Sie lachten beide.

»Lass doch die da oben feiern und komm mit mir.«

Sie gingen einmal um den Block. Es war schon sechs Uhr vorbei, Häuser und Bäume gegen die tiefe Sonne aus Westen warfen groteske Schatten. Sie spazierten am Café Moskau vorbei, bogen dann wieder in die Schillingstraße ein. Ecke Magazinstraße deutete Nora auf ein graues Gebäude.

»Aus meinem Zimmer kann ich das Haus sehen, direkt in die kleinen Verhörzimmer.«

Robert sah zu dem Gebäude hinüber, dann ging er still neben ihr weiter. Plötzlich blieb er stehen.

»Glaubst du, es sind Verhörzimmer?«

»Keine Ahnung. Ich sehe immer zwei Menschen in den Zimmern. Einer steht und einer sitzt. Wie bei Verhören im Kino.«

»Ich würde dich gern einmal besuchen. In deinem Zimmer. Um da mal hinüberzusehen. Vielleicht sind es lauter Liebespaare?«

»Eher nicht. Aber komm nur. Jetzt weißt du ja, wo ich wohne.«

Er lächelte sie an, trat seine Zigarette aus.

»Und deine Eltern? Was werden sie zu mir sagen?«

»Vor denen musst du keine Angst haben. Sie sind Wissenschaftler. Sie sind den ganzen Tag mit ihren Entdeckungen beschäftigt, die kriegen von meinem Leben nicht viel mit.«

»Praktisch.«

Sie standen inzwischen wieder vor der Poliklinik. Die Frau mit dem gewaltigen Kopfverband saß noch immer auf der Eisenbank, rauchte. Der Himmel färbte sich auberginenblau. Die Nacht erreichte die Stadt. Sie kam über die Oder. Langsam. Feucht. Stumm. Robert hatte die Hände tief in seine Taschen geschoben. Er wippte auf den Zehenspitzen hin und her wie ein Clown. So standen sie sich eine Weile gegenüber. Schwiegen, sahen sich in die Augen. Wie sehen schöne Augen aus? Nora konnte sich nicht aus seinen Blicken lösen. Es war herrlich für sie, sich in seinem Blick zu verlieren.

»In Bukarest, wo ich herkomme«, sagte sie scheu, »findet das Leben auf der Straße statt. Hier habe ich immer das Gefühl, dass ich vollkommen allein auf der Welt bin.«

Einen Augenblick war es still. Dann sagte Robert: »Mein Vater ist ein Funktionär. Hat dir James nichts von ihm erzählt? Wir könnten in London sein. Aber mein Vater ist mit der Partei verheiratet. Deshalb hocken wir jetzt hier.«

»Mein Vater ist mit seiner Wissenschaft verheiratet, deshalb bin ich hier.«

»Mit seiner Wissenschaft?«

»Ja. Aber mich sieht man hier nur noch einen Winter. Dann fahr ich zurück nach Bukarest. Im nächsten Sommer hole ich mir meinen rumänischen Pass. Ich bin Rumänin«, sagte sie stolz.

»So? Und dann? Haust du ab nach Bukarest?«

»Ja.«

»Ich bin in England geboren.«

»Warum holst du dir nicht deinen englischen Pass und haust nach London ab?«

»Ich kann mir keinen englischen Pass holen, hier gibt es keine englische Vertretung. Kämst du mit nach London?«

Am Himmel zog ein Flugzeug über sie hin. Sie sahen beide hinauf.

Nora sagte: »Jetzt würde ich gern in dem Flugzeug sitzen.«

»Mit wem?«, fragte Robert.

»Ich sag es dir morgen.«

»Nora«, sagte Robert. »Weißt du was? Ich kann hier nicht so lange herumstehen, sonst sieht mich noch wer.«

»Warum soll dich keiner sehen?«

»Mein Vater ist hinter mir her, der will mich in eine LPG stecken, ich muss vorsichtig sein, deine fünf Mark retten mich, morgen bring ich sie dir zurück.«

Er umarmte Nora, küsste sie plötzlich zärtlich und ungeschickt.

»Morgen!«, hauchte er.

»Morgen?«, wiederholte Nora. »Morgen wann?«

»Nach der Schule?«, rief Robert. Nora nickte. Dann riss er sich los, verschwand winkend und stolpernd Richtung Jannowitzbrücke. Blutfleck am linken Ärmel. Sie sah ihm nach. Es war dunkel geworden.

»Im Mittelalter begannen viele Liebesgeschichten in der Kirche.

Vielleicht ist der Sozialismus die Kirche der Atheisten, und die Aufmärsche der Partei sind der Versuch, der Volksmasse eine feierliche Szene zu bieten, die dem Einzelnen einen majestätischen Augenblick beschert – auch ohne Gott«, überlegte Nora.

Sie rannte zu ihrer Wohnung in den vierten Stock hinauf, von wo laut die Musik zu hören war, Sprechen und Rufen.

Sie schlüpfte durch die angelehnte Wohnungstür und suchte ihre Freundin Regina. Als Willi verschwitzt und betrunken neben ihr auftauchte, wich sie ihm aus.

»Ich spiele heute wohl nicht gut auf meinem Bass?«, rief er hinter Nora her.

Sie entdeckte ihre Freundin vor dem Plattenspieler, zog sie mit sich fort aus dem Kreis der Tanzpaare, in das Badezimmer.

»Sag, wer ist es denn?«

»Ein Mensch.«

Niemals ist das Wort Mensch so ehrlich und verzaubert zugleich ausgesprochen worden. Nora liebte die Dichter.

Sie liebte Brecht, Kafka und Goethe und Lenz. Sie sang die deutschen Lieder – »Ja, das Meer ist blau, so blau«. Dieses Lied, das sie nie singen wollte, sang sie besonders schön. Sie liebte Brechts Wolke »weiß und ungeheuer oben«, und jetzt hatte sie einen kennengelernt, einen deutschen Dichter. Ohne Geld. Vom eigenen Vater bedroht. Sie wollte Robert auf der Stelle helfen. Sie hatte schon einen Plan.

»Versprich mir, dass du keinem Menschen etwas davon sagen wirst«, sagte Nora ernst.

»Ich verspreche es dir«, antwortete Regina.

»Ab Montag, gleich am ersten Schultag, will ich unter deinem Namen und mit deiner Adresse jeden Tag fünf Mark per Postanweisung an Robert schicken.«

»Was willst du? Ja bist du Millionärin?«, sagte Regina.

»Um fünf Mark zu schicken, muss ich nicht Millionärin sein. Ich habe genug Geld von meiner Schallplatte.«

»Aber das macht in acht Tagen vierzig Mark. So viel wie unsere Miete. In zehn Tagen achtzig Mark. In hundert Tagen achthundert

Mark, in einem Jahr sind das mehr als zweitausendvierhundert Mark – ja bist du komplett wahnsinnig?«

»Ja!«, sagte Nora. »Aber du hast falsch gerechnet. Und das Geld rettet ihn vor seinem Vater, er hat seine Ruhe, er kann schreiben. Sein Vater will ihn nämlich in die LPG stecken.«

Regina hob die Hände: »Großartig. Eine unbekannte Wohltäterin rettet einen deutschen Gammler vor der deutschen Landwirtschaft.« Sie lachte.

»Dichter, nicht Gammler. Dichter«, beharrte Nora.

Die Tür zum Badezimmer wurde aufgestoßen. Mit Jauchzen und Geschrei drängte und stieß die ganze Fete in das Bad zu Nora und ihrer Freundin.

»Nora! Wir suchen ein Streichholz, wir wollen die Möbel anzünden und die Tapeten!«, rief Willi.

»Hier!«, sagte Regina, »willst du das?« Ehe die anderen sich's versahen, hielt sie ein brennendes Streichholz in die Höhe.

Willi blies es aus und küsste Regina.

Nora verschwand in ihr Zimmer, legte sich aufs Bett.

Fünf Mark. Für den Dichter. Jeden Tag. Half sie ihm aus Mitleid? Nora verachtete die äußerliche Gebärde. Sie beruhigte sich mit dem Gedanken, dass sie Robert erst einmal mit etwas Geld versorgen würde, bis sie ihn besser kennengelernt hatte und sie ihm wirklich helfen konnte.

Emil trug leere Flaschen hinaus, putzte, dachte trotzig an sein Ziel: Pistole scharf, Fahrrad schnell. Seine zukünftige Freundin sollte möglichst blond sein.

33

Die Bäcker schütteten frische Brötchen auf. Ein Hundefloh sprang auf eine Katze. Unter der Jannowitzbrücke stand ein alter Mann, sie nannten ihn den »Australier-Hans«. Er wusch sein Gesicht in der

Spree. Neben ihm am Ufer lag ein Ölbild, das die Stadt Rothenburg ob der Tauber zeigte. Den Markusbogen. Das war alles, was er besaß. Ein Schal ist ein langes rechteckiges Halstuch. Lang genug, kann sich ein Mensch daran aufhängen. Die neue Parteimaxime lautete jetzt: »Wer nicht gegen uns ist, ist für uns.«

Der Schlaf rollte seine Bilder ein, verwischt wurden die Spuren. Schließlich rührte sich wieder Leben in der Schillingstraße. Professor Meinl und seine Frau Melanie trafen mit dem Morgenzug von ihrem Kongress in Bratislava am Berliner Ostbahnhof ein. Stolz. Die Menschen gewannen mit ihrer Hilfe ein schärferes Bild von sich.

»Weißt du«, sagte die Frau des Professors, »die verlorene Sprache – die Kollegen wollen es nicht glauben – es verbirgt sich alles in einer Falte – alles – in der rechten Hirnkappe – man muss neue Verbindungswege zu den gespeicherten Informationen suchen – deblockieren.« Das war ihre gemeinsame Entdeckung. Der Weg zum Wort. Deblockierung der versperrten Wege im Sprachzentrum. Darüber hatte Professor Meinl auf dem Kongress gesprochen und damit für Aufsehen und kontroverse Diskussionen gesorgt.

Vor der Wohnungstür standen die leeren Flaschen der Fete der Kinder. Vater und Mutter sahen darüber hinweg. Das musste eben auch mal sein. Im Treppenhaus war es ganz still. Die Tür schnappte hinter dem Professor und seiner Frau ins Schloss.

Wasser. Stille. Keine Ankunft. Keine Abreise. Eine stille Welt.

Otto Meinl wollte sich hinlegen. Er fühlte sich aufgeblasen und schwer, wie mit Blei ausgegossen. Sein fünfundsechzigster Geburtstag rückte näher und erfüllte ihn mit Sorge. Wie würden sie in der Akademie über seinen Verbleib entscheiden, wie über seine weitere Forschungsarbeit? Gegen seine Arbeit? Emeritierung? Ruhestand? Kein Institut mehr? Keine Hirnforschung? Keine Assistenten und keine Probanden? Stattdessen Spaziergänge? Eine lange Allee voller Fragezeichen tat sich vor ihm auf.

»Ja«, sagte grüblerisch der Professor Meinl zu seiner Frau. »Ja, ich werde eine Studie mit Sprechern des Deutschen und des Rumänischen machen und sie verschiedene Gegenstände beschreiben lassen, deren grammatikalisches Geschlecht in beiden Sprachen unterschiedlich ist. Beschreibung einer Brücke.« Seine Augen waren auf das Aquarium neben seinem Schreibtisch gerichtet, in dem zwei gelbe Diskusliebhaber, rot schimmernde Paradiesfischlein, Buntbarsche über ein paar Korkenzieherschnecklein hin und her schwammen. Wie gerne wäre er in diesem Moment eins von den Korkenzieherschnecklein gewesen, im bläulich schimmernden Aquarium. Wasser. Stille. Keine Ankunft. Keine Abreise. Eine stille Welt. Schneckenhaus. Doch er hatte noch einige wichtige wissenschaftliche Fragen zu untersuchen und zu beantworten, in seinem Institut für Sprachpathologie. Noch war nichts entschieden. Müdigkeit von Kongress und Reise war glücklicherweise stärker als seine Zukunftssorgen. Er wollte sich eben niederlegen, da klingelte das Telefon.

Seine Frau nahm den Hörer ab. Schlimme Nachrichten. Ein Wasserrohrbruch in der Charité hatte ihr sprachpathologisches Archiv mit den wichtigen Aufzeichnungen und unersetzbaren Sprachaufnahmen der Probanden überflutet. Ihre Arbeit der letzten Jahre war in Gefahr.

Obwohl sie todmüde und zerschlagen waren von der Nachtfahrt, mussten Otto und Melanie Meinl auf der Stelle ins Institut, um zu retten, was zu retten war.

34

Noras Bruder Emil war an diesem Morgen nicht in der Schule erschienen. Er hatte, kaum waren die Eltern in ihr Institut geeilt, schnell die leeren Flaschen von der Party fortgebracht und das Pfand kassiert. Jetzt besaß er schon hundertzehn Mark und achtzig Pfennige. Er benötigte hundertfünfzig Mark. Dann würde er endlich eine Waffe sein Eigen nennen können. Eine scharf geladene Handfeuerwaffe. Zu einem minimalen Aufpreis von elf Ost-Mark könnte er noch ein gebrauchtes Damenrad erstehen. Er hatte Waffe und Damenrad bereits in Augenschein genommen. Carol und Ana Davidoff aus der Bulgarischen Straße hatten ihm eine russische Pistole Makarow angeboten. Kaliber 9.2 x 18 mm, 8 Patronen, 50 Meter Reichweite, 30 bis 35 Schuss in der Minute.

Emil wollte niemandem gefährlich werden. Er wollte nur bereit sein.

Gott ist groß – aber die Menschen sind erbarmungslos.

Er wollte seine Schwester und seine Mutter in dem schlimmen Augenblick verteidigen können, der ihnen vielleicht eines Tages bevorstand. Deshalb eine Pistole, 50 Meter Reichweite und mit 30 bis 35 Schuss in der Minute. Es fehlten Emil noch neununddreißig Mark und zwanzig Pfennige. Dann konnte das Geschäft abgeschlossen werden. Die fehlenden neununddreißig Mark konnte er womöglich durch einen Uhrenhandel mit dem hautkranken Herrn Hoppe aus dem Parterre in der Schillingstraße verdienen.

Verteidigung und Bewegung.

Gewöhnlich saß Emil im Mantel in der Nähe des Ausgangs. Man konnte das bei einem Sechzehnjährigen als »Tick« bezeichnen – aber er hielt sich daran.

Für das silberne Falter-Damenfahrrad interessierte sich auch eine junge Frau – blond, Typ Kindfrau. Freundin seines Freundes Wolf. Sie war Waise, lebte bei Pflegeeltern und trat im Theater am Schiffbauerdamm auf. Sie hieß Sophie Kessler und gefiel Emil.

Er könnte der Kleinen das Fahrrad schenken, wenn das andere Geschäft mit der Waffe zustande käme. Mit so einer Geste könnte er sich bestimmt bei ihr eine bessere Ausgangsposition verschaffen.

Man musste die Entwicklung abwarten. Noch war alles offen. Auf jeden Fall würde er der blonden Sophie eine Single von seiner Schwester schenken: *Der Abend ist gekommen.*

35

Im beschleunigten Tempo ging Nora weiter. Trotz des kalten Windes, trotz der Müdigkeit von dem durchfeierten, durchtanzten Wochenende. Die Schule war aus. Sie war voller Freude, voller Freude und zugleich zerrissen zwischen zwei Empfindungen. Den jungen Dichter treffen. Den jungen Dichter fliehen. Bleiben. Fliehen. Bleiben. Frieren oder glühen. Erfrieren. Brennen. Verbrennen.

Nora sah einen jungen Mann, der sich gegen den Wind in eine Toreinfahrt lehnte. Er bewegte sich nicht; er verharrte wie erstarrt neben der Reinigung.

Grüner Parka. Blutfleck. Knallenge Jeans. Ein stürmischer schöner Tag.

Sie stand in seinem Rücken, sah seine scharf gezeichneten Umrisse, über die sich im lustigen Hin und Her die Kutte aufblähte.

Noch konnte sie davonlaufen.

»Robert?«, flüsterte sie.

Er drehte sich zu ihr um, stand da, stand verlegen vor ihr. Er wühlte in seinen Taschen. Wo steckte die kleine Banknote? Sie zeigte den Anführer des Deutschen Bauernkrieges, Thomas Müntzer. Auf der Rückseite waren Mähdrescher bei der Arbeit zu sehen.

»Fünf Mark. Hier hast du sie zurück.«

Er hatte es eilig. Er küsste sie und verschwand.

Als sie am nächsten Tag von der Schule nach Hause kam, war er wieder da, aber dieses Mal ließ Nora ihn nicht wieder gehen, sie nahm ihn mit zu sich hinauf. Am übernächsten Tag auch, immer hatte er großen Hunger und brachte seine neuesten Gedichte mit. In ihrem Zimmer setzte er sich auf die alte Bauerntruhe, spielte auf ihrer Gitarre, sang seine Lieder dazu.

Einmal hielt er ihr einen Fragebogen unter die Nase. »Ich will wissen, wer du bist«, flüsterte er mit rauer, verliebter Stimme. Er setzte sich ihr gegenüber und fing an, sie auszufragen.

»Welche Tageszeit ist für dich die schönste?«

»Zwischen zwei und fünf Uhr morgens«, antwortete sie.

»Was ist groß?«

»Vieles Kleine übereinandergestapelt«, sagte sie ernst.

»Lieblingsspeise?«

»Spargel.«

Er lachte über den Spargel schallend. Er mochte keinen Spargel.

»Lieblingsschriftsteller?«

»Dostojewski, Shakespeare, Kafka, Heine«, sagte sie.

»Schönster Beruf?«, fragte er.

»Musiker«, antwortete sie.

»Was ist Liebe?«, fragte er.

»Selbstentdeckung«, sagte sie.

»Beste Eigenschaft beim Menschen?«

»Echten Spaß haben zu können.«

»Schlechteste Eigenschaft beim Menschen?«

»Unehrlichkeit.«

Er lachte und stellte seine letzte Frage: »Lieblingsbeschäftigung?«

»Robert zuhören«, sagte sie.

Er zog sie mit beiden Händen an sich, beugte sich ihrem Mund entgegen.

Sie suchte mit neugierigen Augen seinen Blick, seine schönen grüngrauen Augen. Er wühlte in ihrem dichten, langen, schwarz schimmernden Haar wie ein Straßenjunge. Es ist unmöglich, die zarte Wollust dieses Kusses zu beschreiben.

Das waren ihre Fragen und seine Antworten.

»Lieblingsessen?«

»Leber.«

»Lieblingsfarbe?«

»Blau.«

»Was ist Weisheit?«

»Überheblichkeit.«

»Was ist ein guter Schriftsteller?«

»Einer, dem nichts mehr Vergnügen macht als das Schreibern!«

»Welcher ist der schönste Beruf?«

»Schriftsteller!«

Sie lachten.

»Lieblingsschriftsteller?«, fragte sie.

»Aristophanes, Shakespeare, Sophokles, Swift, Dostojewski, Büchner, Georg Heym.«

»Welche Eigenschaft liebst du am meisten an einem Menschen?«

»Die Fähigkeit, glücklich zu sein«, sagte er.

»Welche am wenigsten?«

»Heuchelei.«

Immer wenn es dunkel wurde, verschwand Robert.

Am nächsten Tag kam er wieder, schenkte ihr ein kleines Bändchen mit Gedichten, die er selbst zwischen zwei Pappdeckeln gebunden hatte, von einem weißen Wollfaden zusammengehalten: *Erinnerungen an morgen,* und darunter hatte er geschrieben: »Für Nora, weil sie es weiß.«

Sie kritisierte die eine oder andere Stelle: »Das Wort ist nicht gut, und die Zeile ist gar nichts. Das musst du anders schreiben. Dieses Wort macht die ganze Zeile kaputt.«

Liebe heißt auch Künstlergemeinschaft. Weg ins Absolute. Robert liebte es, dass Nora ihm ihre Meinung zu seinen Gedichten nicht verschwieg, sondern damit bedenkenlos frech über ihn herfiel. »Er weiß von der Literatur viel mehr als ich«, dachte sie. Er dachte: »Sie hat ein feines Ohr, ein unbestechliches Gefühl für das, was gut und was Kitsch ist, banal, bloß Wortklingelingeling ist.«

Künstlerliebe. Romeo und Julia begegnen sich auf der Suche nach den richtigen Worten im Gedicht. Der Ort ihrer Liebe – das Gedicht.

Er hatte Angst, von sich zu erzählen, fühlte aber im gleichen Augenblick den Wunsch, es zu tun. Er spürte deutlich, wie tief sie empfand und dass sie ihm ihr ganzes Wesen darbrachte. Vielleicht war er ja doch bloß ein Taugenichts, wie sein Vater es von ihm behauptete? Ein Gammler? Ein Ich-verliebter Chaot, der nichts auf die Reihe kriegte, der keine Ausbildung zu Ende brachte, der in allen Nestern wühlte, der jeder Mode nachäffte und im tiefsten Inneren einfach nur leer war? Leer. Leer. Der den Frauen nachlief, damit sie ihm die Angst zerstreuten vor seiner Leere? Er dichtete zum Klang der Gitarre: »Die Sängerin auf der Karl-Marx-Allee / Der Hauptmann der Volksarmee / Panzer an der Kreuzung / Über den Dächern ist Ruh / Über den Dächern Ruh …«

»Wie gefällt dir das?«, fragte er sie und sprach ganz andere Zeilen, die nicht von ihm waren: »Der Gott der Stadt. Auf einem Häuserblocke sitzt er breit / Die Winde lagern schwarz um seine Stirn / Er schaut voll

Wut, wo fern in Einsamkeit / Die letzten Häuser in das Land verirrn / Das Wetter schwelt in seinen Augenbrauen / Der dunkle Abend wird in Nacht betäubt / Die Stürme flattern, die wie Geier schauen / Von seinem Haupthaar, das im Zorne sträubt. /

Er streckt ins Dunkel seine Fleischerfaust / Er schüttelt sie …«

Sie sah ihn an. Er schwieg.

Sie zündete sich eine Zigarette an und lauschte den Gedichtzeilen nach. Sie reichte ihm ihre Zigarette. Er rauchte sie langsam zu Ende.

»*Der Gott der Stadt.*«

»Von wem ist das?«, fragte sie.

»Von Georg Heym.«

»*Der Gott der Stadt* – wie groß. Wie schön«, sagte sie vor sich hin.

Robert lachte. »Mensch, weißt du was? Ich kriege jeden Tag von irgendeiner Regina F. fünf Mark. Die Frau kenne ich nicht. Ich frage mich, woher sie mich kennt und woher sie weiß, dass ich schreibe. Es gibt von mir nur ein paar Gedichte, ein paar Fetzen von einem Theaterstück.« Nora schüttelte den Kopf. »Regina F.?«, wiederholte sie. Nein. Kannte sie nicht. Woher denn?

»Jeden Tag fünf Mark, seit drei Wochen. Das rettet mich, ich kann mir Milch kaufen und Brot. Ich fasse es kaum, was ich für ein Glück habe. Ich würde so gern wissen, wer diese Frau ist.«

Täglich lief Nora nach der Schule zur Post, füllte eine Postanweisung aus und zahlte unter Reginas Namen fünf Mark ein. Regina ging mit Nora auf die Heinrich-Hertz-Oberschule in Adlershof, bei den Schülern H_2O genannt.

Hätte sie Robert in dem Moment die Wahrheit sagen sollen?

Es war ihr Geheimnis. »Bestimmt hat er auch ein Geheimnis«, dachte sie.

Als er gehen wollte, hielt sie ihn zurück.

»Wohin gehst du?«

»Warum fragst du?«

»Bleib doch.«

Er sah aus dem Fenster. Plötzlich fand er sich vor einem Alptraumbild. In dem Haus in der Magazinstraße mit den Verhörzimmern, wie Nora sie nannte, waren alle Lichter erloschen, bis auf zwei. Die Fenster waren, nie zuvor hatte er das bemerkt, von innen vergittert. Gegen die Gitter pressten sich über- und nebeneinander ausgemergelte Gesichter. In dem blaugrauen kalten Licht sahen die Augen, die zu ihm herüberstarrten, wie Wolfsaugen aus. Diese Augen richteten sich unablässig auf ihn und hielten seine Blicke fest. Er fühlte sich wie ein Vogel, den eine Katzenmeute aufgespürt hatte und anstarrte. Irgendwann erschien unter dem Fenster ein Mann in einem langen und dunklen Mantel. Der Mann reckte sich kurz und machte ein Zeichen. Er sah rasch und wie zufällig zu Robert hinauf. Dann verschwand der Mann zwischen den Häusern in der Dunkelheit.

Ein Stück über Georg Heym wollte er schreiben. Georg Heym bricht im Eis ein, als er seinen eingebrochenen Freund retten will, und ertrinkt.

Georg Heym hatte es geträumt und den Traum in seinen Tagebüchern notiert: »Ich stand an einem großen See, der ganz mit einer Art Steinplatten bedeckt war. Es schien mir eine Art gefrorenen Wassers zu sein. Manchmal sah es aus wie die Haut, die sich auf Milch zieht. Es gingen einige Menschen darüber hin, Leute mit Tragelasten oder Körben, die wohl zu einem Markt gehen mochten. Ich wagte einige Schritte, doch die Platten hielten. Ich fühlte, dass sie sehr dünn waren; wenn ich eine betrat, so schwankte sie hin und her.«

Robert drehte sich vom Fenster weg.

Er war ohne festen Wohnsitz. Er hatte seine Sachen bei Johanna im Gartenhaus untergestellt. Er war ohne Meldenachweis in der Stadt und schlief mal da und mal dort.

»Ich bleibe heute bei dir«, sagte er leise.

Er vergrub sein Gesicht in ihrem Duft, in ihren schwarzen Haaren, er versuchte, das eben durchs Fenster gesehene Bild auszulöschen, das ruckartig immer näher und näher auf sein inneres Auge zustürzte – wie rasch aneinandergeschnittene Großaufnahmen.

Nora wollte das Licht ausknipsen.

»Lass es bitte an«, flüsterte er.

Er zog sie aus und genoss ihren Anblick mit großen gierigen Augen. Er streifte seine Schuhe ab, hielt sie nackt in seinen Armen.

Und schon begrub er sie unter seinen Küssen und Zärtlichkeiten.

36

Roberts Aufenthaltsverbot für Ost-Berlin wurde schließlich aufgehoben. Wenn sie allein sein wollten, trafen sich Nora und Robert jetzt in der Boxhagener Straße, wo er endlich eine eigene Bude gefunden hatte. Eine Ein-Raum-Wohnung im Hinterhof. Parterre. Kohlenheizung. Hier konnte er ungestört schreiben. Kleiner Flur, der zum einzigen Zimmer führte, zwanzig Quadratmeter groß, in der Mitte das Bett. Vor dem Fenster stand der Schreibtisch. Vom Flur aus rechts kam man in eine kleine Küche, an die sich eine Kammer anschloss, in der eine Liege voller Bücher stand. Miete monatlich neunundzwanzig Mark. Ohne Bad. Waschbecken in der Küche. Außenklo. Weil ihn hier neben Nora ab und zu auch weitere junge Frauen mit ihrem Lächeln besuchten und ihn mit ihren Geschichten, ihrer Lust und ihren geheimnisvollen Launen erregten, taufte er seine Wohnung »Ausflugslokal mit Damen«.

Er war inzwischen als Student für Dramaturgie und Filmwissenschaft auf der Hochschule für Filmkunst in Babelsberg angenommen, trotz der heftigen Intervention seines Vaters, der die Meinung vertrat, sein Sohn sei noch nicht reif, eine sozialistische Universität zu besuchen. Robert jedoch nahm das Studium sofort sehr ernst. Er las eine Menge Filmbücher und schrieb ununterbrochen Filmentwürfe. Mit Vorliebe dachte er sich kurze Skizzen aus für Zeichentrickfilme:

Brecht sitzt am Schreibtisch, schreibt. Helene Weigel kommt von hinten mit einem großen Federhalter und ermordet ihn. Dann schleppt sie ihn auf den Friedhof, hebt bei Nacht und Nebel schnell das Grab aus und rollt einen großen Stein darüber. Meißelt schnell seinen Namen ein und haut ab. Später kommt die Tochter Barbara und erpresst ihre Mutter. Die Weigel sitzt da, mit Bart, und zählt das Geld nach, das sie mit Brechts Stücken verdient hat.

Kurzfilm über sich selbst: Robert Papst spielt mit Streichhölzern, ein brennendes Streichholz fällt ihm ins Auge. Er sitzt gerade an einer Erzählung. Sein linkes Auge brennt, die Flammen schlagen heraus wie aus einer Fensterhöhle. »Schlimm, sehr schlimm«, schrieb er unter diese Idee.

Ein Kurzfilm mit einer Liebesszene: In einem dunklen Zimmerchen sitzt ein junger Mann, friert. In der Tür lehnt eine Frau, raucht. Im Bett liegt ein alter Mann. Der Mann sagt: »Sie hat die schönsten Augen, die ich je gesehen habe.« »Ich bitt' dich, wie seh'n schöne Augen aus? Ist es der Blick? Ich habe Augen niemals schön gefunden.« Sie raucht die Zigarette zu Ende. Rothaarig. Schön. Bis man sieht, dass ihr zwei Zähne fehlen. Den Dialog zwischen dem Liebhaber und dem Alten nahm er von Kafka.

Nora liebte diese kleinen Skizzen. Sie fuhr oft mit Robert zusammen mit dem Doppelstockzug nach Babelsberg. Dann wartete sie in Potsdam, bis er mit den Vorlesungen fertig war. Einmal war Noras Mutter nach Tel Aviv geflogen, wo inzwischen ihre beiden Schwestern lebten. Von dieser Reise hatte sie eine Tasche mitgebracht von der Fluglinie El Al, die sie Nora schenkte. Nora schenkte die Tasche Robert. Als er mit ihr die Filmhochschule betrat, bekam er Ärger mit dem Parteisekretär der Schule. Entweder verzichtete er auf die El-Al-Tasche oder er würde die Filmhochschule verlassen müssen.

Robert sagte ein bisschen unsicher: »Ich bin Jude.«

»Überleg dir, was dir wichtiger ist«, sagte der Parteisekretär. »Studium oder Tasche des imperialistischen Aggressors Israel!« Am nächsten Tag betrat Robert die Filmschule mit einer Tragetasche von Bolle.

Nach dem Unterricht gingen sie häufig in die Gulaschhütte. Nora hatte dank ihrer Single immer Geld. Die Gaststätte war am frühen Abend meistens leer. Die Kellnerin lehnte mit steilem Hintern an der Theke, paffte, ließ das Liebespärchen unbeachtet sitzen, auch wenn sie Durst hatten.

Robert erzählte: »Ich habe einen Vater. Aber eigentlich habe ich keinen. Seine Familie ist die Partei und die Macht, und wenn ich mich zu dieser Familie bekenne, dann will er auch mein Vater sein. Sonst will er mein Todfeind sein. Meinen Bruder James kennst du ja, der ist jetzt bei der NVA. Den mag ich am liebsten. Mit meinem jüngsten Bruder Max habe ich nicht viel am Hut, der ahmt mich zu sehr nach.« Es gab endlich etwas zu trinken. Robert erzählte und erzählte. Nora konnte ihm stundenlang zuhören. Von der Oma Potsdam, die ihn als kleinen Jungen an den Stuhl fesselte, bis er endlich den ihm ekelhaften Spargel aß. Wenn er ihn anschließend auskotzte, zwang ihn die Großmutter, das Erbrochene aufzuessen. Von der anderen Oma London erzählte er, die ihm jedes Jahr zu Weihnachten ein Paket aus England schickte, mit Jeans und Pullover von Marks & Spencer. Sein größter Traum war, einmal selbst bei Marks & Spencer einzukaufen.

Geschichten von seiner Mutter, die einmal eine schöne Frau gewesen war, aber von seinem Vater auf brutale Weise unterdrückt wurde. »Gabriele kommt aus einer der angesehensten Familien Wiens. Ihre Mutter galt in den Kreisen der deutschsprachigen Emigranten als eine der schönsten und elegantesten Frauen. Leute, die sie damals kannten, reden heute noch voller Bewunderung von ihr. Sie war stets umschwärmt von Verehrern. Diese Frau, die durch ihre Flucht aus Wien ihre gesellschaftliche Stellung verloren hatte, litt in der Londoner Emigration unter einer panischen Furcht vor dem Altern. Ihre Tochter, meine Mutter, war für sie eine ununterbrochene Erinnerung an die eigene verwehte Jugend. Sie tat alles, um meine Mutter in ihrer Entwicklung zu unterdrücken, sie behandelte sie wie eine Konkurrentin und gab ihr das Gefühl, gar nichts von ihrer Eleganz und Schönheit geerbt zu haben. Auf der Flucht vor diesen Verhältnissen schloss sich meine Mutter in London der antifaschistischen Jugend an. Sie wollte sich aus der Abhängigkeit von ihrer Mutter lösen und endete in einer viel größeren Abhängigkeit. Sie wäre gern Schauspielerin geworden und in London geblieben – aber dort war ihre dominante Mutter, und so ist sie mit meinem Vater nach Deutschland. Nach den Emigrationsjahren und der Arbeit in London gehörte sie eher an die Themse als an die Spree. Ihre Willenskraft richtet sie nun nur noch gegen sich selbst. Sie ist eine leidende, schöne Frau.«

Robert schrieb für Nora auf den Bierfilz: »Eins wollte auf eine Wiese / Zwei wollte zu seinem Bier.« Dieses Lied wollte Nora auf der Stelle mit ihren Musikern von Another Blue spielen.

Von seiner Zeit als Kadett erzählte Robert kaum etwas. Diese Vergangenheit blieb im inneren Kerker, es kostete ihn zu viel Anstrengung, sie aus dem Zwielicht seiner Kindheit heraufzuholen. Er wollte alles, was er in der Kadette von Naumburg erlebt hatte, in einem anderen Buch erzählen. Er dachte daran, eine Novelle zu schreiben, eine Novelle wie *Die Verwirrungen des Zöglings Törleß* von Musil.

Manchmal hatte er Angst, dass ihn das töten könnte, wenn er sein früheres Leben aufschreibt. Aber im nächsten Moment dachte er, wenn er kein Buch schreiben könnte über sein Leben, würde er gar kein Buch schreiben können. Oder auch nicht. Es ging hin und her. Es war ihm alles noch zu nah, noch nicht weit genug entfernt. Er wollte erst schreiben, wenn die Erschöpfung vorbei war, die ihn überkam, sobald er daran dachte, das Buch seines Lebens zu schreiben.

»Es gibt da eine Frau«, sagte er.

»Aha«, dachte Nora.

»Veronika«, sagte er.

Noras Herz schlug schneller.

»Sie ist hier in Ost-Berlin Korrespondentin für *Die Wahrheit,* die in West-Berlin erscheint. Veronika kann immer hin- und herfahren über die Grenze. Sie ist Mitte vierzig, eine unglaublich dicke Frau, ausgerechnet sie hat sich in mich verliebt. Ich habe Angst vor ihr, wenn sie mich besucht. Sie bedrängt mich körperlich, sie kommt jeden Montag, regelmäßig. Dafür kriege ich westdeutsche Zeitungen, den *Spiegel.* Sie bringt mir oft große Tüten aus dem Westen mit. Zeug, das ich gar nicht brauche. Sie leert die Tüten auf dem Bett aus: Salzbrezeln, Nähzeug, Nesquick, Salzstreuer, Bohnenkaffee, Klopapier, Socken, Zahnbürsten, Zahnpasta, Cornflakes, Butter, Schnürsenkel – lauter Zeug, das sie wahllos bei Bolle in den Einkaufswagen stopft und zu mir rüberschleppt. Sie bringt mir aber auch die neuesten Bücher aus dem Westen, und manchmal hat sie einen Job für mich. Sie lässt mich für *Die Wahrheit* Rezensionen schreiben, da kriege ich ungefähr fünfzig Mark pro

Stück. Wenn es ihr danach zumute ist, muss ich mich halt mit ihr aufs Bett setzen, sie besteht darauf.«

Nach einer kleinen Pause sagte Robert sehr ernst: »Manchmal frage ich mich, ob ich eine männliche Hure bin.«

Nora musste schallend lachen. Die rauchende Kellnerin löste sich von der Theke und kam endlich mal wieder an ihrem Tisch vorbei. Robert erzählte weiter, mehr Geschichten.

Von seiner allerersten großen Liebe, von Gabi, die nichts von ihm wissen wollte, die einen Elektriker geheiratet hatte und Friseuse geworden war, die immer von Haiti träumte. Haiti war ihr Wunschtraum. Die schönen Hawaii-Mädchen. Immer brachte Gabi Haiti und Hawaii durcheinander. Das fand Robert unbeschreiblich süß, und er verliebte sich in sie. Er erzählte von Anne in Schwedt, die behauptete, dass der Markusplatz in Venedig 175 Kilometer lang und 84 Kilometer breit sei.

Für Nora waren Roberts Geschichten wie die aus *Tausendundeiner Nacht.*

Jetzt war sie in Deutschland angekommen. Plötzlich wollte sie nicht mehr zurück nach Bukarest unter den Kastanienbaum zu den Zigeunern. Sie wollte jetzt in Ost-Berlin bleiben und Robert beim Geschichtenerzählen zuhören.

Sie verkrochen sich in seiner Wohnung in der Boxhagener, in seinem Ausflugslokal mit Damen, und verloren sich in der Liebe.

Sie wollten ein Baby haben. Zwölf Babys. Mit einem oder mit zwölf Babys würden sie eine größere Wohnung bekommen. Mit Bad und Innenklo.

Ein schneller Plan, süße erst und harte Arbeit später. Sie probierten es immer wieder.-

Nora sah die Welt mit neuen Augen. Fragen über Fragen. Bücher und Filme. Über den russischen Film *Niemand wollte sterben* schrieb Robert eine ganze Arbeit. Der Film war verboten. Wegen des Schlusses. Er endet damit, dass die beiden Helden, der Böse gegen den Guten, einen letzten Kampf austragen. Natürlich siegt der Gute. Der Gute hält den sterbenden Bösen in seinen Armen. Da hebt der Böse noch einmal den Kopf und sagt: »Du kannst dir nicht vorstellen, wie weh das tut.«

Dann stirbt er. Wegen dieses Schlusses war der Film verboten, weil der Böse als Mensch gezeigt wurde, der auch Schmerzen hatte.

37

Eines Tages kam Nora zu spät in die Schule, der Staatsbürgerkunde-Unterricht hatte schon begonnen. Sie hatte verschlafen. Regina beugte sich zu ihr, flüsterte: »Hier, Nora. Es ist ein Brief gekommen.« Sie schob ihr ein Kuvert zu, das Nora augenblicklich unter dem Tisch öffnete. Ihr Klassenlehrer, Herr Weckel, sprach und schrieb lange Sätze an die Tafel: »Es genügt nicht, dass der Gedanke zur Verwirklichung drängt, die Wirklichkeit muss sich selbst zum Gedanken drängen.«

Nora las mit großen Augen den Brief, den Robert an seine Wohltäterin geschrieben hatte. Seine Schrift floss über das Papier wie ein kunstvoll hingeschlängelter Wiesenfluss. Dort berührte er eine Pappelgruppe, da bauschte sich ein Hollergebüsch an seinem Ufer: »Es ist wohl nicht ganz einfach, einen Brief an jemanden zu richten, der gleich zwei Ungewöhnlichkeiten auf sich zu vereinigen weiß: 1. unbekannt zu sein und 2. sich als großzügig (oder besser freigiebig) erwiesen zu haben. Anfangs also größten Dank für die zweihundertfünfunddreißig Mark, die ich trotz anfänglicher Skrupel doch bedenkenlos meinem dürftigen Vermögen beigefügt habe. Ich habe mir das Privileg gegönnt, gewissermaßen, mich ständig an den Rand zu schreiben. Wenn ich das nicht mehr tue, wenn ich mit Kunst mein Leben finanzieren will, ist alles vorbei. Und da das berücksichtigt werden will, war das Geld doch wohl zu Höherem nützlich, als mich nur vor dem Hungertod zu bewahren.«

Das freute sie, er sprach mit wahrer Dichterstimme.

»Ziel des Sozialismus ist die Emanzipation des Menschen, ist die Entwicklung der individuellen Persönlichkeit durch Selbstverwirklichung innerhalb des Prozesses eines produktiven Verhältnisses von Mensch und Natur«, tönte Klassenlehrer Weckel.

Regina folgte dem Unterricht, Nora las weiter.

»Wenn ich auf einem mittleren Niveau lebe, das heißt, es geht mir nicht schlecht und nicht gut, merke ich einfach nicht mehr, dass ich vorhanden bin. Ich bitte den geschraubten Stil zu entschuldigen mit der Tatsache, dass es zurzeit vier Uhr dreißig morgens ist und ich die Nacht mit Baudelaire-Lektüre zugebracht habe.«

Nora kämpfte mit Tränen und mit schallendem Gelächter.

Regina kämpfte mit den marxistischen Begriffen. Klassenlehrer Weckel legte nach: »Sozialistische Produktion führt zur Aneignung der Produktivkräfte durch die Arbeiter.« Dann sah er zu Nora. »Solltest du weiter so nachlässig am Unterricht teilnehmen, werde ich dich nicht zur Abitur-Prüfung zulassen.« Nora nickte. Sie musste aber jetzt trotzdem erst einmal Roberts Brief zu Ende lesen.

»Das Wichtigste wäre für mich natürlich von Ihnen (oder von Dir?) einige Zeilen zu bekommen, um uns zu einem Kennenlernen zu verabreden. Ich bin so neugierig auf die sicher liebenswerte Person und ihre Motive. Was halten Sie von einem Treffen vor dem Buchladen Bahnhof Friedrichstraße? Als Erkennungszeichen schlage ich schon jetzt ein schneeweißes Taschentuch vor, das wir, wo auch immer, im Abendwind aufflattern lassen. Ich erwarte Ihren Brief und freue mich schon im Voraus. Robert. Sollten wir uns jedoch kennen, würde mir eine Demaskierung sicher ebenso großen Genuss bereiten!«

Lehrer Weckel verkündete derweil die abschließende Einsicht: »Jeder nach seinen Fähigkeiten, jedem nach seinen Bedürfnissen. Karl Marx.«

Als die Staatsbürgerkunde-Stunde um war, am Ende des Schultages, lief Nora zur S-Bahn und fuhr Richtung Friedrichstraße zum Berliner Ensemble. Dort bekam sie, von Tante Helli spendiert, einmal pro Woche Sprecherziehung und wurde auch in Atem- und Gesangstechnik unterrichtet. Eigentlich wollte sie keine Gesangsstunden nehmen, aber ihre berühmte Tante bestand darauf. »Singen kannst du, Puperl. Wenn ich nur deine Stimme hätte! Aber die Technik fehlt dir, die Technik musst du lernen.«

Diese Stunden im Berliner Ensemble waren das Einzige, was Nora für ihr Singen tat. »Ich will singen und nicht das Singen lernen, da wird man nur verdorben.« Doch weil sie ihre Tante liebte und verehrte, hörte sie auf sie.

Noras Band wollte nach dem Erfolg der Single *Der Abend ist gekommen und hat mit einem Hauch die Sonne fortgenommen* eine Langspielplatte produzieren. »Ich will aber nicht wieder schwache Texte, ich will die starken Texte von Robert Papst singen«, rief sie in den Himmel über dem Schiffbauerdamm.

Anna, komm, mein warmer Stein
leg dich in mein Kissen
trink von mir und trink vom Wein
morgen werd ich nichts mehr sein.
nur das musst du wissen.

Nora erwartete große Dinge von Robert, und sie erwartete noch viel mehr von sich selbst. Sie war dabei, Ost-Berlin zu ihrem Ort zu machen. Sie war bereit, sie wollte, das war ihr einziger Wille, ihre Schlacht schlagen mit den Verhältnissen. Ohne Umwege, geradewegs wollte sie drauflosgehen.

Als sie von der Gesangsstunde aus dem Theater kam, wartete im Hof unter den beiden Kastanien Charly Plinke auf sie.

Nach ein paar witzigen Plänkeleien kam er zur Sache.

»Erstens«, sagte Charly, »haben wir ja mit unserer Band einen ziemlichen Kultstatus erreicht. Wir sind im Fernsehen und in allen Radiosendern, der Sound unserer verzerrten Gitarre und deine Stimme gefällt dem Publikum. Wir wollen also nach der Single jetzt eine LP machen. Mit dir. Wie findest du das?«

»Das fragst du mich?«

»Du hast eine unschlagbar gute Stimme. Ich habe es richtig gern, wie du singst.«

»Freut mich«, sagte Nora.

»Ich weiß es ja. Du bist sehr schwierig. Also. Sag. Wie und wann können wir mit dir arbeiten? Ich würde dir gerne die neuen Songtexte geben.«

Mit diesen Worten hielt er ihr eine grau marmorierte Mappe hin mit seinen neuesten Texten.

»Pass mal auf, Charly. Erstens. Ich bin nicht schwierig. Das ist Fakt. Zweitens. Kennst du Robert Papst?«

»Selbstverständlich kenne ich Robert Papst.«

»Ich nehme die neue LP nur auf und mach bei euch nur mit unter der Bedingung, dass ich auch Lieder von Robert Papst singen kann, dessen Texte ich richtig gut finde. Keinen Text mehr wie den Der-Abend-ist-gekommen-Song.«

»Aber dieser Song ist ein Riesen-Hit«, rief Charly.

»Und ich finde ihn einfach schlecht«, sagte Nora ihm ins Gesicht. »Entweder singe ich auch Texte von Robert Papst, oder ich singe auch keinen Text von euch.«

Daraufhin sagte Charly: »Gut, Nora, so ist es, da kann ich nichts machen, aber sieh mal, Robert Papst ist vermintes Gelände. Ich bin der Bandleader. Den krieg ich nicht durch, deinen Robert Papst. Den kann ich nicht bringen.«

»Warum nicht?«

»Der ist verboten!«

»Wo ist er verboten? Von wem?«

»Er wurde exmatrikuliert in Leipzig. Er wird überall abgelehnt, er schreibt, verstehst du? Verstehste? Er schreibt, für die Leute, nicht für mich, er schreibt, dass es der Sau und meiner Tante Trude graust.«

»Ich akzeptiere das nicht, was du sagst. Er schreibt die schönsten Gedichte. Nicht bloß so einen Alltagsquatsch. Außerdem ist er in Babelsberg auf der Filmhochschule angenommen.«

»Hör mir gut zu«, sagte Charly, »vielleicht begreifst du mal langsam, was Sache ist. Du willst Robert Papsts Texte singen? Weißt du was? Uns staucht die FDJ zusammen, und zwar so, verstehst du? Verstehste? Und zwar so! Weil die nämlich plötzlich unser Bandname ärgert. Verstehst du? Schon in dem Streit bin ich der Unterlegene. Bei der Frage, ob wir oder ob wir nicht Robert-Papst-Texte bringen, hauen die mich kurz und klein. Und zwar so richtig ernsthaft. Mensch, Nora. Dahinter steckt Roberts Alter. Der ist Kulturminister. Der ist unser oberster Boss, verstehst du?« Dazu riss Charly die Augen auf, als sähe er den Weltuntergang von Köpenick auf Berlin losrumpeln.

Nora ließ sich von Charlys Dramatik nicht beeindrucken.

»Wieso gibt es Streit wegen dem Bandnamen?«

»›Keine Anglizismen mehr‹ lautet die neueste Parole. Die Partei stören die beiden englischen Wörter ›Another Blue‹. Es soll nicht englisch sein, es soll deutsch sein. Verstehst du? Verstehste? Alles deutsch. Keine Anglizismen. Die FDJ verlangt von uns, dass sich die Kultband Another Blue einen neuen Namen einfallen lässt, und zwar einen deutschen, sonst drehen die uns den Saft ab. Jetzt bist du dran mit deinem Robert Papst.«

»Was? Wie?«

»Nora. Die lassen sich auf keine Diskussionen ein. Wenn wir nicht den Namen ändern, dann gibt es uns nicht mehr, nicht als Another Blue und als gar nichts mehr. Und wir werden auch nicht unsere erste LP bei Amiga aufnehmen können. Erst recht nicht mit Robert-Papst-Texten.«

»Das dürfen wir nicht mit uns machen lassen«, rief Nora.

»Was heißt das? Soll ich besser nicht mehr auftreten, statt mir einen deutschen Namen auszudenken?«, brüllte jetzt Charly. »Soll ich nicht mehr auftreten, weil ich mich auf einen englischen Bandnamen eingeschworen habe? Sollen wir in der Stube hocken und den anderen Bands zuhören? Weil wir uns auf einen englischen Namen versteifen? Ich denke doch im Traum nicht daran. Schifferscheiße! Ich will auftreten mit meinen Musikern, wir haben so viel Arbeit und Freizeit, Kämpfe und Ehrgeiz reingesteckt in unsere Musik – das gebe ich nicht alles einfach auf, nur weil die FDJ-Scheißer keine Anglizismen wollen, nur weil die uns auf Deutsch haben wollen. Bitte. Kriegen sie. Unser neuer Bandname ist seit heute: Charly Plinke und sein musikalisches Kollektiv.«

Nora sah Charly verächtlich an. »Charly Plinke und sein was? Das lässt du mit dir machen?«

»Für die Band und für unsere Musik mache ich das! Da lasse ich mir auch ein Ei dafür abschießen. Aber nicht zwei!«

Der Abendwind rauschte in der Kastanie, es rauschte wie an einem großen See.

Charly Plinke war gut erzogen. Er begleitete Nora vom Schiffbauerdamm über die Spree Richtung Alexanderplatz. Sie liefen ein gutes Stück schweigend nebeneinanderher. Charly blieb stehen. Er lächelte. Bewundernd und zugleich von ihr genervt sah er Nora an. »Weißt du, wie viel Putzmittel ich verbraucht habe, um unseren alten Bandnamen von der großen Trommel runterzuschrubben?«

»Nein. Weiß ich nicht, interessiert mich auch nicht«, sagte Nora.

Nachdem sie auch dieses Friedensangebot nicht annehmen wollte, ließ Charly den Kopf resigniert sinken. »Okay. Also?«

»Charly Plinke und sein musikalisches Kollektiv – das klingt ja nach Betriebskapelle«, rief Nora. »Da will ich nicht mit auf dem Cover drauf sein. Ich bin kein musikalisches Kollektiv. Wirklich nicht, Charly.«

»Also gut. Ich mache mit dir einen Kompromiss, Nora. Wir nehmen den Der-Abend-ist-gekommen-Song für die LP auf, und drei neue Stücke von mir. Dann machen wir auch zwei Texte von Robert Papst. Wärst du damit einverstanden?«

Nora war mit diesem Ausgang der Schlacht zufrieden.

»Okay«, sagte sie. »Wir sehen uns dann im Amiga-Studio.«

»Und vergiss nicht. Schick mir den Text von Robert, den du singen willst.«

Sie nickte. »Hör mal.« Sie sang:

»Eins wollte auf eine Wiese,
Zwei wollte zu seinem Bier.
Eins nannte Zwei lächelnd: Mein Riese,
Zwei sah hinauf: Ach Zwergentier.«

»Klingt nicht schlecht. Versuchen wir es mal«, sagte Charly. Im Stillen fragte er sich, ob er richtig gehört hatte. »›Eins wollte auf eine Wiese / Zwei wollte zu seinem Bier‹? Niemals!« Sein Plan stand fest. Er würde zuerst seine Lieder aufnehmen, Nora hatte eine grandiose Stimme, ihre Stimme kam an, auf diese Stimme wollte er nicht verzichten, und wenn er seine drei Lieder aufgenommen hatte mit ihr, dann würde er ihr Auf Wiedersehen sagen, tut mir leid, Nora, verstehst du? Aber das war es.

Er würde sich doch wegen Robert Papst nicht die Finger verbrennen. Nicht für: »Eins wollte auf eine Wiese / Zwei wollte zu seinem Bier.«

Der VEB Deutsche Schallplatten Berlin, zu dem die Amiga gehörte, unterstand dem Ministerium für Kultur, wo Klaus Papst stellvertretender Minister war.

Wenn er da mit Texten von dem schwierigen Sohn ankäme, würde nicht bloß der Alte aus dem Bett, sondern auch der große Hammer auf seine Band fallen.

Er nickte Nora freundlich zum Abschied zu. Charly Plinke war wirklich gut erzogen.

Als Nora ein paar Tage später ins Studio kam, war ihre erste Frage: »Charly, hast du die Lieder von Robert fertig?«

»Klar. Aber lass uns erst einmal unsere Songs aufnehmen.«

Kaum waren die Aufnahmen fertig, drehte Charly Mikrofone und Lichter ab.

Von Roberts Liedern wollte er nichts mehr wissen.

38

Nora rannte aus dem Studio, am Pförtner vorbei, rannte nach Hause. Sie schloss sich in ihr Zimmer ein. Am liebsten für immer. Sie wollte keinen Menschen mehr sehen. Sie wollte sich das Leben nehmen. Selten hatte sie sich so gehasst wie in diesem Moment. Sie hasste sich und gleichzeitig schämte sie sich vor sich selbst und vor Robert dafür, dass sie sich von Charly Plinke so einfach hatte reinlegen lassen.

Sie hatte es nicht geschafft, Roberts Texte aufzunehmen. Den Schwachsinn von Plinke sang sie. Roberts Texte sang sie nicht. Weil sie zu doof war. Weil sie sich von Charly an der Nase herumführen ließ wie ein dummes Mädchen.

»Glatt die Mauern und kein Gedanke an Flucht / Über den Dächern ist Ruh / in den Antennen spürst du / nur einen Hauch.« Den Song nahmen sie nicht auf! Aber so einen Quatsch wie: »Der Abend ist gekommen und hat mit einem Hauch …« Und dieser Edelkitsch hatte auch noch Erfolg.

Sie konnte Robert nicht mehr in die Augen sehen. Sie hatte großspurig zu ihm gesagt, ich mache die LP mit Charly nur, wenn ich auch mindestens zwei von deinen Texten aufnehme. Und jetzt? Keine Zeile von Robert. Sie wollte nicht mehr länger Sängerin sein. Sie war sicher, dass Robert sie jetzt nur noch mitleidig ansehen konnte. Sie war keine Power-Frau wie ihr großes Vorbild Nina Simone, sie war eine dumme Gans.

Sie setzte sich in ihrem Zimmer auf einen Sessel, den sie ganz eng vor die Wand schob. Sie starrte gegen die Wand. Sie starrte hinein in die kahle Wand wie in einen endlos über den Horizont hinausgebogenen Hausflur. »Draußen ist drinnen.« Hier hockt der Insasse einer sinnlosen Fabrik und starrt verwundet in seine Umgebung. Noras einziger Wunsch war es, das Eis zu finden in ihren Adern unter der Haut, die kleinen Eisstücke, die durch ihren Körper rieselten. Sie beneidete Robert, der ohne Furcht gegen seinen Vater kämpfte, der sich nicht einfach austricksen ließ wie sie. »Wie kann ich dir das beschreiben. Robert? Ich kann nicht tanzen. Ich warte nur.«

Gesicht gegen die Wand. Neben ihr auf dem Tisch eine Schere. Sie sah die Schere an, sie fühlte sich kalt an. Sie hatte die Schere schon aufgeklappt, fuhr sich mit der Klinge vorsichtig über die linke Schlagader.

Plötzlich stand ihr Vater in der Tür. Sie verkramte die Schere in eine Schublade. Legte eine Hand über die geritzte Haut, wischte einen Blutstropfen vom Tisch, der da dunkel wie eine Fliege saß.

»Weißt du, wo Mama ist?«, fragte sie der Vater.

»Nein. Kannst du mich bitte alleine lassen?«

Der Vater wollte sie nicht alleine lassen. Es war bloß so ein Gefühl.

Er setzte sich aufs Bett. Er dachte: »Das Klügste wird wohl sein, ich spreche von meinen Sorgen. Das bringt sie auf andere Gedanken.« Er sagte: »Das Alter hat keine Zeit. Was soll aus meinem Laboratorium werden? Der Wasserrohrbruch hat eine Menge zerstört. Großartiges Material. Wenn mich die Akademie jetzt auch noch in den Ruhestand schickt, dann wird mein Leben sinnlos. Was wird dann aus meinen und

Mamas Arbeiten? Ein Leben ohne wissenschaftliche Forschung steht mir bevor. Gut gefüttert zwar – doch um seinen Sinn gebracht!«

Er sah in Noras verschlossenes Gesicht. Wie konnte er ihr helfen?

»Wie geht es deinem Freund Robert?«, fragte er.

»Ich habe keinen Freund Robert«, sagte sie. Sie wollte nicht mit ihrem Vater über Robert sprechen. Sie stand auf, ließ ihn sitzen, lief hinaus. Sie wollte alleine sein. Eine Woche später stand der Professor an seinem Schreibtisch. Er musste mit dem Präsidenten der Akademie telefonieren, mit Professor Rechts. Er wollte endlich eine klare Antwort auf seine Fragen zum Fortgang seiner wissenschaftlichen Arbeiten. Er sah auf die Uhr. Er hatte Hunger. Seine Frau war auf einem Kongress in Leipzig. Er wollte erst mit der Akademie telefonieren, dann etwas essen. Er nahm das Telefon. Keiner meldete sich. Er hörte Geräusche, sie kamen aus dem Flur. »Wenigstens ist meine Frau nach Hause gekommen«, dachte der Professor, lief aus dem Arbeitszimmer hinaus auf den Korridor. Es war aber nicht seine Frau, er sah einen jungen Mann, der den Durchgang zwischen den beiden Wohnungen ausmaß.

»Was machen Sie hier?«, fragte Meinl vorsichtig.

»Ich soll den Durchgang zumauern«, antwortete der blonde Kerl. »Ich mess eben aus. Dann komme ich mit Ziegelsteinen und Mörtel wieder, es geht ganz schnell, das ist keine große Sache, in einer Stunde bin ich hier fertig.«

»Sind Sie sicher, dass Sie auch in der richtigen Wohnung sind?«, fragte Noras Vater.

»Ich denke mal. Ich bin doch hier bei Professor Meinl?«

»Ja. Wie sind Sie denn hereingekommen?«

Der Maurer fuhr mit seinem Meterstab die Seiten der Öffnung ab, kritzelte Zahlen mit einem dicken Bleistift auf einen Zettel. Nebenbei sagte er: »Mit'm Schlüssel – Nora hat mir ihren gegeben. Ich nehme mal an, Sie sind der Papa?«

»Ja, der Papa. So, so. Nora hat sie geschickt?«

»Ja, sonst würde ich hier doch nicht herummessen! ›In der Wohnung gibt es einen Durchgang‹, hat sie gesagt, ›zu der Wohnung meiner Eltern. Kannst du den zumachen?‹ ›Klar‹, habe ich gesagt, ›kann ich.‹«

»Und woher kennen Sie meine Tochter?«

»Wir sind in Treptow auf die gleiche Schule gegangen. Ich war zwei Klassen drüber. Wir haben zusammen Musik gehört, manchmal sind wir zusammen tanzen gegangen. Also mehr war da wirklich nicht.« Er lachte unbekümmert: »Übrigens. Ich heiße Micha. Ich komm gleich wieder mit dem Baumaterial.«

Professor Meinl stand auf dem Flur vor der Öffnung, war sich schließlich nicht mehr sicher, ob er das Gespräch mit dem jungen Maurer wirklich geführt oder bloß geträumt hatte.

Stille. Eine kiefermahlende Stille. Professor Meinl war allein. Der Schmerz kroch wie ein brennendes Tier vom Herzen auf die linke Schulter zum Kopf. »Auch gut«, dachte der Professor, »der Tod erledigt alle Probleme. Wenn er jetzt kommt, kommt er morgen nicht mehr. Was liegt schon noch daran. Nichts. Meine Tochter hat einen schwierigen Charakter, sie ist eine Herausforderung für mich als Psychologen. Jetzt lässt sie den Durchgang zumauern. Und, was noch seltsamer ist, obgleich sie wunderbar singt, will sie auf keinen Fall Musik studieren. Gerichtsmedizin.«

Einen Tag möchte er wenigstens noch geschenkt bekommen. Er brauchte dringend seine Medizin. Dieses Nitrolingual-Spray, das erweitert die Gefäße, dann fließt das Blut wieder.

Wo blieb bloß seine Frau? Er riss das Wandschränkchen auf. Es war nichts zu finden. Wo hatte sie das Spray hingetan? »Melanie«, rief er. Aber sie war in Leipzig, sie würde erst spät nach Hause kommen. Er hörte es von der Straße herauf schreien. Ein wildes betrunkenes Schreien. Er lief zum Fenster. Als er in die düstere Straße hinuntersah, war dort kein Mensch zu sehen. Dann wurde es Professor Meinl schwarz vor Augen. Er hörte noch das Telefon neben dem Aquarium. Ein langsames Klingeln.

Keine halbe Stunde später kam Micha zurück mit Steinen und Mörtel. Unter seinen geschickten Händen wuchs schnell eine Wand in die Höhe. Dann war der Durchgang zwischen den beiden Wohnungen zu. Micha eilte davon, er war mit Nora verabredet. In Nora war er schon drei Jahre verliebt.

39

An diesem Tag hab ich geweint
Fünf Tränen wohl von Stein
Die legt als Diamanten ich
In meine Krone ein.

Er verstand nicht, was mit ihr plötzlich los war. Sie rührte sich nicht. Noras Schweigen irritierte Robert, seine Gefühle wechselten von Traurigkeit zu Verwunderung, schlugen um, erst in Eifersucht, dann in Wut.

Sein Bruder James hatte sich in der Armee eine Knieverletzung zugezogen. Er kam zu Besuch nach Berlin. Statt mit Nora trank Robert mit James in der Gulaschhütte ein paar Biere. Bald hatte er genug von James' NVA-Geschichten. Er verkroch sich in die Boxhagener Straße und hoffte, dass Nora bei ihm vorbeischaute. Er sehnte sich nach ihr. Er dachte, dass sein Bruder dahinterstecken könnte, weshalb sie sich nicht blicken ließ.

Er saß an seinem aus einem Türblatt und zwei Holzböcken improvisierten Schreibtisch und schrieb. Er versuchte, seine Gefühle mit polnischem Wodka und dramaturgischen Einfällen zu betäuben. Er wollte gerade zu Nora aufbrechen, da hörte er vom Hof her eine Stimme. Als er ans Fenster lief, stand die Dicke auf dem Hof. Mit ihrem Journalistenausweis konnte sie, wenn sie wollte, die ganze Nacht bei ihm bleiben.

»Robert? Sind Sie zu Hause?«, rief sie.

»Ja, ich bin zu Hause«, murmelte Robert. Er ließ seine Ideen auf dem Schreibtisch liegen, ging zur Tür. Er hatte Angst vor ihr, er wollte keine verbotenen Bücher mehr, keinen *Spiegel,* keinen Nescafé und anderes West-Zeug. Er wollte die Dicke fortschicken, er wollte auf der Stelle zu Nora, mit Nora zusammen sein. Die Dicke stand schon mit Büchern und Zeitungen, zwei prall gefüllten Einkaufstüten von Bolle in Roberts Bude. Frisch gestylte Frisur, dunkel schimmernde Wimpern, knallrote Lippen. Sie stand hochgereckt, mit vollen Brüsten da, frisch gebadet, roch nach Hermès und Schmugglerabenteuer. Ihre Arme kamen auf Robert zu wie zwei Würgeschlangen.

»Die ist doch ein Wahnsinnsweib«, dachte Robert in seinem Rausch aus Schnaps, Angst und Ekel. »Sie schert sich um nichts. Sie kennt nur ihre Lust, ihre Anarchie, ihr Vergnügen an der Bestechung. Liebe für verbotene Druckschriften.«

Die Dicke warf Bücher und Einkaufstüten auf das Bett. Als Robert anfangen wollte auszupacken, fiel sie ihm in die Arme. »Schöner Kerl, Sie«, lachte sie, kniete schon über ihm, stemmte ihre fleischigen Knie auf seine Oberarme, zwang ihn, sie zu lecken. Sie war nass, roch nach Weib und Parfüm. Sie jubelte, sprang von ihm herunter, begann ihn auszuziehen. Er musste sie im offenen Fenster im Stehen ficken. Je länger es zwischen ihnen ging, desto mehr Spaß fand Robert an diesem Weib. Sie küsste ihm die Lippen wund, als sie spürte, dass er kommen wollte, stieß sie ihn von sich. »Nächstes Mal. Schöner Kerl. Sie sind ein Schnäppchen.«

Als sie sich angezogen hatte und abrauschte, lief Robert ihr nach. Er sagte: »Nehmen Sie mich mit.« Die Dicke fuhr mit ihm bis zur Grenzübergangsstelle. Als sie anhielt, um ihn aussteigen zu lassen, dort, wo er als DDR-Bürger spätestens aussteigen musste, blieb Robert im Wagen sitzen: »Fahren Sie weiter. Fahren Sie einfach weiter. Nehmen Sie mich mit. Ich will die Scheiße hier nicht mehr. Ich will raus hier. Fahren Sie einfach durch.«

»Und wenn man Sie hier festnimmt?«

»Ich bin Ihr Schnäppchen, das Sie mit in den Westen nehmen!«

Die Dicke lachte, gab Robert eine Ohrfeige.

»Raus! Sie bleiben schön hier!«

Er stieg aus. Die Dicke verschwand durch die Grenzsperren nach Charlottenburg, wo sie ihre Zeitungstexte für die *Wahrheit* schrieb. Kommentare zur Politik der DDR: »Was dieses Land, was die DDR ausmacht: ein durchaus vorhandener Wille, die Welt gerechter für alle zu gestalten.«

40

Der Stasihauptmann Brosche beobachtete seit Stunden das Objekt Boxhagener Straße. Er sah die Dicke kommen und sah sie wieder gehen. Erst mit, dann ohne West-Tüten. Er fuhr mit seinem Motorrad hinter ihrem Wagen her bis Heinrich-Heine-Straße und machte den Weg hinter Robert her zurück zur Boxhagener Straße.

In der Küche war das Waschbecken verstopft. Robert ging hinaus zum Außenklo, wo ein altes, versifftes Waschbecken hing. Er wusch sich in der Kloschüssel, zog ein paarmal die Wasserspülung nach.

Genau zehn Minuten vor Brosches Dienstschluss kam Robert mit seinem Moped aus dem Hinterhof und versaute dem Hauptmann den verdienten Feierabend. Brosche, was sollte er anderes tun, seine Ablösung war noch nicht am Objekt, schwang sich wieder auf sein Motorrad, folgte Robert.

Robert wollte es zunächst in der Mokka-Milch-Eisbar versuchen. Danach bei Nora zu Hause. Der Fahrtwind tat ihm gut. Er beruhigte sein Gewissen: Er war nicht nur mit Frauengeschichten beschäftigt. Er war ein Hund, aber kein Schweinehund. Die Dicke war wichtig für seine Arbeit als Schriftsteller. Nora war seine große Liebe.

Er bog in den Kreisverkehr am Strausberger Platz ein und fuhr weiter die Karl-Marx-Allee hinauf, parkte vor der Eisbar.

Hauptmann Brosche stellte sein Motorrad hinter dem Kino International ab. »Jeder Clown braucht seine eigene Schminke«, dachte er. Er hatte seine. Dickes Grau, gewissermaßen undurchdringlich grau. Die Sprache der Vögel – wenn er die verstünde, dann würde er den Schminktopf für das Clownsgesicht auf den Misthaufen schmeißen, als Übersetzer der Vogelsprache arbeiten. Aber er konnte noch nicht mal die Sprache der Menschen verstehen. Robert Papst musste er beobachten, den Sohn eines stellvertretenden Ministers. Ein Minister mit einem so negativ zur DDR eingestellten Sohn müsste nach seinem Verständnis auf der Stelle abgelöst werden. Nicht immer kann man die Eltern für die Vergehen ihrer Kinder verantwortlich machen, aber im vorliegenden

Falle erschien es Hauptmann Brosche zweckmäßig. Der Minister steht im Blickfeld der Öffentlichkeit, der Sohn ist konterrevolutionär tätig. Ein führender Funktionär muss seinen Kindern gegenüber ein Vorbild sein, der kann nach Brosches Meinung keinen solchen Sohn in seiner Familie zulassen. Schon bei kriminellen Delikten von Arbeiterkindern wurden lang und breit die Versäumnisse der Eltern erörtert. In dem Fall nicht? Es soll etwas zugedeckt werden. Er dachte an die Privilegien der Führungsschicht. Er hätte zu Silvester gerne zwei Karten fürs Metropoltheater gehabt. Die Bonzen hatten welche, er nicht. Als Brosche vor dem Eingang zur Eisbar erschien, verließ Robert sie wieder.

Robert fuhr zur Gaststätte Sternchen. Hinter ihm her Hauptmann Brosche. Inzwischen fiel etwas Regen. August. Die leeren Straßen, durch die Robert fuhr, schimmerten gelbgrau. Es roch nach faulen Äpfeln. Irgendwo schrie ein Kind. Zwei bleiche Gesichter wankten heimwärts. Der halbfertige Fernsehturm überragte alles Graugelbe, alles Jammern und Jaulen wie ein riesiges Gespenst, wie ein Angehöriger der Vandalen, die östlich der Oder in Schlesien siedelten, vor zweitausend Jahren. Dieser Vandale hatte es nicht mehr geschafft, Rom war geplündert, er starb nicht, er fraß nun Beton, kam nicht vom Fleck, wuchs in die Höhe, das war es. Zum Himmel hochgestreckte Erstarrung. Sinnbild eines Traumes, der jetzt ein Alptraum war. Ein Wagen sprang nicht an vor einer Straßenecke, um die Robert bog. Der Besitzer lief sinnlos um sein gletscherblaues Auto mit einem Schraubenzieher. Der August wie der November. Aber das Russland-Hoch war auf dem Weg.

In der HO-Gaststätte Sternchen traf Robert Noras Bruder Emil. Emil hielt ein blondes Mädchen mit einem Kindergesicht und großen blauen Kulleraugen eng umschlungen in seinem rechten Arm. »Sophie Kessler!«, flüsterte Emil Richtung Robert. Das blonde Mädchen war ganz mit seiner Molle beschäftigt. Es ruderte mit einem Strohhalm das brodelnde Getränk zu immer neuen hübschen Wirbeln auf.

Emil war glücklich; er trank keinen Alkohol, Emil trank nur Wasser und Tee. Das hier war seine Verlobungsfeier. Das Sternchen hielt extra länger auf für die beiden Lebenskünstler. Sophie Kessler träumte von einer Karriere als Schauspielerin, Emil wollte sich dafür als ihr Impresario ins Zeug legen. Sophies Pflegeeltern durften von der Verlobung nichts wissen. Das war für Emil kein Problem. Er liebte das Heimliche.

Er rauchte Zigarre. Auf seine Schwester Nora war er böse. Sie ließ ihn mit seiner Verlobten alleine sitzen. Als Schwester? »Da kannst du doch so ein Ereignis nicht absagen.«

Er hatte Käsebrötchen und Schnittchen mit gehackten Auberginen und echtem russischen Kaviar auffahren lassen. Mohnkuchen, Apfelkuchen und Kirschkompott mit Vanillecreme.

Emil beschwerte sich bitterlich, dass Nora nicht im Sternchen erschienen war. Sie mochte keine Vanillecreme. Was schlimmer war: Sie hatte den Durchgang zwischen den beiden Wohnungen in der Schillingstraße zumauern lassen, sagte er weiter. Sophie kicherte.

»Jetzt ist Nora mit Micha in Treptow und macht Party.«

Emil beugte sich zu Robert. »Willst du wissen, was sie studieren will? Nicht Musik. Nein. Weißt du was? Gerichtsmedizin. Wegen dir. Ein Wahnsinn.«

»Wegen mir?«, fragte Robert.

»Jawohl! Weil die Band von Charly Plinke deine Texte boykottiert, deshalb studiert sie jetzt Gerichtsmedizin. ›In diesem eingemauerten Schrebergarten singe ich nicht mehr, in diesem deutschen Mief‹, hat sie groß verkündet und jetzt ist sie mit dem Maurer Micha zum Schwof abgehauen.« Bei Robert fiel der Groschen. Er würde um Nora kämpfen, er musste sofort nach Treptow.

Vorher stellte ihm Emil seine Verlobte vor: »Sophie Kessler. Wir haben uns heute verlobt. Sophie, kleine Schneeflocke, hier. Das ist Robert, der Freund meiner Schwester. Robert schreibt Theaterstücke. Und Gedichte.«

Sophie sah nur ganz kurz von ihrer Molle auf und sagte trocken: »Ja, dann soll er mir mal ein Theaterstück schreiben.«

Emil fand das eine gute Idee. »Sophie tritt im Berliner Ensemble in kleinen Sprechrollen auf, sie hat schon sehr viel Anerkennung gefunden. Ihre Mutter, Martha Kessler, war eine geniale Brecht-Schauspielerin, bis sie viel zu jung verstarb«, flüsterte er Robert zu. »Schreib ihr was Tolles, komisch muss es sein!«

Er deutete zur Wand neben der Eingangstür. Dort lehnte mit einer großen blauen Schleife geschmückt ein Damenfahrrad. »Sophie war auf das gleiche Fahrrad spitz wie ich. So haben wir uns kennengelernt. Bulgarische Straße. Ich habe das Rad gekauft und es ihr heute zu unserer Verlobung geschenkt. Schau dir das Rad ruhig an.« Robert sah aber lieber Sophie an, er gratulierte zur Verlobung.

»Was sagst du zu dem Teil? Toll? Nicht?«

Robert nickte. »Toll. Wie schnell fährt es?«

Emil strahlte, paffte und trank Sprudelwasser. »Pass mal auf. Ich erzähl dir was. Sophie wohnt noch bei ihren Pflegeeltern. Grauenvolle Spießer. Glücklicherweise kann sie als Künstlerin, sobald sie mit der Schule fertig ist und dann den Schauspieler-Berufsschein kriegt, eine eigene Wohnung beziehen. Damit sind wir wieder bei meiner verrückten Schwester. Weißt du, Robert, was die sich ausgedacht hat? Sie hat den Durchgang zumauern lassen, unseren Vater hat sie damit ins Krankenhaus gebracht, aber das spielt für mein Schwesterlein keine Rolle. Denn jetzt kommt der große Knaller: Sie will unsere Dreiraum-Neubauwohnung in einem Ringtausch gegen zwei Altbauwohnungen für sich und für mich eintauschen. Weißt du, was ich meiner Schwester gesagt habe? Okay, habe ich gesagt, Nora, mach das mit dem Wohnungstausch. Ich würde gerne eine eigene Wohnung haben. Mit Sophie zusammen sowieso. Aber wie gesagt: Auf Sitzungen der Wohnungstauschkommission gehe ich nicht. Da soll sie selber hin.«

Emil kippte noch ein volles Glas Sprudelwasser auf einen Zug runter. »Der Vater im Krankenhaus. Opfer Nummer eins. Wir sind Noras nächste Opfer. Glaubst du nicht? Wir, Robert. Du und ich! Was willst du bloß von meiner Schwester? Lass die Finger von der. Wirklich. Ich warne dich, Robert. Sie singt großartig. Aber sie ist komplett meschugge, sie hat einen Knall, die ist eine Nummer zu groß für unser Nervensystem.«

Es entstand eine Stille. Sophie beteiligte sich mit keinem Wort an dem Gespräch. Robert wollte gehen, er ließ sich zum Abschied von Emil einen doppelten Wodka spendieren. Bis der Schnaps kam, sah Robert Sophie zu, wie sie unermüdlich die Molle aufrührte. Einmal sah Sophie hoch, da fielen ihre Blicke ineinander. Emil schrieb Robert die Adresse des Maurers auf. »Vielleicht hast du Glück. Micha wohnt bei seinen Eltern in der Kirchwohnung. Der Vater ist Superintendent. Moment. Moment mal. Weißt du überhaupt, woher das Wort kommt? Du, als Schriftsteller?«

»Welches Wort?«, fragte Robert abwesend.

»Du gehst wohl nie in die Kirche?«, schrie Emil Robert an.

»Ich bin jüdisch«, antwortete Robert.

»Ich auch. Das ist aber keine Entschuldigung. Auch Jesus war jüdisch«, sagte Emil.

»Aber Ostern hat er sich bestimmt anders vorgestellt«, sagte Robert.

»Superintendent. Mensch, Dichter! Das kommt aus dem Griechischen: Episkopos – der Aufseher. Michas Vater ist Pfarrer. Als solcher lehnt er die DDR ab, auch Micha lehnt die DDR ab. Er hätte studieren können, er ist ein Mathegenie, aber er macht eine Maurerlehre. Total anti. Deshalb Bauarbeiter. Da kann er sich seine eigenen Gedanken machen. Hier. Seine Adresse.« Emil schob Robert den Zettel über den Tisch.

Als Robert immer noch nicht von Sophie wegsehen konnte, schlug ihm Emil eine zusammengerollte Serviette auf den Kopf. »Sie ist ein schönes Mädchen, meine kleine Sophie, aber sie ist nichts für dich, Genie!« Er lachte. Robert nickte. Sophie hob noch einmal kurz den Blick.

»Schöner Mann«, dachte sie. »Was ist?«, fragte sie.

»Nichts«, sagte Robert und schenkte ihr ein unvergessliches Lächeln.

41

Ost-Berlin verlor sich Richtung Treptow, Plänterwald in ein gelbes Zwielicht, das irgendwie zu dieser Stunde Anspruch auf Ewigkeiten zu erheben schien. Stralauer Brücke. Puschkinallee. Bouchéstraße. Alle Welt in dieses sonderbar vergiftete, sämtliche Konturen auflösende Licht getaucht. Hauptmann Brosches zweite Überstunde. Immer hinter Robert Papst her.

Selten hatte Robert die Stadt so verlassen erlebt, so trostlos. Wo blieb nur das Russland-Hoch? Er lehnte sein Moped neben dem Eingang zum Kirchsaal an das Gebäude. Dunkelrote Keramikplatten. Die hintere Tür war nicht verriegelt.

Der Kirchsaal befand sich im ersten Stock. Darunter der Gemeindesaal, genauso groß wie die Kirche selbst. Robert nahm das rechte Treppenhaus. Von dort hörte er Musik, eine Stimme, mysteriöse Geräusche. Er öffnete eine Tür und sah Nora und einen jungen Mann mit einem Feuer kämpfen. Ein Teil der Holzverkleidung auf der Empore war in Brand geraten.

»Komm rein, wenn du uns helfen willst, nur mach die Tür zu«, zischte Micha in Roberts Richtung. Er versuchte, das Feuer mit einer Matratze zu ersticken.

»Gibt es kein Wasser?«, fragte Robert.

»Klar, aber das Wasser macht die Sache nicht besser.«

Robert schnappte sich ein paar Tischtücher und schlug auf die Flammen ein. Mit seiner Hilfe war das Feuer bald gelöscht. Der Rauch biss, und sie mussten ständig husten, aber immerhin hatten sie einen Kirchenbrand verhindert. »Die Kirche ist älter als ich, aber sie soll noch ein paar Jahre stehen«, sagte Micha und reichte Robert eine Flasche Rotwein.

»Das ist Robert«, sagte Nora zu Micha. »Und das ist Micha.«

»Jules und Jim lernen eines Tages Catherine kennen«, dachte Robert. »Catherine – mit den großen traurigen Augen.«

Auf Michas Gesicht lag ein vager Ausdruck von Kumpelhaftigkeit. Als wollte Micha Robert signalisieren: Ich kann dich leiden, weil du Nora genauso sehr magst wie ich.

Robert versuchte sich auszumalen, wie es wohl sein würde, wenn sie zu dritt zusammen wären. Er stellte sich vor, wie Nora zwischen ihnen beiden liegt. Verschwommenes Bild.

Robert und Micha nahmen jeder gegen den Husten einen langen Schluck aus der Flasche. Nora kramte Zigaretten aus ihrer Handtasche, hielt die Schachtel Robert hin.

Micha lachte. »Kaum ist das eine Feuer aus. Pass bloß auf mit den Streichhölzern.«

Robert rauchte. Hustete. »Hast du das Feuer gelegt?«, fragte er Nora.

»Überhaupt nicht. Die Kerzen brannten plötzlich hoch.«

»Weil du dich so schnell gedreht hast«, sagte Micha brav.

Robert lachte.

»Warum lachst du? Wir haben getanzt. Plötzlich brannte es. Es ging ganz schnell. Wie geht es dir?«, fragte sie Robert übergangslos und wurde rot dabei.

»Jetzt geht es mir besser.«

»So?«, sagte Nora.

»Ja«, antwortete Robert. Jetzt war er auch ein wenig verlegen.

Eine Weile passierte nichts.

»Ist das wirklich unser Leben?«, fragte Micha in die hohe Saaldecke hinauf. »Ein wenig Schlaf. Drei viertel sieben. Hier bin ich. Morgen schon nicht mehr.«

Robert spürte Noras weiches Haar auf seinem Gesicht. Er fasste nach Michas Hand. Er wollte, dass Micha Nora einen Kuss gibt.

Eine Liebe zu dritt.

Für eine lange Minute umschloss sie alle drei ein himmelwarmes Gefühl.

Der junge Tag blinzelte durchs Kirchenfenster. Das Russland-Hoch war in Berlin angekommen. Nora und Robert verabschiedeten sich von Micha und fuhren in die Boxhagener Straße.

Nora, in dem schmalen Eisenbett, sang für Robert ein Lied auf Rumänisch. Dann schnalzte sie mit der Zunge, ahmte nah an seinem Ohr das Getrappel eines Pferdes nach. Es überrieselte ihn. Sie waren wieder ein Liebespaar.

42

Mittagszeit. Hastige Stimmen. Eine Schreibmaschine klappert. Hauptmann Brosche schreibt an seinem Bericht zur vergangenen Nacht.

»Hauptabteilung XX / 1. Berlin, den 10. August 1968. BERICHT. Auswertung des Aufklärungseinsatzes am Freitag, den 9.8.1968 in der Boxhagener Straße. Operative Maßnahme gegen Papst, Robert, Student.«

Der Bericht schließt mit den Sätzen: »Gegen 8:09 Uhr verließen Student und Schülerin gemeinsam das Objekthaus. Fuhren von der Bekenntniskirche ab, die Meinl saß auf dem Sozius, drückte sich in den olivgrünen Parka des Papst. Dieser fuhr die längste Strecke zum offensichtlichen Vergnügen der Meinl auf der falschen, das heißt auf der linken Straßenseite und zwang den ihm entgegenkommenden Morgenverkehr zu einigen gefährlichen Ausweichmanövern. Brosche. Hauptmann.«

43

Roberts Bruder James war nach dem letzten Treffen mit seinem Bruder in der Gulaschhütte nach Hause gegangen. Dann hörte er nichts mehr von Robert und von Nora. Seit zwei Tagen hing er alleine in Berlin herum. Er wollte zu Hause noch ein letztes Bier trinken, dann musste er zurück in die Kaserne. Seine Mutter stellte ihm einfach die Flasche hin. Sie sprach nicht mit ihm. Sie behandelte James wie einen Proleten. Sie konnte es nicht abwarten, dass er endlich in seine Kaserne verschwand. Er war ein hübscher Junge mit braunen Augen und schwarzen Locken, aber sie hatte Angst vor ihm. James war voller Aggressionen gegen sie.

Vielleicht, weil er etwas von ihrer Tändelei mit dem Genossen Ganzburger mitbekommen hatte, dem vergangenen General und neuen zweiten Botschafter in Prag? Sie konnte es nur vermuten.

»Es gärt in Prag«, sagte James. »Eine Hubschrauberstaffel von uns soll zur Aufklärung verlegt werden nach Milovice. Der Vater knirscht schon mit den Zähnen, nicht wahr? Falls Dubček, wenn marschiert wird, militärischen Widerstand leisten sollte. Was sagt denn dein

Freund? Der sitzt doch in Prag? Der ehemalige General? Dein liebender Botschafter?«

Gabriele Papst ließ sich von ihrem Sohn nicht provozieren.

»Dubček soll festgenommen und nach Moskau gebracht werden. Wenn die Tschechen und die Slowaken stillhalten, dann wird nichts passieren. Aber werden sie stillhalten?«

Die Mutter erwiderte darauf, er solle doch bitte endlich sein Bier trinken und zurück in seine Kaserne verschwinden. Bevor Max nach Hause käme. Sie wollte nicht, dass Max seinen großen Bruder im alkoholisierten Zustand sieht.

James ließ sich nicht drängen, er trank noch eine Flasche. James liebte seine Mutter. Aber sie hätte sich nicht mit dem Freund seines Vaters einlassen dürfen. Er versuchte, sie nach ihrer Geschichte mit Ganzburger auszufragen. Sie antwortete ihm nicht. Bis James seine Mutter an sich riss und sie schlug. Sie war unfähig zu reagieren. Auch sie hatte getrunken.

Gabriele Papst schloss sich ins Badezimmer ein, James legte sich im Wohnzimmer aufs Sofa.

Der kleine Max kam von der Großmutter aus Potsdam nach Hause. Er hasste den Geruch von Alkohol. Er wehrte die Umarmung von James ab und rannte in sein Zimmer.

Irgendwann kroch James in seine Armeeklamotten, fuhr ohne Abschied zurück in die Kaserne nach Parow, zu seinem Hubschrauberausbildungs-Geschwader, ein paar Kilometer nördlich von Stralsund.

Seiner Mutter wollte er in Zukunft ausweichen. Wie hatte er sie bloß schlagen können?

»Was für ein Tier bin ich.« Er dachte an Woyzeck. Der Woyzeck war seine Rolle. Den studierte er, den würde er eines Tages spielen, Woyzeck spielen, wie ihn noch keiner gespielt hatte. Überall Hauptmänner, die er rasieren, Erbsen, die er fressen musste. Den Woyzeck hatte Georg Büchner für ihn geschrieben.

Einen Tag nach seiner Rückkehr in die Kaserne schrieb James Nora einen Brief.

Er besaß eine Fotografie von Nora. Mit ganz kurzen Haaren, in einem Badeanzug.

Die stellte er vor sich hin.

»Liebe Nora. Es ist angeblich Sommer. Ich warte mein letztes Jahr in der Armee ab. Es ist eine große Scheiße – es gibt keine Frauen, die mir gefallen. Nur Du, und so sitze ich mit mir da. Heute ist Sonntag. Und ich schreibe weiter. In der Kaserne schwirren die Gerüchte nur so über mögliche Einsatzbefehle der Kampfhubschraubergeschwader. Es herrscht Hektik, es fliegen Flüche, und die Augen der jungen Piloten richten sich auf die Grenze im Erzgebirge. Die Anzugsordnung macht auch für mich das Tragen des Stahlhelms im Feldlager zur Pflicht. Ich möchte Dich wiedersehen und mit Dir quatschen. Bis bald. Ahoi. James. Ich spiele bei der Aufnahmeprüfung auf der Schauspielschule Woyzeck vor.«

Die Offiziere seiner Kampfhubschrauberstaffel erzählten, dass Armeegeneral Heinz Hoffmann, Minister für Nationale Verteidigung, etwa sieben Wochen vorher, Ende April, von seinem engen Freund Marschall Iwan Jakubowski, Oberkommandierender der Streitkräfte des Warschauer Vertrages, erfahren hatte, dass in der Tschechoslowakei in absehbarer Zeit eine militärische Aktion zu erwarten sei. Die Sowjetunion hatte erst gar nicht vor, die DDR-Streitkräfte zu beteiligen, aber Heinz Hoffmann machte in Moskau ständig Druck, die Beteiligung der DDR an der Militäraktion in der ČSSR durchzusetzen.

Walter Ulbricht hatte auf politischer Ebene bei Breschnew interveniert. Mitte Juli war Hoffmann gefragt worden, ob die NVA bereit sei, an der Übung »Donau« teilzunehmen. Hoffmann hatte seine Zustimmung gegeben, die am Tag darauf durch Walter Ulbricht bestätigt wurde. Das Politbüro beschloss noch am gleichen Tag die Bildung einer operativen Gruppe. Zu der sollten die 7. Panzerdivision Dresden, die 11. Motorisierte Schützendivision Halle und ein Hubschrauberaufklärungsgeschwader aus Parow gehören.

Deshalb wurden sie jetzt zusammen mit zwanzig Hubschrauberführern in das polnische Legnica beordert. Die Übung wurde so angelegt, dass die ČSSR ohne Hilfe ihrer Bruderstaaten nicht in der Lage war, einem Angriff der NATO standzuhalten. Für den 20. August wurden gemeinsame Frontübungen auf Karten terminiert sowie eine Übung »Äther« von Nachrichtenkräften.

44

Robert saß mit Nora in der Mokka-Milch-Eisbar.

Sie hatte tatsächlich das Kunststück mit dem Wohnungstausch hingekriegt. Sie war zweimal zur Wohnungstauschkommission gegangen. Mit viel Glück hatte sie die Sache in zehn Tagen erledigt. Die Drei-Zimmer-Neubauwohnung in der Schillingstraße wurde gegen zwei Altbauwohnungen getauscht: Ihr Bruder Emil bekam eine Wohnung in der Auguststraße mit Blick in den Hof von Klärchens Ballhaus. Die Wohnung war heruntergekommen, Emil machte sich sofort an die Arbeit, renovierte, er wollte Sophie heiraten, Hochzeit feiern.

Nora bekam eine Altbauwohnung mit schönem Erker, eigenem Klo und Bad in der Wilhelm-Pieck-Straße, direkt neben dem Kaffee Burger.

Als Nora darüber aufgeklärt wurde, dass ein Studium der Gerichtsmedizin zwanzig Semester dauert, entschied sie sich für Romanistik. Sie trug sich an der Humboldt-Universität zum Wintersemester für Spanisch und Französisch ein. Bis zum Beginn des Semesters blieben ihr gute zwei Wochen, um mit Robert in die Ferien zu fahren.

Der bis dahin verregnete Sommer des Jahres 1968 endete in brüllender Hitze. Die Stadt an der Spree stöhnte unter afrikanischen Temperaturen.

Robert wollte mit Nora nach Rumänien. Er wollte mit ihr nach Bukarest reisen, ans Schwarze Meer, schwimmen, Weintrauben und Papanasi essen.

Er sagte: »Vielleicht werde ich dich dann besser verstehen, dort, wo du deine Sprache sprichst und womöglich dein Glück auf dich wartet. Jetzt kenne ich dich schon ein ganzes Jahr, ich weiß aber immer noch nicht, wer du bist.«

»Es ist nicht so schwer, das herauszukriegen«, sagte Nora.

Sie war seit ihrer Übersiedlung in die DDR nicht wieder in Rumänien gewesen. Jetzt, da Robert mit ihr nach Bukarest fahren wollte, zu der alten Kastanie mit den Zigeunern darunter, versetzte sie der Gedanke in große Aufregung.

Sie konnten auf der Stelle aufbrechen. Sie mussten sich nur eine Reiseerlaubnis besorgen.

Es war elf Uhr morgens. Die Sonne sah gleißend auf Berlin.

Auf Roberts Moped fuhren sie in die Mauerstraße zum Ministerium des Inneren.

Erst mal gaben sie ihren Reiseantrag ab. Nora war glücklich, Robert aufgeregt und überrascht von dem schnellen Entschluss.

Außer ihnen saß noch eine Frau im Wartezimmer. Sie füllte mit konzentriert spitzem Gesicht ihren Reiseantrag aus. Weil sie es ganz korrekt machen wollte, verschrieb sie sich andauernd. Nora half ihr.

Nach einer Stunde ging die Tür auf. Ein uniformierter Beamter des Ministeriums teilte Robert Papst und Nora Meinl kurz und bündig mit: »Reiseantrag abgelehnt!«

»So, so, also abgelehnt? Und warum?«, fragte Robert ganz ruhig.

Der Beamte sah die beiden Antragssteller fassungslos an. Wie konnte man es wagen, ihn nach einer Begründung zu fragen? Er holte laut Luft. »Die Gesetzgebung über die Erteilung von Reisevisa besagt, dass diese erfolgen kann!! Aber nicht muss!! Daraus folgt: Keine Begründung!«

Robert fragte: »Was heißt das? Keine Begründung?«

»Was das heißt? Mensch! Keine Begründung heißt: Wir müssen keine Begründung geben, Affe, das heißt das! Wenn man ein Visum kriegt, dann ist das eine Ausnahme! Wenn man keines kriegt, dann ist das normal! Normal ist, wenn man keines kriegt! Wenn man eines kriegt, dann ist das besonders! Sie haben also in diesem Falle nichts Besonderes bekommen, klar!? Sie sind als normale Bürger behandelt worden! Weil es eine Kannbestimmung ist! So! Besser kann es Ihnen auch der Erste Vorsitzende nicht erklären!«

Während dieser Erklärung bekam Nora einen hysterischen Lachanfall. Jetzt wartete Robert, bis sie sich wieder beruhigt hatte.

Dann sah er den uniformierten Ochsen vor sich an. Ganz ruhig sagte Robert: »Sie haben eben gesagt, besser kann es auch der Erste Vorsitzende nicht erklären? Wollen Sie damit zum Ausdruck bringen, dass unser Erster Vorsitzender nicht etwas mehr Hirn im Schädel hat als Sie?«

Der Beamte geriet in Verlegenheit. Er schwitzte, schmatzte, schnappte nach Luft. Etwas kleinlauter sagt er: »Aber überhaupt nicht. Ich will Ihnen nur deutlich machen, dass eine Ablehnung eine Ablehnung ist, so wie eine Genehmigung eine Genehmigung und nicht ihr Gegenteil ist! Meine Fresse! Abgelehnt heißt auf Deutsch: abjelehnt!«

»Das ist Willkür und Diktatur und Beraubung elementarster menschlicher Freiheiten und eine Demütigung. Ich werde das Gebäude nicht eher verlassen, bis ich mit dem Minister Fritz Dickel persönlich gesprochen habe über mein Visum«, antwortete Robert.

Der Beamte bekam den Mund nicht mehr zu. Die Nennung des Ministernamens machte einen ungeheuren Eindruck auf den ablehnenden Staatsdiener. Erschrocken verschwand er in seinem Bearbeitungszimmer.

Kurz darauf erschien der Vorgesetzte in der Tür. Er klatschte brutal in die Hände, um die Widerspenstigen zu verscheuchen, und drohte damit, sie anderenfalls verhaften zu lassen. Mit sächsischem Öl in der Stimme sagte er: »Das Gesetz über die Erteilung von Auslands-Visa ist eine Kannbestimmung und keine Mussbestimmung! Ist das klar?«

Aber Robert ließ sich nicht einschüchtern. Er trat nahe an den Vorgesetzten heran und sagte scharf: »Nichts ist klar! Sagen Sie Ihrem Minister, dem Genossen Armeegeneral Dickel, einen schönen Gruß von Robert Papst. Ich habe als Wimpelträger mit Erich Honecker im märkischen Sand gestanden. Wenn wir jetzt nicht einmal mehr in ein sozialistisches Bruderland fahren dürfen, wenn wir also hier konsequent wie Gefangene behandelt werden, dann sollen sich die führenden Genossen nicht wundern, wenn wir uns ab sofort auch dementsprechend verhalten.«

Ohne weitere Erklärungen abzuwarten, ließ Robert den verdutzten Vorgesetzten stehen und lief mit Nora zusammen das Treppenhaus hinunter. Sie schwangen sich auf sein Moped. Sie lachten, dabei war ihnen ganz anders zumute. Sie fuhren Richtung Karl-Marx-Allee. Sie wollten doch nur ans Meer. Wohin sollten sie jetzt aufbrechen?

Sie hielten in der Schillingstraße. Noras Eltern waren nicht zu Hause. Noras Mutter war mal wieder auf einem Kongress. Dieses Mal in Warschau. Sie durfte reisen. Ihre Tochter ließen sie nicht fort. Das empfand Nora als die allergrößte Ungerechtigkeit.

Der Vater lag noch auf der Herzabteilung in der Charité.

Nora rief ihre Freundin Gerda Katzfänger an. Gerda war die Tochter der in der DDR berühmten Porträtmalerin Niki Katzfänger. Gerda hörte sich Noras Geschichte an. Spontan lud sie Nora und Robert in das Häuschen ihrer Mutter an der Ostsee ein. Statt nach Bukarest reiste das Liebespaar per Anhalter nach Ahrenshoop.

45

Das kleine, mit Stroh gedeckte Haus lag ganz oben auf einem Hügel. Es bot einen herrlichen Blick über das Meer. Mittags, wenn die Sonne über den Dünen stand und der Himmel von einem einzigartigen Leuchten erfüllt war, zogen sie sich aus, legten sich nackt in den weißen Sand. Da fühlten sie, dass die Erde eine Kugel ist, die mit ihnen dahinflog.

Es gab keine Zeit, alles war zugleich, es gab nur den Augenblick. Sie liebten sich, schon liefen sie über die Dünen ins Wasser.

Nackt. Wind. Ein einsamer Baum. Alles im schönen gleichen Moment.

Nora und Robert entdeckten die Sprache der Küsse.

Begleitet von frühem Vogelsang, eingehüllt in würzige Ostseeluft ging Nora am Morgen des 21. August den steilen Weg ins Städtchen hinunter. Noch alles voll Tau, die Sonne fing gerade an, sich in Bewegung zu setzen. Keine halbe Stunde später kam Nora mit knusprigen DDR-Brötchen, aber ohne Zeitung zurück.

»Was? Kein *Neues Deutschland?* Was ist los?« Robert war sofort hellwach und auf den Beinen.

»Das *ND* ausverkauft? So früh? Da muss was passiert sein.«

Robert stellte das Radio an. Die Stimme eines Reporters quoll im Befehlston aus dem Äther: »Alle Bürger bleiben bitte an ihren Orten. Niemand darf sich fortbewegen. Alle tschechischen Bürger werden gebeten, sich zu melden.«

Es gelang Robert, einen westlichen Sender einzufangen. Eine sich überschlagende Reporterstimme, von Ätherrauschen immer wieder zerrissen.

»Gegen 22:30 Uhr des 20. August landete eine erste unangemeldete Antonow 24 der Aeroflot in Praha-Ruzyne auf dem Flughafen von Prag. Die Besatzung hatte sofort den Tower besetzt und umgehend mit dem Aufbau einer Feldflugleitstelle begonnen. Die ersten Landungen von Antonow 12 der Strategischen Transportfliegerkräfte erfolgten unter der Leitung des sowjetischen Flugsicherungspersonals mit verdeckter Beteiligung der Flugsicherung der NVA-Hubschrauberkräfte Parow ab etwa eine halbe Stunde vor Mitternacht. Sie brachten im Fünfzig-Sekunden-Abstand eine komplette Luftlandedivision aus dem Militärbezirk Leningrad in die ČSSR. Beteiligt war auch ein bulgarisches Fallschirmjägerregiment. Neben Prag wurden alle Flugplätze der ČSSR besetzt. Gegen 23:00 Uhr überschritten die Hauptkräfte an achtzehn verschiedenen Stellen die Grenze zur ČSSR. Die Erste Operative Staffel, die sogenannte »Prager Gruppierung«, bestand aus insgesamt dreizehn Divisionen. In weniger als zwölf Stunden drangen mehr als zweihunderttausend Soldaten in die ČSSR ein. Dem seit 22:00 Uhr tagenden tschechischen Parteipräsidium wurde die Nachricht vom Einmarsch gegen 23:00 Uhr übermittelt. Der KGB kannte den Geheimausgang aus dem Gebäude des ZK, und so wurden Dubček und die anderen Mitglieder des Parteipräsidiums kurz nach Mitternacht festgenommen. Anschließend wurde das Gebäude von Fallschirmjägern umstellt. Das Regierungsgebäude wurde gegen 3:00 Uhr morgens besetzt, das Rundfunkgebäude kurz danach. Radio Prag hatte noch um 1:00 Uhr morgens einen Aufruf an die Bevölkerung verbreitet, Ruhe zu bewahren und keinen Widerstand zu leisten. Das Kommando der Interventionstruppen wies darauf hin, dass die Streitkräfte zur ›Verteidigung des Landes gerufen‹ wurden und die ČSSR verlassen würden, sobald die Gefahr beseitigt sei.«

Da brach der westliche Sender ab. Robert und Nora sahen sich an. Robert hatte Tränen in den Augen.

Nora kurbelte weiter an dem alten Radioapparat herum.

»Krieg?«, sagte sie. »Krieg?«

»Wahnsinn!«, sagte Robert.

Nora und Robert dachten an James, an seine Kampfhubschrauberstaffel.

Vor dem Haus in Ahrenshoop blühte im Mittagslicht ein Sanddorn. Die Bank, auf der sie gestern Nacht gesessen, getrunken, gesprochen und sich geküsst hatten – das tief geneigte Strohdach – alles Liebliche, alles zum Vergessen Einladende war den Dingen durch die Ereignisse in Prag mit einem Schlag heruntergestreift.

Sie saßen vor dem Häuschen und sahen plötzlich vor ihren inneren Augen Soldaten, Mosaikbilder von Schlachtfeldern, Uniformen, Panzerrohren, Wagen mit verschreckten Flüchtlingen darauf, tote Pferde, brennende Flugzeugteile, Bomberanflüge über verdunkelten Städten, sahen lauter alte Bilder, die sich in und über die Gegenwartsbilder schoben.

Zigtausende Panzer wälzten sich derweil in die ČSSR, Boden-Boden-Raketen, Scud-Raketen, über eine halbe Million Soldaten marschierte durch das Land, vielleicht auch DDR-Soldaten darunter.

Alexander Dubček war der politische Held der Stunde. Robert und Nora bewunderten seine Reformbewegung. Er war seit Wochen das Hauptthema bei ihren Diskussionsrunden in der Mokka-Milch-Eisbar. Dubček hatte den Prager Frühling, die Demokratisierungs-Bewegung in der ČSSR zugelassen.

Mutige Politiker, Intellektuelle und Künstler hatten in Prag versucht, einen »Sozialismus mit menschlichem Antlitz« zu verwirklichen. Die umständliche, nichts zustande bringende Planwirtschaft sollte von einer modernen, den Menschen zugewandten Wirtschaftsform abgelöst, die Künste von der Zensur befreit werden.

Und jetzt rollten Panzer über den politischen Frühling, der in Prag erblühte. Ein martialischer Exzess der sogenannten Hardliner wälzte die Reformer nieder.

Verachtung war alles, was Robert und Nora für die Führung in Ost-Berlin und in Moskau empfanden. In Robert wuchs ein solcher Hass auf seinen Vater, der jetzt sicherlich im Speicheldunst von Walter Ulbricht und Erich Honecker zusammen mit dem Exgeneral Ganzburger mit Sektglas in der Hand den Oberkommandierenden der Operation »Donau«, Marschall Jakubowski, feierte für seinen Erfolg bei der Okkupation von Prag. Sein Vater und General Ganzburger. Die Saunafreunde.

In dem Häuschen auf dem Hügel über der Ostsee wurden in Windeseile die Sachen zusammengepackt. Entgegen den Anweisungen aus dem Radio machten sich Nora und Robert gegen Mittag per Autostopp auf den Weg nach Berlin.

»Was ist Liebe?«, hatte Robert Nora gefragt. Sie hatte ihm geantwortet: »Selbstentdeckung.«

46

Vorbei an Straßensperren, Armeefahrzeugen, vorbei an einem ungeheuren Volkspolizeiaufgebot und an Hunderten gestrandeter Touristen kamen Nora und Robert spät am Abend in Ost-Berlin an.

Sie gingen in die Schillingstraße, um dort die Nachrichten im verbotenen West-Fernsehen anzuschauen. Nora glaubte ihren Vater noch im Krankenhaus in der Charité. Er war aber an diesem Vormittag nach Hause entlassen worden. Er saß lesend an seinem Schreibtisch und erschrak, als plötzlich seine Tochter mit Robert in die Wohnung kam. Ohne Begrüßung stürzten die beiden vor den Fernsehapparat.

Die ersten Bilder, die sie sahen: sowjetische Panzer auf dem Wenzelsplatz in Prag. Sie sahen die Gesichter von blutjungen russischen

Soldaten, die verwirrt und ratlos aus ihren Panzerluken schauten, die nicht verstanden, warum die Menschenmenge auf dem Platz sie mit Tomaten und Eiern und sogar mit Steinen bewarf – kein Kommandeur hatte diesen Soldaten das Ziel ihres Einsatzes verraten, ihnen die Grenzen oder die Türen genannt, durch die sie einbrechen sollten. Keine Destination und keine Erklärung für die geheime militärische Aktion.

Eine laute Diskussion brach los. Nora war der Meinung, dass sie auf der Stelle etwas unternehmen mussten.

»Die Deutschen haben schon einmal nur zugeschaut oder mitgemacht«, rief sie.

»Ich nicht.« Noras Vater sagte mit schwacher Stimme: »Erstens. Nora. Es rasseln dort keine deutschen Panzer, es rasseln in Prag sowjetische Panzer. Zweitens. Was willst du tun? Du bist verrückt geworden. Schau doch nur. Schau hin. Gegen dieses Aufgebot von Waffen und Soldaten – was willst du als Einzelne tun? Du kannst gar nichts tun.«

»Doch! Kann ich. Du hast auch einmal etwas getan.«

»Deswegen sage ich ja. Nichts kannst du tun. Ich spreche aus Erfahrung«, sagte der Vater. Seine Tochter hörte nicht auf ihn.

»Robert«, sagte Nora, »wir müssen Flugblätter schreiben. So wie du, Vati, einmal Flugblätter geschrieben hast gegen Hitler. Genauso müssen wir jetzt die Menschen hier in Ost-Berlin aufrütteln gegen die Lügen der DDR-Führung. Ich bin sicher, dass hier kein Mensch die Panzer in Prag richtig findet.«

Der alte Mann sah bedrückt aus. Er zog die Schultern in die Höhe. Es hatte keinen Zweck. Es war sinnlos. Es war lebensgefährlich, was Nora vorhatte.

Robert sagte: »Dein Vater hat recht, Nora. Wir können nichts ausrichten. Ist dir klar, dass wir ins Gefängnis kommen, wenn wir Flugblätter verteilen? Darauf steht hier in der DDR Gefängnisstrafe.«

»Dann kommen wir eben ins Gefängnis! Es ist mir egal, ich habe keine Angst! Wie kannst du über Gefängnis nachdenken, angesichts der Bilder aus Prag? Außerdem können wir es auch so machen, dass sie uns nicht erwischen.«

»Das geht gar nicht«, sagte Robert, »dass hier etwas nicht rauskommt, hier kommt alles raus, denn wir sind ja umzingelt, umringt von der Stasi, und beinahe jeder ist dabei.«

»Aber nicht alle sind bei der Stasi!«, beharrte sie. »Wir können hier nicht einfach nur still dasitzen, uns gemütlich ins Bett legen.«

Robert musste sich entscheiden – zwischen Nora, dem Bett und dem Gefängnis. Gegen seine Erfahrungen mit diesem Staat entschied Robert, mitzumachen, Flugblätter zu verfassen und sie zu verteilen.

»DUBČEK JA! HÄNDE WEG VOM ROTEN PRAG!«

»VIVA DUBČEK!«

»ES DARF NIE WIEDER KRIEG VON DEUTSCHEM BODEN AUSGEHEN!«

»EIN DUBČEK FÜR DIE DDR!«

»SCHAFFT KEIN ZWEITES VIETNAM!«

»STALIN LEBT!«

»DDR-TRUPPEN IN PRAG!«

»STRAFT DIE MÖRDER PRAGS!«

Sie schrieben sich die Finger wund.

47

Kurz vor Mitternacht hatten sie mit ein paar schnell zusammengetrommelten Freunden Streifen aus großen gelben Papierbögen geschnitten und insgesamt tausend Flugblätter mit der Hand geschrieben.

Bevor sie loszogen, um die Flugblätter in der Stadt zu verteilen, wurde vereinbart, dass sie sich nach getaner Arbeit wieder in der Wohnung Schillingstraße treffen wollten. Wer bis vier Uhr morgens nicht zurückgekommen war oder sich nicht telefonisch bei Emil, der den Telefondienst übernahm, gemeldet hatte, der war mit höchster Wahrscheinlichkeit verhaftet worden.

Gerda Katzfänger machte den Vorschlag, die Flugblätter unter die Scheibenwischer der Autos zu klemmen. Robert war dagegen. »Seid ihr wahnsinnig? Das kommt nicht in die Tüte. Da haben wir kaum drei

Stück unter die Scheibenwischer geklemmt, dann sind die Bullen da. Das gelbe Papier ist so auffällig, da rennen die sofort hin und schauen, was das ist. Nur in Häuser und Briefkästen.«

Sie gingen los, hinaus in die Ostberliner Nacht. Die Flugblätter hatten sie sich in die Taschen und unter ihre Pullis und Hemden gestopft.

Richtung Prenzlauer Berg. Robert und Nora schlichen sich in die Häuser und steckten die Flugblätter in jeden Hausbriefkasten. Zum Hinterausgang ging es wieder hinaus.

Nora waren die Briefkästen zu wenig öffentlich. Robert konnte nichts ausrichten gegen Noras Wut. Die Fußgängerbrücken übersäte sie mit den Aufrufen zum Protest. Die Jannowitzbrücke. Die Wege waren auf einmal gelb wie blühende Rapsfelder. Das Papier mit den Parolen fing das Laternenlicht ein und warf es surreal verzerrt zurück in die dunklen Straßen, auf dem Trottoir schimmerte es, wie verwehter Blütenstaub leuchteten die Flugblätter.

Schon in wenigen Stunden, malte sich Nora aus, würden die Massen auf dem Weg zur Arbeit darüber hinwegströmen. Dann würden sie die Augen aufreißen! Sie würden die Flugblätter aufheben, die Parolen lesen und sich ihrem Protest anschließen. Ein Ende der gepanzerten Macht. Ein anderes, freies Leben, andere Menschen streckten die Arme nach Frieden und Freundschaft aus.

Sie lief mit Robert über den Rosa-Luxemburg-Platz. Weiter ging es. Rauf zur Schönhauser Allee. Sie bogen schließlich in die Saarbrücker Straße ab. Immer noch hatten sie Flugblättervorrat. Am Kollwitzplatz war dann Schluss. Sie saßen auf dem Mauerstück eines Vorgartens. Es roch nach zermatschten Holunderbeeren. Sie teilten sich Noras letzte Zigarette. Etwas Berauschendes lag in dieser Nacht. Nora war glücklich, dass sie sich ihrem Zorn überlassen hatte. Sie fühlte, wie die Liebe sie viel riskieren ließ, wie sie in ihrem Höhenflug nicht allein bleiben, alles mitreißen wollte, besonders Robert. Die Liebe behandelte die Politik mit anderem Blick – rauschhaft, nicht kläglich. Robert erinnerte sich an den Morgen nach seiner ersten Nacht mit Nora, wie sie im Schlaf lächelte, als sei sie nun für immer und ewig im Himmel.

Ein paar Volkspolizisten kamen in ihre Richtung gestürmt. Durch einen Hinterhof verschwanden Nora und Robert, liefen zurück in die Schillingstraße.

Dort wartete Emil. Saß da: ratlos, verängstigt, kläglich. Keiner hatte angerufen. Keiner. Robert und Nora warteten bis fünf Uhr. Bis sechs Uhr. Aber es rief keiner an.

Robert wurde zusehends nervöser, als sich der neue Tag über Berlin erhob mit viel zu viel Sonne und das Telefon immer noch schwieg. Nora war erschöpft in Roberts Armen eingeschlafen. Emil nutzte diese Lücke zwischen Aktion und Lähmung, er verzog sich in seine Wohnung über Klärchens Ballhaus.

Robert weckte Nora: »Wie kannst du bloß schlafen? Das kann ich überhaupt nicht verstehen. Du schläfst? Jetzt? Das gibt es doch nicht. Wenn du erst mal im Knast hockst, dann wirst du noch genug Zeit haben zum Schlafen!«

Als es acht Uhr wurde, rief Nora bei ihrer Freundin Gerda an. »Sie ist verhaftet worden!«, sagte die Mutter und legte auf. Sie rief bei Micha an. »Micha ist heute Nacht nicht nach Hause gekommen«, sagte sein Vater, der Pfarrer. »Wir wissen nicht, wo er ist.«

Zuletzt rief Nora bei ihrer Freundin Eva Stark an. Eine betrunkene Stimme meldete sich. Eva und Gerda sind verhaftet worden. »Und zwar auf dem Georgenfriedhof, wo sie sich zwischen den Gräbern vor der Volkspolizei verstecken wollten.«

Nora legte auf. Alle waren verhaftet. Nur sie und Robert nicht.

48

»Wir hauen ab«, sagte Robert. »Ich sitze hier nicht rum und warte, bis sie mich abholen.«

»Ich komme mit«, sagte Nora.

»Aber vorher muss ich noch die *Spiegel*-Hefte aus der Boxhagener wegschaffen und die verbotenen Bücher von der Dicken. Wenn sie das Zeug bei mir finden, bin ich erst recht dran.«

»Was willst du machen?«

Robert rief Dieter Scharf an, einen alten Schulfreund. Dieter war Medizinstudent an der Humboldt-Universität, sein Vater ein berühmter Physiker, ein ehemaliger Mitarbeiter von Max Planck, der trotz Mauer im Westberliner Max-Planck-Institut arbeiten durfte. Die Familie wohnte in einer großen Villa am Müggelsee. Dank der herausragenden gesellschaftlichen Stellung des Vaters war Dieters Familie in gewisser Weise unantastbar.

Dieter kam sofort mit seinem Käfer Cabriolet in die Boxhagener, wo Robert und Nora im Hinterhof warteten. Sie verschwanden zu dritt in Roberts Wohnung, wickelten die brisanten Hefte und Bücher, darunter Beckett und Joyce, Koestler und Kafka, in Wolldecken ein, banden alles mit Wäscheleinen zusammen, sodass es aussah wie ein Lumpentransport, und schleppten die Bündel hinaus in den offenen Wagen.

»Wann soll ich denn das alles lesen?«, witzelte Dieter.

Die Ungetüme landeten auf der Rückbank, Nora setzte sich obenauf, am Steuer saß Dieter, daneben Robert. So schaukelten sie quer durch Ost-Berlin hinaus an den Müggelsee. Während der Fahrt erzählte Robert die Geschichte der vergangenen Nacht. Dieter gab ordentlich Gas.

»Klar. Ihr kommt mit zu mir raus«, rief er in den Fahrtwind. »Meine Eltern sind verreist. Wir machen Fondue, und hinterher gibt's Streuselkuchen von meiner Schwester. Ihr könnt erst einmal bei uns am See bleiben. Bis sich die hohen Tiere beruhigt haben. Da draußen wird euch keiner suchen.«

Nora war inmitten des Krimis, in den sie mit Robert geraten war, auf völlig überdrehte Weise glücklich. Villa mit Garten direkt am See. So machte der Kampf gegen die alten Betonköpfe sogar Vergnügen.

Robert hatte kein Auge für das schöne Seeufer, keinen Sinn für einen vergnügten Badeausflug. Die Ferienausgelassenheit Noras ging ihm auf die Nerven. Er musste sich dringend etwas einfallen lassen für die Wolldecken mit den verbotenen Schriften.

Dieter fand in der Garage etliche leere Obstkisten, in die sie die verbotenen *Spiegel*-Hefte und die unerwünschten Bücher packten. Sie nagelten die Kisten zu und luden sie auf Dieters Segelboot.

Sie segelten weit hinaus auf den Großen Müggelsee. Nora war noch nie auf einem Segelboot mitgefahren. Sie saß neben Dieter am Pinnenausleger, ließ ihre Füße ins Wasser baumeln. Der Wind meinte es gut mit ihnen. Unter dem geblähten Großsegel rauschte das Boot dahin.

In der Abenddämmerung kehrten sie zurück. Die Kisten hatten sie im See versenkt. Nora fand den Ausflug über das grüne Wasser einzigartig. Sie verstand nicht, warum Robert so gequält aussah. »Mein Spaß heißt Feierabend, Bier und Weiber«, hatte Günter Edmund gedichtet. Roberts Feierabend von der Angst gab es nicht. Er wusste genau, dass ihn sein Vater nicht ungeschoren davonkommen lassen würde.

Robert dachte an eine riesige Faust, die aus dem Wasser auftauchte und nach ihm griff, um ihn für das konterrevolutionäre Leben zu bestrafen.

Als es dunkel geworden war, machte Dieter Feuer im Garten, es wurde gegrillt und dazu Jimi Hendrix aufgelegt.

Dieter, seine Schwester und ein paar Freunde aus der Nachbarschaft saßen im Garten zusammen, es war eine warme, wunderschöne märkische Nacht.

Nora schaute mit zusammengekniffenen Augen in die Feuerglut, genoss den Funkenregen, wiegte sich zum Beat der Musik. Alle ließen immer wieder Prag und Dubček hochleben.

Nur Robert konnte diese Lagerfeuerromantik nicht genießen. Er wusste, dass es nur eine Frage der Zeit war, bis Volkspolizei und Männer der Staatssicherheit sie hier am Ufer aufstöbern würden.

»Fühlst du dich schlecht?«, flüsterte Nora nah an Roberts Ohr. Sie war mit einem Mal von seiner Angst angesteckt.

»Hast du die anderen vergessen?«, flüsterte Robert zurück. » Wie kannst du dich jetzt vergnügen? Micha? Gerda? Eva? Vergessen? Die sind alle verhaftet – und du willst hier die Sommerferien mit Segelausflug und Lagerfeuer einfangen? Wir werden auch bald verhaftet sein. Pass auf.«

Nora hatte dafür nur ein Mädchenlachen übrig. »Die werden sie ganz schnell wieder rauslassen, unsere Freunde. Und unsere Flugblätter hat längst der Wind verteilt über Berlin. Die Partei hat andere Sorgen als unsere Parolen!«

Wie viele solcher Nächte hatte sie erlebt, seit sie aus Bukarest an den Berliner Friedhof gezogen war, dachte sie. Keine einzige! Da murmelte Robert plötzlich: »Da! Schaut euch das an!«

Sie sahen auf den See hinaus – und trauten ihren Augen nicht!

Der halbe Müggelsee war bedeckt mit Roberts alten *Spiegel*-Ausgaben, die im Mondlicht auf dem Wasser schaukelten.

Dieter sagte: »Klar. Verdammt. Das Papier hat sich mit Wasser vollgesogen und die Kisten gesprengt. Das halten die längsten Nägel nicht aus. Was machen wir jetzt? Hier sind ständig Polizeiboote unterwegs!«

Dieter, Nora und Robert kletterten noch mal auf das Segelboot, fuhren los, versuchten die Hefte aufzufischen. Es war aussichtslos.

Wie Seerosen schaukelten sie über eine große Fläche, verteilt auf dem Wasser. Es war nichts zu machen.

Sie kehrten zurück ans Ufer. Robert rechnete jetzt jeden Augenblick mit ihrer Verhaftung. Dieter und seine Schwester traten das Feuer aus. Die Musik verstummte, aus der Feier war ein banges Warten geworden.

Aber es passierte nichts. Weder die Wasserschutzpolizei noch die Männer von der Staatssicherheit tauchten auf. Die Nacht hielt die Luft an.

In ihrem Zimmer allein, fragte Robert plötzlich: »Nora? Gehst du mit mir in den Westen? Machst du das?«

Sie brauchten nur bis zum nächsten Abend zu warten, um dann in Rahnsdorf die S-Bahn zu nehmen bis zur Friedrichstraße. »Dort weiß ich einen geheimen Verbindungsgang zwischen dem Bahnsteig C, wo die S-Bahn-Züge aus dem Osten enden, zu dem Bahnsteig B, wo die Züge zurückfahren nach Bahnhof Zoo«, flüsterte Robert. Es klang ganz einfach. Sie könnten in zwölf Stunden in West-Berlin sein. Es war nur eine Sache der inneren Entscheidung, es war keine Sache auf Leben und Tod.

»Warum gehen dann dort nicht mehr rüber«, fragte Nora, »wenn es keine gefährliche Sache ist?«

»Ich weiß von der Stelle durch die Haushälterin meiner Eltern. Ihr Neffe ist durch diesen Gang in den Westen abgehauen«, sagte Robert.

Dann schwieg er, er lag da, die Augen offen, Schlaf konnte er nicht finden. Nora streckte ihre Hand aus, sie berührte sein Gesicht. Er nahm ihre Hand, hielt sie fest über den Augen.

49

Nachdem sie beim ersten Sonnenstrahl geduscht hatte, lief Nora zu einer Telefonzelle in der Nähe der Villa.

Sie wollte nichts riskieren, falls die Villa abgehört wurde.

Vogelgesang und kein Mensch weit und breit.

Ihr Vater klang besorgt: »Wo bist du? Hier waren schon zweimal ein paar Männer von der Staatssicherheit und haben nach dir gefragt. Was ist passiert?«

»Nichts. Ich erzähle es dir später.«

Nora rannte zurück zu der Villa.

»Wir müssen nach Berlin. Es hat keinen Sinn, jetzt länger Versteck zu spielen. Es ist nur eine Frage der Zeit, bis sie uns hier oder wo auch immer fassen«, sagte Robert.

Sie nahmen die S-Bahn und gelangten unbehelligt zurück in die Stadt, gingen in die Schillingstraße. Dort wartete erschöpft Noras Vater. Er war alleine. Noras Mutter hatte Dienst im Institut. Emil renovierte die neue Wohnung in der Auguststraße. Er war auf Tauchstation gegangen, er wollte mit Prag und der ganzen Flugblattgeschichte nichts mehr zu tun haben. Der Professor unterstützte ihn in dieser Haltung.

Robert wollte seinen Vater um Hilfe bitten. Er wollte es noch einmal versuchen. »Geh nicht weg«, sagte Nora. »Lass uns zusammenbleiben. Wenn sie uns holen, will ich nicht alleine gehen müssen.«

Robert sah Nora zärtlich an.

»Ich beeile mich«, sagte er und küsste sie auf den Mund.

Er war kaum zehn Minuten fort, da klingelte es schon. Vor der Tür standen zwei Männer von der Stasi. Oben auf dem Treppenabsatz zum vierten Stock hatten sich zwei weitere Stasitypen postiert.

»Nora Meinl? Sie müssen jetzt bitte mitkommen zwecks Klärung eines Sachverhaltes.«

»Kann ich etwas mitnehmen?«

»Ja, können Sie, aber das ist erst mal nur zwecks Klärung eines Sachverhaltes«, wiederholte der Wortführer wie eine Maschine.

»Zahnbürste, Zahnpasta, ein Stück Seife. Das genügt«, sagte der andere.

Sie packte das Zeug in ihren Toilettenbeutel, verabschiedete sich von ihrem Vater. Der schüttelte nur stumm den Kopf. Kein Abschied.

»Seltsam«, dachte Nora. »Welches Verbrechens werde ich beschuldigt?«

Sie trug einen kurzen Rock, ein kurzärmliges T-Shirt und Sandalen. Ihre langen schwarzen Haare hatte sie im Nacken zusammengebunden. Den Toilettenbeutel mit Seife und Zahnbürste in einer Hand, wurde die kleine Frau, von vier Männern eskortiert, in ein wartendes Auto gesteckt und nach Hohenschönhausen in die Stasi-Gefängnisstadt geschafft.

Robert Papst stand vor seinem Vater in der Wohnung am Alexanderplatz.

»Bitte, Vati. Kannst du uns nicht helfen? Wir wollen nicht ins Gefängnis. Ich war vier Jahre in der Kadettenschule. Das waren vier Jahre Gefängnis. Noch einmal halte ich das nicht durch. Doch wenn es anders nicht geht, lass wenigstens Nora aus der Sache raus.«

Stille. Der Vater schwieg. Beugte seinen Kopf dem bleichen Sohn entgegen. Dann sagte der Vater: »Warte. Ich geh mal eben runter, Zigaretten holen. Ich muss eine rauchen. Ich bin gleich zurück.«

Der stellvertretende Minister Klaus Papst ließ seinen Sohn Robert vor dem Schreibtisch stehen. Unten rief er von einer Telefonzelle die Staatssicherheit an. »Er ist bei mir oben. Ihr könnt ihn abholen.«

An die Lampe über der Tür des Schlafsaals, die die ganze Nacht brannte in der Kadettenanstalt, an diesen Schreckensmond dachte

Robert jetzt, als er allein im gelben Kegel der Schreibtischlampe seines Vaters wartete.

Er hörte was. Dann, wie von den Wänden ausgespuckt, standen fünf Männer um ihn herum, griffen nach ihm mit ihren geübten riesigen Fäusten und führten ihn aus der elterlichen Wohnung, schafften auch ihn hinaus in die Gefängnisstadt nach Hohenschönhausen. Er musste sich ausziehen, nackt in einen Steintrog steigen.

Die sogenannte Eiswasser-Methode war eigentlich nicht mehr üblich, sie war sogar verboten. Aber der leitende Stasioffizier, mit dem Roberts Vater alles besprochen hatte, schwor auf sie. Er ließ also langsam eiskaltes Wasser einlaufen, bis es Robert knapp unter die Nase reichte. Er musste auf Zehenspitzen in dem nur langsam, ganz langsam ablaufenden Wasser stehen bleiben.

»Morgen kannst du das wieder haben, wenn du uns nicht alles genau erzählst«, hörte er den Stasioffizier sagen.

Dann wurde Robert nackt durch endlose Gänge gestoßen.

Es war längst nach Mitternacht, als sich seine Zellentür mit lautem Krachen hinter ihm schloss. Er setzte sich auf die Pritsche und ließ den Kopf hängen.

Da kamen ihm neue Gedanken. Unversehens klein. Unversehens groß. Die Welt ist nie dargestellt aus diesem Blickwinkel. Mitleid ohne Seele – Ideologie. Der Sohn eines DDR-Ministers hat keine Freunde. Der Sohn eines DDR-Ministers verdient kein Mitleid. Kein Mensch wird ihm glauben, sagte er sich, was er jetzt gerade erlebt. Kein Mensch wird ihn trösten.

50

Nora saß mit vier Stasimännern im Auto. Fahrer, Beifahrer, sie zwischen zwei Typen auf der Rückbank. Die trugen dunkle Sonnenbrillen. Sie musste lachen – was für ein billiger, schlechter Film. Sie wurde ermahnt, das Lachen einzustellen. Der Wagen hielt schließlich vor einem riesigen Eisentor, das Tor fuhr langsam auf, der Wagen mit Nora rollte auf das Gefängnisgelände. Hinter ihnen schloss sich das Tor wieder. Es war eine eigene Stadt mit Wohnblöcken. »Dort wohnen sie alle«, dachte Nora, »auf dem Gefängnisgelände, mit ihren Familien. Die Kinder spielen, die Mütter kochen, die Männer setzen sich Sonnenbrillen auf, wenn sie auf Verhaftungstour gehen.« Jetzt war sie wirklich in Hohenschönhausen, das sie nur als Schreckenswort kannte, wie Alcatraz oder Sing-Sing.

Man ließ sie bis Mitternacht warten. Sie wurde in eine kleine Kammer geführt, dort waren zwei Wächterinnen. Sie nahmen ihr alles ab. Kleider, Sandalen, sogar den bunten Haargummi. Nora stand nackt vor den Gefängnisfrauen und musste sich von ihnen abtasten, in den Hintern schauen lassen. Liegestütze machen, Kniebeugen, Mund aufreißen, Arme hoch.

Sie bekam die übliche Gefängniskleidung: blaue Trainingshosen, ein hell- und dunkelblau gestreiftes Hemd, ein Paar riesige Filzpantoffeln. Alles viel zu groß. Es gab nur diese Größe, es gab keine kleinen Sachen. Sie wurde in eine Zelle abgeführt.

In der Zelle gab es eine Pritsche, die hochgeklappt an der Wand befestigt war. Kleiner Tisch. Hocker. In der Ecke eine Toilette, eine Eisenschüssel. Inzwischen war es drei Uhr nachts. Sie rutschte zu Boden, ermahnte sich, stand auf, band die Pritsche los, klappte sie runter, fiel darauf. Schlafen! Nur schlafen. Da rasselte die Klappe in der Zellentür hoch. Eine Männerstimme brüllte: »Sie haben keine Liegeerlaubnis! Aufstehen!«

Aber jetzt schrie die kleine junge Frau. Sie schrie lauter, sie schrie so, wie sie es von sich selbst nicht kannte: »Wenn ich jetzt nicht schlafen darf, dann haue ich hier alles zusammen, und dann sage ich nichts mehr! Ich will jetzt schlafen!!«

Es folgten tage- und wochenlange Verhöre. Freigänge im Gefängnishof. Auf dem Hof waren Zellen – ohne Dach. Dort durfte sie eine Weile auf und ab gehen. Das nannte sich Freigang – genauso groß wie eine Zelle, nur eben ohne Dach. Stacheldraht war darüber gezogen. Bretter. Wächter mit Hunden liefen am oberen Rand auf den schmalen Simsen entlang. Als Nora anfing, ein Lied zu singen, schrie der Wächter über ihrem Kopf: »Aus!« Sie durfte nicht singen.

Da pfiff sie ein Zigeunerlied. Gleich wieder schrie der Gorilla von oben: »Aus!«

Sie pfiff ihr Lied in den Ärmel. Später wurde sie zu weiteren Verhören geführt. Diese Verhöre kreisten zäh und mit jedem Mal zäher um das nämliche Ereignis. Das gehörte zur Verhörtaktik. Immer dieselben Fragen. Nora saß vor Hauptmann Thiemig: Thiemig stellte die Frage, die er schon ein paarmal gefragt hatte. »Was wollten Sie mit der Herstellung und Verbreitung von Flugblättern erreichen?« Ihre Antwort wurde im Protokoll festgehalten, im üblichen Stasideutsch: »Es entsprach meiner ablehnenden Haltung gegen die Maßnahmen der sozialistischen Staaten in der ČSSR, die wir dadurch zum Ausdruck bringen wollten. Dadurch sollten die Bürger speziell in der DDR erkennen, dass es anders denkende Personen gibt. Gemeinsam mit den anderen Genannten hielten wir unsere Handlung für angebracht, die Bürger dadurch anzuregen, da ich der Ansicht war, dass es in der Hauptstadt der DDR sehr ruhig war, und insbesondere aufzuzeigen, dass Personen damit nicht einverstanden sind. Ich war der Meinung, dass auch weitere Personen, denen die Flugblätter in die Hände fielen, etwas tun sollten.« Wieder stellte der Hauptmann die Frage: »Wo wurde die Herstellung beziehungsweise Anfertigung der Flugblätter durchgeführt?« Wieder wurde Noras Antwort im Stasideutsch protokolliert: »Am 21.8.1968 wurde in der Zeit von 20 Uhr bis 23 Uhr die Anfertigung von Flugblättern in der Küche meiner elterlichen Wohnung vorgenommen. Für die Herstellung hatte ich gelbes Röntgenpapier.« Stunden und Stunden ging das. Immer und immer wieder dieselben Fragen. Das war die Taktik der Stasi: Wenn der Verhörte die exakt gleichen Antworten gab, so konnten diese nur gelogen, erfunden sein. Wenn die Antworten unterschiedlich ausfielen, dann entsprachen sie der Wahrheit, weil man ja nie eine Begebenheit genau gleich wiedergeben würde, wenn sie nicht erfunden ist.

Duschen einmal die Woche. Nora ging alleine in einen Duschraum mit einer Aufseherin. Die stand daneben und passte auf, dass sie sich wirklich duschte. »Hast Du schon einmal geduscht und jemand in

Klamotten steht daneben und sieht Dir dabei zu?«, schrieb sie in einem Brief an ihre Mutter. »Lieber nicht duschen, aber Du musst.«

In ihrer Wohnung hatten sie Bücher und Sachen beschlagnahmt, alle Bücher, die von West-Verlagen stammten. Sogar Dostojewski hatten sie beschlagnahmt, weil es eine Rowohlt-Ausgabe war.

Wo ihr Freund, wo Robert Papst war, wusste Nora nicht. Er saß in einem anderen Block und sollte auf Wunsch des mächtigen Vaters fertiggemacht werden.

Als sich Robert an die Torturen gewöhnt hatte, machte er sich einen Sport daraus, sie mit einem Lächeln zu quittieren. Jeden Abend schrieb der leitende Offizier einen Bericht für den Genossen Klaus Papst, Kulturministerium, Molkenmarkt 1–2.

»Gegenwärtig wird er nicht mehr im Eiswassertrog gehalten.«

»Wir spielen dem Untersuchungs-Häftling nachts *Bolero* in die Zelle ein, über Lautsprecher, bis zu zwölf Stunden.«

»Der Schließer weiß schon, wie man junge Menschen auf Linie kriegt«, hatte der Genosse Ganzburger gesagt. Freundlich. Grauhaarig. Soldat. Soldatenherz. Seine Grundidee vom Menschen: Strafe schützt.

51

Gabriele Papst kam aus Moskau zurück, wohin sie Ganzburger begleitet hatte. Zwei Tage hatten sie zusammen in einer Datscha verbracht, draußen auf der karelischen Landenge. Ihr Mann war am Abend ins ZK gefahren. Auf seinem Schreibtisch fand sie die Berichte aus dem Gefängnis Hohenschönhausen über ihren Sohn Robert:

»Am 26. September wurde der Häftling RP wieder für vierzig Minuten im Wassertrog gehalten.«

»Seine Zelle wurde zwölf Stunden mit lauter Musik beschallt.«

»Dieser junge Häftling hat einen zähen Körper.«

Es folgten Verhörprotokolle. Sie las eine Stelle.

Frage: »Welche Handlungen wurden zur Realisierung Ihres Vorhabens unternommen?«

Antwort: »Ich begab mich mit Nora Meinl, Eva Stark, Gerda Katzfänger, Micha Ücker und Noras Bruder Emil Meinl in die Wohnung Schillingstraße 27. In der Küche erarbeiteten wir Losungen für ein Flugblatt. Ich schlug vor: ›Stalin lebt.‹ Von Nora Meinl kam der Vorschlag: ›In Prag wird die Demokratie vergewaltigt.‹ Von Emil Meinl kam der Vorschlag: ›Gebt nicht Euer Ja zu Prag – sonst macht Ihr Euch mitschuldig.‹«

Gabriele Papst setzte sich mit einem Glas Gin vor den Fernsehapparat. Sie trank aus. Stand auf, holte die Flasche, saß wieder im Sessel, trank. Bis sie betrunken einschlief. So fand sie ihr Mann, als er vom Berichtstag der Abteilung Jugend im SED-Zentralkomitee nach Hause kam. Er wollte schon morgen seinen Rücktritt von seinem stellvertretenden Ministeramt betreiben. Er wollte sich von seiner Frau Gabriele scheiden lassen, mit der er drei Söhne hatte: Max, im Internat. James, bei der Armee. Robert, im Gefängnis. Scheidung von seiner Frau, die er in London kennengelernt hatte, Kriegssilvester 1940/41. Westend. In einem chinesischen Lokal. Ein schönes jüdisches Mädchen, ein ungewöhnlicher Mensch. Alle beneideten ihn damals um sie. Das Leben hatte sie ganz und gar verwandelt. Macht und Alkohol. Ein falsches Leben? Er wurde sentimental beim Anblick seiner Frau. Es war einmal alles so schön. Am liebsten hätte er sich erschossen. Wenn er in diesem Augenblick seine Dienstpistole bei sich gehabt hätte, hätte er abgedrückt. Kopfschuss. Schluss.

Er ermahnte sich. Wenn ich aber an meinem ältesten Sohn scheitere, mache ich mich lächerlich. Vor mir selbst, vor den Genossen. Ich verschwende mich auf die Eroberung meines Sohnes, während Kontinente auf den Sozialismus warteten.

Er ließ seine Frau im Sessel vor dem Fernsehapparat weiterschlafen und kroch ins Bett. Schlaf konnte er schon lange nicht mehr finden. Er träumte mit offenen Augen von einem Atomkrieg. Alles verbrannt. Eine Aschewüste. Ausgerechnet sein ältester Sohn war sein Atomkrieg. Er sah Robert aus dem Himmel hängen und hörte ihn lachen. Sein ältester Sohn lachte ihn vom Himmel hoch aus. Aus dem Wohnzimmer hörte er seine Frau schnarchen. Oder weinte sie? Er wartete, bis es hell wurde. Dann fuhr er ins Ministerium.

52

Eine Nacht in der hell erleuchteten Zelle. Ein Morgen nach einer Nacht mit Liegeverbot. Wie konnte er das beschreiben? Gar nicht. »Ich kann es nicht schreiben«, dachte Robert. Vielleicht ein anderer. Der leitende Stasioffizier schlug Robert einmal die Faust ins Gesicht. Er stürzte hinterrücks auf den Steinboden, wurde bewusstlos. Als Robert wieder zu sich kam, sah er ein weißes Tier, das sich mit den Vorderfüßen über ihn gestellt hatte und ihm mit einem langen Dorn in die rechte Armvene stach. Es wurden ihm Psychopharmaka verabreicht, die im Gehirn ihre Wirkungen taten und die Reaktionsfähigkeit herabsetzten. Wie sollte er das aufschreiben? Gar nicht. Er konnte es vielleicht erzählen, in einer Bar irgendwo in New York. Wenn er erst dort wäre.

Die Tage und Wochen waren quälend, in denen er in seiner Zelle saß, immer seltener zu den Vernehmungen geholt wurde und langsam begriff, dass er jetzt wirklich alleine war, in einer Gefängniszelle, ohne eine Ahnung davon zu haben, wann diese Untersuchungshaft aufhörte. Düster waren diese ewig währenden Minuten tonnenschwerer Stille. Er steckte bei Bewusstsein in einem Grab. Kein Blick, kein Klopfzeichen, bis auf die Verhöre und die Freigangzeiten nichts. Die Freigänge machten seine schlimme Lage schlimmer. Kaum hatte er Luft geholt und einen Fetzen Himmel erblickt, wurde er schon wieder in die dunkle Kellerzelle gesteckt. Kaum war er eingeschlafen, weckte ihn laute Musik. Kaum hatte er sich an das Zwielicht gewöhnt, wurde er ins grelle Licht gezerrt.

Irgendwann setzten sie ihm dann einen anderen Gefangenen in die Zelle. Einen jungen Mann, einen Studenten. Klarer Fall. Aber der junge Mann erzählte gute Geschichten. Robert fragte ihn: »Bist du bei der Stasi?«

»Nein.« Er hieß Rafael.

Robert erzählte ihm von einer Reise mit Nora nach Warschau. Sie waren an die Weichsel zur Buchmesse gefahren, dort waren viele westdeutsche Verlage mit ihren Büchern vertreten. Er und Nora nahmen eine Menge in der DDR verbotene West-Bücher mit. Rafael wollte wissen, welche Bücher. »Kafka. Hemingway. Nabokov. Burroughs. Henry Miller. Pasternak. Fotobände über New York. Zwei dicke Bände mit Bildern von Hieronymus Bosch. In Warschau war es schön mit Nora«, sagte Robert. »In einer Kneipe wurden wir gefragt, ob wir aus Frankreich und Geschwister seien.«

Rafael interessierte sich für jeden Moment in Roberts Leben, für jede Affäre. Er wollte mehr über Nora wissen. Robert sagte: »Immer wenn wir uns trennen wollten, passierte etwas. Diesmal wollte ich mit ihr nach Rumänien reisen. Ich verstand sie nicht. Ich dachte, wenn ich erst mal ihre Geburtsstadt kennengelernt habe, dann werde ich sie besser verstehen. Wir bekamen aber keine Reiseerlaubnis für Rumänien. Dann passierte Prag, die Sache mit den Flugblättern. Jetzt bin ich hier, und sie ist dort.«

Rafael erzählte wenig von sich. Er hatte Aerodynamik studiert. In seinem Schuppen hatte er an einem fliegenden Schirm gebastelt, an dem er sich über die Elbe wehen lassen wollte. Bis ihn seine Freundin an die Stasi verriet. Sie war die Tochter eines hohen Stasimajors. Sie wollte verhindern, dass dem Vater ihre Beziehung mit einem Republikflüchtling zum Nachteil würde.

Rafael zeichnete Robert die Schirmkonstruktion auf. Ein kleiner Motor unter dem Schirm, der ausgespannt drei Meter maß. Damit konnte er sich schon bei schwachen Winden viele Hundert Meter weit in günstiger Höhe treiben lassen. Als Robert wissen wollte, wie wahrscheinlich ein Absturz mit dem Ding sei, lachte ihn Rafael aus.

»Der Clou besteht in der Unwahrscheinlichkeit der Sache.« Das überzeugte Robert. »Auf das Gestänge kommt alles an. Man muss den Schirm nur fest aufspannen, dass er den Aufwind aushält. Dann ist der ganze Flug ein mäßiges Wagnis. Die Elbe jedenfalls ist damit rasch überwunden. Ich habe auch eine Konstruktion entworfen mit einem Stuhl und mehreren Ballons. Wenn das ein Mensch sieht, ein Grenzer zum Beispiel, glaubt er das, was er sieht, erst mal nicht. Ich bin damit über siebenhundert Meter aufgestiegen. Bis einer kapiert, was er sieht, bist du übern Fluss damit.«

Auf der Pritsche sitzend, die Zeichnung von dem fliegenden Schirm auf den Knien, sah Robert Rafael an, der einfach nur dalag und zur Decke hochsah, als würde er einen Rundflug durch die Gefängniszelle machen wollen. »Wessen Idee waren die Flugblätter?«, wollte Rafael von Robert wissen. Robert überlegte keine Sekunde, er sagte, dass die Flugblätter seine Idee gewesen wären. Er wollte Nora schützen, es war ihm klar, dass Rafael der Stasi berichten würde. In Wahrheit waren die Flugblätter ihre Idee gewesen – aber das würde sowieso kein Mensch glauben. Moden wurden geglaubt, Stile und Vorurteile, nicht Wahrheiten.

Rafael sah weiter zur Decke hoch. Er flog wohl noch einen Kreis unter der Zellendecke, dachte Robert, mit seinem Flugschirm. Später erzählte er Rafael, Nora wollte beim Studium der Dialektik nicht, wie es die Lehrer von ihr verlangten, mit Marx beginnen, sie wollte sich erst mit Hegel beschäftigen. Sie kritisierte das Informationswesen der DDR, sie fühlte sich in der DDR über die Entwicklungen der Welt nur unzureichend informiert. Robert erzählte eine Menge solcher Details über Nora. Er wollte auf die Weise rausbekommen, wie und was Rafael weitergab. Später, im Verlauf weiterer Verhöre, tauchten seine Geschichten wieder auf in Form von Fragen. Es überraschte ihn nicht. Das Erzählen half Robert über die leere Knastzeit, er war endlich nicht mehr mit seinen Ängsten allein. Rafael flog an seinem Schirm durch die Zelle – bis er eines Tages verschwunden war.

53

Nach sechs Wochen, vollgestopft mit täglichen, oft auch nächtlichen Verhören, wurden Gerda Katzfänger, Eva Stark und Nora Meinl unter strengen Auflagen aus dem Gefängnis Hohenschönhausen entlassen. Robert Papst blieb weiter eingesperrt.

Ende Oktober hielt es Nora nicht mehr aus. Sie schrieb ein Bittgesuch an den Staatsanwalt.

Ihr Bittschreiben blieb unbeantwortet.

Daraufhin traf sich Nora mit Roberts Mutter im Berolina Hotel. Nora hatte einen Brief für Robert, den wollte sie seiner Mutter mitgeben, wenn sie ihn im Gefängnis besuchte. Roberts Mutter sah krank aus. Sie sagte zu Nora: »Ich möchte, aber ich darf ihm deinen Brief nicht geben.«

Nora schaute Roberts Mutter groß an.

»Ich darf ihm deinen Brief nicht geben«, flüsterte sie immer wieder. »Ich darf nicht, ich darf ihm nur einen Brief von James in das Gefängnis bringen.«

Nora lief nach draußen, kaufte schnell eine Tafel Schokolade. Auf dem Klo schob sie ihren Liebesbrief fein gefaltet unter das Schokoladenpapier. In dem Brief schrieb sie Robert, dass sie alle ihre Bücher an verschiedene Antiquariate verkauft und auf die Weise siebenhundert Mark für einen Anwalt zusammenbekommen hatte. »Deshalb habe ich mich auf die Suche nach einem Anwalt für Dich gemacht. Er scheint ganz vernünftig zu sein. Ich liebe Dich, Robert, ich bin verzweifelt, ich kann die Luft nicht atmen ohne Dich. Deine Nora«.

Als Nora zurückkam, saß Roberts Mutter wie eingeschlafen vor ihrer Tasse Tee. Sie hatte sich selbst aufgegeben, sie wusste nicht mehr, wer sie war. So zumindest schien es Nora, als sie sie so zusammengefaltet in dem Sessel sitzen sah.

»Schokolade darfst du ihm doch bringen von mir?«, sagte Nora.

Roberts Mutter drehte die Tafel Schokolade viele Male hin und her. Schließlich flüsterte sie: »Wie kannst du nur, Nora? Du weißt doch, wie streng gefilzt wird.«

Aber schließlich nahm sie die Schokolade mit Noras Brief an Robert doch mit.

54

Ende Januar begann im Stadtbezirksgericht Berlin-Mitte der Prozess gegen Robert Papst, Nora Meinl, Gerda Katzfänger und Eva Stark. Im Volksmund hieß dieser Prozess: »Verhandlung gegen Robert Papst und seinen Hühnerhof.«

Wo und in welchem Knast Micha saß, wussten weder Robert noch Nora. Der Prozess gegen den Maurer war von diesem Verfahren abgetrennt worden.

»Auf den Eigensinn verzichten. Es anders machen«, dachte Robert, als er in den Saal geführt wurde zur ersten Prozesssitzung.

Im Stadtgericht sahen sich Robert und Nora nach monatelanger Trennung zum ersten Mal wieder. Sie nahmen nebeneinander auf der Anklagebank Platz. Sie durften nicht miteinander sprechen.

Robert wirkte auf Nora wie ein kleiner Junge, der wahnsinnige Angst hat. Er sah sich ständig um. Er trug ein schwarzes Hemd unter einem dunklen Anzug und war ganz dünn geworden. Glatt rasiert. Sie kannte ihn nur mit schwarzem Dreitagebart. Über der Oberlippe hatte er sich geschnitten. Nora konnte die kleine Wunde deutlich sehen. Er blickte nur flüchtig zu Nora, dabei stieß sein Knie an ihr Knie. Er vermied alles, was ihn mit den Saalregeln in Konflikt bringen konnte. Das Gefängnis war für ihn zur allerschlimmsten Erfahrung geworden. Bis zum Tag des Prozessbeginns musste er Tage und Wochen allein in seiner Zelle sitzen, er wurde nicht mehr zu Vernehmungen geholt, nachdem die Mission der Abhörwanze Rafael beendet war. Die Einsamkeit tötete ihn langsam und unbarmherzig. Die Einsamkeit der Zelle war das Schlimmste, was er erlebt hatte. Er war auf dem besten Weg, den Verstand zu verlieren. Sein Kopf war wie ein Wartesaal mit Schreckensfiguren vollgestopft, die ihn unter ihrem Stimmengewirr begruben. Über dieser Ansammlung thronte sein Vater in unzählig verschiedenen Verkleidungen der Macht. Einmal als Henker, ein anderes Mal als Blutkommissar. Robert musste ständig alle seine Kräfte gegen diesen Orkan der Geister aufbieten, um nicht dem Wahnsinn zu verfallen. Die Stunden, die Tage und die endlosen Nächte lasteten auf ihm, wie Berge, die unablässig ihr drückendes Gewicht vervielfachten. Sein Kopf war ohne Gedanken, voller Geschrei, sein Körper fühlte sich taub an, als wäre er aus dickem grauen Pappkarton.

Der erste Verhandlungstag erschien ihm deshalb wie die Erlösung aus der Hölle.

Robert hatte einen Saal erwartet, viel mehr theatralische Zurichtung. Wie er es aus Gerichtsfilmen kannte. Es war aber nur ein banales kahles Sitzungszimmer, in dem sein Prozess stattfand, ohne irgendwelche Besonderheiten, ohne hauptstädtischen Volksauflauf, ohne Presse und Blitzlichter. Irgendwie hatte er sich nach der Gefängnishölle seinen Prozess bunter vorgestellt, weniger grau und nebensächlich, wie sich das Stadtgericht jetzt zeigte.

Rechts vom Eingang stand ein Tisch für die Verteidiger. Dort saßen Noras Anwalt Fritz Kratzer und der Anwalt, den Nora für siebenhundert Mark – zahlbar im Voraus – für Robert angeheuert hatte. Vor dem Tisch der Anwälte die Bank für die Angeklagten.

Darüber thronte das hohe Richterpodest. Dort nahm in der Mitte die Richterin Platz. Ihr zur Seite, links und rechts, saßen die beiden Schöffen. Hinter ihnen ein Fenster, sodass Richterin und Schöffen gegen den Lichteinfall nur als schwarze, bedrohliche Silhouetten zu erkennen waren. Dahinter kahles Baumgezweig, grauer Winterhimmel.

Rechts von der Verteidigung der Tisch des Staatsanwaltes. In der ersten Reihe des Zuschauerraumes saßen der Parteisekretär der Filmhochschule Babelsberg sowie zwei Studentinnen von der Humboldt-Universität. Außerdem ein Mann vom Literaturinstitut in Leipzig. Der sollte später darüber berichten, was Literatur alles in den Köpfen junger Menschen anrichten kann.

Neun Uhr am Morgen. Robert sah die meiste Zeit starr vor sich hin. Nur ganz verstohlen hob er hin und wieder den Blick. Im Sitzungsraum, erkannte er, saßen etwa dreißig Zuschauer. Sein Vater war mit dem polnischen Militärattaché auf Jagdausflug in Masuren. Robert fragte sich, wann er endlich erwachsen werden und seinen Vater als die Illusion einer vergeblichen Sehnsucht erkennen wollte. Noras Vater war wegen eines wichtigen Termins in der Akademie verhindert. Auch die Väter von Gerda und Eva fehlten. Keine Väter. Nur Mütter. Seine Mutter. Noras Mutter. In diesem Moment hasste Robert alle Mütter. Er entdeckte unter den Zuschauern Johanna mit ihrem Vater Günter Edmund. Mit dabei Bruno Kieling. Robert fühlte Brunos Blicke; scheinbar harmlos, glaubte er, lauerten sie auf ein saftiges Urteil gegen ihn. Sein Dichtervater Günter Edmund war aus Langeweile gekommen, mutmaßte Robert. Er täuschte sich. Günter Edmund sammelte Material. Er arbeitete an einer dramatischen Skizze über Roberts Vater: *Winterchaussee Stalingrad*. Die Stichworte lieferten ihm Bruno und die Reise nach Stalingrad. Solche Gerichtsszenen waren ganz nach Edmunds Geschmack. Er wollte, bevor Robert selbst auf den Gedanken kam, aus der Vater-Sohn-Geschichte Literatur machen.

Von dem Prozess erwartete er sich gute Pointen. Johanna Edmund saß in einem dünnen Mäntelchen zwischen Bruno und ihrem Vater. Sie fror und zitterte und tat eine Menge dafür, dass jeder im Raum bemerkte, wie intensiv sie mit den Angeklagten litt. Die restlichen fünfzehn Anwesenden waren bestellte Leute von der Stasi. Der Schauprozess war auf fünf Tage angesetzt. Zuerst wurden die Lebensläufe der Angeklagten vorgetragen und Fragen zum Tatbestand gestellt.

Dem Gericht lagen die Beweise ihrer staatsfeindlichen Hetze vor: gelbe, mit Parolen vollgeschriebene Röntgenpapierbögen. »Ein Dubček für die DDR« – »Stalin lebt.« Und so weiter. Etliche Bürger aus dem Stadtbezirk Prenzlauer Berg hatten die fraglichen Flugblätter auf der Stelle bei der Volkspolizei abgegeben.

Der Staatsanwalt beschrieb in scharfen, verurteilenden Worten das Geschehen in der Tatnacht im August nach dem Einmarsch der »Bruderstaaten« in Prag. »Die Angeklagten haben unserem Staat schweren Schaden zugefügt. Sie wollten die Bürger der DDR aufhetzen gegen ihre Regierung.«

Danach wandte er sich der Frage zu, aus welchem Geist der reaktionäre Hass der Angeklagten auf die Errungenschaften der DDR kam. Im dramatischen Schmierentheaterton trug er dazu einen Vers des verbotenen Dichters Wolf Biermann vor.

Das Land ist still
Der Krieg genießt seinen Frieden
Still. Das Land ist still. Noch.

Besonders in der Zeile »Still. Das Land ist still. Noch« sah der Staatsanwalt den Willen zur Aufwiegelung gegen die Frieden stiftenden Maßnahmen der Sowjetunion und ihrer Bruderstaaten. Wieder und immer wieder rief er in den Gerichtsraum: »Still. Das Land ist still. Noch.« Mit Kopfstimme rief er zur Richterin hinauf: »Dieses ›Noch‹ provozierte, verführte die Angeklagten zu ihrer gefährlichen Flugblattaktion. Sie wollten unsere Arbeiter zu konterrevolutionären Aktionen provozieren. Schluss mit dem Frieden, weg mit dem Noch!«

Als Nora von der Richterin aufgefordert wurde, sich zu dem Vorwurf zu äußern, bestand sie darauf, dass die ganze Flugblattaktion ihre Idee gewesen sei. Die Bilder in Prag hätten sie mit Schaudern an die militärische Okkupation durch die Nazis denken lassen. Sie als Tochter eines deutschen Antifaschisten, der im Kampf gegen die Nazis sein Leben riskiert hatte, konnte sich angesichts der Nachrichten aus Prag nicht einfach in ihr Bett verkriechen. Sie musste etwas tun, sie wollte mit den Flugblättern ihren Protest gegen die Panzer deutlich zum Ausdruck bringen. »Ich habe etwas gegen Panzer, die das freie Denken unterdrücken sollen. Als Bürger dieses Staates wollte ich meinen Unmut gegen die Beteiligung an dieser militärischen Intervention ausdrücken.«

Der Staatsanwalt fand hämische Worte dafür, wie »die junge Dame hier mit frechen Behauptungen den Anstifter zu schützen versucht«. Er hielt Nora eine gemeinsame Bootsfahrt mit dem konterrevolutionären Bänkelsänger auf dem Werlsee vor.

Nora errötete. Also auch diese kleine, sinnlose Nicht-Affäre hatte die Stasi ausgeforscht?

»Da hast du doch als junges Mädchen in aller Harmlosigkeit nicht an die große Politik gedacht, als du mit dem Herrn eine Bootsfahrt machtest? Da hast du doch sicher an etwas ganz anderes gedacht? Und als du dann im August die Möglichkeit sahst, deine Bewunderung für den Verführer zu zeigen, hast du dich, bewusst oder unbewusst, zu einer Mutprobe hinreißen lassen. Alle anderen Behauptungen sind nur vorgeschützt, um dein Schwärmertum mit einem nicht vorhandenen politischen Bewusstsein zu bemänteln.«

Nora ging darauf gar nicht ein, sie rief in den Raum: »Václavské náměstí – es lebe die Freiheit.«

Sie wurde ermahnt. Danach gab es eine Verhandlungspause. Ein Volkspolizist führte Robert in Handschellen in einen Extraraum. Nora durfte nicht mit ihm sprechen.

Am zweiten Verhandlungstag kam es zu einem Eklat. Der Anwalt, den Nora für siebenhundert Mark für Robert angeheuert hatte, stellte sich als dessen Pflichtverteidiger heraus. Trotzdem hatte er von Nora Geld genommen. Er tat nichts zu Roberts Verteidigung. Im Gegenteil! Ein schmieriger Winkeladvokat, der Robert Papst als wankelmütiges, ständig seine Meinungen änderndes, DDR-feindliches Element darstellte. »In seiner Zeit als Filmstudent in Babelsberg las er nur West-Literatur und wiegelte seine Mitstudenten gegen Staat und Universität auf.«

Robert intervenierte. Der Anwalt verschwand.

Robert verteidigte sich selbst.

Er hielt sein Plädoyer, in dem er zu beweisen versuchte, dass die Flugblattaktion im Endeffekt allein seine Idee gewesen war. Seine Wut gegen die Panzer auf dem Wenzelsplatz sei der Auslöser gewesen für die nächtliche Protestaktion. »Das besagte Lied hatte auf mich keinen Einfluss. Ich kannte es bis eben gar nicht. Ich, Robert Papst, ich ganz alleine habe die Flugblattaktion angestiftet.«

Für Noras Anwalt Kratzer war es auffallend zu beobachten, wie jeder der Beteiligten die Schuld auf sich nehmen wollte. Das sprach in seinen Augen für die Naivität dieser Kinder.

Der Staatsanwalt forderte wegen staatsfeindlicher Hetze im Krieg drei Jahre, sechs Monate Gefängnis für Nora Meinl, jeweils zwei Jahre für Gerda Katzfänger und Eva Stark. Für Robert Papst forderte er die Höchststrafe: fünfzehn Jahre Gefängnis.

Im Saal stockte allen der Atem.

Fünfzehn Jahre für Robert Papst?

In der Verhandlungspause gestattete die Richterin Nora, Robert im Warteraum zu besuchen und mit ihm zu sprechen. Robert war nach dem Antrag der Staatsanwaltschaft sterbenselend zumute. Er umarmte Nora, presste sie an sich. Er war jetzt noch blasser als zu Beginn der Verhandlung. Nora konnte Roberts Herz wie einen eingesperrten kleinen Vogel flattern hören. Er lehnte seinen Kopf an ihre Schulter.

»Heirate mich«, flüsterte er.

Nora reagierte verblüfft. Das war gar nicht Robert, der das sagte. Er fasste nach ihrer Hand. »Heirate mich!«

»Meinst du das wirklich?«, fragte Nora.

»Ja«, antwortete er.

Seine Mutter, die mit ihnen im Zimmer war, hatte das Gespräch mit angehört. Sie sagte laut und ganz praktisch: »Das ist aber schön, wenn ihr heiratet.«

Nora sah Robert an. Sie wusste, dass er es nicht wirklich meinte.

Aber sein verängstigter Blick tat ihr weh.

»Ja«, sagte sie. »Wenn du mich willst, heirate ich dich.«

Draußen standen die Zuschauer mit gesenkten Blicken vor dem Verhandlungssaal. Die Sache stand schlecht für Robert und Nora.

Nach der Pause hatte Noras Verteidiger das Wort. Der Anwalt Fritz Kratzer war in Ost-Berlin der Staranwalt. Er begann sein Plädoyer mit kreischender Vogelstimme. »Hohes Gericht. Eines möchte ich hier erstmal ganz klar den Beschuldigten sagen, damit wir uns richtig verstehen. Am 21. August 1968, als wir in Prag die Konterrevolution aufhielten, wisst ihr, was ich da gemacht habe? Das kann ich euch sagen! Ich habe eine Flasche Sekt aufgemacht, habe meine Sekretärin reingerufen, und ich habe gesagt zu meiner Sekretärin: ›Heute stoßen wir auf diesen Tag an.‹ Das habe ich gemacht. Nur, damit das hier einmal ganz klar ist, wo ich stehe.«

Er trat an den Tisch heran mit den Beweisstücken, mit den Flugblättern. Er nahm eines hoch und las: »›Stalin lebt.‹ Hm! Was ist denn das für ein Blödsinn? So einen Blödsinn habe ich in meinem Leben nicht gehört. Stalin lebt doch gar nicht mehr, der ist doch tot.« Dafür kassierte der Anwalt Kratzer ein zustimmend verhaltenes Gelächter. Jetzt legte er richtig los.

»Heute Morgen saß ich mit meiner Frau beim Frühstück, und da sagte meine Frau zu mir: ›Fritz‹, sagte sie, ›was hättest du getan, wenn unsere Kinder so was gemacht hätten?‹ Da habe ich zu meiner Frau gesagt, ich hätte, wenn meine Kinder so etwas getan hätten, mich hingesetzt und lange nachgedacht, wie das passieren konnte. Das ist, meine Damen und Herrn, der Punkt. Sie sind doch Fleisch von unserem Fleische und Blut von unserem Blute. Wie konnten diese Kinder auf so eine falsche Bahn geraten? Kinder von Antifaschisten, von Kommunisten, die gelitten haben unter den Nazis, und da müssen wir uns doch fragen, was wir falsch gemacht haben.«

Nora sah immer wieder zu Robert hinüber. Robert erwiderte ihre Blicke nur kurz. »Grober Unfug. Wenn ich auf die Weise rauskomme aus dem Knast«, dachte Robert, »soll es mir recht sein, dann fange ich ein neues Leben an. Ich werde Nora heiraten, eine Familie gründen.« Er hörte, wie sein Name aufgerufen wurde.

Das Urteil des Schöffengerichts lautete: zwei Jahre und drei Monate Gefängnis für Robert Papst. Zwei Jahre Gefängnis für Nora Meinl, ein Jahr, drei Monate Gefängnis für Gerda Katzfänger und für Eva Stark.

Gerda Katzfänger rief: »Macht die Fenster auf, damit die Gerechtigkeit hereinkann.« Ihre Mutter, die während der Verhandlung eingeschlafen war, musste zusehen, wie ihre Tochter wegen dieses Zwischenrufs zurück ins Gefängnis geschafft wurde.

Auch Robert wurde gleich nach der Urteilsverkündung nach Hohenschönhausen in seine Zelle zurückbefördert.

Die Mütter reagierten schockiert auf das Urteil. Sie redeten auf den Anwalt ein.

»Ich bin selbst überrascht von dem drastischen Urteil«, sagte Kratzer. »Aber das wird so nicht stehen bleiben, machen Sie sich mal keine Sorgen.«

Eine Woche später kam Bewegung in die Angelegenheit. Endlich wurde Robert entlassen. Seine Mutter holte ihn ab. Sie wartete vor dem großen Stahltor auf ihn.

Robert sprach nicht, er schwieg die ganze Zeit. Vor seiner Wohnung bat er sie, ihn alleine zu lassen. Sie ging wortlos, Robert war es, als würde sie von der Luft verschluckt.

Nora verspätete sich. Als sie bei Robert eintraf, kam er ihr über den Hinterhof entgegengerannt.

»Wo bleibst du denn?«, rief er. Er schloss sie in seine Arme. Nie wieder war er später so wie an diesem Tag. Alle Attitüden waren weg. Nichts weiter war er als ein junger, verletzter, einsamer Mann, glücklich darüber, wieder in Freiheit zu sein.

55

Eine Woche verging, dann wurde das Urteil zur Bewährung ausgesetzt. Noras Bewährungszeit sollte drei Jahre betragen, Roberts Bewährungszeit drei Jahre und sechs Monate. Gerda Katzfänger und Eva Stark bekamen zwei Jahre Bewährung aufgebrummt. Damit war das Urteil rechtskräftig. Alle wurden aufgefordert, sich unverzüglich Arbeit zu suchen. In sieben Tagen sollten sie dann vor der Richterin erscheinen und berichten.

Aber Micha saß nach einem halben Jahr immer noch im Gefängnis. Die Stasi versuchte, den Pfarrerssohn durch brutale Behandlung zu brechen und ihn zum Informanten zu machen.

Robert ging mit Nora in ihre Wohnung in die Wilhelm-Pieck-Straße. Seine in der Boxhagener befand sich nach den Ereignissen des Sommers und mehreren Durchsuchungen in einem völlig verwahrlosten Zustand. Nora hatte eine Flasche Wein besorgt und etwas zu essen. Sie wollte mit Robert ein bisschen feiern.

Sie saß neben ihm. Er war anders. Sie hätte ihn gerne geküsst. Sie nahm seine Hand. Sie sah ihn an. Sie sahen sich in die Augen. Seine Augen, die einmal ruhig geschaut, flitzten wie zwei gejagte Wesen von ihr weg, zu ihr hin, ruhelos, hin und her, senkten sich auf den Boden, sprangen zur Tür.

Er war ein anderer geworden. Nicht äußerlich, obwohl – doch, auch irgendwie äußerlich, fand Nora. Er wirkte wie auf der Flucht, er hatte seine Mitte verloren, seine Ruhe. Er sah aus wie ein Federstrich, wie in den Wind gezeichnet. Wie ein Strohhalm, ein langer, geknickter dunkel glänzender Strohhalm. Seine Augen stachen heraus.

Er legte einen Arm um sie. Dabei sah er von ihr weg, starrte zur Tür.

»Alles in Ordnung mit dir?«, fragte sie ihn.

»Ja, ja – alles in Ordnung. Bei dir? Auch? Ist die Tür verriegelt?«

Sie nickte. Dann fragte sie ihn: »Willst du das wirklich? Heiraten?«

»Nein«, sagte Robert. »Das wirst du bestimmt verstehen. Ich hatte nur gedacht, wenn ich im Gefängnis sitze, ist es besser, verheiratet zu sein, damit du mich immer besuchen und alles für mich erledigen kannst.« Er schwieg. Schließlich sagte er: »Aber jetzt müssen wir ja zum Glück nicht mehr heiraten.«

»Nein«, sagte Nora. »Nicht mehr. Zum Glück.« Sie konnte das Lachen nicht unterdrücken.

»Ja«, sagte Robert.

Sie wandte sich von ihm ab und kämpfte mit den Tränen. »Ja, ja. Zum Glück.«

Sie lächelte schon wieder.

Robert sah Nora an. Das Gespräch zwischen ihnen verstummte. Unbeholfen suchte er nach Worten.

»Du? Sag mal?«

»Was denn?«

»Welche Arbeit wollen wir uns suchen?«

Nora wurde plötzlich lebendig. »Ich habe mich schon umgehört. Ich habe mit meiner Tante gesprochen, mit Helli. Du könntest im Brecht-Archiv arbeiten. Sie nimmt dich, du müsstest dich halt einmal bei ihr vorstellen.«

Robert reagierte begeistert. »Du hast mit Helli über mich gesprochen? Nora? Wirklich?« Endlich taute er auf, er goss sich Wein ein, aß ein paar von den Trauben. »Und du?«, fragte er sie. »Was wirst du machen?«

»Ich will in einem Verlag arbeiten, ich habe schon ein paar abgeklappert, bis auf einen will mich keiner nehmen. Aber einen habe ich. Der Kinderbuchverlag Alfred Holtz nimmt mich. Das ist noch der letzte und einzige private Verlag in der DDR. Und der alte Holtz meinte, ihn interessiert nicht meine politische Haltung, ihn interessiert nur, wie gut oder wie schlecht ich arbeite. Der hat mir gefallen, der alte Verleger. Ich freue mich richtig auf die Arbeit dort«, sagte Nora.

Es kam der Termin im Stadtbezirksgericht bei der Richterin. Robert und Nora wurden in einen großen Raum gerufen mit einem endlos langen Tisch. Zwei Männer von der Staatssicherheit saßen an dem einen Ende, Staatsanwalt und Richterin am anderen Ende. Nora musste sehr laut sprechen, um sich verständlich zu machen.

»Was für eine Arbeit haben Sie sich ausgesucht? Wo wollen Sie arbeiten, Frau Meinl?«, fragte die Richterin.

Nora freute sich, sie hatte eine gute Stelle gefunden. »Ich will in einem Kinderbuch-Verlag arbeiten«, rief sie über den langen Tisch der Richterin entgegen, »beim Alfred Holtz Verlag.«

Die Richterin fuhr ihr ins Wort. »Ja, das haben wir hier im Stadtgericht bereits erfahren. Sie wollen in einem Kinderbuch-Verlag arbeiten und der Herr Papst im Brecht-Archiv? Wir sind sehr enttäuscht. Sehr enttäuscht. Wir sind der Meinung, dass Sie überhaupt nichts begriffen und nichts gelernt haben in den vergangenen drei Monaten. Gar nichts. Nichts!«, schrie sie.

Nora und Robert starrten die blonde Richterin ratlos an.

Sie schrie nun noch lauter: »Wie wollen Sie denn mit Ihrer Einstellung zu unserer Politik in einem Beruf arbeiten, der mit Öffentlichkeit zu tun hat und selbstverständlich auch mit politischer Haltung? Wie wollen Sie mit Ihrer feindlichen Einstellung den Bürgern der DDR gegenübertreten und das große Werk des Bertolt Brecht überhaupt beurteilen? Das können Sie doch gar nicht. Das können Sie nicht! Sie müssen erst lernend begreifen, in welchem Staat Sie leben. Deshalb haben wir für Sie jetzt eine passende Arbeit ausgesucht. Sie werden ab sofort, Frau Meinl, in der Berlin-Chemie Adlershof arbeiten. Melden Sie sich morgen früh, sechs Uhr, bei Frau Naumann, Leiterin der Abteilung

Kader und Berufsausbildung, zur Frühschicht. Berlin-Chemie. Glienicker Weg 181. Sie, Herr Papst, arbeiten – ebenfalls ab morgen, Frühschicht!! – in den Transformatorenwerken Oberschöneweide. Melden Sie sich bei Obermeister Manfred Karge.«

Keine weiteren Fragen. Und raus!

56

Es war fünf Uhr morgens, als Nora und Robert gemeinsam mit der S-Bahn zum ersten Mal zur Arbeit fuhren. Robert stieg in Oberschöneweide aus, Nora zwei Stationen später. Sie wurde von der Kaderleiterin von Berlin-Chemie in Empfang genommen und in die Baracke für Pflanzenschutzmittel eingewiesen. Dort hielt sie es kaum einen Vormittag aus. Sie dachte, sie würde vergiftet und müsste sterben. Sie brach zusammen. Als sie wieder zu sich kam, schickte man sie in die Verpackungsabteilung, wo die verschiedenen Medikamente in Gläser, Dosen und Schachteln verpackt wurden.

Es gab zwei Etagen: In der unteren standen riesige veraltete Maschinenmonster, die noch aus der Vorkriegszeit stammten. Hier ging die Verpackung maschinell vonstatten. Die Maschinen wurden mit den Pillen, mit den leeren Fläschchen und Faltschachteln gefüttert. Je zwei Arbeiterinnen bedienten eine Maschine: Eine Arbeiterin füllte die Ingredienzien hinein, die andere stand am Bandende, wo die fix und fertig gepackten Pillenschachteln herauskamen. Im Akkord wurden sie dann in Kartons einsortiert. Diese Arbeit erforderte einen leeren Kopf und viel Gleichmut – jeder Gedanke, jeder Juckreiz bedeutete Ablenkung. Gleich wuchs der ausgespuckte Pillenschachtelberg und konnte nur noch durch Abstellen der Maschine bewältigt werden. Das Abstellen der Maschine verdarb den Akkord und schmälerte den Verdienst der Arbeiterinnen. Dann war die Stimmung jedes Mal sehr angespannt.

Auf der zweiten Fabriketage wurde die gleiche Arbeit ganz und gar per Hand gemacht: Die Gläschen wurden im Akkord mit Pillen gefüllt, im Akkord mit dem Daumen zugestöpselt, im Akkord wurden die Faltschachteln geöffnet und die Pillengläser hineingesteckt.

Zwei Jahre arbeitete Nora auf der zweiten Etage. Bis zu siebentausend Gläschen schaffte sie in einer Schicht. Sie hatte blutige Daumen vom Zustöpseln der Pillengläser, immer blutige Daumen. Und sie war nicht die Einzige, die sich für politisches Fehlverhalten bewähren musste in der Pillenabfüllung.

Die übrigen Frauen waren meist ungelernte Kräfte. Sie verdienten vierhundert Mark im Monat, dazu kam die Akkordprämie, die ihnen bis zu zweihundert Mark extra einbringen konnte.

Nora hatte für die Dauer ihrer Bewährungszeit totales Auftrittsverbot. Ihre Karriere in der DDR als Sängerin war beendet. Auch ein Studium an der Humboldt-Universität war ihr verwehrt.

Robert arbeitete als Fräser beim VEB Transformatorenwerke Oberschöneweide. Die Oberschöneweider Halle für Großtransformatoren ist hundert Meter lang und dreißig Meter breit. Der Lärm von den Drehbänken, Bohr- und Fräsmaschinen ist enorm. Wollte sich Robert zur Nebenmaschine verständlich machen, musste er schreien. Unter den Arbeitern entwickelte sich deshalb eine eigenartige theatralische Gestik, die von Mundbewegungen begleitet wurde. Ähnlich der Bühne wurden die Gesten größer, je größer die zu überbrückende Entfernung ist. Viele sangen an den Maschinen. Er schrieb eine Menge Gedichte in jener Zeit, viele Erzählungen über die Menschen, mit denen er zusammen in der riesigen Fabrikhalle an der Werkbank stand.

»Ziemlich kaputt«, notierte Robert in sein Tagebuch, »der Kopf gleicht einem verwüsteten Schlachtfeld. Alles klingt metallisch, der Körper ist schwer. Von der Arbeit zurück sofort eingeschlafen. Träume wie Blei, an die ich mich nicht erinnere. In der Bohrerei arbeitet ein sechzehnjähriges Mädchen als Lehrling. Es ist winzig, höchstens einen Meter fünfzig groß, hat wache braune Augen und trägt die Haare zu einem kaum sichtbaren Knoten gebunden. Sieben Klassen lang war sie in der Schule, hat dann die Lehre als Teilefertiger (Dreher, Bohrer, Fräser) begonnen. Ich ging mit ihr in die Kantine, um einen Kaffee zu trinken, was einigen Aufruhr verursachte. Sie hat acht Geschwister, von denen die beiden älteren Schwestern verheiratet sind. Die Mutter starb vor einem Jahr, einen Tag vor der Jugendweihe des Mädchens. Der Vater ist achtundfünfzig Jahre alt. Invalidenrentner. Kinderlähmung. Das Mädchen erfuhr von der ältesten Schwester, dass sie einen illegitimen Bruder habe. Nachdem sie ihren Geschwistern davon erzählt hatte, beantragte der Vater ihre Einweisung in einen Jugendwerkhof. Sie brachte mit ihren Fragen zu viel Unruhe in die Familie. Sie sollte deshalb weg. Mitten in der Unterhaltung sagte sie: ›Du hattest dir meine Familie wohl anders vorgestellt.‹ Ich fragte sie zurück, ob sie sich schäme. Sie antwortete nicht.«

Noras und Roberts Beziehung veränderte sich. Der Liebesrausch zog mit müden Schwingen fort und opferte die schönen Stunden der langen Arbeit, der Angst.

Kein großes Liebesgefühl mehr; alles zu – und fest – und angebunden.

»Ich will nicht mehr in der DDR leben«, sagte Nora. Sie saß mit Robert in der S-Bahn nach einer Schicht. Das Schlimmste für sie war, dass sie nicht mehr auftreten und singen durfte.

»Wo willst du hin?«, fragte Robert. »Hier kommt keiner raus.«

»Ich will singen, ich will Musik machen. Ich will mit dir nach Spanien, ich kann hier nicht mehr länger sein.«

»Ich auch nicht. Aber. Fragezeichen. Worüber reden wir? Ich schenke dir Spanien.«

Sie starrten beide schweigend aus dem S-Bahn-Fenster. Der Kanal vor der Station Baumschulenweg führte Hochwasser. Braungrün gurgelte es über seine Ränder. Wasservögel. Leere Dosen. Holzstücke schwammen dahin. Am Ufer ein einzelner Junge mit Pfeil und Bogen.

Robert ließ seine Blicke auf dem dunklen Wasser liegen, er war mit dem Entwurf einer surrealen Geschichte befasst: Ein Mann schwimmt, wird ins Wasser hinabgezogen und lebt Wochen schweigend unter den Fischen, baut sich eine kleine Höhle und denkt. Einmal sieht er einen Taucher, der ihn jedoch für einen Fisch hält und auf ihn schießt. Später steigt der Mann wieder die Leiter hoch.

Plänterwald. Ostkreuz.

Spanien, träumte Nora.

So ging es Tage, Wochen, Monate. Raus zur Schicht in aller Herrgottsfrühe und nach acht, neun Stunden ging es wieder in die Stadt hinein zum Schlafen. Blutige Daumen. Fräserei. Trunksucht. S-Bahn Richtung Adlershof und zurück. Täglich. Fünfmal die Woche. Jeden Freitag der gleiche Satz: Endlich wieder ’ne Woche rum.

57

Der Vater wollte mit allen Mitteln verhindern, dass sein Sohn wieder in das »Gammlerleben« zurückkehrte. Es störte ihn furchtbar, dass Robert aus dem Gefängnis auf Bewährung entlassen worden war. Verbissen kämpfte er im Zentralkomitee – er wollte seinen Sohn hart bestraft sehen.

Erich Honecker hatte das umfassendere Bild vor Augen: »Angesichts der großen revolutionären Weltbewegung, wo der Westen manche politische und militärische Schlappe einstecken muss und die kommunistischen Organisationen weltweit an Einfluss gewinnen, sollten wir bei uns eine größere Durchlässigkeit für Widerspruch entwickeln.«

Aber Klaus Papst konnte und wollte sich damit nicht abfinden. Gegen die Mehrheit im ZK versuchte er Robert das Leben möglichst schwer zu machen.

Seine guten Beziehungen zur Spitze der NVA waren intakt. Das Stichwort hieß: Sangria 007. Robert sollte zu einer Spezialeinheit der NVA eingezogen werden. Wenn er sich dort die geringste Kleinigkeit zuschulden kommen ließ, wovon auszugehen war, dann sollte er auf lange Zeit von der Bildfläche verschwinden: in das berüchtigte Militärgefängnis Schwedt.

An dem Abend, an dem ihm das Schriftstück seiner Einberufung zugestellt wurde, blieb Robert in Noras Wohnung in der Wilhelm-Pieck-Straße. Er mochte diese Wohnung, er liebte Noras Geschmack. Die weißen Tücher an den Fenstern, den dunkelbraunen Holzboden, die weiß gekalkten Wände mit den kleinen Bildern und den lose angepinnten Gedichten, das Biedermeiersofa mit dem kleinen Tisch, die steifen, hochlehnigen Stühle.

Teile des Möbelensembles hatte Nora von ihrer Tante bekommen. Ein spanisches Eisenbett, der schmale Schreibtisch, den Nora ihm ganz und gar überließ, machten für Robert aus der kleinen Wohnung ein komfortables Exil mitten in einer schlimmen Zeit. Hier vergaß er seine Angst vor geschlossenen Räumen, die ihm vom Gefängnis geblieben war, hier konnte er denken und schreiben, hier tat ihm alles gut und unterstützte ihn in seiner schriftstellerischen Arbeit. Die Anwesenheit Noras bereitete ihm bei der Arbeit keine Probleme. Im Gegenteil. In ihrem Schutz fühlte er keine Bedrückung, er musste nicht vor sich selbst weglaufen. Er war froh, wenn sie ihn nicht alleine ließ.

Er zeigte Nora den Einberufungsbefehl.

»Jetzt muss ich zur Armee! Da komme ich aus dem einen Gefängnis und soll nach dem Willen meines Vaters in das nächste.«

»Das musst du nicht, das werde ich verhindern«, sagte Nora.

Sie ging mit ihm zu Fritz Kratzer, der sie im Berliner Stadtgericht verteidigt hatte.

Kratzer blätterte die Gesetzbücher durch, fand schnell heraus, dass ein vorbestrafter Bürger der DDR-Armee unwürdig ist und deshalb nicht eingezogen werden kann. Trotzdem rief Kratzer beim Wehrdienstkommando an. Auf dem Wege erfuhr er, dass der alte Papst ohne Rücksprache mit den zuständigen Armeeteilen die Einberufung seines Sohnes betrieben hatte. Keiner wollte Robert Papst bei der NVA haben.

Um ganz sicherzugehen, wurde Robert zu einem Armee-Arzt geschickt, der ihm gesundheitliche Untauglichkeit für den Waffendienst attestierte. Damit war die Einberufung vom Tisch.

Für den Vater nahm die Geschichte jetzt eine ganz unverhoffte Wendung. Honecker benutzte den eigensinnigen Vorstoß, um seinen liberalen Kurs gegen die Betonfraktion durchzusetzen.

Klaus Papst wurde als Staatssekretär und stellvertretender Minister für Kultur beurlaubt und auf die Parteihochschule nach Moskau geschickt, um sich als Kommunist weiterzubilden. Das war die übliche Prozedur, wenn man hohe Funktionäre ihrer Posten enthob.

In Moskau war Parteitag der KPdSU! Klaus Papst stieß zu der SED-Delegation, an deren Spitze Walter Ulbricht stand. Ulbricht sollte durch sein besserwisserisches Auftreten die Moskauer Genossen davon überzeugen, dass die Zeit für die Absetzung dieses starrsinnigen Alten gekommen war. Papst, ohne es recht zu verstehen, war dazu auserkoren mitzuhelfen, Ulbricht ein Bein zu stellen – das war von Honecker geschickt eingefädelt.

Der gesundheitlich angeschlagene Ulbricht stand auf der Abschussliste. Er verlor zunehmend an Reputation, und Honeckers potenzielle junge Nachfolgemannschaft betrieb in Moskau intensiv seine Ablösung. Honecker kam dabei zugute, dass Leonid Breschnew von Anfang an Probleme mit dem Auftreten Walter Ulbrichts hatte. Diese Abneigung wollte Honecker geschickt für sich ausnutzen. Er schickte Ulbricht in die Falle, in die der alte Starrkopf prompt hineintappte. Das Konzept ging auf. Klaus Papst assistierte. Roberts Leipziger Wandzeitung erwies sich in Moskau als prophetische Vorwegnahme der aktuellen Ereignisse:

Am 3. Mai 1971 trat Walter Ulbricht aus »gesundheitlichen Gründen« als Erster Sekretär des ZK der SED zurück. Das Zentralkomitee wählte Erich Honecker zu seinem Nachfolger.

Nach seiner Rückkehr aus Moskau wurde Klaus Papst als zweiter Bezirkssekretär der Kreisleitung der SED »in die Provinz«, nach Karl-Marx-Stadt abgeschoben. Kurz darauf erkrankte seine Frau Gabriele an Lungenkrebs.

58

»Es ist wahr, dass nichts so sehr den Vorwurf der Übertreibung herausfordert wie die Sprache der nackten Wahrheit. Das Unvermittelte stößt meist auf Unglauben.«

Klaus Papst in Karl-Marx-Stadt! In London, als Werkzeugmacher in einer Flugzeugfabrik, hatte sein Aufstieg als deutscher Kommunist begonnen. Bis zum stellvertretenden Kulturminister hinauf hatte er es geschafft. Nun war er verbannt in die ostdeutsche Provinz.

Robert, an seiner Werkbank, erinnerte sich an eine Autofahrt von Leipzig nach Naumburg, bei der sein Vater völlig durchgeknallt über die löchrigen Straßen raste, sodass Robert zweimal fast erbrechen musste. Aber er würgte es hinunter. Während dieser wahnwitzigen Höllenfahrt hielt der Vater seinen Einsamkeitsmonolog: »Ich habe mir angewöhnt, von Tatsachen auszugehen. Das ganze Ausmaß der Verbrechen der Deutschen unter Hitler zu schildern, an dem so viele Menschen beteiligt waren, das ist mir nie gelungen. Ich bemühte mich mehrmals darum, als ich in London für Veranstaltungen Reden entworfen habe. Du kannst diese Verbrechen nicht erklären, und du kannst auch nicht erklären, wie es dazu gekommen ist. Niemand kann es. Keiner. Kein Dichter wird es können. Shakespeare ist tot. Der. Der große Dichter. Keiner sonst. Man kann es nicht erklären, aber verschweigen darf man diese Verbrechen auf keinen Fall, und was ist mit den wenigen, die Widerstand geleistet haben? Die wirkliche Größe derjenigen, die Widerstand leisteten, wie so viele von uns, die jetzt in der DDR alles gegen das Vergangene zu tun versuchen, alles, alles, alles, gottverdammt alles! Ich sage, alles! Wir hätten auch bequem in London bleiben können, oder wir hätten nach Israel auswandern können, nein, wir wollten hier in Deutschland alles riskieren, hier gegen die Nazis! Wie ich und wie deine Mutti alles riskieren gegen die alte Nazipest unter den Leuten! Unser ganzes Lebensglück riskieren wir für ein neues Deutschland. Denen im Widerstand wird man nur gerecht, wenn man ihre Isolation beschreibt, ihre gespenstische Einsamkeit inmitten ihres eigenen Volkes. Wenn sich ein Dichter daransetzt, an diese Aufgabe, dann muss er die größte Einbildungskraft und einen unerschöpflichen Wortreichtum haben für diese totale Einsamkeit. Wie es ist, wenn die eigene Sprache unter Freunden, in den bekannten Familien, im Gasthaus und auf den vertrauten Straßen zur Fremdsprache wird. Gott hat uns alle verflucht, ja, mein Junge, Gott hat uns verflucht, die Einsamkeit ist das Allerschrecklichste. Die Einsamkeit ist der Fluch der Emigration. Warum? Warum mussten wir die Fremden sein? Ich war immer der Fremde. Das ist der und der, und der kommt von da. Erst in München, dann in London und dann wieder in Deutschland. In Berlin. In Cottbus. Einsam. Das ist der und der, und der kommt von da. Du weißt gar nicht, Robert, mein Junge, wie einsam ich oft in diesem Land bin, wie einsam deine Mutter in diesem Land ist. Sie ist die Allereinsamste von uns allen. Gott hat uns verflucht, weil wir Fremde sind, deshalb, glaube mir, es gibt keinen, nein, keinen Gott. Vielleicht existiert eine Formel. Eine Formel, so groß wie das All. Wir können diese Formel nicht enträtseln.« Er lachte wild, kurbelte das Seitenfenster herunter. Er schrie jetzt nur noch. »Ein Wind, Kinder des Windes, die Eiszeit hat uns ausgespuckt, wir sind doch bloß lauter aufgetaute Eiskörner. Unser Herz schwimmt auf einer Eisscholle zwischen Nacht und Tag und wieder Nacht. Shakespeare, wenn du nicht Shakespeare erreichst, lass es sein, mein Junge, lass das Dichten sein.«

An einem Bahnübergang mussten sie einen langen Kohlenzug vorbeiziehen lassen.

»Ich habe es versucht, in meinen Reden in London, vor den Arbeitern. Ich wollte Inhalte sagen wie Shakespeare. Ich bin von der Wahrheit besessen. Mein lieber Junge. Ich gebe mich nicht mit Brocken zufrieden. Ich will es ganz. Ganz oder gar nicht. Und der Kommunismus, werde ich dir sagen, der Kommunismus wird es eines Tages erreichen, dieses Ganze. Daran glaube ich. Dieses Ganze, das den Menschen erst Mensch sein lässt. Der Kommunismus wird eine ganz neue Sprache gebären, der Kommunismus wird die Splitter des Universums zusammenfügen, und der Mensch wird Prinz der Schöpfung sein. Prinz der Schöpfung, ist das nicht gut gesagt? Prinz der Schöpfung! Robert!« Längst rasten sie wieder über das Land, und der Vater krallte sich wie ein Wilder in das Steuerrad, draußen flogen Dörfer, Kuhherden, Fuhrwerke, Traktoren, einmal eine brennende Bahnstation vorbei. Störche. Ein See, Wälder und Haltestellen mit Kriegskrüppeln. Klaus Papst, in halsbrecherische Überholmanöver verwickelt, eine Zigarette im Mundwinkel, Papst hielt seinen Einsamkeitsmonolog.

Damals dachte Robert, sein Vater wollte mit ihm in den Tod rasen. Tod an einem Alleebaum. Ein Fuhrwerk hält. Das Pferd schüttelt die Mähne. Der Kutscher kniet neben dem völlig zerdrückten, zerquetschten, um einen Baum geschlungenen Wagen. In dem Wagen hocken ein toter Mann und ein toter Junge in einem Meer blinder Glassplitter. Gebrochene Augen schauen durch den Kutscher hindurch. Er entdeckt rote Farbtupfer. Blutgerinnsel im Mundwinkel.

»Solange du nur auf Kosten des anderen entkommen kannst, so lange ist es die Hölle!«, sagte sein Vater. »Verstehst du das nicht, mein Junge? Kapierst du das nicht? Dagegen alle Kriegskunst. Die Armee auf dem Marsch. Vertäue dein Schiff oberhalb des Feindes und lege es gegen die Sonne! Fahr nicht den Strom hinauf, um dich dem Feind zu stellen. Verstehst du?«

Einen Augenblick lang herrschte Schweigen in dem dahinjagenden Wagen. »Sophie Scholl? Kennst du? Merke dir den Namen. Sophie Scholl! Kein Feigling.«

Er raste immer verrückter über das Land dahin. Das Städtchen Weißenfels flog vorüber. Flussabwärts, die Saale hinunter ging es. Richtung Naumburg. Viele Jahre her. Als sein Vater anfing zu reden von London und von Sophie Scholl.

Er war in München Mitglied der Katholischen Jugend gewesen. Bis er von Gestapo-Leuten mit dem Leben bedroht wurde. Der junge Mann mit dem doppelten Glaubensbekenntnis. Er musste Deutschland verlassen, binnen vierundzwanzig Stunden. Der konvertierte Jude.

»Er ließ sich wohl nur bei den Kommunisten erlösen, der christliche Jude«, dachte Robert. »Messias, Jesus, Marx: Alle versprachen Erlösung.«

Er, Robert, er erwartete Hindernisse, schöne Tage, Fledermäuse, ein großes Vergnügen, Martyrium, keinen Erlöser. Was aber, wenn er nicht bereit war für das große Vergnügen? Nicht bereit für das Martyrium?

Sein Vater hatte die Klosterschule in Ettal besucht. Der konvertierte Jude als Katholik. Der enttäuschte Katholik wird Kommunist. Stellvertretender Minister der DDR. Und jetzt der Absturz. Verbannt nach Karl-Marx-Stadt am Nordrand des Erzgebirges, getrennt von seiner Familie. Weil der Sohn ein Konterrevolutionär war? Nachdem er seine Frau drei Mal schwanger gesehen hatte, hatte Klaus Papst jetzt keinen ältesten Sohn mehr. Seine Familie war die Partei.

Darüber wollte Robert schreiben. Über den Antifaschisten, der eine Mauer quer durch seine Stadt baut.

Lautes Gelächter wechselte mit stummen Ängsten.

Autofahrt durch die Republik. Super acht. Die Mauer ein Vorhang aus glatter Seide. Von Leipzig nach Naumburg. Löchrige Straßen. Robert ist dreizehn Jahre alt. Einsamkeitsmonolog und Brechreiz.

Robert dachte, dass sein Vater von seiner Frau Gabriele glaubte, sie habe die besseren Nerven bewiesen als er. Sie hatte ihre Beziehungen zur Macht auf den aktuellen politischen Stand gebracht, sie lehnte sich an Honecker. Nicht wie sein Vater. Sie hielt vor allem ihre schützende Hand über Robert. Sein Vater kam aus dem Testament des Nirgendwo. Er war Jemandniemand. Weder Jude noch Christ, Funktionär.

Robert fantasierte seinen Vater am Schreibtisch. Die Hände ineinandergelegt, sann der Funktionär über den Sinn seines Lebens. »Mein Leben wird davongeschwemmt von Wogen von Gelächter«, denkt der Vater, so stellt sich Robert vor. Er wird krampfhaft mitlachen auf der Kippe zum Weinen. Sein Vater. Karl-Marx-Stadt. Hohe Straße.

Klaus Papst fühlte, dass mit der Freilassung seines Sohnes aus dem Gefängnis sein innerer Rückhalt gebrochen war. »Ich glaube, ich bin ihm so wenig gleichgültig wie er mir«, dachte Robert. Das fantasierte Gespräch zwischen Sohn und Vater. Abend in Karl-Marx-Stadt. Der Erste Sekretär in Roberts Stück über den Vater ist sein treuer Freund und zugleich sein Todesengel.

Robert machte Notizen, versuchte, Skizzen über seinen Vater anzufertigen, suchte nach anderen Möglichkeiten, die Vaterfigur zu denken.

»Vater und Sohn sind eines in zweierlei Gestalt, der Lebende ist eins mit allen Toten, die vor ihm da sein mussten, damit er sei. Das Kind ist nicht nur neue Prägung des Vaters, der selbst nur ein zerbrechliches Gefäß ist des anfangslosen Lebensstromes. In ihm stehen die Toten auf; seine Ahnen werden in ihm lebendig. Sein Leben und seine Zeugungskraft ist ihre Unsterblichkeit im Fleische. Biografie ist die Form des Sehens und Darstellens, die auf das Einmalige an einem Stück Leben gerichtet ist.«

Robert hatte ein Bild vor sich: Ein Leutnant der Staatssicherheit schob seinem Vater die Dienstpistole in die Schreibtischschublade. Von dort nahm der Vater sie mit zu sich nach Hause. Geladen lag sie im Nachtkasten. Für alle Fälle. Auftritt der Engel. Die Haushälterin des Vaters? Traudel? Sie war eine ordentliche Frau, sie war nicht unbedingt ansehnlich. Klaus Papst, stellte Robert sich vor, dachte daran, sein Testament niederzuschreiben. Dabei fiel ihm der jüngste Sohn Max ein. Er schüttelte den Kopf. Niemanden würde er mehr lieben wollen, niemanden mehr könnte er lieben, nachdem ihn der älteste Sohn verraten hatte. Die Menschen sind Verräterpack, denkt wohl der Vater – und meinte ihn. Er, Robert, ist der große Verräter.

»Die Haushälterin kann bei wenig Licht überraschend aussehen«, notierte Robert.

Lautes Gelächter wechselte mit stummen Ängsten.

Sollte die Mutter seiner drei Söhne ruhig in Berlin bleiben, Alexanderstraße, würde der Vater denken, stellte sich Robert vor, er wird auch ohne sie auskommen. Sollte seine Frau mit dem Botschafter in Prag unter dem Wohlwollen des aalglatten Honecker ruhig über ihn triumphieren. Er wusste, dass sie krank war.

Wie konnte Robert daraus ein Theaterstück machen? Er fing an, aus den Ereignissen dramaturgische Figuren zu basteln. Er begann, künstliche Charaktere herzustellen.

Er verbrannte alles im Ofen. Shakespeare bastelt nicht.

»Ich muss englisch schreiben«, dachte er. »Auf Englisch werde ich es vielleicht sagen können. Ich muss mir fremd werden, fremd in meiner Geschichte.«

Robert zog sich zum Ende seiner Bewährungszeit nach der täglichen Fabrikarbeit wieder öfter in sein kaltes Zimmer in der Boxhagener Straße zurück.

Er mied nun die Heimeligkeit von Noras Wohnung.

Er wollte sich peinigen bis aufs Blut – Vater, der mit Wunden, die Faschisten schlugen, krank auf seinem Rücken liegt – da wollte er zusehen: »Da schau ich zu, wie mich sein/ mein/ der Hass zerfrisst.«

Jeden Abend arbeitete er angestrengt an dem Theaterstück über seinen Vater.

»Schädeldach. Kaukasus. Dezemberschnee«, schrieb er auf einen Zettel. Und immer wieder las er Wittgenstein.

Die Haushälterin stiehlt den alten Wiener Familienschmuck von Roberts Mutter. In dem Theaterstück über den Vater ist die Haushälterin ein fettes Weib, das nichts tut, die dauernd schwätzt von Marx, aber aufheult, wenn von Arbeit nur die Rede ist.

Robert versuchte gegen seine Müdigkeit anzuschreiben. Kein Geld. Arbeit. Doppelte Arbeit. Nach der Fabrik die Stunden am Schreibtisch. Die Sätze. Worte. Buchstaben. Gesten.

Er, Robert, als Hamlet, Hamlet trifft ein letztes Mal Ophelia. Hamlet-Maschine.

Besuche bei Noras Vater Otto Meinl. Lange Gespräche mit dem Professor über das Sprachverhalten. Wunder sind die Norm der Wirklichkeit. In Syntax und Wortschatz jeder Sprache ist schon Weltanschauung, Weltordnung vielschichtig in Entscheidungen angelegt. Jene Einzelnen, die ihre Welt verantwortlich zu Ende denken wollen: Dichter. Philosophen.

Wie konnte er seinen Vater Klaus als eine Figur dichten für das Theater? Wie sich selbst?

Robert las Shakespeare auf Englisch. Er las *König Richard III.* mehr als zwanzig Mal, er las nicht weniger oft *Hamlet* und *König Richard II.* Er lernte diese Stücke in Teilen auswendig, er schrieb sie nächtelang mit der Hand ab, er schrieb, bis er den Rückenschmerz nicht mehr aushielt, bis er krumm zum Außenklo ging, um sich in der Schüssel kalt zu waschen, weil das Waschbecken voller schmutziger Gläser war, er schrieb, bis seine Schreibhand in einem Krampf den Stift nicht mehr losließ, bis ihm das Hirn im Schädel brannte wie Flammen.

Robert wollte Shakespeare erkunden. Er wollte Shakespeare näherkommen. Er wollte etwas von ihm stehlen für das Theaterstück über seinen Vater. Shakespeare konstruiert nicht. Er entwirft einen Ablauf, dann lässt er seine Figuren machen, was sie machen wollen. Die Menschen bei Shakespeare bringen jeden Ablauf durcheinander.

Er hatte keinen Namen für seinen Vater als Theaterfigur. Er nannte ihn Zwei. Eins ist das Größere.

Er las in den Akten vom Prozess gegen das Oberkommando der deutschen Wehrmacht. Er verschlang die Dokumente über den Geheimdienstchef Admiral Wilhelm Canaris, über dessen Widersacher Heydrich: Ein blonder Marinesoldat, von dem Admiral unehrenhaft entlassen, plant seine Rache. Heydrichs Tod in Prag rettete dem Admiral Canaris den Kopf. Oder etwa nicht?

Die Nachforschungen des SS-Mannes Kaltenegger. Todesurteil. Fleischerhaken in Flossenbürg.

Robert hasste seinen Vater, gleichzeitig wollte er seine Anerkennung, träumte von gemeinsamen Spaziergängen und Gesprächen mit ihm. Robert hasste die DDR und liebte die DDR mehr, als er sie hasste, er liebte seinen Vater mehr, als er ihn hasste. Er hasste Hugo von Hofmannsthal, bewunderte seine Opernlibretti. Er hasste den Dichter Stefan George. George, in den achtzehnjährigen von Hofmannsthal verliebt. Claus von Stauffenberg hält Totenwache am Sarg von George. Roberts Dichter war der Gott der Stadt Georg Heym. »Er streckt ins Dunkel seine Fleischerfaust.« Expressionismus und Revolution. Robert las einiges über literarische Aktivitäten in Russland kurz nach der Revolution 1917. Politisierung der Kunst. Ästhetisierung der Politik. Maueranschläge.

Vielleicht könnte er in seiner Fabrik zur Frühschicht Ähnliches versuchen? Plakate mit Gedichten in der riesigen Halle anbringen. Fünf-Minuten-Geschichten über Betriebsfunk in der Pause. In der Betriebszeitung Diskussionen über das Buch des Monats. Geschichten ohne Ende zum Fertigschreiben. Oder mit Moppeln oder Gabelstaplern Bücher in die Werkhallen fahren. Als er dem Kollegen Wilhelm an der Maschine von seinen Ideen erzählte, erzählte der ihm eine andere Geschichte: Einige Jahre hatte er immer wieder Fähnchen zum Ersten Mai an seiner Maschine aufgesteckt. »Man muss provozieren«, sagte er zu Robert, »sonst kommt der Schlaf.« Seit vierzig Jahren Mitglied der Partei. »Ich wollte aber nie hoch. So kann ich sagen, was ich richtig finde, fallen kann ich nicht tiefer. Ich stehe ja schon an der Maschine.« An Sonnabenden spielte er mit seinem Akkordeon auf Hochzeiten von Arbeitern und bei Privatjubiläen. Als er hörte, dass Robert Gitarre spielt, schlug er gleich vor, gemeinsam beim Betriebsfest aufzutreten. Sie spielten ein Stück für Akkordeon und Gitarre. Die Kollegen in der Fräserei waren begeistert. Robert bekam zum Dank und als Anerkennung vom Betriebszahnarzt einen abgebrochenen Zahn glatt geschliffen. »Zähne sind teuer«, lachte die Einholefrau im Betrieb. Sie empfahl Robert »Jäckelkronen. Die sind teuer.«

Jacketkronen. Lieber früher als später.

Es war klar, dass er sich das alles erarbeiten musste in einem anderen, in einem großen Roman über Berlin in vielen Abteilungen. Dieses Buch sollte nur an einem Ort spielen, in Berlin. Alles, woran er in dieser Zeit arbeitete, betrachtete er als größere oder kleinere Skizze für den großen Tatsachenroman über Deutschland, den er eines Tages schreiben wollte. »Was ist ein Tatsachenroman?«, fragte ihn die Einholefrau, die ihn täglich bedrängte, dass er sich Jäckelkronen machen lassen solle. Robert stellte sich auf eine umgestürzte Werkzeugkiste und predigte: »Gegenstand eines Tatsachenromans können dunkle Landschaften sein, das Leben einer bestimmten Person, politische Ereignisse, Kriminalfälle, ebenso Krankheit und Müdigkeit. Im Unterschied zu einem wissenschaftlichen Werk werden die Ereignisse auch fiktiv geschildert oder ergänzt«, rief Robert der Frau zu. »Revolution als Krankheit. Krankheit und Müdigkeit macht Bauern und Arbeiter frei!« Er nannte Beispiele von Upton Sinclair bis Till Eulenspiegel. Die Einholefrau nickte eifrig mit dem Kopf. Zu Krankheit und Müdigkeit, meinte sie, gehörte auch die Verspätung. Sie sagte zu Robert: »Lies mal den russischen Schriftsteller Shuchowizki, *Nachts in einer fremden Wohnung:* ›Es dunkelte bereits, als die Durchsage kam, der Flug nach Moskau würde auf acht Uhr morgens verschoben.‹ Den ersten Satz von *Nachts in einer fremden Wohnung* konnte die Einholefrau auswendig.

Alles war jetzt für Robert Material, sieben deutsche Hauptfiguren. Sieben Häute.

»Solange man nur auf Kosten anderer entkommen kann, so lange ist es die Hölle«, hatte der Vater gesagt. Autofahrt nach Naumburg. Hölle? Man kann das Paradies nicht zwischen Ost-Berlin und Moskau hinter Mauer und Stacheldraht erleben. Der Erlöser schläft. Ausgerechnet sein Vater Klaus wollte den Erlöser wecken? Er konnte aus diesem

Mann keine Theaterfigur machen. Eine andere Figur musste her: der überzeugte Nazi, der nach 1945 zum überzeugten Kommunisten wird. Bruno Kieling. Deutscher Charakter. Einer, der auf der Suche nach dem Erlöser einmal mit den Nazis geht, beim nächsten Mal mit den Kommunisten. Er schrieb an dem Drama über seinen Vater, der nicht sein Vater war, er verwirrte sich beim Herstellen künstlicher Charaktere immer tiefer in das deutsche Grauen, in die deutsche Hölle und in den deutschen Himmel. »Backsteinhimmel«, schrieb Friedrich Hebbel. »Himmel aus Stahl«, schrieb Robert. Klaus Papst und Bruno Kieling verschmolzen zu Fritz Kipa. *Fritz Kipa. Ein deutsches Gräuelmärchen.*

59

Mit seinen Texten fuhr Robert immer zu Günter Edmund. Er las ihm aus seinen Stückentwürfen vor und versuchte, seine Gedanken in anderen Augen zu lesen. Er las fast eine ganze Stunde. Viel zu lang. Günter Edmund zeigte keine Reaktion. Er sagte schließlich: »Ach nein. Ein Nazi wird Kommunist? Meinst du das ernst? Diese Geschichte muss ich schreiben – ich habe diesen Weg gemacht vom Nazijungen zum Kommunisten. Die Historie ist ein stinkender Abfallhaufen. Viel Mode, viel Stil, viele eigenartige Sargdeckel.« Er trank einen großen Schluck. »Warum schreibst du nicht deine Geschichte?«

»Warum schreiben Sie sie nicht?«

»Ich?«

»Und ich schreibe Ihre Geschichte? Nazijunge, Kommunist, Schriftsteller, Nationalpreis der DDR.«

»Ach nein, meine Geschichte? Die will keiner hören, die unterwühlt das Selbstverständnis.« Er goss Schnaps nach. »Schreib über deinen Vater, wie er ist.«

»Wie er ist?«, fragte Robert.

»Kennst du ihn nicht?«, lachte Edmund.

»Ich sitze vor ihm und beobachte ihn. Ich kann ihn mir nicht fremd werden lassen«, sagte Robert. Edmund bekam einen Lachanfall. »Diese Worte verstehe ich. Besser, als du glaubst.«

Er goss Robert ein Wasserglas voll Korn ein. Sie tranken. Robert war aufgeregt, eigentlich war er immer aufgeregt, wenn er mit Edmund über seine Texte sprach, ihm daraus vorlas. Edmund war ein Zyniker. »Heutzutage muss sich alles für das Fernsehen eignen, was wir schreiben. Jeder Text muss Bildchen hergeben. Deshalb sage ich: Lyrik«, Edmund redete sich in Wut, beruhigte sich wieder, wurde kühl, distanziert. »Lyrik ist in unserer Zeit am wenigsten korrumpierbar.« Er starrte vor sich hin, atmete schwer. »Es sei, wie es ist, nicht wie es sein sollte.« Er lachte. »Wenn ich noch einmal geboren werde, dann soll das Fernsehen von Anfang an mitfilmen. Jawohl, das gibt was. Kalter Schweiß. Von Anfang an. Kalter Schweiß und Berliner Molle. Donnerwetter. Sonderbar. Ich bin sechsundfünfzig Jahre alt. Jede Arbeit verschleißt ihr Material. Was ist denn meines? Mein Material? Meine drei Seelen? Nimm es nicht so schwer. Du kommst bald dahinter, dass man es nicht zu Ende denken kann.«

Er holte aus der Küchentischschublade ein Stück weißen Speck, der in Leinentuch eingeschlagen war, schnitt davon Würfel ab, legte sie zwischen sich und Robert auf den Küchentisch. Als sie genug gegessen hatten, ließ er den klaren Speck in der Schublade verschwinden.

»Was hältst du davon, etwas über die Wolfsohn-Bande zu schreiben, die Berlin in den ersten Nachkriegsjahren terrorisierte? Beschäftige dich mit dem Stoff. Das gab schöne Todesurteile damals. Der Anführer war eine Rimbaud-Figur. Sah gut aus, wie ein eiskalter Engel sah der Junge aus. Sogar ein Henker hat bei ihm mitgemacht. Guter Stoff. Ich überlasse ihn dir, dafür schreibe ich deinen Vater in Stalingrad.«

Seine Blicke landeten auf Bruno, der wie immer in seiner dunklen Ecke saß. »Mein Sarg aus Stalingrad. Wolokolamsk. 120 Kilometer nordwestlich! Panzer im Schnee. Rückzug der geschlagenen Wehrmacht. Thüringen. Zwangskollektivierung. Die Frau verliert den Verstand. Alles auf einem Rücken. Erledigt. Aus. Vorbei. Die Bauern. Die Umsiedler. Ich habe einen Theatertext darüber geschrieben. Abgelehnt. Verboten.« Edmund trank. Das Licht wurde trüb. Robert wollte mehr erfahren. Edmunds Lächeln entblößte eine Reihe schwarzbrauner Zähne. »Außer dem, was du mir da vorgelesen hast? Woran arbeitest du noch?«

»An einem Tatsachenroman über einen, der einen offenen Kopf hat, der mit Musikstunden für junge Mädchen seinen Lebensunterhalt verdient. Ein kleiner Bankangestellter, R. P. Er schreibt, aber er kann seinen Roman nicht schreiben, kann ihn nur leben. Vielleicht mein Doppelgänger. Ich erfuhr von dem anderen R. P. vor einigen Tagen.«

»Das klingt gut. Doppelgänger. Offener Kopf. Hier. Frag Bruno. Der ist auch ein guter Romanstoff, auch ein offener Kopf«, sagte Edmund mit einem verzerrten Gesichtsausdruck. »Der erste Absatz steht fest: ›Ich bin ein Bauer aus Ostpreußen. Ich bin in meinem besten Anzug drei Jahre nach dem Krieg nach Stalingrad gefahren. Ich ging, zwischen kahlen Baumstämmen, den Hügel hinauf, wo meine Geschützstellung gelegen hat, suchte ein junges Weib, meine russische Flamme.‹«

Er nickte Richtung Ofenecke, wo Bruno halb nackt, mit wundem Beinstumpf saß über einem Stapel Aquarelle, die er gemalt hatte, erschöpft und betrunken, er schnarchte. »Er malt jetzt. Was sagst du dazu? Gar nicht schlecht. Er malt nur Mohnblumen. Schau sie dir an. Mohnblumen. Verflucht. ›Warum denn Mohnblumen, Bruno?‹, frage ich. ›Mohnblumen‹, sagt er. ›Was willst du mehr.‹ Er hat recht. Was will ich mehr. Er malt ganz schnell. Seine Blumen sehen aus, als ob sie lebten. Wie in den Kopf getroffene Soldaten sehen sie aus. Er malt eine Armee zusammen, zwei Armeen. Die 4. Armee. Die 6. Armee. Lauter Mohnblumen. Blutspritzer.«

Edmund war mit Robert vor einen Tapetentisch getreten, auf dem zwei dicke Stapel lagen mit Brunos Mohnblumen. Er malte die Blumen auf abgerissene Rohfasertapetenstücke, auf dickes Papier. Die Mohnblumen lagen tatsächlich darauf wie Blutspritzer. Manche hatte er schwarz gemalt, andere braun, abgeblüht. Robert gefielen Brunos Mohnblumen. Dutzende waren es, jede anders. Robert stand sprachlos davor.

»So wird er damit fertig. Mit Stalingrad, mit seiner jungen Frau aus Wilhelmsdorf, die wegen der Zwangskollektivierung verrückt wurde. Auf einmal fragt er nach Farbe und Pinsel. Fängt an zu malen, hat nie gemalt. Malt. Und ich? Ich … steck den Kopf in die Steine. Dichte Götterdämmerungen unter Winzlingen.« Er knetete seine Finger, verzog das Gesicht zu einer chinesischen Grimasse. »Joyce. Blick ins unsichtbare Sichtbare. Wie Schnitte. Der Weg aus dem Kollektiv in die Einsamkeit. Ich reiche dir die Hand, und du siehst sie nicht. Einfache Sätze. Nur ganz einfache Sätze. Er war mit General Hoth in Russland. Bruno. Der Steppenraum zwischen Donez und Wolga – das war was für General Hoth – solange genügend Sprit und wenig Widerstand da war, ideales Panzergelände.« Edmund lachte voller Hohn. »Die 1. und 4. Panzerarmee waren von Staubsäulen eingehüllt, Juni 1942, lodernde Dörfer, wenig Gegenwehr. Bruno war dabei. Das ist ein Stoff, mein Junge. Dein *Krieg und Frieden* könnte das sein. Aber? Aber? Aber du bist nicht Tolstoi.« Er schrie vor Lachen. »Sei froh! Sei froh, dass du nicht auch noch Leo Tolstoi bist. Hast schon genug an dir und deinem Vater zu schleppen.« Er beruhigte sich, er sah Robert lange an.

Rote. Schwarze. Verfaulte. Mohnblumen. Mohnblumen. Schnaps und Speck.

»Mir macht das Alter zu schaffen«, sagte Edmund. »Ich an deiner Stelle würde das Stückeschreiben sein lassen. Kein Drama. Da ist zu viel Konstruktion nötig. Lyrik. Ganz einfache Lyrik. Das Licht über der Stadt an einem Novembermorgen.«

Zaghafte Stille herrschte zwischen dem alten und dem jungen Dichter, der Atem des schlafenden Bruno aus dem Ofeneck. Stalingrad.

60

Robert ging den Brennnesselweg. Durch die Gärten ging er zur S-Bahn. Im Abendlicht ging er. Lichtenberg. Frankfurter Allee.

Er war seit ein paar Tagen in Yvonna verliebt. Während eines Augenblicks war es passiert. Die Angst vor der Frau als Angst vor der Kunst.

Die Uhr über den S-Bahn-Gleisen warf ein graues Licht. Sein Spiegelbild in einem Stück Glas – gelb, der gelbe Arbeiter, der gelbe Dichter

Papst. Er dachte an die leeren Blätter, auf denen er das Theaterstück über seinen Vater entwarf. Er sollte schreiben, er sollte seine wenigen freien Stunden nicht mit Mädchen teilen, sollte schreiben, so wie Bruno Mohnblumen malte als Landschaft mit Blutspritzern. Er überlegte. Günter Edmund war für ihn ein Stillstandsdichter, der nicht wusste, wie man mit Verben für Bewegungen sorgt. Alles klang metallisch. Der Körper wog schwer.

Bruno Kieling hatte Edmund einen Lederphallus geschenkt. Edmund hatte ihn über der Couch aufgehängt. Johanna wollte ihn im Ofen verbrennen. Bis sie ihn dann doch lieber in ihre Gartenlaube mitnahm, zu sich ins Bett. Johanna fand immerzu etwas, um Roberts Aufmerksamkeit zu wecken.

Abschütteln konnte er sie nicht, so wenig wie sein Vorbild Günter Edmund. Er musste mit seinen Damen leben: Johanna. Nora. Die Dicke. Seit Neuestem Yvonna. Er brauchte Günter Edmund, um ihn irgendwann in Stücke schlagen zu können. »Das Gewesene abstreifen«, dachte Robert. »Das nicht Gewesene. Das doppelt Gewesene verraten, indem man es hinter sich lässt.« Das Erzählte. Der Überschlag der Gedanken. Das Gefieberte – das alleine sollte seine Wirklichkeit sein. Die Wunden einer verwehten Liebe. Die verwehte Liebe sezieren mit Bewegungsverben. Manchmal hoffte er, im Moment des Aufwachens alles vergessen zu haben. Besonders seinen Namen wollte er nicht mehr erinnern können. Anfangslos. Namenlos. Regen zeugte ihn. Er wünschte, im Erwachen ein leeres Gefäß zu sein, das er mit seinem Fieber und mit seiner Angst vor der Kunst füllen konnte. Der Andere. Der Fremde. Der, der hinter seinem leeren Koffer hergeht. Wer war er? Er wollte über seine Mutter eine Erzählung schreiben, in der seine Mutter als junges Mädchen er wäre. Der Selbstverlust im falschen Leben. Am Griff des Koffers.

Yvonna aus Warschau, Tochter des polnischen Kulturattachés. Sie bat ihn nie zu sich herauf in die Attaché-Wohnung.

Yvonna kam zu ihm in sein Ausflugslokal. Die Missverständnisse klärten sich auf als seine Missverhältnisse.

Yvonna gab Nora jede Menge Anlass zur Eifersucht. Aber Robert konnte und wollte sich nicht von Nora wegen Yvonna trennen. Die

Mädchen waren seine Verbindung zur Welt, ihnen schrieb er seine Gedichte, seine Theaterstücke – seine Mitteilungen von seiner Angst vor der Kunst. Gleichzeitig hasste er Noras tägliche Eifersuchtsszenen.

Yvonna sprach nur wenige deutsche Worte. Er, Robert, kaum der Sprache enthoben, verlor den festen Boden. Und wie schnell war er leer. Auf ihre Frage: »Wer bist du?«, stockte ihm der Atem, und das Gerüst fiel zusammen. Die Sicherheit, auf Worte gestellt, sie schmolz wie Eis in der Sonne. Nichts, wohinter er sich versteckt hatte, war ihr wichtig. Keine Geschichten, keine Literatur, nichts. »Wer bin ich?«, fragte er sich selbst nun. »Du bist nicht ehrlich«, sagte sie. Kein Protest half, keine Handbewegung. »Es war also«, resümierte er, »Kruste angewachsen im Umgang mit den Leuten, mit Nora und den anderen.« Kruste war es, wofür er sich hielt: Kruste. Yvonna setzte sich in einen Stuhl und sagte: »Du lügst.« Zuerst versuchte er, ihr »Du lügst« als weibliche Wichtigtuerei abzutun, dann schob er es auf ihre spezifische polnische Extravaganz, schließlich schob er es auf die Sprache. Er wollte etwas über sie erfahren.

Sie sagte den einfachen Satz: »Meine Dinge sollen dich nicht interessieren.« Gleich spielte er mechanisch seine Rolle. Er machte Theater. Sie beförderte ihn in die Mottenkiste seiner Geschichte: Seit Jahren baute und bastelte er eitel an seiner Geschichte und hielt sie sich zwischen jeder Liebe vor das Gesicht: »Exmatrikulation, Damen und Herren, Gedichte, Haltungen, Proteste, Musik, Klugheiten, Gefängnis, Fabrikarbeit.«

Lauter Posen. Eitles Geknitter.

Er ging vor dem Fenster auf und ab und dachte: »Was hast du von dir geschoben mit der Zeit, als erledigt abgeheftet, weggeredet, weggeliebt, weggeschrieben? Als Jugendsünden abgestreift? Auch diese Gerichtsstunde über dich selbst hilft dir nicht. Nichts.« Ein regnerischer Tag, der zweite Jahrestag seiner Entlassung aus dem Gefängnis. Ein drittes Aufnimmerwiedersehen zwischen ihm und Yvonna.

Ihr lief er nach und hatte ihr nichts zu sagen. Sie interessierte sich nicht für seine deutschen Geschichten. Sie langweilte sich auch bei den meisten seiner Gedichte. Was wollte sie von ihm? Sie fragte ihn, was er von ihr wolle. Sie ließ sich doch nur auf ihn ein, weil sie fühlte, dass er etwas von ihr wollte. Aber was? Was nur, Robert?

Wyraz? Wyraz. Alle Worte halfen nicht. Weißer Pelzmantel. Blaues Tuch im kurzen blonden Haar. Eine ungeheuer schöne, große, faszinierende Frau aus Warschau. Kalt und desinteressiert. Allein daran interessiert, was ihn an ihr interessierte. Aber er blieb ihrer rätselhaften Weise die Antwort schuldig. Er verfiel restlos, schutzlos ihrer aufreizenden Gleichgültigkeit am Ende seiner Bewährungszeit.

61

Immer wieder rief er Yvonna an. Immer wieder wies sie ihn ab.

Dann traf er sich endlich mit ihr in einem Club. Ein einziges Mal schien er sie erobert zu haben. Der Junge am Plattenspieler, immer mit einer Kippe zwischen den Zähnen, hatte zufällig eine alte Louis-Armstrong-LP aufgelegt, und da schlang sie auf einmal ihre Arme um ihn, und dann tanzten sie. Sie lächelte ihn freundlich an und suchte mit ihrer linken Hand eine Hand von ihm, die er ihr überließ – sie knetete sie vorsichtig, leicht und versteckt, bald leidenschaftlich. Eine tobende Wollust stieg in ihm hoch, er hatte Angst, seine Blicke könnten ihn verraten, er schloss die Augen. Er roch ihr Parfüm und berührte mit seiner hoch aufgerichteten Brust ihren Busen. Sie schmiegte sich immer enger an ihn und drehte sich leicht und weich mit ihm zum Blues, ihr kurzes Haar kitzelte seine Wange, er musste lachen, sie ließ sich anstecken und lachte zurück mit einer solch warmen gutturalen Glut, dass er sich davon verführen ließ, den Kopf ihr entgegenneigte, mit seinem Mund ihren Mund suchte. In dem Augenblick entwischte sie aus seinen Armen. Das war es. Sie war schlagartig wieder so kühl und abweisend wie Minuten zuvor.

Ausgerechnet in diesem Augenblick kam Noras Bruder Emil mit seiner Verlobten Sophie Kessler in den Club. Emil hatte sich einen Vollbart wachsen lassen, er sah aus wie der Rasputin der Ostberliner Vorstädte. Er rauchte Zigarre und lud Robert und Yvonna zu einem Gin Fizz ein.

»Wo versteckst du denn mein Schwesterlein?«, fragte Emil lachend und erklärte Yvonna, als er kapiert hatte, dass sie kaum Deutsch verstand, das Verhältnis zwischen Robert und seiner Schwester Nora auf Polnisch. »Seit drei Jahren ein Paar!«

Robert fehlten die Worte. Emil sprach fließend Polnisch. Er genoss Roberts Ratlosigkeit und stürzte sich sogleich in ein längeres Palaver mit Yvonna. So kam Robert mit Sophie ins Gespräch. Sophie schien Plapperwasser getrunken zu haben. Ihre Muffeligkeit war wie weggepustet. Sie sprudelte ein kunterbuntes Zeug heraus über das Theater, über ihre Wohnung, die endlich fertig war, über Brecht und über die Dreigroschenoper, über die Polly, die sie eben als Zweitbesetzung einstudierte, und wie sie es genoss, schwanger zu sein.

»Bald heiraten wir!« Sie streichelte sich immer wieder über ihren Bauch. »Was denkst du, was es wird?«

Robert sagte: »Ich wette, es wird ein Junge, mit Groucho-Bart. Der raucht schon, wenn er auf die Welt kommt.«

Sophie sah Robert tief in die Augen. »Vielleicht?« Dann fuhr sie Robert über den Kopf.

»Schreib mir mal was richtig Komisches. So was würde ich gerne spielen. Wo der Saal aufschreit, sobald ich nur meinen ersten Schritt auf die Bühne setze. So was.« Sie sah Robert schon wieder lange und tief in die Augen. Sie lächelte. Er lächelte.

»Aber lass mich nicht zu lange warten, sonst werde ich ein Star sein, dann kriegst du mich nicht mehr«, sagte Sophie seufzend. Sie liebte es, Komödie zu spielen.

Sie gefiel ihm immer besser. Er hatte sie noch nicht auf der Bühne gesehen. Er überlegte kurz, wie es wäre, wenn er sich einen Harem halten könnte als erfolgreicher Schriftsteller, Dichter. Wenn er so berühmt sein würde, dass er bloß seinen Namen zu nennen brauchte – und jedes Mädchen wäre sofort an ihm interessiert. »Robert Papst« – und schon bekäme er ein Lächeln geschenkt, einen anderen Blick, alles. Alles bekäme er geschenkt von den Mädchen, sie würden seine Gedichte, seine

Geschichten, Romane, Filme, Theaterstücke lieben. Besonders Yvonna, alles würde sie ihm geben für seine Kunst.

Er erinnerte sich an ein Selbstgespräch, in dem er herausgefunden hatte, dass er nicht für irgendeinen Vorteil schreiben wollte. Er wollte nicht für Geld oder für eine bessere Wohnung schreiben. Er wollte auch nicht schreiben, damit er sich wie der Kaiser von China einen Harem halten konnte. Er wollte seine Möglichkeiten als Dichter und Schriftsteller entdecken und sie mit sich in Einklang bringen, er wollte vor allem seine Grenzen finden. Er kam sich in seinen Möglichkeiten verwirrend grenzenlos vor. Nicht »Wofür kämpfe ich?« oder »Werde ich siegen?« – sondern: »Wie viel Kraft ist in mir?«, das sollte ihn seine Arbeit lehren. Die Arbeit sollte ihm sagen, wer er wirklich war. Dostojewski oder bloß eine Langspielplatte mit Kindergeschichten. Ob ihn keiner oder ob ihn alle beachteten: Beethoven. Hemingway. Beckett. Nietzsche. Zola. Tolstoi. Schiller. Georg Heym. Ob er fehlen würde, wenn er die Tür schloss, oder ob niemandem etwas fehlte, wenn er fehlte. Ob er der Einzige wäre, der ohne Pause über sich nachdachte, der so viel Aufhebens um seine Person machte und so viel Angst hatte, dass ihn bloß ja alle beachten – oder ob ihn tatsächlich keiner beachten würde. Das musste er herausfinden.

»Weißt du, wo du geboren bist? Wo die Sonne stand? Weißt du, wo du sterben wirst? Nichts weißt du.« Er musste aus dieser DDR raus, über das große Wasser nach Amerika.

Vielleicht könnte er in New York den falschen Weg zurückbiegen, vielleicht noch einmal zurückgehen in das Theater, den Händedruck der Mutter fühlen, seine Tränen ohne Angst weinen, Tränen, die dieses Mal erhört und nicht aus seinem Gesicht geprügelt wurden, wie beim ersten Mal. Er musste diese Tränen noch einmal weinen.

Familie. Seine größte Sehnsucht. Frau. Kinder. Er wusste, er konnte keine Familie haben. Nie. Das verstand Nora nicht. »Ich kann das nicht.« Als Kind wollte er die Familie und hatte sie nicht. Jetzt konnte er sie nicht haben. Er konnte nur davon träumen und die begehrten Frauen mit seinem Begehren verschlingen – aber nicht lieben können! Die größte Angst hatte er vor dem, wonach er sich sehnte: vor der Liebe. Er hatte auch Angst vor dem Ruhm und vor der Freiheit. Vor dem Ruhm –

dass er ihm verfallen könnte. Vor der Freiheit – dass er für das, was er mit sich machte, selbst die Verantwortung übernehmen müsste.

Er saß angespannt in seinem Sessel und ließ Sophie reden. An der Theke stand Emil mit Yvonna, sie tranken Gin Fizz, umringt von ein paar Typen, die Robert schon einige Male im Club gesehen hatte. Bulgaren, Polen, zu denen Yvonna ein undurchsichtiges Verhältnis hatte. Sie verbrachte viel Zeit mit ihnen. »Schlief sie mit denen? Nahm sie mit ihnen Drogen?«, fragte sich Robert.

Das Licht war blau, durchzuckt von roten und silbernen Fetzen. Es roch nach Schnaps und Rauch und Parfüm. Die bräunlichen Teppichfliesen waren ausgetreten, mit Brandlöchern übersät. Yvonna sprach die ganze Zeit mit Emil. Sie machte einen betrunkenen Eindruck.

Krach und Wonne.

»Weeste, wat ick irre finde?«, sagte Sophie. »Dass du mit Nora die janze Zeit versucht hast, ein Kind zu bauen, und dass da nichts daraus geworden ist.« Sie zog ein melodramatisches Gesicht. »Dabei hätte ich das Nora von Herzen gewünscht.«

»Was?«, fragte Robert.

»Ja was. Dass sie von dir schwanger wird. Mensch, dann könnten wir unsere Kleinen gemeinsam hochpäppeln, das wäre für beide Babys gut.« Dabei fuhr sie sich mit beiden Händen langsam über ihren Bauch. Robert war wie benommen von der schwangeren Lolita Sophie Kessler.

In dem Moment trat Yvonna auf Robert zu und goss ihm ein volles Glas Schnaps ins Gesicht. Von dem Schnaps bekam natürlich auch Sophie was ab. Sophie hatte ein neues Mäntelchen an, es fielen ein paar fette Spritzer drauf. Das verstimmte sie. »Mein neuer Mantel!« Besonders verstimmte es sie, dass Robert sich nicht um sie kümmerte, dass er wie ein Hündchen auf- und um Yvonna herumsprang. Wischte lieber deren Geifer als den Schnaps von ihrem neuen Mantel! Rannte um diese Polin herum! Robert wurde von den Bulgaren und den Polen umzingelt, die ihn wegen Yvonna verprügeln wollten. Aber sie hatten Robert falsch eingeschätzt. Aus dem Stand schlug er einen von ihnen mit einem gezielten Fausthieb zu Boden. Danach lief Robert aus dem Club hinter Yvonna her.

Der Faustschlag beeindruckte Sophie. Robert gefiel ihr immer besser. Wie? Sie war hochschwanger und lernte ihre große Liebe kennen? Das ging ein wenig weit. Damit erst gar kein Verdacht aufkam, rief Sophie mit greller Stimme Richtung Emil: »Na, das finde ich ja toll. Den Knaben lade ich bestimmt nicht zu meiner Hochzeit ein!«

Emil paffte Zigarre, Sophie dachte an Robert. Alter Bilbao-Mond. Im Club war Louis Armstrong längst von DDR-Schlagern verdrängt worden. »Wahre Liebe ist kein Würfelspiel.«

Auf der Straße schrie Robert hinter Yvonna her, dass sie auf ihn warten sollte. Aber Yvonna entfernte sich mit immer größeren Schritten von ihm. Mit riesigen Schritten ging sie verwegen immer weiter in die Nacht, weiter, als würde sie Robert schon lang nicht mehr rufen hören.

62

Die Stadt in grobkörnigem Schwarz-Weiß. Manche glauben, je höher sie eine Mauer bauen, desto größer wird die Möglichkeit, dass ein Haus daraus wird. Bauen und bauen. Robert stand auf der toten Straße Unter den Linden. Novembermorgen in Berlin. Im Morgendunst das Brandenburger Tor. Drum herum die Mauer. Schubert. *Deutsche Tänze.* Wäre er, als sie die Mauer bauten, nur hinter der verrückten Frau hergerannt in den Tiergarten, rüber. Drüben wäre er jetzt. Stattdessen Schweißträume. Tote Wiesen. Alles schwarz-weiß. Enge kalte Zimmer. Nora eifersüchtig. Johanna mit Brunos Lederphallus unter der Bettdecke. Nächte vor Yvonnas Tür in der Hoffnung, dass sie öffnen würde. Sophie Kesslers kugelrunde Augen und ihr roter Kindermund. Aus dem geteilten Himmel über Berlin sang John Lennon. West-Berlin. *Abbey Road.* Robert dachte an Sophie. Er sah sie im Arm eines Mauersoldaten, es war sein Bruder James. Sein Vater saß tot im Wagen unter einem Alleebaum. Sophie sang John Lennon. Und James sprach dazwischen Texte von Günter Edmund. »Aufs Schwert gestützt, seh ich den Sonnenball im Straßenstaube untergehen.«

Zwei Jahre Fabrikarbeit als Fräser hatte er hinter sich.

Alles leer, alles leer. So fühlte er sich, so war es, als er zurückkam in Noras Wohnung. Bis jetzt schrieb Robert alles, was er schrieb, für die Schublade. Einige Gedichte von ihm hatte Nora abgeschrieben, die wurden dann in den entsprechenden Kreisen herumgereicht, wurden gelesen, kommentiert. Begeisterung mischte sich mit Neid. Er hatte ein paar starke Erzählungen geschrieben über seine Zeit in Leipzig, über alte Genossen und Liebesfluchten.

Nora wusste alles über Robert, sie kannte vielleicht nicht die Details, aber sie wusste, was mit ihm war. Sie wollte für seine Anerkennung als Dichter kämpfen, sie wollte ihn bekannt und berühmt machen. In der DDR würde Robert zwischen Verachtung und Kneipen-Verehrung umkommen, fürchtete sie. Fortgehen. Immer diese Gedanken, die ewig gleichen Gedanken an Flucht.

»Nora? Fahr mit mir zum Mond«, sagte er irgendwann.

63

Seit langer Zeit schrieb er wieder. Er schlief nicht, obwohl es ihm dreckig ging. Er schrieb. Ein Stück für eine junge Schauspielerin. Er schrieb in vier Tagen in Wellen von kreativen Fieberanfällen ein ganzes Theaterstück. Die Beatles lieferten ihm das Stichwort. Das Geplänkel in der Bar mit Sophie hatte ihm die Zunge gelöst. Die Worte kamen wie aus ihrem Mund, das Fieber trieb die Handlung vorwärts. »Ein Lamm. Ein Schnee. Ein wildes Tier.« Schließlich fiel er krank und erschöpft ins Bett.

Als Robert krank im Bett lag, hatte Nora einige von seinen Erzählungen dem renommierten Wegholz Verlag geschickt. Nora hörte von dem Verlag erst einmal nichts. Aber es meldete sich bei Robert der Herausgeber der Reihe *Junge Lyrik Ost*. Nach politisch motiviertem Gezerre über diesen und jenen Satz, über gewisse Worte, erschienen Ende Januar einige von Roberts besten Gedichten – trotz ihres düsteren, nicht konformen Inhaltes.

Zweiunddreißig Seiten, die jedem, der lesen konnte, bewiesen: Das ist ein Dichter. Zweiunddreißig Seiten, die der DDR-Führung Angst machten vor weiteren Texten dieses Autors.

Die Aufmerksamkeit, die Roberts Gedichtband zuteilwurde, war enorm. Er nahm das Interesse an seiner Person in den literarischen Kreisen eher als Afferei wahr denn als ernst zu nehmende Achtung seiner Arbeit. Er verspürte keine große Lust, auf Literatenpartys über seine Gedichte zu schwatzen. Die Nächte sind Arbeit, der Schlaf ermüdet mich und strengt mich an. Robert schrieb sich in ein Tagebuch, schrieb sich auf, auf linierte gelblich grauweiße Heftblätter. Die Erinnerungen an die Kadettenanstalt sprangen ihn an. Der Schlafsaal mit seinen fünfundzwanzig weißen Betten, der Geruch des gebohnerten Fußbodens, die ekelhafte Aussicht, mit niemandem sprechen zu können. Nachdem er aus der Krankenabteilung entlassen worden war, in der er wegen jener Beinverbrennung gelegen hatte, die er sich absichtlich zugefügt hatte, entschlossen sich seine Mit-Kadetten, künftig kein Wort mehr mit ihm zu wechseln. Keiner sprach mit ihm.

Er könnte sein Leben in einem Tagebuch Literatur werden lassen. Wie schnell würde er sein Leben als Literatur behandeln, wie er es schon jetzt tat? Er trank ein Glas illegalen Cognacs, und alles war gut. »Schon gut«, sagte er in sein Spiegelbild auf dem Klo, während einer Pause in der Fabrik, »schon gut. Ich bin ein Literaturprodukt. Ich bin eine Art Tagebuch.«

Eine Stunde später, im nüchternen Zustand, begriff er sich nicht mehr. Ihm schien, wirklich betrunken sei er, wenn er nicht getrunken hatte.

Die Lehrlinge müssen arbeiten wie voll bezahlte Kräfte. Robert stand an seiner Drehbank. Betrunken. Nüchtern betrunken. Betrunken nüchtern. Noch zwanzig Frühschichten, noch ein paar Nachtschichten. Dann war es vorbei. Dann wollte er als Schriftsteller ein Auskommen suchen. Nicht für Geld schreiben. Aber Geld brauchte er. Vielleicht war das Theater der Ausweg. Wenn ihn ein Theater in Ost-Berlin spielen würde. Wenn Sophie Kessler sein Stück spielen würde, wäre er frei von Geldsorgen. Er brauchte kaum zweihundert Mark im Monat. Gleich nach der Schicht fuhr er mit dem Theaterstück, das er im Fieber für Sophie geschrieben hatte, zu Günter Edmund nach Mahlsdorf. Kein Himmel. Stahlgewölk.

Obwohl er ihn als Dichter immer mehr ablehnte, musste er seinen Theatertext dem alten Freund, dem Dichtervater zur Beurteilung vorlegen. Robert brauchte einen Leser, einen Zuhörer. Außer Nora hatte er nur ihn.

Bei Edmund hatte sich eine überraschende Veränderung ergeben. Ein West-Verlag plante gemeinsam mit einem Ostberliner Verlag eine Werkausgabe von seinen Gedichten, Prosastücken und Theatertexten. Edmund ließ sich mit dem gewohnten Zynismus für teuren Whisky, gute Zigarren und ein hohes Honorar auf die Sache ein.

Sein Faktotum Bruno Kieling hatte zu Weihnachten eine neue Beinprothese von Edmund bekommen und einen italienischen Anzug. Von dem plötzlich erwachten Interesse an dem Dichter Günter Edmund profitierte Bruno als Maler. Seine Bilder gelangten durch Edmund an die Öffentlichkeit. Bruno war dabei, ein gefragter Künstler zu werden. Seine Mohnblumen erregten die Fantasie von gewissen Kreisen, weckten Bewunderung, tauchten bereits in Westberliner Galerien auf. Bruno Kielings Mohnblumen waren auf dem Weg, berühmt zu werden.

Günter Edmunds Wohnzimmer war schon immer ein Ort der Boheme. Hier entstanden aus dem Stegreif wilde nihilistische Feste. Hier gab es die besten Witze, den allerneusten DDR-Tratsch, hier gab es entscheidende künstlerische Tipps, hier wurden ästhetische Debatten bis aufs Messer geführt, wurde über die Dimension des Weltalls gestritten, über die Hypothesen der Physiker, über schwarze Löcher, über die Riesengröße der Winzigkeit. Hier in Mahlsdorf wurden die Abenteuer der Langeweile entdeckt, die sieben Weltwunder des schlechten Geschmacks. Günter Edmund wurde mehr und mehr zum gesamtdeutschen Guru einer romantischen Linken. Ein aasiger Kommunist, der den Kommunismus nur als Material für gute Geschichten ansah. Er dichtete den dritten Weltkrieg und den Liebesakt nach dem Abwurf der Atombombe. Edmund liebte das Pathos der Diktatur, den Jammer des großen Weltendes, er liebte alles Anstößige, den Verrat, er liebte das ernsthaft Faule, er liebte das gute Verbrechen, er hasste schlechte Schauspieler, Weißbrot und Reisen zweiter Klasse.

Die großen Müllhalden in Südamerika faszinierten ihn, über die Slumbewohner im Kampf mit den Geiern herfielen. Bruno malte dem Dichter ein Bild mit Geiern, wilden Hunden, Menschen. Bildbeschreibung. In der Luft acht riesige Vögel, die Schnäbel wie Pfeile auf den Müll der Stadt gerichtet. Brunos *dump drawing* sollte als Cover auf Günter Edmunds Gesamtausgabe erscheinen.

Christian Selig, der junge Lektor vom Westberliner Herzschlag Verlag, hatte mit dieser Günter-Edmund-Werkausgabe ein kühnes Unternehmen angefangen. Jetzt saß Selig in Mahlsdorf, Geisel eines großen literarischen Vorhabens, durchgefroren, durchgeängstigt, von Whisky berauscht, wurde von Lachanfällen gequält, sah Bilder, die er nicht für möglich hielt. Im Osten war viel mehr Westen als im Westen. Hier war Freiheit kein Schlagwort. Hier draußen nahm sich jeder, wie es ihm passte, den Mond vom Himmel, die verworfenen Ideen aus dem verbotenen Bündel.

Bruno stand in seinem neuen italienischen Anzug im Durchgang zwischen Küche und Wohnzimmer, hielt einen Gartenschlauch über sich, duschte. Er schrie vor Wollust in breitem ostpreußischen Dialekt: »Ei, wer weiß! Vielleicht wächst mir vom kalten Wasser das Beinchen wieder nach?«

Edmund saß in der ausgebeulten Ledercouch, rauchte eine riesige Cohiba, schmunzelte chinesisch und sagte manchmal schön zerrissene Sätze. »Kein einziges Wort.« Oder: »Es geht noch weiter.« Oder: »So zwischen Tageslicht und Bühnennichts.« Oder: »Etwas sehr Wichtiges: Der Rest ist Schweigen.«

Der neue, alles versprechende Erste Sekretär der SED in Berlin im Haus am Werderschen Markt, Erich Honecker, hatte die neue Losung formuliert: »Erhöhung des materiellen und kulturellen Lebensniveaus des Volkes auf der Grundlage eines hohen Entwicklungstempos der sozialistischen Produktion, der Erhöhung der Effektivität!«

Sie brüllten vor Lachen und wiederholten das neue DDR-Motto im gemeinsamen Stakkato: »Erhöhung des Lebensniveaus!!!«

»Erhöhung des Lebensniveaus!!!!« – so lange, bis die Losung Dadas Meisterwerk geworden war. »Hoh-hoh-hoh Entwicklungshoch.«

Sie sangen die neuen Parteiparolen, als Robert aus dem Transformatorenwerk Oberschöneweide mit seinem Manuskript in Edmunds Wohnzimmer ankam. Edmund las es auf der Stelle, so betrunken er auch sein mochte. Er zeigte sein gewohntes aasiges Lächeln. Zigarre in der rechten Hand. Als er durch war, sagte Edmund: »Der Text ist gut. Du solltest aber ein paar von den vielen Unds herausstreichen.«

»Ich will, dass Sophie Kessler diese Rolle spielt. Was denkst du?«

»Ich habe sie als Polly gesehen. Eine Sensation. Geil und genial. Genial verschmiert. Eine gute Schauspielerin muss zu dreißig Prozent aus Schmiere bestehen. Bei Sophie Kessler sind's fünfundvierzig Prozent!«

Er kicherte. Reichte Robert das Manuskript zurück. Er nickte. »Ja. Ja.« Nach einer Pause noch einmal: »Ja, versuch es bei ihr, vielleicht spielt sie es.«

Johanna fragte Robert: »Emil und Sophie heiraten? Gehst du zur Hochzeit?«

Robert sagte: »Ich bin nicht eingeladen. Und du?«

Johanna zog die Schultern in die Höhe. »Unglücklicherweise bin ich seit einigen Wochen in den Bräutigam verliebt.« Sie sah Robert lange an, als erwartete sie von ihm einen Kommentar.

Robert dachte: »Eine schöne Frau, leider hysterisch.« Die Lebendigkeit der Gefühle, die er einmal für sie hatte, war verweht und vergessen. Er sagte: »Möglich, dass der Bräutigam noch auf der Hochzeit frei wird.«

Johanna wandte sich von Robert ab. »Du komischer Kerl.« Sie war plötzlich rot geworden. Unversehens weggegangen kam sie unversehens mit dem Lederphallus zurück. Er wurde an seine alte Stelle an der Wand über der Couch gehängt. Die Stimmung war nahe am Infarkt.

Bruno stand zu guter Letzt in einem aus einem Moskauer Hotel gestohlenen Bademantel vor Robert: »Solange du nicht wahrgenommen wirst, geht es dir als Künstler besser!«

Günter Edmund wandte sich an den spindeldürren Lektor aus West-Berlin, nickte Richtung Robert: »Selig? Diesen Autor kann ich Ihnen für Ihren Verlag empfehlen. Er ist ein Dichter.«

»Ja?«, sagte der Lektor, der aus seiner angesoffenen Erstarrung aufwachte, in welche ihn Whisky, Kälte und Wahnsinn der Ost-Boheme versetzt hatten. »Ja? Ja, ich habe Ihre Gedichte im letzten Heft von *Junge Lyrik Ost* gelesen. Die schneiden tief, wirklich, außerordentlich. Haben Sie außer Gedichten vielleicht auch Prosatexte in der Schublade?«

»Einen ganzen Stapel habe ich«, sagte Robert. »Ich lade Sie ein, auf einen Hausbesuch zu mir zu kommen!«

»Also, da zögere ich nicht, Herr Papst, mit Ihnen mitzukommen.«

Selig schwankte ein bisschen, als Robert mit ihm auf dem festgefrorenen Brennnesselweg durch klirrende Büsche und Schrebergärten zur S-Bahn lief. Der Lektor sagte immer wieder: »Ich bin wirklich sehr froh, Sie kennenzulernen. Es ist ja immer bizarr bei unserem Freund Günter Edmund. Nicht wahr? Ein großer, ein schwieriger Autor – aber mit Ihnen komme ich jetzt wirklich gerne mit in Richtung Stadt. Hier draußen gehe ich allein verloren.«

Sie warteten eine Ewigkeit auf die S-Bahn. Auf dem Bahnsteig war es menschenleer und eiskalt. Robert waren die Zigaretten ausgegangen. Leider rauchte Selig nicht.

64

Nora hatte ihr Tonbandgerät aufgestellt, die Vorhänge zugezogen, eine dicke Wolldecke vor die Wohnungstür gehängt. Im Hintergrund ließ sie eine Platte von Maria Tanase laufen, der großen rumänischen Sängerin. Sie stellte sich vor das Tonbandgerät und nahm ihren eigenen Gesang auf. Die Originalmusik diente ihr als Begleitung.

»Grünes Blatt von Nuss und Baum
Bring das Pferd mir, denn ich muss
Denn ich muss jetzt fort von hier«

Plötzlich hörte sie ein fernes Klopfen. Es war Robert. Blau gefroren, mit tropfender Nase stand er vor der Tür. Mit ihm ein dürrer Eiszapfen.

Kassenbrille. Die Gläser beschlagen. Christian Selig. Lektor vom Westberliner Herzschlag Verlag.

»Kommt rein«, sagte Nora.

Der Stapel mit den Erzählungen war verschwunden.

»Wo sind meine Prosatexte?«, fragte Robert.

Der Lektor versank in dem tiefen Ledersessel und fragte sich, ob er jetzt gleich als Schlichter in einem Beziehungsstreit gefordert wäre. Nora hatte die Manuskripte dem Wegholz Verlag zum Lesen gegeben.

»Ich finde das großartig!«, rief Robert. Nora besaß aber die Durchschläge. Blaue Schrift auf gelbem Durchschlagpapier, schwer zwar, aber doch leserlich.

Während Robert noch herumschimpfte über Noras Eigenmächtigkeiten, hatte sich der Lektor längst in die Manuskripte vertieft.

»Herr Papst, ich lese ja bereits. Wenn ich noch was sagen darf«, setzte Christian Selig zum dritten Mal an. »Danken Sie es Ihrer Freundin, dass sie das für Sie getan und ganz schön was riskiert hat. Ich will Ihnen sagen, warum. Das wissen Sie sicher selbst: Sie dürfen als DDR-Autor nach den Gesetzen der DDR Ihr Manuskript nur dann einem West-Verlag anbieten, wenn Sie es zuvor zwei DDR-Verlagen angeboten haben. Nur wenn es dort abgelehnt wird, kann das DDR-Büro für Urheberrechte einer Veröffentlichung in einem westlichen Verlag zustimmen. Ohne Ihre Freundin wären Sie jetzt schon mit einem halben Bein im Gefängnis. Wollen Sie denn Ihre Texte überhaupt in der DDR bei Wegholz veröffentlichen?«, fragte der Lektor.

»Unbedingt in der DDR. Mein Buch muss hier rauskommen. Das ist mein Hauptinteresse, ich gehöre hierher, die DDR ist mein Dorf. Es kommt jetzt alles darauf an, ob ich diesem Dorf so passe, wie ich bin. Aber erst mal lebe ich und schreibe ich für die Menschen hier«

»Gut«, sagte Selig. »Ich muss rüber, ehe der Laden dichtmacht.«

Er hatte es jetzt sehr eilig. Im Hausflur sagte er: »Hoffen wir, dass Wegholz zusagt. Bei einer Kooperation mit Wegholz wird eine Veröffentlichung bei uns im Westen wesentlich einfacher.«

»Christian?«, rief Robert, »warten Sie, ich werde Sie bis zur Grenze begleiten. Nehmen Sie die Durchschläge mit.« Robert raffte das Papier zusammen und stürzte damit hinter Selig her. Nora hörte Selig sagen: »Papst, machen Sie sich keine Sorgen. Ich habe ein paar Seiten aus dem Stapel gelesen, die Sache ist für mich klar: Das müssen wir drucken. Das ist eine mitreißende Prosa!« Mit diesen von gefrorenen Atemwolken überhauchten Sprechblasen lief der Lektor Richtung Heinrich-Heine-Straße zur Grenze. Robert eilte neben ihm her.

Nora setzte sich an den Ofen. Robert schrieb also nicht nur in ihren Augen eine »mitreißende Prosa«. Sie wusste es schon lange. Jetzt würde sich zeigen, ob der Erfolg für ihn eine Adresse ist.

»Nora?«

Sie saß da. Er war zurück, warf den Mantel über einen Stuhl. Sie sah ihm an, wie er sich freute. Er setzte sich zu ihr auf das Bett. Er klapperte vor Kälte. Darüber musste sie lachen, weil er so vor sich hin klapperte. Er lehnte seinen Kopf an ihre Schulter. Wie damals im Warteraum in der Verhandlungspause. Als er ihr den Heiratsantrag machte.

»Ich bin glücklich. Ich kann dir gar nicht sagen, wie glücklich ich jetzt bin, und mir ist dabei ungeheuer spanisch zumute.«

Nora sagte: »Mir auch!«

»Ich bin gespannt, was in zwei Tagen ist. Dann bin ich Schriftsteller und nicht mehr Fräser. Ich bete, dass mich Wegholz veröffentlicht. Ich will mich nicht aus der DDR vertreiben lassen.«

»Davor habe ich keine Angst, die DDR soll dich ruhig vertreiben. Solange du mich nicht vertreibst.«

»Weshalb sagst du schon wieder einen solchen Blödsinn?« Robert löste sich von ihr.

Sie schwieg. Er mied jetzt ihren Blick, den er vorher gesucht hatte. Er kramte in seinen Taschen nach Zigaretten. Sie holte eine Packung, reichte sie ihm, gab ihm Feuer. Er rauchte, sah auf den Boden. Er wirkte hilflos.

Sie dachte: »Was ist los?« »Ich bin so glücklich, dass deine Texte endlich beachtet werden«, sagte sie schließlich und sah auf die Uhr. Ihre kurze Schlafenszeit bis zum Aufbruch in die Fabrik schmolz zusammen, nur noch vier Stunden. Sie dachte: »Jetzt wird er ein berühmter Schriftsteller, und dann wird er wie sein Vater.«

Robert fasste nach ihrer Hand und zog sie zu sich. Schon halb nackt auf dem Bett, drehte sie sich plötzlich von ihm weg, mit dem Gesicht zur Wand, lag da wie erstarrt. Es war Robert, als hörte er in ihr wie in einer Spielzeugdose eine Zirkusmusik spielen. Er wollte sich über sie beugen, aber er fühlte eine Beklemmung, als läge er das erste Mal mit Nora in einem Bett. Er ließ sich zurück auf den Rücken fallen und sah lange zur Decke hinauf. Sie lag da und dachte, es wäre schön, wenn er mich jetzt nicht in meinem Schneckenhaus allein ließe, in das ich auf einmal so rettungslos hineingeraten bin.

Robert stand auf. Nora lag mit dem Gesicht zur Wand. Sie hörte ihn zum Fenster gehen.

»Ist alles in Ordnung mit dir?«, fragte sie leise, wandte dabei ihren Blick nicht von der Wand.

»Ja. Alles in Ordnung«, murmelte er.

Was tat er am Fenster? Warum stand er dort? Warum kam er nicht zu ihr und befreite sie aus ihrer orientalischen Spielzeugdose?

Robert zündete sich eine Zigarette an. Dann drehte er das Licht aus. Er stand im Dunkeln hinter dem Fenster, rauchte. Sie wartete noch eine Weile, zog die Decke über sich, irgendwann schlief sie ein. Robert wusste nicht, warum er sich nicht wieder zu Nora ins Bett legte. Warum stand er hier vor dem Fenster? Die Fabrikzeit? Bald vorbei. Ein neues Abenteuer. »Ich will ein anderes Nehmen und Stillsein und Geben«, dachte er. Sein Leben war zwischen zwei Ländern. Wie konnte er das ändern, wie konnte er diese Stadt ändern? Wie konnte er diesen Mann ändern, den, der in der Nacht ohne Schlaf dort am Fenster lehnte? Wie konnte er sein durch Nacht und Licht verrenktes Spiegelbild ändern?

Nora? Schlief.

»Vorüber sind jetzt die Ohne-Jugend-Jugendjahre, vorüber«, dachte er. »Sie waren wie ein täglich schwerer werdendes Gewicht. Jetzt kommt ein anderes Kapitel. Das Veröffentlichungskapitel. Vielleicht das Erfolgskapitel?« Er spürte Herzklopfen. »Jetzt wird das Schreiben vom Hobby zur Arbeit. Ab jetzt heißt es: Ich habe keine Lust zum Schreiben, ich muss schreiben! Vielleicht bin ich größenwahnsinnig. Ich kann mich wenig steuern. Auf jeden Fall soll mein Foto auf den Umschlag, wenn sie in West-Berlin meine Prosatexte publizieren. Mein Bild. Robert Papst. Die Narbe über der Nase. Ich will das Thema sein, ich.« Er sah durch sein Spiegelbild hindurch aus dem Fenster.

Langsam. Vorsichtig. Nicht hastig. Ermahnte er sich. Eine Strategie entwickeln für das Gelände ohne Rückkehr. Er musste darauf achten, wie die Eigenschaften des Geländes seinen literarischen Plänen in die Hände spielten. Eine klare Strategie brauchte er jetzt für die Form dieses Landes. Er sah hinaus in das gelbe Straßenlicht über dem gefrorenen Weg. »Dein Weg. Welche Strategie? Auch wenn West-Berlin einen hervorragenden Köder auslegte, war es ratsam, nicht gleich zuzugreifen«, sagte er sich.

»Also. Das heißt? Wenn die DDR gegen eine Veröffentlichung ist, wenn Wegholz mein Buch nicht druckt, dann habe ich hier keine Arbeitsgrundlage mehr als Autor. Dann werde ich einen Ausreiseantrag stellen. Dann soll mein Buch sofort in West-Berlin bei Herzschlag veröffentlicht werden.«

Vor dem Fenster im Laternenlicht stand eine Sekunde die nackte Yvonna. Sie winkte ihm. Er drückte sein Gesicht gegen den Fensterrahmen. Da war sie verschwunden. Von diesem Zeitpunkt an wollte er die Formation der Wolken am Abendhimmel beobachten. Was Sturm bringt und was gutes Wetter verspricht. Er hatte jetzt eine Strategie. Das Leben bewohnt man mit Gleichmut. Er beugte sich seinem Spiegelbild im Fenster entgegen, sah lange hin, bis er sich selbst unheimlich wurde.

65

In aller Herrgottsfrühe mit der S-Bahn auf dem Weg in die Fabrik, kaputt von der Nacht, saß Robert neben Nora, sah auf die Spree. Sie führte Eisbrocken, durch die sich ein Eisbrecher wühlte. Robert schwieg, er wirkte ungeduldig, plötzlich sagte er: »Auch wenn ich nicht eingeladen bin zu der Feier – ich habe ein Hochzeitsgeschenk für Sophie!«

»Was für ein Geschenk«, fragte Nora verschlafen.

»Ich habe für Sophie ein Stück geschrieben, das sie zum Skandal machen soll.« Sein Ton klang frech. Angriffslustig.

Nora wurde schlagartig wach. Er hatte ihr diesen Text nicht gezeigt. Sonst zeigte er ihr jeden Text. Sie war seine oberste literarische Instanz. Er wollte Sophie zuerst erobern, dann über sie das Theater.

Nora sah Robert an.

»Es geht nicht mehr«, sagte er.

»Was?«, fragte sie.

»Wie wir zusammenleben, so können wir nicht länger zusammenleben.«

»Also das habe ich eigentlich noch nicht festgestellt«, antwortete sie.

»Es geht nicht mehr«, beharrte er. »Seit gestern Nacht weiß ich es.«

»Davon musst du mich erst einmal überzeugen.«

»Und dann wirst du es einsehen?«, rief er.

»Vielleicht werde ich es dann einsehen«, sagte sie.

Sie war müde und wollte sich nicht von Robert quälen lassen an diesem Tag, an dem die dumpfe Bewährungszeit endlich zu Ende ging.

Seine S-Bahn-Station kam. Robert war zuerst mit Aussteigen dran. Sie sah ihn auf dem Bahnsteig im Gewühl der Arbeiter verschwinden.

Da schien es Nora, sie werde nach einer schlimmen Zeit in die nächste schlimme Zeit hinübergehen. Sie musste tief einatmen.

»Kommen Sie her«, sagte die Leiterin der Abteilung Kader und Berufsbildung, Genossin Naumann, zu Nora, »das Stadtgericht von Groß-Berlin bittet bis zum 15. März um eine abschließende Beurteilung von Ihrer Person und Ihrer Arbeitsleistung. Die Einschätzung durch den Betrieb ist für Ihre Zukunft wichtig. Was wollen Sie denn jetzt studieren? Nach der Bewährung?«

Nora sah die Genossin Naumann an. Dann sagte sie ernst: »Ich will Schmitt studieren und wie man höflich Beifall klatscht.«

»Schmitt wollen Sie studieren?«

Nora nickte nur.

Genossin Naumann sah Nora nachdenklich an. Vorsichtig hustete sie, sie war erkältet. »Schmitt will die Kleine studieren«, dachte Frau

Naumann. »Sie will sich einen Spaß mit mir machen. Soll sie.« Genossin Naumann schrieb an das Stadtgericht:

»Werte Genossin Klabuhn! Kollegin Nora Meinl ist seit zwei Jahren und vier Monaten in der Spezialitätenkonfektionierung tätig. Sie wurde zuerst für manuelle Arbeiten eingesetzt, die teilweise von ihr den völligen Einsatz ihrer Kräfte verlangten. Nach einer Einarbeitungszeit wurde sie ebenfalls als Hilfskraft an Maschinen beschäftigt. Hier zeigte sich, dass sie in guten Maschinenkollektiven ebenfalls gute Leistungen erzielte. Sie ist umsichtig und die Kollegen arbeiten gern mit ihr zusammen.«

Nora nahm ihre Tasche. Jetzt könnte alles ganz leicht sein. Sie hatte die Bewährung überstanden. Die Fließbandarbeit bei Berlin-Chemie war Vergangenheit.

Mit Robert standen die Arbeiter herum. In der Halle ruhte die Arbeit, sie tranken Kirsch-Whisky und Cognac. Bier auch. Die Dreher, die Bohrer, die Fräser standen neben den Maschinen. Sie ließen die Arbeit großzügig liegen. Sogar der Meister war schon um zehn Uhr morgens betrunken. Gleich zu Schichtbeginn hatten sie heimlich zu trinken angefangen. Die Halle schimmerte in einem eigenartigen Licht. Keine Lampe brannte. Was war denn? Sie tranken. Eine Stunde, zwei Stunden. Der Grund: Es gab keinen Strom. Das war es. Es gab schon Strom, aber nicht genug. Nicht genug für die großen Maschinen in der Halle. Durch die Kälte war die Stromzufuhr für Stunden unterbrochen. Sie kramten ihr Geld zusammen und sorgten immer wieder für frischen Getränkenachschub. Robert trank mit dem Meister, sprach mit ihm über gewisse Unterschiede zwischen gewissen Frauen aus den verschiedenen Milieus. Sylvia, das kleine Mädchen mit den wachen braunen Augen und den acht Geschwistern, Fräserlehrling Sylvia hatte in ihrem Schrank unter dem Mantel eine weitere volle Flasche Kirsch versteckt. »Den will ich ganz allein mit dir trinken«, sagte sie zu Robert. »Zum genussvollen Abschied.«

Nach zwei Gläschen im Gang vor den Schränken ließ Robert die Flasche beim Küssen fallen. »Schon besoffen, wenn du bloß die Flasche siehst, wie?« Aber sie sagte es im guten Ton.

Er nahm sein ganzes Geld, holte neuen Schnaps. Er lief mit der Kleinen zur Spree, die das Werksgelände an einer Seite begrenzte. Sie sah ihn mit großen Augen an, achtzehn Jahre alt, fragte, ob er eines Tages als Schriftsteller auch Geld verdienen würde. Robert schüttelte den Kopf.

»Kein Geld? Wofür machst du es dann? Zu deinem eigenen Vergnügen?«

»Um berühmt zu werden.«

»Ach«, sagte sie langsam, staunte Robert an, dann rannten sie zusammen mit der Schnapspulle zurück in die Halle.

Der Meister schlief betrunken in einer Ecke.

Robert war frei. Er hatte die Fabrikzeit hinter sich. Hinter den Fensterscheiben der S-Bahn sah er sich von einem Kamerawagen aus durch die vollen Waggons tanzen und die Menschen umarmen.

Auf dem Weg in die Stadt musste Robert bis Ostbahnhof dreimal den Zug wechseln, auch hier Probleme mit der Stromversorgung. Es entstanden gigantische Stauungen, die Abteile waren zum Brechen voll, alle flüchten. Dann kam auf dem Ostbahnhof die Durchsage: »Ab jetzt funktioniert der Verkehr wieder normal.«

Die Leute lachten. Auf der Probebühne des Theaters am Schiffbauerdamm feierte Sophie Hochzeit mit Noras Bruder Emil.

66

Die Musiker, die Emil für seine Hochzeit angeheuert hatte, spielten besonders schräg und laut. Die Feier auf der Probebühne ertrank in Theaterblumen, in bulgarischem Rotwein, in Würstchen und Kartoffelsalat, in Zigeunermelodien und in schnellen, wirbelnden Tänzen.

Robert stand im Hof des Theaters unter den kahlen Kastanienbäumen, noch benommen von dem versoffenen letzten Tag in der Fabrik, lauschte auf die Musik. Hochzeit? Vielleicht ist eine Hochzeit schön?, dachte er. Er wollte keine Hochzeit. Er war nicht eingeladen, aber das war ihm schnuppe. Wenn schon Hochzeit, dann mit dem Zufall. Ohne Gäste. Hochzeit in einer Ruine, die bessere Zeiten gesehen hatte.

Die Scheinwerfer gehen an, Kirche ohne Dach, zwei riesige Eulen schwingen sich in die Nacht, Hochzeitsnacht.

Er hatte keine Einladung. Deshalb wollte auch Nora nicht hin. »Niemand will mich dort oben haben, vielleicht will mich aber die Braut haben? Wer immer ich bin, wer immer in mir wohnt.«

Nora? Wenn sie nun doch hingegangen war?

»Ich gehe mit Sophie weg, oder ich gehe nie weg.«

In einer Hand hielt Robert sein Theaterstück. Das Geschenk für die Braut. »Polly!«, dachte er. »Sophie spielte die Polly, mit großem Erfolg. Aber es blieb Theater von vorgestern. Mein Text. Ihre Rolle. Dieser Text ist wie ein Schnitt durch die Zeit, eine neue Ästhetik. Von wegen Polly. Eine neue Ästhetik muss her. *Lucy in the sky.*

Man muss im Hinblick auf seine Biografie handeln. Ich bin jung, begabt, prädestiniert für eine große Geschichte. Mein Leben ist in jeder Sekunde Literatur. Ich darf das Publikum nicht langweilen. Ich muss es mit der Axt wecken. Erwecken. Von dieser Nacht hängt mein Glück ab. Wenn sie nicht freiwillig mit mir kommt, zwinge ich sie, mit mir zu gehen.«

»Sophie?«, hörte er sich sagen. »Komm. Schnell, ich trage dir auch die Tasche mit den Geschenken nach Hause. Wenn du darauf bestehst.« Das Mädchen in der Fabrik hatte ihn lange geküsst. Ängstlich. Ängstlich und lange.

»Ihr werdet noch von mir hören«, hatte er zum Abschied gesagt.

Die Arbeiter hatten betrunken genickt. »Natürlich.«

Er hörte sein Herz klopfen. Trunken. Zwischen den Bildern wollte er leben – jetzt ging sein Wunsch in Erfüllung. Zwischen zwei Bildern stand er auf dem Theaterhof, kahles Geäst, den Kopf voller Pläne. Er wollte der Welt ein großes Leben aus den Adern pressen. Hier würde er den Anfang machen. Drüben wartete der Bahnsteig über der Spree Richtung Welt. Irgendwann würde auch dieser Winter aufhören.

Mit einer Kippe zwischen den Zähnen, dem Stück unterm Arm, stieg Robert die Stufen hinauf zur Probebühne. »Lamm. Schnee und wildes Tier.«

»Der Bräutigam ist Noras Bruder. Umso besser«, dachte er. »Da bleibt es in der Familie. Sophie, du sollst mich berühmt machen.«

Robert grüßte nicht, als er eintrat, lief gleich auf die Braut zu. Sophie strahlte, als wollte sie sagen: »Das wurde aber höchste Zeit.«

»Heute bin ich von guten Geistern – voll«, rief er.

Sie tanzten und lachten, tranken sich voll, bis keiner mehr bleiben wollte, und schließlich war der Festsaal leer.

67

Als die Mutter des Bräutigams eine Stunde nach Mitternacht von der skandalösen Hochzeitsfeier nach Hause kam, fand sie ihren Mann schlafend vor dem Aquarium. Von allen hatte sich der Professor am meisten auf die Hochzeit seines Sohnes mit der jungen Schauspielerin gefreut. Die Aufregung blieb für Otto Meinl nicht ohne Folgen. Kaum war das Ja-Wort gesagt, die Ringe getauscht, hatte der Professor mit fürchterlichen Herzschmerzen zu kämpfen. Melanie wollte ihren Mann nicht alleine lassen, aber er bestand darauf, dass sie ohne ihn zur Hochzeitsfeier auf der Probebühne ging.

Die Überraschung, die Melanie dort erwartete, entfachte in ihr einen regelrechten Hass auf Robert Papst.

Mit diesem Gefühl lief sie vom Schiffbauerdamm nach Hause.

Außer sich betrat sie die Wohnung, rief: »Wie recht hattest du doch, Otto, zu Hause zu bleiben!« Es war dunkel in der Wohnung, allein die Aquariumsbeleuchtung sorgte für etwas Licht. »Stell dir vor«, Melanie redete aufgeregt weiter, »plötzlich ist, obwohl er gar nicht eingeladen war, Robert Papst auf dem Fest erschienen. Straßenkleider. Angetrunken. Er ging zu Sophie und küsste sie vor Emil und vor uns allen auf den Mund. Vor der ganzen versammelten Gesellschaft. Grußlos küsste er die Braut. Na hör mal. Und stürmisch, sage ich dir. Nicht heimlich. Dann hat er mit ihr getanzt. Und Sophie lachte bloß. So richtig verrückt lachte sie. Emil kam zu mir und sagte – weißt du, was er gesagt hat, Otto?«

»Nein«, sagte Otto Meinl. »Woher soll ich es wissen?«

»›Mama‹, sagte unser Sohn. »›Morgen die Scheidung.‹« Sie holte tief Luft. »Stell dir vor. Hochzeit und Ende der Ehe in einem Gang!«

»Na schau«, sagte der Professor nur.

»Ich mag diesen Menschen nicht.«

Noch in derselben Nacht wurde der Professor mit einem neuerlichen Herzinfarkt in die Charité eingeliefert.

68

Sophie hatte nichts riskieren wollen. Keiner sollte etwas davon merken, dass sie in der Bulgaren-Bar der Blitz getroffen hatte. Deshalb wollte sie ihn nicht dabeihaben. Sie konnte nicht zwischen dem Bräutigam und ihrer neuen Leidenschaft sitzen. Aber insgeheim wartete sie auf Robert. Bis Mitternacht sah es aus, als würde er sich nicht blicken lassen. »Dann eben nicht«, dachte Sophie zwischen zwei Gläsern Sekt. »Umso besser. Dann ist es ohne Skandal auch schön.«

Ein paar Minuten nach Mitternacht stand er mit seiner Kippe zwischen den Zähnen und dem Theaterstück unterm Arm in der Tür zur Probebühne. Filmreifer Auftritt. Das gefiel Sophie. »Das geht in Ordnung«, dachte sie. Jetzt wurde es langsam spannend, die halbe Party war schon um, im netten Schlingergang verträllert. Sie war lange genug die süße Kindfrau gewesen mit dem stillen, halb schlafenden Blick. Jetzt wollte sie ein neues Bild von sich entwerfen.

Sie hatte mit vierzehn Jahren Walter Ulbricht einen Brief geschrieben: »Lieber Erster Vorsitzender. Meine Mama ist verstorben. Ich bin unglücklich und einsam. Ich möchte zu meiner Oma ziehen nach Charlottenburg in den Westen. Bitte, lieber Genosse Erster Vorsitzender, lassen Sie mich zu meiner Oma nach Charlottenburg umziehen.«

Die Antwort kam postwendend. »Liebe Sophie Kessler. Das musst Du verstehen, wir können Dich leider nicht in den Westen ziehen lassen. Im Westen sind Drogen und Arbeitslosigkeit, und dort kommt ein junges Mädchen wie Du schnell unter die Räder.

Dein Erster Vorsitzender. Dein Walter Ulbricht«.

Sie las den Brief. Alleine in einem Zimmer bei Pflegeeltern. Sie weinte nicht, sie vergrub ihre Tränen in sich. Ging zur Schule, saß nach der Schule im Theater am Schiffbauerdamm herum, wartete auf eine Chance. Sie konnte das Spiel ihrer Mutter nicht vergessen, sie wollte auch spielen. Niemals langweilig, immer aufregend. Wie ihre Mutter. Die große Helli war streng mit ihr, ließ das begabte Mädchen nicht zufrieden. Dann bekam sie eine riesige Chance, als die Erstbesetzung der Polly krank wurde.

Über Nacht war Sophie Kessler ein Star. Achtzehn Jahre alt, das Publikum liebte sie. Besser als alle aus ihrer Generation. Vom ersten Schritt an auf einem großen Weg.

Alles hatte sie in sich verschlossen. Ein wenig davon wollte sie herauslassen auf ihrer Hochzeit, die Welt durcheinanderbringen. Der junge Dichter hatte einen schönen Körper, seine Augen fand sie zum Versinken. Klug und witzig, mit einer scharfen Zunge begabt. So oder so. Die Tanzschritte brachte er durcheinander? Wennschon. Vielleicht sind seine Theaterstücke schwarz und furchtbar? Vielleicht sind seine Gedichte ichbezogen? Ich ist weicher als man.

»Ich treibe mich unter deinem Fenster herum«, rief er.

»Ich warte schon darauf«, sagte sie. »Komm herauf.«

Was spielte es für eine Rolle? Wer hat je durchschaut, was das Herz aufrüttelt? Ein Berliner Spatz. Einmalig. Ein Meisterwerk aus einem Geflatter.

Brecht hat sich viel Mühe gegeben. Wo er sich keine gab, war er großartig. Die *Dreigroschenoper* entstand aus einer Liebeslaune zwischen ihm und seiner entzückenden Flamme Elisabeth Hauptmann. Das Geflatter der Spatzen.

Endlich war er gekommen. Dafür durfte er sie auch küssen. Was sagt der Bräutigam? Was sollte er schon sagen? »Ich bin heute skandalös. Ich bin noch neu darin.«

Am Tag nach dem Skandal lag Sophie glücklich in Roberts Armen. Ein paar Wochen später brachte sie in der Charité ein Mädchen zur Welt. Pola.

Robert schrieb ihr gleich eine Nachricht: »Pola. Ich kann Dir nichts schenken, nur ganz einfach an Dich denken.«

Seine Tochter war schon drei Tage alt, als Emil erfuhr, dass er Vater geworden war. Er wollte seine Tochter sehen. Aber Sophie ließ ihn nicht zu sich. Mit Emil war sie fertig. Aus und vorbei und kein Zurück mehr. Sie wollte nicht mehr Kindfrau, sie wollte Frau sein.

Nora kam ins Krankenhaus. Sophie legte ihr Pola in die Arme. »Kümmere du dich ein paar Stunden um sie«, sagte sie. »Ich habe Sehnsucht nach Robert. Bis zum Abend bin ich zurück.«

Nora hielt die kleine Pola in ihren Armen. Das war ein schönes Gefühl. Kaum war Sophie fort, besuchte Nora mit dem Baby im Arm ihren Vater. Professor Otto Meinl lag einige Stockwerke weiter oben in der Herzabteilung. Er erholte sich von dem Infarkt, den er nach der geplatzten Hochzeit seines Sohnes erlitten hatte.

Es war seit langer Zeit zum ersten Mal, dass Vater und Tochter sich gegenübersaßen. Sie hatten sich nicht viel zu sagen. Nach allem, was passiert war, konnten sie gut miteinander schweigen. Das Enkelkind forderte volle Aufmerksamkeit. Pola schrie die ganze Zeit. Immer lauter und verzweifelter.

Otto Meinl hob das Baby zu sich hoch, tastete es vorsichtig ab hinter den winzigen Ohren. Unter der Berührung schrie es noch lauter. »Sie hat Eiter hinter dem linken Ohr. Lauf zu Professor Gory, er ist ein Freund von mir. Er soll kommen. Es geht um Leben und Tod.«

Professor Gory befühlte die Knochen hinter den winzigen Ohren. Er bestätigte Otto Meinls Diagnose. »Sie muss auf der Stelle operiert werden.«

In Windeseile wurde alles für die Operation vorbereitet. Nach einer Stunde kam Professor Gory heraus. Er zog den Mundschutz vom Gesicht. »Alles ist gut. Die Kleine schläft jetzt die Narkose aus. Ich kann nur sagen, lieber Professor, das war ziemlich knapp. Wenn Sie nichts bemerkt hätten, wäre das Mädchen gestorben.«

Nora begleitete ihren Vater zurück auf sein Zimmer. Er setzte sich auf sein Bett, bat um ein Glas Apfelsaft, trank. Er sah seine Tochter an.

»Was wirst du jetzt studieren? Nachdem jetzt deine Bewährungsstrafe um ist? Musik? Oder tatsächlich Gerichtsmedizin?«

Nora schüttelte den Kopf. Sie wollte ihren Vater nicht traurig machen, sie sagte ihm deshalb nichts von ihrem Ausreiseantrag. Sie ließ den Blick nach draußen, über die Dächer der Stadt schweifen. Es war wärmer geworden, die Sonne tat, was sie konnte, um Eis und Schnee zum Verschwinden zu bringen.

»Singst du gar nicht mehr?«, fragte der Vater.

Sie mochte nicht, wenn er sie das fragte.

»Vati. Ich werde singen – wenn es so weit ist. Erst muss ich herausfinden, wohin ich gehöre.«

»Wenn ich dir raten darf: Pack dein Köfferchen, geh in den Westen. Wenn sie dich lassen. Schreib an das Büro Honecker.«

Nora sagte: »Genau das habe ich getan. Jetzt warte ich auf Antwort.«

Sophie war zurück. Sie wusste schon alles. Sie nahm Nora in ihre Arme und drückte sie an sich. Sie weinte.

»Ich danke dir«, flüsterte sie.

»Horch!«, sagte Nora. »Pola ruft dich.«

Während Sophie zu ihrem Töchterchen eilte, verließ Nora das Krankenhaus. Sie bog in die Alexanderstraße ein. Das Haus sah böse auf sie herunter. Sie zögerte.

Als sie vor der Wohnungstür stand, lauschte sie einen Moment. Sie wollte klingeln. Die Tür war angelehnt. Sie klopfte. Eine raue, erschöpfte Stimme ließ sich hören.

»Ist offen.«

69

Ganz still saß Roberts Mutter da, dürr, wie mit Bleistift in die Luft gestrichelt. Ihre Stimme klang so krächzig, als hätte sie tage- und nächtelang geschrien. Ihr Gesicht war von Schatten fast aufgefressen, nur die Augen – riesig.

In der Wohnung war alles für den Umzug bereit. Sessel und Stühle in Packpapier verschnürt, die Schränke leer, von den Wänden gerückt. Koffer, Kisten mit Porzellan. Kleiderständer. Bücherkisten. In der Ecke ein Bett. Dort lag in seiner NVA-Uniform James und schlief.

Auf dem Fußboden davor leere Bierflaschen, Schnapspullen. Ein zum Überlaufen gefüllter Nachttopf.

Noras Blick blieb an James hängen.

»Ja, da liegt er«, sagte die Mutter.

»Was hat er?«, fragte Nora.

»Er hat nichts, er ist betrunken.«

Gabriele Papst hustete und sah Nora lange an. Sie zog die Schultern in die Höhe, zog die großen Augenbrauen hoch und versuchte zu lächeln.

»Wo ist mein Ältester? Wo ist Robert? Warum kommt er nicht mit dir? In zwei Stunden kommt der Wagen nach Karl-Marx-Stadt.« Sie hatte Mühe, Luft zu kriegen.

»Wir sind nicht mehr zusammen«, sagte Nora leise.

»Aber Nora«, sagte die Mutter. Sie schwieg, blickte auf ihre Hände wie auf fremde Gegenstände.

»Max ist beim Vater in Karl-Marx-Stadt«, krächzte sie. »Mein Kleiner wartet schon ungeduldig auf mich. Aber ich komme dort gleich ins Krankenhaus. Es besteht vielleicht eine Chance.« Sie atmete schwer. »Dass ich eine Woche länger lebe, in der soll's aber regnen.« Sie wollte lachen, es wurde ein Husten daraus. »Nora, erkennst du den Schreibtisch?« Sie deutete zu dem großen Schreibtisch hinüber. »Da hat er gesessen, hinter dem Monstrum, Klaus Papst, als er mächtig war und mit den Fingerkuppen auf der Platte herumtrommeln durfte. Diese Illusion vom Neuen Deutschland. Meine Familie war die Pauke, auf der er seine Schläge ausprobierte.« Nora machte ein erschrockenes Gesicht.

»Hurra!«, rief sie plötzlich und schwieg wieder. James wälzte sich auf dem Bett. »Ich werde dich in guter Erinnerung behalten, Nora. James hat gestern die Aufnahmeprüfung an der Schauspielschule bestanden. James wird Schauspieler. Wer hätte das gedacht? Er liest viel, bis zur Armee hat er keine acht Bücher gelesen. – Versprichst du mir was?«

Nora nickte.

»Hol Robert. Es ist wegen James. James will nicht zurück zur Armee. Er hat noch neunzehn Tage. Wenn er nicht zurückgeht, ist es Fahnenflucht, und er kriegt drei Jahre Zuchthaus. Für neunzehn Tage. James hört nur auf Robert. Schnell. Lauf. Gleich kommt der Wagen.«

Sie hustete wieder.

Als Nora mit Robert zurückkam, den sie von der Arbeit mit dem Westberliner Verleger an den Druckfahnen seines Buches geholt hatte, saß die Mutter kerzengerade da, klapperte mit dem Schlüsselbund.

»Mutti?«, sagte Robert.

»Sprich mit deinem Bruder«, sagte sie. »Weck ihn.«

»Was soll ich ihm sagen?«, fragte Robert. Er konnte seine Mutter kaum ansehen, konnte ihren Anblick kaum ertragen. Er ermahnte sich. »Wie willst du dichten, wenn du wegschaust? Was willst du erzählen? Halte es aus.«

»Was soll ich ihm sagen?«

»Du sollst ihm sagen, dass er zurück zur Armee muss«, sagte die Mutter

»Ich? Ich soll das meinem Bruder sagen? Ich?«

»Auf dich hört er. Er hat die Aufnahmeprüfung zur Schauspielschule bestanden. Er will nicht mehr zurück zum Dienst.«

Robert hatte es eilig. Es war eine dramatische Situation um die Veröffentlichung seines Buches entstanden. Selig war das Gerücht zu Ohren gekommen, dass der DDR-Verlag Robert Papst bis zum Herbst hinhalten wolle, um dann die Herausgabe des Buches abzusagen. Bei seinem Theaterstück gab es dieselbe unklare Situation. Der DDR-Verlag blieb auch hier vage, man traute sich nicht, Robert eine Veröffentlichung zuzusichern. Also musste er einem Verbot zuvorkommen und möglichst schnell veröffentlichen, bevor es zum Äußersten kam. Es durfte und konnte nichts am Telefon besprochen oder per Post befördert werden. Um das Buch schnell fertigzustellen, musste Selig mit den Buchfahnen mehrmals in der Woche durch die Mauer, über die Heinrich-Heine-Straße zu Robert und vor Mitternacht wieder zurück in den Westen. Ein anstrengendes Grenz-Hin-und-Her.

Ausgerechnet jetzt musste sich Robert um seinen betrunkenen Bruder kümmern. Robert schleppte James ins Badezimmer, kippte ihn in die Wanne und ließ kaltes Wasser über ihn laufen.

»Wenn du wirklich Schauspieler werden willst«, sagte Robert, »dann gehst du morgen zurück zu deiner letzten Bataillonsübung.«

James sagte: »Ausgerechnet du sagst mir, ich soll zurück zur Armee? Wo du selbst nie dorthin wolltest? Du schickst mich zurück?«

»Du bist freiwillig hingerannt. Bring es anständig zu Ende. Sonst kannst du die Schauspielerei vergessen!!«

»Nein!«

»Du hast nur noch neunzehn Tage.«

»Nur noch? Hast du eine Ahnung, wie lang ein Tag in der Kaserne ist?«

»Sicher. Aber wenn du jetzt nicht zurückgehst, James, hockst du spätestens ab übermorgen wegen Fahnenflucht für drei Jahre im NVA-Knast in Schwedt. Du kannst es dir aussuchen. Als Schauspieler kommst du dann nicht mehr vor.«

James grinste blöde. »In Ordnung. Ich hab's kapiert. Ich marschiere.«

Robert verabschiedete sich von seiner Mutter, die ihn aus schwarzen Schattenaugen ansah.

»Schreib mir viele Briefe nach Karl-Marx-Stadt, Robert!«, rief sie ihm hinterher. »Und vergiss nie, dass ich an dich glaube.«

Der Fahrer stand in der Wohnungstür, um sie abzuholen.

»Warum denn nachts?«, fragte die Mutter den Chauffeur.

»Man hat mir im Zentralrat diesen Termin gesagt.«

»Ich warte seit gestern.«

»Der Genosse Papst wäre gerne selbst gefahren.«

»Um Himmels willen«, sagte sie.

»Der Genosse Papst war mit dem Wagen nicht zufrieden«, sagte der Fahrer.

Gabriele Papst hustete, hängte sich an seinen Arm.

»Das Ende einer deutschen Laufbahn: Karl-Marx-Stadt«, sagte sie. Sie gingen. Aus dem Treppenhaus plötzlich lautes Gelächter.

Nora saß mit James in der ausgeräumten Wohnung. Ohne großen Abschied wollte sie gehen. James hielt sie zurück.

»Ich weiß ja alles, ich spür ja alles, du und dein Fräser.« Er stand auf, er suchte den Plattenspieler. Alles war eingepackt.

»Na ja«, sagte James. »Dann eben keine Musik.«

»Lass mich gehen. James, bitte!«, sagte Nora.

»Nun. Ja«, murmelte James. »Du gefällst mir, deine Augen sind wie zwei Sonnen.«

»James. Ich muss jetzt wirklich gehen.«

»Ja, gehen. Es tut mir gut mit dir. Bleib bei mir. Neunzehn Tage sind auch lange.«

»Lass mich gehen.«

»Nora.«

»Ja, James.«

»Du bist noch schöner geworden.«

»Bis bald, James.«

»Mit wem ist er denn jetzt zusammen?«

»Mit Sophie.«

»Sophie Kessler? Was will er von der? Von der soll er die Finger lassen.«

»Ich geh jetzt.«

James kniff die Augen zusammen, ließ den Kopf auf die Brust fallen und atmete tief.

70

Die folgenden Wochen verbrachte Robert damit, zusammen mit dem Westberliner Lektor Selig das Manuskript für den Druck fertigzustellen. Gleichzeitig kämpfte er beim Ministerium für Kultur um sein Buch.

Von Karl-Marx-Stadt aus versuchte Klaus Papst, der längst Wind von der brenzligen Sache bekommen hatte, aus seinem engen Provinzkäfig heraus, aber immer noch mit einer Menge Beziehungen zur Machtspitze, die Veröffentlichungspläne seines Sohnes zu vereiteln.

Während seine Frau Gabriele im Krankenhaus mit dem Krebs kämpfte, telefonierte der alte Papst täglich nach Berlin.

Die Manuskripte von Robert Papst brachten den ganzen Ostberliner Zentralrat in Aufruhr. Es entstanden sich überschneidende Aufstellungslinien der DDR-Zensoren. Die einen wollten keine peinlichen Kunsturteile fällen. Die anderen machten entschieden Front gegen die die Wirklichkeit der DDR verzerrenden, pessimistischen Texte. Die Betonlinie beharrte auf einem klaren Verbot, auf Gefängnisstrafe bei nicht genehmigter Veröffentlichung im Westen. In diesem sich gegenseitig blockierenden kunstbürokratischen Stellungskrieg um das Buch von Robert konnte nur noch ein Machtwort die Zensoren der Kunstbürokratie im Kampf gegen den westlichen Einfluss einigen und festigen.

Der Erste Vorsitzende war inzwischen als Mann der Losungen und Sprüche bekannt und beliebt. Er sollte die Sache richten, für die unteren Abteilungen war das alles viel zu brisant. Honecker traf im Politbüro der SED alle innen- wie außenpolitischen Entscheidungen: vom völkerrechtlichen Vertrag bis hin zur Produktionsquote von farbiger Unterwäsche für Übergewichtige. Da würde er auch an diesem Frontabschnitt das richtige Geschütz wählen, die beste Richtung der Aktion vorgeben.

Die Veröffentlichung der Prosatexte von Robert Papst im Westberliner Verlag stand unmittelbar bevor. Die erste Auflage war bereits im Druck. Entgegen der üblichen Verlagspraxis bestand Robert Papst auf Foto und Kurzbiografie auf der vorderen Umschlagseite seines Prosabandes. Ein großes Foto und zwölf Zeilen Biografie!

Mit dieser durch das Urheberrechtsbüro der DDR nicht genehmigten Veröffentlichung in einem West-Verlag verstieß Robert Papst gegen acht von zehn DDR-Paragrafen zur Regelung derartiger Sachverhalte. Dafür konnte er auf der Stelle ins Gefängnis kommen. Er bat um Audienz bei Erich Honecker.

In Karl-Marx-Stadt trommelte derweil Klaus Papst die alten Genossen zur Schanze gegen den vom Kapitalismus zum Dichter verführten eigenen Sohn. Auf jeden Fall Gefängnis, forderte der alte Papst. So ist diese Schlacht nicht zu schlagen, entschied der Erste Vorsitzende. Keiner kommt ins Gefängnis, keiner kommt an den Baum.

Honecker hatte eine viel bessere Aufstellungslinie der SED für die literarische Front entworfen. »Wir stempeln jedem dieser Künstler, der gehen will, ein Drei-Jahres-Visum in den DDR-Pass. Dann werden die sich jede negative Bemerkung über unsere DDR im Westen dreimal überlegen.«

Er strahlte hinter seiner neuen Goldrandbrille hervor. »So macht man aus einem Feind einen Freund. Wir überschütten den Klassenfeind in der BRD mit dichterischen Granaten.«

Robert Papst wurde zu Erich Honecker vorgelassen.

Im Sommer 1952 war der Knirps Robert als eifriger Wimpelträger an der Spitze einer FDJ-Kolonne an der Hand Erich Honeckers einen Feldweg entlanggegangen. Als sich die Hände der beiden Männer jetzt ineinanderlegten, war da dieses bestimmte Gefühl zwischen ihnen. Feldweg im Sommer. Wie alles im Gefühl ganz gegenwärtig bleibt.

»Erich, hast du mein Buch gelesen?«

Erich Honecker antwortete lächelnd, wie zu einem Kind. »Ich hab alles gelesen. Aber das ist noch nichts für unsere Werktätigen, Bobby. Bobby, das können wir nicht machen, die sind noch nicht so weit. Das ist jetzt nicht das, was unsere Arbeiter unbedingt lesen müssen. Jetzt muss erst einmal viel gebaut werden. Wenn die Leute alle ein Dach überm Kopf haben, in hübscher Umgebung aufwachen, dann kannst du das gern aus der Schublade herausholen. Bis dahin. Bring es lieber drüben heraus.«

Honecker suchte im Gesicht des Dichters die Bubenschnute von damals. Er ließ Kaffee und Anis-Zwieback servieren auf Meißner Porzellan. Während Robert sprach, zerbröselte Honecker geduldig eine Anisscheibe auf dem Teller. Draußen färbte sich die Luft gelbgrau. Wie geschmolzenes Linoleum.

»Ich kann nicht über Eheprobleme schreiben«, sagte Robert tapfer. »Ich kann nur schreiben, was meine Fantasie sieht. Erich, die DDR ist meine Heimat. Aber wenn kein DDR-Verlag meine Prosa druckt? Wie sieht da meine schriftstellerische Zukunft aus? Welche Möglichkeiten bleiben mir in der DDR?«

»Bobby«, sagte Honecker, »hör gut zu. Du bekommst eine Ausreisegenehmigung für drei Jahre, es steht dir frei, wieder in unsere DDR zurückzukehren. Das ist es, was ich dir anbieten kann. Der Pass wird dir mit Stempel von meinem Büro aus per Kurier zugestellt.«

Die offizielle Audienzzeit war beendet. Honecker war schon aufgestanden, er schaute lange in Roberts Gesicht. Wo war da bloß der kleine Wimpelträger? Honecker nahm Robert in seine Arme, küsste ihn auf beide Backen, sah ihn noch einmal an.

»Wir wollen sehen. Deiner Mutter geht es nicht gut. Was ich dich fragen will. Du hast doch in Hohenschönhausen gesessen?«

»Ja?«

»War deine Zelle trocken? Oder nass?«

»Trocken.«

»Na siehst du«, sagte Honecker. »Den Schuppen habe ich vor vierzig Jahren gedeckt als Dachdecker. Und trocken. Mensch! Immer noch trocken. Was hast du weiter auf dem Herzen?«, fragte Honecker übergangslos. »Ich merke, da ist noch was.«

»Ich möchte meine Lebensgefährtin Sophie Kessler und ihre Tochter Pola mitnehmen nach West-Berlin. Ich würde auch gern Nora Meinl …«

»Aber dann nicht noch eine, sonst bin ich auf der Stelle dein Feind!«, sagte Honecker mit Unterton. »Zwei Frauen genügen.«

Er verabschiedete sich mit Handschlag von Robert, nickte lächelnd und schlüpfte durch eine Nebentür davon.

Die Audienz hatte zwölf Minuten gedauert.

71

»Christian«, brüllte Robert in den Telefonhörer, am anderen Ende der Lektor vom Westberliner Herzschlag Verlag. »Christian? Das ist jetzt unser letzter Abend in Ost-Berlin. Verdammt, ja. Honecker persönlich. Der hat mich persönlich mit Kaffee, Zwieback und Handschlag aus der DDR verabschiedet. Natürlich bin ich erleichtert. Stolz? Und wie!

Wir packen unsere Sachen. Christian? Hören Sie mich? Holen Sie uns morgen früh am Bahnhof Zoo ab, und machen Sie alles mit der Wohnung klar. Danke.«

Nora musste noch auf ihren Bescheid vom Rat des Stadtbezirkes zu ihrem Ausreiseantrag warten. Sie konnte nicht mitkommen. »Es wird schon klappen«, sagte Robert. Robert Papst erreichte mit seinem Prosabuch schon jetzt, ehe die ersten Exemplare an den Buchhandel überhaupt ausgeliefert waren, eine öffentliche Aufmerksamkeit, wie sie der kleine Westberliner Verlag seit seinem Bestehen mit keinem seiner Titel erlebt hatte. Die erste Auflage war auf achttausend Exemplare erhöht worden. Der Verlag stand kopf. Das Buch versprach ein großes Geschäft zu werden.

Robert und Sophie saßen aufgewühlt und betrunken auf ein paar Koffern, Taschen in der Wohnung. Das war es. Auf Wiedersehen, Ost-Berlin. Die-Abschiedsfete wurde ein einziges Happening. Der letzte Morgen kam. Fünf Uhr in Ost-Berlin. Dezember. Vorweihnachtszeit. Nora begleitete Robert, Sophie und Pola zum Tränenpalast. Auf dem Pflaster der Wilhelm-Pieck-Straße blieb ein abgebrochener Lippenstift von Sophie zurück.

Nach unsinnigen Schikanen an den verschiedenen Passkontrollen trafen die drei gegen halb sechs Uhr am Westberliner Bahnhof Zoo ein. Zum Glück war Christian Selig pünktlich. Sie stürzten ihm schon entgegen, die S-Bahn-Treppen hinunter, alle drei in gespenstisches Halbdunkel hineingetupft. Robert, Sophie und Pola. Zwei Koffer, die sie hinter sich herzogen wie Kettenhunde. Sie waren die einzigen Fahrgäste in dem leeren Bahnhof. Grün sahen sie aus, grün und gehetzt, wie vom Wahnsinn gejagt von der durchfeierten Ostberliner Abschiedsnacht.

Christian Selig fuhr mit den dreien den Kurfürstendamm hinauf in die Wielandstraße. Zweiter Stock. Riesige Räume. Linden vor dem Haus. Wie wird er hier leben? Wo konnte er arbeiten? Sofort ging Robert daran, die Zimmer zwischen sich, Sophie und Pola aufzuteilen.

Der Lektor musste zum Zeitungskiosk hinunter, Zeitungen und Kaffee holen.

Natürlich besaß die leere Wohnung schon einen Telefonanschluss. Als Selig mit Zeitungen, Kaffee, Kristallzucker, Coca-Cola, frischen Schrippen, Butter und Dosenmilch zurückkam, hockte Robert in der leeren Wohnung auf dem Boden, rief quer durch West-Berlin alle Leute an, die er kannte und die er, unbekümmert ob der frühen Stunde, auf der Stelle von seiner Ankunft unterrichten musste.

Alle wurden geweckt. Robert Papst war in West-Berlin. »Weil für mich die öffentliche Auseinandersetzung mit meiner Arbeit lebenswichtig ist, sah ich mich gezwungen, einen Antrag auf Ausreise aus der DDR zu stellen.«

Das sollte allen klar sein: Er war als Dichter in den Westen gekommen und nicht als ein Feind der DDR.

Christian Selig hatte alles vorbereitet. Großes Interview mit dem *Spiegel. Stern* mit Bildstrecke, *Bild Zeitung.* Erste Seite. »Sohn des ehemaligen stellvertretenden Kulturministers Papst im Westen!«

In drei Stunden sollte der Redakteur vom *Spiegel* kommen. Robert bestand darauf: Das Interview musste in seiner neuen Westberliner Wohnung stattfinden. Auch wenn die noch nicht eingerichtet war. Unbehausung und Zwischenstopp sollten auf die Weise sichtbar werden. Vorübergehendes Verweilen. Kahle Wände. Koffer und Taschen statt Sofas und Sesseln. »Der Koffer ist der Sitzplatz unserer Zeit«, proklamierte Robert. »Die Überlebensfrage heißt nicht mehr: ›Wohin fliehe ich?‹ Sie heißt: ›Wo bleibe ich nicht?‹«

Drei Tage später war Robert Papsts Prosaband *Jugend stellt die Toten* ausgeliefert, lag in Stapeln neben den Kassen der Westberliner Buchhandlungen.

Das Interview im *Spiegel* erschien in unübersehbarer Aufmachung. Die Kritiken überschlugen sich. Die Presse stürzte sich auf das attraktive Künstlerpaar. Der Ostberliner Dichter, Sohn eines hohen DDR-Funktionärs, und der Star des Ostberliner Theaters in einem sagenhaften Blitzlichtgewitter. Die Kindfrau und der Poet mit dem Dreitagebart prangten auf sämtlichen Zeitungen, Illustrierten, füllten die Klatschspalten und die Feuilletons.

Einen solchen Jubel über ein Buch hatte es in dieser Einhelligkeit kaum gegeben. Die ersten achttausend Exemplare waren bis zur Mittagsstunde des ersten Verkaufstages ausverkauft. Zum Glück hatte der Verlag vorausgeplant, die Druckmaschinen spuckten weitere dreißigtausend Exemplare in die Buchhandlungen. Robert und Sophie waren in West-Berlin angekommen. Das Telefon stand auch über Nacht nicht still.

Die erste Premiere mit Sophie Kessler am Schiller Theater wurde ein Sensationserfolg. Für die Schauspielerin noch mehr als für den Dichter, der das Stück in ein paar Ostberliner Nächten im Fieberwahn geschrieben hatte.

Die Film- und die Theaterregisseure rissen sich um Sophie, die westdeutschen Theater wollten alle Robert-Papst-Stücke auf ihren Bühnen bringen.

Dieses andere, dieses neue, unerwartete, dieses umjubelte und leichte, von Höhepunkt zu Höhepunkt tanzende Leben, voller verrückter Leute, Prominenz und Komplimente, versetzte die beiden Künstler in einen euphorischen Taumel.

Utopie. Fantasie. Alles Gewesene im Rausch des Neuen vergessen. Während Nora hinter der Mauer auf ihre Ausreise wartete.

72

Kaum war Robert Papst nach diesen ersten verrückten Wochen in West-Berlin zur Besinnung gekommen, saß er schon in einem Flugzeug nach New York. Grenzübergangsstellen, Mauer, Wachtürme und Todesstreifen verschwammen im Dunst. Die Havel, die vielen Seen, die weißen Tupfer von geblähtem Segeltuch, die Mischwälder mit den dazwischengestreuten roten Ziegeldächern, Kiefern und Birken – alles floss wie in einem Traum ineinander. Eine weiße Wolke, vom Wind verweht, vom hohen Himmel in Schlafbilder verwandelt. Ein weiches Glitzern, das von allen Seiten in der Höhe verschluckt wurde. Das war alles, was von der Schicksalsstadt O-We-Berlin blieb.

So hatte Robert seine Stadt genannt: O-We(h)-Berlin. Er saß auf einem Fensterplatz in einer der vorderen Reihen, schrieb an Nora: »Liebes Kleines, seit fünfzig Minuten sitze ich in einem Flugzeug Richtung New York. Habe Deinen Brief gelesen. Deine Stimme klingt sehr schön, in dem, was Du schreibst. Ich wusste es doch immer, dass Du so bist, wie Du jetzt bist. Ich bin sehr aufgeregt. Ich kann den langen Küstenstreifen aus dem Flugzeugfenster sehen, manchmal mit silberweißem Schweif ein Schiff Richtung England. Die Insel taucht auf – grün und leer wirkt sie von hier oben. Dort ist meine Geburtsadresse, dort unten. Sonne. Wir streifen London. Seltsam. Wie geht es meiner Mutter? Sophie konnte nicht mit mir reisen. Sie filmt ununterbrochen, und wenn sie nicht filmt, will sie mit Pola zusammen sein. Aber nächsten Sommer fliegen wir zusammen nach Los Angeles und wollen dann mit dem Wagen die berühmte Küstenstraße, den Highway One, hinunter. Vielleicht kommst Du mit? Es war sicher eine große Überraschung für Dich, als ich am Telefon erzählte, dass ich nach Amerika fliege. Es kam auch für mich ganz überraschend. Hagen Fürbock, mein neuer Verleger, bestand darauf, dass ich hinüberfliege. Der sensible Christian Selig spricht nicht mehr mit mir. Er ist auf ewig enttäuscht, weil ich den Verlag gewechselt habe. Was soll ich machen? Ich bin ein Genie. Genies sind so. Ich werde mich in New York mit Josef Lanz, einem Literaturagenten, treffen. Er hat Berlin 1937 verlassen. Wir wollen sehen, wie sich meine Geschichten in New York verkaufen lassen. Nora? Wie mag das in Deinen Ohren klingen? Robert auf dem Weg nach New York? Die Stadt soll mir zu Füßen liegen, ich bin der größte deutsch-deutsche Dichter. Auf alle Fälle bin ich sehr gespannt, was dieser Agent zu meiner Prosa und zu meinen Gedichten, besonders auch zu meinen plays sagen wird. Er ist einer der wichtigsten New Yorker Buch- und Theateragenten. Auf alle Fälle, Liebes: In der Wielandstraße wartet ein großes Zimmer auf Dich. Ich brauche Deine Ratschläge sehr. Vor New York fürchte ich mich ein wenig. Nach dem ersten gigantischen Rummel um uns genießt sie nun die langsame Ankunft in der Realität des Westens. Ehrlich gesagt ist diese Realität gar nicht so viel anders als unsere DDR-Realität. Aber du kannst endlich machen, was du willst, du kannst endlich alles falsch machen, was dich glücklich macht. Der wahre Wahnsinn, der fängt beim Geld an. Geld! Wahnsinn. Geld hat ja in der DDR keine Rolle gespielt. Das ist hier wirklich anders. Jetzt wird das Mittagessen serviert. Ich schreibe Dir sofort eine Postkarte, wenn ich in New York auf dem Boden bin. Ich küsse Dich, Norachen, mein Kleines.« An Miss Nora Meinl. Berlin.

73

Nora fand keinen Schlaf. Das Warte-Leben war unerträglich. Sie wohnte inzwischen in Roberts alter Wohnung in der Boxhagener Straße. Verwahrlost. Klo auf dem Hof. Sie arbeitete im Keller der Stadtbücherei, wo sie die zurückgegebenen Bücher einsortierte. Sie wurde von den Leuten ferngehalten, und sie hielt sich ihrerseits von den Leuten fern. Das hatte mit ihrem Ausreiseantrag zu tun. Sie wurde wie eine Aussätzige behandelt.

Sie sang zu Hause hinter zugehängten Fenstern und Türen. Sie las viel. Sie war viel zu viel alleine. Selbst ihr Bruder Emil war inzwischen mit seiner neuen Braut Johanna aus der DDR in den Westen verschwunden. Nur sie nicht. Alle hauten ab, einer nach dem anderen, sie war allmählich die Letzte. Sollte sie diejenige sein, die das Licht ausmacht?

Noras Mutter kam vorbei. Eines Abends. Einfach so. Sie machte einen verlorenen Eindruck. Sie setzte sich zu ihr in die kleine Wohnung, kramte eine Zigarettenschachtel heraus, extralange amerikanische Damenzigaretten, paffte, sah sich um, sagte nichts.

»Wie hat es denn mein Brüderchen geschafft, hier so schnell herauszukommen?«, wollte Nora von ihrer Mutter wissen.

»Das musst du ihn schon selbst fragen.«

»Ist er bei der Stasi?«

»Das ist er ganz sicher nicht. Dass du so etwas über deinen Bruder denken kannst.«

»Weil ich hier warte und warte, nicht studieren darf, nicht arbeiten und nicht ausreisen kann, weil nichts passiert! Aber er ist raus!«

»Du bist nicht die Einzige, die zu leiden hat, das ganz sicher nicht. Soll ich dir erzählen, was mit Vatis Institut passiert ist?«

Melanie Meinl pustete den Rauch ihrer Zigarette an die Decke, vergaß dann beim Reden die brennende Zigarette, die sie auf den Aschenbecher abgelegt hatte. Nora drückte sie aus. »Wir haben so viel gearbeitet, und jetzt haben sie ihn in Pension abgeschoben. Das ganze Leben durfte er nicht, und jetzt wird er, wo er endlich ein Institut hat, in die Pension geschickt. Ich werde auch langsam hinausgedrängt. Die Psychologen lösen unsere Arbeitsgruppe auf. Sie übertragen die Leitung der Abteilung für Sprachpathologie der Frau Schnitzler. Ausgerechnet der Frau Schnitzler, die gar keine Ahnung hat, eine Gehörlosenlehrerin. Vor einem halben Jahr hieß es in der Akademie, Frau Schnitzler übernimmt Ottos Institut nur zur Vertretung. Ich habe protestiert. Vergeblich. Sie hat sich sofort breitgemacht, hat Otto rausgeekelt. Jetzt ist sie die Leiterin. Mithilfe von Professor Rechts. Unsäglich. Sie hat unsere gesamten vergleichenden Untersuchungen zur motorischen Koppelung auf den Müll geworfen. Ich sage dir, Nora, ich habe unsere Papiere gesehen: auf dem Müll! Im strömenden Regen. Eben hatten wir sie noch nach einem Wasserrohrbruch mühsam getrocknet und gerettet. Damit sie dann von Frau Schnitzler auf den Müllhaufen in den strömenden Berliner Regen befördert werden. Nichts mehr davon ist zu gebrauchen. Meine Bewerbung für die Leitung des Sprachpathologischen Instituts wurde abgelehnt, obwohl mir die Leitung von der Akademie immer wieder zugesichert worden war. Eine Gehörlosenlehrerin leitet jetzt das Institut. Unsere gesamte wissenschaftliche Arbeit ist verloren!«

Sie schwieg. Holte ein Glas selbst gemachte Aprikosen-Marmelade aus der Einkaufstasche, das sie in einen alten Fetzen *Neues Deutschland* gewickelt hatte, Gummiband drum herum. Sie stellte die Marmelade auf den Tisch.

»Wir haben umsonst geforscht und gearbeitet. Professor Otto Meinl, der mit dem großen sowjetischen Neurologen Alexander Lurija korrespondiert und zusammengearbeitet hat, hinausgedrängt. Eine gewisse Beharrlichkeit im Verzweifeln kann Freude erzeugen«, sagte Noras Mutter. Dann ging sie.

An den Abenden und an den Wochenenden arbeitete Nora an ihren Liedern.

James war der Einzige, mit dem sie manchmal Zeit verbrachte. Er galt auf der Schauspielschule als Ausnahmetalent. Er bekam seine erste große Filmrolle.

74

Die Stewardess bot zu trinken an. Robert nahm noch einen Whisky. Unter ihm, zwischen aufgefetzten Wolken, Stein und Schnee, graue Leere. Nova Scotia. Halifax. New Hampshire. Flugzeit nach New York noch eine Stunde, dreißig Minuten.

Vorbei an riesigen Friedhöfen rollte er im Taxi nach Manhattan hinein. Das Bild von den Köpfen der Toten auf den hohen Stecken vor dem Stadttor fiel ihm ein. Hier hatten die Toten eigene, weit ausgedehnte Städte. Die Wolkenkratzer wuchsen aus den Grabsteinen in den blanken Himmel. Die Stadt der Toten umlagert die Stadt, die niemals schläft. »Und unser kleines Leben ist umringt von Schlaf.«

Manhattan bot von der Williamsburg Bridge grüngrau ein starkes, kaltes Bild. Eisig. Der Blick hinunter zum FDR Drive in Richtung Harlem erfüllte Robert mit einer unbekannten Lebenswollust. Jetzt war er im Westen angekommen. Jetzt war er heraus aus der DDR. Dort oben auf der Williamsburg Bridge.

Delancey Street. Allen Street. Es herrschte ein solches Gedränge von Menschen und Autos, wie er es noch niemals erlebt hatte.

Er glaubte sich in Dantes Unterwelt, in einer Jenseitsvision, im Bußbezirk oder im Niemandsland zwischen Garten Eden und Höllentor. Das Taxi bog nach Westen ab, hielt auf der Nordseite des Gramercy Park.

Ob man ihm ansah, dass er noch vor gar nicht allzu langer Zeit als

Fräser in einer Ostberliner Fabrik gestanden hatte? Ob man ihm den fanatischen Vater ansah, die Mutter, die zuletzt nur noch wie aus Schatten gewebt schien?

Sein Zimmer lag im fünfzehnten Stock, es sah nach Süden, Richtung Twin Towers. Im Badezimmer saß in der Badewanne eine graubraune Insektenversammlung, unter knisternden Flügelpanzern mit gespensterhaft wippenden Fühlern. Robert bekam eine Etage höher eine Suite.

Autosirenen. Dunkles Hupen drang zu ihm herauf. Pfiffe der Hotelboys, die nach gelben Taxis winkten. In der Mitte der Park. Das Laub begann sich zu verfärben.

Unten brummte die Stadt. Wie er sie geträumt hatte in den Gefängnisnächten. Größer noch und stärker als in seinen Traumbildern.

Robert zog seinen Anzug an. Er sah gut aus. Verwegen. Charmant.

Am Abend empfing ihn der Agent Josef Lanz in der Hotellobby wie einen alten Bekannten. Er fuhr mit ihm nach Little Odessa hinaus. Eine russische Samstagnacht hatte sich Mister Lanz für den jungen Dichter zur Begrüßung ausgedacht. Mit Fisch und Kaviar und grell geschminkten Russinnen. Musik. Zwischen zwei Gängen tanzte Robert mit einer rothaarigen Schönheit. Russisch konnte er halbwegs aus der Schule.

Nach dem Dinner blieb er bis zum Morgengrauen draußen auf dem Boardwalk sitzen, sah auf den Ozean hinaus und schwatzte mit seiner Russin. Ein junger blonder Russe gesellte sich zu ihnen mit einer Gitarre. Er spielte italienische Schlager: *Genova per noi.* Robert nahm sich die Gitarre, spielte *Blowin' in the Wind* und *Masters of War. Genova per noi* gefiel der Russin besser.

Am nächsten Tag lief Robert die Lexington Avenue bis Harlem hinauf. »Alles von Shakespeare gedichtet«, dachte er. »Alles auf einer Strecke zusammengedrängt, unvermittelt eins neben dem anderen. Nichts aufeinander abgestimmt. Groß. Klein. Schön. Schmutzig. Alles behauptete sich in einem Kampf ohne Ende, bis es stehen blieb oder verschwinden musste. Schön ist hässlich, hässlich schön.«

Nachts saß er im Lone Star Café Ecke 5th Avenue und 13th Street.

Schwarze Stretchlimousinen davor. James Brown hatte seinen großen Auftritt: Friss die Stadt, eh sie dich frisst.

Am nächsten Morgen wartete Josef Lanz schon in der Hotellobby des Carlyle, als Robert verspätet angestürzt kam. Lanz hatte in seiner Agentur am Central Park, 7th Avenue, alle großen schreibenden, spielenden, dirigierenden und fotografierenden Stars unter Vertrag. Der kleine Mann mit dem Berliner Dialekt war in New York außerordentlich erfolgreich. Leonard Bernstein, Marlene Dietrich, Richard Avedon, James Baldwin standen auf seiner Klientenliste. Mister Lanz war Roberts große Chance, er musste ihn für sich gewinnen.

»Ich habe gelesen, was Sie mir da gebracht haben«, sagte Lanz. »Ihre Erzählungen. Ihre Gedichte. Auch Ihre beiden Theaterstücke. Zu denen kann ich kaum was sagen.« Seine Stimme hatte einen harten, nüchternen Ton angenommen. Er sprach jetzt schneller, der Berliner Dialekt kam wie gestochen, nicht mehr in melancholischen Fetzen. »Ich sagen Ihnen was, Robert: Das ist alles ganz schön und gut, was ich da gelesen habe von Ihnen, aber …« Josef Lanz trank einen Schluck Tee.

»Aber?«, fragte Robert.

»Sage ich Ihnen. Das ist alles schön und gut, aber hier in Amerika interessiert das niemanden. Ein überzeugter Nazi wird zum überzeugten Kommunisten? Sicher. Das gab es. Das ist nicht überraschend. Jedenfalls nicht überraschend genug, damit man das hier spielt. Ich betone: hier. Ein ideologisch ausgerichteter Bursche findet bei den Roten wie bei den Braunen Unterschlupf. Denken Sie an Goebbels. ›Wenn mich die Nazis nicht wollen, dann gehe ich zu den Kommunisten‹, hat er gesagt. Berlin ist ein hübsches Rieselfeld für Wendehälse. Die Berliner sind eine Dafür- und Dagegen-Bande, wie man sie sich wilder, zerrissener, heimtückischer nicht denken kann. Die deutschen Generäle unter Hitler. Zum Beispiel. Halbe Treue, halber Verrat. Das mag für Sie in Deutschland interessant sein. Aber das ist es hier nicht. Der Monolog für eine Schauspielerin, der hat was. Sicher. Ein Lamm. Ein Schnee. Gut. Den sollten wir mal einer jungen schwarzen Schauspielerin geben. Vielleicht Off-off-Broadway.« Lanz schmunzelte.

Robert schluckte.

»Bemerkenswert sind Ihre kleinen Geschichten, aus der DDR – das sind zweifellos scharfe Beobachtungen. Die gehen tief. Lauter überzeugende Fingerübungen – aber das ist nicht das eigentlich Interessante. Das eigentlich Interessante, das steht hier, und das ist genau zwölf Zeilen lang.«

»Was sollte denn das sein? Das eigentlich Interessante?«, fragte Robert.

»Ich zeige es Ihnen«, antwortete Lanz. »Das ist nicht von Ihnen. Noch nicht von Ihnen. Hier.«

Lanz hielt Robert die Rückseite seines Prosabandes hin. Robert saß da und schaute auf sein Buch.

»Das, was wirklich interessant ist, das steht hier, und das ist exakt zwölf Zeilen lang, und das ist Ihre Biografie, die hier hinten steht.«

»Meine Biografie?«

Lanz beugte sich vor und gab Robert einen leichten Klaps auf die linke Schulter. »Sie sitzen auf einem gigantischen Stoff. Das sehen Sie vielleicht noch nicht, aber ich sehe es: Ein jüdischer Junge, in England geboren, weil seine Eltern aus Deutschland emigriert sind, geht zurück in Stalins Reich.« Lanz goss Tee nach, trank zwei kleine Schlucke, lächelte. »Ich weiß«, sagte er, »es klingt wie ein Märchen, aber ich sag es mal so: In England geboren, kommt der Junge mit elf Jahren in ein deutsches Internat, in eine kommunistische Kadettenschule. Die vier Jahre in dieser Anstalt, in denen Sie entdeckt haben, dass Sie anders sind als die anderen, dass Sie jüdisch sind, dass Sie beschnitten sind, dass Sie woanders geboren, dass Sie aus einem anderen Land gekommen sind, aus dem Land Shakespeares in die rote deutsche Provinz. Schreiben Sie das auf. Ganz ohne Selbstmitleid. Nicht Beruf: Opfer. Nein. Sondern wie Sie zum ersten Mal onaniert haben, wie Sie sich gefühlt haben nur unter Jungs. Wie Sie sich gefühlt haben ohne Ihre Eltern in dieser Kadettenanstalt, mitten in Thüringen im Kommunismus. Schreiben Sie es so auf, wie Sie das erlebt haben. Pur. Keine Propaganda. Suchen Sie Ihre eigene Haltung zu der deutschen Geschichte. Dafür würde ich Ihnen anbieten: zweihunderttausend Dollar. Davon leben Sie hier. Hier in New York. Davon bezahlen Sie Ihr Apartment, davon gehen die üblichen Steuern ab, und Sie arbeiten, Sie schreiben. Schreiben Sie einfach die Geschichte: Wie wird jemand erwachsen, wie erlebt jemand so eine Kindheit dort drüben. Es darf nicht unter achthundert Seiten sein. Ich garantiere Ihnen einen wöchentlichen Scheck, und Sie liefern mir einmal in der Woche soundso viele Seiten ab. Ich lasse die übersetzen, denn das Buch wird zuerst in Englisch erscheinen, nicht in Deutsch. Zweihunderttausend Dollar. Nicht unter achthundert Seiten. Das ist mein Angebot. Sie haben vierundzwanzig Stunden, sich das zu überlegen.«

Nicht unter achthundert Seiten? Robert rechnete. Wenn er pro Tag eine Seite schaffte, dann wären das achthundert Tage. Wenn er sich einen freien Tag gönnte pro Woche, dann müsste er auf drei Jahre in das Bergwerk seiner Geschichte hinabsteigen. Länger. Es schauderte ihn. Die alten Geschichten? Die alten Briefe? Wege? Tage? Noch einmal das Ganze von vorne durchwandern? Im Licht der Einbildung die eigenen Knochen abnagen? Mich aufschreiben? Mein Leben aufschreiben? Meine zwölf Zeilen in eine Kontinuität hineinschreiben? Kontinuität, die er als Hauptmangel jedes Romans ansah?

Immer über der Schreibmaschine, der Arsch klebt am Stuhl fest, der Rücken schmerzt. Sitzfleisch? Er hasste das Wort. Immer hinter der Schreibmaschine, in dieser Stadt, zwischen East River und Hudson, im Schatten einer gigantischen Architektur, auf der Schreibmaschine, auf den alten Wegen unterwegs, zwischen Naumburg und Boxhagener Straße in Ost-Berlin, Rhinluch und Schackerbilly in New York? Hier sollte er gegen wöchentliche Bezahlung seine Sehnsucht nach Yvonna aufschreiben? Noras Eifersucht? Noras Fürsorge? In New York? Hier sollte er die Nächte im Gefängnis von Hohenschönhausen beschreiben als eine Kontinuität? Den Moment am Schreibtisch seines Vaters, als er ihn zum letzten Mal um Hilfe bat? Zweihunderttausend Dollar waren geboten.

Er wollte doch erkunden, wie viel Kraft in ihm steckte. Erkunden, wie groß das Werk in ihm ist, das er aus sich herausschreiben wollte, musste. »Greif zu, Robert Papst«, ermahnte er sich. »Das ist deine große Chance! Da ist sie! Keine Fisimatenten! Der Preis? Der Verlust der Ablenkungen.«

Josef Lanz winkte dem Ober, zahlte. Dann standen die beiden Berliner, der Agent und der Dichter, auf der 76th Street an der Ecke zur Madison Avenue. Die Sonne schien, als wäre es immer Sommer in dieser Stadt.

»Wir sehen uns in vierundzwanzig Stunden. Morgen um zehn bei mir im Office.«

Robert ging zur 77th Street, stieg hinunter in die Subway und fuhr bis zur 125th Street, nach Harlem.

75

In Ost-Berlin ging es auf Mitternacht zu. Es regnete. Nora hörte Musik. Nina Simone. Eine alte zerkratzte LP, die Emil ihr unter seinem Pullover über die Grenze geschmuggelt hatte. Nora liebte diese Platte mehr als alles andere auf der Welt und kannte die Lieder auswendig, auch wenn sie die Sprache nicht gut verstand.

Es klopfte an ihrer Tür. James.

Nora schrie auf. Er sah fürchterlich aus. Seine Augen waren blauschwarz und zugeschwollen, die Lippen waren zerschnitten, aus den Ohren kam Blut, seine Stirn war blutig, dreckverschmiert, die Haare angesengt, nass, schwarz, verklebt. Das Hemd hing zerrissen an ihm herunter, keine Schuhe, die Füße wund gelaufen. Wie ein Gespenst stand er vor ihr. Nora nahm ihn, führte ihn in die Küche, die Musik von Nina Simone machte die Schritte mit. Nora wusch James das Blut und den Lehm ab. James, still, tastete mit den geschwollenen Fingern nach seinen Augen, wie zwei zermatschte Stachelbeeren fühlten sie sich an. Er musste Nora sagen, was los war. Er war nur im Moment zu schwach. Sein Vater. Die Volkspolizei war hinter ihm her. James drehte sich mit dem Gesicht zur Wand, fieberte von der Geheimtechnik in der Wand, die in lauter feinen Rohren – die in lauter feinen Rohren – die Nachbarn, die Straßen, die ganze Welt unendlich langsam in sich hineinschlang, bis sie alle Welt und alles in dieses gigantische Röhrensystem verschlungen hatte.

Am selben Abend fand Roberts kleiner Bruder Max in Karl-Marx-Stadt seinen Vater mit leichten Verletzungen an seinem Schreibtisch nach einem misslungenen Selbstmordversuch.

76

Robert kaufte eine Postkarte für Nora: Harlem bei Nacht. Roter Schnee. Ein paar zugewehte Wagen. 125th Street, Ecke Lenox Avenue. Er setzte sich in die Lenox Lounge. Keiner beachtete ihn. Der Typ hinter der Bar war mit Ausräumen und Einräumen beschäftigt.

Robert dachte über seine Möglichkeiten nach.

Jetzt konnte er sich aussuchen, was er lieber machen würde: In Berlin einen Film über einen jugendlichen Gangster drehen, einen Film mit Überfällen, schnellen Morden, ein paar verhängnisvollen Frauen, oder sich hier in New York mit einem Roman über sein Leben herumquälen.

Wie sollte er sich entscheiden? Sollte er eine Münze werfen? Vermutlich war eine Münze das Klügste. Kopf oder Zahl. Zahl hieß New York. Kopf Berlin. Er warf eine 25-Cent-Münze. Zahl. New York. Die Sache war entschieden. Glückwunsch. Robert lachte in sein Spiegelbild hinter der Theke.

»Liebe Nora«, schrieb er und überlegte, was Sophie dazu sagen würde, wenn er drei Jahre in New York blieb und sich aufschrieb? Nora müsste mit ihm kommen. Dann ginge es vielleicht. Nora saß aber noch in Ost-Berlin.

Was setzte er an die Stelle der Kontinuität? Wenn er seine Geschichte nicht als Kontinuität erzählte – wie erzählte er sie dann? Kaleidoskopisch? Zerfetzt? Traumzerfetzt? Alptraumzerfetzt?

Vierundzwanzig Stunden hatte er. Josef Lanz. 7th Avenue und 57th Street. Morgen zehn Uhr.

Die Bar füllte sich langsam mit interessanten Gästen. Manche Männer trugen graue Borsalinos. Schicke Anzüge. Die Frauen waren großartig herausgeputzt. Mit Goldschmuck behangen, riesige rote Münder. Nie gesehene Lippen.

Mimi kam um fünf Uhr. Er hatte sie im Lone Star Café bei dem James-Brown-Konzert kennengelernt. Sie stand plötzlich da, zwischen den Tischen, hinten, bei der Jukebox, schwarzes Kleid, weiße Schürze, ein ganz altmodisches Outfit, servierte an den Tischen, die inzwischen alle besetzt waren. So verschwommen sah sie in Roberts Augen wunderschön aus. Sie lächelte, als Robert sie etwas fragte. Kaum einen ganzen Satz sprach sie mit ihm. Mehr Zeit hatte sie nicht. Er hatte seit Stunden an der Bar gesessen. Selbstgespräche geführt. Das Geld für jeden neuen Drink musste er immer gleich auf den Tresen legen. Zweimal bestellte er Fish and Chips.

Er war nicht betrunken. Die anderen an der Bar dachten das vielleicht. Er war es aber nicht. Er sah alles verschwommen? Aber alles war ja auch verschwommen. Wie sollte er das Verschwommene anders sehen als verschwommen?

Der Typ neben ihm an der Theke klärte Robert darüber auf, dass Mimi manchmal als Schauspielerin arbeitet, in der Lenox Lounge war sie die beliebteste Kellnerin.

Nüchtern betrunken, betrunken nüchtern. Er war zum allerersten Mal in Amerika, er war kaum zwei Tage in New York und hatte schon ein starkes Angebot. Zweihunderttausend Dollar für seine Geschichte! Er musste mit Sophie sprechen. Er brauchte ihren Rat. Richtung Norden, über der 125th Street, gab es ein Post Office. Robert wollte die Postkarte an Nora abschicken und Sophie anrufen. An einem Tisch vor dem kleinen Post Office spielten ein paar Männer Domino. Rauchten riesige Zigarren. Der halbe Block roch nach dem Zigarrenqualm. Robert erreichte Sophie in West-Berlin. Er erzählte ihr von dem Angebot und fragte sie: »Ich selbst oder wer berichtet mein Leben? Die Geschichte meiner zwölf Zeilen, für die Josef Lanz so viel Geld bietet? Ich? Oder wer?«

Sophie verstand nicht, wovon er sprach, was er von ihr wollte. Er redete weiter.-

»Ich muss es hier schreiben, das ist die Bedingung. Es darf nicht unter achthundert Seiten sein. Kontinuität. Achthundert Seiten Kontinuität. Was rätst du?«

»Was ich rate?«, schrie Sophie am anderen Ende der Leitung. »Mach es!«

»Sophie? Wirst du rüberkommen?«

»Bestimmt.«

»Bestimmt?«

»Vielleicht. Nicht für so lange.«

»Nicht?«

»Achthundert Seiten brauchen lange.«

»Eben. Sophie?«

»Frag nicht so viel. Mach es. Mach es!«

»Sophie? Weißt du, was Flaubert einmal gesagt hat?«

»Lass doch Flaubert aus dieser Sache raus! Schreib dein Buch!«

Ein hungriger Hund sah zu Robert hinauf, mit schwarzen feuchten Augen. Ein Dachshund. Unscharf. Wie ein Bild. Robert lachte höhnisch in die Telefonmuschel. »Sophie? Weißt du was? Meine Sachen interessieren hier niemanden, sagt der Agent. Aber meine Biografie, meine zwölf Zeilen, die!! Sophie, nein. Flaubert sagt: Der schlimmste Moment in der Literatur ist der, wenn Schriftsteller von ihrer eigenen Lebensgeschichte berichten. Oder auch noch ihre Tagebücher oder ihre Briefe veröffentlichen.«

»Vergiss doch den alten Flaubert. Du! Deine Geschichte«, hörte er Sophie sagen, »die musst du kennen, und genau so musst du sie schreiben, wie du sie kennst. Du!«

»Meine Geschichte«, dachte er, »die muss ich kennen? Die muss ich genauso schreiben, wie ich sie kenne? Ich kenne sie nicht. Ich habe sie erlebt, aber sie ist wie erfunden. Ein Tier. Vorne Löwe. In der Mitte Ziege. Hinten Kreuzotter. Die letzte Sekunde ist schon eine Erfindung. Ein quälendes Bruchstück stürzt über das nächste Bruchstück.« Er sagte zu Sophie: »Ich kann es nicht machen, weil ich keine Form für mich finde. Weil ich nicht weiß, wie ich mir diesen Menschen Robert Papst fremd werden lassen kann.« Er unterbrach sich. Die Vernichtung eines Traumes. Eine scharfe Narbe. Alles anders. Ganz anders, als es erlebt wurde. Er fühlte, dass er mit seinen Überlegungen ins Ungewisse geriet. »Du hast recht. Sophie«, sagte er. »Verdammt! Ich bin wahnsinnig. Was rede ich. Ich muss es machen. Ich muss das Buch schreiben von meinen zwölf Zeilen. Bist du noch dran? Wie geht es dir? Wie geht es Pola? Wie geht es Nora? Was hörst du von ihr?« Er musste Luft holen. »Nora? Nora, ich werde morgen zu Mister Lanz sagen: Mister Lanz. Ich mache es.«

Er bemerkte seinen Versprecher. »Sophie?«

Er legte den Hörer auf und bezahlte das Telefongespräch nach West-Berlin.

Am nächsten Tag saß Robert Papst pünktlich um zehn Uhr, frisch geduscht und fein gekleidet, im winzigen, mit Papieren, Manuskripten und Fotos vollgestopften Office von Josef Lanz, 7th Avenue und 57th Street im 68. Stock. Blick über den Central Park. Unter den Porträts von James Baldwin, Lillian Hellman, Carson McCullers, Elizabeth Taylor, Miloš Forman, Peter Shaffer, Alan Jay Lerner.

Lanz erzählte, dass bei Liz' Filmverträgen die Extras das Aufregendste sind.

»Welche Extras?«, wollte Robert wissen.

»Die Zigarettenspitze muss farblich zum Kostüm passen. Für den Weg von ihrem Schminkraum zum Set: Auto mit Chauffeur.«

Der Central Park im Glasrahmen der bis zum Boden reichenden Office-Fenster sah aus wie ein grünes Meer. Der überwältigende Anblick bestärkte Robert Papst in seinem Entschluss, den Kampf mit seiner Geschichte in dieser Stadt aufzunehmen. Er war bereit. Der Vertrag konnte aufgesetzt werden.

»Keinen Papierkram«, lachte Josef Lanz. »Um Himmels willen. Handschlag genügt. Wer mich nicht mag, soll frei sein, ich will keinen versklaven. Sklaverei ist aufgehoben, Robert, geben Sie Abraham Lincoln die Schuld an meinem Saustall. Mein größtes Talent ist das Talent zur Verehrung wahrer Talente.«

Robert überlegte einen Moment, ob sein Gegenüber bluffte. »Und wie geht es dann weiter?«, fragte Robert. »Wie wollen wir das mit den Zweihunderttausend machen?«

»Das werden wir ganz einfach machen. Ich zeige Ihnen jetzt Ihr Apartment, gebe Ihnen die Schlüssel, Sie setzen sich hin, schreiben eine Woche, bringen mir das Geschriebene zum Wochenende, und dann gehe ich mit Ihnen lunchen und gebe Ihnen Ihren ersten Scheck über fünfhundert Dollar. So machen wir das. Ganz einfach. Woche für Woche. Die Miete fürs Studio begleiche ich. Sie schreiben. Kommen Sie. Ich bringe Sie jetzt in Ihr Apartment. Sie können sofort anfangen.«

Das ging Robert viel zu schnell. Er hatte gar nichts hier, keine Tagebücher aus der Zeit, keine Aufzeichnungen.

»Das ist gar kein Problem«, sagte Josef Lanz mit einer liebenswürdigen Verbeugung Richtung Abgrund. »Hier werden Sie alles bekommen, was Sie brauchen, alles, was Sie suchen.«

»Aber was ist mit meinen Tagebüchern? Mit meinen Aufzeichnungen?«

»Können Sie sich alles nachkommen lassen.«

»Hören Sie. Mister Lanz. Um hier arbeiten zu können, muss ich ein paar Sachen holen, ich muss jetzt erst einmal zurückfahren nach Berlin. Ich kann nicht so aus dem Stand loslegen. So wie ich auch während der Arbeit an dem Roman alle drei Monate unbedingt zurückfahren muss nach Berlin.«

»Bitte. Daraus wird nichts, aus dem Zurückfahren, das sage ich Ihnen gleich.«

»Wie? Was? Daraus wird nichts?«, fragte Robert.

»Menschenskind, verstehen Sie nicht«, sagte Josef Lanz, »in der Zeit, wo Sie hier an dem Roman arbeiten, ist nichts mit Zurückfahren. Nicht einen Tag!«

»Nicht einen Tag?«, wiederholte Robert Papst.

»Nicht einen Tag. Von mir aus können Sie telefonieren. Aber Sie müssen jederzeit für mich erreichbar sein. Wenn Sie diesen Roman schaffen wollen, dann müssen Sie von diesem Augenblick an hierbleiben, die Zähne zusammenbeißen und nichts anderes mehr in Ihrem Kopf haben als den Roman. Und zwar nur den Roman, für eine ziemlich lange Zeit. Nur dann kann die Sache was werden. Es wird ein paar Wochen brauchen, bis Sie reinkommen, das ist die schwerste und für das ganze Unternehmen die gefährlichste Phase. Wenn Sie die ersten vier Wochen überstanden haben mit tagtäglicher Arbeit, dann sind Sie drauf auf dem Kahn, dann werden wir Sie nicht mehr verlieren. Die Anfangsphase ist die schwerste. Die gefährlichste. Ich weiß, was ich sage, glauben Sie mir, Robert.« Nach einer Pause fügte er hinzu: »Ich weiß, was es heißt zurückzufahren. Springen Sie, Robert. Haben Sie keine Angst. Es ist nicht für immer. Drei Jahre, vielleicht sind Sie schneller. James Baldwin sieht Sie an. Sie sind bei mir mit lauter großen Namen zusammen. Die helfen Ihnen. Glauben Sie mir, die haben auch die Hose voll gehabt vor ihrem Roman. Macht nichts. Wagen Sie es! Es wird Ihr größtes Abenteuer. Ich verspreche es Ihnen. Sie können in Berlin andere Abenteuer haben. In New York machen Sie nur schlapp, um zu sterben. Dieser Stadt entkommen Sie nicht mit einer Ausrede. Verstehen Sie das? Wenn Sie jetzt nicht springen, werden Sie es bereuen, wenn es zu spät ist. Sie werden in Berlin Ihr Talent vergeuden. Papst. Glauben Sie mir. Das zu erkennen, ist mein Beruf.« Mister Lanz hatte sich hinter seinen riesigen Brillengläsern in einem Gemisch von Berlinerisch und Amerikanisch in Rage geredet. Er spülte ein halbes Glas kalten Kaffee auf einen Schluck herunter, rülpste wie ein Kanonenschlag, wischte sich den Mund mit dem Handrücken. »Springen Sie, Robert, kommen Sie. Es ist auch schon reichlich spät. Ich habe andere Kundschaft, die auf mich wartet. Kommen Sie, ich bringe Sie in Ihr Apartment. Es liegt herrlich. Wenn Sie die Bude gesehen haben, wollen Sie garantiert nicht mehr von dort weg.« Mister Lanz klapperte aufmunternd mit den Studioschlüsseln.

Aber es war zu spät. Robert hatte die totale Angst überfallen, sie hatte sich schon festgebissen in seinem Kopf. Der ganze Schwall von Ausreden und Bedenken und Einwänden, die er in der Nacht mühsam mit einem Whiskyrausch eingedämmt hatte, überflutete sein Denken. Robert konnte nicht, er konnte den Roman seiner zwölf Zeilen nicht mit Handschlag besiegeln, er konnte nicht einfach den Schlüssel nehmen, in sein neues Apartment fahren und loslegen. Er konnte nicht.

»Warum nicht?«, fragte Lanz

»Wegen der Sprache.«

»Ausrede. Warum willst du zurück? Warum springst du nicht?«

»Nein«, sagte Robert nach einer quälenden Pause. »Nein, ich kann nicht. Dann wäre ich tot. Wenn ich mein Leben aufschreibe, dann sterbe ich. Ich weiß, ich muss es aufschreiben, aber ich kann es nicht.«

»Was soll das Pathos? Sie können es. Springen Sie.«

»Ich kann nicht.«

»Sie werden es bereuen.«

»Ich kann nicht.«

Sie standen unten auf der 7th Avenue. Ein herrlicher Tag. Josef Lanz reichte Robert die Hand.

»Leben Sie wohl, Robert. Schade. Ich kann nicht so tun, als wäre ich nicht traurig, dass es nichts geworden ist mit uns und mit Ihrem Roman. Großer Stoff. Ehrlich. Schade.«

Er hielt Roberts Hand eine Sekunde länger als gewöhnlich. Lanz wunderte sich über sich selbst, dass er solchen Anteil nahm an diesem zerrissenen Menschen. Aber er konnte sich auch nicht vor ihm auf den Boden werfen. Der Dämon der Selbstzerstörung in Robert Papst war also mächtiger als sein Talent, dachte Lanz. Er hatte alles versucht. »Arschloch«, dachte Mister Lanz für sich, »du elendes Arschloch!« Wütend und enttäuscht wandte er sich ab.

Robert ging Richtung Downtown.

Er betrank sich an der Hotelbar und tat sich leid.

Als er in Berlin anrief, bekam er von Sophie triumphale Nachrichten geliefert. Sein Prosaband ging in die zehnte Auflage. Die Premiere am Staatstheater in Stuttgart war ein Sensationserfolg. Die Theaterkritiker überschlugen sich mit Hymnen. Sein Film über die Wolfsohn-Bande konnte im kommenden Sommer gedreht werden. Die Fördergelder waren genehmigt und höher als erwartet.

Sophie klang fröhlich – als hätte sie Fliegenpilze gegessen. Sein Kontostand bei der Deutschen Bank war jetzt zum ersten Mal auf über hunderttausend D-Mark geklettert.

Robert trank noch ein paar Gläser Whisky. Das machte alles noch viel schlimmer. Die Vorstellung, dass er in West-Deutschland die große Feuilleton-Nummer war und in New York angstschweißgebadet vor der

Geschichte seiner zwölf Zeilen Reißaus nahm, die Vorstellung quälte ihn.

Als es längst dunkel geworden war, lief Robert hinunter zum Tompkins Square Park. Dort fand er vor einem Hauseingang ein Mädchen, mit dem er über all diese Dinge nicht sprechen musste. Es gab Musik. Ein Zimmer, betrunkenes Licht, ein Bett, Wände, durch die der Lärm aus den anderen Wohnungen drang. Er hatte nur einen Wunsch: dass sich das, was ihn quälte in dem warmen Duft des fremden Mädchens auflöste. Dass er in ihrem Duft alles los würde, ganz besonders sich selbst. »Wer immer in mir wohnt, ich meine nicht mich, ich meine den Menschen in mir, wird nicht zufrieden sein, bevor er alles los ist, auch sich selbst.«

Aber er wurde sich nicht los. Erst recht nicht in dem Mädchenduft. Ein paar Tage später saß er in der Wartehalle vom JFK, bis sein Flug nach Berlin aufgerufen wurde.

77

Eine Krähe saß am Straßenrand in der Boxhagener und flatterte direkt vor Nora in die Höhe. Nora kam von einem ihrer ziellosen, sinnlosen Spaziergänge zurück, sie durfte plötzlich in der Stadtbibliothek wegen ihres Ausreiseantrages nicht einmal mehr im Keller arbeiten.

Sie hatte sich um James gekümmert, bis er wieder ganz in Ordnung war, aber nicht rausbekommen, wer ihn in jener Nacht zusammengeschlagen hatte. Als er wieder auf den Beinen stand, begannen die Dreharbeiten zu seinem ersten Film. Nach dem dritten Drehtag verliebte er sich in eine Tänzerin. Jackie kam aus Amerika und war eine Cousine, über ein paar Ecken mit Nora verwandt. Sie hatte ein Tanzstipendium in Ost-Berlin, und weil sie nichts Passendes zu wohnen fand, schlüpfte sie erst einmal in der Boxhagener Straße unter.

Diese Wartezeit, ohne eine Ahnung zu haben, wie lange sie noch dauerte, war für Nora eine elende Quälerei. Sie konnte nichts machen als herumgehen, herumsitzen, herumlesen, herumsingen, herumglotzen. Die Leute mieden sie. Jede Sekunde dehnte sich zu Ewigkeiten. Ihre neue Mitbewohnerin Jackie konnte ihr die Zeit auch nicht verkürzen. Sie war ohnehin die meiste Zeit beim Tanzunterricht.

Nora ging durch das Hoftor, am Außenklo vorüber, das dort wegen irgendwelcher Reparaturarbeiten an der Hauptwasserleitung unter schwarzen Schneeresten stand. Sie blieb nicht mal mehr vor den Briefkästen im Hauseingang stehen, täglich wurde sie enttäuscht, wieder einmal keine Nachricht vom Rat. Sie ging mit flüchtigem Blick an den demolierten Blechkästen vorbei. Der Sohn ihrer Nachbarin kam aus der Wohnungstür geschlüpft, ein schwaches, blasses, zu jeder Jahreszeit vor sich hin hüstelndes Bürschchen. Wenn er sechzehn war, wollte er Feuerwehrmann werden. Dann würden ihn die Leute mit anderen Augen ansehen, weil er bald die allerschlimmsten Brände löschen würde. Und dann würde ihn auch seine Mutter nicht mehr wie einen Schwächling behandeln und bei jeder Kleinigkeit ohrfeigen. Er sah Nora mit unsicherem Blick an. Die Mutter hatte aus Versehen einen an Nora adressierten Brief aufgemacht, der in ihrem Briefkasten gelandet war. Vor fast einer Woche schon. Er kam vom Rat des Stadtbezirkes Friedrichshain. Der Junge hielt Nora das aufgeschlitzte Briefkuvert entgegen.

»Ja, was ist denn das?«, rief Nora, nachdem sie das Schriftstück überflogen hatte. Da stand: »Bitte melden Sie sich beim Rat des Stadtbezirkes Friedrichshain, Frankfurter Allee. Täglich zwischen acht und sechzehn Uhr.« Es war ein paar Minuten vor sechzehn Uhr. Sie hatte nicht unbedingt die richtigen Schuhe an für den Spurt, den sie nun hinlegte. Hoch in den ersten Stock und wieder runter, in letzter Minute zur Bürotür rein.

Nachdem Nora seit Roberts Ausreise fast ein Dreivierteljahr gewartet hatte, bekam sie nun ruck, zuck ihre Ausreisegenehmigung. In vierundzwanzig Stunden musste sie raus sein aus der DDR. »Wir geben Ihnen hiermit bekannt, dass Sie die Genehmigung zur Übersiedlung in die BRD erhalten haben. Wann wollen Sie die DDR verlassen?«

»Sofort.«

»Das geht leider nicht ganz so schnell, aber Sie können dann in vierundzwanzig Stunden verschwinden.«

Mit der Genehmigung rannte sie zurück. Sie hätte gern James die Neuigkeit mitgeteilt. Aber James drehte. Jetzt konnte er die Boxhagener Straße für sich und seine Freundin Jackie haben.

Packen. Was sollte sie einpacken? Sie überlegte, und in diesem Moment verließ sie die Kraft. Plötzlich überkam sie Angst. Nora ließ sich aufs Bett fallen. Sie lag da und war nicht imstande, irgendetwas einzupacken. Sie hatte es geschafft. Sie konnte die DDR verlassen. In ein paar Stunden war sie raus, lag die Mauer hinter ihr. Eine vergangene Welt, überstandener Alptraum. Manches Mal auch schöner Traum, Bühne und Gefängnis. Das Scheinwerferlicht, das ihr erstes Konzert in der DDR vergoldete, und die Lampe des Vernehmers. Der erste Mann, die erste Trennung. Der Friedhof und das Karussell. Vorbei. Bald verweht. Keine Sentimentalitäten, ermahnte sie sich. Sie wollte im Westen als Sängerin Karriere machen. Frankreich. Spanien. Sie sah auf die Uhr. In ein paar Stunden wäre sie raus und im Westen.

Wo würde sie heute Nacht schlafen? Sie musste Robert erreichen. Sie musste James die Wohnungsschlüssel Boxhagener Straße übergeben. Sie holte Luft. Sie angelte ihren Koffer vom Hängeboden über dem Korridor. Ein kleines rotes Köfferchen. Die Tonbänder mit den Aufnahmen und die Schallplatten von Maria Tanase warf sie hinein. Einen zerlesenen Reclam-Band mit Gedichten und Liedern von Walther von der Vogelweide. Sie hielt von Hemingway *Wem die Stunde schlägt* in der Hand. Dieser Roman war für Robert das größte Buch gewesen. Er hatte es zehnmal gelesen, zwanzigmal, öfter. Sie hatte es mit ihm zusammen gelesen, im Bett, bis die Sonne hoch im Himmel stand und sie viel zu spät zur Fabrik aufbrachen. Hemingway beschrieb ihre Ideale: Liebe und Kampf. Mit dem Buch unterm Arm war sie mit Robert in das Leben hinausgezogen. Durch Filme und Bücher kam die verbotene Welt zu ihnen. Robert hatte Hemingway einen Brief geschrieben. An der Wand steckte mit einer Nadel aufgespießt die Antwort aus Amerika. Ein Stempel auf einer Karte: »I never write letters.«

Geld! Sie hatte keinen Groschen West-Geld.

Noch knappe drei Stunden.

James kam über den Hof. Ohne Jackie.

Er setzte sich auf das Bett. Er sah den kleinen roten Koffer. Nach einer Pause sagte er: »Ist es jetzt so weit?«

Sie nickte.

Er sah sie an. »Wenn du meinst, du musst fort …«

»Ja. Meine ich.«

»Grüße Robert von mir. Mein großer Bruder schreibt mir nie. Ich habe eine einzige Bitte, Nora. Bring ihn dazu, dass er mir einmal schreibt.«

»Es wird Zeit«, sagte Nora. »Jackie kann ja als amerikanische Staatsbürgerin jederzeit rüber in den Westen und mich besuchen. Über Jackie können wir in Kontakt bleiben. Heute Nacht werde ich bei Robert und Sophie wohnen.«

Nora übergab James die Wohnungsschlüssel.

»Wenn du gegangen bist, dann weine ich«, sagte James. »Sobald du zur Tür raus bist.«

Er schlang seine Arme um Nora. Er wollte sie nicht gehen lassen.

»Mach's gut«, sagte Nora. »Ich werde mich umhören, welche Chance du drüben im Westen hast als Schauspieler.«

»Ja. Hör dich um. Mein Bruder soll mir schreiben. Hier.« Er drückte seine Hand in ihre. »Noch ein bisschen frischen Spreewind zum Abschied. Den mochtest du doch immer so.« Nach einer Pause flüsterte er aufgeregt und verlegen: »Ich liebe dich.«

»Und deshalb gehst du mit meiner Cousine Jackie?«

»Ja«, sagte James ernst. »Vielleicht deshalb.«

Sie konnte das Lachen nicht unterdrücken.

Der volle Mond. Novembernacht. Ihr letzter Weg im Osten. Friedrichstraße. Tränenpalast. Eine halbe Stunde vor Mitternacht. Letzte Bahn. Sie hielt ein gefaltetes Blatt bereit, ihre Identitätsbescheinigung. Name. Foto. Geburtsdatum Das war das einzige Dokument, das sie als Nora Meinl auswies. Und eine Urkunde, die ihre Entlassung aus der DDR-Staatsbürgerschaft bescheinigte. Ausgebürgert. Ein paar Griechen vor ihr in der Schlange, ein paar Türken, zwei westdeutsche Omas.

Als die S-Bahn mit Nora über die Albrechtstraße hinwegfuhr, hinter dem Reichstag durch den gelb ausgeleuchteten Todesstreifen, schaute sie aus dem Waggonfenster, sah noch einmal zurück auf den Spreebogen, hielt aufgeregt ihr rotes Köfferchen. Die Leuchtreklame auf dem Dach des Theaters am Schiffbauerdamm huschte vorüber. Letztes Zeichen Ost zwischen zwei Häuserdächern.

Das war es. Es schien ihr, als hörte sie Trommeln, Trompeten. Vierzehn Jahre hatte sie hinter der Mauer gelebt seit ihrer Ankunft aus Bukarest. Sie sah einen Hasen über das geharkte Minenfeld zwischen den Grenzbefestigungen hoppeln.

Auf kleine Tiere wird gewöhnlich scharf geschossen.

Sie und der Hase – sie hatten Glück.

78

Nora betrat den Westen durch die Bahnhofstüren am Zoo. Ein paar Minuten nach Mitternacht. Ihr Herz schlug bis zum Hals. Der Bahnhofsvorplatz sah verlassen aus. Ein Betrunkener hielt einen endlosen Monolog über die Bedeutung der Schlossherren und der Arbeitslosenlager. Wo andere Redner Luft holen, nahm er einen Schluck aus der Pulle. Ein kleiner Japaner trat an Nora heran und fragte sie, ob er von ihr mit dem roten Köfferchen ein Foto machen dürfe. Der Japaner war so klein wie sie, eher sogar noch kleiner. Sie ließ sich von ihm fotografieren. Weil es doch heißt: »Wenn da aber ein zweiter Fremdling erscheint, mag auch dessen Heimat eine andere sein, die zwei können miteinander vertraut werden, und sie verweilen mitsammen und sind einander zugetan.« Wären sie nicht beide Fremdlinge, sie wären einander nicht nähergekommen.

Nora hatte sich den Weg vom Bahnhof Zoo in die Wielandstraße auf dem Stadtplan eingeprägt. Rechts den Kurfürstendamm hinauf Richtung Westen, fünf Blöcke, nach der Schlüter- die Wielandstraße.

Aus der Wohnung drang lauter Gesprächslärm, Musik, Gläserklirren. Sie klingelte. Sie kannte den jungen Mann nicht, der ihr die Tür öffnete. Er lächelte die kleine Frau mit dem Madonnengesicht aufmunternd an, ohne Weiteres folgte sie seiner einladenden Geste. Der nette Türöffner stellte sich vor: »Rainer Salat.«

Nora sagte ihren Namen.

»Kennen Sie Robert Papst?«

»Ich denke schon.«

»Weshalb habe ich Sie dann bisher nicht in seiner Umgebung bemerkt?«

»Weil ich bis vor einer halben Stunde in der DDR gesessen habe.«

»Wie bitte?«, rief daraufhin Salat. »Wie bitte?? Nein! Sagen Sie nicht, dass Sie gerade aus Ost-Berlin durch die Mauer zu uns kommen?«

»Meine Kleider riechen noch danach.«

Salat ging mit Nora in das große Zimmer. Unter einer ungeheuren Rauchwolke saßen dort die trinkenden, Skat spielenden, streitenden, brüllenden und lachenden Berliner Dichter zusammen. Dazwischen, mit einer Bierflasche an den Lippen, Sophie, die beim Reizen alle Dichter überschrie. In einer Ecke auf dem Teppichboden saß mit der kleinen Pola der Lyriker Wolf Borowski und spielte mit Fingerpuppen *Rotkäppchen und der Wolf.* Es gab gerade eine erste Annäherung des Wolfes an Rotkäppchen. Wolf war der Wolf. Der Dichter, der sein größtes Werk geschrieben hatte unter dem famosen Titel: *Ein Beamter zeugt mit einer Beamtin eine Tochter, die unbedingt Bürgermeisterin werden will,* hatte es auf Sophie abgesehen. Im Skat konnte er nicht mithalten. Deshalb verzichtete er auf den Wettkampf. Der Autor Günter Wiese dampfte ungeheure Wolken aus seinem Rotzkocher in Richtung Zimmerdecke, verschlang vor lauter Spielwut seinen Schnauzer. Auch er hatte es auf Sophie abgesehen. Wenn auch in ganz anderer Absicht als Wolf Borowski. Wiese wollte, dass die von allen Regisseuren umworbene Sophie Kessler in der anstehenden Verfilmung seines Romans *Die Wundergeige* mitspielte. Jurek Müller liebte es, mit Robert Papst einen anständigen Skat zu klopfen. Ihn verband eine Art Ost-Sentimentalität mit Robert. Er genoss in stiller Freude den Erfolg seines neuen Buches *Davids Luftschloss.* Er wollte zusammen mit Robert ein Drehbuch schreiben über einen weltberühmten jüdischen Filmproduzenten, der als junger Häftling in Veit Harlans *Jud Süß* als Statist eingesetzt wurde und auf diese Weise dem KZ entkam. Peter Kirschner war da, weil er zu den Erfolgreichen in West-Berlin gehörte und ihn Roberts großer Erfolg faszinierte.

Salat, der seinen größten Buchhit einem genialen Missverständnis verdankte, war als herzlicher Menschenfreund zugegen. Der Titel *Angst vorm Dachstuhl* hatte sein sprödes Buch, das mit dem Errichten von Dachstühlen gar nichts zu tun hatte, zu einem erklecklichen Erfolg gemacht. In den wirtschaftlich aufblühenden Zeiten der BRD bauten eine Menge Leute Eigenheime, sie hatten vom Fundament bis zum Dachstuhl jede Menge Probleme, griffen nach Salats Buch und bescherten dem Autor tolle Auflagenzahlen.

Es wurde ein Vierer-Skat gespielt. Durch ständiges Kontra und Re waren lauter Bock- und Ramschrunden daraus geworden. Pfennigskat. Grand mit vier. Schneider angesagt. Durchmarsch. Herz ohne vier. Den Aussetzer gab Peter Kirschner. Bei jeder fünften Runde war er dabei. Salat, ganz wie es seinem Wesen entsprach, genoss als Zuschauer den Kartenkampf, der mit einem außer sich agierenden, spielsüchtigen, auf den Tisch eindreschenden Robert auf ganz schöne Beträge hochgeklettert war im Verlauf der Nacht.

In der großen Küche zum Hinterhof saß unter dem tief hängenden Lampenschirm am Worpsweder Bauerntisch Roberts neuer Verleger Hagen Fürbock mit Hans, dem Eigentümer der Heine-Buchhandlung im Bahnhof Zoo. Das Kunststück, diese Berliner Dichterwohnung herzurichten, hatte Hans mit seinem handwerklichen Geschick zustande gebracht. In der Küche sprach er mit dem Verleger Fürbock über Lesbarkeit oder Unlesbarkeit von Uwe Johnson. Ein verzwicktes, ein auswegloses Gespräch, zumal Fürbock, breit schwäbelnd, lieber mit Sophie über Schauspielerei und den neuesten Berliner Theaterklatsch geplaudert und ein bisschen geflirtet hätte. Fürbock spielte nicht Skat. Sophie liebte Skat, sofern sie gewann. Und sie gewann meistens.

Hagen Fürbock glaubte an die Zärtlichkeit des Weibes, auch wenn er sie nur aus den Büchern kannte. Zwar war er immer auf Pirsch – ein Verleger ist ja mit guten Waffen unterwegs –, aber er weigerte sich, die weibliche Berechnung als das anzusehen, was sie war. Ganz anders der schwule Hans. Dem konnte keiner was vormachen. Eine Liebe war eine Liebe, rechnen konnte er außerordentlich gut, bloß wollte er nicht rechnen und berechnen. Er wollte verehren. Hans wollte lieben und leiden in Verehrung. So lief das Gespräch zwischen dem Buchhändler und dem Verleger in der Küche auseinander.

In dem aufgeregten Durcheinander war es Pola, die Nora als Erste entdeckte und mit Freudengeschrei begrüßte. Dann gab es kein Halten mehr – fassungslos, begeistert über ihr unverhofftes Hereinspazieren in die West-Wohnung wurde Nora von Sophie und Robert, von den anderen Gästen begrüßt. Noras Ankunftsnacht im Westen zog sich bis in den Sonnenaufgang. Günter Wiese bestand auf Sekt, obgleich Nora gar keinen Sekt trank. Verleger Hagen Fürbock telefonierte sofort ins Kempinski. Dreißig Minuten später wurden von dort drei eiskalte Flaschen Moët-&-Chandon-Jahrgangsschampus in die Wielandstraße geliefert. Die Korken explodierten. Nora, ob sie wollte oder nicht, musste mit Robert und Sophie, mit dem Verleger und dem Buchhändler, mit Kirschner, Müller, mit Günter Wiese, Wolf Borowski und Rainer Salat anstoßen. Salat hatten die Aufgeregtheiten dieser Berliner Novembernacht in einen Taumel versetzt – sein Zustand war so aufgewühlt, dass er vor Nora mit dem Glas in der Hand auf die Knie sank und ihr seine jähe Verliebtheit gestand. Unter Noras Sonnen war das Jahrhunderteis um seine Seele geschmolzen wie nichts. Dass es Salat bei Nora so heftig erwischt hatte, fanden alle herrlich. Nora trank Champagner, der ihr gar nicht übel schmeckte. Unter einem Feuerwerk deutsch-deutscher Freundlichkeiten verglühte ihre erste Westberliner Nacht.

Für die Krönung des Abends sorgte der Verleger Hagen Fürbock. Ohne ein Wort des Widerspruches zu dulden, trallala, reichte er Nora einen Scheck über zweitausend D-Mark für eine Paris-Reise. Einzige Bedingung: Nora musste die Reise in den nächsten drei Tagen antreten. Der Verleger wollte, dass sie direkt an Leib und Seele erfuhr, wie sich die Freiheit anfühlte. Immer wieder rief er in seinem schwäbischen Tonfall: »Das solle Sie an Leib und Seele erfahre, was desch heißt: frei sein und fahre, wohin man will. Das ist mein Beitrag!«

Wenn sie wieder zurück sei von der Paris-Reise, sollte sie ein wenig mitarbeiten bei der Veröffentlichung von Roberts nächstem Buch. Mehr Gegenleistung verlangte der euphorische Verleger nicht. Diese noble Geste machte aus dem Rausch, aus der gepfefferten Skatnacht eine kleine Wiedervereinigungsfeier. Schließlich packte Robert auf die zweitausend Mark des Verlegers zweitausend drauf. Es gab eine Diskussion wegen des Geldes. Zweitausend konnte und wollte Nora von Robert nicht annehmen. Sie beruhigte sich erst, als sie erfuhr, wie Robert zu dem Geld gekommen war: Er hatte es in einer Plastiktüte auf einer Toilette des Hotels Reichshof in Hamburg gefunden, wo er anlässlich einer Lesung wohnte.

Die aufgeregte Schriftstellergesellschaft verlief sich im Morgengrauen. Robert zeigte Nora ihr neues Zimmer. Es sah zum Hinterhof hinaus, in eine Kastanie. Es war hoch und groß und ganz still darin. Einmal hörte Nora Schritte, die quer über sie hinliefen und wieder verschwanden. Sie kamen von der Mieterin über ihr, die zur Arbeit aufbrach. Das Zimmer war ein kleiner Palast. Spanisches Eisenbett. Schreibtisch. Ein Plakat vom Schiller Theater mit Sophies Konterfei als Fremde in *Ein Lamm. Ein Schnee.* Neben dem Bett ein einfacher Nachttisch. Lampe. Auf der Ablage ein paar Bücher. Hemingway.

Nora fiel in ihr Westberliner Bett. Sie schlief einen Tag und eine Nacht. Als sie wieder auf den Beinen war, kümmerte sie sich mithilfe von Hans um Reisepapiere und reiste, wie verabredet, an ihrem dritten Tag im Westen von Berlin-Tegel nach Paris-Charles de Gaulle, den Dichter Rainer Salat mit gebrochenem Herzen zurücklassend.

»Ich möchte dich etwas fragen«, sagte Nora. »Glaubst du, es war richtig, den Scheck von deinem Verleger anzunehmen?«

»Das glaube ich ganz sicher!«, sagte Robert.

Er brachte Nora mit seinem ersten eigenen Wagen zum Flughafen. Es war ein gebrauchter, dunkelgrüner Jaguar.

»Eine Limousine!«, flüsterte Nora mit spöttischer Hochachtung.

»Ja, wirklich. Was sagst du dazu?«, sagte Robert.

Sie saßen in Roberts Jaguar vor den Eingängen zu den Abflugschaltern. Eine Weile sagten beide nichts.

»Nett von dir, dass du mich gefahren hast«, sagte Nora. Nach einer Pause: »Danke für das schöne Zimmer, das ihr mir eingerichtet habt. Sophie und du.« Sie schwieg. Robert nickte.

Schließlich fragte sie: »Wie geht es dir?«

»Ich weiß nicht. Warum musst du mir so schwere Fragen stellen? Im nächsten Sommer kann ich meinen ersten eigenen großen Film drehen über die Wolfsohn-Bande. Ich schreibe Shakespeare ab, um zu lernen, und suche Schauspieler, die wie Rimbaud aussehen, für meinen Film.«

»Du hast mir gar nicht erzählt, wie New York für dich ausging, die Sache mit dem Agenten«, sagte Nora. »Heißt er nicht Lanz?«

»Er hat mir ein tolles Angebot gemacht. Aber weißt du. Ich kann nicht in einer fremden Sprache leben und in meiner Sprache schreiben.«

»Warum nicht? Du wolltest doch immer nach New York?«

Zu ihrer Überraschung sagte er im aggressiven Ton: »Meine Träume haben sich verändert.« Damit war das Thema für ihn beendet.

Nora küsste Robert zum Abschied. Ein wenig war sie traurig. Sie hatte ihn sich oft in New York vorgestellt. Vor den gigantischen Häusern am Central Park. Sie fand, dass er gut in diese majestätische Umgebung passte.

79

Paris. Hotel du Nord. Canal Saint-Martin. Ein schwarzer Schimmer. Neben dem Piano im großen Hotelsalon der Tisch für vier. *On me suit.* Nora applaudierte den Musikern und dem Sänger, einem jungen Mann, Typ Jean Gabin, der Sängerin warf sie eine Rose auf die Bühne. *On me suit.* Und noch einmal *On me suit* und dann: *C'est un petit rien,* und dann mit dem Akkordeon: *Quand on se promène au bord de l'eau.* Nora saß aufgekratzt und selig mit ihren Pariser Verwandten im überfüllten Salon des Hotel du Nord. Am Schluss der sanfte Trommelschlag. Sie war im Westen. Sonntagmorgen in Paris. Nora versuchte, nicht an Robert zu denken. Sie wollte mit ihrem Kopf heraus aus dem Gewesenen. Vergessen. In der anderen Welt ankommen, im Westen, im bunten Wahnsinn. Dort ankommen, wo sie für alles selbst verantwortlich war, was sie tat.

Nora wohnte nicht im Hotel, sondern bei einer Cousine ihrer Mutter, bei Tante Leonie an der Avenue Foch. Leonie war mit Serban verheiratet, einem Strumpffabrikanten. Am Morgen fuhren sie alle zusammen vorbei am Arc de Triomphe über die verschlafenen Champs-Élysées. Serban war ein lustiger Mann. Er arrangierte dies und das für Nora. Er lud sie in seinen Wagen, chauffierte sie an den Boulevard Saint-Germain zum Frühstück ins Café Deux Magots. Dort ließ er ihr alle möglichen Leckereien servieren. Paris durch den Magen. Anschließend spazierte er mit Nora über die Pont Neuf, um sich an der Fontaine des Innocents mit Thomas Erdos zu treffen.

Der Agent Monsieur Erdos war ein schlanker, grauhaariger, distinguierter Herr von sechzig Jahren, höflich und mit tadellosen Manieren. Er war vor dem Sozialismus aus Ungarn über Rumänien nach Frankreich geflohen.

Er liebte und verehrte die berühmten Sängerinnen und Tänzerinnen, sie waren seine Göttinnen, für Sänger und Tänzer arrangierte er Verbindungen und Gastspiele auf der ganzen Welt. Er trug einen himmelblauen Pullover, über dem sich elegant der Hemdkragen zeigte, und steckte in engen Jeans. Er war ein verschmitzter, gezielt zerstreut wirkender Typ.

Als er von Serban erfuhr, dass Nora, die ihn ungemein an die Piaf erinnerte, rumänische Volks- und Zigeunerlieder sang, rief er sofort eine Agentin an, die Musikprogramme von Musikfestivals in ganz Frankreich organisierte. Ein Vorsingen mit Nora sollte in ein paar Tagen im Théâtre de la Ville stattfinden.

Sonntagnacht gaben Serban und Tante Leonie in der Avenue Foch ein Diner für Nora. Es kamen einige liebenswürdige, interessante Damen und Herren, unter anderem ein guter Freund von Leonies Tochter, die mit einem Filmproduzenten in Amerika verheiratet war. Dieser gute Freund war Syrer, stammte aus Damaskus, hatte aber einen amerikanischen Pass und hörte auf den Namen Apella Floriani. »300 pounds of joy, I am built for comfort, I ain't built for speed.«

Apella Floriani war sehr dick, er wog über zweihundertfünfzig Pfund, aber er erwies sich im Gespräch mit Nora als ein sprühender, amüsanter Feuerkopf. Dass er so dick war, störte Nora nicht. Sie verliebte sich in ihn. Apella verliebte sich in Nora. Drei Wochen verbrachten sie zusammen. Der dicke Mann aus dem Orient und die zierliche jüdische Frau – wo immer das Liebespaar auftauchte, die Menschen drehten sich um. Ein verzaubertes Lächeln huschte über manches Gesicht. Apella war nicht nur sehr dick, sondern auch sehr reich. Er war ein raffinierter Liebhaber, der Noras Leben mit Lust, Blumen und Luxus verzauberte. Er lud sie in die Oper ein, führte sie in die besten Restaurants von Paris aus, beschenkte sie mit kostbaren Kleidern – verwöhnte sie wie eine Märchenprinzessin. Sie flogen nach Spanien, nach Andalusien, fuhren mit dem Wagen durch die Sierra Nevada nach Granada, besuchten die Alhambra, die maurische Stadtburg auf dem Sabikah-Hügel. Solch eine bauliche Schönheit hatte Nora noch nicht gesehen. Davon hatte sie geträumt in der Zeit ihrer Bewährungsstrafe, Ostkreuz, Berlin-Chemie, während ihr geliebter Robert, dürr, übernächtigt, brütete über Entwürfen, Gedichten. Frei. Ein neuer Augenblick, als ob das Alte nie gewesen wäre.

Es war Ende Februar. Die Straßenlampen tanzten im Wind. Es pfiff und heulte durch die spanische Welt. Jesus, der die Arme ausbreitete über Almeria. Unter dem Jesus von Almeria liebten sie sich. Jesus war Zeuge, Jesus, der sich versteckt hatte und der dann traurig zum Vater lief, weil ihn keiner suchte. So erzählte Apella die Jesus-Geschichte. Nora liebte das vom Meer her über die Sierra hinwegjaulende, durch die Gassen stürmende blaugraue Wetter. Aber Apella machte der Wind zu schaffen. Sie flogen nach Madrid. Dort wohnten sie drei Tage im Elena Palace Hotel. In der herrlichen Hotelhalle machte Apella Nora einen mit Brillantschmuck garnierten Heiratsantrag. Er wollte sie nach Amerika mitnehmen, nach Maryland, wo seine Familie lebte und wo er im Real Estate Business an der atlantischen Küste sein Geld verdiente.

»Apella«, sagte Nora, »mir fehlt die Kraft, dir Nein zu sagen, aber noch mehr fehlt mir die Kraft, so teuren Schmuck zu tragen. Brillanten stehen mir nicht. Vielleicht steht mir ein Kettchen aus Silber oder ein Granatsplitter? Mehr nicht. Was machen wir jetzt? Ich will nicht unter deiner Liebe ersticken. Ich mache dir einen Vorschlag. Ich fahre zurück nach Berlin, du reist zurück nach Amerika. Wenn wir es in drei Wochen vor Sehnsucht nicht mehr aushalten, dann treffen wir uns in New York und heiraten im Ballroom des Plaza. Was hältst du davon?«

Apella war begeistert. »Ich fühle, du bist wirklich meine Frau, so einen Vorschlag kann nur meine Frau machen. Du gefällst mir immer besser. Bis in drei Wochen. Dann lasse ich dich nicht mehr aus meinen Armen.«

»Wenn ich in drei Wochen am Fenster stehe in Berlin, durch die kahlen Bäume Ausschau halte nach dir, holst du mich nach Amerika.«

»Ja, das will ich«, bestätigte er mit ernstem Lächeln.

Sie küssten sich. Das war es.

Nora kehrte mit einem Koffer voll herrlicher Kleider und Erinnerungsstücke an Paris und Granada und mit vielen kleinen Geschenken für Pola und Sophie nach Berlin in die Wielandstraße zurück.

Alles war, wie sie es verlassen hatte. Die Bücher neben dem Eisenbett. Lampe. Schreibtisch. Die Schritte über ihr. Der Blick in den Hinterhof mit dem Kastanienbaum, die klappernden Mülltonnen.

In der Tür zu ihrem Zimmer stand Sophie, an ihrer Hand die kleine Pola.

»Willst du einen Tee?«, fragte Sophie.

»Ja«, sagte Nora. »Bitte.«

Nach einer kurzen Pause sagte Sophie: »Du bist also wieder zurück?«

Nora sah sich um, als wüsste sie nicht, ob sie es wirklich war. Augenblick der Ratlosigkeit: »Ich fürchte, ich bin es nicht. Paris. Granada. Madrid. Es war einfach herrlich.«

Eine Woche später klingelte in der Wielandstraße das Telefon. Der Anruf kam aus Amerika. Eine von Apellas Schwestern fragte nach Nora Meinl. Apellas Schwester sagte: »Apella is dead. He died Sunday morning of a heart attack.«

Nora konnte es nicht glauben. Die Todesnachricht traf sie wie ein

Schock. Das Unvermittelte an diesem Tod erschreckte sie unendlich, die Erinnerungen an die noch ganz frischen gemeinsamen Erlebnisse brachten sie immer wieder zum Weinen. Und Nora weinte sonst nie.

Sie rief in Paris bei Tante Leonie und Serban an. Es stimmte. Apella war tatsächlich tot.

80

Ein paar Wochen waren seit dieser Nachricht vergangen. Nora war den ganzen Nachmittag mit Pola auf dem Spielplatz, hatte sie anschließend gebadet und ihr Abendbrot gemacht, eine Geschichte vorgelesen, sie ins Bett gebracht, sie in den Schlaf gesungen. Jetzt hatte Nora ein paar Stunden für sich. So ging das jeden Tag, seit Sophie zu Dreharbeiten nach Prag gefahren war.

Die Berliner genossen die frische warme Mailuft. Das Leben drängte nach draußen, auf die Straßen, Plätze, Terrassen, in die Biergärten. Nora stand in ihrem Zimmer vor dem geöffneten Fenster. In der Ferne kreischte die S-Bahn über die Dächer von Charlottenburg dahin. Seit Tagen war der Himmel ohne Wolken, das Hoch aus Russland bescherte Berlin einen frühen Sommer.

Mit ihren Versuchen, einen Fuß auf eine der Westberliner Bühnen zu kriegen, hatte Nora wenig Glück, sie erntete hauptsächlich Ablehnung. Rumänische Folklore war nicht gefragt. Jazz war gefragt, Funk, Soul, Blues, Rock. Nora hätte mit Absagen bald eine Wand in ihrem Zimmer tapezieren können.

Sie hatte nur wenige Freunde in West-Berlin. Sie fand keine Arbeit. Die große Euphorie über den Westen und die Freiheit war verflogen. Alltag breitete sich aus. Sie hatte kein Geld. Von Robert wollte sie keines nehmen. Von Sophie wollte sie sich nicht als Kindermädchen bezahlen lassen. Ihr Stolz brachte Nora in eine komplizierte Situation. Zum ersten Mal fühlte sie sich verloren. Sie hatte ihr Zimmer, in dem saß sie wie in einer Zelle. Wie im Hauptquartier des Alleinseins. Sie war niemand, sie war die Mitbewohnerin. Vorne, im großen Zimmer, gab es jeden Abend Halligalli. Vorne spielte Musik, es wurde Skat geklopft, es wurden endlose, erregte Diskussionen geführt. Nur in Noras Zimmer brütete eine gelähmte Stille.

Bei Robert kamen alle vorbei, die in den fröhlichen siebziger Jahren in West-Berlin irgendwie, irgendwo ein Kunststück abgeliefert hatten. Sei es auf der Bühne oder auf einer Leinwand, zwischen zwei Buchdeckeln oder auf einem Instrument – jedes Häufchen, das einer liegen ließ, wurde beachtet. Es wurde alles gelobt, was nicht verrissen wurde. Aus den offenen Fenstern hallte das Köln-Konzert, erfüllte die Hinterhöfe West-Berlins mit Keith Jarretts furiosem Tontaumel. Robert und seine prominenten Gäste, die in der Wielandstraße durch die Zimmer gingen und mit den Türen schlugen, suchten den trunkenen Zustand des ewigen Kunstrausches, den Exzess auf der Grenzlinie.

Die Nachbarn mussten morgens um vier Uhr um Ruhe bitten, durch jede Treppenhausspalte war der Lärm aus Roberts Wohnung zu hören, die Musik, Jarrett, Stones, John Zorn und große Reden.

Den überflüssigsten Streitereien setzte sich Robert aus. Er prügelte sich mit Schauspielern um den Sinn eines Satzes bei Tschechow. Er entwarf und verwarf, er stritt brillant und pfuschte Filmdialoge auf das Papier. Es wurde schnell und viel getrunken. Wenn in diesem Wirbel der romantischen Gemüter Nora, die Mitbewohnerin, durch das große Zimmer ging, wo Theaterregisseure, Filmproduzenten, Schauspielerinnen, Dichter, Boxer saßen – jeden Abend andere prominente Namen –, dann kam sie sich doppelt klein und verloren vor. Sie hatte ein Zimmer auf diesem Westberliner Planeten, aber in dem Zimmer lebte sie nicht. Sie verbarg, sie versteckte, sie verkroch sich vor dem neuen Leben im Westen, sie lebte es nicht.

Sie machte Schritte im Kreis. Sie fand keine Richtung, in die sie gehen, und sie fand die Stelle nicht, von der sie in das neue Leben, in die versprochene Freiheit aufbrechen konnte.

»Was macht sie denn?«, wurde Robert gefragt.

»Sie singt«, antwortete Robert.

»Sie soll uns etwas vorsingen!«, riefen die prominenten Gäste. Hannes Tonnenstemmer wollte sie in seinem neuen Film auftreten lassen, der unter dem Arbeitstitel entstand: *Schwarze Dult.* Nora sollte unter einem chinesischen Papiermond ein Lied von Edith Piaf singen.

»Ja. Toll. Nora? Bitte. Singen Sie uns vor!«, sagte der Filmregisseur.

Nora stand in der verrauchten Luft vor Roberts Freunden und konnte kaum ein Wort sagen, alle Augen sahen sie an. Sie konnte nicht singen vor dieser betrunkenen, lärmenden Gesellschaft. Kein Mensch meinte es böse, keiner von Roberts Freunden wollte die kleine Frau auslachen, alle wollten sie einfach nur singen hören. Aber sie konnte nicht, sie war von zu vielen Gedanken und Bedenken gelähmt – wie nie zuvor in ihrem Leben. Sie kam sich nackt und lächerlich vor. Sie verkroch sich in ihre Depression, in einen Zustand trotziger Lähmung.

Irgendwie verstand Robert Nora gut. Aber er wollte sie nicht länger verstehen – wer verstand denn ihn? Alle wollten in sein Leben eindringen, er trieb sie durch seine Zimmer. Robert wollte grob sein, er wollte nicht länger mit der Wimper zucken. Er wollte die Rolle des Narren spielen. Bis aufs Blut. Deshalb musste er Noras Seele preisgeben, so wie er seine Seele dem Lärm und der Ablenkung hinwarf. Jede Nacht verlief er sich in ein selbstzerstörerisches Suchen nach dem Exzess, nach der Berührung mit dem Rauschleben. Das große Gefühl ließ sich für Robert nur betrunken finden.

Er wollte nicht als ganzer und heiler Dichter herumlaufen, er wollte sich in so viele Stücke zerbrechen, wie es überhaupt möglich war. Er wollte von sich befreit um sein Ich als schönen Scherbenhaufen kreisen. Wie ein Seiltänzer dahinschreiten auf einem in die Luft gezogenen dünnen Strich. Darunter, zwischen Kurfürstendamm und Kleistpark, die Scherben des Robert Papst. Trapezkünstler über Mauer und Straßenstrich und dem Menschen in ihm.

Auch die Berliner Gangsterballade, die er als großen Film vorbereitete, diente ihm als Waffe in dem totalen Krieg, den er seit seiner Rückkehr aus New York gegen sich selbst begonnen hatte. Letzter Ausweg geschlossen. Landschaft im totalen Krieg.

Nora sah den Abgrund, den Robert unter sich aufriss, aber sie konnte ihm nicht helfen. Wie er ihr nicht helfen konnte. Eines Nachmittags saß sie auf dem Bettrand, als er in ihr Zimmer trat. Sie hielt die Augen geschlossen. Als sie nichts sagte, legte Robert ihr eine Hand auf den Kopf. Sie schüttelte sich unwillig unter seiner Berührung, stieß wütend die Hand weg.

»Warum bist du so?«

»Ich bin gar nicht so«, sagte sie. »Warum bist du so?«

»Ich weiß nicht. Ich arbeite. Was für ein Leben führst du?«, sagte Robert. »Ich sehe dich seit heute früh mit hochgezogenen Schultern auf dem Bett sitzen, worauf wartest du? Es kommt nicht von selbst, es kommt nicht aus deinen großen Ansprüchen an die Kunst und an das Leben. Warum tust du nichts? Warum singst du nicht, was die Leute hören wollen? Warum verkriechst du dich vor dem Leben? Weil es nicht ist, wie du es gern hättest? Ich schreibe, ich schreibe es herunter, was sie wollen, und dann vergesse ich es. Zieh nur nicht noch höher die Schultern und die Augen vor mir hinauf. Du musst endlich deinen Platz finden. Was willst du? Glaub mir, ich mach mir Sorgen um dich.«

»Du brauchst dir keine Sorgen zu machen, ich tue dir nichts, und wenn ich dir auf die Nerven falle, weil du alles vergessen hast und weil du überhaupt nur noch Zirkus machst und mit ...« Sie musste Luft holen, sie kämpfte gegen die Tränen. »Weil du nur noch mit Verstellungen beschäftigt bist, die du Nacht für Nacht auf deiner Bühne hier in der Wielandstraße, in den Kneipen und Bars vorführst, mit Shakespeare und Tschechow. Diesen Leuten machst du den Richard Drei, den Richard Zwei, mal den Onkel Wanja und ein anderes Mal den Dorfschullehrer Platonow, den Provinz-Don-Juan. Alle diese Figuren mimst du, alle die stopfst du in eine Puppe, die wie du heißt, die wie du aussieht, die wie du geht, die wie du spricht, lacht, du willst alle sein, damit du nur ja nicht du selbst sein musst, Robert Papst, der ängstliche Dichter, der vorsichtige Mann.«

»Du hast keine Ahnung, du weißt nicht, wovon du sprichst, du weißt doch gar nicht, wie ich hier kämpfen muss, ich und Sophie, wie wir kämpfen, um hier voranzukommen. Ich kann es mir nicht leisten, wie du auf der Bettkante zu sitzen, mit hochgezogenen Schultern und Augenbrauen. Während dich alle anflehen zu singen, singst du lieber nicht. Das ist deine Antwort, aber meine ist es nicht. Egal wie und was dabei herauskommt, ich schreibe, weil ich schreiben muss. Weil ich zufällig großen Erfolg habe, gut verdiene, glaubst du, ich sollte mich besser von allem edel fernhalten? Begreifst du nicht, wie verwöhnt du dich benimmst? Du bist ein abgehobenes Professorentöchterchen, das sich am Leben nicht schmutzig machen will«, rief Robert. »Du wohnst umsonst. Gewiss, du kümmerst dich um Pola, du schreibst auch mal eine Seite für mich ab, aber das ist alles, was du tust. Es macht dir offenbar gar nichts aus, dass du kein eigenes Geld verdienst.«

Sie antwortete nicht, sie schwieg. Er wartete auf einen Satz von ihr, auf ein Wort, dass sie ihn verstand oder dass sie ihn nicht verstand. Sie presste die Lippen aufeinander. Sie ließ ihn mit seiner Wut in ihr Schweigen schimpfen.

»Warum sagst du nichts?«

Aber sie sagte auch darauf nichts, sie schwieg. Ihr war zum Heulen zumute.

In Robert stieg die Wut.

Nora sagte leise: »Ich werde mir Arbeit suchen. Ich bin auch nicht so, wie ich bin, weil ich verwöhnt bin. Ich brauche vielleicht nur ein bisschen länger.«

»Wofür? Wofür brauchst du länger?«, schrie Robert.

»Vielleicht dafür, zu kapieren, dass ich dich hier nicht mehr verstehe? Deine andere Sprache?«, sagte Nora.

»Mich? Lächerlich. Wach auf, das DDR-Leben kannst du hier nicht weiterführen. Das Leben ist ganz einfach. Es kostet Geld. Wenn du hier nicht ankommen willst, geh zurück, geh doch zurück! Ich bin nicht weniger schwer zu verstehen als vor einem Jahr hinter der blöden Mauer, ich will mich nur nicht vor diesen Leuten ausweinen, ich will auch nicht mit Selbstmitleid herumhängen. Ich habe beschlossen, dass ich ein Gesicht habe aus Eisen. Alles Eisen. Ich will Filme machen, ich will hier nicht alles mit DDR-Hochmut erst mal unter meinem Niveau sehen. Wie du und wie andere. Zieh doch nicht schon wieder die Augenbrauen hoch!«

»Das tu ich nicht, ich habe keinen DDR-Hochmut. Ich weiß, dass ich hier umsonst wohne, dass ich mich um Pola kümmere und sonst überhaupt nichts zustande bringe, aber das will ich nicht, ich kann bloß nichts dagegen tun. Im Moment jedenfalls nicht.«

»Warum nicht? Wann kannst du was dagegen tun? Gegen dein Herumgehänge? Gib dir endlich einen Tritt in den Hintern. Sing!«

Nora schossen die Tränen in die Augen, ihre Tränen machten Robert nur noch aggressiver. Wütend schlug er eine Faust in die Luft. Um keine größere Gemeinheit zu sagen, lief er aus dem Zimmer, schlug die Tür zu, dass der Putz rieselte.

In der Küche trank er Bier, warf die leere Flasche in den Mülleimer, das Geschepper lärmte ihm nach bis an den Schreibtisch. Er wollte schreiben, aber er war zu erregt, er wühlte in alten Heften.

»Die Stadt ein Friedhof, der Tag war heiß, die Freunde in alle Richtungen gegangen. Diese einsamen Tänze bringen mich keinen Meter vom Fleck, warum soll ich darauf noch herumkauen.« Er lärmte über seine Verletzung hinweg, er verhöhnte Nora, er verstieß sie, und zugleich hielt er sie fest. »Streit mit Nora«, schrieb er und kritzelte Schimpfwörter darüber. Bis er eine ganze Seite mit Schimpfwörtern gefüllt hatte.

Nora schlich davon, sie verkroch sich nur noch tiefer und länger in ihrem Zimmer. Sie schloss sich ein, sie weinte, und sie hasste ihre Tränen. Alleine Pola rettete sie aus dem Chaos ihrer inneren Zustände. Mit Pola war sie eigentlich immer glücklich. Aber kaum war sie wieder mit sich alleine, ging es ihr widerlich. Sie erinnerte sich daran, was ihr Vater gesagt hatte. »Und wenn du Probleme und kein Geld hast im Westen und Hilfe brauchst, dann schreib deinem Onkel Rolfi in Kalifornien. Er ist reich. Er wird dir sicher helfen.«

Also schrieb sie ihrem Onkel Rolf Stafford. 1318 Seacrest Drive, Corona Del Mar, in Kalifornien. Sie bat ihn um fünfhundert Dollar. Sie hatte kein schlechtes Gewissen, dass sie ihn um Geld anging, schließlich hatte sie seiner Tochter Jackie die Boxhagener Straße überlassen.

»Liebe Nora«, schrieb ihr der Onkel zurück. »Gratuliere, und herzlichst willkommen im Westen. Ich freue mich für Dich und wünsche Dir viel Glück und Erfolg. Als Antwort auf Deine Bitte bzw. Frage wegen der fünfhundert Dollar möchte ich ein bisschen predigen, was ich mir bei meinem Alter, glaube ich, mit Recht erlauben kann. Wenn ich aus der DDR in den Westen herauskommen würde, würde ich als Allererstes den westlichen Boden küssen und zweitens schleunigst mich an die kapitalistischen Verfahren gewöhnen. Im Kapitalismus ist eine der wichtigsten Regeln, dass man sich selbst das Leben verdient; wenn man das nicht in einem bestimmten gelernten Beruf machen kann, dann nimmt man sich das Nächstbeste oder irgendetwas, damit man keine Schulden macht. Beispiel: meine Tochter Jackie. Jackie hat zwei Jahre lang als Kellnerin in San Juan gearbeitet, um sich ihr Tanzstudium finanzieren zu können. Liebe Nora, an Deiner Stelle würde ich mich sofort nach irgendeiner Arbeit in Berlin umschauen. Der große Unterschied zwischen den sogenannten sozialistischen Ländern und den kapitalistischen ist, dass man in den sozialistischen, obwohl es keine Freiheit gibt, auch nie verhungern, aber in den kapitalistischen das Leben hart erobert werden muss, damit man die Freiheit genießen kann. Viele liebe Grüße. Rolf«.

Sophie drehte einen Film nach dem anderen. Nora kümmerte sich weiter um Pola. Aber in ihrer wirren Lage wurde das süße Kind zunehmend zur Qual: Kindermädchen. Doch sie wollte kein Geld von Robert und Sophie. Warum suchte sie sich nicht ihre eigene Wohnung? Warum ging sie nicht kellnern? Sie probierte es in einem französischen Restaurant am Kurfürstendamm. Kaum hatte sie die weiße Schürze umgebunden, ließ sie ein volles Tablett fallen. Sie besorgte sich eine Putzstelle. Aber als sie das erste Mal hinmusste, ging es ihr schlecht, der Nordwind hatte sie krank gemacht, sie konnte keine Tasse heben, geschweige denn einen Putzeimer. Sie lief mit ihrer Gitarre ins Quasimodo an der Kantstraße, sang vor. Ihre Stimme kam an. Aber die Clubleute konnten Nora nichts versprechen.

Sie wartete. Kümmerte sich um Pola. Schlief viel oder saß gelähmt auf der Bettkante. Wartete auf einen, der vielleicht zaubern konnte. Sie übertrug die Korrekturen, die Robert für sein neues Buch gemacht hatte. Sie schrieb seine handschriftlichen Übersetzungen aus dem Russischen und aus dem Englischen ab. Aber nach dem großen Streit wollte sie von ihm kein Geld nehmen.

Dieses schreckliche Geld. – Wie es überall dazwischenkam, überall das letzte Wort hatte. In der DDR spielte Geld keine große Rolle, weil es nur wenig zu kaufen gab, und hier im Westen ging nichts ohne. Zurück nach Ost-Berlin? Hinter die Mauer? Zurück führt kein Weg.

Quasimodo. Mann mit Hut und Trompete. Musik live. Ohne Nora.

Sie ging alleine aus, verlief sich in eine Kneipe, stand am Flipperautomaten, spielte, machte Thekenbekanntschaften. Irgendjemand machte sie auf den Glücksspielautomaten in der Kneipenecke aufmerksam. Sie sah gar nicht richtig hin, spielte zum ersten Mal. Sie hatte nicht viel Geld bei sich, warf es in den Schlitz und gewann das Doppelte zurück. Das versetzte sie in Aufregung. Aber sie bezwang sich und ging mit dem gewonnenen Geld nach Hause. Sie rechnete. Wenn sie zweimal in der Woche einen kleinen Einsatz verdoppelte, könnte sie mit dem Geld bald auf ihren eigenen Füßen stehen. Und irgendwann würde sich bestimmt etwas für sie als Sängerin ergeben. Ein paar Nächte später gewann sie mit fünf Mark Einsatz hundertdreiundzwanzig Mark. Es kamen vier Mal vier Sonnen. Sie gewann noch eine Serie. Dreihundert Mark hatte sie, mehr. Sie wollte nach Hause gehen, wie sie es sich vorgenommen hatte. Sie blieb. Spielte weiter. Verlor. Spielte. Ohne mit der Wimper zu zucken. Wie eine Besessene. Bis der ganze Gewinn verspielt war. Alles Bargeld verfütterte sie dem Automaten, alles, was sie gewonnen, und dazu noch das, was sie sich aus der Haushaltskasse für die kleine Pola genommen hatte. Am Schluss besaß Nora noch zwanzig Pfennige, sie konnte nicht mal ihr Glas Tee bezahlen.

Herbert, der Wirt, ein dürrer, blonder Kettenraucher, bekam Mitleid mit Nora. Er wollte für den Tee kein Geld, sondern bot ihr einen Job an. Ab kommende Nacht, wenn sie wollte, konnte Nora in seiner Kneipe als Kellnerin anfangen. Sie nahm das Angebot an. Er schenkte ihr ein Glas Tequila ein und schlang einen Arm um sie. Nora schmeckte kein Alkohol. Sie trank nie. Jetzt trank sie den Schnaps, auch wenn es sie schüttelte. Der Wirt schob ihr eine Orangenscheibe hin, sie lutschte sie aus. Damit trank es sich leichter. Sie probierte noch einen, um sich zu betäuben. »Noch einen Tequila«, forderte sie. Langsam lösten sich die schweren Gedanken in glasiges Nichts auf. Sie zog den Kopf aus der

Umarmung des Wirtes und ging. Über den leeren, graugelben Platz, der Nachthimmel voller tiefer Wolken, ein dünner Regen verwischte die Hausecken und Bordsteinkanten.

Nora lag auf dem Bett. Sie dachte: »So wird mir die Sünde vergeben. Indem ich sie nicht mehr begehe.« Sie hätte gerne geschlafen. Es waren wieder eine Menge Stimmen in der Wohnung. Glücklicherweise hatte sie es geschafft, unbemerkt an Roberts Gästen vorbei in ihr Zimmer zu gelangen. Durch einen Türspalt sah sie Robert und zwei junge Frauen. Er arbeitete mit den Assistentinnen am Drehbuch zu seiner Berliner Gangsterballade: *Mann mit dem Kindergesicht.*

Schlafen. Nicht mehr nachdenken. Versinken in Nacht, versunken in die Nacht. Kafka lesen. Ringsum schlafen die Menschen. Eine kleine Schauspielerei, eine unschuldige Selbsttäuschung, dass sie in Häusern schlafen, in festen Betten, unter festem Dach, ausgestreckt oder geduckt auf Matratzen, in Tüchern, unter Decken. In Wirklichkeit haben sie sich zusammengefunden wie damals einmal – wie damals einmal –, wie damals einmal und wie später in wüster Gegend. Ein Lager im Freien, eine unübersehbare Zahl Menschen, ein Heer, ein Volk, unter kaltem Himmel auf kalter Erde, hingeworfen. Nachts. Betrunken. In ihrem Kopf, in Noras Kopf wurde ein Klopfen laut, immer lauter. Ein seltsames Kribbeln wanderte über ihr Gesicht und den Körper hinab, überschauerte sie, ein Gefühl wie von tausend Nadeln, die sie stachen. Ein Gefühl, als sei ihre Haut mit schmutzigem Sand beschmiert. Sie ging ins Badezimmer, fing an sich zu duschen, wusch den Sand, den schmutzigen Sand herunter, heiß und kalt, bis die Haut glühte. Schmutz und Fusel, Kneipengestank und Rock 'n' Roll aus der Musikbox wusch sie ab. Sie wusch sich alles herunter, wickelte sich in ein Handtuch, schlüpfte zurück in ihr Zimmer. Gib's auf. Nachts. Gemeinschaft. Das Schweigen der Sterne. Vielleicht sollte sie es noch einmal in der Bibliothek probieren, wie damals in Ost-Berlin. Immer unter Büchern, es kommen nette Menschen vorbei, auch interessante Männer, manchmal. Sie fände jemanden, dem sie mit ihrem Lächeln Hallo sagen kann.

Das Zimmer verschwamm in blaugrüner Nacht. Vor dem weit geöffneten Fenster ließ Nora das Handtuch zu Boden fallen. Vorsichtig streichelte sie sich, sie genoss die Nachtluft auf der nackten Haut, dabei betrachtete sie ihr Spiegelbild in den Fensterscheiben. Ihr fiel ein, was ihr Vater einmal erzählt hatte: Gegen Suchtanfälle würde der Verzehr von Früchten helfen. Sie aß einen Apfel. Sie wurde ganz ruhig. Gleich morgen würde sie die wertvollen Sachen und Kleider, die ihr Apella in Paris geschenkt hatte, in einem Secondhand-Laden versetzen. Dann würde sie sich eine Stelle suchen als Bibliothekarin. Bibliothekarin in Charlottenburg. Warum nicht? Gib's auf. Poseidon saß an seinem Arbeitstisch und rechnete.

Eine Geldtasche von Louis Vuitton. Ein Koffer. Am nächsten Mittag zog sie eines von den kostbaren Pariser Kleidern an, sie schminkte sich. Sie sah schön aus. Sie wühlte die steilsten Stöckelschuhe hervor. Zwei Spritzer Parfüm. Sie sehnte sich der Nacht entgegen. Sie wollte spielen, tanzen, sie wollte sich verlieben und nichts mehr von Geldsorgen, von Existenzangst wissen. Im Unerklärlichen enden.

Robert genoss die Arbeit an seinem Film mit den vielen hübschen Assistentinnen. Einmal beschwerte er sich bei Nora: Je länger er mit ihnen zusammensaß, desto mehr veränderten sie ihre Art und Weise und ganz besonders ihr Aussehen. Erst fröhlich und fleißig und interessiert, wurden sie launisch und nachlässig, sahen zerknittert und hässlich aus.

Nora hörte sich Roberts Geschichten von der Filmarbeit mit zwiespältigen Gefühlen an. Robert war Dichter, es war ihr unerklärlich, was er als Filmregisseur machen wollte. Er gehörte in ihren Augen vollkommen den Wörtern.

So schick angezogen, wie sie war, holte sie ihre kleine Nichte Pola aus dem Kindergarten, machte Abendessen, sang sie in den Schlaf. Bald saß sie wieder auf der Bettkante und wartete, wartete auf die Nacht. Die Wohnungstür ging. Sie hörte Roberts und Sophies Stimmen. Sophie war von den Dreharbeiten zurück. Sie verschwand mit Robert ins Bett. Nora hielt sich die Ohren zu, um nicht die Liebesgeräusche aus dem anderen Schlafzimmer zu hören. Vielleicht eine Stunde saß Nora mit über die Ohren gepressten Händen. Endlich löste sie sich aus der Erstarrung. Sie wollte gerade weggehen, als sie Sophie rufen hörte.

»Nora?«, krähte sie. »Kannst du Robert und mir nicht Spiegeleier braten? Vielleicht ein paar Kartoffeln? Robert wünscht sich unbedingt eine Salzgurke.« Sie hörte Robert rufen: »Und zwei Flaschen Bier.«

Nora stand auf, wankte mit wackligen Beinen zum Spiegel, sah ihr Spiegelbild an im Goldrahmen. Sie hörte Sophies Stimme nachhallen in ihrem Kopf. »Spiegeleier. Bratkartoffeln. Salzgurke, please, und zwei Bier.«

»Ich bleibe hier nicht«, dachte sie. »Ich geh einfach fort, ich bin zu hilflos, ich kann es ihnen nicht sagen, dass sie sich die Spiegeleier selbst braten müssen, dass sie die Bratkartoffeln, Bier, Gurke – please, alles selbst auftragen müssen. Leider.« »Mach dir deine Scheißspiegeleier selber«, sagte Nora leise. »Ich bin doch nicht euer Dienstmädchen?«

Sie sagte es als wütende Frage. Sie stand an der Wohnungstür. Sie hörte Robert laut gähnen. Dieser Nachtmoment zwischen Tür und Roberts Gähnen rief Erinnerungen wach. Einmal lag sie in seinen Armen, sein Mund war voller Gedichte, und sie träumte mit ihm von einer Hütte am Schwarzen Meer. Trauben. Mondlicht. Sie landete in seinen liebevollen Augen. Eine sanfte Welt, ohne Lärm und ohne Aufholjagden. Sie erinnerte sich, wie er ihr, als sie so in seinen Armen lag, von jener Wohltäterin erzählte in Ost-Berlin, die ihm Tag für Tag – bald ein ganzes Jahr lang – fünf Mark per Postanweisung geschickt hatte. Er hatte ihr geschrieben, aber als er sie an der Friedrichstraße treffen wollte, kam sie nicht. Nora hatte ihr Geheimnis für sich behalten. Sie sagte nie ein Wort davon, wer hinter der Wohltäterin steckte, nichts sagte sie ihm damals. Lange her: Er kämpfte mit den Erzählungen über Leipzig, über das Rhinluch, und mit dem Theaterstück über seinen Vater. Sie versorgte ihn täglich mit einem neuen Fünfmarkschein. Und er konnte schreiben. Als Robert damals die Wohnung in der Schillingstraße zum Rendezvous mit seiner vermeintlich unbekannten Wohltäterin verließ, war Nora ihm nachgelaufen. Sie nahm einen kürzeren Weg, war vor ihm am verabredeten Platz. Am kleinen Buchgeschäft unter dem Bahnhof Friedrichstraße. Sie versteckte sich auf der anderen Straßenseite, beobachtete ihn, wie er wartete. Wie er eine Zigarette nach der anderen rauchte. Die Wohltäterin erschien nicht. Irgendwann gab Robert auf, lief durch die leere Straße Richtung Spree davon. Sie wollte ihm später immer wieder sagen, wer dahintersteckte. In Ahrenshoop, in den Dünen über der Ostsee. Nach dem Gefängnis. Aber sie sagte es ihm nie. So trug Robert die unbekannte Wohltäterin wie eine Sage mit sich herum, jeden Tag war sie eine andere Frau, tief und schön und gutherzig in seiner Vorstellung.

Jetzt. In diesem Moment wäre sie gern zu ihm hineingegangen, wo er nach Spiegeleiern, Bratkartoffeln, Salzgurken und Bier rief, und hätte ihm die Geschichte ins Gesicht geschrien, die Geschichte einer Wohltäterin. Hier. Bitte. Hier steht die Wohltäterin von damals.

Sie ging, ließ die Tür hinter sich ins Schloss fallen.

81

Nora steuerte direkt auf Herberts Kneipe hinterm Olivaer Platz zu. Sie hatte sich, ehe sie die Wohnung in der Wielandstraße verließ, noch einmal aus der Haushaltskasse bedient. Roberts Gähnen, Sophies Lachen und ihr schriller Kommandoton kamen Nora nachgelaufen.

Was machte der Glücksautomat? Sie bestellte ein Glas Tee. Herbert zwinkerte Nora zu. Nora dachte: »Der schreckliche Kerl, tut so, als wäre ich längst seine Braut.« Herbert stellte sich zu ihr, fragte sie, ob sie sich die Sache überlegt habe.

»Welche?«, fragte sie, sie war hilflos. »Welche Sache?«

»Ja, welche? Ob du bei mir kellnerst, meine Gäste mit deinem Lächeln verwöhnst?«

Nora schüttelte stumm den Kopf. »Du lieber Gott«, dachte sie, »wo bin ich da hineingeraten. Ist das meine neue Welt? Zwischen Flipperautomaten, Glücksautomaten mit rotierenden Sonnen und hofiert von einem gelben Kneipengespenst?« Herbert legte seinen Arm um ihre Schultern. Sie trug noch immer ihr schickes Pariser Kleid. Erst jetzt, wo sie Herberts Arm auf ihren bloßen Schultern spürte, einen Arm, der sich kalt und feucht anfühlte, wurde ihr bewusst, wie unpassend sie angezogen war. Sie kam sich nackt vor. Sie wollte auf der Stelle gehen. Aber Herbert ließ sie nicht los. Er begann zärtlich zu werden. Es war inzwischen fast Mitternacht. Noras Kleid und ihre steilen Schuhe sorgten an der Theke für einen regelrechten Männerauflauf. Herbert stand oder saß immer ganz nah neben ihr. Sie wurde eingeladen. Sie nippte an ihrem dritten oder vierten Tequila. Es schüttelte sie vor Ekel, aber sie hatte sich den Schnaps und die Gesellschaft selbst ausgesucht. Das Glück im Westen? Der große Auftritt? Befreiung aus dem Gewesenen? Alles ein Irrtum. Die Freiheit war ohne Geld und ohne große Liebe wie ein totes Telefon. Sie stand in diesem neuen Leben nur herum. Sinnlos. Taub. Trank Tequila, der ihr nicht schmeckte. Warum trank sie ihn dann? Unerklärlich – das unerklärliche Felsengebirge. Inzwischen war sie sicher betrunken. Alles schien zudringlich und – wie mit Würgelächeln – unerbittlich freundlich. Herbert wollte Nora mitnehmen, nach oben in seine Mansarde.

»Welche Musik willst du hören?«, fragte er sie.

Sie sah ihn überrascht an. Er rauchte eine Zigarette nach der anderen, er blies ihr seinen Rauch ins Gesicht. »Vielleicht kannst du deinen Rauch woandershin pusten? Und im Übrigen bin ich mit der Musik ganz zufrieden, die eben spielt.«

»Also du magst die Stones auch so wie ich? Das fühle ich, es ist was zwischen uns. Weißt du? Ich kann mir nicht helfen. Du gefällst mir. Du hast etwas, was ich erobern will. Wir kennen uns ja noch nicht, aber ich kann dir nur sagen, so eine Frau, wie du sie hier vorstellst, suche ich schon lange. Du musst keine Angst haben, ich will dir nichts tun. Komm, trink noch, du kannst mir vertrauen. Ich habe drei Jahre in New York gelebt. Warst du mal drüben?« Sie schüttelte den Kopf.

Sie rutschte von ihrem Barhocker. Sie suchte ein Geldstück, sie wollte lieber spielen am Glücksautomaten, als mit Herbert die Bekanntschaft zu vertiefen.

»Was suchst du?«

»Was ich suche? Einen Menschen.«

»Hier ist er.«

Er umarmte sie, versuchte Nora einen Kuss auf die Lippen zu drücken. Sie schob ihn zur Seite. Er kam ihr nachgelaufen. Die anderen Typen, die um sie herum an der Theke standen, riefen laut hinter Nora her. Sie solle zurückkommen an die Bar und nicht mit Herbert fremdgehen, der würde jede Nacht mit einer anderen raufziehen in seine Mansarde. Sie ging. Ein glatzköpfiger mittelalter Kerl kam hinter ihr her. Als sie einmal stolperte, fing er sie auf. Sie lief in eine falsche Richtung. Am Ludwigkirchplatz setzte sie sich auf eine Bank. Der leere Kinderspielplatz mit ein paar Klettergerüsten, Schaukeln, Sandkiste brachte sie auf andere Gedanken. Sie sah den kleinen spöttischen Mann neben sich an. »Komisch«, dachte sie. Er sagte, er arbeite als Korrespondent für das Fernsehen. »Ich komm ganz schön viel rum auf der Welt.« Er legte seinen Arm um sie, und als sie sich nicht wehrte, küsste er sie. Auf den Mund, auf den Hals, er küsste ihre Hände.

Irgendwann wurde es hell. Das Kleid hatte sie nur schlampig zugeknöpft. Er brachte sie bis nach Hause. Die Vögel schrien hinter ihnen her. Nora öffnete die Haustür, der kleine Glatzkopf stand mit großen bettelnden Blicken vor ihr. Nora sah ihn an wie ein vergessenes Rätsel. Sie hatte es immerhin geschafft, aus der DDR herauszukommen. Sie besaß Energie, Kraft. Warum plötzlich diese Westberliner Kneipenwelt? Ihr fiel kein deutsches Wort mehr ein. Kein Abschied. Korrespondent? Hm. Sie taumelte ein bisschen. Nicht mal Gute Nacht konnte sie sagen. Sie ließ den netten kleinen Glatzkopf einfach stehen und verschwand im Treppenhaus. Die rasch sich entfernenden Schritte des Korrespondenten klapperten eifrig und angeberisch. In die leere Straße fiel der junge Tag mit Silber und Grün, und für einen kurzen Augenblick glitzerten die Charlottenburger Hausfassaden wie indische Paläste.

82

Nora torkelte durch den Wohnungsflur. Ihre Beine waren müde von der langen Nacht. Sie war fest entschlossen, auf jeden Fall von Berlin fortzugehen, weit fort. Sie steuerte auf ihre Zimmertür zu, wollte sich in ihrem Bett verkriechen, noch lieber unterm Bett. Bevor sie sich ausgeschlafen hatte, wollte sie keinen Menschen sehen, niemanden grüßen müssen, Robert nicht und Sophie nicht. Pola nicht – erst wenn es ihr wieder besser ging. So hilflos und so abgerissen konnte sie Pola nicht in ihre Arme nehmen. Sie roch nach Kneipe und Zigarettenrauch, nach Schnaps. In ihrem Gesicht, am Hals sah sie im Spiegel die Spuren von verschmiertem Lippenstift.

Sie schämte sich.

Die Lichter brannten in der Wohnung. Irgendwo stand ein Teller herum mit einem Rest Spiegelei. Bierflaschen daneben, ein leeres Gurkenglas, in dem Zigarettenkippen schwammen. Robert lag im großen Zimmer, von überquellenden Aschenbechern eingekreist, auf dem Sofa. Der Mund stand offen. Auf den Lippen saß ein Wutausbruch. Sophie lag in seinen Armen, halb nackt, das Morgenlicht über die beiden gebreitet wie ein dünnes Tuch.

Nora legte sich in ihrem Pariser Kleid aufs Bett, zog die Decke hoch bis zur Nasenspitze und versuchte einzuschlafen. Aber der Schlaf kam nicht. Es war viel zu hell in ihrem Zimmer, unter der Decke erstickte sie. Es sang in ihr. Ununterbrochen. Alle Melodien. Durcheinander. Sie wälzte sich hin und her. Sophies Schlaftabletten fielen ihr ein. Sie fand ein Pillenröhrchen, nahm es, holte die Wodkaflasche aus dem Eis. Alles ging wie automatisch. Die Selbstmordmaschine, diese Maschine wusste alles bis auf die winzigste Kleinigkeit ganz genau. Nora tappte in ihr Zimmer, Zimmer zum Hof, gestern Jazz. Die Fenster weit auf, Vogelgeschrei. Die Sonne hatte auf Nora gewartet. Da strahlte sie, das war ihr letzter Morgen? Das sollte er sein?

Adiós, liebe Sonne.

Bis sie auf dem Bettrand saß. Dort schüttelte sie die kleinen Pillen in ihre linke Handfläche, schon hatte sie alle im Mund, griff nach der Wodkapulle zu ihren Füßen, trank mit einem langen Schluck die Pillen hinunter. Danach fühlte sie sich erleichtert. Beinahe froh. Als hätte sie ein kleines Werk vollbracht. Sie ließ sich auf das Bett fallen, zog noch die Decke ein Stück hoch … der Magen begann ihr wehzutun.

Dann war plötzlich alles zu. Es kamen keine Sonnenstrahlen, keine Bilder, keine Farben, keine Schmerzen, keine Geräusche, und kein gar nichts kam mehr durch zu ihr. Nichts.

Zu. Das war es.

Ohne Bewusstsein.

Nora verließ die Arena der Unterhaltungskünstler. Letzter Auftritt in einem Logentheater in Madrid. Musik-Festival. Nora singt vor ausverkauftem Haus.

Der Saal voller Sand. Die roten Sessel, alles voller Sand. Sand und Staub. Nora stand auf dem Oberrang. Gleichzeitig sah sie sich unten auf der Bühne, hörte sich singen. Blass, eine junge Frau. Sie? Das ist Nora? Angst vor dem Auftritt. Angst vor dem Publikum. Angst, die ihr die Stimme nahm. Angst vorm Leben.

Sie sang, man konnte es deutlich an ihrer Mundbewegung sehen. Aber zur allgemeinen Überraschung kam kein gesungener Ton aus ihr.

»Sie singt sonst sehr schön«, sagten die Leute. »Aber heute?«

Heute hörte man sie nicht.

Man hörte Noras Stimme nicht. Wind und Instrumente. Kein Gesang.

So jung und nicht zu hören. Musik kann ja nicht sprechen.

Der Sand sang für Nora, der Sand, mit dem der Wind zwischen den Stuhlreihen die Musik der Ewigkeit spielte. Das war die Musik, die noch nicht gespielt worden ist.

Nora winkte der jungen Frau zu auf der Bühne unter ihr. Sie wollte sie ermutigen. Aber die Nora auf der Bühne sah die aus dem Oberrang winkende Nora nicht.

Sie sang alles, was ihr in den Sinn kam, damit die Leute nicht wegrannten.

Das Publikum, alte, milde Herrschaften, wollte gar nicht gehen. Sie trugen alle Perücken, blonde, rote, schwarze auf ihren alterskahlen Köpfen. Die Gebisse bewahrten sie, wie Zierfische, in Gläsern auf mit bläulichen Mundwässern. Die Gläser mit ihren Gebissen trugen sie überall mit sich herum. Diese Zuschauer waren alle überzeugt von dem Talent der kleinen stummen Sängerin, die den Wind und den Sand in dieser Nacht für sich singen ließ.

Eine Künstlerin. Wie leicht konnte die vom Glück ihrer Kunst gelähmt sein. Der Musenblick. Musenglück.

Es ist immer alles möglich.

Der Eintritt war schließlich frei. Die Männer trugen große Orden. »Der Ehrgeiz«, sagte man Nora, »hatte sein Gehege weiter draußen vor den Stadttoren. Eine endlose staubgelbe Nacht im Land der Fantasie, wo der Ehrgeiz nicht gebraucht wurde.«

Sie streckte sich, Robert war so unendlich weit von ihr fortgerückt. »Ich meine keinen anderen, Robert, nur dich allein!«, versuchte sie ihm zuzurufen, doch versagte ihr die Stimme noch immer, wie auf der Bühne.

83

Pola wurde von einem komischen Lachen geweckt. Alle schliefen, aber da lachte wer.

Nora?

Pola lief in Noras Zimmer. Aber Nora lachte gar nicht. Sie lag auf dem Bett. Aus ihrem Mund floss Schleim, lief im Mundwinkel herunter, verteilte sich über das Bettzeug. Pola hörte Nora lachen, und dabei sah sie sie nicht lachen. Sie lag mit erstarrtem Gesicht da, die Augen nur halb geschlossen. Diese halb offenen wie erstarrten Augen, von denen sie nicht wusste, ob sie schauten oder schliefen, erschreckten Pola noch mehr als dieses unheimliche, aus dem Nirgendwo kommende Lachen.

Pola sah unter das Bett. Vielleicht kam ja das Lachen von dort unten? Sie fand eine Wodkaflasche und ein rosarotes Pillenröhrchen – beide leer. Sie stupste Nora mit einem Finger. Normalerweise war Nora morgens wach und freundlich, anders als ihre Mutter Sophie. Die war morgens meist schlecht gelaunt, oft leichenblass von den langen Nächten. Sie roch nach Zigarettenrauch und nach vergorenen Früchten. So roch Nora nie. An diesem Morgen aber roch sie wie Sophie und Robert, nach vergorenen Früchten.

Pola kitzelte Nora, sie rüttelte sie, zog an Arm und Haaren, sie sollte doch endlich die Augen ganz aufmachen und nicht mehr so wächsern erstarrt daliegen.

Es kam nichts, kein Lachen aus Noras Mund, kein Wort. Nur schwarzer Speichel, obwohl Pola unentwegt Noras Stimme lachen hörte.

Pola lief in das große Zimmer. Dort lag Robert. Über ihm, wie drübergeworfen, zwischen den vollen Aschenbechern, lag ihre Mama. Pola musste ihren ganzen Mut zusammennehmen, um sie zu wecken. Sie wusste, wie die schimpfen konnte, wenn man sie aus ihrem Künstlerschlaf riss. Oder Robert. »Ich denke nach«, rief Robert, wenn er vor der Zeit geweckt wurde.

Ihre Mutter reagierte nicht. Daraufhin packte Pola Robert bei den Schultern und klopfte mit ihrer kleinen Faust auf seinen Kopf wie mit einem Silberhämmerchen. Klopfte, klopfte, wie an einem Riesentor klopfte sie, dabei rief sie immer wieder: »Robert! Robert! Nora stirbt.«

»Quatsch«, maulte Robert im Schlaf, »Nora stirbt nicht. Die schläft.«

»Mama, Nora geht tot, Nora stirbt.«

»Dann lass sie in Ruhe sterben, nachher holen wir sie zum Frühstück raus«, sagte Sophie. Sie hatte aufgeplatzte Lippen, Eigelb klebte in den Mundwinkeln, sie roch nach Bier und Sekt, sie hatte das Ende der langen Dreharbeiten gefeiert. Bis sie mit Robert wegen Nora zu streiten anfing und sich nach der zweiten Flasche Sekt wieder mit ihm versöhnte. Anschließend hatten sie über die Gangsterballade gesprochen, die Robert mit Sophie in einer zentralen Rolle besetzte. Die Zeitungen waren jetzt schon voll mit Berichten über den spektakulären Filmstoff, es gab täglich neue Klatschgeschichten von den Drehvorbereitungen. Es wurden Statisten gesucht, Berliner Rezepte und Berliner Geschichten aus der Luftbrückenzeit.

»Seht auf diese Stadt.« Täglich brachten die Berliner Boulevardzeitungen neue Erinnerungen an diese dramatischen Monate. Die kaputten Berliner Straßenzüge sollten nachgebaut, das Nachkriegsleben nachgespielt, die Luftbrücke nachgeflogen werden. Flugzeugabsturz in Tempelhof.

Robert Papst inszenierte West-Berlin zurück in den Juni des Jahres 1948.

Schlagzeilen. Alte Fotografien. Interviews mit Berlinern.

Kohlerationen. Brotrationen. Kein Fleisch, kaum Zentralheizung.

Nachkriegszeit. Eine gewaltige Bibliothek voller Erinnerungen.

Die Straßen- und die Eisenbahnverbindungen von den westlichen Besatzungszonen nach West-Berlin wurden während der Berlin-Blockade vom 24. Juni 1948 bis 12. Mai 1949 durch die sowjetische Besatzung gesperrt.

Eine weitere Berliner Heldengeschichte.

In diesem Jahr war der Himmel über Berlin voller Rosinenbomber.

Robert Papst wollte die Luftbrücken-Geschichte den Berlinern neu erzählen. General Clay. Flugboote und ein junger Gangster. Babyface. Alles im Fieber.

Pola gab keine Ruhe, sie klopfte, riss und schrie sich in den Schlaf ihrer Mutter. Sie hörte nicht auf, weil auch das unheimliche Lachen von Nora nicht aufhörte. Weil keiner reagierte, lief Pola zurück in Noras Zimmer, kroch unter das Bett, holte das Pillenröhrchen hervor, die leere Schnapsflasche und erschien damit wieder im großen Zimmer.

»Mama. Mama.« Sie hob Flasche und Pillenröhrchen in die Höhe. »Hier. Schau.«

»Lass mich schlafen, Pola. Nora soll dich in den Kindergarten bringen.«

»Sieh doch mal. Das stinkt so. Es lacht so.«

Sophie hob den Kopf aus Roberts Armen, sah verschwommen, was ihr Pola vor die Nase hielt.

»Das ist doch eine Schnapspulle«, dachte sie, »meine Schlaftabletten?« Sophie wusste nicht, ob sie in einer Filmszene oder im wirklichen Leben herumlag. Das ganze große Zimmer schwankte. Wo war der Kameramann?

Tausend Tonnen Fracht. Täglich. Möglich wurden diese Mengen durch ein ausgeklügeltes System. Die drei Luftkorridore wurden als Einbahnstraßen verwendet. Im nördlichen und im südlichen Korridor die Hinflüge, im mittleren Korridor die Rückflüge. In den Korridoren flogen die Flugzeuge in fünf Ebenen. Jeder Pilot hatte nur einen Landeversuch. Misslang der, musste das Flugzeug mit der gesamten Ladung wieder zurückfliegen. Mit diesem System war es möglich, dass in Berlin alle drei Minuten ein Flugzeug landete. Der Abwurf von Gütern ohne Landung war nach wenigen Versuchen als unzweckmäßig wieder eingestellt worden.

Sophie sollte in Roberts Film die Braut eines Bandenmitgliedes aus der Wolfsohn-Bande spielen. Unter dem Flugzeuglärm der Luftbrücke probiert ein junger Gangster die Übernahme der Geschäfte. Für ein schickes Kleid macht die Braut mit. »Natürlich!« Geld gibt es auch.

Sophie richtete sich auf. Ihre Tochter zerrte mit einer Teufelskraft an ihren Haaren. Sie rappelte sich endlich hoch, wankte, von der Hand Polas fortgezerrt, in Noras Zimmer.

Als sie Nora auf dem Bett liegen sah, das schwarze Rinnsal aus ihrem Mund, die halb geöffneten Augen, die großen Augendeckel granitgrau wie aus Stein, war Sophie schlagartig wach.

Sie stieß einen Schrei aus, den man bis auf die Straße hören konnte.

Robert kam dazu. Beide schüttelten sie Nora, aber sie reagierte nicht.

Keine zwanzig Minuten später stolperten zwei Notärzte mit ihrer Trage in der Wielandstraße zur Wohnung herein.

Pola lauschte. Das Lachen? Aus Nora lachte es noch, als sie aus der Wohnung getragen wurde.

Sie wachte im Krankenhaus wieder auf, nachdem man ihr den Magen ausgepumpt hatte. Sie hatte keine Ahnung, was mit ihr passiert war. Plötzlich spürte sie eine Sturmböe, die ihren Körper traf. Spanien. Madrid. Der Blick in ein leeres Theater.

»So wird sie nie eine Sängerin werden, die ihren großen Auftritt hat«, lachten die Stimmen in ihr. War Roberts Stimme darunter? Sophies? Ihre eigene Stimme?

»Ich mag die Musik der Ewigkeit. Musik, die noch nicht gespielt worden ist. Aber sie ist schon auf ihrem Weg.«

84

»Lieschen klein, ging allein, in die weite Welt hinein, Stock und Hut, frohgemut. Ich weiß gar nicht, wer ich bin, ich heiß gar nicht Lieschen und vielleicht auch nicht Hänschen. Ich bin überfallen von dem Körper, der an mir haftet und der mein Körper sein soll.«

Hänschen klein, ging allein, Stock und Hut, frohgemut, Lieschen klein. Blies der Wind.

Als Nora aufwachte, hätte sie gerne Musik gehört.

»Ich würde gerne in die Philharmonie gehen und die *Pastorale* von Beethoven hören«, dachte sie. Sie sah Bilder vor ihrem inneren Auge. Bilder aus ihrem Leben, in die ihre Fantasie lauter Männchen setzte.

Der Bahnhof in Bukarest: Unheimlich leer, und dann flogen durch das Dunkel der Nacht einige golden erleuchtete Coupéfenster zu John Cages präpariertem Piano. Hinter jedem Fenster ein Männchen. Robert? Apella? Das Kneipengespenst? James? Der glatzköpfige Korrespondent? Ihr Vater? Volkspolizist mit Aktentasche? Stasitypen? Dieter mit dem Segelboot? Eine ganze Nacht, ein ganzer Zug voller Männchen mit ihren Requisiten. Revolver. Segelboot. Aktentasche. Schreibmaschine. Zapfhahn. Zierfische. Ewiges Feuer. Ornette Coleman trat mit Nora auf. Frenetischer Jubel. Die Musik der Ewigkeit …

Auf dem Tisch neben dem Bett Blumen. Eine Nachricht: »Ja, liebe Nora. Please, sing *Cantec de leagan* und *Lume, lume* für Deinen Robert. Thank you. PS: Ich hoffe, Du genießt die Weintrauben im Bett, aber es gibt Aufregenderes, was Du im Bett genießen kannst, Du weißt schon, was ich meine. Natürlich. Meine Gedichte.«

Nora musste lachen. Das Lachen tat ihr weh. Das Schlucken, der Rachen eine einzige Wunde. Sie, alles war frische Wunde.

»Schön / Die Haare fallen ihr über die Augen / das Schulheft in kalten Händen / nach der Schule / halb erfroren an der Ecke / erwartet sie ihren ersten Liebhaber.«

»Be A Tablet. The Excerpts.« Pola. Sophie. Robert.

Das Unfertige ist das Bedeutsame.

»Und in unschuldiger Freude über seine Mittelchen fuhr er den Sirenen entgegen.«

Diesem Gegner kann nur noch das Schweigen beikommen.

»Irgendein Schmerz löste mich von aller Vernunft, da trieb ich von einem Schatten zum anderen Schatten. Wie viele Schatten wirft ein großer Schmerz? Jeder Schmerz hat sechs Schatten. Was mache ich hier?«, fragte sich Nora und stand auf. »Seit wie vielen Tagen liege ich hier?« Düsteres Krankenzimmer. In Morgendämmerlicht getaucht, grün und grau. Ihr den faltigen Rücken zugewandt voller Warzen und Blutgerinnsel saß eine alte Frau auf dem Bett und sah zum Fenster in den Sonnenaufgang.

Die frühe Sonne über Berlin gab ein schönes Licht.

Zwei Pfleger streiften der alten Frau mit dem Warzenrücken ein blaues OP-Hemd über den Kopf und rollten sie aus dem Zimmer.

Es war kaum sieben Uhr am Morgen. Die Nacht zog zur Stadt hinaus.

»Ich habe noch einen langen Weg vor mir. Aber ich will ihn nun in kürzerer Zeit zurücklegen. Ich bin ein Spätentwickler. Ab jetzt: Spätentwickler in Eile.«

Der leere Geldbeutel fiel ihr ein. Das Haushaltsgeld, das sie am Glücksspielautomaten verloren hatte. Die Nächte zwischen Flipper und Glücksspielautomat. Die vier Sonnen. Herbert, das Kneipengespenst. Langsam kehrten die Erinnerungen zurück. Wie lange hatte sie geschlafen? Zehn Tage? Zehn Jahre?

Nora hatte einen Mordszorn auf sich.

Ihr Vater kam sie im Krankenhaus besuchen – mit seiner Enkeltochter Pola. Er hatte den Kampf verloren, den er gegen seine Pensionierung geführt hatte. Er durfte nicht mehr forschen. Diesmal nicht aus politischen, diesmal aus Altersgründen. Dafür durfte er jetzt als Rentner durch die Mauer hin und her, sooft er wollte.

Professor Meinl lächelte immerzu, machte nur noch winzige Gesten. Nora kam ihr Vater plötzlich so viel kleiner vor. Als hätten ihn die endlosen Auseinandersetzungen um sein Institut klitzeklein geschnipselt. Er saß am Krankenbett seiner Tochter, sah sie trotz aller Enttäuschungen mit leuchtenden Augen an.

Pola beobachtete ihren Großvater still und staunend dabei, wie er, ohne viel zu sagen, seine schöne alte Omega-Armbanduhr aus den zwanziger Jahren vom rechten Handgelenk streifte und sie Nora umlegte. Mithilfe dieser Uhr hatte er sich, neben anderen Bestechungsmitteln – Geld, Schreibmaschine –, von dem Todesurteil in Bukarest freigekauft.

»Aber wie hast du denn deine Uhr wieder zurückbekommen?«, fragte Nora den Vater.

»Irgendwann, der Krieg war ein gutes Jahr aus, kam Petru Groza, der neue rumänische Präsident, zu mir. Er schlang beide Arme um meinen Nacken, rief immer wieder: ›Der berühmte deutsche Professor Meinl, der große Wissenschaftler. Wir sind stolz, Sie hier bei uns zu haben.‹ Dann zeigte er mir die Räume seiner Ministerien, und in einem Raum der Justiz stand die Tür einen Spalt weit auf, dahinter war jeder freie Platz mit den verschiedensten Sachen, mit teurem Schmuck und anderen, lauter wertvollen Gegenständen angefüllt.

›Was ist denn in diesem Raum?‹, fragte ich Groza.

Er zog ein verschmitztes Gesicht, wiegte sich wie die Bauern, wenn sie einen Preis aushandeln, in den Hüften und sagte: ›Hier, großer Professor, hier sind all die Sachen, mit denen sich unsere Richter während der faschistischen Zeit bestechen ließen.‹

›Darf ich vielleicht mal einen Blick hineinwerfen?‹, fragte ich den Präsidenten.

›Aber ja doch, ja!‹, rief Petru Groza.

Nach wenigen Minuten hatte ich unter den vielen Dingen meine Remington-Schreibmaschine entdeckt und schließlich auch meine alte Omega. Groza gab mir meine Sachen auf der Stelle zurück.«

Nora schloss das Armband, sah die Uhr an. Pola, die die ganze Zeit still am Krankenbett lehnte, flüsterte: »Toll. Wenn sie dir zu schwer wird, dann musst du sie nicht jeden Tag tragen. Dann fahre ich sie dir mit meinem Wägelchen hinterher.«

»Was habe ich für die Gerechtigkeit gekämpft«, sagte Otto Meinl,

»was habe ich für den Kommunismus und für mein Institut gekämpft. Und? Was ist? Nun weiß ich was. Wenn du mich fragst, was ich gemacht habe – ich habe erforscht, dass kleine Kekse zerdrückt werden.« Sie sahen sich an. Nora lächelte, Otto Meinl nickte. Die kleine Pola stieß zum wiederholten Mal ihren Großvater an. Bis ihm wieder einfiel, was er Nora unbedingt von ihr erzählen sollte. »Pola hat sich beschwert bei Sophie und Robert.«

»Worüber hast du dich beschwert?«, fragte Nora mit noch immer zerbrechlicher Stimme.

»Sie haben mich belogen. Sie haben gesagt, dass es keinen Gott gibt. Aber ich habe sein Foto gesehen, nackt, mit einem Handtuch. Ohne ihn wärst du gestorben. Hat meine Freundin Kiki gesagt.«

Nora sagte: »Ohne dich wäre ich gestorben.«

Otto Meinl fuhr seiner Tochter über den Kopf. »Warum verrätst du mir nicht, was dich quält?«

»Unser Körper ist eine zum Leben bestimmte Maschine. Im gegebenen Augenblick stärker sein als der Feind«, dachte sie und antwortete: »Ich kenne meinen Feind nicht.«

»Du bist es selbst«, sagte der Vater.

»Das fürchte ich auch. Aber aus welchen Zuständen, aus welchem Dunkel und aus welchem Licht bestehe ich? Alles entfernt sich, was ich meine zu kennen, zu verstehen, was ich glaube zu können. Besonders das. Je mehr ich etwas kann, je näher ich dem komme, was ich meine zu verstehen, umso mehr entfernt es sich.«

Was konnte der Vater schon tun, um seiner Tochter zu helfen? Nichts. Er war machtlos gegen ihren Eigensinn.

Darüber musste er lachen. »Weil jede Generation etwas anders will.«

Pola ließ sich von dem Gelächter des Großvaters anstecken.

Und dann lachten sie alle drei.

»Ja«, sagte Otto Meinl, »Habe ich euch von meinem Vater erzählt? Arthur Meinl? Arthur hieß er. Mein Vater war ein Erfinder.«

»Was hat er erfunden?«, fragte Pola.

»Eine Kaffeebohnensortiermaschine hat er erfunden.«

»Oho!«, sagte Pola.

»Doch man hat ihm seine Erfindung gestohlen. So ist das Leben: Die Bösen leben von den Guten, die Müßiggänger von denen, die arbeiten. Es ist, wie es ist.« Er drückte seine Tochter an sich. Leise sagte er: »Die nächste Station kenne ich nicht. Der Schaffner ruft wohl ihren Namen aus.«

Plötzlich hatte er es eilig. Er wollte zu Hause sein, bevor es dunkel war. Vorher musste er noch Pola in die Wielandstraße zurückbringen. Die Grenzübertritte an der Heinrich-Heine-Straße waren jedes Mal eine schreckliche Prozedur für den alten Professor.

»Ich liebe dich«, sagte er zu seiner Tochter. »Ich bin der kleinste Wissenschaftler der Welt.«

Er sah Nora an, drückte vorsichtig ihre Hand zum Abschied, er ließ die Hand lange nicht los. Der kleinste Wissenschaftler. Er konnte nicht verstehen, wie seine Tochter mit Robert und Sophie in einer Dreiecksbeziehung zusammenleben konnte, ausgerechnet mit dem Mann, der sie für die Frau ihres Bruders verlassen hatte. Er schloss für ein Weilchen die Augen. Er dachte an seine eigenen vorehelichen Beziehungen, die er im Berlin der zwanziger Jahre hatte. Die erste große Liebe: eine verheiratete Frau. Als er die Augen wieder öffnete, lag Noras Blick mit neugieriger Zärtlichkeit auf seinem Gesicht. Dieser Moment erfüllte den Professor mit Freude. Wie einen unerhörten Schatz nahm er ihn mit sich, öffnete die Tür, fasste die kleine schweigende Pola bei der Hand. »Auf Wiedersehen.«

Nora stand am Fenster, sah den beiden nach. Die linke Hand hatte sie über die Armbanduhr gelegt. Wie um ein aus dem Nest gestürztes Vögelchen. Eine Krankenschwester trat ins Zimmer, stellte sich neben Nora, sah mit ihr in die Dämmerung hinaus.

»Ein schöner Abend, nicht wahr?«, sagte die Schwester.

»Ja«, sagte Nora ganz langsam – sie hätte ihren Vater gerne noch länger bei sich behalten. Sie schämte sich jetzt, dass sie oft so unbarmherzig zu ihm gewesen war und sie sich bisher nie für sein Leben interessiert hatte. Sie hatte nie die Geduld gehabt, ihm zuzuhören.

»Wer ist der Herr mit dem Kind?«, fragte die Krankenschwester.

»Der Herr mit dem Kind ist mein Vater mit meiner Nichte. Er guckt gerne Krimis. ›Bevor ich schlafen gehe‹, sagt er jeden Abend, ›muss ich noch meine sieben Leichen haben.‹ Dabei, wenn man ihn danach fragt, traut er den meisten Menschen nichts wirklich Schlechtes zu.«

Nora sah noch immer ihrem Vater nach. Wie er mit seiner Enkeltochter an der Hand davonging. Die nächste Station, hatte er gesagt, wisse er nicht. Der Schaffner ruft sie aus. Klein, immer kleiner werdend verschwanden der alte Mann und das Mädchen aus dem Bild. Kaum noch zu erkennen, bogen die beiden um eine Straßenecke. Nora winkte noch, als sie schon längst nicht mehr zu sehen waren. Das war das letzte Bild, das sie von ihrem Vater behielt.

Die Krankenschwester seufzte. »Aber er hält sich an die Besuchszeiten. Wollen Sie jetzt Ihr Abendbrot?«

Drei Tage später wurde Nora aus dem Krankenhaus entlassen.

Wie damals ging sie mit ihrem roten Köfferchen in die Wielandstraße. Robert hatte einmal geschrieben: »Was ich will? Diese Nabelschnur durchreißen. Die drückt mir die Kehle ab. Alles anders machen. Ohne Angst. Ohne Polizei. Von vorn anfangen in einer offenen Gegend.«

Nora wollte die offene Gegend suchen.

Die sterbende Nora, die aus dem Mondsilber einer Sommernacht zurückfindet in das gefährliche Leben. Mittwochabend. West-Berlin. Zweite Geburt. Ein Schutzengel war ihr erschienen. Ihre kleine Nichte hatte sie aus dem Tal des Todes herausgerissen.

85

Nachdem sie aus dem Krankenhaus entlassen worden war, hatte Robert Nora gebeten, für ihn einen Lyrikabend zu erfinden, mit einer Auswahl von Gedichten, die unter die Haut geht. Er hatte von dem Intendanten des Schiller Theaters einen Beratervertrag, den er aber wegen der Dreharbeiten zu seiner Berliner Gangsterballade nicht erfüllen konnte.

So kam es, dass Nora über ein für Robert zusammengestelltes Gedichte-Programm zurückkehrte ins Leben, Heimat fand in den Landschaften der deutschen Dichter. Ein Programm für drei alte Schauspieler, zwei junge Schauspielerinnen. Eine Liebeserklärung an Trakl. Lenau. Heine. Hölderlin. Heym. Goethe. Brecht. An Gottfried Benn.

»Ein ersoffener Bierfahrer wurde auf den Tisch gestemmt.
Irgendeiner hatte ihm eine dunkelhelllila Aster
zwischen die Zähne geklemmt.«

»Ein vollständig geglückter Theaterabend, nicht nur ein kleines, ein strahlendes Theaterglück«, schrieb ein Berliner Theaterkritiker.

86

Trinke dich satt in deiner Vase!
Ruhe sanft,
kleine Aster!«

Seit Wochen steckte Robert intensiv in der Filmarbeit. Die ganze Stadt, der Himmel darüber, die Nächte – ganz Berlin und seine Wetter spielten mit in seinem Film. Ein anderer Regisseur befasste sich intensiv mit dem gleichen Fall. Lange Zeit mussten Robert und sein Produzent zittern, ob sie ihren Film realisieren konnten. Es war ein verbissener Kampf zwischen zwei grundverschiedenen filmischen Ansätzen. Robert wollte die Berliner Nachkriegsgeschichte auf keinen Fall nur realistisch erzählen.

Unter der realistischen Oberfläche sollte man das Rätselwerk des wachen Schlafens, wie Robert den Zustand umschrieb, zwischen den Bewusstseinsebenen in surrealen Bildern sehen. Aus dem Rauch einer Zigarette verwandelt sich ein Gesicht zu einer Grimasse. Aus zwei Augen brennen zwei Berliner Straßenlaternen. Der alte Henker sieht sein

Spiegelbild in einer Pfütze. Robert und sein Produzent setzten sich mit dieser poetischen Erzählweise gegen ihre ganz auf Realismus pochenden Konkurrenten durch.

Ein herrlicher Clou war Robert geglückt: Er hatte Mimi, die schwarze Kellnerin aus der Lenox Lounge in Harlem, in seinem Film besetzt. Sie spielte eine amerikanische Besatzungssoldatin. Sie und Sophie bildeten ein schillerndes Frauenpaar, das die völlige Überlegenheit über den Feind hatte: über die weißen Männer. Die Berliner Presse freute sich über solche transatlantischen New-York-Berlin-Happen. West-Berlin – eine Stadt wie New York. Wild. Unberechenbar. Einzigartig. Dunkel. Geheimnisvoll.

»Weltunglück geistert durch den Nachmittag.
Baracken fliehn durch Gärtchen braun und wüst.
Lichtschnuppen gaukeln um verbrannten Mist.
Zwei Schläfer schwanken heimwärts, grau und vag.«

87

Robert ging mit Nora im Charlottenburger Schlosspark spazieren. Nora wunderte sich. Der Schlosspark, an dem sie so oft schon vorbeigelaufen war, gleichgültig gegen seine nüchterne Pracht, erfreute sie jetzt.

Auf diesem Spaziergang schlug ihr Robert vor, für das Schiller Theater an seiner Stelle einen Lyrikabend zu gestalten, den Nora dann, durch ihre hervorragende Auswahl und ihre Arbeit mit den Schauspielern, beim Westberliner Publikum und bei den Kritikern zu einem Erfolg machte.

Nach dem Premierenapplaus kam der Intendant zu Robert, gratulierte ihm zu seiner Arbeit. Willi Seetau war ein leidenschaftlicher Theatermann, der sich viel darauf zugutehielt, nicht nur im Theater, sondern in allen möglichen Berufen, auf den Straßen, in Kellern und

Kneipen in der Großstadt Berlin das Leben gelernt und studiert zu haben. Robert stellte ihm Nora vor.

»Herr Intendant, das ist Nora Meinl. Sie ist eigentlich Sängerin. Im Augenblick will sie keiner hören. Sie will studieren und hat eine Karriere als Rockstar in der DDR hinter sich. Sie hat die Gedichte für diesen Abend ausgewählt, alles mit den Schauspielern einstudiert. Den Erfolg dieses Abends verdanken Sie ihr!«

Willi Seetau fing den Funken auf, der von der kleinen, sonderbaren Frau auf ihn übersprang. Sie gefiel ihm. Sie war Neuland, das er entdecken wollte.

Er machte ihr noch auf der Premierenfeier ein Angebot. »Liebe Nora, wollen Sie nicht Dramaturgin werden in meinem Theater?«, fragte er sie.

»Dramaturgin? Was ist das?«, fragte Nora.

»Eine Dramaturgin liest viele Stücke, sie findet die, die interessieren und ziehen. Sie entdeckt Schauspielerpersönlichkeiten, männliche wie weibliche, und bringt besonders die noch nicht entdeckten Talente im Ensemble. Sie arbeitet mit dem Regisseur an der Fassung des Stückes, bereitet alle Beteiligten gut auf die Proben vor. Dafür bekommt sie eine Gage. Auf dem Weg zum Erfolg eines Theaters ist die Dramaturgin die erste und wichtigste Person neben den Schauspielern. Den Rest überlasse ich Ihnen. Ihr Büro ist im dritten Stock«, sagte Herr Seetau.

Nora sah den Intendanten forschend an. Die Stelle, die er ihr anbot, klang auf jeden Fall interessant. Aber sie war ein Schmetterling. Wer sie einsperren wollte, der verlor sie. Sie passte in kein Gemäuer, in keinen Käfig. Sie überlegte. Schließlich sagte sie: »Aber ich kann nicht in einem Büro sitzen, dagegen würde ich mich sehr wehren.«

Robert wurde wütend. Er hatte Nora an eine Krippe geführt – der Job einer Dramaturgin am Schiller Theater war keine schlechte Sache –, der Boss war bereit, sie zu nehmen, und was machte sie? Sie zeigte keine Anzeichen von Dankbarkeit, nein, sie breitete zuerst den Katalog ihrer Einschränkungen und Forderungen aus. Robert verzog sich. Er hörte Nora sagen: »Und dann müsste ich auch einen Tag in der Woche freihaben.« Bei diesem Gespräch wollte er nicht dabei sein.

Nora fuhr unbeirrt fort: »Auch wenn man meine Stimme im Augenblick kaum hört, ich bin Sängerin, und ich muss mindestens einen Arbeitstag in der Woche für meine Musik haben.«

Auch darauf ließ sich der Intendant ein. Er bot Nora an, mit der Gesangslehrerin des Schiller Theaters zu arbeiten.

Nora nahm die Stelle als Dramaturgin am Schiller Theater an. Zweitausendvierhundert Mark monatliches Gehalt. Georg Trakl lächelte ihr zu.

»Am Abend ziehen Gaukler durch den Wald,
auf wunderlichen Wägen, kleinen Rossen.
In Wolken scheint ein goldner Hort verschlossen,
im dunklen Plan sind Dörfer eingemalt.«

Nora verdiente ihr erstes eigenes Geld im Westen. Sie musste in keine Haushaltskasse mehr fassen. Sie hatte ihr erstes eigenes Konto bei der Bank. Sie hatte ihren eigenen Kopf. An allen erbitterten Diskussionen über das wahre Theater beteiligte sie sich – sie stellte sich in jede Schusslinie, sie mischte sich mit ihren Ideen in jeden bühnenreifen Feuerwechsel ein zwischen Regisseuren und Schauspielern.

Neben ihrer Arbeit als Dramaturgin machte sie Musik. Sie erweiterte ihr Repertoire. Sie studierte Spanisch in Abendkursen und vertiefte sich in die Gesangskunst populärer Musikerinnen: Nina Simone, *I wish I knew how it would feel to be free,* Joan Baez, Miriam Makeba, Billie Holiday. Sie probierte, eigene Lieder zu schreiben, aber wenn sie gefragt wurde, wann sie auftreten würde, zog sie ein Gesicht, flüchtete in ihr Zimmer und sang fantastisch – nicht!

Keiner verstand sie in ihrem mysteriösen Trotz. Waren es ihre Enttäuschungen, die sie nicht vergessen konnte? War es die vergrabene Sehnsucht nach Bukarest, oder war es Robert, den sie noch immer liebte und ohne dessen Nähe sie nicht leben mochte? War es der riesengroße Anspruch an ihr Singen oder eine langsame Depression, eine tiefe Resignation, die sie sich nicht eingestehen wollte? Niemand durfte sie darauf ansprechen, Robert nicht und erst recht nicht Sophie. Allein die kleine Pola verstand sie: »Wenn die Tante im Kindergarten sagt: ›Schlaf! Schlaf! Schlaf! Schlaf! Schlaf!!‹ – dann schlafe ich erst recht nicht.«

Der Intendant Willi Seetau konnte und wollte ohne Nora bald keine Probe mehr leiten. Er wollte ihre Meinung zu allem hören. Was Nora gefiel, das gefiel ihm, wo sie lachte, lachte auch er, was Nora verwarf, das verwarf er meistens auch.

Als er sie einmal bat, ihm etwas vorzusingen, machte sie eine Ausnahme. Sie nahm die Gitarre, sang für den Intendanten auf der Probebühne ein rumänisches Lied. *Valeleu.* Von Nina Simone sang sie: *Turn! Turn! Turn!*

Der Intendant verliebte sich in Nora.

Nora verliebte sich in den Lieblingsschauspieler des Intendanten. Jeden Tag nach der Probe machten sie lange Spaziergänge und redeten über deutsche Frauen, deutsche Dichter, über das Theater, über die wunderbare Wirklichkeit der Kinder.-Der Intendant wurde auf seinen Lieblingsschauspieler eifersüchtig. Noch eifersüchtiger war aber Robert Papst!

Er hatte sich daran gewöhnt und sich in der Vorstellung eingerichtet, dass das Dreieck Nora–Sophie–Dichtergenie die beste und angenehmste Konstellation für seine Arbeit und für sein Leben war. Glückliche Tage. Alle unter Roberts ruhmreichem Lorbeer versammelt. Brecht hatte vier Musen in seiner besten Zeit gehabt. Er, Robert, wollte wenigstens zwei haben.

Nora mochte sich nicht länger in dieses Künstler-Beziehungsklischee einfrieren lassen. Robert war ihr wichtig, aber so konnte sie nicht länger mit ihm und Sophie zusammenhausen! Mit aller Entschiedenheit wollte sie aus der gemeinsamen Wohnung hinaus, ihre wenigen Sachen packen, eine eigene Wohnung finden, um endlich ihr Leben frei von den alten Abhängigkeiten zu leben.

Eines frühen Abends, der Oktober warf sich mit Sturm und Regen über Berlin, rief der Lieblingsschauspieler bei Nora an. Er redete herum, verglich das nasse, stürmische Wetter mit seinem durch die Liebe aufgewühlten Gemütszustand. Alles schien ihm ausweglos. Das Licht schwankte, der Wind heulte, der Lieblingsschauspieler erzählte ihr von seiner Einsamkeit. Er war so in sie verliebt. Sie verabredeten sich in einer Jazzkneipe in Kreuzberg. Trotz des schauerlichen Sturmwetters zog sich Nora schön an, machte sich auf den Weg, um den Lieblingsschauspieler zu sehen.

Unsäglich, wie sich das Wetter aufführte. Als sie das Lokal betrat, saß da schon der Lieblingsschauspieler in einem versteckten Eck im Hinterzimmer neben dem grünen Billardtisch. Er rauchte, schaute völlig verunsichert, von seinen eigenen Gefühlen zusammengestaucht. Von Noras kurzem Mäntelchen tropfte das Regenwasser. Sie sah ihn an: Dieser dürre blonde Mann liebte sie, wie er sagte, liebte und begehrte sie »riesig«, aber er war verheiratet, und jetzt, meinte er, hatte er absolut nicht mehr die Nerven für das alles.

»Für was alles?«, fragte ihn Nora vorsichtig, denn er wirkte wie aus dünnem Glas, in dem sie keinen Sprung riskieren wollte.

»Wie kannst du das fragen. Es ist alles so anstrengend, das Dreieck. Ich kann mir diese Herzensschlamperei nicht länger aufbürden. Meine widerstreitenden Gefühle und mein Gewissen erdrücken mich. Dabei liebe ich dich, ich liebe dich riesig, ich bewundere dich, ich bewundere deine Energie, ich bewundere deinen Geist, deinen Mut. Aber unter all meiner Bewunderung schrumpfe ich weg, wie ein rasch alternder Greis.«

Nora wollte gewiss keinen davonschrumpfenden Liebhaber, dafür war sie zu jung. Was konnte sie für ihn tun?

»Ach«, ächzte er müde, »alles ist unmöglich.«

»Du komischer Kerl, du.«

Flüchtig dachte sie an Paris und Spanien zurück, an Apella. Dann kraulte sie ihm zärtlich den Nacken.

Er lehnte seinen Kopf an sie, eine Weile war er ganz still. Nora spürte, wie in ihm sein ganzes Wesen bebte. Seine linke Hand glitt von ihrer Hüfte auf ihren Oberschenkel, von dort zwischen ihre Beine hinab. Sie blieb ganz ruhig, irgendwie genoss sie seine ungeschickten Berührungen. Ohne dass sie etwas gesagt oder sich von ihm abgewandt hätte, flüsterte er mit belegter Stimme: »O bitte, bleibe noch fünf Minuten.«

Nora ließ ihre Blicke schweifen. »Man muss für vieles dankbar sein«, erinnerte sie sich.

»Wenn ich doch jetzt mit dir in den Süden fahren könnte, nach Venedig. Bestimmt ist es jetzt dort sehr schön. Bedauerst du mich denn nicht, dass ich zwischen dem Theater und meiner unglücklichen Ehe ausharren muss?«

»Ausharren?« Nora konnte ein Lachen nicht unterdrücken.

»Warum musst du ausharren? Wenn du leidest – weshalb packst du nicht dein Zeug und kommst zu mir?«

»Zu dir?« Er sah sich um, als hätte er Angst vor den Spionen und den Giftschirmen seiner Frau. »Nein«, sagte er schließlich nach einer Pause. »So einfach ist mein Weg nicht. Gehen? Fortgehen? Aus meiner Ehe? Ausweglos. Ich bin darin wie ein Pferd zwischen zwei Deichseln eingespannt. Ich habe sie aus Island hierhergelockt. Meine Frau ist ein verlorenes Geschöpf ohne mich, immer häufiger packt mich der Hass auf sie, aber ich kann sie nicht verlassen, ich kann nicht.«

»Hast du es denn jemals versucht?«

»Was glaubst du! Ich habe schon viel versucht. Nein. Aber schau, Nora, Mäuschen, lass uns nicht die wenige Zeit, die wir noch haben, mit sinnlosen Fluchtplänen vertun. Mein Leben – kein Vergnügen! Vielleicht bin ich deshalb Schauspieler. Man bringt ja sein Leben mit auf die Bühne, und immerhin bin ich nicht der Einzige, der an seiner sinnlosen Ehebeziehung leidet. Mein Publikum identifiziert sich instinktiv mit mir. Ich bin das Symbol der täglichen Ehekatastrophe. Nicht wahr?«

Er zahlte. Dann begleitete er Nora zu ihrem Wagen. Er stieg mit ihr ein, es regnete nach wie vor in Strömen. Die Scheiben beschlugen, keine Menschenseele wagte sich auf die Straße. Er hatte seinen Wagen in der Tiefgarage eines Supermarktes geparkt. Sie fuhr ihn dorthin. Er schlang seine Arme so verlangend um sie, dass Nora vergaß, wo sie gerade war. Es war wie eine große Welle, die über sie hinwegbrauste.

Nach diesem dramatischen, zärtlich komischen, total vermurksten Abschied wurde Nora von dem Lieblingsschauspieler schwanger.

Sie rief ihn an. Aber als er die frohe Nachricht erfuhr, reagierte er mit Schweigen und Husten.

»He?«, rief sie in die Telefonmuschel. »Kannst du nicht was sagen?«

»Nora«, sagte er bloß, »da kann ich auch nicht helfen«, entschuldigte sich mit einer Ausrede, legte auf. Nora konnte sich die Tränen nicht verbeißen.

Er schrieb ihr einen Brief. »Liebe Nora. Schwanger? Von mir? Nachdem ich mit Dir darüber gesprochen habe, dass es doch nicht mehr zwischen uns geht? Bitte verzeih. Bitte versteh, dass ich von einem Kind gar nichts wissen will. Bitte. Bitte. Versteh. Ich kann diesen Weg nicht mit Dir gehen. Sosehr ich Dich bewundere. Nicht diesen Weg. Dein Lieblingsschauspieler«.

Das war für Nora ein Schock. Er bewunderte sie, aber er liebte sie nicht, er wollte von ihrem Kind nichts wissen. Sie musste sich entscheiden. Sie wollte das Kind unbedingt haben. Sie weinte. Tagelang. Sie ging nicht mehr zu den Proben ins Theater. Sie kündigte. Sie wollte den Lieblingsschauspieler nie wieder sehen. Aber ganz allmählich gewöhnte sie sich an den Gedanken, ihr Kind allein großzuziehen. Es sollte ganz ihr Kind sein. Sie schlug sich den Lieblingsschauspieler aus dem Kopf. Und plötzlich wurde alles ganz leicht. Das Kind in ihrem Bauch half ihr dabei, mit sich selbst zu leben, sich selbst kennenzulernen.

Während Robert die Tage und Nächte im Schneideraum mit seinem Cutter verbrachte, nahm Nora ein Angebot als Dramaturgin an einem Theater in München an. Alles ging Hals über Kopf. Nora war es recht, sie wollte einen scharfen Bruch Die Trennung von der kleinen Pola fiel Nora schwer. Sie hatten sich gegenseitig das Leben gerettet. Weil ihre Mutter einen Film nach dem anderen drehte, von einer Theaterproduktion in die nächste hetzte, kam Pola bei einer Tagesmutter unter. Das kleine Mädchen ließ sich nichts anmerken. Lächelte tapfer, winkte zum Abschied.

Nora saß in ihrem kleinen Käfer, fuhr aus Berlin hinaus quer durch Deutschland Richtung Süden. Allein. Mit ihrem Kind im Bauch.

»Ja, ich werde Mutter, und ich freue mich darauf«, rief sie hinterm Steuerrad dem Havelland entgegen, das frühwinterlich an ihr vorbeizog.

88

Täglich, nächtlich rief Robert aus West-Berlin bei Nora in München an.

»Komm zurück. Auf der Stelle. Was soll das? Ich habe niemanden, mit dem ich hier über meine Sachen reden kann. Ich brauche dich in Berlin.«

»Ich kann nicht zurückkommen«, entgegnete Nora.

»Und warum nicht, was ist in München besser als in Berlin, wenn ich fragen darf?«, sagte er aggressiv.

»Ich kann nicht zurück nach Berlin. Basta! Schau mal auf die Uhr. Es ist spät. Ich wohne nicht allein.«

»Aha, jetzt wird mir alles klar. Du bist nicht alleine.«

»Nicht, wie du denkst, ich wohne hier mit einer jungen Schauspielerin, die eine Menge Beziehungsprobleme hat, und sie braucht das Telefon!«

»Viel Glück. Ich wünsche dir viel Glück bei deinen Beziehungsproblemen, du siehst ja einem freudigen Ereignis entgegen. Wann kommt das Kind?«

»In sieben Monaten«, schrie Nora in das Telefon. »Sei nicht so kindisch, Robert, ich bin nach München gegangen, weil ich hier arbeiten kann und weil ich endlich mein eigenes Leben haben will.«

»Mit einer Schauspielerin? Wer ist denn diese Schauspielerin? Bestimmt kenne ich sie. Ich bitte dich, Nora, zurückzukommen, das ist das letzte Mal, dass ich so bettle, wir gehören zusammen, und du weißt, was ich damit meine. Ich brauch dich für meine Arbeit, besonders jetzt, wo ich den Film schneide und das neue Buch vorbereite und Tschechow übersetze. Wenn dein Kind kommt, dann wirst du doch sowieso zurück nach Berlin kommen, du wirst doch dein Kind nicht in München auf die Welt bringen? Na also. Siehst du. Im Grunde, Nora, ist dein Kind ein schönes Mysterium, und es ist von mir. Erinnere dich, wie sehr wir es versucht haben, wie wir probiert und probiert haben, miteinander ein Baby oder zwölf Babys zu kriegen. Betrachte mich als Vater für dein schönes Mysterium. Also bitte komm gleich, sonst ist es zu spät, sonst kommst du in meine Wohnung nie wieder rein, das schwöre ich dir. Entweder du kommst in den nächsten Tagen zurück, oder ich lasse dein Zimmer ausräumen. Wenn du nicht wegen mir zurückkommst, so komm wenigstens für Pola zurück. Sie hasst ihre Tagesmutter und ist ohne dich völlig verloren auf dieser Welt. Hast du mich verstanden? Wenn es am Geld hängt, dann werde ich dich für deine Arbeit bezahlen. Deutlicher kann ich es dir wohl nicht sagen. Ich brauche dich. Sophie dreht. Du bist meine beste und einzige Mitarbeiterin, kein Mensch versteht meine Sachen so wie du.«

Nora konnte Robert nicht beruhigen.

»Ich habe Sehnsucht nach dir, nach deiner Nähe, nach deiner Stimme und nach deinen Einfällen. Schmink dir das ab, dass du in München sitzt und mich hier in West-Berlin alleinelässt.«

»Robert? Ich muss Schluss machen«, flüsterte Nora.

Die Schauspielerin, bei der sie zur Untermiete wohnte, lief schon die ganze Zeit um sie herum. Sie brauchte das Telefon, sie musste dringend einen ihrer Verehrer anrufen. Obwohl Robert immer weiter auf sie einredete am anderen Ende der Leitung, legte Nora auf und übergab das Telefon an Charlotte Schuhmacher. Charlotte nahm die Männer wie einen Schluck Aprikosensaft und leckte sich nach jedem Schoppen die Lippen. Sie spielte alle jungen weiblichen Hauptrollen an dem Münchner Theater. Sie war die Sensation. Alle fraßen ihr aus den schönen Händen. Sie hatte Angebote von Wien bis zur berühmten Schaubühne in Berlin. Kaum hatte Charlotte ihre letzte Affäre beruhigt, klingelte das Telefon. Es war schon wieder Robert. Nora versprach, bei der nächsten Gelegenheit nach Berlin zu kommen.

»Und wann wird das bitte sein?«, drängte Robert.

»Bald. Ich muss mich demnächst in Berlin mit einem jungen Dramatiker treffen. Es gibt hier vage Pläne, ein Stück von ihm zu machen. Ich muss die Reise mit der Theaterleitung besprechen. Dann komme ich.«

»Was für ein junger Dramatiker ist das? Der einzige interessante junge Dramatiker bin ich – das könnte ich ja noch viel weniger ertragen, Nora, dass du neben mir mit einem anderen Dramatiker arbeitest. Ich bitte dich. Die westdeutschen Dramatiker sind alle Mittelmaß. Komm zu mir, bitte, aber triff dich nicht mit anderen Dramatikern.«

»Es ist schrecklich, wie du redest, Robert, treib mich nicht in den Wahnsinn.«

Nora verzog sich in ihr Zimmer. Sie betrachtete sich im Spiegel. Von einem Bauch war noch nichts zu sehen. Robert hatte recht. Sie musste sich Gedanken machen, wo sie ihr Kind zur Welt bringen wollte. »Berlin? Was tue ich in München?«, dachte sie. »Ich werde nicht für immer bleiben. Also werde ich wohl nie von Robert loskommen. Das alte Leben trägt mir seine Erinnerungen und Stimmungen unerbittlich hinterher.« Nora sah eine düstere Zukunft auf sich zukommen und sie unter den alten Verhältnissen begraben. Obwohl die Türen alle offen standen – das Gewesene vergrößerte täglich seine herrschsüchtige Gegenwart und ließ sie nicht hinausgehen in die ersehnte offene Landschaft.

Sie verbot es sich zu jammern. Sie wollte kämpfen.

Sie ging wenig aus. Sie las eine Menge neuer Theaterstücke. Jeden Abend nahm sie sich einen neuen Text mit nach Hause. Am besten hatte ihr das Stück eines jungen Dramatikers gefallen, der mit der Axt zu schreiben schien. Er hieß Louis Mayer. Mayers Theaterstück hatte eine brutale und zugleich eine ganz naive, empfindliche Seite. Die Sprache des Stückes machte Nora neugierig auf den Verfasser. Sie schlug das Stück zur Uraufführung vor.

Das Treffen zwischen ihr und dem Dramatiker sollte in West-Berlin stattfinden, wo Louis Mayer in der Windscheidstraße über dem Klick Kino wohnte. Nora fuhr in ihrem Auto, zusammen mit Charlotte Schuhmacher, nach West-Berlin. Charlotte hatte ein paar Tage spielfrei in München. Sie war aufgeregt. Sie hatte ein Vorsprechen an der Schaubühne und hoffte auf ein Engagement. Eine ihrer sieben Affären gehörte zu dem erfolgreichen Ensemble.

Auf der Fahrt erzählte Charlotte von ihrem Vater, einem beliebten Heimatdichter, der Berg- und Seedramen schrieb, ausweglose Träume – ein moderner Ganghofer. Seine Geschichten spielten zwischen

Bad Wörishofen und Bad Segeberg. Seine Helden waren wie fliehende Finken. Zugvögel einer gut gefütterten Verlorenheit. Nora erzählte von der Affäre mit dem Lieblingsschauspieler, von dem sie im Sommer ihr Kind erwartete. Eine verwickelte Affäre. Die Frau des Lieblingsschauspielers durfte von Nora und dem Kind nichts wissen. »Sonst stürzt sie sich in einen kochenden isländischen Geysir.«-

Charlotte erzählte von ihren Männergeschichten. Neben vielen anderen hatte sie auch eine Affäre mit dem Dramatiker gehabt, den Nora treffen sollte. Nora wurde neugierig, sie wollte mehr wissen, und Charlotte erzählte über den jungen Mayer, der früher als Verkäufer bei Feinkost Käfer in München gearbeitet hatte und später als Blumenhändler im Hamburger Großmarkt. Nebenbei spekulierte er am Devisenmarkt, hatte damit tatsächlich einmal Glück, verdiente eine große Summe an einem Termingeschäft mit türkischer Lira und war quasi über Nacht um eine Viertelmillion reicher geworden. Er hängte seinen Job im Großmarkt an den Nagel und trat im Hansa Varieté Theater am Hamburger Steindamm als Conférencier auf. Sein buntes Leben bot ihm dafür genügend Stoff: Feinkostverkäufer, Blumenhändler, Leichenwäscher und Sanitäter in einem Krankenhaus. Billiger Jakob auf Jahrmärkten, auf der Dult verkaufte er Vogelstimmplättchen und in der Sendlinger Tor Straße in München schottischen Whisky. Nora saß am Steuerrad und fand die Geschichten herrlich.

»Wenn er ganz verrückt ist, singt er im Schottenrock bayerische Küchenlieder«, erzählte Charlotte. »Er hat wirklich nicht alle Tassen im Schrank. Zurzeit ist er in eine Balljongleurin aus Spanien verliebt. Vielleicht auch schon wieder nicht mehr.« Charlotte konnte nicht aufhören, von Mayer zu erzählen.

»Am Hansa Theater hat ihn der Intendant des Deutschen Schauspielhauses entdeckt und engagiert. Dort hab ich ihn kennengelernt. Er spielte den Ariel in Shakespeares *Sturm.* Fast nackt flog er da über die Bühne, jagte als Harpyie auf Stelzen und mit zerfetzten Regenschirmen hinter Schäferhunden her.«

Als sie Berlin erreicht hatten, sagte Charlotte: »Lass uns einfach gleich bei Louis vorbeifahren, dann kann ich euch bekannt machen.«

Louis Mayer war nicht zu Hause.

»Ich habe ihm eine Nachricht mit deiner Adresse an die Tür gesteckt.«

In der Wohnung Wielandstraße war ebenfalls keiner zu Hause. Robert war im Schneideraum. Sophie drehte in Danzig. Pola war bei der Tagesmutter.

Von der langen Autofahrt waren beide Frauen erschöpft. Nora verschwand ins Badezimmer unter die Dusche. Als sie sich ihren roten Bademantel übergeworfen und Tee gemacht hatte, klingelte es an der Tür. Durch den Spion sah Nora einen jungen hageren Mann, der sich immer wieder zu dem Namensschild neben der Glocke beugte. Nora öffnete.

89

»Verzeihen Sie. Ich bin Louis Mayer. Ich soll hier Charlotte Schuhmacher abholen.«

»Ja, kommen Sie doch bitte herein. Charlotte ist gerade im Bad. Möchten Sie etwas trinken?«

Sie führte Louis in das große Zimmer, das auf die Wielandstraße ging. Er sah sich um. Dann ging er zum Fenster und warf einen Blick hinaus auf die leere Straße mit den vielen Lindenbäumen.

»Wo ist der Dichter?«, fragte er plötzlich mit viel zu lauter Stimme. »Wo ist Robert Papst?«

»Kennen Sie ihn?«, fragte Nora.

»Sicher. Ich spielte in einer Tschechow-Übersetzung von ihm. Ich habe alles von ihm gelesen. In diesem Sinne kenne ich ihn. *Jugend stellt die Toten* habe ich besonders gern gelesen. Gedichte. Ein Theaterstück. Das hat mir alles sehr gefallen. Wissen Sie was?«, sagte Louis. »Ich bin nicht gerne in dem Zimmer eines Dichters, wenn der Dichter selbst nicht anwesend ist. Ich könnte mir ganz gegen meinen Willen alle möglichen Papiere mit Skizzen und schönen Ideen einstecken. Ich fürchte mich alleine in einem Dichterzimmer. Wer weiß, wann es mit mir durchgeht? Gibt es keine Küche, in die wir uns zurückziehen können?«

Louis lachte. Nora schaute unsicher.

»Ja«, sagte sie. »Natürlich gibt es eine Küche, aber da sieht es nicht gut aus.«

»Sie sehen gut aus«, sagte er, »genügt mir vollständig.«

Nora wurde rot. Sie verschwand mit Louis in die Küche. Louis Mayer fand die junge Frau in dem roten Bademantel, mit den schwarzen Haaren, dem schönen Madonnengesicht und den großen Mandelaugen unwiderstehlich. Er hatte sich auf den ersten Blick in sie verliebt. Nora verwirrte sein neues Lebenskonzept völlig. Charlotte war seine große Liebe gewesen. Sie hatte ihn für das Theater in München verlassen. Dann verliebte er sich in eine spanische Balljongleurin aus dem Varieté – auch sie trennte sich von ihm. Sie schrieb ihm ein Briefchen. Sie müsse sich auf ihre Artistinnenkarriere konzentrieren. Nachdem Louis den Brief gelesen hatte, am Ufer der Elbe, wollte er sich in den Fluss stürzen, er überlegte es sich anders und beschloss, die Liebe ganz tief in sich einzusperren. Wie Lumpenpack. Er hatte kein Glück, er war ein Verwundeter. Jede Liebe eine Narbe, die gleichmäßig frisch blieb. Schon seine erste Jugendliebe, Hannerl mit dem bezaubernden Lächeln, hatte ein Schlachtfest unter seinen schutzlosen Gefühlen angerichtet.

»Sagen Sie. Wie ist Ihr Name? Wie dumm von mir. Was rede ich. Sie sind Nora. Nora Meinl? Nicht wahr? Dramaturgin in München?«

»Ihretwegen habe ich mich auf den Weg nach Berlin gemacht.«

»Meinetwegen?«

»Ihr Stück, das wir in München uraufführen wollen, ist der Grund«, sagte sie leichthin.-

»Also gefällt Ihnen mein Stück?«, fragte er Nora naiv.

»Das gefällt mir sehr, aber heute bin ich, nach der langen Autofahrt, für ein ernstes Gespräch viel zu müde. Wollen wir uns morgen treffen? Was halten Sie davon, wenn wir uns für morgen zu einem Arbeitsgespräch verabreden?«

Sie band ihren Bademantel fester zu.

»Einverstanden. Wann?«, fragte Louis Mayer.

»Elf Uhr?«

»Gut. Abgemacht«, rief Louis mit lauter Stimme. »Elf Uhr. Wo? Es wird am besten sein, wenn ich hierherkomme, bei mir herrscht Ankunft und Abreise, Trümmerfeld und Staubkolonie in einem.«

»Ja, gut. Kommen Sie hierher«, sagte Nora. Sie setzte sich zu Louis an den Küchentisch. Schweigend saßen sie sich gegenüber, lächelten sich verlegen an, wussten plötzlich beide kein Wort mehr zu sagen.

Die Luft zwischen ihnen zitterte.

Mayer erzählte eine Geschichte mit einer verrutschten Pointe. Von einem Lebkuchenhäuschen erzählte er, das er in einer Konditorei gekauft hatte. »Die Verkäuferin fragte mich: ›Wollen Sie es verspeisen?‹ ›Nein‹, sagte ich. ›Ich will einziehen.‹«

Nora schwieg. Louis auch. Aus dem Bad war Charlotte zu hören.

»Ich weiß nicht«, dachte Louis, »was in mich gefahren ist.« Er wollte nur noch bei Nora sitzen, verlegen schweigen, Geschichten ohne Pointe erzählen, dem Knistern der Luft zwischen ihnen zuhören wie einer reizend zerbrochenen Musik. »Ich möchte Charlotte jetzt nicht sehen«, dachte er.

»Ich weiß gar nicht, warum ich derartig selbstverständlich hier herumsitze, ich muss los. Bis morgen«, sagte Louis schroff, stand auf, reichte Nora die Hand.

»Aber Sie wollen doch Charlotte treffen«, erwiderte Nora.

Louis wurde plötzlich verlegen, wollte zur Wohnung hinaus, kam nicht mehr dazu.

»Wo ist er?«, rief Charlotte. Sie kam aus dem Bad, war schon fertig zum Ausgehen angezogen. Geschminkt, duftend, grell, von umwerfender Direktheit.

»Da bist du ja, Louis. Ich hab Nora schon 'ne Menge über dich erzählt, und was habt ihr geredet?«, rief sie. »Du hast dich aber gar nicht verändert.« Sie küsste ihn, als wollte sie ihn in ihren Küssen ersticken. »Komm schon, Louis, zeig mir deine Berliner Wohnung. Ich habe nicht viel Zeit, ich habe Verabredungen an der Schaubühne, Vorsprechen,

Treffen im Schiller Theater. Wohnst du schön? Haben wir ein kuscheliges Bett?«

»Ja«, sagte Louis, »haben wir. Bis morgen, Nora. Freue mich, wenn wir uns gemeinsam über meinen Text beugen.«

Er warf sich seinen grünen Armeemantel über.

Plötzlich stand Nora vor ihm. »Weshalb ziehen Sie Roberts Mantel an?«

Charlotte lachte. Louis verstand nicht.

»Es ist mein Mantel«, sagte er.

»Nein«, sagte Nora.

Eben wollte Louis den Mantel wieder ausziehen, da entdeckte er den gleichen Mantel an einem Haken in der Ecke.

Er fragte Nora: »Und wem, bitte, gehört der Mantel dort am Haken?«

Charlotte lachte immer hysterischer. »Die modernen Dichter sind alle gleich verpackt«, sagte sie. Louis konnte Charlotte kaum beruhigen. »Komm schon, zur Schaubühne«, drängte er. »Charlotte, die Karriere wartet!«

Auf halbem Absatz blieb er stehen, rannte noch einmal zurück, klingelte. Nora erschien in der Tür.

»Nora?«, rief Louis. »Nora. Ich kann das jetzt nicht erklären, hol es der Himmel, ich habe kein Bargeld eingesteckt, als ich zu Ihnen losrannte. Ich muss Charlotte ein Taxi zum Halleschen Ufer spendieren. Können Sie mir bis morgen zwanzig Mark borgen?«

»Kommen Sie«, sagte Nora. Louis folgte ihr durch die Wohnung bis vor ihr Zimmer. »Sagen wir uns doch du«, sagte sie mit einem schönen Lächeln. Louis nickte. Verlegen. Gerührt. Sie kam mit zwanzig Mark zurück, gab ihm den Geldschein.

»Charlotte mag mich nur nobel. Danke. Morgen haben Sie es zurück«, sagte Louis.

90

»Ich war immerhin einmal Großmarkthändler für frische Blumen und Südfrüchte«, rief Louis in die Runde, »ich interessiere mich nicht für Gerede, ich interessiere mich für das unschuldige Glück!« Der Ober lachte.

»Du bist ein Hanswurst«, sagte Gerti, die Wirtin. »Da sitzt er seit zwei Stunden hier herinnen und feiert mit sich alleine. Was feierst du denn heute?«

»Ach, was feiere ich schon? Ich feiere, dass der Augenblick so schön ist«, antwortete Louis. »Bring mir noch Wein und was zu essen. Schnäpse. Bratwürste. Nachspeisen. Ich feiere mit meiner russischen Seele das Leben. Das Ende lassen wir platzen, wir spielen unser Stück ohne Ende!!« Er brüllte vor Lachen über seinen Einfall. »Jeder Tag ist der erste und der letzte!«

»Du bist ja wirklich ein Hanswurst«, sagte Gerti und zog ihn heftig am linken Ohr. »Also Bratwürstl?«

»Bratwürstl. Zwölf Stück.«

»Für deine russische Seele?«

»Für meine russische Seele!«

»Woher hast denn du eine russische Seele? Ich denke, du bist aus Franken nach Berlin gekommen?«

»Franken ist Bayerisch Sibirien. Weißt du das nicht? Darüber gibt es nichts zu lachen. Mein Urgroßvater pflanzte in Petersburg Bäume für den Zaren. Mich hat er in Franken gepflanzt. Sozusagen. Ich bin ein Flüchtlingskind, ich spreche perfekt Russisch, auf dem Theater in Hamburg war das mein größtes Handicap, dass mich keiner verstand. ›Wenn man über seine Aussprache hinwegsieht‹, schrieb die internationale Theaterkritik, ›zeigte der junge Louis Mayer eine gigantische schauspielerische Leistung.‹ Bitte. ›Die Wellenbewegungen der Darstellungskunst – in ihm erreichen sie die entferntesten Ufer.‹ Bravo. Bravo!« Er verneigte sich vor seiner eigenen Suada, klopfte mehrmals auf den Tisch und rief noch zweimal ganz laut: »Bravo!«

»Ich habe mein Herz an eine kleine Frau verloren. Ob sie das freut? Ich warte die Antwort bei Bratwurst, Bordeaux, Schnaps und Mehlspeisen ab. Musik, mein Herz soll in Kitsch ertrinken, mir kommen die Tränen in jedem Moment, Schauspieler und Rosenhändler. Woran soll sich so einer klammern? Dreck ist Gold, und so treibe ich es immer, Gerti, bis ich rausgeschmissen werde, ich bin ja schließlich auch ein Teil meiner Vergangenheit, ich will mich aber nicht an die alten Zeiten klammern. Musik! Gerti? Wo treibt sich bloß die Musik herum? Ich folge den Glockenschlägen ins Jenseits. Deshalb: Wo ist der Mann mit dem Schifferklavier? Die Wahrheit über Sancho Pansa: Unterhaltung ohne Ende.«

Die Vorstellung im Theater war aus. Unter lautem Gerede und Gelächter kamen die stolzen Gaukler vom Halleschen Ufer ins Florian gedrängt: Otto, Peter, Gerd, noch ein Gerd, Nikolaus, Dieter und Elke, alles scharte sich um die unbeschreiblich herausgeputzte Charlotte Schuhmacher.

»Endlich!«, rief Louis. »Die Nacht nimmt Tempo auf, da kommt ja meine erste große Liebe. Wie gut, dass ich nur ein Lied singen kann. Meine zweite Liebe konnte so wundervoll mit Bällen und Hula-Hoop-Reifen jonglieren, sie war meine größte Liebe, aber heute, Charlotte, liebe ich keine mehr von euch beiden, weder dich noch die spanische Jongleurin – heute liebe ich nur noch: Nora!«

Er saß auf seinem Stuhl und starrte vor sich hin. Peter setzte sich zu ihm, er redete Louis ins Gewissen. »Nur die Karikaturen überdauern uns«, sagte Peter, »die Karikaturen, die wir von uns hinterlassen. Das wirklichkeitsnahe Porträt von dir oder von mir – das interessiert keinen. Zerrbilder interessieren. Wir sind nur deshalb so gut, weil sich unsere Physiognomien gut fürs Zerrbild eignen. Die ganze Schaubühne – wir alle, die theatralischen Mitstreiter: Physiognomien, die sich gut für Zerrbilder eignen. An einem Menschen, der bis aufs Blut reizt, an dem muss sehr viel dran sein.«

Otto nickte traurig. »Das Leben ist ein seltsam Ding. Der Strich, auf dem so mancher ging, wird hinter ihm gemacht.« Er angelte sich eine Bratwurst von Louis' übervollem Teller.

Das Schifferklavier kam. Louis warf dem Musiker einen Geldschein hin und lud alle auf eine Runde ein. In einem unverhofft stillen Moment, wo der Mann mit dem Schifferklavier eine Zigarette rauchte und alle, erschöpft von Pointen, Lachen, Musik, Trinken und Essen, satt und selig schwiegen, lachte Louis. Louis lachte überhaupt viel zu viel. Otto meinte, er lache, als würde er um Hilfe schreien.

»Die heterogensten Elemente sind in diesem Ensemble zusammengewürfelt, das nur ein Teufel wie Pu der Bär zum Zusammenspielen bringen kann. Darauf erhebe ich meinen Becher«, sagte Louis. »Prost. Auf Pu, den Regiebären. Wir haben ein verschiedenes Einmaleins!«

Otto nickte traurig. Er nahm sich noch eine Bratwurst und schlang sie, ohne zu beißen, hinunter, dann wischte er sich den Mund. »Der größte Teil ist animalisch.«

»Pu?«, wiederholte Gerd. »Schwierig. Unser Meister heißt nicht Pu.«

»Leider. Leider nicht!«, maulte Otto.

»Was ist los mit dir?«, flüsterte Charlotte Louis ins Ohr.

»Wie? Was? Ja, habe ich doch längst erzählt, was los ist mit mir. Seltsame Frage. Was ist los mit dir? Jemand hat heute Feuer gelegt an mir. Ja! Bist du nun engagiert worden, oder bist du es nicht, in das Ensemble der Brillanten?« Louis sah Charlotte an.

Der Schifferklavierspieler spielte ein französisches Chanson. Louis lachte schon wieder oder immer noch und wischte sich die Tränen aus den Augen.

Gerd hatte sich ganz nah zu Charlotte gesetzt. Er küsste sie und sagte: »Du bist so herrlich, mach dir nichts daraus. Du bist so herrlich.«

»Vielleicht«, sagte Charlotte müde. Sie schob Gerd von sich weg, aber Gerd rutschte schamlos in ihren Duft zurück.

»Begehrt ist wichtiger als begabt sein«, sagte Otto in Richtung Charlotte. Dann nahm er sich Louis' letzte Bratwurst, aß sie und entschuldigte sich bei ihm.

»Wir würzen das fette Leben der West-Berliner mit scharfen Debatten«, sagte Peter. »Einmal zum Beispiel haben wir nach einer Vorstellung von unserem Publikum zweihundertvierundfünfzig Mark gesammelt für ein Fahrrad für den Vietcong. Mit der Schaubühne am Halleschen Ufer, glaubten wir, gewinnt der Vietcong die Schlacht um

Höhe 901 im Dschungel!« Er fing an zu lachen, hustete, lachte. »Die Theaterkritiker loben alles, was rot und gegen Amerika ist, und sie verreißen alles, was antikommunistisch ist. Also warum gehen wir nicht gleich alle rüber in die DDR, wo wir Künstler doch so für die Kommunisten sind? Ich persönlich«, kicherte Peter, »ich persönlich bin antikommunistisch eingestellt, ich habe mit dem Kommunismus keine gute Bekanntschaft geschlossen, die wollten mich nicht Schauspieler werden lassen. Lehrer. Einen Lehrer wollten die Kommunisten aus mir machen, Dorfschullehrer. Ich? Ja. Ich halte ja schon meine Schnauze, ihr Arschlöcher!« Er verschluckte sich, trank den verrückten Hustenreiz mit Bier hinunter und spuckte alles in einer Fontäne über den Tisch aus. »Ich habe die Firma ruiniert«, lachte er.

Und mit einem Schlag stieg die Stimmung, reckten sich die Glieder, Lack und Claque, das Schifferklavier kam aus Jugoslawien, noch einmal das französische Chanson, noch einmal: *Marie*. Louis steckte dem Musiker einen frischen Geldschein unter den Hut. Der Blumenmann kam und rief: »Frische Rosen. Ein Jahr Garantie!« Frauen. Dichter. Regisseure. Die Gaukler, die Schauspieler, Journalisten: Das ganze Lokal kroch an Gertis beruhigenden Busen.

Der alte Barmusiker mit dem roten Einstecktüchlein aus der Eden Bar schaute vorbei, spendierte der lärmenden Blase noch zwei weitere Runden. Zigarren dampften. Die Bande pfiff auf den nächsten Morgen. Bei dieser nächtlichen Leberwurst, dieser von Musik und Gelächter gewürzten Sause, zu der Otto den philosophischen Kern, Louis die laute Verzweiflung, Peter den Sarkasmus, Charlotte das Melodrama, Gerd den Trieb, das Schifferklavier die Melodien beisteuerte, mit einem Jahr Garantie auf die Rosen, hier wollte keiner fehlen.

West-Berlin: Insel im Himmel hinter der Mauer. Stasi und Realismus, Bitterfeld und Günter Edmund. Auf dieser Seite der Mauer war langer Feiertag. Peter Alexander und Peter Steinmann. Für jede Kirche eine Dämmerung.

Charlotte war nicht engagiert worden an die Schaubühne.

»Wir sind alle Dreck!«, sagte der Barmusiker mit dem roten Einstecktüchlein. »Vor Goethe sind wir alle Dreck!«

»Begehrt ist immer noch besser als begabt«, beharrte Otto.

»Morgen«, sagte Charlotte zu Louis, »morgen ziehe ich mich hübsch an für dich, Louis, und dann gehe ich mit dir zum Standesamt, dann bestellen wir das Aufgebot, du und ich. Charlotte und Louis Mayer. Wo deine Stücke jetzt an den Theatern gespielt werden. Ist das keine gute Idee?«, sagte Charlotte.

Gerd amüsierte sich mit Charlottes schönen Beinen.

»Freue mich gewaltig«, sagte Louis, zog ein Clownsgesicht, die ganze Tafel bog sich vor Lachen. So eine Verzweiflungsfratze hatten sie selbst von ihrem besten Komiker noch nicht gesehen.

»Was ist?«, rief Charlotte. »Willst du mich nicht mehr heiraten? Bitte, Louis, eine zweite Enttäuschung ertrage ich heute nicht.«

Der ganze Tisch grölte und sang und schunkelte zum Schifferklavier, das *Marie, Marie! Komm, führ mich heim!* spielte.

»Nein«, sagte Louis leise und goss sich Wein nach. »Nicht mehr. Du bist meine Traumfrau gewesen, aber jetzt bist du es nicht mehr.«

Charlotte war fassungslos, sie bestellte Averna. »Averna Siciliano. Auf Eis, auf ganz viel Eis!«, rief sie über die Tafel dem Kellner hinterher.

Sie schmiegte sich eng an Louis. »Ich dachte«, sagte sie leise, »du wartest auf mich. Blödmann. Ich dachte, du wenigstens bist mir sicher! Wer tröstet denn nun meinen Kummer?«

Der Kellner brachte den Averna. Charlotte fischte einen Eiswürfel aus dem Glas, schluckte die Enttäuschung mit dem zwischen ihren schönen Zähnen zerkrachenden Eisbrocken hinunter.

Wieder Musik. Wieder Zigarren. Noch ein Rosenhändler kam an den Tisch. »Rosen mit Frischegarantie auf ein Jahr!«, rief er.

»Danke. Wir müssen noch fahren«, wehrte ihn Otto ab.

»Ich habe es doch gespürt«, sagte Charlotte in die tobende Runde, aber keiner interessierte sich für sie. »Ich hab es gespürt. Nora! Die! Die magst du jetzt lieber als mich?«, rief sie. »Weißt du, worauf du dich bei der einlässt? Weißt du das?! Sie ist ihrem Dichter Robert Papst restlos verfallen, hoffnungslos. Was willst du von der Frau? Sie hat schon einen Dichter. Warte!«, rief sie und ließ Louis nicht zu Wort kommen, presste ihm eine Hand auf den Mund. »Lass die Finger von der. Hör gut zu. Sie ist schwanger. Hörst du? Nora ist schwanger! Ich weiß auch, von wem sie es ist. Willst du es wissen? Da. Dort sitzt er an der Bar, der Lieblingsschauspieler vom Schiller Theater, der da, der an der Bar.« Endlich beruhigte sie sich.

Louis Mayer stand auf und zahlte. Dabei warf er einen neugierigen Blick auf den Lieblingsschauspieler. »Typ grüblerischer Realschullehrer«, dachte Louis. Er rief laut und gut gelaunt drei Mal in die Gaukler-Runde: »Gute Nacht! Gute Nacht! Gute Nacht!« Dann ging er.

Trat hinaus auf die Straße. Charlotte kam ihm nachgelaufen.

»Entschuldige. Entschuldige! Louis?«, rief sie.

»Mach dir keine Sorgen, alles wird gut«, sagte Louis.

»Sag es mir offen. Liebst du sie wirklich?«

Mayer nickte. Charlotte fasste nach seiner Hand. Sie hielt sie eine Weile, dann ließ sie sie los.

»Egal«, hauchte sie. »Wir bleiben Freunde.«

»Gewiss.«

In die aufgerissene Gasthaustür war der Lieblingsschauspieler getreten, rief Charlottes Namen mit fünffach gerolltem R.

»Charrrrrlotte!«

»Ist der Kerl etwa jetzt hinter dir her?«

Charlotte schüttelte den Kopf. »Vielleicht war es auch ein Nicken«, dachte Louis. Er mochte sich nicht festlegen. Er wollte nach Hause.

Feiner Nebel hing am Ende der Grolmannstraße über dem Savignyplatz. Louis liebte diese Stimmung zwischen Nacht und Tag, die nach fauligem Laub roch und wie von Georg Trakl gedichtet schien.

91

Die Arbeit mit Nora an seinem Theatertext war intensiv, sie machte Louis großes Vergnügen. Nora war gut vorbereitet. Sie wusste mehr als er über die Welt, die er in seinem Stück entwarf.

Am dritten Abend kam sie zu ihm in die Windscheidstraße. Louis trug eine enge Lederhose und Cowboyboots. Weißes Hemd. Er hatte für Nora im Treppenhaus zu seiner Wohnung hinauf einen Teppich ausgerollt. Nora traute ihren Augen nicht.

Als die Tür zu war, gab Louis Nora einen Kuss. Es war der erste Kuss zwischen ihnen. Er umarmte sie und küsste sie einfach auf den Mund. Sie erzählte ihm, dass sie im dritten Monat schwanger war. Er freute sich, und das freute Nora.

Sie sah sich in seiner Wohnung um. Wenige Platten. Rachmaninow. Puccini. Mahler. Er legte für sie *Muss i denn, muss i denn zum Städele hinaus* auf, von Elvis gesungen. Das gefiel Nora, sie blieb bei Elvis: *I need your love tonight.* Louis brauchte eine Weile, bis er die Anspielung verstanden hatte. Er hatte Angst, mit ihr zu schlafen. Er wollte das Kind in ihrem Bauch nicht erschrecken. Nora nahm ihm die Angst. Ganz leicht.

92

Die schönsten Lieder sind traurige Lieder. Louis hörte das kleine Kind reden in Noras Bauch, und er hörte auch, wie Nora es mit einem Zigeunerlied in den Schlaf sang.

Sein Leben? Sie fragte ihn, er lachte. Er musste sich entscheiden. Er hatte Angst, dass er der Herausforderung einer kleinen Familie nicht gewachsen sein könnte. Tag und Nacht, hin und her. Vater oder Clown? So ging er herum, gewöhnte sich an den Gedanken, nicht länger alleine und ungebunden, ohne Verantwortung zu leben.

Auf den Ufersteinen saßen zarte Schwalben – Louis wollte eine von diesen zarten Schwalben retten. Nora war schwanger, er wollte ihr Kind in die Welt begleiten. Er wollte Vater werden.

93

Nora und Louis heirateten in Hamburg. Fast wäre im Standesamt das Geheimnis herausgekommen, das Louis um seinen Namen machte.

»Wie? Du heißt gar nicht Louis Mayer?«, fragte ihn Nora.

»Nun«, sagte er.

»Wie heißt du wirklich?«

»Louis Mayer! Ich bin ein eingetragenes Pseudonym, ich möchte nicht gerne die Wirklichkeit über meine Erfindungen stellen«, erklärte er.

»Aber warum Mayer? Und Louis? Das passt nicht zu dir.«

»Passt vielleicht Dietrich Gülpen zu mir?«, rief Louis und warf dem Standesbeamten, der gar nichts dafür konnte, einen bitterbösen Blick zu.

Die drei Trauzeugen, zwei zuversichtlich dreinblickende italienische Gastwirte vom Kiez, Francesco und Paulino, dazu Elisabeth, eine Freundin Noras, reagierten auf die kleine Namensverwirrung erheitert. Auf St. Pauli, im Cuneo in der Davidstraße, im ältesten italienischen Hafengasthaus von Hamburg, feierte Louis eine wilde Hochzeit. Alle kamen und waren gleich betrunken. Es wurde getanzt, und Caruso, ein arbeitsloser italienischer Bariton und Trickbetrüger, rasierte die Gäste und sang dazu die schönsten Arien aus dem *Barbier von Sevilla.* Horst Hütte, auch Zucchini genannt, der Großmarkt-Boss, fiel eine Minute nach Mitternacht vom Barhocker.

Danach machte Louis mit Nora drei Nächte lang Flitterwochen auf der Reeperbahn. Er zeigte ihr sämtliche Etablissements des Lasters, geheime Spielhöllen. Sie gewann sogar einmal fünfhundert Mark beim Black Jack. Frühstück am Hafenrand bei Fick. Mettwurstbrötchen, die Nora schrecklich fand. Ingeborg mit ihrer singenden Säge lief zur absoluten Bestform auf – und das in aller Herrgottsfrühe. Louis war von Ingeborgs Jammertönen und ihrer dramatischen Vergangenheit als Zirkuskind zu Tränen gerührt. Frische Überraschungen gab es für Nora bei Schrumpfkopf-Harry. Oben, Ecke Davidstraße. Über Harry hatte Louis ein unveröffentlichtes Theaterstück geschrieben. Titel: *Leben Sie wohl. Flitternächte auf St. Pauli.* Das letzte Hemd hat leider keine Taschen.

Überall, wo Mayer auftauchte, hieß es nach einem Blick auf Nora: »Mensch, Louis, das ist deine Frau? Au Backe, du Armer. Die ist ja so lütt. Die musst du mal tüchtig begießen.«

Nach der Sache mit seinem Namen wollte ihm Nora auch nicht länger glauben, dass er eigentlich gelernter Obst- und Blumengroßhändler war. Daraufhin verriet Louis ihr das Bananen-Geheimnis.

»Was ist denn das Bananen-Geheimnis?«

Er beugte sich an ihr Ohr und flüsterte: »Bananen gelb mit Pünktchen braun, das ist, wonach Bananenkenner schaun!« Nora lachte. Nichts liebte Louis mehr als Noras Lachen.

Dann musste sie zurück nach München. Die Proben zu Louis' Theaterstück begannen. Charlotte spielte die Hauptrolle. Eine Frau, die sich in einen Provinzpolitiker mit Doppelleben verliebt. Ideale Besetzung. Titel des Stückes: *Entscheidungen des Augenblicks.*

Die Premiere war ein Riesenskandal. Während der Vorstellung musste wegen lauter Protestrufe aus dem Publikum sogar der Vorhang fallen. Tumult brach los. Wildfremde Menschen fielen streitend übereinander her. Der Chefdramaturg des Theaters glättete die Wogen mit dem Hinweis, dass der Autor alles so erfunden habe, wie er es in der Wirklichkeit gefunden hätte.

Louis Mayer erntete Buh und Bravo für sein Stück: »Dieser Autor ist eine Beleidigung für jeden Schöngeist!« – »Hände weg von diesem Nicht-Dichter!« – »Ladenschwengel schreibt Skandal-Stück!« – »Ein Dichter!«

Charlottes Vater, der Heimatdichter Nikolaus Schuhmacher, kam zu ihm, schüttelte Louis lange die Hand. »Louis? Ich finde, Sie haben richtig gedichtet.«

Nora wurde als die Entdeckerin eines aufregenden Skandal-Autors besonders gelobt.

Plötzlich tauchte auf der Premierenfeier der Lieblingsschauspieler auf, an der Seite der gefeierten Charlotte Schuhmacher.

Louis konnte nicht von ihm wegsehen. Er verabscheute ihn, und zugleich war er von seinem Auftreten fasziniert. Nie zuvor hatte er einen solchen zwischen Zahnschmerz, Terminverschiebung und Durchfall verknoteten Menschen gesehen. Dieser Lieblingsschauspieler verbog sich bühnenreif inmitten des lärmenden, trinkenden, streitenden, besserwissenden, nach dem wahren Radikaltheater Ausschau haltenden Premierentrubels.

Nora sah das frische Liebespaar. Sie wollte auf der Stelle mit Louis von der Feier flüchten. Es war schon zu spät, Charlotte verstellte beiden mit trunken boshafter Geschmeidigkeit den Ausgang.

»Ja, das würde euch so passen. Der gefeierte Autor am Arm seiner Entdeckerin. Nora, ihr müsst euch doch wenigstens Hallo sagen. Er hat mir versprochen, dass er zu seinem Kind Ja sagt. Gell? Jetzt sag schon was!« Sie zog den Lieblingsschauspieler an den müde in den Nacken fallenden blonden Haaren.

»Na klar, Charlotte!«, sagte er. »Na klar sag ich Ja zu dem Kind. Eine tragikomische Katastrophe beschert der Welt womöglich einen Engel!« Er wandte sich an Louis, bemühte sich um einen ernsten Theaterton »Ein tolles Stück haben Sie geschrieben. Solche Stücke brauchen wir. Ich würde die Rolle gerne spielen, ich wäre doch als Provinzpolitiker mit Doppelleben ideal? Meinst du nicht, Charlotte? In der Rolle steckt eine Menge von mir drin. Wirklich toll geschrieben. Na, vielleicht spielen wir Ihr Stück ja auch bei uns in Berlin.« Er beugte sich zu Nora. »Wie geht es dir? Erfindet das Leben nicht die schönsten Geschichten? Schau doch nur, wie gut sich alles gefügt hat. Ich bin aus meiner Hölle heraus mit der Isländerin, sie ist jetzt mit einem Schiffskapitän zusammen, du hast einen Dichter. Warum nicht gleich? Lauter glückliche Paare.«

»Ich glaube, mir wird schlecht«, lächelte Nora. Sie nahm Louis an die Hand: »Wenn du noch bleiben willst? Ich muss gehen.«

Sie liefen stadtauswärts. Über die Isar zum Friedensengel hinauf. Als sie auf der Prinzregentenstraße bei Feinkost Käfer vorbeikamen, blieb Louis stehen. »Hier habe ich zwei Jahre gearbeitet. Dort gegenüber, im Prinzregentenbad, habe ich im Sommer in den Mittagspausen Dostojewski gelesen. *Schuld und Sühne. Die Brüder Karamasow.* Immer zu spät aus der Mittagspause zurückgekommen.«

Nora sah ungläubig an der strahlend beleuchteten Fassade des Feinkosttempels hinauf. »Wie war es dort für dich?«

»Die Bügelfaltenhosen haben gekratzt. Aber zu meiner Zeit war ich praktisch der beste Verkäufer. Ich habe immer alles so anregend beschreiben können, die Leute haben bei mir doppelt so viel gekauft, als sie essen konnten. Der Helmut Käfer wollte mich nicht ziehen lassen. Zum Theater? Sind Sie wahnsinnig? Hier können Sie etwas werden, gutes Geld verdienen. Nicht am Theater.«

Louis lachte. »Siehst du das große Schaufenster? Als der Umbau fertig und die neuen großen Schaufenster eingebaut waren, wurde jemand gesucht, der die Dekoration machte. Ich war neu, hab mir von vorneherein alles zugetraut. Also habe ich mich gleich um die Dekoration beworben. Ich hatte die geniale Idee, das nach Süden gehende Schaufenster mit Frischkäse zu dekorieren. Das hat mir Spaß gemacht. Die teuersten französischen und italienischen Käse. Als ich fertig war, kam die Sonne herum. Südseite! Und über den Schaufenstern noch kein Sonnenschutz! Meine herrliche Käsedekoration floss dahin. Das hat mein Ansehen bei Käfer für lange Zeit untergraben.«

Sie liefen weiter zur Trogerstraße hinauf.

»Warst du immer am Theater?«, fragte Louis Nora.

»Ich habe in Ost-Berlin in der Fabrik gearbeitet. Ich habe Pillendöschen zugekapselt, siebzigtausend Stück pro Schicht. Meine Daumen waren davon blutig.«

»Und der Lieblingsschauspieler? War er wirklich dein Liebling?«

»Ja, ich hatte mich in ihn verliebt. Er hat mich interessiert, ich empfand seine Verklemmungen bemerkenswert. Ausgefallen. Ungewöhnlich. Unerklärliches Phänomen, dieses große Interesse an ihm. Weil ich gar nicht weiß, wieso ein Mensch verklemmt sein kann. Das hat mich berührt. Der Erforschung dieser Frage verdanke ich das Kind in meinem Bauch.«

Als sie in Noras Zimmer angekommen waren, sich ausgezogen, ins Bett gelegt hatten, stand Nora noch einmal auf, nahm die Gitarre, die sie überallhin begleitete. Nackt setzte sie sich auf einen Sessel, spielte eine stille wehmütige Melodie. *Lume, lume.*

Louis musste weinen.

»Warum weinst du?«

»Ich weine, weil ich noch nie so etwas Schönes gehört habe.«

Nora lachte über seine Tränen – und sah dabei glücklich aus und wunderschön. Louis gab sich die größte Mühe, Noras dunkle Augen zum Leuchten zu bringen. Er verwöhnte sie mit seinen Einfällen und mit einer Menge kleiner Geschenke.

»Ich möchte für dich der beste Dramatiker sein, ich möchte für dich Millionär werden und mit dir in ein Loft ziehen nach New York.«

Sie hielt ihm den Mund zu. Er hatte ihren Traum erraten: New York.

94

Ein paar Wochen später kündigte Nora am Theater in München und ging mit Louis zurück nach Berlin. Louis war ihre ganze Leidenschaft. Trotzdem zog sie nicht zu ihm in die kleine Wohnung über dem Kino.

Das beschäftigte ihn.

Seine Frau zog, was er nicht verstand, in die Wohnung von Robert und Sophie. Sie erklärte ihm, dass sie dort ihre vertraute Umgebung hatte, ihr großes Zimmer, und vor allem Pola. Das Kind, das sie erwartete, würde nicht alleine aufwachsen, Pola könnte eine Schwester sein.

Außerdem, argumentierte sie ganz logisch, sei seine Wohnung für drei Menschen viel zu klein. »Eine Dichterwohnung ist das, keine Wohnung für eine kleine Familie.«

Louis bemühte sich, mit der ungewöhnlichen Situation vertraut zu werden, bis er nach und nach und schließlich ganz und gar zu der künstlerischen Großfamilie gehörte, in die er, ohne es zu wollen, hineingeraten war.

Zum Schreiben ging er in seine Bude und kam abends zum Familienleben in die Wielandstraße.

Hier wartete Nora auf ihn, fand er Liebe, Wärme und Geborgenheit, aber es gab auch endlose Diskussionen mit Robert und Sophie, ausufernden Streit über das Theater, ungeheuerliche Skatnächte, hier wurden Interviews gegeben und neue Filme erfunden – der ganze Wahnsinn entfaltete sich in der Wielandstraße.

Die beiden Schriftsteller bestätigten sich gegenseitig, und sie stritten sich bis zum Einsatz ihrer Fäuste. Robert lobte Louis' erstes, in München erfolgreich uraufgeführtes Stück und verhöhnte seine kitschigen Neigungen.

Es ging ganz schnell: Louis wurde von einem Einzelgänger zu einem Teil der von ihm so genannten »Firma«, wo alle für Robert Papst arbeiteten. Sophie trat in Roberts Stücken auf, Nora lektorierte und redigierte seine Texte, selbst die kleine Pola spielte in Roberts Filmen mit. Louis lieferte bereits Dialoge und Geschichten aus dem Leben.

Sie tauschten ihre Ideen aus zu neuen Theaterstücken, entwarfen Filmskizzen oder verloren sich in endlosen Kneipengesprächen über Deutschland. Wenn Louis rief: »Ich liebe Deutschland!«, hielt Robert dagegen: »Ich liebe Deutschland auch!«

Besäufnisse mit Schnaps und mit Worten.

Die Tage an seinem Schreibtisch in der Wohnung über dem Kino waren für Louis wie Oasen in dem verrückten Tohuwabohu in der Wielandstraße.

Eine große Illustrierte bot Robert an, in Los Angeles über Charles Bukowski, den »Outsider des Jahres«, zu schreiben. Robert befand sich in einem Zustand der Besinnungslosigkeit. Er empfand in Amerika alles größer als seine Gedanken. Vor einer zweiten Reise dorthin fürchtete er sich. Er wusste, dass er eigentlich in Amerika hätte leben sollen. Aber er kam nicht los von Deutschland, kam nicht los von seinem Vater und Land.

Eines Tages hieß es, der Erzählungsband *Jugend stellt die Toten* wird verfilmt, Louis wurde mit der Hauptrolle besetzt. Er spielte nun die Figur, die in der Erzählung Robert Papst darstellte.

Gleichzeitig arbeitete Louis mit Robert an der Idee zu einem weiteren Film mit dem Titel *Halma,* in dem Louis einen westdeutschen Dramatiker spielen sollte, der seine ungespielten Stücke bei den Berliner Theatern unterzubringen versucht.

»Ein Riss muss her, der quer durch eure Dramaturgie geht, quer durch eure Gesellschaft«, lautete das Credo dieser gemeinsam entworfenen Figur. Es war auch ihr dramaturgisches Postulat im Kampf gegen das alte Theater.

Tage- und nächtelang saßen Robert und Louis zusammen und zerbrachen sich die Köpfe über die Story des neuen Films.

Während der Dreharbeiten, die hastig im eiskalten, verschneiten Berliner Winter stattfanden, stritt sich Robert mit Louis darüber, wie dieser, selbst ein Dichter, als Schauspieler nun den Dichter darstellen sollte. Der Unterschied zwischen Spielen und Verkörpern. Im Irrgarten von fiktiver und wirklicher Wirklichkeit lauerten die Abgründe, streunten die bissigen Hunde, die Louis Mayer und Robert Papst jagten.

Louis schrieb daraufhin seinen eigenen Film, in dem Robert Papst ihn, Louis als Blumenhändler auf dem Großmarkt, darstellen sollte. Robert konnte seinen Text nicht behalten. Der Regisseur des Films jagte Robert nach zwei vergeblichen Tagen vom Set. Er wurde umbesetzt.

Robert zitierte Kafka. »Aber durch alle Arbeit erlangt man noch keinen Anspruch darauf, von allen mit Liebe behandelt zu werden, vielmehr ist man allein, gänzlich fremd und nur Gegenstand der Neugierde.«

Schließlich wollte Louis nicht mehr länger Teil der »Firma« sein. Das Netz aus Familie und Arbeit, Liebe und Freundschaft war in den zurückliegenden Monaten immer dichter geworden – aus dieser Konstellation würde er mit Nora, als er darüber nachdachte, nicht leicht herauskommen.

Erst musste Nora ihr Kind bekommen.

95

Robert nahm die Bierflasche, die vor ihm stand, führte sie zum Mund, setzte sie aber gleich wieder ab. »Shakespeares Talent war größer als seine Erkenntnis über sein Talent, deshalb ist er ja so gut, deshalb ist er so unlogisch und so ungeheuer gut, weil er sich nie Gedanken darüber gemacht hat, wie gut er was schreibt. Er war einfach der Knecht seines Talentes. Der Knecht seines Talentes, das ist es. Hier gibt es so viele Autoren, die die ganze Zeit schreiben: ›Seht doch nur, seht doch her, wie gut ich das wieder schreibe und das.‹ Der beste Autor ist der, der nicht weiß, wie gut das ist, was er schreibt. Du bist ein solcher, in meinen Augen bist du einer, der nicht weiß, wie gut er ist, und das ist für mich ein guter Schriftsteller!« Mit dieser Fanfare des Lobs schlug Robert auf die verfleckten, zerknickten, auseinanderfliegenden Manuskriptseiten. Trank einen langen Schluck Bier. »Trinkst du ein Bier?«

»Nein«, sagte Louis. »Ich trinke zwei Bier!«

Zu Sophie sagte Robert: »Wenn sich Nora schon einen Typen nimmt, warum dann ausgerechnet meinen Doppelgänger?«

Nach Sophies Meinung war Louis Noras Rache dafür, dass Robert sie verlassen hatte.

»Du bist Noras Schnitt in das Auge, das ich auf Sophie geworfen habe«, sagte Robert zu Louis. »Die Schädelnerven sind die Werkhalle unserer zweiten Bewährungszeit. Wir leben zwischen Gefängnis und Ausschweifung, eingesperrt und ausgedacht.«

»Schriftsteller!«, sagte Sophie. Trank Bier. »Die haben es nötig, sich was auszudenken, Schauspielerinnen nicht, die kommen auch so an den Honig.«

Sophie wollte wissen, woran Louis arbeitete. »An meinem zweiten Theaterstück.«

»Wovon handelt es?«, fragte sie weiter.

»Vom Nachkrieg«, sagte Louis. »Zwischen Krankenhäusern, Kasernen, Hinterhöfen eine Landschaft, wo der Krieg seine Lumpen fortwirft und die Menschen einen Weg in den verlorenen Frieden suchen – ein großes Theaterstück über die Ankunft meiner Familie in der Fremde. Daran arbeite ich. Ein historisches Schauspiel, riesige Arbeit. Ich recherchiere, skizziere, entwerfe, verwerfe.«

Sophie versuchte während dieser Unterhaltung, eine in ihr Bierglas gestürzte und wieder herausgefischte nasse Zigarette anzuzünden.

»Und deine Eltern?«, fragte Sophie. »Wo leben die? Was machen die?« Sie gab den Versuch mit der Zigarette auf.

»Meine Eltern?« Louis sah Sophie, dann Robert an. »Meine Eltern? Mein Vater ist tot. Er winkt mir aus seinem Grab – sobald ich näher komme, fasst er nach mir. Das Theaterstück, an dem ich arbeite, erzählt seine Geschichte. Von Petersburg nach Breslau nach Bayern. Ankunft in der Fremde.«

Robert wollte nicht länger in der Küche sitzen. Umzug aus der Wohnung in Emils Bar. Noras Bruder hatte nach seiner Übersiedlung aus der DDR in Charlottenburg eine Bar eröffnet. Die Bar edition war rund um die Uhr auf und wurde schnell sehr beliebt bei den Westberliner Theaterkünstlern, bei Boxern und bei Zuhältern. Emil gefiel sich in der Rolle des Kiez-Bosses.

Themawechsel. Robert fing an, über Hamlet zu sprechen.

»Was willst du mit Hamlet?«, fragte Louis und trank noch einen Whisky.

»Mit Hamlet fängt es doch überhaupt an. In New York hatte ich einen kurzen großen Auftritt. Da riss ich Witze, saß in der Lenox Bar wie ein Schaf, das darauf wartete, in die Schlachtstraße gezerrt zu werden. Ich saß vor meinem zerbrochenen Spiegelbild und sah mich selbst doppelt und dreifach an vielen Fleischerhaken hängen. Fell war schon ab. Roh, rot, jedes Gedicht ein Elektroschlag, und dabei dachte ich: ›Diskretion ist überhaupt das Unmoralischste‹, und was tue ich? Hinter dem Getöse meiner Interviews? Hinter dem Getöse meiner großen Fanfaren? ›Die Leute redeten über ihre Angelegenheiten‹, sagte ich, ›das war die Revolution, dass sie über ihre Angelegenheiten sprachen.‹ Ich vergesellschafte mein unglückliches Bewusstsein! Was tue ich? Was vergesellschafte ich? Meine Lyrik über Leute, die ich gar nicht kenne. Von mir schweige ich, von meiner Geschichte schweig ich, meine Geschichte verberge ich in Diskretion, in der Form, die ich für die unmoralischste überhaupt halte.«

Er sah Louis an. »Wie schreibst du dein Stück? Dieses Stück über die Ankunft deiner Familie in der Fremde? Dieses historische Schauspiel? Wie schreibst du das?«, fragte er. »Schreibst du dein Stück in einer herkömmlichen Dramaturgie?«

»Die Tür geht auf, eine Fremde kommt herein, fragt: ›Ist der Herd frei?‹ So schreibe ich das. Fünf Akte. Ankunft. Abwehr. Am Anfang der Hass auf die Fremden, am Ende die Hochzeit.«

96

Es war den ganzen Tag sehr kalt gewesen. Zur Nacht kündigte sich klirrender Frost an. In den Berliner Außenbezirken fiel Pulverschnee. Kahle Bäume. Die Raben in den Baumkronen schissen im Schlaf.

Oh, du vom Wind verwehtes Gespenst!

»Spiel du das Land, ich spiele seinen Sinn«, kritzelte Robert in der Bar auf einen Papierfetzen, den sich dann Louis einsteckte.

Robert betrank sich in Gesellschaft seines Spiegelbildes, das ihm Louis Mayer bot.

»Nimm mir den Schlaf, ich träum dir, was er meint.«

Als sie das edition verließen, saß ein alter Mann mit blutiger Stirn in der eisigen Kälte auf der Eingangsstufe. »Ich sitze hier mit dem Scherbenhaufen meiner Einfälle und den Gespenstern meiner Erinnerungen herum, gänzlich ohne Vertrauen in die eigene Kunst.«

Eine dürre Frau mit einem Eulengesicht und einem viel zu dünnen Kleidchen kümmerte sich um den Alten. Die Frau kannte Robert. Sie bat ihn, ihr zu helfen, den betrunkenen Alten in den Hinterraum der Bar zu schaffen. Wie eine Puppe stellte Robert den verwirrten Mann auf die Beine. Gemeinsam führten sie ihn durch die Bar nach hinten und setzten ihn aufs Sofa, dann ließ Robert die Frau mit dem Alten allein.

»Wer ist der Mann?«, fragte Louis.

»Ein Schriftsteller. Ein ziemlich guter sogar. *Schwierigkeiten mit der Dichtung* hat er geschrieben. Er war bis vor Kurzem mit der Frau zusammen, die bei ihm ist. Sie geht jetzt mit Emil. Er kümmert sich um den Alten, er lässt ihn in dem Büro hinter der Bar wohnen. Nein«, sagte Robert nach einer Pause. »So will ich nicht enden. Ich habe ein Talent dazu. Talent zur Verwahrlosung.«

»Wie willst du denn enden?«, fragte ihn Louis.

»Das überlasse ich dir«, sagte Robert. »So will ich enden, wie du dir mein Ende ausdenkst.«

»Gut«, sagte Louis.

»Wir machen es so«, sagte Robert. »Du setzt dich in meine Wohnung an meinen Schreibtisch und schreibst meine Geschichte, und ich setze mich in deine Wohnung und schreibe deine Geschichte.«

»Wie willst du mich aufschreiben?«, fragte Louis.

»Als Vermutung«, sagte Robert. »Ich will dich als Vermutung schreiben. Lauter Fragen. Ein Text aus lauter Fragen. Wann ging Louis Mayer nach Berlin? Wie lernte Louis Mayer Nora Meinl kennen? Wie ist es für Louis Mayer, mit einer Frau zusammen zu sein, die ein Kind von einem anderen erwartet? Wie lebt ein unbekannter Dramatiker mit einem prominenten Schriftsteller zusammen? Wie kam-Louis M. in meinen Schattengürtel? Nur Fragen. Wann hat er sich entschieden, Theaterstücke zu schreiben? Wann warst du wirklich verzweifelt?«

Die Stadt versank im Schnee. Sie mussten sich von der Knesebeck- zur Wielandstraße durch Schneeverwehungen durchkämpfen, wie im Hochgebirge. Als sie die Wohnung erreicht hatten, war Nora mit Pola in den Armen längst eingeschlafen. Sophie war zu Dreharbeiten nach Prag geflogen.

Robert setzte sich mit Louis an den Schreibtisch. Er schrieb Blätter mit Gedichtzeilen, Gedichtanfängen und Gedankenskizzen voll. Er wollte, dass Louis ihm dabei zusah. Er sagte: »Du musst wissen, ich stehe unter ungeheurer Anspannung. Die Besinnungslosigkeit dauert nun schon zwei Jahre. Ich brauche keine Ratschläge. Nora ist mir wichtiger, als du glaubst und als sie es selbst weiß. Ich muss wegfahren. Dieses Land holt mich immer wieder so schrecklich ein. Ich habe die

Geister selbst gerufen, aber bald sind sie mich los, ich muss wegfahren, wegfahren. Nach Amerika. Auf alle Fälle weg. Ich warte nur noch die Nachricht aus Cannes ab, wo wir meine Berliner Gangsterballade zum Wettbewerb eingereicht haben. Wenn mein Film zum Wettbewerb ausgewählt wird, dann ist das meine Antwort auf meine Niederlage in New York. Cannes oder Untergang.«

Die beiden saßen nebeneinander vor Roberts Schreibtisch.

»Die Sterne über meiner Zimmerdecke bieten mir keinen Trost«, sagte Robert.

Vor dem nächsten Whisky flüchteten sie ins Bett, wo die Angst Robert die Augen zudrückte und Louis neben Nora lange wach lag.

Einige Tage später kaufte sich Louis die Westberliner Zeitungen, setzte sich damit ins Aschinger. Er las das Interview mit Robert zu dessen neuem Buch. Der Band versammelte Erzählungen und Entwürfe, Essays und Aufzeichnungen aus der Zeit im Gefängnis und in der Kadettenanstalt. Nora hatte intensiv an diesem Buch mitgearbeitet. Louis aß eine Suppe, während er las: »Louis Mayer ist ein ungeheuer begabter, immens politischer und trotzdem auch ein widersprüchlicher poetischer Dramatiker, der in seinem ersten Stück erreicht hat, was andere westdeutsche Dramatiker auch nach ihrem achten Stück nicht erreicht haben.« Louis zitterte. Las weiter. »Dieser Louis Mayer trägt die westdeutsche Kultur wie eine Wunde, und er zeigt sie uns auch. Während andere Dichter ihre Innerlichkeiten und Befindlichkeiten, ihre lächerlichen Beziehungsproblemchen vor dem Publikum ausbreiten, flüstert Mayer nicht, Mayer brüllt. Mayer entfaltet sein Drama auf den Straßen und nicht auf dem Wohnzimmerteppich. Mayers Brüllen hat Poesie!« Und dann stand da noch: »Louis Mayer ist ein Angebot für einen Dialog – sicher wird am Ende keiner dieses Angebot annehmen.«

Louis vermutete sofort böse Absicht hinter dem Interview: Vernichtung durch Lob. Weil Robert ihn so ausdrücklich lobte als Dramatiker, ihn, den jüngeren, unbekannten Autor, fühlte sich Louis von Robert lächerlich gemacht. Was wollte Robert damit erreichen? War es die Vorbereitung auf den Zweikampf? Hatte Robert nicht gesagt: »Engel, und ich bin keiner.« Indem er sagte: »Vorbereitung auf den Zweikampf.« Meinte er den Zweikampf um Nora?

Louis musste sich eine Zigarette anzünden. Nach diesen Zeitungsworten hatte er einen erhöhten Puls. Robert, das stand für Louis nach diesem Interview fest, Robert empfand ihn als Eindringling und Konkurrenten, den er bekämpfte – mit zu viel Lob. Robert wollte sich mit Louis interessant machen. Wenn er schon einen solchen großen Anfangserfolg hatte mit seinem ersten Theaterstück, dann sollte Louis in der Öffentlichkeit wenigstens als Roberts literarischer Zögling dastehen, vermutete Louis, so wie Robert Papst in der DDR einst Günter Edmunds literarischer Zögling gewesen war. Robert baute Louis mit lobenden Worten einen Thron, eine Kathedrale. Eine Kathedrale, die beim nächsten Windwechsel der Moden über Mayer zusammenstürzen sollte. Louis musste Robert für alle Zeiten verbieten, solche Lobeshymnen auf ihn anzustimmen.

»Und du bleibst dabei? Dass ich kein lobendes Wort mehr über dich öffentlich sagen darf?«, fragte Robert Louis mit einem komischen Lächeln.

»Ja«, sagte Louis. »Ich bleibe dabei. Kein lobendes Wort mehr über mich. Nie mehr.«

»Das wollen wir beherzigen«, sagte Robert.

Louis verzog sich in seine Bude über dem Kino. Es war schon nach vier Uhr am Morgen, als er in sein kaltes Bett neben dem Schreibtisch kroch, das Licht ausknipste, eine Fratze schnitt und mit offenen Augen auf den Schlaf wartete. Lange lag er wach. Die Arme unterm Kopf verschränkt. Im finsteren Hof eine Stimme. Vielleicht hätte er einschlafen können, wäre da nicht das Bild Roberts gewesen, das über ihm an der Decke schwebte und aus skeptischen Augen auf ihn herunterblickte.

Er dachte an Nora, aber er sah Robert.

97

Ein Montag im Februar. Louis fuhr mit Nora zum Wannsee hinaus. Spaziergang übers Eis.

Auf dem Weg zum See, die frühe Dämmerung wischte von Osten her mit schwarzvioletten und eisgrauen Streifen und Wolkenbänken über das kahle Baumgeäst. Raschelnd strich es vor dem Abendwind durchs verschneite Gehölz, da erfüllte sich für Nora ein Traum. Dufflecoat über dem roten Pullover. Schwarz-rot. Mein Schwarz-Rot hatte James sie genannt. Schwarz-rot, Stiefel an den Füßen, schwarze Sonnenbrille, Handschuhe, den bunten Perlenschal der Mutter um den Hals geschlungen, so ging sie an Louis' Arm über das Eis. In langer Diagonale gingen sie, der trockene Schnee knirschte unter ihren Schritten, das Eis knackte.

Nora sah Louis an. »Was für ein Glück, dass ich dich gefunden habe.«

Er zuckte mit den Achseln. »Warum bist du mit mir zusammen?«

»Weil du mir gefällst.«

Er küsste sie. Ihr runder Bauch unter dem Mantel sah fast unnatürlich, wie umgebunden aus.

Auf einmal rief sie: »Aua!«

Nora fasste nach einer Hand von Louis, legte sie auf ihren Bauch.

»Spürst du das?«, fragte sie.

In Louis' Handfläche drückten sich wilde Stöße ein, Tritte, kleine Boxhiebe, winzig, aber gezielt.

Bis es ganz dunkel wurde, trieben sie sich auf dem gefrorenen See herum.

Sie fuhren durch den schwarzen Grunewald zurück in die Stadt, als im Autoradio vom Sender Freies Berlin eine Nachricht kam, die Nora und Louis in helle Aufregung versetzte. »Berlin am Abend! Der radikale Außenseiter, das Multitalent Robert Papst, ist mit seinem Filmdebüt, einer Verbrecherballade über die Berliner Wolfsohn-Bande, zu den Festspielen nach Cannes eingeladen!«

Nora und Louis bogen in die Wielandstraße ein. Sämtliche Wohnungsfenster zur Straße waren hell erleuchtet. Vor dem Haus stand ein Übertragungswagen vom Berliner Fernsehen. Nora strahlte und schwebte vor Louis die zwei Treppen hinauf. Vor der Wohnungstür wandte sie sich Louis zu und zog ihn eng und glücklich an sich, bis ihre Lippen auf seinen lagen.

»Du sollst überhaupt nicht schlecht von Robert denken. Robert ist, wie er ist. Er kann sich in keinem Leben einrichten, zu allem stellt er sich in Widerspruch. Er nimmt keine Rücksicht, auf keinen. Nimm du auch keine, dann werdet ihr euch gut verstehen.«

»Ich habe nicht sein Talent zur Rücksichtslosigkeit, die selbst vor seinem eigenen Leben nicht haltmacht. Doch ich will mich bemühen, mal sehen, wie weit ich's bringe.«

98

Alle lagen sich übermütig in den Armen. Alle strahlten. Champagner und Bier und Tränen der Freude. Blitzschnell hatte sich eine große Gesellschaft in der Charlottenburger Wohnung versammelt und tobte durch sämtliche Zimmer. Alle schienen von Roberts Erfolg wie betrunken, alle konnten nicht aufhören, Robert Papst und Sophie Kessler in den Himmel hochleben zu lassen. Lauter Film- und Theaterleute, Journalisten und Verlagsleute sorgten für Lärm und Bewegung.

Seit zehn Jahren war kein deutscher Film mehr im Wettbewerb an der Croisette gelaufen. Robert Papst hatte es mit seinem in beunruhigenden Schwarz-Weiß-Bildern fotografierten Berlin der Luftbrückenzeit nach Cannes geschafft. Im Mittelpunkt des Filmes: ein junger Gangster mit Babyface und ein arbeitsloser Berliner Henker.

Jetzt hatte Robert es sich und allen Neidern und Zweiflern bewiesen. Sein Film sollte die glamourösen Filmfestspiele in Cannes eröffnen!

Diese von einem ungeheuren Medienrummel begleitete Nominierung gab der Flucht aus New York vor seiner Geschichte, für die ihm der New Yorker Agent Josef Lanz zweihunderttausend geboten hatte, einen Sinn. Sie bedeutete für Robert die Bestätigung des eingeschlagenen Weges und Triumph über alle Selbstzweifel.

Jetzt stand ihm die Welt als Filmemacher und radikalem Außenseiter offen. War er bereits prominent, machte ihn diese Einladung im Eiltempo in Deutschland und im interessierten Europa wirklich berühmt. Jubel und Lorbeeren, noch ehe den Film ein Kritiker oder ein Zuschauer gesehen hatte. Für welch einen Taumel der Begeisterung würde da erst die Uraufführung im großen Kinosaal an der Croisette sorgen.

Schwarze Avantgarde. Politische Kunst. Das geheime Berlin. Geteilte Stadt. Luftbrücke. Festplatz des Unheimlichen. Das waren die Schlagwörter, um die alles kreiste. Nahtstelle der Ideologien. Treffpunkt von Hitler, Stalin, Ulbricht, Adenauer.

Interviews. Fototermine. Fernsehauftritte. Ein Taumel durch das Höllenfeuer der Eitelkeiten. Robert Papst war sehr groß. Bleich, wahnsinnig, von sich und seiner erfolgreichen Arbeit besessen, mussten sich die Leute in seiner Umgebung allen seinen Launen unterwerfen.

Die Zeitungen schrieben: »Dieser Künstler beherrscht die Klaviatur der neuen und der alten Medien. Seine Lyrik hat den Beat der Motorradfahrer vom Kurfürstendamm. Die freche Schnute einer Radiosprecherin. Das süße Grübchen einer Kuchenverkäuferin. Ost-Ton. West-Ton. Zart und gewaltig, schnell und später. Seine Theaterstücke schockieren. Seine Prosa ist knapp und reich zugleich. Seine Filmbilder öffnen Blicke in noch nie gesehene Berlinlandschaften, in Gesichter von Verbrechern und Huren.«

Er hatte es allen gezeigt: Kein Dissident, kein Feind der DDR schlug die Medien in den Bann – nein! Ein echter Künstler trat hier auf. Schockierend. Interessant. Kompromisslos. Einer, der die Westberliner Partys, die Restaurants, die Bars, die Talk-Shows beherrschte, mit einem wilden freien Denken, das durch die stickig-satte Wohlstandsluft der BRD wirbelte und alles Gewohnte, alles Geborgene aufmischte. Als hätten sie zwanzig Jahre nur auf ihn gewartet. Die Theater spielten seine Stücke, die Fernsehanstalten wetteiferten um die Verfilmungsrechte seiner Prosa.

Dann war es so weit. Mai an der Croisette. Großer Auftritt der Filmkünstler aus aller Welt. Robert Papst zwischen zwei schönen Frauen, zwischen Sophie Kessler und der schwarzen exotischen Schönheit aus Harlem, Mimi Walker! Dieses Bild auf dem roten Teppich unter den Palmen von Cannes ging um die Welt. Das war eine Sensation. Bildhübsch. Hochtalentiert – so hatte das Ausland Deutschland seit den zwanziger Jahren nicht mehr gesehen. Robert Papst, der Sohn deutschösterreichischer Eltern, die in der englischen Emigration in der Werkzeugabteilung des großen Flugzeugwerkes von London an der Great Western Road in Tag- und Nachtschichten an Flugzeugen für den Einsatz gegen Hitler mitgebaut hatten, dieser Junge hatte nun seinen glamourösen Auftritt in Frankreich, wo es am schicksten ist.

Der zerstörte, von seinem eigenen Zorn und Fanatismus gebrochene Vater saß derweil in seiner Wohnung in Karl-Marx-Stadt. Es roch nach gebratenem Speck, nach Zwiebeln und Spiegeleiern. Graubrot und Salzgurken gab es. Tee. Das Abendbrot stand auf dem Tisch. Max und sein Vater, gemeinsam mit der ewig übellaunigen Haushälterin, waren um den Tisch versammelt. Max hätte gern den Auftritt seines Bruders in Cannes im West-Fernsehen verfolgt. Der Alte verbot es ihm, in den Medien ging der Klassenfeind auf Raubzug.

James genoss die bunte Filmparty. Er lag mit seiner Freundin Jackie in Roberts alter Wohnung, Boxhagener Straße, auf dem zerwühlten Bett, verfolgte nackt und mit betrunkener Wollust das Festival-Eröffnungsspektakel am Mittelmeer. Außenklo. Fenster auf. West-Fernsehen. Das ist sein Bruder. Der dort. Auf dem roten Teppich. Er war stolz. Sein großer Bruder zeigte es den alten Zooinsassen. James brüllte aus dem Fenster: »Leute, glotzt West-Fernsehen. Schaut euch das an! Mein großer Bruder!! In Cannes!!«

Luftlinie keinen halben Kilometer von James entfernt, lag seine Mutter im Regierungskrankenhaus der DDR.

Gabriele Papst war auf einem Stuhl in das Ärztezimmer gerollt worden. Unter einem stillen Lächeln sah sie ihren Sohn Robert, wie er am Arm von zwei hübschen Frauen unter Palmen im silbrigen Abendlicht die Stufen zum Festspielkino hinaufschritt. Die Kamera zeigte ihn von oben. Ihr Sohn. Gerettet? Sie murmelte. Das Bild ihres Robert vor Augen. Mittelmeer. Cannes. »Heute erst habe ich verstanden, was mein Lehrer zu mir sagte. Ich saß mal bei ihm im Wagen, und wir kamen zu einer abschüssigen Stelle. Ängstlich schob ich meine Hand über den Türgriff und machte mich bereit herauszuspringen. Mein Lehrer fasste meine Hand. ›Ganz ruhig‹, sagte er, ›es wird dir nichts passieren.‹ Und wirklich. Wir kamen sicher über die gefährliche Stelle. Nach einer Weile, als wir fließend dahinfuhren und ich an nichts Schlimmes dachte, stürzte der Wagen in einen abschüssigen Graben, und ich fiel durch die Scheibe.«

Ihr Murmeln klang in den Ohren der Nachtschwester wie Husten. Diese wischte der todkranken Frau den Schleim aus den Mundwinkeln, rollte sie zurück in das Zimmer, in dem sie seit bald zwei Jahren lag.

Einsam, immer dem Tod nah.

Manchmal kam ein Besucher. Die Augenbrauen kamen ihr bekannt vor. Die Schwester sagte, es sei ihr Mann.

Ihn wollte sie nicht sehen. Robert wollte sie noch einmal sehen.

Eher ging sie nicht. Und wenn sie hundert Jahre warten musste. Eher nicht.

99

In der großen Marmorhalle des Carlton Hotels, an der Bar, eingekeilt zwischen Eiskübeln, weißen Lilien, nackten Frauenschultern, Schauspielern und Produzenten stand Robert Papst. Black tie. Sophie Kessler im burgunderroten Abendkleid. Mimi Walker in einer rauschenden weißen Robe von Dior. Halskette aus Saphiren und Diamanten. Alles geliehen und gut versichert. Der ganz große Auftritt. Um seine Armbanduhr gab es eine Diskussion. Auf Roberts Produzenten – weltgewandter baltischer Adel, extravagant, ehrgeizig, qualitätsbetont – wirkte sie regelrecht beleidigend.

»Robert!«, lächelte er aus fantastischer Adelshöhe, »Smoking ohne Armbanduhr. Bitte.«

Das hieß für Robert: »Smoking mit Armbanduhr!«-

Interviews! »Der Film ist meine Landschaft, der Film ist poetische Landschaft, der Film ist mein Instrument. Der Schreibtisch ist nun wie ein alter schwacher Freund, der mich nur noch verständnislos ansieht. Leb wohl, schwacher Freund: Treue zu Möbelstücken ist mir fremd. Irgendwann kehre ich zu dir zurück, Freund Schreibtisch, erschöpft zum letzten Gedicht. Mein Bedürfnis im nächsten Film geht dahin, alle Kontinuität aufzulösen, ein schwebendes Gebilde von Bildern, Gedanken, Begegnungen, Trennungen zu schaffen. Splitter des Gewesenen. Beschmutzte Ideale. Heilige. Blumen. Kinder, die Katzen quälen. Juden, die Täter sind und keine Opfer. Eine heutige Landschaft, wo Zukunft und Vergangenheit ohne Entfernung sind. Merkst du dir das alles?«, rief Robert über Lilien, Marmorstufen, Hirngespinste, Geschmeide, Rauchwolken, Bargeschrei in Richtung seines Produzenten. »Merkst du dir das alles? Hänschen von Distelhof?«

»Natürlich«, rief dieser zurück, »natürlich merke ich mir das alles, Robert. Robert. Komm mal her. Alles in allem ist Cannes für dich, für uns ein Riesenerfolg. Wir werden unseren nächsten Film ohne Probleme in Angriff nehmen können. Aber bitte, nimm die Armbanduhr ab!«

Brüllendes Gelächter, Prosit-Rufe, stählerne Liebenswürdigkeiten. Ein Hotelboy kam auf Robert Papst zugelaufen, mit frechem Gesichtsausdruck bat er den Gefeierten ans Telefon.

»Hier Regierungskrankenhaus der DDR. Station 3 A. Herr Papst?«

Robert brauchte eine Weile, bis er in dem Brausen, in der dröhnenden, scheppernden, lachenden, gläserklingenden, von Musik durchfluteten Hotelhalle die Stimme aus dem Telefon richtig verstand.

»Hören Sie mich?«, brüllte Robert in die Telefonmuschel. »Ich werde alles versuchen, um noch heute nach Berlin zu kommen.« Er beugte sich über den Telefonhörer. Aus seiner Nase tropfte Blut. Er sah es auf dem Telefonapparat. Er wischte das Blut in den Smokingärmel. »Hallo?«

Keine Antwort. Nur ein Knacken, ein Rascheln voller Echo, wie aus einer Röhre. Mehr Blut tropfte aus der Nase. Er versuchte, den Blutfluss mit dem Smokingärmel zu stoppen, presste den rechten Unterarm gegen die Nase, legte den Kopf in den Nacken. Aus dem Telefonhörer plötzlich eine Stimme. Die Stimme seiner Mutter?

»Bobby?«

Da überkam ihn ein Weinen, es sprang aus ihm wie ein Aufschrei, in Tränen erstickt schrie und lachte es aus ihm heraus, die Tränen schossen aus den Augen, vermischten sich mit dem Blut, flossen an ihm herunter, und er, der Erfolgreiche, der Gefeierte, der Verdammte, der arme Kerl schüttelte sich unter einem Weinkrampf. Er sah aus wie ein in Blut gewaschener Irrer. Er weinte, wischte die Tränen mit dem blutigen Rotz in den Ärmel, sah plötzlich Gesichter um sich, Hunderte Gesichter, Direktoren, Regisseure, Produzenten, Schauspieler, die ihn anstarrten, die er nicht kannte, die lachten und Hände auf Mäuler pressten, die auf ihn zeigten, Finger, die sich gegen ihn streckten, als wäre er das weltgrößte Einzelunterhaltungsunternehmen, als wäre er für diesen Auftritt in der Marmor-Lobby engagiert.

Er war Teil des Marionettentheaters. Scripted reality. Der Puppenspieler von Cannes. Fast dreißig Jahre hatte Robert Papst in der Abgeschiedenheit Ost-Berlins hinter der Mauer sein Leben mit Lesen und Lernen und Schreiben, Fräsen und Frauen verbracht.

Plötzlich hatte ihn das Schicksal hinaus in die Welt geschmissen.

Er stand da im Carlton, hilflos, angestarrt, erschöpft.

»Ich arbeite doch jetzt nicht«, murmelte er.

Aus hundert Fäusten reckten sich ihm Mikrofone entgegen zum Interview. »Mister Papst. Sagen Sie uns etwas zu Ihrer Erzählweise!«

»Stirbt er?«, schrie eine Redakteurin aus Köln.

Sophie und Mimi, der Produzent, die Berliner Freunde drängten sich um Robert herum. Keiner verstand, was er hatte, keiner verstand, was er sagte. Er sprach eine Sprache, die kein Mensch kannte, keiner. Aber es war eine Sprache, Gott im Himmel: Er sprach eine weltunbekannte Sprache.

»Rerhafdarrotom sierk mi nerhaf tis nebel.«

Plötzlich war es still geworden in der Hotelhalle. Selbst der hohe weiße Marmor schien zur Prozession angetreten zu sein. Endlich hatte sich Robert wieder in der Gewalt. Er sagte mit klarer, scharfer Stimme: »Meine Mutter stirbt.«

Dann ging er ein paar Schritte Richtung Ausgang. Die Prachtstraße glitzerte im warmen Festtaumel. Das Meer breitete seinen dunkelblauen, mit Schaumperlen glücklich geschmückten Samt darüber aus. Ein lichterbestücktes Segelboot glitt vorüber. Musik. Die ganze Gesellschaft auf dem Weg zu einem Fest oder von einem Fest kommend.

Seltsam. Robert zog die Schuhe aus, die Socken, barfuß lief er auf die Croisette hinaus.

Vor einem Bettlermädchen verbeugte er sich. Schenkte dem Mädchen seine edlen Lederschuhe. Auch die Armbanduhr. Die schwarze Fliege. Das dunkle Sakko. Nickte immer wieder dem Mädchen zu. Das Mädchen nickte zurück.

Das Mädchen wusste Bescheid. Es sah den vornehmen Mann mit zur Seite geneigtem Kopf aus dunklen Augen an.

Dann, wie unter einem Peitschenhieb, raffte es die Sachen an sich, die Schuhe, Sakko, Armbanduhr, Fliege, und rannte damit von der Croisette davon in das dahinter verkreuzte Gässchengewirr.

Trillerpfeifen jagten hinterher.

»Zum Airport. Nach Nizza«, sagte Robert. In der Nacht ging nichts mehr raus von Nizza nach Berlin. Sagte der Produzent.

Egal. Er musste nach Berlin. Es ging aber nichts raus.

Er musste zu seiner Mutter.

Ein gewisser Herr Fuge, Milliardär aus Virginia, in Dresden geboren, im dreißiger Jahr emigriert, der in Saint-Paul de Vence eine Villa besaß, hatte die Szene aus einem Sessel auf der Carlton-Terrasse beobachtet. Er schickte seine junge Frau, um Robert zu sich an den Tisch zu bitten.

Zwei Stunden später saß Robert mit Sophie in dem Privatjet von Mister Fuge auf dem Weg nach Berlin-Tegel. Unter ihnen die Lichter von Monaco. Die schwarz brennenden Alpen. Prag. Gegen Mitternacht reiste Robert zusammen mit Sophie mit seinem englischen Pass an der Grenzübergangsstelle Bornholmer Straße in die DDR ein.

Beim Anblick der altvertrauten Straßen, der dunklen, bröckelnden

Häuserfassaden, so vom Mittelmeer über die Alpen in die klammen Gänge des Gewesenen geschmissen, überlief Robert ein Frösteln. Smokinghemd. Hose. Pass. Ein paar Geldscheine. Blutige Taschentücher. Sophie im roten Abendkleid.

Auf dem Weg in das Krankenhaus roch es süßlich nach Lindenblüten.

Scharnhorststraße. Vor der Hintertür wartete ein Krankenwagen. Auf dem Dach des Wagens schimmerte in milchigem Oval ein rotes Kreuz. Der Fahrer rauchte.

Das Berliner Stadtgericht fiel Robert ein. Die Rede von Noras Verteidiger. Blut von unsrem Blute, Fleisch von unserem Fleische. War das schon zehn Sommer her? Länger? Viel länger. Hundert Jahre. Hunderttausend Jahre war es her.

Ameisenroman. Todeskampf der Ameise.

»Und wenn sie uns nicht mehr rauslassen?«, flüsterte Robert.

Sophie drückte seine Hand, sah ihn an. »Das glaube ich nicht. Wir interessieren die nicht mehr«, sagte sie.

Sophie durfte sich in das Oberärztezimmer setzen, zu den Nachtschwestern, warten. Autogramme geben. Für Tante Edith. Edith mit th!

Sie bekam roten Tee. Der Kopf fiel Sophie auf das nackte, mit Silber geschmückte Dekolleté. Sophie schlief.

Robert saß am Bett seiner Mutter. Er hielt ihre Hand. Sie sagte nichts mehr.

»Ich verlange nur das, was mir gehört«, dachte sie.

Robert lauschte auf ihren Atem. Manchmal bewegten sich die Lippen.

»Weißt du noch?«

»Noch alles.«

»Ich bin aus Wien«, sagte sie.

»Ja.«

»Ich wäre lieber in London geblieben.«

»Ja.«

»Ich musste in Berlin wohnen, aber es gefiel mir nicht. Cottbus.«

»Ja.«

»Ich bin aus Wien. Was Hitler nicht geschafft hat mit uns, uns auszurotten – dein Vater hat's geschafft.«

»Ja.«

»Halte mich fest.«

»Ich halte dich fest.«

»Na schön«, sagte Gabriele schließlich ganz friedlich, »so habe ich dich noch einmal gesehen. Mein Großer.«

Sie zog seine Hand zu sich.

»Bobby.«

»Mama.«

»Schau nach deinen Brüdern.«

»Ja.«

»Versprochen?«

Robert nickte.

Eine halbe Stunde später trat der Fahrer auf der Rückseite des Gebäudes die Kippe aus. Zwei Pfleger rollten die Tote auf einem Sessel durch den Hinterausgang zum Krankenwagen. Von dem Geholpere hin und her geschüttelt sah es aus, als ob sie sich bewegte, als ob sie lächelte, den Kopf hin und her drehte, winkte.

100

Robert Papst wurde für seinen in Cannes uraufgeführten Film mit dem Bayerischen Filmpreis ausgezeichnet. Preissumme fünfzigtausend Mark. Annehmen oder nicht annehmen war die Frage. Nächtelang saßen die prominenten westdeutschen Filmemacher in der Wielandstraße zusammen und diskutierten diese Frage mit Robert. Wenn er den Preis nicht annahm, konnte ihn nach ihm keiner annehmen, ohne ein Verräter und Dummkopf zu sein. Allein aus politischer Abneigung gegen die CSU-Politik wollte und konnte Robert Papst das hohe Preisgeld nicht ausschlagen. Er fuhr zur Preisverleihung nach München. Der Festakt geriet zu einer Provinzgroteske.

Robert Papst, Sakko und Jeans, mit Armbanduhr, nahm in München aus den Händen des bayerischen Ministerpräsidenten Auszeichnung und Preisgeld entgegen. Dafür bedankte er sich in feierlich respektloser Rede bei der DDR für etwas, was er nie von ihr bekommen hatte – für seine Ausbildung zum Filmemacher.

Der Skandal war perfekt. Eine ganz dem Kalten Krieg geschuldete Empörung erfasste die Rechten der Bundesrepublik. Robert Papst bedankte sich in München bei der DDR – für ein nicht erhaltenes Geschenk. Roberts Hang zu galligem Sarkasmus hatte den Nerv der Zeit ins Mark getroffen.

Mit dem Erfolg von Cannes und dem Skandal von München bekam er für seinen nächsten großen Film schließlich sieben Millionen Mark zusammen. So viel Geld hatte bisher noch kein neuer deutscher Film zur Verfügung gehabt. Robert Papst brach zu ganz neuen Dimensionen auf. Seine Hoffnungen waren groß – und doch war nun noch etwas anderes in seinem Gefolge: die Angst. Die Angst, er kann das Feuer nicht halten in seiner Hand, aus dem er als Künstler brennen, in dem er verbrennen wollte.

Der große Film – keine Vergnügungsreise durch neunzig Minuten belichtete Geschichte – ein Inferno aus Bildern und Assoziationen.

Keine Minute wollte er sich schenken.

Alles sollte am Rande der Unmöglichkeit stattfinden.

101

Nora wollte unbedingt ihr Kind in Hamburg zur Welt bringen, wo ihr Vater geboren war. Im allerletzten Moment flog Louis dann mit ihr nach Hamburg, wo er eine Kapazität kannte, die das Kind mit Kaiserschnitt zur Welt brachte.

Die Nacht vor der Entbindung feierte Louis in der Davidstraße bei seinem Trauzeugen Francesco im Restaurant Cuneo. Der ganze Blumenmarkt war aufmarschiert, Freunde aus dem Theater, die kleinen Gangster, der Nachtfriseur und Schmuckdieb Caruso, die Stepptänzer aus dem Operettenhaus, die arbeitslosen Komiker. Alle aßen, tranken, die Musikbox hatte Hochbetrieb, sie feierten und sie tanzten der Ankunft von Louis Mayers Kind entgegen. Louis erzählte Anekdoten aus seinem Leben. Wie er in München im Schottenrock Whisky ausrief: »Der kleine bullige Preisbrecher aus dem Schottischen Hochland! Bis zum Sendlinger Tor hat man mich gehört. Die Leute rissen mir den Whisky aus den Händen und fragten: ›Was trägt der Schotte unterm Rock?‹« Louis sprang auf den runden Tisch, zeigte seinen nackten Hintern.

Die ganze Bande grölte vor Lachen und rief: »Noch 'n kleinen bulligen Preisbrecher aus dem Schottischen Hochland!«

Auf dem Tresen im Eck unter dem Fenster, im Widerschein der Leuchtschrift des Cuneo, stand schwarz, bauchig wie eine alte sizilianische Bäuerin, das Telefon. Im Dämmerlicht des anbrechenden Tages wurde Louis von Francesco an den Apparat gerufen. Es war Robert aus Berlin. Zuerst glaubte Louis, Robert wollte sich nach Nora erkundigen. »In ein paar Stunden ist es so weit!«, rief Louis über einen neapolitanischen Schlager hinweg betrunken in das Telefon. Aber Robert fragte gar nicht danach, Louis hörte Robert mit dunkler, belegter Stimme sagen, dass er gegen neun Uhr eine traurige Nachricht erhalten hatte, aus Ost-Berlin, von Noras Mutter Melanie. Sie hatte vergeblich versucht, Louis oder Nora zu erreichen, Emil hielt sich aus geschäftlichen Gründen in Venezuela auf.

Es entstand eine Pause. Dann hörte Louis Robert sagen:

»Noras Vater ist am Abend im Klinikum Buch gestorben.«

»Was sagst du? Noras Vater ist gestorben?«, fragte Louis ungläubig. »Nein!«, rief er.

»Ja.«

Er hörte Robert sagen: »Ich habe mit ihrer Mutter gesprochen. Sie erzählte, dass sie mittags einen Anruf aus dem Klinikum bekam, dass es ihrem Mann nicht gut geht und er sie bittet, möglichst schnell zu ihm zu kommen. Sie bekam ewig kein Taxi. Als sie endlich im Krankenhaus ankam, musste sie feststellen, dass ihr Mann unter grauenvollen Herzschmerzen litt. Weit und breit war kein Arzt zu sehen. Sie lief dann wie wahnsinnig herum, und als sie endlich den diensthabenden Arzt fand, erwies der sich als unfähig, dem armen Mann zu helfen. Er starb unter Schmerzen. Sie sammelte seine Sachen zusammen. Am Tag zuvor hatte er noch gesagt, er freut sich darauf, dass er bald nach Hause kommt, er würde gern über das Gedächtnis forschen, das ja die Hauptfunktion des Gehirns darstellt.«

Robert schwieg. Es dauerte, bis Louis anfing, das Gehörte zu begreifen. Er sah verwirrt durch die Fensterscheibe in den blaugrauen Morgen hinaus.

»Wie? Gestorben? Noras Vater ist gestorben? Er ist also tot?«

Pause. »Ja.« Pause. »Du?«

»Ja? Bin noch dran.« Er musste an die frische Luft, Kaffee trinken, nüchtern werden, er musste sich duschen, umziehen, er musste zu Nora, um acht Uhr war Termin für die Entbindung. Louis starrte das Telefon an. Er zögerte, dann legte er auf. »Ich kann es Nora nicht erzählen«, überlegte er, »ich werde es ihr später erzählen, wenn das Kind geboren ist, eine Woche später, dann werde ich es ihr erzählen, so wie es Robert mir erzählt hat. So, genau so werde ich es ihr erzählen.«

Geistesabwesend hob er noch einmal den Hörer von der Gabel, Robert war nicht mehr dran.

Heute passte es gar nicht, an welchem Tag würde aber der Tod passen? Verwirrt von dem Wein, den er getrunken, von dem zu frühen Fest, das er gefeiert hatte, benommen von Roberts Anruf, mit Tränen in den Augen, ließ Louis seine Freunde mit einem kurzen Gruß zurück, verschwand in den jungen Tag hinaus.

In einem grünen Kittel wurde Nora fünf Minuten vor acht Uhr in den Operationssaal gerollt. Der Arzt wollte Louis bei dem Kaiserschnitt nicht dabeihaben, aber Louis ließ sich nicht vertreiben. Nora bekam eine Rückenmarksnarkose, sie spürte, wie ihr Po und ihre Beine ganz warm wurden, dann sah sie Louis aus neugierig fassungslos großen Augen an. Sie versuchte in seinen Augen zu lesen, was die sahen. Sahen, wie sich der Arzt über Noras prallen Bauch beugte, wie sich unter einem schnellen, knappen Schnitt die Bauchdecke öffnete. Dann erblickte Louis das Baby. Da schwamm es. Bläulich. Rötlich. Weißlich.

Wie ein kleines nasses Vögelchen kauerte es in der aufgerissenen warmen, feuchten Höhle. Als der Arzt nach ihm fasste, um es herauszuholen, schlüpfte es mit dem Kopf voraus auf die andere Bauchseite hinüber, entwischte mit diesem Manöver den Arzthänden.

Das imponierte Louis. Ein eigener Kopf war hier gleich zu Beginn zu erleben! »Ich möchte noch nicht heraus!«

Der Arzt erwischte das eigensinnige Menschlein, legte es mit der nachbaumelnden Nabelschnur der blonden Hebamme in den Arm.

»Was ist es?«

Ein Mädchen hatte sich Nora gewünscht. »Es ist ein Mädchen«, flüsterte Louis, da war ein winziger Babyschrei zu hören, wie noch in tiefem Schlaf rief Noras Tochter der Welt ihre Ankunft entgegen.

Josefine.

Von der überstandenen Narkose, der Angst davor und der tagelangen Aufregung versank Nora in ohnmachtsähnlichen Schlaf.

Freitagmorgen im Juli. Es goss in Strömen.

Josefine war gesund auf die Welt gekommen. Alles dran, ein wenig untererernährt.

Die Hebamme band die Nabelschnur ab, wusch die Frischgeborene, zog sie an und legte sie Louis in die Arme. »Willkommen, kleine Josefine!«, sagte er.

Ein zweiter winziger Schrei war die Antwort.

Sie bekam ein Band ums linke Handgelenk, darauf stand: Josefine, Mädchen. Dann wurde Josefine Mädchen für die nächsten Stunden in den Brutkasten gelegt.

Louis musste im Büro des Krankenhauses die Geburtspapiere ausfüllen. Als er den Namen des Vaters eintragen sollte, zögerte er einen Moment. Er hätte einfach seinen Namen hineinschreiben können. Aber warum sollte er eine sinnlose Unwahrheit über Josefine ausbreiten? Er schrieb den Lieblingsschauspieler hin. Erleichtert spazierte er wieder zu Nora hinauf. Vaterschaft ist Glückssache!

Kaum war die junge Mutter erwacht, rollte die Schwester die winzige Josefine in einem Wägelchen auf quietschenden Rädern zu ihr ins Zimmer.

Nie würde Louis diese Augen vergessen, die das kleine Mädchen voll tiefem Staunen und Verzücken, voller zärtlicher Neugierde betrachteten.

»Meines«, sagte Nora leise. »Meines?«

Der Regen hatte aufgehört, die Wolken waren verschwunden, die Nachmittagssonne tauchte die Mutter und ihr Töchterchen in ein warmes Licht.

Josefine Mädchen trank beim ersten Mal nicht eben viel. Sie lächelte herablassend, als wollte sie mit ihrem Lächeln sagen: »Keine Sorge, Mütterchen. Ich komme schon zu meinem Gewicht.«

Schlief ein.

Noras Blicke trafen sich mit Louis' Blicken. Entspannt sah sie ihn an. Ohne dass Louis mit einem einzigen Wort oder einer Geste etwas von seinem Kummer verriet, ging doch eine seltsame Bedrückung von ihm aus.

»Louis«, sagte sie, »da ist doch was? Ich spüre es. Sag es mir.«

Er schwieg, es brauchte eine Weile, bis er es aussprechen konnte.

»Dein Vater lebt nicht mehr.«

Sie atmete tief. »Ich habe es gefühlt. Wann?«

»Gestern Nacht.«

Sie wurde weiß, sie presste ihre Hände in seine. Die Tränen wollten hoch, aber sie drückte sie hinunter.

»Lustig ging es her, bis mich Francesco ans Telefon rief. Robert überbrachte mir die Nachricht aus Berlin. Im Klinikum Buch ist er gestorben. ›Liebste Nora‹, hat er gesagt, ›bekenne dich endlich zu deinem fohlenwilden Egoismus, take it easy. Ich wünsche dir, wo du nun selbst Mutter wirst, einen ganzen Golfstrom von Wärme und Zärtlichkeit, aber wenn die Sonne dich im Stich lässt, Nora, schaff dir selbst eine.‹ Das waren seine letzten Worte, erzählte Robert, so hat es ihm deine Mutter erzählt. Ja. Ja. Es tut mir unendlich leid, Nora. Ich freu mich so über das Kind, das ist so ein Glück. Dein armer Vater. Die ganze Zeit.«

Schließlich war es ganz still in dem Hamburger Krankenhauszimmer an der Heilwigstraße.

»Ich kann nicht reden, ach. Wie gerne hätte ich ihm meine Tochter gezeigt, wie hätte sie ihn glücklich gemacht. Ich darf nicht traurig sein, ich will nicht, dass meine Tochter traurige Milch trinkt.« Sie sah lange vor sich hin. »Schön waren die Bootsfahrten mit ihm, als ich sieben war, auf dem Lacul Roşu in den Karpaten. Er liebte die Berge. Er sang mit mir Lieder von Lenau. Auf Deutsch. Er war immer so bewundernd mit mir. Dafür danke ich ihm. Auch dafür, dass er mich nach Deutschland gebracht hat. Ich hätte dich ja sonst niemals kennengelernt«, sagte sie und lächelte Louis dabei an.

Sie wandte den Kopf dem Wägelchen zu, in dem ihre Tochter schlief.

Gegen Abend meldete Louis ein Gespräch an nach Ost-Berlin zu Noras Mutter.

Die Geburt des Enkelkindes Josefine durchdrang die Trauer über den Tod ihres Mannes mit zarter Freude.

»Ein süßes Mädchen«, sagte Louis.

Vierzehn Tage später wurde Nora die Einreise nach Ost-Berlin zur Beerdigung ihres Vaters auf dem Dorotheenstädtischen Friedhof verweigert.

102

Nach der Rückkehr nach West-Berlin lief Louis wieder jeden Abend von seiner Dichterwohnung über dem Klick Kino in die Wielandstraße zur »Firma«.

Die kleine Josefine war sein Himmel.

Die komplizierte Konstellation, in der Nora, von der Geburt gerade erholt, auf der Stelle wieder für Robert arbeitete, beunruhigte Louis täglich ein Stückchen mehr.

Wenn Louis sich bei Nora darüber beklagte, ließ sie sich auf kein Gespräch ein. Sie arbeitete für Robert, tippte die Tonbänder ab mit seinen Ideen, mit den Entwürfen, Dialogen, Erzählungen.

Sie fand Louis' Eifersucht auf Robert kindisch, lächerlich. Sie erwartete von ihm eine Souveränität, die er nicht aufbringen konnte. Er war zu jung, zu verliebt, zu wild, zu selbstbesessen auch, um eine souveräne Haltung zu bewahren.

»Du glaubst«, sagte sie, »darin drückt sich ein Vorurteil über den Wert deiner schriftstellerischen Arbeit aus? Du glaubst, ich arbeite für Robert, weil deine Arbeit meine Mitarbeit nicht verdient? Was für ein Blödsinn! Du arbeitest doch ganz anders als Robert. Du sitzt an deinem Schreibtisch, schreibst, korrigierst und lässt mich erst dann etwas von dir lesen, wenn du es für beendet hältst. Robert arbeitet improvisierter als du, er sitzt an einem großen Bild, er kann vieles nur eruptiv aus sich herausschleudern. Außerdem werde ich für diese Arbeit von Roberts Verlag bezahlt.«

Louis stelzte mit kaum verborgener Aggression vor Nora auf und ab. Auch wenn er es sich nicht zugab, ihn quälte die Frage, wer von ihnen beiden der bedeutendere Schriftsteller war. Robert verachtete seinen Schreibtisch. Louis liebte seinen Schreibtisch. Robert müllte seinen Schreibtisch zu. Louis saß täglich oft acht und mehr Stunden diszipliniert an seinem Schreibtisch. Robert machte sich über so viel »Sitzfleisch« lustig; er kam zu seinen besten Gedanken beim Sprechen, Louis kam zu seinen besten Gedanken beim Schreiben. Immer stand jeder Augenblick zwischen ihnen unter der unerträglichen Anspannung zweier Schriftsteller, die es sich beweisen mussten. Wer wirft den größeren Schatten? Künstlerische Einsamkeit als verkrampfte Zweisamkeit. Eine fatale Spiegelung des Einen im Anderen.

Louis ertrug dieses verkrampfte gemeinsame Leben immer weniger. Zwei Kleinfamilien, zwei ehrgeizige Dichter. Keiner kriegt, was er wirklich will, jeder lobt den anderen, um offene Worte zu meiden. Eine ungute Grundstimmung breitete sich aus, hinter freundlichen Masken alles vergiftend, und suchte Gelegenheit zur Entladung.

Louis hatte Josefine zu Bett gebracht. Es war neun Uhr. Nach einem hinuntergeschlungenen Abendessen aus Bratkartoffeln und Spiegelei stürzten sich Robert, Sophie, Nora und Louis mit all ihren aufgestauten Aggressionen auf das Skatblatt. Zwei Runden waren gespielt, Robert reizte hoch, bekam den Skat und spielte Pik. Louis meldete Kontra an. Und Robert brüllte Re.

»So!«, rief Louis. »Jetzt sind wir aber mal gespannt!« Er hielt ein langes Kreuz gegen Roberts Pik. Robert spielte das Spiel in provozierender Zerstreutheit. Er kam auf ganze drei Stiche, er schaffte es nicht mal aus dem Schneider. Er zog verächtlich die Schultern. »Ich habe gar nicht richtig gespielt, ich habe an meinen neuen Film gedacht. Der wird was Besonderes, der wird eine große Abrechnung mit den Gespenstern. Hier ist die Erde voller Toter, da werden die Gespenster besonders groß.«

»Mein Gott«, rief Louis, »aber es sind doch letztlich lauter Kleinbürger, deine Gespenster, die auf kleine Vorteile aus waren.«

»Auschwitz? Auschwitz nennst du einen kleinen Vorteil?«, brüllte Robert.

»Absurd!«, sagte Louis wütend. »Ich rede über deine sogenannten Gespenster, die Hausmeister und die Ufa-Leute, die Filme drehten bei Hitler, auch ohne Filmmaterial, damit sie nicht an die Front mussten, die haben in meinen Augen kein Gespensterformat. Wir gehen doch von Hamlet aus, oder?«

»Klar«, sagte Robert. »Ich gehe immer von Hamlet aus, du eher nicht, du gehst ja wohl eher von den deutschen Schwankfiguren aus.«

»Na, das kommt darauf an. Von welchen sprichst du? Du kennst sie gar nicht. Aber ich kenne sie.«

»Da hast du tatsächlich einmal recht. Im Gegensatz zu dir bin ich Künstler und nicht so eine Jahrmarktserscheinung wie du, Dietrich Gülpen alias Louis Mayer, aus dem Arsenal der schwerfälligen deutschen Schwankfiguren. Geschichten aus der Halbwelt. Strichjunge. Na, was schaust du mich an, Nora? Geht Louis etwa nicht auf jeden Strich? Blumenmarkt? Feinkost Käfer? Theaterschauspieler? Börsenspekulant? Varieté? Pausennummer? Stückeschreiber? Wie viele Striche kann es noch geben?«

»Und du? Du Dichterling mit zwei feminin verwickelten Verdrängungsproblemen? Warum muss gerade Nora dein Zeug abschreiben, korrigieren? Warum machst du es nicht mit dir selbst aus oder mit Sophie? Du nützt Noras Masochismus für dich aus. Mit Zielrichtung auf eine matte Brechtkopie?«

»Nein, nein«, versuchte Nora zu beschwichtigen. »Hört bitte auf damit. Es kommt nur dummes Zeug dabei heraus.«

Sophie saß grinsend dabei. Endlich passierte mal was. Entladungen fand Sophie prinzipiell gut.

Louis lachte Robert aus: »Weshalb lässt du Nora nicht ihr Leben leben? Weshalb muss sie die Kaprizen deiner zerstreuten dichterischen Versuche sortieren und abschreiben? Sie ist Sängerin, du machst sie zu deiner Dienerin!«

»Weil sie darin leider ziemlich gut ist!«

»Worin?«

»Als meine unterwürfige Dienerin!«

Daraufhin warf Louis die Karten auf den Tisch, Herz und Karo, Pik und Kreuz flogen quer durchs Zimmer. »Was? Das lässt du dir von ihm bieten, Nora?«

»Gar nichts lass ich mir bieten, im Übrigen ist es schon spät, ich gehe jetzt in mein Bett. Gute Nacht. Wenn du deinen Humor verlierst, Louis, verzeih, finde ich dich ziemlich entsetzlich.«

»Hörst du? Du verkrampfter Dichter? Einigermaßen entsetzlich ist es mit dir!«

»Verräter!«, brüllte daraufhin Louis. »Ekelhafter Verräter!«

»Verräter nennst du mich?«, rief Robert.

»Allerdings. Verräter. ›Meine DDR! Mein Land!‹, rufst du vor jeder *Aktuellen Kamera.* Samstagabend bei Bier und *Kessel Buntes.* Und von solchen Sentimentalitäten lebst du. Wo bist du mit deiner Geschichte gelandet? In Neustrelitz? Nein. Hier. Ein halber DDR-Verweigerer, ein halber BRD-Profiteur. Ein halber Schriftsteller, ein halber Sprachmurmler. Kein Land? Kein Sitzfleisch. Hält diktieren für schreiben. Und meine Frau schreibt das ab, was er murmelt. Er weicht seiner Geschichte aus, er labert lieber über andere Geschichten. Deshalb bist du in meinen Augen ein Verräter.«

»Nein«, sagte Nora schon wieder, »nein, nein. Warum benehmt ihr euch so kindisch?«

»Kindisch nennst du es«, brüllte Louis, »wenn ich mich aufrege, dass du nicht von dem Narren loskommst? Aber der hat andere Sorgen.«

»Welche anderen Sorgen habe ich?«

»Was und wie viel auf dein Konto kommt. Dass dir bloß alle zuhören bei deiner peinlichen Selbstverleugnung. Das sind deine Sorgen!«

Als Antwort schlug Robert Louis eine Faust ins Gesicht. Aus Louis' Nase tropfte Blut. Er stürzte sich auf Robert und riss ihm mit einer schnellen Bewegung nach unten die Füße unterm Hintern weg. Roberts Brille flog auf den Fußboden. Louis zertrat sie. Dann spuckte er auf der Türschwelle aus, warf knallend die Tür hinter sich zu und verschwand in die Nacht. Er wollte nie wieder etwas von Robert lesen. Er wollte jede Verbindung mit ihm beenden. Er wollte Nora verlassen, die nicht von Robert loskam, keiner sollte ihn länger in dieser »Firma« festhalten. Um Josefine tat es ihm leid, aber er musste aus dieser Großfamilie aussteigen. Er würde gleich am kommenden Tag sein Zeug verkaufen, in den Zug nach Hamburg steigen, eine neue Wohnung suchen, ein neues Leben beginnen. Fenster über dem Hafen. Drei Flaschen Whisky auf dem Schreibtisch, immer bereit. Mit Robert war Louis fertig. Nora und Josefine, wenn's anders nicht ging, wollte er sich aus dem Herzen reißen.

»Geh zum Teufel. Raus hier! Verschwinde! Geh! Oder ich schneide dir die Kehle durch!«, schrie Louis.

Aber Robert zog nur den Kopf ein und ging nicht. Im Gegenteil. Er stand in Louis' Wohnungstür. Wenig später lagen sie beide auf der Matratze. Die Fenster standen weit auf. Die frische Nachtluft schmeckte wie Most. Sie klammerten sich regelrecht aneinander, irgendwie hatten sie beide Angst, dass es aufhören könnte, was da plötzlich an Gefühl und Neugier über sie gekommen war. Umklammerung oder Ringkampf, sie wussten es beide nicht und ließen nicht los.

Sie küssten sich, halb schlafend, halb wachend. Ein solches unverhofftes Vergnügen. Dann griff Louis nach der Whiskyflasche, die Flasche stand neben der Matratze, der Matratze unter Louis' Schreibtisch.

»Es ist herrlich, ein Liebling zu sein beim Publikum und bei den Medien«, sagte Robert. »Aber es ist nicht leicht, ein Liebling zu bleiben.«

Louis lag im Arm von Robert. Er spiegelte sich in seiner Iris. Er zeigte Robert sein neues Stück. Sie lasen darin, und es kam Louis alles plötzlich so lächerlich vor. Er verbrannte mit Roberts Hilfe das Manuskript im Kachelofen.

Dann standen sie nackt am offenen Fenster, sahen hinaus auf die Windscheidstraße. Eine scheue Sonne brach durch den Frühnebel. Zwei Schulmädchen kamen daher, mit den Schulranzen auf dem Rücken machten sie Bocksprünge über die Metallpfähle an der Ecke zum Stuttgarter Platz. Eine der beiden blieb stehen, holte Luft: »Ach, der Wind ist so schön.« Schon waren die Mädchen davon.

Ein Kohlenträger. »Wo ist denn die Sedanstraße?«

»Keine Ahnung«, rief Louis aus dem Fenster.

Robert wurde es kalt. Sie krochen beide zurück unter das Laken.

»Von all meiner Vergangenheit habe ich nichts mit mir, als was ich hinter der Stirn trage«, sagte Robert. Und nach einer Weile: »Wenn der Bauer nach Hause kommt und beim Einschlafen zu seiner Frau sagt: ›Du? Da waren fünf dunkle Vögel über dem Acker – habe ich mir die eingebildet oder waren die wirklich?‹ – der Bauer erzählt es seiner Frau, weil er ihr von seiner Angst erzählen will. Aber ich? Wer ist mein Empfänger?«

»Ich.«

»Du?«

Sie lagen da, sahen zur Decke hinauf.

Von irgendwoher war ein Klavier zu hören. Berlin ist schön. Berlin ist eine ganz französische Stadt. Besonders am Morgen.

»Na, also, dann trinken wir noch einen«, sagte Robert.

»Und ich dachte, es ist das Ende einer kurzen Freundschaft«, sagte Louis.

»Ich habe dich lieb«, sagte Robert.

Erschöpft schlief Louis ein. Als er aufwachte, war Robert weg. Der Schreibtisch leer. Das Ofentürchen stand auf. Asche, in der die Luft Brummkreisel zog. Auf dem Teppich, in eine warme Decke gerollt, lag Josefine und sah Louis mit wachen Augen an. Nora lehnte im offenen Fenster.

»Das Feuer hat alles aufgefressen, fünf Akte, mein ganzes Stück«, sagte Louis, nahm seine Tochter hoch, küsste sie und stemmte sie über seinem Kopf in die Höhe. Josefine Mädchen. Guten Tag, süßer Vogel.

Nora sah besonders schön aus an diesem Vormittag. Sie fragte Louis, ob Robert bei ihm gewesen sei. »Er wollte sich unbedingt noch in der Nacht mit dir versöhnen.«

»Welche Zeit ist denn? Welcher Tag? Ja, ich glaube, er war hier.«

»Was hat er gesagt?«

»›Das war nicht ich.‹ Das hat er gesagt. ›Das war ein anderer, der sich mit dir geprügelt hat‹, hat er gesagt. Wir sind mit Kopernikus und ein paar Gläsern Whisky durch den Nachthimmel gewandert, Robert und ich. Es war herrlich. Jemand – vielleicht warst sogar du es, Nora? –, jemand führte uns immer weiter in die unvorstellbaren Dimensionen des von Sternen übersäten Alls hinaus. Dreihunderttausend Jahre hinterm Urknall waren wir.«

Josefine Mädchen grapschte nach dem Hut von Louis.

Nora schüttelte den Kopf, zog die Schultern in die Höhe.

»Ich möchte fort von hier, weg aus Berlin«, sagte sie und sah Louis mit ihren traurig-schönen Mandelaugen an.

»Ja«, sagte er. »Wir gehen fort. Bald.«

103

Wenn Louis vom Schreibtisch aufstand und zum Fenster hinaussah, dann fiel sein Blick auf einen dichten Flockenwirbel. Die Berliner Straßen waren tief verschneit, und vorsichtig, wie Betrunkene balancierend, suchten die Menschen ihren Weg zwischen Baum und Wagen, Eis und Schneehaufen. Zur Arbeit oder in die Bar. Morgen für Morgen, ehe er zu schreiben anfing, machte Louis einen Spaziergang zum Schloss Charlottenburg. Auf dem Wochenmarkt Mierendorfplatz kaufte er ein, sah sich die frierenden Marktgesichter an und schnappte manchen guten Satz auf. Dort fand er die Musik, den Ton, die Stimmung für sein Theaterstück.

Nachdem er mit Robert den Text verbrannt hatte, schrieb er von den Szenen aus dem ersten Nachkriegswinter 1946 eine zweite Fassung. Er saß in einem dämmrigen, kalten Raum, während er arbeitete. Es war ihm, als käme das Gewesene von Weitem auf ihn zu, es kam ihm entgegengewankt, wie herbeigeträumt.

Dieser Berliner Winter war so bitterkalt wie der Winter 1946, den Louis auf den Spuren seiner Familiengeschichte gerade durchwanderte. Der alte Krieg schickte neue Kommandeure aus über die verschneiten Eiswüsten zwischen Oder und Weichsel: In Polen wurde in der Nacht vom 12. auf den 13. Dezember 1981 das Kriegsrecht ausgerufen. Am Sonntag, dem 13. Dezember 1981, in aller Herrgottsfrühe, um sechs Uhr, verkündete der polnische General Wojciech Jaruzelski im polnischen Fernsehen mit stocksteifen Worten, dass ein Armeerat zur Nationalen Errettung geformt und der Ausnahmezustand ausgerufen sei. Dieser Armeerat bestand aus fünfzehn Generälen, einem Admiral und fünf Obersten, darunter natürlich auch General Jaruzelski selbst. Unter dem Tarnnamen »Wintermarsch« bereiteten sich in der DDR mehr als zehntausend NVA-Soldaten mit über vierhundert gepanzerten Fahrzeugen auf den Einmarsch in Polen vor.

Dieser Dezembersonntag war der letzte Tag des westdeutschen Kanzlerbesuches in der DDR. Bundeskanzler Helmut Schmidt, gefürchtet für seinen forschen, immer alles im Bann haltenden Auftritt, wirkte auf den Fernsehbildern überrumpelt. Mit seiner Hamburger Prinz-Heinrich-Kappe am vereisten Zugfenster sah er aus wie ein aufgesessener Pferdehändler, der statt einer stämmigen Stute einen zuschanden gerittenen Klepper heimwärts zerrte. Sein Besuch beim Staatsratsvorsitzenden Erich Honecker hatte am 11. Dezember mit einem großen Empfang auf dem Flughafen Berlin-Schönefeld und einer gemeinsamen Autofahrt in die Schorfheide begonnen. Am Sonntag, dem 13. Dezember, stand, »in sehr deutscher Grundstimmung«, wie der Regierungssprecher es ausdrückte, eine Fahrt nach Güstrow auf dem Programm. Das Kriegsrecht in Polen zerstörte die deutsch-deutsche Idylle.

Erich Honecker log hemmungslos und gab sich Helmut Schmidt gegenüber bestürzt. Die komödiantische Begabung des Staatsratsvorsitzenden hatte man unterschätzt. Kein westdeutscher Politiker wollte Honecker eine so gute Verstellung zutrauen wie die, die er an diesem Sonntag der Weltöffentlichkeit zeigte.

Marschall Kulikow, der Oberkommandierende des Warschauer Paktes, hatte klargestellt, dass die Polen als fromme Katholiken am Sonnabend und Sonntag vor allem beteten und dass sich deshalb die Nacht vom Sonnabend zum Sonntag für militärische Aktionen gegen die reaktionäre polnische Gewerkschaft Solidarność anbot.

In der Nacht zum 13. Dezember, als Louis an seinem Schreibtisch saß und eine Szene schrieb, in der sich die beiden verfeindeten Protagonisten, zwei alte Schulfreunde, nach dem Krieg zum ersten Mal wiederbegegnen, unterrichtete Erich Honecker alle Ersten Sekretäre der SED-Bezirksleitungen über die Maßnahmen der polnischen Führung. Auch Roberts Vater Klaus Papst, den man auf den Posten des Vorsitzenden der Liga für Völkerfreundschaft abgeschoben hatte, wurde unterrichtet. Danach ging Honecker, der unterschätzte Mime, »in sehr deutscher Grundstimmung« mit Helmut Schmidt in Güstrow frühstücken.

Zur gleichen Zeit wurden Mitglieder der unabhängigen Gewerkschaft Solidarność verhaftet – sie verschwanden für Jahre im Gefängnis. Unter den Soldaten der NVA, die sich auf den Einsatz vorbereiteten, kursierte die Devise von den drei W: Weiße Weihnacht in Warschau. Es war eine Situation wie Prag 1968. Erich Honecker fürchtete ein Übergreifen der polnischen Reformbewegung auf die DDR und setzte den visafreien Verkehr nach Polen außer Kraft. »Wir sind nicht für Blutvergießen. Das ist das letzte Mittel. Aber auch dieses letzte Mittel muss angewandt werden, wenn die Arbeiter-und-Bauern-Macht verteidigt werden muss«, sagte er zu Stefan Olszowski, Polens Botschafter in Ost-Berlin, und im nächsten Moment reichte er Helmut Schmidt zum Abschied aus Güstrow gegen das kalte Winterwetter ein Hustenbonbon ins offene Zugfenster.

Mit diesen Bildern vor Augen lief Louis in die Wielandstraße. Für Robert Papst waren die DDR und die Ereignisse in Polen nicht mehr der Gegenstand seiner Arbeit. »Beim Schreiben ist der Schreiber die Welt und nicht die Landkarte«, rief Robert.

Louis lachte ihn aus. Er wollte gar nicht über Schriftstellerei sprechen. »Wie Hitler und seine Generäle bei der Ardennenoffensive ihr letztes Mittel in Wehrmacht und in Bomben sahen, so retten sich jetzt die roten Diktatoren in einen letzten Waffengang. Diesmal rückt das polnische Militär gegen das eigene Volk aus. Angeblich, um es vor den sowjetischen und vor den NVA-Panzern zu schützen. Weiße Weihnacht Warschau. Panzer ist Panzer. Es ist das letzte Gefecht. Das nächste Mal wird es der Abzug in die zerbrochenen Kasernen des Kommunismus werden«, sagte Louis.

»Die Idee des Kommunismus wurde nicht an der Wolga, sondern am Rhein geboren. Kann es etwas Edleres geben als soziale Gerechtigkeit, Chancengleichheit und die Beseitigung der Arbeitslosigkeit?« Für Robert war der Westen am Ende. Die Menschen im Westen waren in seinen Augen nur noch Kreaturen einer mehr und mehr versteinernden Warenwelt. Die Zukunft war für Robert Papst nicht kapitalistisch.

»Sondern?«, fragte Louis.

»Kein Staat, nur noch Menschen. Keine Institutionen, offene Intimität.«

»Der Einzelne ist ohne Staat gar nichts. Mörder oder Opfer«, sagte Louis. »Das Fressen formuliert die Sprache, die Straße wählt die Waffen. Dann lieber Staat.«

Eine Verständigung war in dieser aufgewühlten politischen Lage eher unwahrscheinlich. Louis vergrub sich in seine Arbeit.

104

Ein halbes Jahr später hatte Louis sein neues Theaterstück beendet. Nora gefiel das Stück. Jetzt hatte er den Kopf frei.

Louis organisierte seinen Auszug aus Berlin, und dabei hoffte er, dass dann, wenn es so weit war, Nora und Josefine mit ihm kommen würden. Aus dieser Hoffnung bezog er seine Energie. Er schrieb ein

Einpersonenstück über einen unglücklichen Versicherungsvertreter, mit dem er selbst durch die Theater touren wollte.

In dieser Zeit bereitete Robert seinen nächsten Film vor. Trotzdem brachte er in dem damit verbundenen chaotischen Durcheinander etwas Grandioses zustande: Robert sprach während dreier Morgengrauen sein allerschönstes Theaterstück in sein Diktiergerät. Nora tippte diese Aufnahmen ab. Achtzehn Seiten pure Poesie, reines Drama über den Gott der Stadt. Als Louis diese achtzehn Seiten lesen durfte, war er wie im Rausch. In diesem Theaterstück lag für ihn alles, wofür ein Dichter Dichter genannt werden darf. Wehmut und Süße. Wie ein von frischem Eis überhauchtes dunkles Wasser. Hingezaubert. Leicht. Wie ein Schatten seines Krieges mit dem Vater schwankte auf den Schultern des gedichteten Dichters der Generationenkonflikt durch Roberts Text. Niemals wieder sollte Robert Papst so etwas wundervoll Vollendetes schreiben wie diesen Theatertext über den Gott der Stadt, Georg Heym. »Für diese achtzehn Seiten Drama, Poesie, Stimmung, hoher Gedanke, Heldentat, Schmerz und Müssen würde Robert jeder Lorbeer gebühren«, dachte Louis. Der Herr Pracht, Theaterdirektor von Bochum, erkannte die Schönheit des Textes sofort und verhalf ihm zu einer erfolgreichen Uraufführung.

Abseits von Roberts Müllhaufen-Schreibtisch entstand auf die gleiche Weise, in ein paar weiteren Morgendämmerstunden runterdiktiert, zwischen Budgetstreitereien, Gasthausnächten, Rotweinräuschen, Hure mit gelber Handtasche und sinnlosen Szenenversuchen, eine Sammlung grandioser Gedichte. Mit ihnen, rasch in einem schönem Band publiziert, gewann Robert Papst den Ruf, der ihm so wichtig war: Dichter seiner Generation zu sein.

Natürlich erfüllten Robert diese beiden Erfolge mit Stolz und versetzten ihn in eitlen Taumel.

Louis Mayer hatte eine Uraufführung für sein Einpersonenstück und eine kleine Wohnung in Zürich in Aussicht. Nora und er wollten nun dringend fort aus Berlin. Dieses verrückte Gemisch von Liebe und Hassgefühl, Neid und Bewunderung, Eifersucht und Hingabe, das in Louis beständig rumorte, fiel allen in der »Firma« schwer auf den Kopf.

105

Es regnete. James hatte Robert geschrieben, er wolle zwei Paar neue Jeans. Er wollte auch ein Auto, ein Volkswagen Cabriolet, in Schwarz. »Ich habe nicht so viel Glück wie Du, Robert …«, schrieb er. Nach der Premiere seines ersten Filmes in Ost-Berlin, die unmittelbar bevorstand, wollte James versuchen, über Amsterdam rauszukommen. Was der große Bruder ihm riet, wollte er wissen. Seine Freundin Jackie, die Tänzerin aus Amerika, hatte Probleme mit der Verlängerung ihres Visums für die DDR.

Er sah sich immer wieder den *Jud Süß*-Film an. Ein sehr schlechter Film über einen erfolgreichen Bankier – der Bankier als jüdisches Schreckgespenst der Nazis. Aus Roberts Sicht zeigte einzig der Darsteller des Jud Süß einen Menschen, alle anderen waren nur Zerrbilder von deutschen Provinzkarikaturen. In seiner Verfilmung arbeitete der Regisseur Harlan mit wirklichen Juden. Er bekam sie aus einem KZ geliefert, um sie bei den Dreharbeiten als Statisten einzusetzen. Mit fadenscheinigen Versprechungen versuchte er, die jungen Männer aus dem Todeslager für seine Filmaufnahmen zu motivieren.

Genau an diesem Punkt wollte Robert Papst seine Filmgeschichte ansiedeln: zwei Filmstatisten, zwei junge Juden, zwei Todeskandidaten. Um zu überleben, verrät der eine den anderen.

Robert wollte den Juden als Gangster und nicht als Opfer zeigen. Jude Gangster. Einer der beiden überlebt durch einen Verrat, kommt nach Hollywood, schafft es dort bis zum Starregisseur. Vierzig Jahre später kehrt er nach Deutschland zurück. Diese Geschichte wollte Robert in seinem Film mit einer ganz neuen Methode erzählen.

Robert nahm einen Schluck aus der Wodkaflasche, die neben ihm auf dem Boden stand. Dann noch einen. Er wartete. Es fiel ihm nichts Rechtes ein, er nahm noch einen Schluck aus der Flasche. Grauenvoller Geschmack. Noch einen Schluck. »Vielleicht geht es betrunken leichter«, dachte er. Dann ein besonders großer Schluck. »Jetzt trinke ich lieber nichts mehr«, sagte er sich. Die Flasche stand vor ihm, neben dem Haufen mit den Notizen, der Brief des Bruders lag obenauf. »Jeans«, dachte Robert. »Cabriolet. Amsterdam. Er denkt wohl, ich bin hier Millionär, mein Bruder James? – Pass mal auf«, redete er im ärgerlichen Monolog mit seinem Bruder. »Pass mal auf. Hier ist ein aktueller Kontoauszug.« Er zerrte ein Kuvert aus dem Papierhaufen auf seinem Schreibtisch. Er zog die Auszüge heraus, studierte die Zahlen. »Nicht doch, nicht doch«, sagte er. Er strahlte. Das ging in Ordnung. »Mein Junge, Auto kaufe ich dir nicht. Aber für ein Paar Jeans reicht es. Bleib lieber in der DDR, rate ich dir.«

Vor dem Fenster das Geäst. Immer wieder sah er in den Baum. Er sollte etwas tun, er hatte nicht mehr viel Zeit. Er wollte eine unsystematische Sammlung von Schrecken und Bildern, von wirklichen und unwirklichen Stimmungen.

Vordergründig sollte es um eine Erfolgsgeschichte gehen. Sein jugendlicher Held ist hin- und hergerissen zwischen Liebe und Empathie zu seinem Freund und dem brutalen KZ-Dasein, dem er mithilfe einer Statistenrolle entkommen will. Er muss sich entscheiden zwischen sich und dem Freund, zwischen Leid und Tod oder Verrat. Er wählt den Verrat. Er schafft es aus der Nazihölle heraus, bis er in Hollywood eine große Karriere macht. Mit Sicherheit wollte Robert keinen mainstreamigen Blockbuster drehen. Er wollte Extreme. Nur die Bilder sollen sprechen, nicht die Schauspieler. Ein fragmentarisches Werk aus schmerzenden Bild- und Wortfetzen.

Robert war nicht er selbst, er trank noch einen Schluck aus der Flasche, er tat nur so, als ob er er selbst wäre. In Wahrheit war er ein Aussätziger, aus der Erde gewachsen, die von den vielen Toten fett war. Es half nichts, er musste noch einen Schluck nehmen. Er wischte sich die Lippen, er hielt einen Klumpen, vielleicht drei Gramm schwer, gelblich weißes Kokain zwischen den Fingern. Den Klumpen hatte er von einem italienischen Gastwirt bekommen. Der holte ihn eines Abends aus der Deckenverkleidung über der Theke und schenkte ihn Robert. »Hier. Ich brauche das nicht.« Jetzt befühlte Robert den Klumpen. Er tupfte mit einem Zeigefinger darauf herum, wischte sich die weiße Fingerkuppe ins Zahnfleisch. Das Zahnfleisch wurde auf angenehme Weise taub davon. Er wurde neugierig auf das Zeug, er schnitt sich ein paar Krümel herunter, zerdrückte sie mit dem Messerrücken, rollte, wie er es in einem Film gesehen hatte, einen Geldschein zu einem Röhrchen ein. Damit zog er sich den Puder in die Nase.

Das war das erste Mal.

Es erfüllte ihn mit warmem Wachsein. Er schnitt mehr von dem Klumpen ab, zerdrückte es, bis es so fein war wie Backpulver, schniefte. Das Zeug tat im Kopf eine angenehme Wirkung. Es schmeckte bitter auf der Zungenspitze, betäubte den Mund, machte wach im Kopf.

Er hörte es draußen klopfen, aber er wollte sich nicht stören lassen. Das weiße Zeug und sein Körper machten Bekanntschaft. Eine Bekanntschaft, die bis zum Tod halten sollte. Keine Angst, beruhigte sich Robert, als er diese freundschaftliche Bekanntschaft auf Anhieb als nicht mehr beendbar durchschaute. Keine Angst. Die Wirkung war gleich da, sie tat Robert gut. So war es, nichts mehr zu ändern. Anfang vom Ende. Keine Angst. Er betrachtete lange den weißen Klumpen. Das Schlimmste? Die Liebe nicht zu finden. Er war jetzt betrunken, und das bedeutete in seinem Fall, dass er nüchtern war. Die scharfen Silhouetten im Lindenbaum waren besonders scharf verschwommen. So entsprachen sie eher der Wirklichkeit, die je nach Lichteinfall abfiel oder anstieg.

»Die Schläge zeigen ihre Wirkung nicht mit einem Mal.« Robert wickelte den Klumpen in einen Stanniolfetzen, den er aus seiner Zigarettenschachtel riss. »Die Schläge, die von innen kommen, die man nicht spürt«, dachte er. »Der erste Knacks, der zweite Knacks, vielleicht ist der Klumpen der zugleich schlimmste und beste Knacks. Die Wiedervereinigung mit mir selbst ist nicht mehr möglich. Geteilt. In gestern, vorgestern, in heute, in wer weiß welche Zukunft. Das weiße Zeug schafft doch wenigstens für Minuten die Wiedervereinigung mit mir selbst.«

Nora lag neben Louis in ihrem Bett. Sie lauschte auf den Atem ihrer kleinen Josefine. Die Nacht war eher grau als schwarz. Als Robert leise ins Zimmer kam, war Nora sofort wach. Louis zog sich die Decke über den Kopf. Er hörte Robert sagen: »Nora? Ich will jetzt nicht gestört werden, es ist jemand an der Tür, ich habe es zweimal vorsichtig klopfen gehört. Kannst du bitte nachsehen?« Schnell und flüsternd hatte er das gesagt, und er verschwand, ohne Noras Antwort abzuwarten.

Louis konnte nicht einschlafen, er stand auf und ging ärgerlich aus dem Zimmer in die Küche. Dort saß Robert mit einer Wodkaflasche, einem Notizbuch voller Szenenskizzen und Dialoge, Beschreibungen, Kameraeinstellungen. Er war ziemlich betrunken. Er fing gleich an zu reden.

»Ich darf meine Kraft nicht in der Wirklichkeit versuchen. Meine Kraft gehört nicht in diese Filmwelt. Wo meine Partner nur an das Geld denken. Sieben Millionen. Neun Millionen. Kostet der Film. Habe ich dir das erzählt?«

»Nein«, sagte Louis. Es verschlug ihm die Sprache. Er wusste nicht, dass Robert derartige Summen für seinen neuen Film zur Verfügung hatte.

»Mit dem Geld werden sie mich und meine Fantasie erledigen. Warum schreibe ich den Film nicht als Gedicht? Warum schreibe ich den Film nicht als eine Novelle? Louis? Sag du es mir. Was soll ich tun? Warum schreibe ich den Film nicht als einen Krimi über die Macht des schlechten jüdischen Gewissens? Warum kehre ich nicht an meinen Schreibtisch zurück? Ich werde mit diesem Film eine Niederlage erleiden«, monologisierte er.

Stille. Auf dem Korridor waren Noras Schritte zu hören.

»Meinst du, man kann es schaffen?«, fragte Robert.

»Ich versuche es zumindest«, sagte Louis.

Robert lachte. »Ich nicht. Ich will mich ratlos sehen.«

Nora war zur Tür gelaufen, um nachzusehen, wer klopfte. Das Küchenfenster stand auf. Louis hatte sich einen türkischen Kaffee zubereitet. Er hörte den Nachtregen in der Kastanie, auf den Fensterbrettern, auf dem Blech der Mülltonnen. Sie schwiegen und lauschten.

Es war Jackie. Sie kam hinter Nora her mit einem kleinen Koffer in die Küche. Während Nora Teewasser aufsetzte, nahm Jackie am Tisch Platz. Sie wirkte bedrückt und flüsterte ständig dumme Entschuldigungen vor sich her. Sie grüßte kurz und saß dann schweigend da. Gerade als Louis aufstehen und zurück ins Bett gehen wollte, begann sie zu erzählen. »Ich wusste sofort, dass er tot war. Er lag nur noch als Gewicht da, die Schuhe ausgezogen, die Hose, so lag er da. Unterhose. Unterhemd. Das Gesicht wie in den Fußboden gepresst.«

»Wer?«, fragte Robert rau. Jackie redete einfach weiter.

»Um ihn herum verteilt zwei leere Schnapsflaschen, Bierflaschen. Eine jämmerliche Luftschlange. Überall verstreut Konfetti. Drehbuchseiten. Handbeschriebene lose Blätter. Eine Fotografie von dir.« Jackie deutete auf Robert. »Eine Fotografie von dir, Nora. Ach Gott.« Sie seufzte, rang nach Luft.

»Und wer verdammt ist der, der da vor uns liegt?«, fragte Robert rauer, ungeduldiger als beim ersten Mal.

Eine Sekunde Pause. »James.« Jackie sah erst Robert an, dann blieb ihr Blick an Nora hängen und wanderte wieder zurück: »James. Dein Bruder. Ja. O mein Gott. Er lag da vor mir, kein Selbstmord, eher ungewollt, ein Unfall.« Sie sagte das ganz unpersönlich, trocken, als sei James, mit dem sie ein knappes Jahr zusammengelebt hatte, für sie ein Fremder.

Zunächst begriff niemand, was für eine entsetzliche Nachricht Jackie da überbrachte. Sie musste Robert wieder und wieder erzählen, was sie in der alten Wohnung Boxhagener Straße erlebt hatte.

Jackie trank einen Schluck Tee, sie wärmte ihre Hände an der Tasse. »Verdammt und verflucht, er hat mir einen schlechten Streich gespielt«, sagte sie. »Ich gäbe alles dafür, wenn ich das nicht erlebt hätte.« Sie machte eine Pause. Robert starrte Jackie fassungslos an. Jackie redete ungerührt weiter. Er musste sich verhört haben. Sie fing endlich an, der Reihe nach zu erzählen. Sie war gestern nach West-Berlin rübergefahren und hatte in einem Laden zwei Paar Jeans für James gekauft. »Levi's Jeans. No. 101«, sagte sie. James wollte zur Premiere seines ersten Filmes unbedingt in Levi's No. 101 erscheinen. Als sie mit den Jeans zur Grenze kam, Friedrichstraße, wurde sie dort von den Grenzwächtern der DDR in einer Zelle festgehalten. Stundenlang. Man kannte sie an der Grenze längst. Sie fuhr ständig mit ihrem US-Pass zwischen Ost- und West-Berlin hin und her. Ihr Visum für die DDR war abgelaufen.

James hatte einmal seinen Vater besucht, ihn gefragt, ob er nicht in der Visa-Angelegenheit ein Wort für Jackie einlegen könnte. Der Vater sagte bloß, James sei mit seiner Bitte am falschen Ort, bei der falschen Person. Die Haushälterin beschimpfte James dafür, dass er mit einer Amerikanerin zusammen sei. James rannte davon, sonst hätte er der Frau ein Küchenmesser in den Bauch gestoßen.

»Wann war das?«, fragte Robert.

»Wann das war? Vor einer Woche. Und dann kam gestern. Gestern auf heute. Weißt du. Als sie mich … als mich die DDR-Grenzer endlich durchließen, war es nach Mitternacht. Ich bekam kein Taxi, ich musste in die Boxhagener Straße laufen, die Premiere von James' Film war längst vorüber. Und ich stand da mit den Jeans. Meine letzten vierundzwanzig Stunden in der DDR. In der Wohnung entdeckte ich James am Boden liegend. Ja. Das Gesicht unten. Vielleicht dachte er, sie haben mich nicht mehr zurück in die DDR gelassen. Da hat er sich zugesoffen, dabei muss es passiert sein.«

»Was passiert sein?«, brüllte Robert.

»Dass er sich so betrunken hat, dass er jetzt tot ist«, flüsterte Jackie. »Jedenfalls haben sie das gesagt, die Sanitäter und der Arzt, der dann kam. Es war ein Unfall. Kein Selbstmord. Er hatte über vier Promille. Bis es zum Herzstillstand kam.«

Robert sah Jackie mit glasigen Augen an. Er hörte das Echo ihrer Stimme. »Kein Selbstmord. Bierflaschen. Eine jämmerliche Luftschlange.«

Jackie schluckte. »Er hat getrunken und Tabletten genommen, irgendwelche Tabletten, James hat bestimmt befürchtet, er sieht mich so bald nicht wieder. Und es war ja seine erste Filmpremiere. Er hat gefeiert, getrunken, und getrunken hat er ja immer reichlich.«

Robert ging schweigend aus der Küche, er wankte, sah im großen Zimmer aus dem Fenster. Konnte es wahr sein, fragte er sich. Konnte es wirklich wahr sein? James? Es konnte eigentlich nicht wahr sein.

Sein Bruder James war tot? Die Seele war aus ihm hinausgegangen? Der Körper war wie ein Objekt, wie ein Block? Keine Seele hielt mehr das Gewicht seines Körpers? Wo war er hingegangen? Sein kleiner Bruder? Auf das Dach gestiegen in Cottbus, bei seinem Schulfreund Hector

Müller? Diesmal war James gesprungen, unbekümmert, vor seinen Augen gesprungen? »Warum holst du mich nicht in den Westen? Warum holst du mich nicht als Schauspieler in deinen Film?«, hörte Robert seinen jüngeren Bruder sagen. »Warum holst du mich nicht in deinen Film? Robert?« Robert schüttelte den Kopf. »Ich wollte dich holen – warum hast du nicht gewartet? Jetzt ist es zu spät«, murmelte Robert zurück.

An der Hand hatte er ihn vom Dach herunter zurück in die elterliche Wohnung geführt.

Dieses Mal kam er zu spät, James war gesprungen.

Wohin verschwand die Seele? In welche Leere, in welche Ungewissheit?

Nora hätte sich gerne hingelegt. Sie konnte nicht liegen, nicht sitzen. »Nein, nein, das kann doch nicht sein?«, sagte sie wieder und immer wieder. »James? Warum?«

Das Schlimmste passierte, und jeden Tag ging das Leben weiter. Josefine schlief, schlief neben Pola. Louis hielt Nora in seinen Armen. So umarmt hielten sie einander fest. Drüben im anderen Zimmer saß Robert allein an seinem zugemüllten Schreibtisch und schrieb einen Brief an seinen Vater. Warum hatte der James nicht geholfen? Warum war er gegen alles Menschliche, gegen alles, was nicht in sein Konzept passte vom realen Sozialismus?

Robert schrieb. Und schrieb.

»Lieber Vater! Ich habe heute Nacht eine schreckliche Nachricht erhalten. Mein Bruder James ist tot. Wieder hast Du nicht geholfen, obwohl Du hättest helfen können. Warum folgst Du Deiner Partei so willenlos, und warum fällt es Dir so schwer, Deiner Familie beizustehen, auch wenn sie alle Deine Ansprüche verfehlt? Wir sind Deine Familie. Es ist jetzt 5 Uhr 30 früh, und vielleicht sind meine Gedanken wirr und nicht für die Ewigkeit formuliert. Warum musst Du uns zerstören? Meinen Bruder? Meine Mutter? Mich? Und ich sage Dir, wie betrunken ich auch sein mag, vom Schnaps und von der Trauer um meinen Bruder: Dein Gesicht ist kein menschliches Gesicht. James musste sterben, ja, lieber Vater, weil Du nicht verstehen willst, dass es hinter Deinen

Mauern eine Welt gibt – nicht nur mit Reaktionären und Kapitalisten bevölkert, eine Welt mit Menschen.«

Das klang Robert viel zu sentimental. Drei oder vier Briefanfänge hatte er geschrieben. Er zerriss sie alle, warf die Schnipsel wütend weg. Er fing einen neuen Brief an. Er zerriss auch den. Er wollte nicht mehr, er konnte den Brief an seinen Vater nicht schreiben. Er verwirrte sich in lauter Widersprüchen. »Dass ich sein immer noch ungeliebter Sohn bin, das treibt mich mehr als aller Erfolg und alles Geld an, alles, was ich tue, ist nichts weiter, als mich um seine Aufmerksamkeit abzukämpfen«, dachte er. Er grübelte weiter: »Ich beklage seine groteske Unmenschlichkeit und würde, wenn er mich riefe, auf der Stelle hier alles liegen lassen und zu ihm gehen, mich mit ihm versöhnen. Die Sehnsucht nach seiner Liebe brennt in mir noch wie damals, als ich für ihn in die Kadettenanstalt nach Naumburg einrückte. Das Kratzen der Uniform fühle ich ganz lebendig auf meiner Haut.«

Es war aussichtslos, es gab den Himmel nicht, in den er sich vor seinem Vater erheben konnte, und nicht das Loch, in das er sich verkriechen konnte.

»Verdorrt, abgehackt, mein Vater hat uns weggegossen.«

Er kramte den Klumpen heraus, schnitt ab, zerdrückte, schniefte. Ekelhafte Welt. Er zog sich an. Lief aus der Wohnung hinunter zum Zeitungskiosk an der Ecke, der um halb sieben Uhr aufschloss.

Louis sah aus dem Fenster. Robert stand im Nieselregen unter der Linde vorm Haus und las die Schlagzeilen. Immer würde er dieses Bild vor Augen behalten: Robert mit den Zeitungen im Regen am Straßenrand.

Später lasen sie gemeinsam. Die Schlagzeilen der Berliner Zeitungen: »James Papst, der geniale junge Schauspieler, ist tot« – »Tot nach Filmpremiere!« – »Der James Dean der DDR ist tot« – »Sohn des Exministers trinkt tödlichen Cocktail« – »Selbstmord oder tragischer Unfall?« Die Zeitungen schrieben, was sie immer schrieben.

»Robert?«

Er starrte Louis an. Er wollte nicht an seinen toten Bruder denken. Unruhig irrte er mit dem Bandgerät in der Wohnung umher und hielt seine Gedanken, seine Einfälle darauf fest. Der weiße Klumpen hielt ihn wach. Als er ihn weggeschnieft hatte, wollte er einen neuen Klumpen.

Ein alter Kellner. Traurig wie ein Pferd zum Sterbenmüssen. Der wurde Roberts Dealer. Zwei Drinks in der Bar edition. Tausend Mark, die er in eine Tüte mit Taschentüchern steckte und dem »Pferd« hinschob.

Jackie, die Tänzerin aus Portland, Oregon, blieb noch einige Tage in der Wielandstraße bei Nora. Dann packte sie ihren Koffer mit ein paar Erinnerungen an ihre Ostberliner Liebe, flog mit dem Tod ihres Bräutigams im Herzen zurück nach Amerika.

106

Robert wollte alles in den Sieben-Millionen-Film hineinpacken, wie ein Romandichter, der über beliebig viele Seiten ein gewaltiges Bauwerk seiner Fantasie und seiner Geschichten aufzurichten vermag. Im Schaffensfieber schwebte Robert ein Film vor, ein Bilderbogen noch gewaltiger als jener, den Tolstoi in *Krieg und Frieden* ausbreitet. Dass er mit neunzig, höchstens hundert Filmminuten auskommen musste, diesen Umstand wischte Robert angesichts der Sturzflut seiner Einfälle beiseite.

Eine neue Idee hatte von ihm Besitz ergriffen: die Verwendung des Hetz-Filmes für die Soldaten der Wehrmacht vor ihren Einsätzen im Osten. Er wollte historisches Material verwenden. Stichwort: Taktik und Genozid. Die Eroberung der Krim durch die 11. Armee unter General Manstein. Mansteins Verhängnis. Mansteins Wahn. Inmitten der nüchtern registrierten Schwierigkeiten erhebt sich eine Gestalt, die, wie der Feldmarschall wusste, militärisch unschädlich war: der Jude. Manstein gewahrt ihn an den Schlüsselpunkten.

Robert fantasierte Szenen, in denen der Statist aus dem *Jud Süß*-Film, der dem KZ entkommen war und nach Hollywood ging, nun, vierzig Jahre später, dokumentarisches Filmmaterial studiert, das

General Manstein mit seinen Soldaten beim Betrachten des *Jud Süß*-Filmes zeigt.

Das Gesicht des jungen Juden im Film, aus der Sicht des erschöpften Generals Manstein. Der General aus der Sicht des nun alten, erfolgreichen Regisseurs in Hollywood. Eine Szene im Jailagebirge. Mansteins Truppen sollen Juden töten. Um sie »heiß« zu machen, wird der Truppe der Film *Jud Süß* gezeigt.

Robert träumte Bilder: Gerade läuft Manstein durchs Bild, Schnitt zu dem Darsteller des Jungen aus dem KZ und dann wieder zu einem der vielen verschiedenen Horrorbilder, die der junge Jude sieht: jüdische Männer und Frauen von Mansteins Leuten nackt vor eine Grube getrieben und auf Befehl von hinten erschossen.

Der Kaukasus auf einer Leinwand in Santa Monica. Schnitt auf die Grube, die dann zugeschaufelt wurde. Aus der Grube dringen Schreie. Schnitt. Der ehemalige Statist aus dem KZ kommt in einer Limousine eine besonders schöne Straße entlanggefahren: die Ocean Avenue am Rande der Sandsteinklippen über dem Meer.

Schnitt. Babelsberg im Jahr 1942.

Dreharbeiten zu dem Hetz-Film. Kohlenhalden. Das entscheidende Vorsprechen – die KZ-Aufseherin entscheidet über Leben und Tod. *Kaufmann von Venedig*. Shylock. Nummer 1128 spricht den Shylock-Text. Wenn er ihn gut spricht, dann bleibt 1128 verschont vom Gas. »Ich bin ein Jude. Hat nicht ein Jude Augen? Hat nicht ein Jude Hände, Gliedmaßen, Werkzeuge, Sinne, Neigungen, Leidenschaften? Mit derselben Speise genährt, mit denselben Waffen verletzt, denselben Krankheiten unterworfen, mit denselben Mitteln geheilt, gewärmt und gekältet von eben dem Winter und Sommer als ein Christ? Wenn ihr uns stecht, bluten wir nicht?« Wieder Schnitt zu der Grube, die SS erschießt jüdische Männer und Frauen.

Den Jungen hatte er. Wer sollte aber den alten, erfolgreichen Regisseur mit dieser Vergangenheit spielen? Für Robert gab es auf der Welt nur einen einzigen Schauspieler, der diese Rolle glaubhaft verkörpern konnte. Nur einen einzigen, der das europäische Gesicht hatte, das zu einem amerikanischen Gesicht geworden war. Er setzte sich mit seinem Produzenten in den Vorführraum. Der Filmvorführer, auf ein Zeichen Roberts, startete den Film. Der Produzent hatte keine Ahnung, was er gleich zu sehen bekommen würde. Schwarzbild mit Kratzern erschien auf der Leinwand. Sich schließender Kreis. Zahlen. Drei. Zwei. Eins.

Der Titel erschien. Name der Regie. Die Namen der Darsteller.

Roberts Produzent saß mit versteinerter Miene in seinem Kinosessel. Er wandte sich zur Seite, fragte: »Robert? Welchen willst du haben?«

»Adams!«

»Unmöglich!«, sagte der Produzent. »Unmöglich. Toni Adams ist ein Weltstar, er kostet zweihunderttausend pro Drehtag. Adams hat außerdem Drogenprobleme. Toni Adams bedeutet allein hundertfünfzigtausend Nebenkosten.«

Robert bestand auf Toni Adams! Er überfiel seinen Produzenten in täglich gesteigerter Aufregung mit immer neuen fantastischen Szenen, mit Geschichten von Verrätern, Heiligen, Mördern und Übeltätern. Um jedes Detail wollte Robert Papst sich selbst kümmern. Bald war selbst ihm nicht mehr ganz klar, welchem Beruf er in dem Wahnsinnsunternehmen nachging. War er noch der Drehbuchschreiber? Er antwortete aggressiv, dass er sich nicht als Drehbuchschreiber sehe. Er sei Geschichtenerzähler, Visionär. Regisseur. Poet.

Die Millionen, die der Film kosten sollte, waren noch gar nicht auf den Konten des Produzenten eingegangen, sie waren noch nicht einmal genehmigt, da überkam Robert Papst bereits ein Verfolgungswahn, sein Produzent könnte zuerst an seinen eigenen finanziellen Vorteil denken und nicht an den Film. Ein ständiges Misstrauen begann die Atmosphäre zwischen dem Künstler und dem Produzenten zu vergiften und führte dazu, dass Robert über jede ausgegebene Mark die Kontrolle haben wollte.

Gleichzeitig durchpflügte er Berlin kreuz und quer und durchsuchte die Stadt wie sein Notizbuch nach geeigneten Motiven. Die Stadt als rückwärtiges Heeresgebiet zugerichtet. Die Heimat als totales Schlachtfeld. Diese Schreckenskulisse sollte doppelte und dreifache Filmkulisse sein für einen Film im Film im Film. Kulisse für einen erdachten Verrat. Der wunderbar aussehende, weißhaarige, alte schöne Jude, Toni Adams, der am Ende seines erfolgreichen Künstlerlebens im geteilten Berlin sich selbst als kleinem verräterischen KZ-Jungen und Filmstatisten wiederbegegnet, der in Berlin über sich Gerichtstag hält. Roberts Geschichte starb oder lebte mit Toni Adams, mit dem Weltstar.

»Unmöglich«, seufzte der Produzent.

Berlin. Mein Land. Über dem Schreibtisch der Stadtplan. Melancholie. Hass. Selbsthass. Knallhartes Gangstertum. Gier.

Nora hatte das Gefühl, dass die wirkliche Leidenschaft, die innere Neigung des Dichters Robert Papst in dieser Zeit Filmausstattung, Requisitenhandel und Finanzbuchhaltung war. Die Situation in der Wielandstraße wurde Robert zu eng für diesen Film, für seine Einfälle, er zog in ein Berliner Hotel. Louis und Nora packten ihre Sachen. Ausgerechnet Noras Geburtstag war der Tag ihres Abschieds von Robert und von Berlin.

In einer lächerlichen Kneipe am Adenauerplatz, bei schlechtem französischen Rotwein saßen Nora und Louis, um sich von Robert zu verabschieden, ehe sie nach Zürich abreisten. Robert lief andauernd aufs Klo hinaus und kam jedes Mal aufgeregter und verwirrter zurück. Er versuchte, Louis mit aller Gewalt zu überreden, am Drehbuch zu seinem Film mitzuschreiben. Robert leerte sein Glas. Nein. Er selbst würde es nicht schreiben, er war kein Drehbuchschreiber. Er hatte die Geschichte fertig im Kopf. Die Träume der Menschen, die in einem Zug sitzen und durch ihre Alptraumbilder fahren, die die Wirklichkeit bedeuten. Sie glauben zu träumen, und bei ihrer Ankunft erfahren sie, dass alles Wirklichkeit ist. Die Rampe in Birkenau. Vogelzwitschern an einem leeren Augustnachmittag des Jahres 1983. Er wird ohne Drehbuch arbeiten. Kein Drehbuch. Schwebend. Der Schmerz schwebt. Der Schmerz kennt keine Kontinuität. Dieser Schmerz ist ewig. Er hatte alles, alle Szenen und Bilder, Dialoge, Einstellungen und Achsen in seinem Kopf. Er konnte und er wollte keinen historischen Film machen. Er wollte keine Kontinuität. Er hasste Kontinuität. Er wollte, nach dem Erfolg von Cannes, in seinem neuen Film die Strukturen auflösen. Aber die Produzenten waren dagegen. Das Publikum? Das Publikum sollte ihm den Buckel runterrutschen. Louis war, in Roberts Augen, die Lösung für das Drehbuch.

»Du denkst an das Publikum, Louis. Du! Du kannst Dialoge schreiben. Du sollst mir eine griffige Kontinuität schreiben, Louis, für die Produzenten, für das Publikum. Dann werde ich dein griffiges Drehbuch beim Drehen zerstören. Aus dieser Drehbuchzerstörung werde ich meinen Film machen, Louis. Einen großen Film.«

Robert steckte so tief in seinen Ideen, dass er gar nicht mehr daran dachte, dass Nora Geburtstag hatte. Sie und Louis saßen nicht zur Filmbesprechung mit ihm am Tisch. Sie wollten ein bisschen feiern und Adieu sagen. »Adieu, Robert. Adieu, Berlin.« Aber Robert wollte sich auf Geburtstag und Abschiede nicht einlassen.

»Alles. Nur ja keinen Erfolg«, rief Robert und fiel mit seiner ganzen Ungeduld noch einmal über Louis her. »Die alten Dramaturgien sind schändlich in ihrer Fixierung auf Verständlichkeit und glückliches Ende. Happy End gleich Erfolg. Und die neuen Dramaturgien sind nicht zu retten, weil sie Avantgarde bemühen, wo gar keine Wunde ist.«

Und zum Wirt gewandt rief er noch lauter: »Rotwein!«

Rotwein? Der dicke Wirt, ein gefühlvoller schwuler Badenser, kam angetippelt. Mehr Rotwein? Bitte schön. Irgendwie, mit jedem weiteren Glas, seltsames Glück, wurde der Rotwein besser.

Nora, die nicht trank, saß ganz winzig am Tisch dabei, Robert behandelte sie jedenfalls als ungeheuer winzig. Louis hatte Nora einen schönen Strauß roter und weißer Rosen zu ihrem Geburtstag auf den Tisch gestellt. Robert, in seiner Wirrnis, verschenkte Noras Geburtstagsblumen an ein abgerissenes Mädchen, das bettelnd von Tisch zu Tisch ging.

»Mein Film«, redete Robert wie besessen auf Louis ein, »mein Film wird auf dem Abhang des Geschichtsberges, des deutschen Vulkans errichtet, und der Ausblick umfasst Millionen Tote. Wo soll da Platz für klassische Dramaturgie, für ein Happy End sein? Das ist keine Möglichkeit für einen deutschen Juden. Misserfolg und Spucke. Hohn und Spott. Diskontinuität. Verachtung. In diesem Krieg gegen mich, in diesem Krieg gegen meine Fähigkeiten und gegen meine Schuld, gegen mein Volk und gegen mein Land, in diesem Krieg gegen meine Unschuld ist für die Produktion herkömmlicher Filmerzählung kein Platz. Erfolg von vorneherein ausgeschlossen. Erfolg hat man mit anderen Geschichten. Mit Brecht und Ganghofer. Louis, ich brauche dich. Du bist mein Ersatz für den berühmten Drehbuchschreiber, der mir die Mitarbeit hingeschmissen hat. Mein ganzer Krieg lebt von Ersatz. Ersatz für Geschichte und Ersatz für die Schmerzen. Ersatz für den berühmten Drehbuchschreiber. Jude will ich nicht sein. Jude will ich so wenig sein, wie Nora Jüdin sein will. ›Ich bin keine Jüdin‹, hat sie zu meiner Mutter gesagt, ›ich bin ein Mensch.‹ Und ist doch Jüdin, mehr als alles sonst. Die abwesende Person, ich. Ich will in einen fertigen Film flüchten und muss darum mit der Arbeit beginnen, diesen fertigen Film, den ich vor meinen Augen habe, zu vernichten. Solange ich den fertigen Film nicht vernichtet habe, in den ich als abwesende Person flüchten will, kann ich meinen Film nicht drehen. Die Architekten, die Kostümleute, die Requisiteure, die Buchhalter, die Aufnahmeleiter sollen nach Hause gehen, sie sollen endlich verschwinden von meinem Terrain. Verstehst du das? Louis? Verstehst du es, Nora? Versteht ihr, dass ich zuerst den fertigen Film in mir vernichten muss, eh ich mit meinem Film beginnen, mit meiner Arbeit anfangen kann? Wie kann ich auf den alten Bildern meine Bilder sehen? Erkennen? Schauen? Wie? Nie! Niemals, nie! Die Vernichtung des Erfolgsfilmes kostet sieben Millionen, der Film selbst wird aus Schreien gemacht.«

»Dreh erst mal«, sagte Nora. »Du sprichst zu viel davon. Dreh. Dann wirst du nämlich alles durch die Arbeit rauskriegen.«

»Ja, Nora. Aber damit ich drehen kann, muss zuerst der fertige Film in mir vernichtet werden. Das Prinzip ist die Vernichtung des Fertigen, um Platz zu schaffen für das, was nachkommt. Das Unfertige. Das radikal Unfertige. Und wenn nur ein einziges unfertiges Bild nachkommt? Eine Kreuzung im Nebel? Eine Kreuzung auf der Krim? Ein kleiner Judenjunge, der einen Stein schmeißt gegen den deutschen General Manstein? Wäre das kein schöner Film? Ein ganz langsamer Film. Andere Wachtürme, auf dem Erdboden kriechende Wachtürme, sage ich, damit der Betrachter diese bestimmte Angst erfährt, die ein Jude erfuhr, als er in Birkenau, aus dem Waggon gestoßen, auf der Rampe stand, wo die Luft erfüllt war von dem Gebrüll der Kommandos, vor dem sich die Lerchen verbargen und alles Getier ringsum. Nora? Louis? Wir haben keine Zeit. Du schreibst Dialoge, Louis, ich verwerfe diese Dialoge. Darin wird unsere Zusammenarbeit bestehen: Kreation und Zerstörung. Sag Ja, Louis. Mehr Rotwein!«

Louis hatte für einen Moment den Eindruck, dass Robert zwei Gesichter hatte. Eines, das von dem anderen wie Gelee verschlungen wird.

»Solange wir, Louis, nicht über unsere Schatten springen, ist dieser Film in Gefahr. Wir müssen unter uns hindurchkriechen oder über uns hinwegfliegen, wir müssen das Schwerste aus unserem Auftrag machen. Der Film darf nicht dem moralischen Anspruch seines Gegenstandes entsprechen, der innere Kern meines Filmes ist die Unfähigkeit des Filmemachers und seiner Hauptfigur, sich mit eigener Geschichte ins Verhältnis zu setzen. Louis, bitte. Sag Ja. Lehne nicht ab, es wird spannend. Wie hast du dich entschieden?«

»Nein«, sagte Louis.

»So?«, sagte Robert.

»Nein!«

Einige Male hatte Louis Mayer mit Robert an Szenen und Dialogen gearbeitet. Das Drehbuch für *Halma,* den Film, den er zwischen der Gangsterballade und dem Sieben-Millionen-Film drehte, hatten sie zusammen geschrieben, sie hatten sich gemeinsam betrunken und sich bis aufs Blut bekämpft. Vor dieser neuen Aufgabe musste Louis passen. Hier sah er den Wahnsinn sein größtes und schwerstes Werk beginnen.

»Gut. Nein. Aber so spiel doch wenigstens als Schauspieler bei mir mit«, sagte Robert und sah vor sich hin auf den Tisch, über den ein schmutzig rotes Tischtuch gebreitet lag, mit einer leeren Vase in der Mitte, aus der Noras Geburtstagsblumen verschwunden waren, und mit einem braunen Aschenbecher, der so groß war wie eine Kinderbadewanne. Drum herum lagen Bierfilze verstreut wie Fleischfladen. »Spiel doch wenigstens den jungen Juden, den Freund der Hauptfigur, den, der verraten und auf der Flucht über eine Kohlenhalde erschossen wird.«

»Ich werde es mir überlegen«, sagte Louis.

»James ist tot. Er hätte diese Rolle gut gespielt, jetzt spielst du sie. Ohne kleinen Bruder ist alles Scheiße, mir vergeht das Schreiben, wenn ich daran denke, dass er meinen Film nie sehen wird. Ich fühle mich schuldig an seinem Tod, er wollte über Amsterdam in den Westen, und ich habe seinen Brief nicht gelesen, habe geschwiegen, hab ihm keinen Mut gemacht, zu mir rüberzukommen in den Westen.«

Robert schwieg, kratzte sich im Nacken, an den Armen, kratzte sich die Handrücken wund.

Es war ganz still geworden in dieser Westberliner Dämmerstunde. Eine Polizeisirene keuchte den Kurfürstendamm hinauf. Berlin am Abend.

Nora hatte die ganze Zeit ruhig zugehört. Sie war während Roberts Filmwortschwall immer schweigsamer geworden. Sie sah deutlich, dass mit Robert eine Veränderung vor sich ging, die gerade erst begonnen hatte und die ganz fürchterlich zu beobachten war. Sie spürte, dass Robert dieses Mal einen Weg eingeschlagen hatte, auf dem er sich selbst verloren gehen musste. Nora konnte ihn nicht aufhalten. Sie hatte genug von Kneipengesprächen, genug vom Trinken und von dem anderen, von dem sie gar nicht genau wusste, was es war. Nora wollte endlich wieder auftreten, singen. Sie wollte sich nicht noch weiter und immer tiefer in Roberts einsame Wüsten verlieren. Seitdem der weiße Klumpen in sein Leben geraten war, wich sie instinktiv vor ihm zurück. Sie sagte: »Ich muss Abschied nehmen von dir, Robert.«

»Warum? Warum sagst du das mit einem solchen gespenstischen Unterton?«

»Du weißt genau: Dies ist mein letzter Abend in Berlin. Ich will wieder singen. Schon morgen fahren wir nach Zürich, Josefine, Louis und ich.«

»Zürich? Nein, nein. Aber verdammt, ihr dürft nicht weg, nicht nach Zürich. Nora? Du auf gar keinen Fall. Du nicht, du darfst nicht fort. Das wäre das Schlimmste, was du mir antun kannst.«

Aber er sprach schon ganz verändert. So abwesend und dabei von übertriebenem Getue war Robert zuvor Nora gegenüber niemals gewesen. Er sah ihr in die Augen und begriff, dass sie alles von ihm wusste, dass er nichts verstecken konnte. Ohne Übergang rief er: »Ja, ja. Schließlich willst du ja wieder singen. So, wie wir zusammengepfercht gelebt haben, konnte aus unserer Arbeit nichts werden. Ich komme euch besuchen, wenn ich meinen Film abgedreht habe. Das blanke Wesen betritt mein Land. Ich bin nicht brauchbar, diese Arbeit ist mein letzter Versuch, in dieser Gegenwart nicht brauchbar zu sein. Meine weißen Seiten, meine leeren Bilder. Die Wahrheit hat ein Herz.« Er holte tief Luft. Es pfiff und es ächzte dabei aus ihm. Nora hätte es lieber nicht gehört. Diese seltsamen Geräusche, die aus Robert kamen, erfüllten sie mit Sorge.

»Adieu. Mach es gut«, sagte Nora.

»Halt, nein, nicht adieu, du gehst nicht wirklich weg. Robert ohne Nora?«, rief er und sagte schließlich kein Wort zum Abschied. Louis sah er gar nicht mehr an, er lief wie eine von sich erfundene Figur eilig hinaus aufs Klo. Tränen in den Augen.

»Geh«, murmelte er, »geh und red dir ein, ich wär schon tot.«

Das Schlimmste ist noch lange nicht das Schlimmste. Robert antwortete sich selbst und seinem Gewissen als Hund. Im Klo bellte er laut dreimal, eh er sich mit einem Taschenmesser auf dem Klodeckel über den weißen Klumpen hermachte.

»Wau-wau. Wau.«

107

In Zürich zogen Louis, Nora und Josefine ins Niederdorf mit seinen verwinkelten Gassen, mit Gasthäusern, die Beiz hießen und die ganz poetische Namen trugen wie: Weißer Wind und Grünes Glas. Georg Büchner und James Joyce waren ihre neuen Nachbarn.

Hoch über dem Hirschenplatz bezogen sie eine Wohnung. Nora wurde schwanger. Schön war es, wie der Himmel über dem Zürichsee mit Blau und Grau und mit der Farbe Grün spielte. Beunruhigend war es für Nora, in der Bahnhofstraße »über Geld zu gehen«, wie es der Klarinettenspieler ausgedrückt hatte, mit dem sie sich im Niederdorf traf. Sie wollte endlich wieder auf die Bühne. Ihr einziger Wunsch war zu singen. Zur Musik zurückzukehren, zu ihren Liedern – nichts sonst.

Sie stellte ein Programm zusammen mit Liedern von Maria Tanase und Zigeunerliedern und fand auch bald drei Jazzmusiker, mit denen sie die musikalischen Arrangements erarbeitete. Nach nicht mal zwei Wochen Proben, trotz jahrelanger Bühnenabstinenz, trat Nora im Theater am Neumarkt zum ersten Mal wieder auf.

In einer alten Lederjacke mit frecher Mütze über dem schwarzen Haar und rauem, spöttisch verlegenem Charme eroberte sie die Herzen ihrer Zuhörer.

Louis konnte es kaum glauben, mit welchem Schwung und mit welch fantastischer Stimme Nora loslegte. Auch die kleine Josefine wollte nur noch Nora hören. »Sing, Mama, bitte sing!«

Sie sang. Und wie sie sang. Man hörte es bis unten auf den Neumarkt. Louis kaufte die Blumenläden im Niederdorf leer und streute Hunderte Blüten über seine Sängerin aus.

Er selbst spielte auf der Pfauenbühne im Zürcher Schauspielhaus die schräge Geschichte eines Selbstmörders, der es nicht schaffte, sich umzubringen. Die Rolle eines unglücklichen Versicherungsvertreters hatte er sich auf den Leib geschrieben. Die Leute lachten und staunten über den Unglücksvogel, dem Louis in einem Hotelzimmer das letzte Stündchen schlagen ließ. Selbstmord als aussichtslose Maßnahme gegen den Alltag. Das Leben beenden und befreit über den Friedhof tanzen. Das Züricher Publikum feierte Louis, der zum Sterben unter ein Pensionsbett kroch.

Und dann wurde aus dem März der April, nur noch eine kurze Zeit trennte Nora von der Geburt ihres zweiten Kindes. Noch eine Woche … noch zwei Tage … Wieder war es ein Freitag. Wieder regnete es in Strömen. Wieder war es ein Kaiserschnitt. Wieder war es ein Mädchen.

Tilli, Mädchen.

Tilli, im Unterschied zu ihrer Schwester Josefine, Tilli Mädchen brüllte und trank die Brüste ihrer Mutter bis zu deren Erschöpfung leer.

Unmittelbar nach der Geburt äußerte Nora einen Wunsch. »Ich würde gerne den bevorstehenden Juni in Rom verbringen, Sommer in Italien, das ist schon lange ein tiefer Traum von mir.«

Mit den Tantiemen, die Louis inzwischen mit seinen Theaterstücken verdiente, konnte sich die kleine Familie in Trastevere eine Wohnung mieten. Sie lag im vierten Stock eines Hauses in der Via San Francesco a Ripa und hatte sogar eine Dachterrasse, die einen herrlichen Blick über die Tiberstadt bot.

Als Nora zum ersten Mal ihre römische Wohnung betrat, sprang sie vor Glück jauchzend in die Höhe. Sie weinte vor Freude. Hier war sie ganz und gar frei von den Erinnerungen an Ost-Berlin, an die Mauer, an Prozess, Gefängnis, Berlin-Chemie, Studienverbot und Auftrittsverbot. Ein neues Leben. Endlich. Farben. Blumen. Die Straßen voller Menschen. Es war heiß wie in Bukarest, die Luft roch nach Früchten, Blumen. Das späte Tageslicht auf den zinnoberroten Fassaden erfüllte Nora mit Glück. Tilli Mädchen wurde unter den Palmen von Frascati gestillt.

Inmitten der römischen Freude, inmitten dieses Hochgefühls zwischen täglichen Ausflügen ans Meer, hinauf nach San Felice Circeo, zwischen Strandtagen und Spaziergängen über den Tiber zum Markt auf dem Campo de' Fiori, oder zu den Pferdeställen der berittenen Polizei an der Via di San Michele – das Telefon riss Nora täglich aus ihrem Vergessen.

Es gab die Zeit nicht, den Ort nicht, wohin Nora vor Roberts Anrufen flüchten konnte. Robert war einsam. Robert soff sich voll, der Vater Klaus starb seit Monaten in seiner kleinen Ostberliner Wohnung, während in Ost-Deutschland die alten Säulen eine nach der anderen zu stürzen begannen. Robert flehte Nora an. Er bat sie, wenigstens für ein paar Tage nach Berlin zu kommen. In seiner Einsamkeit und Verzweiflung, während die politischen Verhältnisse in Deutschland durcheinandergerieten, die DDR ihrem Untergang entgegenwankte, hatte sich Robert eine neue Flamme angelacht, die ihn aussaugte.

Nora schlüpfte zu Louis unter die Decke, erzählte ihm von der Frau, die Robert mit ihrer Gier heimsuchte. Lola, rothaarige Berlinerin, üppige Oberweite, grüne Katzenaugen. Robert schien nicht genug

Worte für dieses tolle Weib zu haben. Sie studierte Architektur, malte Stierbilder, Toreros, sie bekam jeden, den sie haben wollte. Vor Robert war sie mit einem Komponisten zusammen gewesen, der für Robert die Filmmusik schrieb; sie hatte den Komponisten sitzen lassen; der wurde vor lauter Trennungsschmerz zuckerkrank – behauptete er. Jetzt sann er auf Rache, Robert war dem rothaarigen Superweib gänzlich verfallen, er bezahlte sie, dafür war sie seine Geliebte und seine Sekretärin zugleich.

»Wie kann ich Robert helfen?«, fragte sie Louis.

»Gar nicht«, antwortete Louis.

Nora sah an die hohe Decke. Sie überlegte, wer vor ihnen wohl in diesem römischen Zimmer gelegen haben mochte, mit welchen Wünschen und welchen Leidenschaften, und warum Robert nicht von Berlin loskam. Während eines Telefonats hatte sie ihn gefragt: »Warum kommst du nicht zu uns nach Rom? Hier ist noch ein Zimmer frei, das kannst du haben. Das Leben hier ist herrlich, hier wirst du gut arbeiten können, Rom hilft dir, Berlin ganz schnell zu vergessen.«

Robert druckste herum. »Ich kann momentan Berlin nicht verlassen. Auch wegen meines Vaters nicht.«

»Was?«, hatte Nora gerufen. »Hast du vergessen, wie du deinen Vater verflucht hast? Und jetzt kannst du wegen ihm nicht fort?«

»Ich weiß, Nora, ich weiß. Aber er muss mir noch ein paar Fragen beantworten.«

»Und?«, fragte sie Robert. »Antwortet er dir?«

»Ich schreibe ihm, er schweigt.«

»Siehst du!«, rief Nora, »lass den alten Mann, komm zu uns nach Rom.«

Aber alles Reden nützte nichts, sie konnte Robert nicht aus Berlin fortlocken.

Louis schwieg.

Nora lag still neben ihm.

»Ist das nicht seltsam?«, fragte sie.

»Was?«

»Nun. Wie er nie bekommt, wonach er sich sehnt – von seinem Vater und auch von seinen unzähligen Affären nicht. Geld hat er genug, Erfolg hat er, aber was er will, das macht einen Bogen um ihn.«

»Ja, das ist alles seltsam«, sagte Louis.

»Er würde sich freuen, wenn wir ihn in Berlin besuchen. Gerade jetzt. Wo in Deutschland alles auseinanderfliegt. Er ist entsetzlich allein. ›Ich bin‹, sagte er am Telefon zu mir, ›ohne deine Nähe verloren.‹«

»Niemals. Ich gehe hier nicht weg!«, antwortete Louis.

Auch Nora wollte nicht weg, sie schmiegte sich enger an Louis und legte ihre Wange auf seine Handfläche. Er legte einen Arm um ihre Schultern. Er war voller Begierde. Später, als Louis neben ihr eingeschlafen war und sie wach bei ihm lag, kreiste ihr Denken wieder um Robert. Er war nicht zu retten. Sie sah die Narbe auf seiner Stirn vor sich. Warum rief er die ganze Zeit nach ihr?

»Nach Deutschland dichtet er sich wieder und wieder«, dachte Nora, »aber er will gar nicht wissen, ob dieses Land wirklich existiert, von dem er glaubt, dass es sein Land ist.« Roberts Land war längst verschwunden. Wenn es es je gegeben hatte! Er tat ihr leid. Sie kannte die DDR, die Menschen, sie kannte sie aus der Arbeit in der Fabrik, sie kannte sie aus dem Gefängnis, aus dem Amtsgericht – entweder waren es ganz gute oder ganz schlechte Menschen. Sie versuchte, nicht mehr daran zu denken. Jetzt war sie in Rom. Wieder sah sie aber Roberts Augen. Sie sollte zurückkehren nach Berlin, bettelte er, ihm dabei helfen, seine Geschichte zu schreiben. Wie unrealistisch. Sie ermahnte sich. Genug milde Güte. Robert Papst kommt sehr gut alleine zurecht, auch wenn er mich für noch so wichtig hält in seinem Leben. Damit drehte sie sich zu Louis und schlief endlich ein.

108

Die Dreharbeiten zu Robert Papsts Sieben-Millionen-Film wurden ein einziges Fiasko. Während eines Nachtdrehs auf einem riesigen Areal, auf welchem der Berliner Senat Kohlenhalden für den Notfall bereithielt, kam es zu einem folgenreichen Eklat. Das gesamte Schauspielerensemble des Films war versammelt, vom Weltstar Toni Adams bis zum letzten Statisten, als Robert, betrunken, voller Kokain, wahnsinnig vor lauter Unzufriedenheit mit der Arbeit, mitten in einer langen und aufwendigen Kamerafahrt seinen jungen Hauptdarsteller feuerte.

Alle redeten in beschwichtigender Absicht auf Robert ein. Der aber kämpfte gegen sich selbst, er kam nicht aus seiner eigenen Haut. Bevor er sich durch sie wie durch eine Gefängnismauer hindurchgrub, zerstörte er seinen Film bei dem Versuch, der eigenen Haut zu entkommen. Er änderte kurzerhand die Geschichte des Filmes, nachdem er den Darsteller des jungen KZ-Häftlings vom Drehort davongejagt hatte.

Als der Film endlich abgedreht war, titelte eine Berliner Zeitung voller Häme: »Berlin atmet auf! Robert Papst hat die Dreharbeiten beendet!«

Der Film wurde in den Kritiken niedergemacht. Kaum eine Woche hielt er sich in den Kinos, wo Roberts Erstling, seine Gangsterballade aus der Luftbrückenzeit, wochenlang vor ausverkauften Sälen gelaufen war.

Jetzt Leere. Frust. Trotz des Weltstars aus Amerika, Toni Adams!

Robert Papst hatte acht Millionen in den Sand gesetzt, seine Karriere verspielt. Er interessierte sich nicht für solche Fragen. Erfolg war für ihn kein Ort mehr. Er trank schon vor dem Frühstück deutschen Sekt. Kokain – zehn Gramm zu tausend Mark! – hatte er jetzt immer griffbereit. Mit dem traurigen Pferd, seinem Dealer, traf sich Robert jeden zweiten Abend in der Bar edition. Zu Hause hörte er Musik von John Zorn. Es hagelte Anzeigen von den Nachbarn wegen nächtlicher Ruhestörung, wegen der ohrenbetäubenden Musik.

Inzwischen standen seine Chancen auf dem Jahrmarkt der Eitelkeiten schlecht. Sophie Kessler trennte sich von ihm, verliebte sich in einen Lokomotivführer, den sie bei Dreharbeiten auf dem Bahnhof von Potsdam kennenlernte. Für Pola aber blieb Robert der wundervollste, beste, der zärtlichste, klügste und lustigste Vater der Welt. Zu ihr, aus der ein junges, gescheites Mädchen geworden war, hielt Robert weiter enge Freundschaft.

Entschlossen probierte er die Rückkehr zum jugendlichen Ich vor den Flugblättern gegen den Einmarsch in Prag und vor dem Roten Kloster Leipzig, obwohl keinerlei Hoffnung auf eine Wiedervereinigung mit jenem fernen verlorenen Robert bestand. Pola war der einzige Mensch, der ihn für Augenblicke mit einer Rückkehr zu dem verlorenen Selbst beschenkte. In ihrer Nähe wurde dem Dichter das Leben leicht. Einmal saß Pola mit Robert in der Küche. Es waren Roberts letzte Tage mit ihr und ihrer Mutter Sophie in der gemeinsamen Wohnung. Sie sah Robert lange schweigend an. Bis er ihr seinen markanten Schädel nah vor die Augen schob. »Was siehst du?«, fragte er. »Ich sehe durch deine Augen – deine Augen: sanft, warm, neugierig, scheu und frech.« – »Was siehst du?«, beharrte Robert. »Ich sehe dich durch die Hölle fetzen, in die du dich hineingebracht hast. Dorthin kann ich nicht mit dir kommen.« Robert hustete. Pola stahl Robert einen Schluck vom deutschen Sekt. Er zog ein ernstes Gesicht, in seinen Augen funkelte Spott und Sarkasmus, er wusste, dass er verloren war. Sein Erlöser konnte nicht erscheinen – er dachte nicht mehr an Robert Papst, er schien ihn aufgegeben zu haben.

Sein Leben wurde ruheloser, er zog von einer Wohnung in die nächste, lebte kurzzeitig mit schnell wechselnden jungen Frauen zusammen, die er in den Berliner Theaterkantinen kennenlernte, die ihn bewunderten und ihm die Zeit mit ihren Einfällen vertrieben und sich von ihm aushalten ließen. Noch war das Geld für Robert die geringste Sorge. Bis er an die rothaarige Lola geriet.

Er dachte oft nach über das Gespräch mit Pola in der Küche. Wie weit reicht die Hölle? Sie bewegte sich auf ihn zu. Die Hölle traf ihn – überall! Er suchte nach Auswegen. Gedanken an ein Theaterstück über seine Kindheit beschäftigten ihn, in dem er als sechsjähriger Junge auftreten wollte. In seiner Haut, nackt und bloß. Auf dem Dach über Cottbus. Schornstein. Landschaft mit Rauch. Abendhimmel. Das Haus mit den schönen Erkern. Die aberwitzige Autofahrt Richtung Naumburg, entlang der Saale.

Lauter Schnitte, jeder Schnitt keine Sekunde, ohne Rücksicht auf Verbindung.

Der Monolog des Vaters, der in dem Satz gipfelt: »Wenn du nicht so gut wie Shakespeare bist, lass es sein!«

Hagen Fürbock, sein Verleger in Frankfurt, lag Robert in den Ohren, keinen Film mehr zu drehen, keine Theaterstücke mehr zu schreiben, keine Shakespeare- und keine Tschechow-Übersetzungen mehr zu machen, aber sich einen Roman vorzunehmen für den nächsten Herbst. Robert atmete auf, er sah in der Prosa den Ausweg aus seiner miesen Lage und warf sich ganz auf das Buch. Es sollte ein Buch in sieben Abteilungen werden, und jede Abteilung sollte eine andere Hauptfigur haben, ein anderes Wetter und in einem anderen Jahrzehnt spielen. Vorher wollte er aber, nach Franz Kafka, in eigener Variante das Buch über den großen Maulwurf schreiben.

Vorbereitung auf den großen Deutschlandroman. Aus dieser Maulwurf-Variante wurde eine Skizze über P., einen dichtenden und Klavier spielenden Bankangestellten nach dem Ersten Weltkrieg, der zwei junge Frauen, die er am Piano unterrichtete, nach einer unglücklichen Liebelei auf ihr Verlangen hin erschießt.

Roman und Hintertreppenroman. Reflexionen und Gegenentwurf.

Wenn Robert nicht an diesem Buch arbeitete und sich keine Ablenkungen mit den Frauen aus dem Theater gönnte, schrieb er seinem Vater lange Briefe. Er schickte diese Briefe nie ab. Er wollte den Vater lieber besuchen. Der lebte mit Roberts jüngstem Bruder Max in Ost-Berlin in einer kleinen Wohnung in der Köpitzer Straße und wartete in zähneknirschender Geduld auf den Tod.

Plötzlich sollte Robert als Zeichen der sich ändernden politischen Haltung zum Westen an einem Ostberliner Theater aus seinen bis dato in der DDR verbotenen Texten lesen. Das war eine Sensation.

Robert lud den Vater zu der Lesung ein. Aber der wehrte sich. Er wollte nicht seinen erfolgreichen Sohn öffentlich in Ost-Berlin lesen hören. In seinem Denken blieb der älteste Sohn ein Verräter, der sich vom Klassenfeind aushalten ließ.

Nachdem ihm der Vater nicht antwortete, machte sich Robert mit seinem englischen Pass auf den Weg zu ihm hinüber nach Ost-Berlin.

109

Als Robert zum ersten Mal nach dreizehn Jahren vor seinem Vater stand, sah der ihn mit verwirrtem Blick an.

»Nein. Du? Was willst du hier?«, rief er in der Wohnungstür.

Er drehte das Gesicht weg. Grau sah er aus, die Augen stumpf, ausgebrannt, und abgemagert war er bis auf die Knochen. Am liebsten hätte er Robert auf der Stelle davongejagt, aber dann beherrschte er sich, bat ihn herein.

Robert setzte sich zu ihm. Sie sprachen zunächst beide nicht viel. Winzige Erdgeschosswohnung. Der Alte und sein Sohn Max hausten zusammen in dem größeren Zimmer. Das kleine Zimmer war bis unter die Decke mit Möbelstücken und Bücherkartons vollgestopft. Der alte Papst hatte das schmale Sofa belegt, Max schlief in einem Ohrensessel, den man an das Fußende des Sofas gerückt hatte. Der Tod ließ sich Zeit.

»Imperialisten sind Faschisten!«

Die Lage in der DDR verschärfte sich täglich.

»Aber noch steht die Mauer«, rief der Alte aus zahnlosem Mund. Er war stolz auf diesen Meisterstreich.

»Wo steckt mein kleiner Bruder?«, fragte Robert.

»Er hat noch in der Uni zu tun.«

»Mein Vater hat mich immer schon durchschaut«, dachte Robert. Als er in der Fabrik gearbeitet hatte, war er am meisten bei sich gewesen. In der Zeit waren seine besten Texte entstanden. Anonym zwischen den Arbeitern, als einer von ihnen, gelangen ihm am Schreibtisch die schönsten Erzählungen und Gedichte.

»Vater, jetzt sitze ich hier bei dir, gleich Mitternacht, und du sprichst immer noch nicht mit mir?«

»Was soll ich mit dir sprechen? Die DDR macht eine schwere Phase durch. Aber zu guter Letzt werden wir siegen.«

»Ich hoffe es aufrichtig«, sagte Robert. »Ich liebe dich«, stotterte er plötzlich drauflos und geriet in einen regelrechten Bekenntnisschwall. Er sprach unnötig laut, ohne Punkt und Komma. Er hielt dabei ein kleines Notizheft in den Händen und zerriss es, während es langsam aus ihm herausplatzte: »Komm bitte zu meiner Lesung. Ich meine, dass es deine Pflicht ist, dich für meine Arbeit zu interessieren. Wenn dir daran liegt, dass ich mich für deine politische Arbeit interessiere. Ohne meine Bücher zu kennen, ohne zu sehen, was geschieht, wenn ich vor einem Ostberliner Publikum lese und auf Fragen antworte, weißt du schließlich nicht, wer vor dir sitzt. Vater! Ich bin nach wie vor Bürger der DDR, und ich halte es nicht für eine Gnade, dass ich jetzt in dem Land gedruckt und gelesen werde, dessen Bürger ich bin. Ich lebe für längere oder für kürzere Zeit außerhalb der DDR-Grenzen, aber das ändert gar nichts an meinem Status noch an meiner politischen Haltung – wie ich sie immer wieder betont habe. Ich bin kein Feind der DDR – sehr zum Unmut einiger Herren, die der DDR ein schnelles Ende wünschen.«

Sein Vater sah ihn fassungslos an. Hatte er sich verhört? Kein Wort antwortete er dem Sohn auf diesen Ausbruch. Er wollte auf keine Sentimentalitäten hereinfallen. Lieber schwieg er, mahlte mit den Kiefern.

Nach einem endlosen Schweigen fragte Robert: »Kommst du nun zu meiner Lesung?«

»An diesem Tag habe ich versprochen, meinen alten Sekretär zu treffen. Tut mir leid, werde nicht kommen können.«

»Wenn du nicht zu meiner Lesung kommst, dann komme ich auch nicht mehr zu dir, um was über dein Leben zu hören. Dann interessiert mich dein Leben nicht.«

»Es ist kein erfreulicher Anlass, wenn man dich hier lesen lässt. Es ist lediglich politische Schwäche, der du hier deinen Auftritt verdankst. Eigentlich will ich auch gar nicht mit dir sprechen. Deine Einstellung zur DDR – die hat sich bestimmt nicht geändert. Auch wenn du dich noch so pathetisch um den Kern deines Ekels gegen die Arbeiter-und-Bauern-Macht herumlügst. Inzwischen bin ich über einige Entwicklungen informiert, die mir an die Nieren gehen. Du kennst meinen Standpunkt, ich vertrete die Sache der Arbeiterklasse. Du? Du nicht! Du spielst bloß Meinungen und Personen gegen andere aus und kommst dir dabei unabhängig vor. Heute diesen und eine Woche später einen anderen Standpunkt, kurze Zeit darauf wieder einen anderen.

Lächerlich! Aber wie gesagt – ich wäre schon froh, wenn du wenigstens jetzt in dieser bedrohlichen Zeit einen Standpunkt hättest zu unserer DDR und hier nicht mit deinen Texten auftreten würdest wie ein – wie ein Sieger!«

»Hilft es dir, wenn ich dir sage, ich habe dich verstanden? Wie hart es auch war, im Gefängnis eines Landes gewesen zu sein, das man liebt, und jeden Tag gegen das Bedürfnis zu kämpfen, sich als Märtyrer zu fühlen. Ich liebe dich, auch wenn du das vielleicht von mir nicht hören willst, die DDR ist meine Familie, auch wenn ich sie verlassen habe, aber ich kann nicht zurück. Und auch das ist gut so. Für die DDR und für mich. Ich habe mich geirrt. Ich fühlte mich groß, und jetzt verharre ich im Scheinwerferlicht, geblendet, winziger als eine Ameise. Ich kann mir nicht vorstellen, dass es wirklich vorbei sein soll mit der DDR und mit dem Sozialismus, dem schönsten Schwierigen. Ich mache mir einen Vorwurf: Wir haben geglaubt, der Sozialismus ist eine glatte, gerade Straße. Verstehst du, Vater? Ich verstand, warum damals mein Buch in der DDR nicht gedruckt werden konnte, unser beider Freund, Honecker, den ich liebe – du auch? Honecker hat es mir erklärt; aber ich wollte arbeiten. Schreiben. Deshalb bin ich aus einem Land gegangen, das meine Familie war – Potsdam, Cottbus, Naumburg, Neustrelitz, Berlin – von der Schule bis zum Gefängnis: meine Familie! Ich wollte arbeiten. Und ARBEITEN ist das Wort, das du mich gelehrt hast. Anders als du, der du gehofft hast: Ich komme nach Hause, wenn dieser Scheiß-Hitler kaputt ist, hoffe ich nicht, dass die DDR kaputtgeht. Ich kann trotzdem nicht nach Hause. Den Kapitalismus, glaub mir, lieber Vater, ich kenne ihn jetzt, ich verdiene viel Geld, auch ohne deinen Traum, der auch meiner ist, zu verraten – der Kapitalismus ist die allerschlimmste Scheiße. Er zerstört alles. Liebe und Arbeit, du hast mehr geschafft, du und die deutschen Genossen, als ihr wisst, ihr habt der deutschen Sprache ihren Sinn wiedergegeben, ihr habt – Vater, auch wenn es pathetisch klingt in deinen Ohren –, ihr habt die Götter auf die Straße gezwungen, und ihr habt auch versagt: Ihr habt uns, Nora und mir, nicht vertraut, und deshalb mussten wir uns und euch verraten, verlassen.«

Er brach seine Rede ab. Er litt schlagartig unter dem, was da gerade aus ihm herausgeplatzt war.

Der Vater starrte auf seine Hände. »Was willst du?«

»Ich will …«, stotterte Robert verlegen. »Du weißt, was ich will, ich will … dass du … mir … wieder gut … bist.«

»Nein. Du kommst dir sehr erhaben vor«, sagte Klaus Papst angewidert. »Du hast mich mehr als einmal tief gekränkt. Es geht nicht darum, wie ich dich erzogen habe. Ich will von mir reden. Du lädst mich zu deiner Lesung ein und weißt doch, dass ich da nicht hingehen kann. Du lädst mich nur ein, um dir selbst eine Freude daraus zu bereiten, dass du mich zu deinem Opfer gemacht hast für deine großen Erfolge beim Klassenfeind. Ja, was denn sonst? Als Sohn eines DDR-Ministers haben sie dich ausgestellt in den West-Medien, riesengroß. Ich bin der Böse. Klaus Papst hat seinen Sohn an die Staatssicherheit verraten – so war es in den Westberliner Zeitungen zu lesen.«

Robert fiel dem Vater ins Wort, er fasste nach seiner Hand, der Vater entriss sie ihm, während Robert schrie: »Davor, glaube mir, hätte ich dich gerne bewahrt.«

Der Vater sprach ungerührt weiter. »Als ich das las, wusste ich, wer du bist. Ich glaube dir gar nichts! Du bist nicht bereit, deine Talente der Arbeiterklasse zu widmen. Du sprichst von deiner Liebe und ich merke nichts von Liebe, noch nicht mal einen Versuch machst du, mir eine Freude zu machen. Was suchst du bei mir? Verschwinde. Ich hoffe, dass du mich endlich verstanden hast. Also. Geh schon. Spare dir alle deine Versuche jetzt und in Zukunft, mich einzuladen zu deinen mir ganz und gar widerlichen literarischen Einsätzen für den Klassenfeind.«

Robert sah den Vater mit traurigen und fassungslosen Augen an. »Wie lange, glaubst du, lebst du noch? Warum kannst du mir nicht einen Schritt entgegenkommen?«

»Du glaubst wohl, du kannst einem Sterbenskranken letzte Geheimnisse entlocken?«

»Welche Geheimnisse?«, brüllte Robert seinem Vater ins Gesicht. »Welche Geheimnisse soll ich dir entlocken wollen?«

»Wein wird aus Trauben gemacht, mein erstes und letztes Geheimnis. Aber du machst deinen Wein aus Wasser. Ich habe Krebs. Am liebsten würde ich auf jegliche Behandlung verzichten, aber das kann ich deinem Bruder nicht antun. Ich will auf den Friedhof. Die Reaktionäre besetzen die Bühnen der Welt. Du versuchst, meine krankheitsbedingte Schwäche auszunutzen, und belagerst mich deshalb mit Besuch, Reden und Fragen, mit sinnlosen Sentimentalitäten. Du willst mich literarisch verwerten. Verabscheuungswürdig. Eine Anmaßung. Es gibt nichts zu besprechen zwischen uns! Nichts. Der Krebs packt nicht aus. Weißt du noch, was du einmal zu mir gesagt hast? Als wir die Grenze nach West-Berlin dichtmachten? Weißt du noch? ›Du bist ein Teil des Unrechtssystems. Mit dir spreche ich nicht mehr!‹ Weiterhin bin ich es! Teil der großen Arbeitermacht. Hohn habe ich für dich nur übrig, Hohn! Der Sozialismus ist nicht am Ende, er hat eine Schlacht verloren, nicht am Ende, nie! Sei gegrüßt auf Nimmerwiedersehen von deinem Vater.« Er drehte sich von Robert weg.

Robert wollte sich das nicht länger anhören. Wütend sagte er, bereits an der Tür, »Vater! Du bist meiner Liebe nicht wert!«

»Soso? Warum wirst du mich denn immer noch nicht los? Habe ich dich gerufen? Laufe ich dir nach? Du bist es. Du! Ich habe mit dir nichts zu tun!«

»Wiedersehen!«, schrie Robert.

»Wiedersehen«, grunzte der Vater zurück. »Du sollst mich nicht wiedersehen.«

110

Sieben Tage später. In der Köpitzer Straße lief der Fernseher. Max saß bei seinem Vater auf dem Sofa und bemühte sich, dem Alten jeden Wunsch von den Augen abzulesen. Sobald er sich rührte, lief Max in die Küche, brachte gebratene Hühnerleber. Rindssuppe. Kirschsaft. Geriebenen Apfel.

»Keine Hühnerleber! Ich will keine Hühnerleber!«, rief der Vater.

»Gestern hat sie dir geschmeckt.«

»Gestern? Gestern war ich mächtig. Ich will geriebenen Apfel. Ich muss mit Ganzburger und den sowjetischen Obersten sprechen, dass wir die Panzer einsetzen. Aber Honecker. Mehr Apfel. Geriebener Apfel!«, verlangte der Alte. »Honecker hört auf Gorbatschow und spart an Blut. Nur Blut rettet die Revolution. Warum kommen unsere Panzer nicht aus den Kasernen heraus?«

In Dresden kam es auf dem Hauptbahnhof zu gewalttätigen Ausschreitungen. Mit Zügen der DDR-Reichsbahn wurden die Ausreisewilligen über das Territorium der DDR in den Westen gebracht. Max sagte: »Wurden sie etwa alle ausgebürgert?«

Sein Vater fuhr ihn an. »Ausgebürgert? Ausgewiesen! Ausgewiesen haben wir die Verräter!«

Max verschwand in die Küche, rieb einen Apfel.

»Morgen gehen wir noch einmal zum Notar. Meine Haushälterin aus Karl-Marx-Stadt soll nichts haben. Ich hatte ihr zehn Prozent meines Sparguthabens ausgesetzt, weißt du, das muss ich ändern, das ist ein großer Fehler, Rosa hat es nicht verdient. Wo treibt sie sich herum?«

»Wer?«, fragte Max.

»Rosa!«

Max zuckte bloß mit den Schultern.

»Sie hat den alten Wiener Schmuck deiner Mutter gestohlen und ist damit verschwunden.«

Der alte Mann starrte wieder seine leberfleckigen Hände an.

»Sag, mein Junge, Honecker, der Verräter, meinst du, der kann wirklich nicht mehr alleine scheißen? Gut so. Er kann dann doch auch hoffentlich keine SED-Politbüro-Sitzung mehr leiten? Gut so! Vielleicht wird doch noch alles gut.«

Für Klaus Papst war Erich Honecker ein verantwortungsloser, eitler Lump. Ihm warf er das Chaos vor, in dem seine Welt, das schöne Land zwischen Oder und Saale, Ostsee und Schiefergebirge, das herrliche heilige ostdeutsche Land, versank. Klaus Papst liebte die DDR. Was hatte er nicht alles unternommen, um aus den schwierigen, unberechenbaren, wankelmütigen, hinterlistigen Nazideutschen gute Kommunisten, aus Mitläufern aufrichtige Menschen zu formen. Aus seinem ältesten Sohn hatte er etwas Großes machen wollen. An ihm war er gescheitert, erschlagen hätte er ihn sollen, noch in England.

»Ich habe eine Bitte, Max«, sagte der Todkranke zu seinem jüngsten Sohn. »Einen Wunsch.«

»Sag nur, Vati. Welchen?«

»Lass deinen Bruder hier nicht mehr herein. Falls er hier noch einmal auftaucht. Ich will ihn nicht mehr sehen müssen. Er ist die Feuersbrunst in meinem Leben, ich will diesen missratenen Sohn nicht noch einmal sehen. Niemals mehr.«

Weil Max schwieg, ritt der Alte weiter darauf herum. »Versprichst du mir, dass du Robert nicht hereinlässt? Versprich es mir. Max? Jag ihn weg, sollte er hier noch einmal auftauchen. Wahrscheinlich merkst du gar nicht, wie Robert dumm ist – auf eine gefährliche Weise.«

»Dumm?«

»Dumm ist immer gefährlich. Er hat eine sentimentale Vorstellung von den Menschen, die er für seine Familie hält, eine Vorstellung, der man häufig in Deutschland begegnet, die ich verabscheue, weil sie mit Sippe zu tun hat. Er träumt sich einen Vater, der mehr an das Blut glaubt als an den Klassenkampf. Lass ihn nicht herein. Fünfundsiebzig Prozent von meinem Sparguthaben erhältst du und fünfzehn Prozent meines Sparguthabens erhält das Solidaritätskomitee der DDR. Zehn Prozent meines Sparguthabens erhält mein Sekretär. Fünfundsiebzig Prozent für dich. Siehst du, wie ich zu dir bin? Also. Versprich mir. Keine weiteren Besuche von deinem Bruder. Dass er hierherkommt und sich vor mir hinkniet, wie er es getan hat bei seinem letzten Aufmarsch – schlechtes Theater. Weißt du was? Was glaubst du, warum der Kerl hierherkommt? Ausgerechnet jetzt? In dieses Loch? Man hat bessere Zeiten erlebt. Dass es mir schlecht geht, das ist sein Triumph. Ich bin sein Triumphmarsch. Will ich nicht sein. Apfel, bitte, bring mir geriebenen Apfel.«

Max Papst stand in der Küche, bückte sich im gelbgrauen Licht der Deckenlampe zu der klebrigen Apfelreibe, rieb sinnlos auf dem Apfelbutzen herum.

»Warum sagst du nichts, Max?«

»Das kannst du dir wohl denken. Ich liebe meinen Bruder.«

»Apfel! Dringend. Ich bin Klaus Papst. Ich war hier immerhin einmal Minister! Ich möchte die neue braune Flut nicht über das Land schwappen sehen.«

Max hatte vergessen, die Schale unter die Reibe zu stellen. Da lag der geriebene Apfel auf dem Wachstischtuch, wurde braun. Max kam zitternd ins Zimmer, um die Schale zu holen. Weiß im Gesicht, atemlos. Er litt an Epilepsie. Er stand kurz vor einem Anfall. Mit der Schale ging er zurück, versuchte mit einer Hand den Apfel vom Tisch in die Schale zu schieben. Der Haufen rückte aber von ihm weg, immer weiter weg, er reckte sich hinter dem Apfelhaufen her, er wollte danach fassen, der geriebene Apfel entfernte sich weiter und weiter, wurde kleiner, immer kleiner. Bis er als winziger brauner Punkt über dem Tisch zu schweben schien, dem sich Max vergeblich hinterherstreckte. Er konnte den Punkt aus geriebenem, braun werdendem Apfel kaum noch sehen. Er zitterte, aus dem Magen stieg Blutwurstgeschmack in seinen Mund. Es würgte ihn.

»Ich bin so alt geworden, Vater, aber in Wahrheit bin ich noch gar nicht so weit«, stotterte Max. »Ich fühle mich jetzt schon älter als du!«

Der Vater ging nicht darauf ein. Er hielt seinen Sohn für einen ängstlichen Schwärmer. Französische Geschichte beschäftigte ihn und Pädagogik. Ein Revolutionär, der ein Lehramt anstrebt? Lächerlich! Romantisch. Schwärmerisch. Unrealistisch. Der 40. Jahrestag der DDR sollte ein Freudenfest für ihn werden, jetzt gab es auf dem Weg zum Tod geriebenen Apfel. »Warum bist du so weiß im Gesicht? Was fehlt dir? Du brauchst eine Frau, eine treue Partnerin. Was ist mit Nora? Was ist mit dem Mädel? Die passt viel besser zu dir als zu Robert. Du hast doch ein Foto von ihr in deinem Portemonnaie!«

Der Alte hätte das Bild von Nora nicht erwähnen sollen. Max hatte Nora früher nur ein paarmal gesehen. Seither war sie in seinen Gedanken, träumte er von ihr. Er hatte ihr Foto bei seinem toten Bruder James gefunden: Nora im Badeanzug an der Ostsee. Robert hatte es geknipst, Max nahm es mit und trug es seither bei sich, dem Foto erzählte er seine Sorgen. Seine Gesichtszüge verzerrten sich, er würgte eine weiße, schaumige Flüssigkeit heraus. Er machte den Mund auf, ganz groß. Ohne Laut. Das Gesicht maskenhaft verzerrt, verzerrt und grau.

Der Vater kam zu ihm in die Küche, jetzt fütterte er seinen Sohn mit geriebenem Apfel. Anschließend flößte er Max ein halbes Glas Malzbier ein, hielt dabei seinen Kopf in den nackten alten Armen. Der Anfall war in wenigen Minuten vorbei. Max erholte sich, lächelte in die tränengefüllten Augen seines Vaters. Er glaubte, die Tränen des Vaters zu träumen.

Im Fernsehen waren verwackelte, unscharfe Bilder aus Leipzig zu sehen. Grimmaische Straße. Aufmarsch der Volkspolizei. Menschen, die irgendwelche Parolen riefen. Der Gewerkschaftschef Harry Tisch vor einer Landkarte. Sowjetunion. Die Stimme des Ersten Sekretärs des FDJ-Zentralrates Eberhard Aurich: »Lieber Genosse Erich Honecker! Wir wenden uns in großer Sorge an dich. Wir sehen es als unsere Verantwortung, angesichts einer angespannten gesellschaftlichen Situation, dich über die politische Lage unter der Jugend zu informieren. Zu den berechtigten Bedürfnissen Jugendlicher, die nicht genügend befriedigt werden, gehören: Jugendmode, Sportbekleidung, Kinderbekleidung, Mopeds, Fahrräder.«

»Stell ab, stell den verfluchten Ton ab«, brüllte Klaus Papst. Aber der Ton ließ sich nicht abstellen. Max kurbelte an dem Fernsehgerät herum, der Ton quakte weiter.

»Unterhaltungselektronik, Möbel, Computer, Lebensmittel. Generell verstehen Jugendliche nicht, warum man mit Ausnahmen des Grundbedarfs nicht zielgerichtet einkaufen gehen kann, sondern immer auf Achse danach sein muss! Wie kann man zehn Liter Speiseeis auf zweitausend Menschen gerecht verteilen?«

»Die DDR ist der Turm in der Schlacht! Die DDR ist der Turm in der Schlacht!«, brüllte Klaus Papst gegen den Fernsehapparat an.

Max zog das Kabel aus der Steckdose.

Ruhe.

»Die DDR ist der Turm in der Schlacht!«

Max schüttelte die Kissen auf dem Sofa aus, half dem Vater zurück auf sein Bett.

Nein. Klaus Papst wollte sich nicht länger beklagen, er wollte sich seine Niederlage eingestehen. Er war umsonst nach Deutschland zurückgekehrt, auf den Schutthaufen bei Potsdam. Er hatte sich und seine Familie dem Wahn von einem neuen Deutschland geopfert – um am Ende als Schreckgespenst der deutschen Geschichte in einer elenden Zweiraumwohnung zu krepieren. Er hatte keinen Platz gefunden – nirgends –, die ganze Zeit, fiel ihm jetzt auf, hatte es für ihn keinen Platz in Deutschland gegeben. Dabei fühlte er sich nirgendwo so zu Hause wie in diesem Land. Gewiss. Shakespeare war Engländer. Der Whisky kam aus England, den er gerne trank. Aber Deutschland hatte eine andere Bedeutung für ihn. Hier traf er Gott, hier stand er vor seinem Gericht, die Richter hatten über ihn die Höchststrafe verhängt.

Klaus Papst studierte die Summe seiner Schmerzen. Er stöhnte, er hätte jetzt gern noch einmal seine Frau geküsst – Robert geküsst, der bei seiner Geburt so viele schwarze Haare hatte –, alle geküsst, aus seiner Familie – James, den Schauspieler, und den Franzosennarr Max –, alle. Alle seine Leute. Kein Wort für den Tod. Worte nur für das Sterben, für die Geister. Tod? Nein. Sterben. Geister. »Vielleicht war mein Leben deshalb wichtig, weil ich jetzt bereit bin für den Messias«, überlegte er.

Max las vor. »Gott tut nicht zweimal das gleiche Ding. Einzig und einmalig ist das Seiende. Neu und ungewesen taucht es aus der Flut der Wiederkünfte auf, geschehen und unwiederholbar taucht es in sie zurück. Jegliches erscheint zum anderen Mal, aber Jegliches gewandelt. Die Einmaligkeit ist die Ewigkeit des Einzelnen. So ist die Einzigkeit das wesentliche Gut des Menschen, das ihm gegeben ist, es zu entfalten … Jedermann soll wissen und bedenken, dass er in der Welt einzig ist in seiner Beschaffenheit, und kein ihm Gleicher war je im Leben, denn wäre je ein ihm Gleicher gewesen, dann brauchte er nicht zu sein. Aber in Wahrheit ist Jeglicher ein neues Ding in der Welt, und er soll seine Eigenschaft vollkommen machen, denn weil sie nicht vollkommen ist, zögert das Kommen des Messias.«

»Zögert das Kommen«, wiederholte Max. Das Kommen, welches zögert. Das Kommen zögert. Schrift von der Demut. Aus den Chassidischen Büchern.

Klaus Papst lag mit großen starren Augen da. Kalt. Grau.

Sein Leben war vorbei.

Als Max klar wurde, dass sein Vater nicht mehr lebte, blieb er lange bei ihm sitzen. Irgendwann versuchte er, aus der linken Hand eine Faust zu ballen. Aber die Finger des Toten hatten sich gegen die Faust verbündet. Max taumelte hinaus. Er wusste nicht, wohin. Er wollte zu seinem Bruder Robert hinüber in den Westen, nach Charlottenburg, er wollte zu seinem großen Bruder ins Bett schlüpfen, sich festhalten an ihm, aber noch stand die Mauer.

Wie konnte er hinübergelangen in den Westteil der Stadt? Er lief wie betrunken kreuz und quer durch die Straßen. In seiner Brust schrie es und riss es, gegen seinen Willen musste Max ununterbrochen weinen. Berlin war groß, die Straßen unendlich verzweigt. Da brach etwas herein, die alte Ordnung erfüllte sich mit Unruhe, es ging etwas Größeres vor, in den Nebenstraßen sah Max sich Leute versammeln, sie gingen alle in zögernder Neugierde Richtung Alexanderplatz. Was da los war, verbarg sich noch, für Max jedenfalls war die Stimmung von ängstlichem Gedränge erfüllt.

Versammlungen. Menschenmassen auf dem Alexanderplatz. Er lief weiter. Einen Schritt, zwei Schritte, das Weinen kam wieder, alles wurde immer kleiner, weicher, wich wieder von ihm, schräg über seinen Kopf schwang sich die Welt hinauf. Schwarzer Ballon. Punkte. Blut und Gold. Noch drei Schritte, sah er dann die Menge? Zwei Trabis, eine irre Stimmung lag da über dem Alex vor ihm, sein Herz flatterte, unheimlich. Ein Feuerwerk zischte in die Höhe. Er hörte Klatschen, Korken knallen. Träumte er? Reden hallten nach, Rufe. Dann brach er zusammen.

Eine Radfahrerin fand ihn, beschmutzt, mit aufgerissenem Unterkiefer. Sie rief aus einer Telefonzelle die Volkspolizei an. »Da liegt ein Betrunkener, Unterkiefer steht auf, dass man fast das Herz sehen kann.«

Die Antwort war Gelächter.

»Solange es eine demokratische Ordnung bei uns gibt, wird es auch eine Volkspolizei geben. Und solange es eine Volkspolizei gibt, wird es eine demokratische Ordnung in unserem Land geben.«

Die Parolen des Anfangs.

Eine Polizeikapelle spielte, die Trompete war am lautesten zu hören: »Auf, auf, zum Kampf, zum Kampf, zum Kampf sind wir gebooooren!«

Irgendwann versorgten sie auch den kleinen bewusstlosen Max Papst.

Zur Beerdigung des Vaters auf dem Zentralfriedhof Friedrichsfelde, Sozialistenfriedhof genannt, erschien Robert im dunklen Anzug mit offenem Hemd. Eine Rose in der rechten Hand, den linken Arm hielt er um seine neue Geliebte geschlungen, um die Schultern der rothaarigen Lola. Max Papst, der bei der Beerdigung unbedingt eine Rede am offenen Grab halten wollte, bereitete Robert einige peinliche Minuten, weil er vor der vollständig versammelten Prominenz der untergehenden DDR keinen einzigen zusammenhängenden Satz herausbrachte. Er war betrunken, obwohl ihm der Arzt den Schnaps verboten hatte. Er philosophierte Unverständliches über die Französische Revolution. Margot Honecker, General Kessler, der alte Freund Ganzburger, der kleine Herbert Axen, alle waren sie noch ein letztes Mal in gemeinsamer Präsenz erschienen zu dieser Beerdigung. Hier draußen hatten sie schon Walter Ulbricht beerdigt und Rosa Luxemburg, jetzt legten sie Klaus Papst dazu in die Berliner Erde.

Der jüngste Sohn wackelte bei seiner Rede mit Worten und mit seinem Körper. »Die Revolution ist die Öffentlichkeit des bisher Verborgenen. Lakaien zu Chefs.« Das war nichts. Aber von Robert Papst, dem berühmten Schriftsteller, erwarteten sie ein paar klare und tröstliche Abschiedsworte. Etwas Großes. Der stand da und sah in die Gesichter der mächtigen Genossen, die jetzt keine Macht mehr hatten, die verloren in ihren Uniformen mit schimmernden Orden oder in steifen Anzügen, grauen bauschigen Kleidern auf dem Rasen, zwischen Gräbern, unter Kiefern und Birken aufgereiht warteten auf das letzte Wort, Karikaturen ihrer verlorenen Macht, hilflose Schauspieler einer seltsamen Untergangsstimmung.

Auch Roberts alter Mentor, der Dichter Günter Edmund, war mit

Bruno Kieling zur Beerdigung erschienen. In Brunos Augen nistete Gelächter, und seine Erinnerungen flogen zurück nach Stalingrad.

Wer sprach jetzt bloß das letzte Wort?

Der Erste, der an das Grab trat, war Robert. Er will nichts sagen. Er will nicht! Kein letztes Wort? Es war bereits alles gesagt. Er warf seine Rose auf den Sarg des Vaters, dann drehte er sich vom Grab weg, schwieg, hatte nur noch Augen für seine langbeinige Lola, für ihre grünen Katzenaugen, für den großen, grellrot alles überstrahlenden, sinnlichen Mund, ihren hoch gewölbten Busen, nur noch Sehnsucht nach Lolas Puppenkälte.

111

Nacht in West-Berlin. Bar an der Kantstraße. Eine Menge Menschen drängten plötzlich mit Wahnsinnsgebrüll herein. Es war Nacht, als in Berlin die Mauer fiel. Alles erwachte zu ungeheurem Jubel, zu Freudentränen und Glücksschreien. Robert versuchte, seinen Bruder Max anzurufen. Er kam nicht durch, es wurden keine Gesprächsanmeldungen mehr in Ost-Berlin entgegengenommen. In Berlin hörte die Wirklichkeit auf, es hatte schon die Unwirklichkeit begonnen. Auf der Kantstraße wurde getanzt, geschrien, geküsst. Die Menschen weinten vor lauter Glück, es war ein Taumel, ein Freiwerden aus mystischem Schmerz. Robert stand vor diesem Ausbruch wie gelähmt. Der Deutschlandvulkan. Ein Schweigen legte sich auf seine Dichterzunge, sie wurde schwer ihm und taub. Robert mit Lola auf einer fremden Straße in einer fremden Stadt, von einer Sekunde zur nächsten war ihm alles nur noch fremd, er der Allerfremdeste. Wieder stand er da, wie vor der Schulklasse, Gerhart-Hauptmann-Oberschule. »Das ist der und der, und der ist jetzt bei uns.« Gelbes Theaterlicht schimmerte herüber, Theater des Westens. Ja, das war das Theater des Westens. Dahinter der Zoo. Züge zwei Stockwerke über ihm. Nicht bloß die Züge, alles rollte über ihn weg, er lag schon unter den Rädern. Weinen konnte Robert nicht. Er konnte gar nichts. Nicht springen. Nicht versinken. Nichts. Gar nichts. Er konnte nur erstarrt auf der plötzlich ganz fremden Kantstraße stehen. Das Theaterlicht stach ihm in die Augen. Viel zu viel Licht, Theaterlicht. Sein Vater tot. Er sah Lola halb nackt im roten Oberteil zu ihm über die Straße gehen. Robert dachte: »Ich behandle sie wie eine Hure. Dabei liebe ich sie.« Er hatte Angst, dass sie sein Geld nicht mehr nahm. Fünfhundert Mark für eine Nacht verlangte sie von ihm. Heute Nacht würde sie ihm mehr auf die Rechnung schreiben. Solange sie sein Geld nahm, war sie mit ihm zusammen. »Fort«, dachte er zwischen Schnaps und Nachtbild, »fort von hier nach San Francisco. Oder, wenn ich noch einmal das Angebot bekomme: Schreib den Roman deiner zwölf Zeilen – fort nach New York, dort war ich auch sehr klein, in New York, wie in diesem Moment hier in der Berliner Nacht, und warum eigentlich nicht klein sein?«

Robert wollte nach Hause. Zu Nora. Nora war tatsächlich am Vormittag aus Rom angekommen mit den beiden Töchtern Josefine und Tilli. Lola dachte nicht daran, ins Bett zu fallen. Ihre Lippen leuchteten. Wahnsinn und Wollust verschaffte ihr diese Nacht. Ihr war es kalt. Von Gänsehaut überrieselt schmiegte sie sich an Robert, kroch mit nackten Armen unter sein Hemd, legte ihre Spuren über seine Haut. Ihre Stimme klang gurrend, am liebsten wollte sie als weiblicher Don Juan mit allen hübschen Berliner Jungen ficken, Robert sollte ihr dabei zusehen dürfen, zittern, entbehren, ihr ganz ausgeliefert sein.

Sie hatte tatsächlich einer Frau aus Ost-Berlin im Wiedervereinigungsrausch ihren Trench, die Taschen voll Geld, Schmuck und Kokain, geschenkt. Wahnsinn! Jetzt wollte sie größer feiern, so riesig groß, wie ihre Stimmung war, deshalb zog sie mit Robert Papst in die Fasanenstraße, ins Nobelrestaurant Cleo. Der Bundeskanzler Helmut Kohl befand sich in Polen zu einem Staatsbesuch. Lola jauchzte. Das war ein Spaß! Bei Cleo in der Fasanenstraße war alles umsonst. Die Mädchen aus dem Nachtclub von nebenan waren herübergekommen, die Männer zeigten sich von ihrer besten Seite. Cohiba-Zigarren. Rauch und Bratenduft würzte die Luft. Es gab frische gefüllte Martinsgänse, Gänseleber Foie gras, es gab im Ofen geröstetes Spanferkel auf

Myrte mit Granatapfelkernen, Hummer mit Lachskaviar, schwarzen russischen Kaviar auf Blinis, Crème fraîche, gebratene Äpfel, gegrillte Wachteln, Enten, den besten Bordeaux, Jahrgangschampagner. Das war ein Spaß! Alles umsonst. Cleo residierte am großen runden Tisch. Als Robert mit Lola hereinkam, spielte Wagner-Musik, später Beethoven. Der Berliner Bürgermeister, der halbe Westberliner Senat, alles aß und prostete sich zu, rauchte, redete. Robert und Lola wurden stürmisch und sogar mit Beifall begrüßt. Robert Papst war der prominente Ost-Sohn der Stadt, auch wenn er sie oft in die Waden biss: Robert Papst war ihr Westberliner Ost-Berliner, Salz in ihrer stillen, faden Subventionssuppe.

»Hoch lebe Robert Papst. Hoch lebe das wiedervereinte Deutschland. Berlin, nun freue dich«, rief der Bürgermeister in die glücksberauscht brodelnde Gesellschaft.

Zwischen den Gängen, zwischen Wagner und Beethoven, ein anhaltendes Rufen. »Deutschland!« Die deutsche Hymne wurde gesungen, im Lokal hatten sich die Gäste von ihren Plätzen erhoben. Mit einer Schweigeminute wurde der Menschen gedacht, die an der Mauer getötet worden waren. Da begann Robert Papst leise in die Stille hinein die DDR-Hymne zu singen.

»Auferstanden aus Ruinen
Und der Zukunft zugewandt,
Lass uns dir zum Guten dienen,
Deutschland, einig Vaterland.«

Bei dieser Zeile ging eine Bewegung durch die zunächst vor Schreck erstarrte Gesellschaft; es waren zwei oder drei Herrschaften empört hinausgegangen. Denn noch war die DDR-Hymne im Westen unerwünscht. Doch nach den Zeilen: »Lass uns dir zum Guten dienen, / Deutschland, einig Vaterland« fühlten die Menschen etwas Gemeinsames, plötzlich schien alle nur noch das Einigende zu bewegen. Die DDR-Hymne war eine deutsche Hymne, die ausdrückte, woran jeder in dieser Nacht tief innerlich glaubte:

»Lass uns dir zum Guten dienen,
Deutschland, einig Vaterland.«

Aus der hintersten Ecke des auseinanderberstenden Raumes ließ sich eine raue, ostpreußisch eingefärbte Stimme vernehmen. Es war die Stimme des einstigen FDJ-Delegierten, des Umsiedlers, des Thüringer Neubauern und inzwischen erfolgreichen Malers Bruno Kieling.

Bruno, auf eine Krücke gestützt, sang die zweite Strophe der DDR-Hymne:

»Glück und Friede sei beschieden
Deutschland, unserm Vaterland.
Alle Welt sehnt sich nach Frieden,
Reicht den Völkern eure Hand.
Wenn wir brüderlich uns einen,
Schlagen wir des Volkes Feind!
Lasst das Licht des Friedens scheinen,
Dass nie eine Mutter mehr
Ihren Sohn beweint …«

Weiter kam Bruno nicht, alle wiederholten in brüllender Zustimmung den Refrain. Doch dann verflog der Taumel, alles saß wieder über die üppigen Tafeln gebeugt, labte sich an dem Essen, dem schweren Wein, dem Champagner. Mit Bruno saß Roberts alter Mentor und Dichtervater Günter Edmund am Tisch. Robert setzte sich dazu. Die Westberliner Tischgesellschaft: Regisseure, Bankleute, Politiker, Journalisten – eine Runde versierter Testamentsvollstrecker des deutschen Volkswillens. Gespensterhumoristen, satirische Spitzmäuler, Breitmaulfrösche des blanken Zynismus. Das deutsche Volk hatte seine erste Revolution gewonnen.

Rückkehr des Geistes, Rückkehr der Geister.

»Und dein Vater, Robert, der alte Genosse Klaus Papst, der spielt bei uns den Geist, der durch den Palast der Republik spukt«, rief Bruno Kieling.

Die Tischgesellschaften vermischten sich. Bruno drückte Robert an sich und lachte wild mit glänzenden Augen, mit kauenden Backen: »Jungchen, du hast dich früh davongemacht aus der DDR. Jetzt kommt dir der ganze Osten nachgestiegen und legt dir die Rechnung vor. Jetzt musst du die Spuren zusammenführen, sonst wird der Autor Robert

Papst nicht mehr gehört. Aber deinem Vater, dem hätte ich gerne noch einen Satz gesagt, bevor er in die Ewigkeit eingeliefert wurde. Potzblitz. Na. Das Buch ist geschlossen, soll er schlafen in Frieden, wer ist jetzt die Hauptfigur? Und wie heißt deine hübsche Braut?«

»Lola!« Robert zuckte zusammen. War er kein Schriftsteller mehr? Hatte er seinen Gegenstand mit der Wiedervereinigung verloren?

»Komm her«, jauchzte Lola. Sie legte einen Arm um Roberts Nacken, drückte ihre Lippen sanft auf seinen Mund. Dieser Kuss? Show oder echt? »Komm her«, flüsterte sie noch mal.

»Könnte ich jetzt mit dir von hier fortgehen, nach Hause oder in ein Hotel, wohin du willst, nach San Francisco, nur weg, nur bald, von hier. Angst vor den Gespenstern, Angst vor den Toten. Spazieren und keine Angst, hier sind mir viel zu viele Deutsche«, flüsterte Robert.

Lola gab ihm eine Ohrfeige. Bruno strich ausgehungert wie ein Bär im Winter um die rothaarige Schönheit herum. Dieses Weib machte ihn lecker. Am liebsten wollte er Lola splitternackt auf die Tafel setzen, sie zwischen Gläsern, Geschirr und Essensresten malen. Mit dürren Lippen nickte Günter Edmund. Wunsch ist Wunsch. Lola saß bereits halb entkleidet auf dem Tisch, zog die langen Beine in einem scharfen Winkel zu ihrem herrlichen Po, präsentierte ihre hübsche Figur dem gierigen Malerauge. Alles verstummte. Bruno kratzte sich, packte Papier aus, zeichnete mit schnellen, wilden Strichen die nackte Lola zwischen Hummer und Ferkel, Früchten, Martinsgans und Champagnerkelch. Keine zwanzig Minuten, da war das hitzig begonnene Kunstwerk fertig, Lola schlüpfte unter dem Jubel der Gesellschaft zurück in ihren Rock. »Wiedervereinigungshexe« nannte Kieling sein Bild.

Robert starrte Günter Edmund an. Werkausgabe. Wie der die Zigarre hielt. Wie der den Rauch gegen die Decke blies. Wie der hier saß, als ob er schon immer bei Cleo in Charlottenburg gesessen hätte. Brunos Akt ging von Hand zu Hand, von Tisch zu Tisch. »Sag mir später deinen Preis, Brunchen«, sagte ein Berliner Sammler.

Noch einmal Beethoven. Draußen fuhren die Wagen vor. Erschöpft zog die Nacht ihre schwarzen Tücher von Berlin, warf die ganze Stadt mit ihrem Müll, ihrem Glück, mit ihrer Verzweiflung, ihren Geschäften und Verbrechen unverhüllt der aufgehenden Novembersonne zur Betrachtung hin.

Der Morgen nach der Wiedervereinigung.

Als Robert mit Lola im vierten Stock vor seiner Wohnung stand, wollte sie Geld haben. Nicht bloß fünfhundert. Tausend. Er zog sie an sich, sie biss ihm in die Lippen. »Lass uns nach San Francisco fort«, sagte Robert. »In San Francisco habe ich keine Angst. In Berlin habe ich Angst. Hier versuche ich ständig, keinem aus meiner Vergangenheit zu begegnen. Anstrengend. Denn manchmal sitzen sie bei mir auf dem Sofa herum. Sie können nicht leben, sie konnten nicht tot sein.«

Lola zählte das Geld, das ihr Robert in die Hand gedrückt hatte.

Nach San Francisco. Verstummen. Das rote Mädchen mitnehmen, das Weib, das ihn aussaugte. Er wusste genau, dass er in Berlin seinen Roman nicht fertig schreiben konnte, hier war er zu sehr öffentliche Person.

»San Francisco? Wann?«, sagte Lola.

»Auf der Stelle«, sagte Robert.

»So? Ich geh schlafen.« Sie gähnte dramatisch.

Robert klapperte mit den Zähnen. »Ja, manchmal verlangsamt es sich so«, sagte er. Ein maßloser Ekel vor dem rothaarigen Mädchen hatte ihn ergriffen. Lola ging die Treppe hinunter und verschwand.

Robert wollte sich zu Nora in die Küche setzen. Er musste zu sich kommen. Aber wie? »Jetzt bin ich es selbst. Meine Mutter ist tot«, zählte Robert. »Mein Bruder James ist tot. Mein Vater ist tot. Mein Bruder Max ist krank. Ich? – Sie sind es, sie sind es! Es sind meine Arme, meine Beine, meine Augen, es sind meine Toten, meine, meine.«

»Meine Toten«, dachte Robert.

»Warum zerdrückt es mich?«

Da wurde alles von Schnelligkeit ergriffen und fiel in die Ferne.

»Die Leute lachen über mich, denunzieren mich«, überlegte Robert. »Was werden sie jetzt über mich sagen? Nach der Wiedervereinigung? ›Hat er jetzt seinen Gegenstand verloren?‹?«

»Du musst die Spuren zusammenführen«, hatte Bruno Kieling zu ihm gesagt.

Aber wie sollte er sie zusammenführen, wie? Welche Spuren, aus welchen Jahren, welchen Straßen, Wohnungen, Zellen, Plätzen, Betten, vor welchen Trögen?

Er setzte sich an den Küchentisch.

»Eins«, sagte er.

»Guten Morgen«, sagte Nora.

»Vielleicht ist sie böse?«, überlegte Robert.

Sie lächelte ihm zu, es wirkte auf ihn wie die Erlösung von einer Last.

Die kleine Tilli verbarg ihr Gesicht vor Robert in Noras Schlafmantel.

Robert nahm das Baby Tilli aus Noras Händen. Tilli sah Robert groß an. Er küsste sie auf die Backen, blies ihr zärtlich durch die Haare. Dann reichte er sie Nora zurück, lehnte am Fenster, schwieg. Irgendwann sagte er: »Deutschland ist wiedervereinigt. Und mein Vater ist tot«, sagte Robert. »›Es ist alles gesagt‹, hat er gesagt. ›Gibt nichts mehr zu sagen.‹ Wollte nicht mehr mit mir sprechen.«

»Die Partei war seine Familie«, sagte Nora.

»Du hast recht. Aber die Partei ist jetzt auf der Flucht.« Robert machte eine Pause. »Auf der Flucht vor sich selbst.«

»Du?«

Er zog bloß die Schultern hoch.

In der Küche graugoldenes Morgenlicht. Schweigen.

Robert trat an das Küchenfenster, rauchte eine Zigarette.

Nora sah ihn lange an, als suchte sie die tote Familie in seinen Gesichtszügen: Mutter, Vater, Bruder.

»Willst du nicht bei mir bleiben?«, fragte Robert.

»Wie meinst du das?«, fragte sie erschrocken und aggressiv zurück.

»Ich kann ohne dich gar nichts Rechtes zustande bringen.«

»Unsinn«, sagte Nora. »Du musst mit diesen Mädchengeschichten aufhören. Was machst du mit der Kleinen von dem Komponisten auf der Etage? Heißt er Tim?«

Robert nickte. »Woher weißt du?«

»Er hat bei dir an der Tür geklingelt, gestern Abend, als die Mauer fiel. Fragte nach dir. Wollte nicht allein sein. Wollte TV kucken. Wollte quatschen. Ich habe ihn schließlich rausgeschmissen.«

»Warum?«

»Hat sich schlecht benommen. Er will dich anzeigen, weißt du das, weil du angeblich keine Steuern bezahlst.«

»Er hat mich längst angezeigt.«

»Wie?«

»Ich muss nachzahlen. Wenn ich nicht zahle, muss ich ins Gefängnis. Ich habe nicht so viel.«

»Ich kann Louis fragen.«

»Auf keinen Fall.« Nach einer Weile sagte Robert: »Wo ist Louis überhaupt? Ist er nicht mitgekommen?«

»Louis löst die Wohnung in Rom auf.«

»Ich glaube es nicht. Kommt ihr etwa wieder zurück nach Berlin? Wollen wir wieder zusammenwohnen? Nora? Ja? Also das wäre meine Rettung. Die Drogen.«

Er brach ab, schwieg. Beide schwiegen. Tilli schlief an Noras Brust. Robert sagte: »Ich kann es mir vorstellen, auf jeden Fall, dass wir hier wieder zusammenleben. Diesmal ohne Sophie. Vielleicht kommt sie ja dann auch wieder zu mir zurück. Weißt du, der Schnaps und die Drogen machen die Einsamkeit erträglich, sie machen Menschen unnötig, dabei bin ich ständig zu ihnen unterwegs. Sie scheinen aber Reißaus vor mir zu nehmen, die Menschen, was habe ich schon zu bieten? Das Vergnügen meines Leidens an mir selbst.« Dann sagte er verwundert: »Es gibt seltsame Allianzen. Lola und ihr Komponist und dazwischen ich.« Er lachte.

»Warum bezahlst du sie? Wenn du sie liebst?«, fragte Nora.

»Es ist sonst niemand da.« Er schwieg. »Geld war immer eine Möglichkeit. Lieber bezahle ich sie, als alleine sein zu müssen.«

»Arbeitest du nicht mehr?«

»Ich arbeite«, sagte Robert in einem scharfen Ton.

»Woran arbeitest du?«, fragte Nora.

»An meinem Roman arbeite ich. Ich bin froh, dass ich wieder Prosa schreibe, dass ich wieder erzähle, Nora, wie damals, in der Fabrik, endlich kann ich wieder erzählen, ich bin glücklich, dass ich mich nicht länger hinter Figuren verstecke, wie ich es getan habe in meinen Filmen, in meinen Theaterstücken. Weißt du was? Ich würde es als Niederlage empfinden, wenn ich aufgebe.«

»Warum solltest du aufgeben?«

»Weil Deutschland wiedervereinigt ist? Ich kann nicht, ich habe zu lange eingeatmet, ich muss ausatmen, schweigen, schweigen, damit ich wieder einatmen kann. Aber es ist ein Druck auf mir, viel zu lang schleppe ich diesen Roman jetzt mit mir herum, überall sage ich: Ich bin gleich fertig. Ich bin nicht fertig, noch lange nicht, ich lüge mich selbst an, wenn ich sage, ich wäre gleich fertig. Aber ich kann nicht, der Druck ist zu groß, ich fühle mich wie vorm Erstickungstod. Was soll ich bloß tun? Die Leute werden sagen: ›Jetzt, wo Deutschland wiedervereinigt ist, jetzt hat er nichts mehr, woran er sich reiben kann.‹ Oder sie werden sagen: ›Er trinkt zu viel, er kokst zu viel‹ – lauter falsche Namen werden sie meinem Kampf mit dem Roman geben. Sie werden meinem Versagen einen Namen geben, damit sie dieses Versagen überschauen können. Er ist nicht überschaubar, dieser Kampf, der vielleicht in einer Niederlage enden wird, dieser Kampf mit dem großen Stoff, er ist nicht überschaubar. Das Kampffeld ist riesig, ein großer Kampf ist es. Ein Buch in sieben Hauptabteilungen. Kämpfe, die … die … die zu keinen Siegen führen. Zu gar keinen Siegen. Verdammt. Erreichen. Erreichen, weißt du, was das heißt? Die Wahl der Arena kann ebenso entscheidend sein wie der Zeitpunkt der Schlacht. Seit New York kann ich die Arena nicht mehr bestimmen. In New York … habe ich die Arena verlassen. Zu schnell. Zu unüberlegt. Weißt du was? Ich kann nicht mehr unter Leuten leben, Nora. Ständig kriege ich Anzeigen wegen Ruhestörung. Ich leere den Briefkasten nicht mehr. Ich …« Robert öffnete eine Flasche Sekt.

»Trink nicht«, sagte Nora. Ihre Stimme klang in Roberts Ohren hart, ungeduldig. Er hörte den Vater, der die Mutter ermahnte, nicht zu trinken.

»Ich trink hier doch keinem was weg?«, sagte Robert mit ganz leiser Stimme.

»Nein, nein. Trink«, sagte Nora.

Robert hörte die Verachtung in ihrer Stimme, wie bei seinem Vater, aber er war machtlos. »Sekt tut mir gut, ich weiß, Nora, aber Sekt tut mir gut am Morgen.«

Nora stand auf, Robert hielt sie zurück.

»Du hast eine Familie, ich will auch, dass mich einer liebt.«

»Ich liebe dich doch, Robert.«

»Ach, ich weiß, ich weiß, ja, das weiß ich, aber das meine ich nicht. Du hast zwei Kinder, du hast Louis, du hast eine Familie, ich will auch ein Zuhause haben, ich habe überhaupt kein Zuhause.«

»Ich mag dich aber nicht, wenn du getrunken hast und kokst.«

Nora ließ Robert alleine in der Küche sitzen und schlüpfte ins Zimmer zu ihren Töchtern.

Robert hatte nicht genug Willen, um die Flasche wieder fortzustellen. Das Leben bietet wenige Möglichkeiten zum reinen Vergnügen. Auf den Hauptstraßen ist gewöhnlich für einen Dichter nicht viel zu holen. Robert ging dort herum, wo wenig Trost war. Wo die Huren Mädchen und die Mädchen Huren sind, wo die bürgerliche Welt auf dem Kopf stand.

Familie? Schwäche und Hybris. Sein Gewissen fiel ihm wie ein Hammer auf den Kopf. Gegen das kam er nur mit Alkohol und Kokain an. Er studierte mit aufgestütztem Kopf das Etikett, er zupfte ein wenig daran herum, ächzte in sich hinein, hob schließlich den Kopf, wühlte in seinen Taschen, fand das gefaltete Briefchen mit dem Kokain, beruhigte sich. Er trank das Glas aus, goss nach, schließlich verschwand er in seinem Zimmer.

112

Arrivederci Roma. Der Freitagmorgen, 10. November, war in Rom ein trüber Start in den Tag. Grau und nass hingen die Nebelschleier auf dem Tiber, verteilten sich über die Uferbäume, zogen zwischen die angrenzenden Häuser mit den roten Fassaden, an den grünen Fensterläden dahin.

Louis Mayer hatte die römische Nacht schlaflos zugebracht. In aller Herrgottsfrühe lief er hinaus, Richtung Tiber, die Viale di Trastevere hinauf, zum Kiosk vor der Ponte Garibaldi. Er kaufte die Morgenausgabe des *Corriere della Sera.* Auf der Titelseite die Berliner Mauer in Farbe. Darauf in langer jubelnder Schnur: die Berliner. Wo vor ein paar Stunden noch der Schießbefehl galt, herrschte jetzt Party.

Mit der Zeitung in der Hand kehrte Louis in das Hutgeschäft am Corso zurück. Er hatte in der Aufregung der vergangenen Nacht seinen Hut in der Trattoria liegen lassen, wo er zu Abend gegessen und die frohe Botschaft von der Wiedervereinigung vernommen hatte.

Louis fand einen besseren Hut. Der Hutverkäufer war von seinen Freudentränen begeistert. Ein Deutscher? Mit Tränen? Am Vormittag? Unvorstellbar!

Froh trug Louis seinen römischen Wiedervereinigungsborsalino durch die nebeligen Gassen. Ein letztes Mittagessen in der Trattoria da Augusto. Dort saß, wie jeden Tag, eine hübsche Braunhaarige an dem Tisch neben der Theke. Wie immer einen leeren Teller vor sich mit einer roten Wassermelonenscheibe darauf, das Gläschen Wein daneben. Auf ihrem Kopf saß Mayers verlorener Borsalino.

Die Braunhaarige behauptete, es sei schon immer ihr Hut gewesen.

Gegen Abend hatte Louis bereits alles mit der Vermieterin besprochen. Die Wohnung über dem Platz vor dem Kirchlein San Francesco a Ripa gab er auf. Es konnte ihm alles gar nicht schnell genug gehen. Die deutsche Wiedervereinigung war ein Ernstfall.

113

Nach seiner Rückkehr reiste Louis Mayer kreuz und quer und lang und krumm durch Deutschland, von Görlitz über Bebra nach Thüringen, Mecklenburg, Sachsen, überallhin fuhr er, sprach mit den

Menschen, sammelte ihre Geschichten. Am Ende seiner Deutschlandexpedition schrieb er ein Theaterstück über die Stasispitzel in der DDR.

In dieser Zeit kümmerte sich Nora ausschließlich um ihre beiden Töchter. Sie konnte nichts für ihre Karriere als Sängerin tun. Robert und sie sahen sich immer seltener. Wenn sie ihn besuchte, reagierte er gereizt. Von Zeit zu Zeit las er ihr aus seinem Romanmanuskript vor. Manche Kapitel gefielen Nora, auf andere konnte sie nur mit Unverständnis und Seufzen reagieren.

Über zwei Jahre waren seit dem Mauerfall und der Beerdigung des Vaters auf dem Berliner Sozialistenfriedhof Friedrichsfelde vergangen.

Roberts Situation veränderte sich in den darauf folgenden Monaten dramatisch. Sein Weg in die Tiefe hatte begonnen. Er litt unter dem Ende der DDR. Künstlerisch, wie er glaubte, kurz vor der Vollendung eines Titanen-Romans, hatte er immer wieder mit den Forderungen des Finanzamtes und mit Anzeigen wegen Ruhestörung zu kämpfen.

Seine Anzüge waren nicht länger aus feiner Wolle und Seide.

114

Robert stampfte mit den Füßen auf in seiner winzigen Kammer in Sophies Wohnung, wohin er vor seinen Steuerschulden geflüchtet war. Was tat er? Er übersetzte Shakespeare: »Lies das Papier vor, bevor der *Spiegel* kommt.«

Richard II. antwortet: »Teufel, du willst mich schon vor der Hölle foltern!«

»Wer immer in mir wohnt – ich mein nicht mich, ich mein den Mensch in mir, wird nicht zufrieden sein, bevor er alles los ist, auch sich selbst.«

Wieder und immer wieder die Stimme des Vaters. »Shakespeare, wenn du nicht Shakespeare erreichst, lass es sein.«

Robert verachtete das Theater, Shakespeare war nur von einem Wahnsinnigen zu verstehen und auf die Bühne zu bringen. Die Berliner Theater waren nach seiner Meinung größtenteils von unbegabten Leuten besetzt.

Einen jungen Schauspieler gab es, einen, der das Feuer halten konnte in der nackten Hand und Sätze sagen wie diese: »Von Hoffnung ist hier nicht die Rede. Lasst uns von Gräbern sprechen, Würmern, Grabinschriften. Ich schreibe mir meinen eigenen Nachruf in den Staub mit meinen Tränen. Lasst uns von Testamenten reden. Nein, nein das nicht, nein: Was hinterlassen wir denn als unsere abgesetzten Körper der Erde.« Norbert Hasse war ein toller Schauspieler, sobald er auf der Bühne stand, schlief keiner mehr im Parkett, Hasse war Roberts Wunschkandidat.

Mit Gelächter lief Robert nach dem Frühstück die Mommsenstraße entlang, Richtung Osten. Die Leute, die ihn sahen, die Robert lachen, die ihn laut mit sich selbst sprechen und schimpfen hörten, die Leute hielten ihn für verrückt, zumindest für betrunken. Robert Papst lief zum Kurfürstendamm, er blieb stehen und sah den Menschen zu: wie sie hingingen und wie sie hergingen. »Irgendwann«, dachte er, »irgendwann muss die Kugel fliegen.« Er wollte sich auf keine Diskussionen einlassen.

Als er dem Direktor Pracht in dessen Büro gegenübersaß, kam ihm der zuvor: »Papst. Eh ich lange Einleitungen mache, eh, eh« – es war seine Angewohnheit, die Sätze wie Rehrücken zu spicken mit unzähligen Ehs –, »eh, ich finde Ihren eh, eh Shakespeare grandios übersetzt, gar keine Frage. Eh, aber den König, Papst, eh, den König kann nur einer spielen: Norbert Hasse. Wir brauchen einen Jungen, dem wir seine Leidenschaft zum Absturz glauben! Im Grunde wären Sie selbst die ideale Besetzung, aber Sie sind kein Schauspieler, deshalb eh, eh: Hasse!«

Sie konnten ihre Übereinstimmung kaum fassen. »Schon eine komische Sache mit Ihnen«, strahlte der Direktor. »Papst, eh, eh, kommen Sie, hier ist im Eckhaus direkt über dem Restaurant Ganymed eine Wohnung frei. Schauen Sie sich die einmal an. Vielleicht ist die was für Sie. Ich würde mich, eh, eh, sag ich ganz offen, eh, über Ihre Nachbarschaft freuen.«

Sie stiegen ein Stockwerk hinauf. »Eh, Sie sagten bei unserem letzten Treffen, dass Ihnen mit Sophie Kessler in einer Wohnung die Luft zum Atmen fehlt? Eh, diese Wohnung können Sie haben, sie bietet Ihnen genug Platz für Ihre Arbeit, außerdem hat sie einen famosen Blick auf die Spree. Drüben der Bahnhof. Besser, eh, Papst, besser geht es nicht. Ich würde Sie, eh, eh, ehrlich gesagt sehr gerne hier als meinen liebsten Theaternachbarn um mich haben.« Robert schwieg. Er kratzte sich. Er bekam nur schwer Luft.

Nachdem er aus allen Wohnungen hinausgekündigt worden war, bewohnte Robert inzwischen den hinteren Teil von Sophie Kesslers Wohnung in Untermiete, den früheren Dienstbotenteil, in dem sich ein kleines Zimmer, Kammer, ein kleines Klo und die Küche befanden.

Er sagte es mehr zu sich selbst als zu dem Direktor, der am Fenster lehnte und einem Touristendampfer auf der Spree nachsah: »Ich werde nicht bleiben, meine einzige Alternative ist: nicht wo zu bleiben. Hier? Ich weiß nicht. Hier ist alles großartig, hier muss ich, sobald ich einmal eingezogen bin, bleiben. Ich will aber nicht bleiben.«

»Denken Sie darüber nach, Papst, eh, eh, und sagen Sie mir Bescheid, sobald Sie sich entschieden haben.«

In einem Zimmer in der sonst leeren Wohnung entdeckte Robert ein altes Eisenbett.

Er sagte zu dem Direktor: »Lassen Sie bitte die englische Fahne über das Bett ausbreiten.«

»Papst, ich werde das, eh, eh, ich werde das sofort veranlassen.«

Im Treppenhaus auf dem Weg hinunter sagte Robert: »Ich habe viel getrunken, viel Blödsinn gemacht, jetzt schaffe ich kaum noch zehn Liegestütze. Aber wenn ich wieder richtig an meinem Roman arbeite, wird es mir bestimmt bald besser gehen. Vielleicht ist diese Wohnung eine Möglichkeit. Jetzt habe ich eine blöde Rolle. Wie Lear in der Heide. Lear sagt seine besten Sätze im Gewitter, wenn sie nicht verstanden werden. So geht es mir im Augenblick. Lear ist grandios, weil er unverständlich bleibt. Mein ganzes Leben erzähl ich in das Gewitter hinein. Gegen das Gewitter. Unverständlich, alles.«

»Übersetzen Sie für mich Lear, Papst, eh, diesen Wunsch habe ich.«

»Ich muss an meinem Roman arbeiten!«

»Wenn nicht Lear – warum schreiben Sie denn nicht ein schnelles unordentliches Stück über die Wiedervereinigung?«

»*Schneewittchen & Schweinefleisch* – was halten Sie von diesem Titel?«

»Ich mag ihn, eh, eh, legen Sie los, Papst! Datum? Wann, eh, eh, wann habe ich es?«

»Nein!« Robert musste stehen bleiben, er fasste sich ans Herz, verzog schmerzvoll das Gesicht. Er sagte: »Das ist ja nur in Deutschland so, wo der Schriftsteller der Ersatzpfaffe ist. Der Honecker ist kein Gegenstand von Literatur. Auch nicht, zu sagen, wie man zum Staat steht. Wenn Sie Kafka gefragt hätten, wie er zur Habsburgermonarchie steht, dann hätte er Sie auf seine Tagebucheintragung hingewiesen. Da steht: ›Vormittags Schwimmschule, nachmittags Ausbruch des Ersten Weltkrieges.‹ Deswegen halte ich auch, seit die Mauer auf ist, die Schnauze. Ich will zur deutschen Wiedervereinigung nichts sagen. Was soll ich dazu sagen? Da ist es mir lieber, dazu unüberhörbar laut zu schweigen!«

Der Theaterdirektor sah den Dichter fassungslos an.

»Ich ziehe die Stille vor, deshalb habe ich mich in New York beim Goethe-Institut beworben. Lebenslauf, alles. Die werden bestimmt denken, ich will sie verscheißern. Ich denke doch, sie stellen dort auch Deutsche ein? Erstens hätte ich dort die schönste Villa, die es am Central Park gibt. Ich habe mir das so überlegt: In einem Zimmer baue ich eine Tafel auf, das ist mein Lyrikzimmer. Das nächste ist mein Prosazimmer, das nächste ist für die Kinoentwürfe, und das nächste Zimmer ist vielleicht das Zimmer für die Theaterdialoge? Ich könnte, was mir das Liebste wäre, nachts arbeiten. ›Man ist unwillkürlich geneigt, in der Nacht die Dinge von einem mehr privaten Gesichtspunkt zu beurteilen, die Vorbringungen der Parteien bekommen mehr Gewicht, die notwendige Schranke lockert sich, und wo sonst nur Fragen und Antworten hin- und widergingen, scheint sich manchmal ein sonderbarer Austausch der Personen zu vollziehen.‹ Jawohl. So sagt es Kafka. Und dann räume ich frühmorgens, eh die amtliche Bagage kommt, alles schön wieder weg.« Er bekam schwer Luft. »Bei Gelegenheit zeige ich Ihnen meine handschriftliche Bewerbung.«

Der Theaterdirektor betrachtete Robert Papst als eine wahrhaft tragisch geniale Figur der deutschen Gegenwart. Womöglich hatte der Direktor recht. Robert Papst hatte in dem Moment, als sie sich händeschüttelnd auf dem Schiffbauerdamm voneinander verabschiedeten, nicht einmal mehr das Fahrgeld für eine Busfahrkarte in der Tasche.

115

Robert lief zur Oranienburger Straße, dort wartete er an einer Bushaltestelle. Es dauerte ewig, dann kam endlich ein Bus. Geld. Er musste irgendwo Geld herkriegen.

Wenigstens fünfhundert Mark. Er stieg ein und fragte sich in dem Moment, wohin er eigentlich fahren wollte. Sollte er wirklich an den Schiffbauerdamm umziehen? Wie sollte er diese Wohnung bezahlen, wovon? Er konnte den Theaterdirektor um einen Vorschuss bitten. Vermutlich würde der sich nicht darauf einlassen, ich hätte ihn gleich danach fragen sollen. Vorschuss. Vorgezogene Tötung durch Bezahlung. Vor und Schuss.

Der Bus war voller Menschen, er konnte kaum zwischen ihren Leibern hindurch die Straße, die Hausfassaden sehen. Er verstand nicht, was mit ihm los war. Es kam ihm so vor, als würde er über sich einen Film sehen. Er war die Kamera. Mit schnellen Schwenks – über Schultern, in die von Existenzangst aufgequollenen Gesichter – ins eigene Gesicht. Er sah sich von oben, aus dem Bushimmel, er sah die Leute reden, er sah, wie sich ihre Münder öffneten, schlossen, wieder öffneten – aber von einer Sekunde auf die andere hörte er keine Stimmen mehr, kein Motorenbrummen, keine Durchsagen, und gar nichts hörte er mehr. Er konnte nur noch schwer, schließlich fast gar nicht mehr atmen. Das kam ihm sehr lange vor, vermutlich dauerte es nur eine Minute. Glücklicherweise hielt der Bus, er stieg aus, die frische Luft tat ihm gut. In einer Toreinfahrt sah er ein Arztschild: Frau Doktor Eleonore Schneiderhans. Oder hieß sie Schrader? Internistin. Er ging in das Haus, er dachte nur dauernd, er muss zu ihr, er muss zu dieser Doktor Eleonore Schneiderhans. Oder Schrader? Sie sah ihn an und sagte: »Sie hatten einen stillen Herzinfarkt.« Sie telefonierte mit dem Virchow Klinikum.

Robert Papst wurde ins Krankenhaus gebracht, dort führten die Ärzte eine Herzkatheteruntersuchung an ihm durch, dabei wurde sein Herz versehentlich durchstochen. Durch den Stich füllte sich das Herz mit Blut, er war klinisch tot. Die Notoperation dauerte viele Stunden. Um das Loch in seinem Herzen zu schließen, musste die Brust geöffnet werden. Als Robert aufwachte, lag eine frische Narbe auf ihm wie ein Säbelhieb, vom Jochbein bis zum Bauch.

»Ich war schon auf der Schippe, ich bin ihm von der Schippe gesprungen. Ich war schon tot, jetzt bin ich wieder da, es ist noch nicht so weit, dass ich gehen muss.«

Nora weinte.

»Wein nicht.«

»Was soll ich machen?«

»Nicht weinen.«

Er nahm ihre Hand in seine Hand.

»Noralein? Ich sollte schon vor drei Jahren nur noch neunzig Tage leben.«

Stille. Die Schwester kam. Robert flirtete mit ihr. Als sie wieder alleine waren, sagte Robert zu Nora: »Du ziehst also wirklich mit Louis und deinen Töchtern nach New York?«

»Ja«, sagte Nora. »Bald.«

»In meine Stadt? In der ich es nicht geschafft habe? Ich wollte, aber ich konnte nicht. Warum? Darüber kannst du lachen, Nora. Weil meine Gedanken zu tief in dieser preußischen Wüste stecken. Darum. Weil ich Deutschland liebe.«

Nora sagte: »Das ist mir alles viel zu sentimental. Wenn du aus dem Krankenhaus entlassen bist, brauchst du dir nur ein Ticket zu kaufen. Es ist eine Reise von lächerlichen acht Stunden. Wenn du es willst, kommst du ganz einfach von deiner Wüste los. Wo ist hier überhaupt eine Wüste? Die bildest du dir ein, damit du eine große Sache daraus machen kannst. Nimm es nicht so wichtig, die wahre Mühe, die wartet woanders auf dich. Du musst dich entscheiden. Willst du hier zwischen Kurfürstendamm und Schiffbauerdamm immer weiter deinen Untergang zelebrieren? Mit Interviews und Selbstverrat? Politisch gemeintem Schweigen? Lächerlich. Keiner fragt nach dir. Deutschland? Hat mir nur wehgetan. Dir nur wehgetan. Ein Flug nach New York ist keine große Sache. Die Wüste ist schön. Du kennst sie nicht. Du bist es, du. Wenn du das begriffen hast, dann kannst du die Bildschärfe korrigieren.«

Nora hatte sich in Zorn geredet auf Robert und seine Sentimentalitäten mit Deutschland. Deutschland? Wer? Wen meinte er? Seinen toten Vater? Die tote Familie? Die Kadetten? Seine Ausbilder? Die Wärter? Von welchem Deutschland sprach er eigentlich? Von seinen Freundinnen? Die ihn nicht liebten? Von den Theatern, die seine Stücke nicht, dafür seine Übersetzungen spielten? »Shakespeare kann man nicht übersetzen«, sagte Nora höhnisch lachend.

Robert schwieg. Er atmete ruhig. Er kramte sein Diktiergerät aus der Nachttischschublade und sprach ein paar Sätze hinein. »Mit jeder neuen Niederlage komme ich mir näher. Es ist unglaublich. Hörst du es? Was denkst du über mich? Lieber P.?«

Er starrte das Diktiergerät an. Er dachte an seinen großen Roman. Der Verleger in Frankfurt saß ihm mit Abgabeterminen im Nacken.

Dreitausend Seiten hatte er geschrieben, und er war noch lange nicht fertig.

116

Zwei Wochen später wurde Robert aus dem Virchow Klinikum entlassen. Nora fuhr mit ihrer Mutter Melanie und den beiden Töchtern nach Rumänien. Louis fand in New York ein Loft im Herzen von SoHo, eine Schule für die Kinder. Sobald Nora aus Rumänien zurück war, konnte die Familie an den Hudson ziehen.

Gleich nach ihrer Ankunft in Bukarest war Nora mit Tilli und Josefine und ihrer Mutter vom Flugplatz in die Stadt gefahren. Die Cousine

Natalita wohnte in einem jener unbeschreiblichen Ceaușescu-Blocks, die ganz Bukarest verunstalten. Die Wohnungen waren nicht klein, aber bedrückend, mit niedrigen Decken und so gebaut, dass man von allen Nachbarwohnungen beobachtet werden konnte.

Natalita Stanesca war eine dicke, herzkranke, mürrische und bemitleidenswerte Frau. Aber sie bemühte sich, Noras Familie den Aufenthalt so bequem und so angenehm wie möglich zu machen. Nachdem sie ihre Gäste untergebracht hatte, servierte sie ein vorzügliches Essen. Am nächsten Tag traf sich Nora mit einer Musikethnologin und Spezialistin für rumänische Zigeunermusik in deren Büro im Bauern-Museum.

Frau Popescu dokumentierte und pflegte die Tradition der Zigeunermusik. Zunächst einmal reagierte Frau Popescu empört auf Nora. Sie konnte nicht verstehen, dass eine Fremde diese Musik singen wollte. Sie fand das verwerflich.

»Wie können Sie diese Musik gebrauchen, benutzen, diese wunderbar authentische Soulmusik? Wie können Sie sie benutzen für Ihre Zwecke?«, sagte sie und ließ ihrem Ärger freien Lauf. »Man muss die Authentizität und die Wahrheit dieser Musik bewahren, indem man die Lautari, die Zigeuner – die Roma-Musikanten unterstützt und sie einem internationalen Publikum bekanntmacht. Und nicht, so wie Sie, ihnen ihre Identität stiehlt, indem man diese Musik auf falsche Weise verbreitet!«

Um sie zu beruhigen, sang Nora zwei Lieder für Frau Popescu. Nach *Adu calu sa ma duc* – Bring das Pferd, denn ich muss fort – wurde die eben noch so zornige Frau überschwänglich wie ein Kind. Es gefiel ihr, wie Nora das Lied sang. Ihre strikte Ablehnung verwandelte sich in Zuneigung. Sie half Nora und erklärte ihr, wo sich die wenigen noch existierenden Zigeunerdörfer befanden. Und sie gab ihr sogar als Begleitung ihren Assistenten mit auf den Weg und einen Wagen mit Fahrer.

Als das Auto mit Nora und ihren Töchtern – Melanie war in Bukarest geblieben – die holprige Straße hinauffuhr, war es spät am Abend. Das Zigeunerdorf in Transsilvanien lag in völliger Dunkelheit. Es gab keine Straßenbeleuchtung. Sie hielten vor der einzigen Kneipe, in der die Bauern und die Zigeuner auf einem winzigen Fernsehapparat ein

Fußballspiel verfolgten. Etwas verloren und hilflos standen Nora, Tilli und Josefine neben dem Wagen. Überall um sie herum lauter kleine Funken, wie von Leuchtkäfern. Es waren die Kinder, die in der Dunkelheit vor der Kneipe rauchten.

Der Assistent organisierte für Nora und ihre Töchter ein kleines Häuschen mit Garten, in dem sie übernachten konnten. Er selbst kam anderswo unter. Der Fahrer schlief im Wagen.

Am nächsten Tag in aller Frühe ging Nora auf den Hügel, wo die Zigeuner in Lehmhütten wohnten, wo sie ihr Wasser kochten auf Lehmöfen und wo sie auf Lehmböden schliefen – die Wände zierten bunte Teppiche, in die Geschichten hineingewebt waren.

»Grünes Blatt von Nuss und Baum, bring das Pferd mir, denn ich muss, denn ich muss fort von hier, wo es für mich kein Glück mehr gibt. Wenn das Glück mich wollte, käme es doch zu mir«, sang eine Zigeunerin. Napoleon, einer der Zigeuner, saß auf einem runden Maismehlfass aus dünnem Holz und schlug den Rhythmus, während seine Frau Nadia einen Bauchtanz vorführte und dazu wunderschön sang. Nora nahm alle ihre Lieder auf. Nadia wollte auch etwas von Nora hören. Nora sang für sie: »*Alo Malo* – Höre Mutter, ich werde bald unter der Last meiner Sorgen sterben.«

»Da ist viel Leben drin, in der Stimme«, sagte Nadia.

Am Nachmittag fuhren sie in ein anderes Dorf zu einer Zigeunerhochzeit. Es war die Hochzeit armer Leute. Der Bräutigam und die Braut waren kaum achtzehn Jahre alt. Das Mädchen war schwanger. Nora wartete mit ihren Töchtern und dem Assistenten auf die Brautleute. Endlich kamen sie in einem alten Mercedes angefahren, der sich, kaum dass das Brautpaar und die Eltern ausgestiegen waren, mit einem platten Reifen erschöpft auf die Seite neigte.

Zu Beginn der Zeremonie spielten Napoleon, Nadia und die Musiker aus dem Nachbardorf für die Hochzeitsgesellschaft. Gitarre, Geigen, Keyboard. Das Festzelt war nicht sehr groß, die Tische waren rundherum an den Seiten aufgestellt. Unter der Zeltkuppel sollte das Brautpaar sitzen.

Früher durften die Zigeuner, die zu Hochzeiten spielten, sich nicht sehen lassen. Deshalb mussten sie in die Bäume klettern und, gut versteckt im Laub, auf den Baumästen ihre Musik spielen. Heute durften auch die Musiker dabei sein, heute mussten sie nicht mehr auf den Baum kriechen.

Die vergnügte Gesellschaft nahm Platz an den langen Tischen, dazu spielte immerzu die Musik.

Der erste Gang kam: ein kleines Stück Wurst, ein bisschen Brot, ein Blatt Salat. Anschließend wurden die Teller eingesammelt, geschwind hinter dem Zelt in einem großen Trog abgespült und für den nächsten Gang zurückgebracht, der gleich aufgetragen wurde: Spaghetti mit Wurststückchen. Im Zelteingang stand ein Schimmel und sah aus großen dunklen Augen die Hochzeitsgesellschaft an.

Zwischen den Gängen wurde getanzt, bis einer der weißen Schuhe der Braut verschwunden war. So schrieb es der Hochzeitsbrauch vor. Alle mussten sich auf die Suche nach dem gestohlenen Brautschuh machen. Josefine fand ihn. Sie bekam Geld zur Belohnung, das sie Tilli schenkte, die es der Braut schenkte.

Später wurde ein Eimer herumgereicht, dazu wurden Geschichten erzählt. Jeder musste Geld in den Eimer tun. Dieses Geld war die Mitgift der Brautleute. Es kamen etwa dreitausend Euro zusammen.

Der Fahrer hatte unbedingt im Wagen bleiben wollen, er traute den Zigeunern nicht über den Weg. Bis er Hunger bekam und Durst. Schließlich saß er mit der Gesellschaft am Tisch, sprach und lachte und tanzte und war vergnügt wie schon seit Langem nicht mehr. Er blieb mit Nora, den Töchtern, dem Assistenten. Erst um vier Uhr in der Früh fuhr er mit ihnen zurück in ihr Dorf.

Am nächsten Tag erzählten Napoleon und der Geiger, dass die Hochzeit bis zum Mittag weitergefeiert worden war. Der Geigenspieler zeigte Nora seine Finger – er hatte sie sich wund und blutig gespielt. Das hinderte ihn nicht daran, für Nora und ihr Aufnahmegerät noch einmal einen Strauß Zigeunerlieder zu spielen. Ein anderer Geiger kam dazu, ein Akkordeonspieler und ein Kontrabassist. Die Männer musizierten den ganzen Nachmittag.

Als Josefine mit Tilli am letzten Morgen aus dem Fenster schaute, trieb ein kleines nacktes Mädchen mit einer Gerte die Gänse über die Dorfstraße hinunter zur Wiese. Die Sonne schien, die Hähne krähten, Hunde bellten, die Zigeunerkutschen mit den aufgeputzten Pferden, auf denen die Musiker saßen, zogen ins nächste Dorf, wo amerikanische Studenten warteten, die eine Reise gebucht hatten durch Transsilvanien.

Nach fünf Tagen kehrten Nora und ihre Töchter zurück nach Bukarest.

Sie standen unter dem riesigen Kastanienbaum vor der Polizeistation, wo Nora von den Zigeunern, die auf ihre eingesperrten Verwandten warteten, ihre Lieder gelernt hatte. Wo früher die Zigeuner lagerten, parkten jetzt Autos.

Josefine versuchte sich ihre Mutter als kleines Mädchen vorzustellen, mit einer Zeitungstüte, schmutzigen Fingern, schwarzem Mund, wie sie Sonnenblumenkerne aß, wie sie sang: *Valeleu.*

Nora zeigte ihren Töchtern die Schule, wo sie in der 5. Klasse erfahren hatte, dass sie Jüdin ist. Sie stiegen in das muffelige Schulhaus hinauf. Nachmittag. Die Kinder, die Lehrer – alle waren längst zu Hause. Nora öffnete eine Tür. Ein verlassenes Klassenzimmer. Die Wände von Geschrei und Ängsten erfüllt.

Josefine wunderte sich über den kargen Raum, über die einfachen, zerkratzten Bänke und Tische, die alle Löcher hatten für Tintenfässer.

Nora setzte sich an einen Tisch in der hintersten Reihe, ihre Töchter rutschten in die Bank daneben, sie trommelten auf dem Tisch herum.

»Ich war neun oder zehn Jahre alt«, fing Nora an zu erzählen. »Wir hatten Geschichtsunterricht. Der Lehrer sprach über die Entstehung des Staates Israel nach dem Zweiten Weltkrieg. Plötzlich rief er: ›Wollen wir doch mal sehen, wie viele Juden wir in unserer Klasse haben. Alle Juden stehen mal auf.‹ Mit schnellen Schritten ging er durch die Bankreihen. Sieben oder acht Kinder waren aufgestanden. Der Lehrer zählte: ›Wir haben acht Juden in unserer Klasse.‹ Weil ich wieder einmal irgendwelchen Unfug gemacht hatte, stand ich zur Strafe in der Ecke. Plötzlich hörte ich die Stimme meiner Freundin Eva Wasserstrom, sie rief: ›Nora auch! Nora ist auch Jüdin, wir sind neun Juden!‹ Wie ich das hörte, drehte ich mich wütend um. Ich schrie ganz laut: ›Eva Wasserstrom lügt. Sie lügt, sie lügt!‹, schrie ich, ›ich bin keine Jüdin, ich bin Rumänin. Eva lügt! Sie lügt!!‹ Eva trat aus ihrer Bank heraus und sagte immer wieder: ›Nein, ich lüge nicht, die Nora ist Jüdin, das weiß ich.‹ Daraufhin warf ich mich auf den Fußboden und fing an zu schreien und zu brüllen und zu weinen. Der Lehrer erschrak. Er bestimmte zwei Schülerinnen, die mich auf der Stelle nach Hause bringen sollten. Vorher war noch die Schuldirektorin ins Klassenzimmer gekommen. Auch vor der Direktorin hörte ich nicht auf zu schreien und zu weinen. ›Ich bin keine Jüdin. Ich bin keine Jüdin. Die lügen alle. Ich bin Rumänin. Ich bin Rumänin, keine Jüdin!‹ Auf dem Nachhauseweg beruhigten mich die beiden Mitschülerinnen und sagten schließlich: ›Die Eva Wasserstrom, die lügt sicher, die lügt ganz gewiss, die weiß wohl gar nicht, was sie gesagt hat, die weiß nicht, was eine Jüdin ist.‹ Als wir endlich bei mir zu Hause angekommen waren, fand ich meine Mutter an ihrem kleinen Schreibtisch. Sie sah von ihren Papieren und Büchern auf und erschrak, wie ich da so verheult und verzweifelt vor ihr stand. Sie schickte die beiden Mädchen fort. Sie setzte sich mit mir hin. Fragte mich: ›Was ist denn los, meine kleine Nora? Was hast du?‹ Ich fing an zu erzählen. ›Die Eva Wasserstrom hat gesagt, ich bin Jude. Und das ist so gemein von ihr, das werde ich ihr nie verzeihen, in meinem ganzen Leben nicht, und wenn ich hundert Jahre alt werde, dass sie so lügt.‹ – ›Weißt du was, mein kleiner Liebling‹, sagte meine Mutter, ›die Eva Wasserstrom hat nicht gelogen. Es tut mir sehr leid. Ich muss dir gestehen, du bist Jüdin. Wir haben es dir nicht gesagt, weil es in Rumänien nicht gut ist, ein Jude zu sein. Wir dachten, es ist besser, wenn du nicht weißt, dass du Jüdin bist.‹ – Ich werde niemals dieses Gefühl vergessen, das mich regelrecht niedergeschmettert hat, als mir meine Mutter sagte, dass ich Jüdin bin. Nicht Rumänin war ich, wie die anderen – Jüdin. Es war das Schlimmste, was ich mit meinen zehn Jahren erlebt hatte. Von da an habe ich dann überall herumerzählt: mein Vater sei Jude, meine Mutter Rumänin. Ich dachte, mein Vater ist ja Deutscher und damit sowieso schon unbeliebt in Rumänien, da kommt es nicht mehr darauf an, wenn er auch noch Jude wäre. Aber meine Mutter nicht. Sie sollte nicht gezeichnet sein. Sie ist Rumänin, und ich wollte ihr das nicht anhängen, dass sie Jüdin ist.«

»Dann bin ich auch Jude?«, sagte Josefine.

»Ja, du auch«, sagte Nora.

»Auf immer?«, fragte Josefine.

»Ja, das bist du auf immer«, antwortete Nora.

»Gestern hast du noch gesagt: Nichts ist auf immer.«

Josefine holte Luft. »Einfach ist das nicht«, sagte sie.

Nora sah zum Schulfenster hinaus auf ein Stück Fabrik. Ein Fetzen Wiese, wo eine Pappel sich in den Himmel reckte. Nora dachte daran, dass sie, genau wie ihre Mutter, ihrer Tochter Josefine etwas verheimlichte.

Josefine sah ihre Mutter an, als spürte sie etwas. »Ist denn Papa auch Jude?«, fragte sie.

»Nein, Papa ist kein Jude, er ist auch nicht ganz dein Papa. Er ist dein Papa, aber er ist nicht dein Erzeuger.«

»Und was macht der Erzeuger?«, fragte Josefine.

»Der gibt seinen Samen. Er macht dich.«

»So? Warum hat mich Papa nicht gemacht?«

»Ich kannte ihn noch nicht, als du gemacht wurdest.«

»Warum konntest du nicht auf ihn warten?«

»Ja, du hast recht, ich hätte auf ihn warten sollen. Aber da wärst du nicht Josefine geworden.«

Die große Schuluhr schellte die volle Stunde aus.

Lange her, seit Nora mit ihren Eltern Bukarest in Richtung Ost-Berlin verlassen musste und in eine Wohnung über den Gräbern der deutschen Klassiker gezogen war, zu Hegel, Fichte, Eisler und Brecht. Der nächste Platz, der jetzt auf sie wartete, hieß New York. Sie nahm ihre beiden Töchter und machte sich auf den Weg zur Wohnung der Cousine Natalita.

Ihr fiel Robert ein. Hierher hatte sie mit ihm reisen wollen. Nach Bukarest. Das Schulhaus hatte sie ihm zeigen wollen, die Straße mit der Polizeistation, die alte Kastanie. Aus der Stadt mit ihm ans Schwarze Meer. Lange her. Inzwischen war in Berlin die Mauer gefallen und in Rumänien Ceauşescu von der Macht verjagt und erschossen worden. Sie sah Robert vor sich, erschöpft und keuchend in Ost-Berlin die

Chausseestraße Richtung Französischer Friedhof gehen. Sie bemerkte es fast erschrocken.

Seele, die sich bewahren mag und sich verlieren.

Als Nora vor der Wohnung stand mit Tilli und Josefine, hing ein Zettel an der Tür: Ihre Mutter Melanie saß mit Natalita Stanesca an einem langen Tisch in jenem Gartenlokal, in das Melanie vor ihrem Umzug nach Ost-Berlin immer so gerne gegangen war. Vorn, auf dem kleinen, von Lichterketten eingerahmten Holzpodest, tanzten sie jetzt, wo vor Jahrzehnten die große Sängerin Maria Tanase aufgetreten war. *Ciuleandra* hatte sie gesungen, und wie ein Teenager bog sich Melanie zu der Musik, die noch immer in ihr nachklang.

Aber später, als sie diesen verzauberten Ort wieder verließ, unter Stern und Mond, und die Straßen in sommerlichem Halbdunkel verschwammen, fühlte sich Melanie Meinl plötzlich einsam. Sie wollte ein wenig durch die alten Straßen von Bukarest gehen, alleine mit ihren Erinnerungen. Früher begrüßte sie an jeder Ecke ein bekanntes Gesicht, ein vertrautes Lächeln, ein leichtes Hallo. Jetzt drehte sich kein Gesicht nach ihr um, sie merkte, dass sie bei dem Versuch, die alten, so gut vertrauten Stimmungen wieder einzufangen, in ihrem eigenen Land, in ihrer Stadt, in ihren Straßen, unter den Hausecken eine Fremde geworden war.

»Ist wohl so«, sprach sie höflich zu ihrem Wehmutsschmerz, »ist wohl so, ein Mensch ist zwar kein Baum, aber Wurzeln hat er auch, und wenn sie ausgerissen werden, da wirbelt er vor jedem Wind wie Zeitungspapier durch die Welt, von Stadt zu Stadt, und wenn du Glück hast, bleibst du irgendwo liegen und pflanzt dich mit deinem Wurzelwerk wieder ein, hoffst, dass die Wurzeln festwachsen, hoffst, nicht zu verdorren, hoffst, wieder mit langsam spärlicher werdendem Haar die Krone hochzurecken.« Alle ihre Freunde, Verwandten waren nicht mehr da. Fort, ausgewandert, verjagt, gestorben, vergessen. Die Musik spielte jetzt für andere eine andere Melodie.

Dabei hatte sie genau wie Nora so ganz tief davon geträumt, eines Tages hierher zurückzugehen, zu dem Fleckchen Erde, das ihre Heimat war. »Wenn nicht hierher, dann geh ich dorthin, nach Paris.«

Nun. Sie lachte. An der großen Entfernung gemessen, die die Jugend von dem Alter trennte, kam ihr alles so nahe vor – der Weg von der Wiege ins Grab. Morgen wird sie wieder nach Berlin zurückkehren, und dort wird sie bleiben – Berlin ist Melanies neue Heimat geworden –, das Leben wollte es so.

Der Wind rauschte. Was war der Alltag gegen die Erinnerung.

»Man muss schon mit dem Glück in der Übung bleiben«, dachte sie.

Lichter, bunte Lichter, warme Luft, eine schön verwehte Musik – Melanie war froh.

Froh. War's nicht so?

117

Louis stand vor Sophies Wohnungstür. Er musste eine Weile klingeln, bis sich etwas rührte. Robert war nackt, als er, mit einer weiß gepuderten Nase, Louis öffnete. Dabei machte Robert einen unlustigen, wirren Eindruck.

Noch in der offenen Tür wischte Louis seinem Freund die Nase ab. »So darfst du nicht an die Tür kommen. Vielleicht wirfst du mal einen Blick in den Spiegel? Du siehst ja aus wie ein Pizzabäcker, der ins Mehl gestürzt ist.«

»Pizza mag ich nicht.« Robert kratzte sich. »Mein Prinz, komm herein. Komm schon! Keine Angst, keine Angst! Ich bin wirklich verrückt«, sagte er, nahm Louis an die Hand, zog ihn in die Wohnung, warf die Tür hinter ihnen zu, umarmte Louis und schlurfte krumm, nackt, nur in Socken vor ihm her in das Zimmer. Auf dem runden Tisch lag ein großer Haufen Kokain. Es sah aus wie bei *Scarface* mit Al Pacino. »Entschuldige«, sagte Robert. »Entschuldige, dass ich dich in Socken begrüße. Das hat mit der Geräuschsensibilität des Beschwerde führenden Untermieters zu tun. Ich muss Rücksicht nehmen. Ein Arrangement der Anwälte.« Und ließ sich auf das Sofa fallen. Er hielt die Augen geschlossen. »Ich bin Schriftsteller? Aber was bedeutet das wohl? Weißt du es, Louis? Termine! Abgabetermine! Das bedeutet es. Es ekelt mich an, dieses auf Termin erzählen. Wie ist es für dich?«

»Ich habe keine Wahl. Ich muss Geld verdienen. Ideen zu haben ist himmlisch, sie auszuarbeiten ist die Hölle.«

»Abgabetermine sollte es nicht geben dürfen!«, sagte Robert.

»Die Kunst verbindet uns mit dem Leben, und sie trennt uns vom Leben.«

»Ich lebe lieber getrennt. Niemals dort.« Er schlief für einen Moment auf dem Sofa ein. Er sah erschreckend aus. Wie ein schwarzes, haariges Skelett, aus dem Stimmen stöhnten. Kalter Schweiß bildete sich auf Roberts Stirn. Halb schlafend, halb wach lag er da. Grau. Brabbelte unverständliche Sätze. Ein Anzug steckte in einem Suppentopf, der vollkommen sinnlos auf einem Sprichwörter-Lexikon balancierte. Auf dem Fußboden Pornohefte, rechtsradikale Zeitschriften, *Junge Freiheit*. Pikkoloflaschen, eine Handvoll Kartoffelchips, Tüten mit Fertigsuppen, Bücher, Filmkassetten, Essensreste. Ein Sessel versank unter Stapeln von Manuskripten, Bergen von Tonbandkassetten, die Robert mit Romanskizzen vollgesprochen hatte. Er fuhr hoch. »Warte. Sieh dir das an.«

Mit einer Hand fasste Robert nach einem Brief. Der klebte in einem Stück zerlaufener Butter. Robert zog ihn ärgerlich aus der Butter, strich das Fett von dem Papier, wischte die verklebten Finger in den Sofapolstern ab. Stand mühsam auf, ging zu dem großen Tisch in der Mitte des Raumes, beugte sich über den »Schneehaufen«, zog eine Prise in die Nase, stand aufrecht. Er lachte. Böse.

»Hier!«, rief er, drückte Louis den Brief in die Hand. »Bevor du abhaust nach Amerika. Lies das. Von meinem Verleger. Kapriolen, die das Leben schlägt.«

Louis warf einen Blick auf den Briefkopf: »Frankfurt am Main, 31. August.« Er las. »Lieber Robert, ich höre, dass Du Deinen Roman schon wieder umarbeitest. Wenn Du die letzte korrigierte Fassung nicht in vier Wochen bis zum 30. September abgeliefert hast, dann ist endgültig Schluss. Dann wird es Dein Buch nicht geben. Ich werde es dann nicht mehr publizieren können. Nicht in meinem Verlag. Trotzdem. Herzliche Grüße. Dein Hagen Fürbock.«

»Mein Dealer will mit mir ein Musical schreiben über das Glück. Stell dir vor.« Robert zog eine Fratze. »Vielleicht sollte ich mich auf das Projekt werfen?«

Louis sah noch einmal auf das Datum im Briefkopf.

»Ich kann es nicht aussprechen«, sagte Robert.

»Was?«

»Es ist unrecht, was er mit mir macht. Mein Verleger.«

Robert richtete sich auf.

»Mein Roman ist viel zu wertvoll, viel zu wichtig, als dass ich ihn wegen eines lächerlichen Abgabetermins nicht so zu Ende schreibe, wie es dieser Stoff von mir verlangt. Stattdessen sollen die Kalkulationsbüros und die Spekulationsbüros das letzte Wort haben? Buch fertig! Hände gerieben! Weiter! Und? Warum soll es fertig sein zu einem Termin und nicht, wenn das Buch wirklich zu Ende gedichtet ist? Warum! Termine! Diese Antikünstler!«

Robert begann sich überall zu kratzen. »Ich möchte das Buch fertig schreiben, so, wie es das Buch verlangt. Nicht, wie es ein Termin verlangt. Ich bemühe mich redlich. Glaub mir. Isa, die Hure mit der gelben Handtasche – du wirst sie kennenlernen, ein Teufelsweib, acht Semester Germanistik, Edelhure –, verehrt mich entsetzlich, hilft mir, die vielteilige Geschichte meines Buches aufs Papier zu bringen. Es herrscht ein großes Durcheinander – aber verdammt, Louis, anders kann ich diese Stadt zwischen den Kriegen nicht wiedergeben. Isa ist meine Rettung. Jetzt kommt in dieser alles entscheidenden Phase dieser Brief von meinem Verleger. Der Brief reißt mich aus dem Schaffensprozess. Ich denke nur noch an den Brief.« Er zitterte.

Louis Mayer saß da, versuchte die ganze Zeit, Robert etwas zu sagen. Der ließ ihn aber nicht zu Wort kommen.

»Es kann nicht sein«, schimpfte Robert weiter. »Der Roman ist ja fertig – und nun, wo der Roman so weit ist, er ist fertig, er ist nur noch nicht zu Ende abgeschrieben, aber ich bin fertig, endlich fertig, Louis, nur noch nicht zu Ende aufgeschrieben, noch nicht vollständig von Isa auf das Papier gebracht, weißt du, es liegt daran. Isa hat Probleme mit den verschiedenen Schreibprogrammen. Und da will jetzt mein Verleger das Buch sterben lassen? Ausgerechnet jetzt? Pervers ist das. Seit Jahren verschiebe ich diesen Roman, immer wieder, immer wieder sage ich: Jetzt bin ich gleich fertig, jetzt gebe ich ihn ab. Und jetzt ist er wirklich fertig, und da schreibt mir dieses Schwein von einem Verleger, dass der Roman nicht erscheinen wird, wenn ich nicht bis 30. September liefere? Warum denn 30. September? Warum denn nicht 30. November? Heute ist der 9. Oktober. Wegen neun Tagen soll dieses Buch unveröffentlicht bleiben? Wir kommen gut voran, Isa und ich. Wir arbeiten alle neuen Gedanken ein, wir arbeiten die alte erste Fassung um. Vor allem: Ich lasse mir die letzte Pause, bevor ich dieses große Buch zu Ende schreibe. Die letzte Pause vor dem Ende. Das Schreiben braucht das Nichtschreiben.«

»Robert!«, fiel Louis ihm ins Wort. »Robert! Verdammt noch mal! Hör mir doch mal zu! Worüber regst du dich eigentlich auf?«, rief er. »Hier!« Wieder hielt er ihm den Brief vor das Gesicht, wieder schlug Robert wütend mit der Hand danach.

»Worüber ich mich aufrege? Kapierst du nicht, um was es geht?! Diesen Brief meines Verlegers habe ich heute Nacht aus dem Briefkasten geholt. Heute Nacht. Darüber rege ich mich auf. Heute ist der 9. Oktober! Es geht um neun Tage! Wenn Isa mich nicht im Stich lässt, haben wir das Manuskript in sechs Wochen fertig. Das hieße, ich würde mit einer Verspätung von sieben Wochen abliefern. Sicher. Zigmal verschoben. Aber verflucht. Es ist eine wahnsinnige Schreibarbeit. Louis? Isa hat bereits über dreihundert Seiten von den achttausend Seiten neu in das Manuskript eingearbeitet. Wenn du rechnen kannst: dreihundert Seiten in einer Woche? Dann sind wir durch in zehn Tagen. Doch, doch! In sechs Wochen steht alles, in sechs Wochen ist mein Buch wirklich zu Ende gedichtet. Und nicht bloß einfach fertig. Und jetzt soll wegen ein paar Wochen, nach jahrelanger Arbeit, Schluss, soll das das Ende meines Romans sein? Das Ende einer riesigen Arbeit? Das Ende einer großen Reise? Ende eines Abenteuers, das mich umbringt? Wegen neun Tagen? Schreiben heißt doch: sich selbst entdecken. Ich begehre den Ruhm nicht oder das Geld, dafür brauche ich die Pause, wer sich von einer Zeile hastig in die nächste Zeile flüchtet, von einer Seite auf die andere, von einem Buch in das nächste Buch, der verrät das Schreiben. Darum brauche ich die Pause, dafür brauche ich sie. Die letzte Pause vor dem wirklichen Ende. Ich muss aus der Zeit treten, ich muss Luft holen. Dann gibt es mein Buch.«

»Aber Robert. Robert!«, brüllte Louis jetzt los. »Hör mir doch endlich zu! Dieser gottverdammte Brief von deinem Verleger ist über ein Jahr alt.«

Pause. »Was?«, sagte Robert tonlos. »Wie bitte?«

»Hörst du schlecht? Dieser Brief ist ein Jahr alt. Diesen Brief hat dir dein Verleger Hagen Fürbock vor einem Jahr geschrieben! Der Brief ist vom August des vergangenen Jahres! Er mahnt den Roman zum 30. September des vergangenen Jahres an! Robert! Wir sind ein Jahr älter!«

»Was? Was sagst du da?«, stotterte Robert und riss Louis den Brief des Verlegers aus den Händen. »Wir sind ein Jahr älter?«

Eine Stille machte sich in der Wohnung breit, die nicht mehr knisterte. Kirchenstille. Robert starrte den Brief an.

»Tatsächlich«, sagte er schließlich. »Der Brief ist ein Jahr alt. Voriges Jahr. Es steht ja deutlich da, der Brief ist vom vorigen Jahr.« Robert sah Louis an. Louis konnte nichts sagen. Er musste sich ein Lachen verbeißen.

»Wie oft leerst du deinen Briefkasten?«

»Nicht so oft.«

»Ich glaub es dir.«

»Wie konnte ich das Datum übersehen? Ich werde wahnsinnig. Nein, so groß kann der Mistkübel gar nicht sein, den ich für die Wirklichkeit brauche! Verdammt, was bin ich für ein Idiot! Der Verleger bringt meinen Roman nicht! Ein Jahr über dem Termin. Ein Jahr älter. Louis? Alles vernichtet. August, letztes Jahr. Ich bin vernichtet!« Er hielt inne, schwieg, wurde still. Ein stummes Aufschluchzen schüttelte ihn.

Jetzt erst bemerkte er, dass er nackt war. Nackt. Nur Socken an den Füßen. Er schloss die Arme um seinen schwarz behaarten Oberkörper, er zitterte wie von einem tief in ihm sitzenden Frieren. Dann begann er sich anzuziehen, die Hose, das Jackett – mit traurigen Augen und Tränen, die Louis erschütterten, fing er an zu reden. »Mein ganzes Leben sinnlos, meine Arbeit vergeblich, ich habe mein Buch nicht zu Ende gebracht, meine Kritiker werden sich über mich hermachen, Louis, Isa, die Hure mit der gelben Handtasche, acht Semester Germanistik, kam gestern Abend zu mir, sie kam, weil es regnete, mit einem großen schwarzen Schirm. Wie immer kam sie mit der gelben Handtasche. Ich kann sie kaum bezahlen, sie behauptet, sie braucht nichts, sie macht genug mit Anschaffen, sie liebt es, wie und was ich schreibe, sie liebt mein Buch, eine wunderliche Person ist sie, unbeschreiblich schön, und Beine hat sie, endlos, eine Haut wie aus, wenn das möglich ist, Abendsonnenschein.« Er lachte, dann fiel er wieder gepeinigt auf dem Sofa zusammen, grunzte, brabbelte, kämpfte mit Atemnot, redete weiter. »Fünfmal, sechsmal ist die Abgabe meines Buches verschoben worden. Schließlich wurde zwischen mir und Hagen Fürbock ein allerletzter Termin vereinbart. Isa kam auch gestern Abend wieder. Ich habe noch gestern Abend geglaubt, ich wäre nur ein paar Tage über dem letzten Abgabetermin, diese kleine Verzögerung konnte ich nicht ernst nehmen – der Roman steht ja, es ging gestern Abend nur noch um kleine Änderungen, Umstellungen, Verbesserungen. Was bedeuteten da acht Tage überm Termin? Isa sollte gestern Abend meine Korrekturen mit dem Diktiergerät aufnehmen, sie möglichst noch in der Nacht in das weitgehend fertige Manuskript einarbeiten. Aber dann ergab sich ein Problem mit dem Diktiergerät. Die Bänder verwickelten sich. Isa bemerkte, dass sie alte, bereits besprochene Bänder benutzt hatte. Auf diese Weise war bereits Gesprochenes von neu Gesprochenem übersprochen. Verbesserte Kapitel waren durch Verbesserungen anderer Kapitel oder Absätze vernichtet worden. Die überarbeitete erste Fassung war durch die ganz neu entworfene Leipziger Fassung gelöscht. In der sogenannten Leipziger Fassung beschreibe ich die Erfindung der Verhörmaschine. In der anderen Fassung hungerte sich mein Entdecker des Maulwurfes in seiner Gefängniszelle so spindeldürr, dass er sich an einem Bindfaden erhängen kann. Nun war die Bindfadenfassung durch die Verhörmaschinenfassung vernichtet. Als Isa den Fehler bemerkte, gestand sie es mir auf der Stelle. Ich wollte trotzdem weiterarbeiten, ich wollte unbedingt den allerletzten Termin einhalten. Durch die Nervosität, in die ich Isa versetzte, wurde aber alles viel schlimmer, Isa brachte die Schreibprogramme durcheinander. Jetzt war nicht nur auf dem Tonband die erste Fassung durch die neue Verhörmaschinenfassung übersprochen, im Computer war auch die Kapitelfolge durch ein falsches Nummerierungskommando umgeworfen und in eine schwer zu entwirrende, ganz und gar sinnlose Reihenfolge gebracht. Straßenbeschreibungen tauchten auf, wo sie nicht hingehörten, ein brennendes Gefängnis fiel auf Intimitäten in einem Hinterzimmer. Eine Kutsche fuhr durch Portale in Häuser, wo Abendgesellschaften beim Dinner saßen. Im Theater traten Warenlager auf.«

Louis war kurz davor, vor Lachen zu zerplatzen. Irgendwie schien Robert an seiner eigenen Groteske einen satanischen Spaß zu finden, er redete jetzt über das Schlimmste, was ihm widerfahren konnte, die Zerstörung seines Achttausend-Seiten-Romans, wie über eine gigantische Clownsnummer. Er hustete, sprayte sich Cortison in den Rachen, er spuckte, rannte zum runden Tisch, bediente sich an dem weißen Haufen, wuselte und fuchtelte herum wie ein genialer Entertainer kurz vor dem Gehirninfarkt.

»Als ich die studierte, bewundernde, literarisch schwärmerische Hure Isa aufforderte, auf der Stelle alles wieder in die richtige Reihenfolge zu bringen durch das entsprechende Kommando, verlor sie die Nerven und löschte die gesamte letzte Korrekturfassung des Manuskripts. Isa saß kreidebleich vor dem Computer. ›Ich weiß, ich habe es verdorben. Ich habe Mist gebaut, aber ich bitte dich, nicht zu brüllen, Robert‹, sagte sie, ›morgen gleich in aller Frühe komme ich wieder, dann werde ich die letzte Korrekturfassung zurückholen, ich werde es versuchen, heute habe ich keine Nerven mehr, heute muss ich passen.‹ Sie verschwand mit schwarzem Regenschirm und gelber Handtasche. Ich rannte ihr bis ins Treppenhaus hinterher. Aber sie ließ sich nicht überreden, sie konnte in dieser Verfassung unmöglich an dem Manuskript weiterarbeiten. Du kannst dir meine Verzweiflung vorstellen.

Vielleicht deshalb leerte ich den Briefkasten, was ich sonst nie tue. Die meiste Post landet bei mir ungelesen im Mistkübel. Wohin sie gehört. Warum denn nicht auch diese Post aus Frankfurt? Lieber säße ich hier in der Illusion, dass ich mit meinem Buch so gut wie fertig bin, nur noch winzige Verbesserungen benötige, dass mein Buch bald erscheinen wird, dass mir mein Buch noch einmal den ganz großen Auftritt beschert.« Er fiel vollkommen erschöpft auf dem Sofa in sich zusammen, stöhnte. »Aus! Ende! Puff! Vorbei!« Halb schlafend, halb wachend lag er da. Grau. Brabbelte unverständliche Sätze.

Er sah Louis an. »Ja«, rief er. »Ja! New York! Du willst also mit Nora und den beiden Mädchen nach New York ziehen?«

»Ja.«

»Verflucht! Wann?«

»Sobald Nora zurück ist aus Bukarest, sagen wir Berlin Adiós!«

»New York. Ja. Hörst du das? Hörst du es sägen? Es sind meine Gedanken, die ich kurz und klein säge. Was denkst du über mich?«

Louis sagte: »Du solltest dich mal ausschlafen, von hier fortgehen für eine Zeit, dich nicht fertigmachen. Du findest für dein Buch auch einen anderen Verlag.«

Robert schwieg lange. Er lauschte auf die Geräusche, die von der Straße kamen, aus dem Hinterhof, aus den Wohnungen um ihn herum, durch Wände und Türen drangen und Fenster.

»Das Kokain macht ungeheuer geräuschempfindlich«, sagte er. »Was denkst du über mich? Denkst du auch, ich trinke zu viel? Kokse zu viel?«, fragte er.

»Warum gehst du nicht für eine Zeit fort aus Berlin?«

Robert lachte. Nickte. Stand auf, fuhr Louis über den Kopf. »Fortgehen? Sicher. Das Wetter ist dort schöner.«

»Wo?«

»San Francisco. Auf jeden Fall schöner. Wenn ich dort an mir zweifle, gehe ich spazieren, hier dröhne ich mich voll.«

»Komm mit nach New York.«

Robert sah Louis an. »Nur wenn der Agent noch einmal zu mir kommt, mit diesem konkreten Angebot. Sofort. Dann gehe ich sofort nach New York. Narren werden am Ende gehängt, oder sie werden dick. Dick? Ich? Ich wache lieber hungrig auf als dick. Mein Prinz? Nie. Weißt du noch?«

»Alles.«

»Alles Theater. Das Porträt, das man für die Stadt arrangiert und das dann zu dem Bild wird, das von einem übrig bleibt.« Er sah vor sich hin, starrte den Parkettboden an unter seinen Füßen. »In Berlin habe ich immer Angst.« Er flüsterte, ohne den Blick vom Parkett lösen zu können: »Louis? Sag mir. In welchem Stockwerk? In welchem Stockwerk sind wir hier?«

»Im zweiten Stockwerk«, antwortete Louis.

»Nicht höher? Nicht im siebenundsechzigsten? Höhenangst! Höhenangst. New York. Das ewige Haus. So wird der Friedhof genannt, der im Volksmund auch der gute Ort heißt. Wenn du nach New York hineinfährst, fährst du vorbei an riesigen Friedhöfen. Nein. Hier möchte ich nicht beerdigt sein. Ich finde den Satz gut. Hier möchte ich nicht beerdigt sein. Das hat nicht so sehr einen politischen Grund. In Amerika fiele mir das Sterben leichter. In San Francisco. Unter anderem, weil das Meer in der Nähe ist.« Er lachte, rannte im Kreis wie ein Schamane, rief immer wieder: »Katzenklo! Katzenklo! Katzenklo macht die Katze froh. Ich liebe Helge Schneider.«

Er setzte sich auf das Sofa, kämpfte mit der Atemnot. »Wein gibt es bei mir im Überfluss. Weißwein!« Schließlich zog er sich unter großer Anstrengung, weiter um Atem ringend, das Jackett aus. Warf es auf den Boden, trampelte darauf herum. »Ich hasse Klamotten! Nackt muss man dichten, nackt leben, nackt verrecken«, sagte er.

»Und ich wollte dir einen Smoking schenken, wenn dein Roman rauskommt«, sagte Louis.

Robert parierte die Spitze. Er trat vor den Spiegel, reckte und streckte sich, fuhr sich mit der rechten Hand über den kahlen Schädel. »Wozu? Ich nehme doch keine literarischen Preise mehr an.«

Sie lachten, bis aus dem Hof eine Stimme heraufrief: »Nicht so laut, Papst!«

Robert lief sofort zum Fenster, das halb offen stand, beugte sich in den Hof, schrie: »Ich bin aus dem Kloster der Fünf. Sechshundertzweiundzwanzig.« Warf das Fenster zu, strich Louis den Jackenärmel glatt. »Im Ganymed neben dem Theater am Schiffbauerdamm habe ich täglich freien Mittagstisch. Plus ein Freigetränk.«

»So weit werde ich es nie bringen«, sagte Louis.

»Shakespeare zahlt meine Steuerschulden. Meine neue Wohnung. Willst du sie sehen? Bist du Shakespeare? Ich! Ich mache mit Shakespeare Kasse. So weit hat es keiner gebracht. Ich! Ich! Warte.« Er ließ Louis nicht antworten. »Er schreibt mir Briefe!«

»Wer? Shakespeare?«

»Nein. Dieser verfluchte P. Meine Hauptperson!«

»Deine Hauptperson schreibt dir Briefe? Du bist ja nicht mehr ganz bei Trost!!«

»Ja«, sagte Robert mit seltsamer Traurigkeit. »Ja. Inzwischen sieht es danach aus.« Er schwieg. Nach einer Pause sagte er: »Er schreibt mir dauernd Briefe, in denen er mir mitteilt, dass er keine Hauptperson ist. ›Ich hab's dir von Anfang an gesagt‹, schreibt er mir, ›von Anfang an gesagt: Ich bin keine Hauptperson. Du hast mich in *Halma* gehabt und in der Wolfsohn-Bande, in ein paar Gedichten und im *Gott der Stadt*. Das aber, was du willst, aus mir eine Hauptperson machen, das wird dir nicht gelingen. Ich bin keine Hauptperson.‹ Und jetzt, vor ein paar Tagen, da hab ich ihn dann, und jetzt wird es wirklich schizophren, habe ich den Kerl hier bei mir auf dem Sofa gehabt. Diesen P.! Er brachte mir die Gerichtsprotokolle und die Gutachten über den Tag, um den es eigentlich in meinem Roman geht. Die Aussagen des Lehrers über den Schüler P. Die Aussagen der Nachbarn über den Nachbarn P. Die Aussagen der Freundinnen der beiden Klaviermädchen. Bei mir besonders kleine Mädchen. Wie Nora. Klein. Romantisch. Fanatisch. Das nur am Rand. Übrigens. Der Vater der Klaviermädchen, im Roman, behauptete kurz vor dem Ende gegenüber dem Notar, dass er seine beiden kleinen Klavier übenden Töchter nicht gezeugt, sondern erfunden hätte. Er alleine hätte ihr Unglück erfunden. P. hat ausgesagt, dass am fraglichen Tag ein Mann vor seiner Tür stand, der wie sein Doppelgänger aussah. Er glaubt, dass dieser Doppelgänger der Täter war. Natürlich hat P. entweder bewusst oder unbewusst gelogen oder etwas verändert oder sonst etwas.« Robert schwieg. Sah Louis an. Dann sagte er: »Ich habe Angst davor, gerade jetzt den Stoff aufzugeben. Trinke ich zu viel? Kokse ich zu viel? Als Schriftsteller kannst du machen, was du willst, du darfst nie den Leuten zu erkennen geben, was wirklich mit dir los ist. Ich gehe seit über sechs Jahren, Louis, mit diesem Scheißkerl, mit diesem P. herum. Seit dem Absturz mit meinem Auschwitz-Film. Ich schreibe diese Geschichte, um herauszufinden: Ist jemand zurechnungsfähig oder nicht, der einem Menschen unaufgefordert helfen oder auf Aufforderung töten will, und was macht eine Kopfwunde, die nicht heilt? Lass mich zu Ende sprechen, Louis. Ich denke, die Struktur meines Romans wird bestimmt von einem Mann, der langsam seine Sinne verliert, der langsam verrückt wird über die Entdeckung, dass er die Erfindung eines Dichters ist. Wer ist P.? Die Liebe als Verhinderung der Liebe. Beistand als Tortur. Eine Skizze zu einem anderen Buch. Lauter Fragen. Komm«, sagte Robert. »Mein ganzes letztes Geld liegt auf dem Tisch. Bitte bediene dich, dann muss ich Isa suchen, meine Hure mit der gelben Handtasche, die Muse als Sekretärin! Vielleicht das letzte Kapitel? Du denkst wohl auch, ich bin für mein großes Buch zu schwach? Ja? Ja, ich bin zum ersten Mal zu schwach. Ich kann es nicht aussprechen.«

»Was?«, fragte Louis.

Robert schwieg, schlief wieder ein.

»Dass ich für mein Buch zu schwach bin«, murmelte er. »Das kann ich nicht aussprechen.« Er verdrehte die Augen. »Bei der gründlichen Einsamkeit, in die ich tiefer und tiefer verbannt bin, muss ich nur noch … meinen Verleger von der bevorstehenden Abgabe meines Manuskriptes überzeugen. Dieses Arschloch. Es ist zu spät.« Er atmete schwer. Sah sich um mit einem Blick, der fragte: Welcher Planet? »Hier? In dieser Wohnung? Bei Sophie? Unter diesen kläglichen Umständen? Kein Wunder. Hier muss alles missraten. Mein Vater hat sein Ziel erreicht. Er hat mich als Unglück ausgedacht.« Er las nun immer wieder das Datum auf dem Briefkopf, stotterte, stammelte, brüllte: »August. Vergangenes Jahr!« Als Robert die Sache richtig begriffen hatte, fing er an zu lachen, übermütig zu schreien. Es wurde ihm heiß, er lief aus dem großen Zimmer, stolperte durch den Flur nach hinten ins Badezimmer zur Dusche. Als er das Badezimmer betrat, lag da eine feuchte Rolle alter Tapeten vor seinen Füßen. Er sah sie nicht, stolperte, rutschte auf dem Duschvorleger aus, fiel in den Wandspiegel. Der Spiegel zerbrach über ihm. Zornig über die Schnittwunden, stellte er sich in die Dusche, drehte statt des kalten das heiße Wasser auf, verbrannte sich. Er floh aus dem Badezimmer, rannte nackt, Rücken und Füße voller winziger Spiegelsplitter, schreiend vor Schmerzen durch die Wohnung. Er steigerte sich in einen Wutausbruch hinein, der Sophie galt. »Ihre Räume. Ihre! Nicht meine, ihre!! Die Türen verschlossen. Durch das milchige Glas sehe ich manchmal den sonnigen Berliner Mittag hereinschimmern. Großartig. Sophie Kessler ist zu Dreharbeiten in Norwegen.«

»Und wo ist Pola?«, fragte Louis.

»Pola ist im Internat!«

Robert stieß eine Faust gegen die verschlossenen Glastüren. »Sie dreht. Die Diva bewohnt den vorderen Teil mit ihrem Liebhaber, einem dicken Eisenbahner. Ihr gehören die beiden hellen großen Zimmer zur Straße. Ein drittes, kleineres Zimmer benutzt sie als Abstellkammer. Hier. Dieser Salon ist Gemeinschaftsraum. Die Gesamtmiete beträgt tausendfünfhundert Mark kalt. Davon soll ich siebenhundert Mark bezahlen. Was ich nüchtern so wenig wie betrunken in Ordnung finde. Was soll ich machen. Dieser Eisenbahner, Lokomotivführer, höchste Gehaltsklasse, ja, der ist verheiratet, der, in Potsdam. Potsdamer Lokomotivführeraffäre! Ist er in Berlin, schläft er bei Sophie. Das bedeutet für mich als Untermieter, dass ich dann nur eingeschränkt diesen Gemeinschaftsraum benutzen darf. Keine Geräusche. Vollkommene Geräuschlosigkeit. Nämlich, Louis, und dann gehen wir, hier kann ich mein Buch nicht zu Ende bringen, hier nicht! Nicht hier! Das Schlafzimmer sieht ja direkt auf diesen Gemeinschaftsraum hinaus. Das bedeutet für mich, wenn der Lokomotivführer in der Wohnung ist, lass mich nicht ins Detail gehen, dass ich auf Zehenspitzen herumlaufen muss. Ich koche vor Wut, immerhin zahle ich siebenhundert Mark Miete, Monat für Monat wird mir die Rechnung präsentiert. Ich bewohne den kleinsten, den dunkelsten Raum zum Hinterhof. Und muss, wenn ihr Liebhaber, wenn der Lokomotivführer aus Potsdam hier ist, auf Zehenspitzen herumlaufen, darf nicht fernsehen, nichts, gar nichts, muss auf Musik ganz verzichten, ich muss in meiner miesen düsteren Kammer stillhalten, darf nicht niesen und nicht husten und gar nichts!« Robert hatte immer erregter, lauter gesprochen, immer wieder mit den Füßen aufgestampft. Die Nachbarn machten sich bemerkbar, der Mieter unter ihm schlug mit einem Besenstiel gegen die Decke, von überall her hämmerte es gegen Boden, Wände, Decken.

Louis versorgte Roberts Rücken, Robert beruhigte sich. Er griff sich noch einmal den Brief des Verlegers, hielt ihn sich wie ein Halbblinder nah unter die Augen, ließ den Brief fallen. »Freiheit. So bin ich jetzt frei? Habe die Pause, die ich ersehne? Meine Pause? Sag, Louis? Bin ich frei, mein Prinz? Zum Ausatmen frei? Da können wir uns nun etwas gönnen, uns in Ruhe über den weißen Haufen hermachen.« Er griff nach dem Telefon. Er wollte seinen Verleger anrufen. Isa anrufen. »Es ist aus. Er lässt mir die Pause – auf immer. Sie werden sich die Mäuler zerreißen über mein Scheitern. In Frankfurt, in Berlin.«

Es ging hin und her mit ihm. Frei und zugleich vernichtet. Er sah vor sich hin. »Ob das Buch gut wird oder nicht, das weiß ich nicht. Ob es überhaupt ein Buch wird – weiß ich auch nicht. Ich bin jeden seiner Schritte an dem besagten Tag minutiös durchgegangen. Ich habe jeden seiner Schritte, vom Aufstehen bis zu dem Zeitpunkt, wo er die Waffe kauft, um seine beiden Klavierschülerinnen zu töten, alles minutiös auf mehr als achttausendundvierunddreißig Seiten beschrieben! Daneben. Meine Fantasie, meine Gesundheit. Katze, Lamm. Ich muss deshalb warten, bis mir der Atem von selbst ausgeht. Und so weiter. Katze, Lamm. Vielleicht wäre für dieses Tier das Messer des Fleischers eine Erlösung. Isa, wir müssen gleich an den Stuttgarter Platz, zum Mädchentisch, Isa macht mir Sorgen, Isa ist heute Morgen nicht mehr bei mir erschienen, obgleich sie gestern Nacht noch im Treppenhaus rief: ›Morgen früh werde ich alles Verlorene wieder zurückholen!‹«

Und übergangslos rief Robert: »Sag mir doch mal eine Zahl, mein Prinz.«

»1492«, sagte Louis.

Robert stand auf, lief hinaus, kam mit einem Blatt zurück.

»Hier. Seite 1492.« Er begann, die Seite vorzulesen. »Eine Frau fragte mich, ob ich nicht mehr lebe; sie habe nicht einen Ton mehr in der Straße von mir gehört, obwohl sie zwei Tage auf der Bank gesessen und Ausschau gehalten hatte. Nein, ich lebe nicht mehr, ich halte mich daheim in der Parterrewohnung auf, bis ich zum letzten Gang abgeholt werde.«

Robert sah Louis Mayer lange an. Las weiter. »Am zwanzigsten Tag ging ich auf die Straße. Die Häuser waren ein wenig kupferfarben, es roch nach Dieselöl und nach verbranntem Gummi, die Fenster waren alle mit großen Pappestücken zusätzlich verschlossen. Ich war voller Gedanken und blieb öfter stehen. Zwanzig Tage lang hatte ich nicht mehr als diese in Kupfer getauchte Straße gesehen, diese Straße, in die ich vor Jahren wegen einer schönen Frau geraten war. Ich dachte, vielleicht treffe ich diese Frau, wenn ich noch einmal die alte Strecke abgehe, am Rande des Grabes, das ausgeschaufelt seit einiger Zeit auf mich wartet. Es könnte sein, dass sie heute noch einmal spazieren geht, vielleicht und vielleicht nicht. Aber weshalb dachte ich gerade an diese Frau? Ich hob zwei kleine Straßensteine auf und steckte sie gut in meine Tasche, um sie später auf mein Grab zu legen.« Robert knackte mit den Fingern. Er stand auf. Brachte das Blatt zurück. Er stöhnte, er fischte die Pumpe mit dem Cortison aus einer Hosentasche, sprühte sich das Zeug in den Rachen.

Inzwischen war es zwei Uhr morgens geworden.

»Für Isa und den Mädchentisch ist es nun zu spät«, sagte Robert. »Morgen.«

Gute zwölf Stunden hatte Louis mit Robert am Tisch und auf dem Sofa mit den Büchern und den Kissen gesessen, getrunken und gekokst. Der Tisch war so gut wie leer, der Schneehaufen abgetragen bis auf ein paar krumme Straßen. Die Wodkaflaschen ausgeleckt, die Sektflaschen. Louis und Robert taumelten vom Sofa ins Badezimmer, starrten Arm in Arm auf ihre von Blutkrusten verzierten Nasenflügel. Ihre Bewacher begannen sich zu regen, ihre guten Vorsätze. Es war ganz still, sogar das

Licht war still, sie wuschen sich gegenseitig das Blut und die Schweißperlen ab. Vier Hände voller Seife.

»Alles wird gut.«

»Ja. Sicher. Vielleicht.«

»Glaubst du an Gott?«

»An den Gott der Stadt.«

»Was wird aus unseren Städten? Aus unseren Sünden?«

»Die Sünde wird uns vergeben, indem wir sie nicht mehr tun.«

»Nie mehr?«

»Das Rätselspiel, wie es heißt: Eins ist Gott selber. Fünf die Bücher.«

»Gelächter.«

»Die Städte? Rot und fünf Mal größer werden sie sein.«

»Gott, wo find ich dich.«

»Und wo find ich dich nicht.«

»Musik besiegt die Traurigkeit. Stampfen und Händeklatschen.«

Louis sagte: »Jawohl, so machen wir es.«

»Vielleicht werde ich bald tot sein«, sagte Robert langsam und mit rauer Stimme. »Aber eines weiß ich – ich weiß, dass ich im Augenblick noch lebe und dass ich denken und meine Umgebung wahrnehmen kann. Hier kann ich, in dieser Umgebung nicht, nicht diesen Roman zu Ende schreiben. Hier nicht. Ich schreibe ja gegen meinen Tod an.« Er schwieg. Dann lächelte er. »Vielleicht denkst du, ich bin verrückt oder verwöhnt?«

»Verwöhnt?«

»Ja, vielleicht denkst du, ich bin verwöhnt. Aber was auch immer du von mir denkst, mein Prinz – hier nicht, hier kann ich diesen Roman auf keinen Fall zu Ende schreiben. Ich weiß«, sagte er, »ich bin ein Funktionärssohn – verwöhnt, privilegiert, ohne Sitzfleisch – alles wahr –, trotzdem, glaub mir, es ist mir ganz ernst: Hier kann ich diesen Roman nicht zu Ende schreiben. Hier, in dieser Wohnung, nicht, in den Räumen meiner alt gewordenen Liebe. Hier habe ich nur ein Durchgangszimmer, kaum eine Bleibe, keinen Ort, wo ich diese Geschichte erzählen kann. Hier steht jeder Satz für sich sinnlos da. Hier kann ich mich noch nicht einmal erschießen.«

Louis sagte kein Wort mehr. Er lehnte in der Tür zum Wohnungsflur. Sie schwiegen beide. Louis überlegte, ob er jetzt einfach verschwinden könnte.

»Okay«, sagte Robert schließlich. »Hier kann ich das Buch nicht beenden. Ich muss es drüben, im Osten, in der Theater-Wohnung vollenden. Katze, Lamm. Eine Kreuzung. Du musst mir helfen, Louis, die vielen Seiten, das ganze Material hinüberzuschaffen. Dort am Schiffbauerdamm werde ich das Buch zu Ende machen. Drüben. Im Osten. Mit Isa. Ich werde mir noch mal zweitausend Vorschuss auf Shakespeare holen. Komm. Hilf mir. Packen wir alles zusammen.«

Sie begannen, die Manuskriptberge einzusammeln. Es wurde ein riesiger Haufen vollgetippter Blätter, den sie in eine große Reisetasche stopften. So groß die Tasche auch war: Immer noch flatterten eine Menge vollgeschriebener Blätter heraus.

»Gott sei Dank, dass du bei mir bist, Louis. Du bist eben doch mein bester Freund. Wir bringen den ganzen Berg hinüber an den Schiffbauerdamm, und dann trinken wir Whisky, und ich versuche, Manfred zu erreichen und vor allem Isa. Also komm schon, gehen wir.«

Erschöpft vom Aufsammeln und Einpacken saßen die beiden Schriftsteller vor der zum Bersten vollgestopften großen Reisetasche. Der Klettverschluss ließ sich nicht schließen, so voll war sie. Wie ein aufgeplatzter Tierleib sah die schwarze Tasche aus. Sie schwiegen. Bis Louis nachdenklich mit seiner linken Fußspitze gegen die Tasche stieß.

»Nimm doch, was du hier hast, und gib das als Materialsammlung heraus, auf losen Blättern, wie es hier in der Tasche vor uns steht, verkauf das Buch als Taschen-Buch. Tausend Mark. Das ist doch ein wahres Taschen-Buch, eine Tasche voller Buch. Auflage tausend Stück. Tausend solcher Taschen. Ein schönes, ein stämmiges Weihnachtsgeschenk. Aus diesen vielen Blättern kann sich dann jeder sein eigenes Buch zusammenstellen. Da öffnen sich ganz neue Wege. Der Käufer beginnt ein Dichterleben, sobald er Tasche-Buch nach Hause trägt, jeder Kunde wird durch die Tasche zum Dichter seines eigenen Robert-Papst-Buches. Tausend mal tausend. Rechne, Robert. Du hast dein Geld drinnen.«

Louis sah Robert an, Robert sah Louis an.

»Mein Prinz!«, sagte der, »das ist das Beste, was ich je von dir gehört habe.«

»Sicher ist es das Beste von mir! Pass auf. Wir lassen diese Tasche in einer Spezialedition in deinem Verlag erscheinen. Wir rufen auf der Stelle Hagen Fürbock an. Eine Auflage von tausend Stück zu neunhundertneunundneunzig Mark. Weihnachten kommt auch nächstes Jahr wieder. Zu Weihnachten sucht der Buchmarkt nach einer ausgefallenen Idee. Hier ist sie. Das Taschen-Buch des Robert Papst. Idee: Louis Mayer. Du wirst Millionär. Zehn Prozent für mich. Abgemacht?«

Robert dachte nach. »Das klingt wirklich nicht schlecht. Du meinst: Jeder mischt sich aus meinen Gedanken und Einfällen seinen eigenen Eintopf?«

»Nicht Eintopf. Robert. Buch. Sein eigenes Robert-Papst-Buch. Wie viele Seiten mögen das sein? Eine Menge Möglichkeiten. Wie viele Varianten? Du machst deine Leser zu deinen Mitautoren. Editoren. Lektoren. Dein vollständiges unvollständiges Leben, der abwesende Herr P. als Klavierlehrer, der einen Maulwurf fängt, ihn an das Schwarze Brett nagelt, seine Schülerinnen von der Liebe erlöst. Was denkst du?«

»Wenn ich das wüsste«, sagte Robert.

Wieder saßen Robert und Louis schweigend vor der Tasche, stießen jetzt beide nachdenklich mit ihren Fußspitzen gegen sie.

Vielleicht saßen die beiden Schriftsteller, ohne zu sprechen, fünf Minuten so vor der Tasche mit dem großen losen Buch darin. Verworren von einem Millionengeschäft träumte Robert, träumte Louis. Jeder von ihnen packte schließlich einen Henkel. Dann schleppten sie das Taschen-Buch des Robert Papst aus Sophie Kesslers Wohnung hinaus. Robert hielt sich am Treppengeländer fest, sie stolperten krumm den steilen Marmorabsatz hinunter. Hohe Spiegel zu beiden Seiten. Die Männer in endloser Vervielfältigung darin. Zwei Schriftsteller an einer unsichtbaren Hundeleine. Fratzenfest von Ensor. Robert schnaufte, bald hatten sie es geschafft. Sie standen, von dem hohen Haustor ausgespuckt, mit dem Taschen-Buch auf der morgengrauen Motzstraße.

Warteten.

Die Schwulen-Kneipe gegenüber sperrte gerade zu. Der Wirt, ein ehemaliger Aufnahmeleiter bei der DEFA, sah Robert. Robert hatte als Kulissenschlepper für ihn gearbeitet. Von ihm hatte Robert damals das Plakat von Inter Mailand bekommen, das sein Vater von der Wand gerissen und vernichtet hatte.

»Robert?«, kreischte der Wirt mit dem Hasengebiss über die Straße, »Robert? Ist das dein Roman?«

Robert nickte vage.

»Woher weiß er, dass dein Roman in der Tasche steckt?«

»Hämische Vermutung. Ich trinke manchmal bei ihm. Nach der Wiedervereinigung bekam seine Mutter das Haus in der Motzstraße rückübereignet und vererbte es ihm. Er hat auf der Stelle eine Schwulenbar aufgemacht. Endlich kann er schwul sein.«

»Was ist los? Brauchst du Hilfe? Willst du einen Mezcal?«, rief das Hasengebiss.

»Nein«, antwortete Robert.

»Wirklich? Ich schließe sonst zu.«

»Ja. Schließ zu.« Robert hatte das Gefühl, als bewegte sich der Boden unter ihm. Wie eine Riesenschlange schien sich die Straße unter seinen Füßen zu krümmen. Etwas Wind.

Zum Glück kam ein Taxi. Der Fahrer verstaute die riesige Tasche im Kofferraum.

Am Schiffbauerdamm passte der Schlüssel nicht, bis Louis merkte, dass die Tür gar nicht abgeschlossen war. Mit letzter Kraft schleppten sie die mit jeder Minute schwerer werdende Tasche in das Erkerzimmer. Die Wohnung war leer, keine Vorhänge, nur ein hohes Eisenbett, ein kahler Schreibtisch. Das Bett war mit der britischen Fahne zugedeckt.

Robert ließ sich auf den Union Jack fallen. »Morgen. Neuer Anfang. Welcher?«, hustete er. Rollte sich in die Fahne ein. »Morgen wieder«, brabbelte er. »Wege gehen, nur Wege gehen, die in die Irre führen. Das ganze Romanprojekt. Aufgeben? Lieber den Irrweg gehen. Den langen Irrweg gehen, und unterstehe dich«, sagte Robert, »und komme zu meiner Beerdigung! Es ist ja alles vollendet, ein Meisterwerk. Die ganze

Quälerei ist nicht umsonst gewesen. Du hast das Wunder erlebt, Louis«, redete Robert schon halb im Schlaf.

»Die wichtigen Sätze in das Gewitter sprechen. Die wichtigen Sätze, die großen Gedanken immer in das Gewitter sprechen.«

Der geschundene Dichter war ein Held, der Held seines Kampfes gegen sich selbst: Er war der Sieger. Er hatte sein Ziel erreicht, sein Roman war der Roman von einem Menschen, der nicht zufrieden sein konnte, bevor er alles los war, auch sich selbst.

118

Am nächsten Abend ging Louis mit Robert zum Nachtessen in ein Lokal am Olivaer Platz. Sie tranken Weißwein, aßen Fisch, sprachen über Amerika, feierten ein bisschen Abschied.

Ein Mann in einem Anzug kam an ihrem Tisch vorbei. Rotes Einstecktuch. Turnschuhe. Grüßte. Robert grüßte zurück. »Das ist heute schon das fünfte Mal, dass ich ihn treffe. Und ich dachte, ich bin ihn los. Ich bin müde, schlafe und gleite in einen anderen Schlaf, und am Ende darf ich nicht mehr aufwachen?«

Robert wurde immer stiller. Ganz nachdenklich wurde er. Er erzählte, dass ihm Exgeneral Ganzburger nach der Beerdigung seines Vaters gesagt hatte, Klaus Papst sei nur deshalb zurück nach Deutschland gekommen, um Rache an den Deutschen zu nehmen für Hitler. »Nicht, wie er es immer behauptet hat, um in Berlin zu leben, zu arbeiten und den Deutschen zu helfen, aus ihrem Schutthaufen wieder auf die Haxen zu kommen. Nein. Um Rache zu nehmen. Sein erstes Opfer war Bruno Kieling.«

Robert lachte laut und verrückt. »Wenn du in Amerika bist, wenn du deutsch schreibst, aber nicht deutsch sprichst, passiert etwas anderes mit der Sprache. Du gehst sorgfältiger mit ihr um.« Er sah sich im Lokal um, als wüsste er nicht mehr, wie dieser Stern hieß, auf dem man ihn ausgesetzt hatte. »Filmmusikkomponist.«

»Wer?«, fragte Louis.

»Der. Den ich für den hielt, den ich los bin. Guten Abend. Guten Abend. Geht's? Geht. Der mit dem Anzug und den weißen Turnschuhen. Der da. Der zuckerkranke Tim Voigt. Mein Filmkomponist, mein Vorgänger bei der rothaarigen Lola. Verflixt. Große Liebe Lola.«

»Wo steckt Lola?«, fragte Louis.

»Warum willst du es wissen?« Robert trank sein Glas aus. »Meine einzige Chance ist zu schreiben. Hol es der Teufel. Lola ist in Venedig.« Er zündete sich eine Zigarette an, die Hand, die das Streichholz hielt, zitterte. »Sie hat sich in der Wiedervereinigungsnacht von Bruno Kieling malen lassen bei Cleo. Jetzt lebt sie mit Bruno in Venedig auf der Giudecca. Bruno ist mit seinen Bildern auf dem Weg zum Millionär. So weit habe ich es nicht gebracht. Im Gegenteil. Das Finanzamt hat mir alles gepfändet.« Er rauchte schweigend die Zigarette zu Ende.

Ausgerechnet seine letzte große Flamme, die rothaarige Lola, war jetzt mit dem Feind seines toten Vaters zusammen?

»Ja«, Robert nickte, sagte mit Galgenhumor: »Brunos Mohnblumen. Die rote Lola. Ich? Ich warte auf Isa mit der gelben Handtasche, die mich verehrt, die, mit den endlosen Beinen, die Herrin der Schreibprogramme, ohne Isa kann mein Roman nicht beendet werden. Ungefähr tausend Seiten muss sie noch abschreiben, ungefähr, dann ist das Buch vollendet. Sieben Tage Arbeit. Doch Isa rührt sich nicht!«

Der Roman. Das große Werk. Das war es, was er wollte, als er damals im Hof des Theaters am Schiffbauerdamm stand: oben die rumänische Musik, die Hochzeit von Sophie und Emil, die theatrale Entführung der Braut. Aber das wollte er doch alles nicht: Braut, Entführung, Familie, Theater, Erfolg – das wollte er nicht. Nicht das! Das große Werk. Das will er. Erst musste er diese Geschichte aufschreiben von P., das Buch von der Hauptperson, die keine Hauptperson sein will. Isa schrieb alles in den Computer, dann wollte er die Geschichte wie eine fremde Geschichte abschreiben und sie so lange umschreiben, bis daraus eine autobiografische Existenz für P. geworden war. Was war bisher? Nur Ablenkung. Er ist über fünfzig geworden, und die große Abschreibarbeit hatte er noch immer nicht beendet. Seine Familie? Nora,

Louis und die zwei Mädchen, Sophie und die tapfere Pola. Das ist genug Familie. »Mein kleiner Bruder Max? Tot. Auch er – tot.«

»Wie? Max ist tot?«

»Ja.«

»Wann ist er gestorben?«

»Er hat getrunken, obwohl der Arzt es ihm verboten hatte. In einer Bar, wo seine Freundin, eine Schauspielerin, Gedichte von ihm las. Er saß am Tisch, Kopf in den Armen. Die Leute in der Bar glaubten, er schläft.«

Louis sah Robert an.

Pause. Pause. Pause.

»Ja, tot. Alle tot, alle mir vorgeschrieben, meine Brüder. Mutter. Vater. Und dann?«

Schweigen. Robert weinte, wischte sich die Tränen mit der Serviette aus den Augen. Erfolg, das wusste er nun, war kein Ort für ihn. Der Erfolg kam und formte ihn um. Die vielen Frauengeschichten – alle nur, um Bestätigung für die eigene Haltung und Meinung zu erfahren. Alle erheben ihr Glas auf den Autor.

Er hörte sich selbst knittern. Er wollte nicht länger als Seidenpapiersilhouette herumgehen in der Berliner Gesellschaft, die sich nach jedem Luftzug biegt, der gerade weht.

»Ja«, sagte Robert mit trockener, rauer Stimme, »es ist Zeit.«

Er wollte gleich zum Stuttgarter Platz aufbrechen, in den ersten Stock, ins Görlitz, an seinen Mädchentisch. Er musste das Buch beenden, Isa finden, er musste – ausatmen. Er musste aus der Tiefe seiner vergeblichen Angst, seiner Einsamkeit, aus der Tiefe seiner Anonymität heraus schaffen. Er hatte inzwischen zu viele, viel zu viele eitle Sätze geschrieben. Viel zu viele erste Sätze. Was er wollte, was Robert Papst will: das aus einem Atem geschriebene große Buch.

Robert wollte sich selbst anonym werden. Asozial. Wie in der Fabrikzeit. Vorbestraft. Niemand. Er wäre gerne mit seinen Notizen und mit seinen Fragen in den Kleistpark gezogen. Auf eine Parkbank. Zuhören und ums Leben erzählen und damit das Interesse der Penner gewinnen, die den Park bevölkern. Wo er seine Geschichten erzählt, um herauszufinden, warum er überhaupt erzählt. Er war auf dem Weg dorthin. Kleistpark.

Er musste Luft holen.

Cortison in den Rachen pumpen. Das Mittel erfrischte ihn.

Dann standen Robert Papst und Louis Mayer auf dem Kurfürstendamm. Es war lange nach Mitternacht. Da wartete Robert im Straßenlicht, das gelb und gefängnisgrün einem nebligen Herbstmorgen entgegenschwamm.

»Wir gehen ins Görlitz, wo ich mein Extra-Tischchen habe. Und dann erzähle ich die Geschichte noch mal und noch mal. Dann sagst du mir deine Fragen.«

Er streckte einen Arm aus, winkte, ein Taxi hielt. »Stuttgarter Platz.«

Die beiden Freunde stiegen eine Treppe hinauf ins Görlitz. Dort oben hatte Robert seinen festen Platz. Die letzten Leuchtreklamen erloschen. Eins von den Mädchen zog den Veloursvorhang zu.

»Mädchentisch im Puff.«

Hier war die Grenzfurche seiner Kunststücke. Ausgerechnet. Wenn doch nur Isa hier wäre. Sie saßen nicht in einem Kinofilm mit ordentlich aufeinanderfolgenden Filmrollen, sondern irgendwo in einem Wald von Satellitenschüsseln, verloren in ihren und in fremden Geschichten, die in wirren Folgen da waren und zugleich nicht da waren, wahr und erfunden.

Alles spielte in Roberts Roman hinein, als er seine Hauptfigur in gehetzten Worten, langen Sätzen, fantastischen Sprüngen, wilden Schnitten auftreten ließ. Das Kokain hatte ihn erfrischt und wach gemacht. Konzentriert.

Louis hatte so etwas noch nicht erlebt, er hatte Robert noch nie auf diese Weise erzählen hören.

Er hätte nur ein Diktiergerät gebraucht, um es aufzunehmen, was aus Robert herausexplodierte. Aber er hatte keines. Der Roman seiner Hauptfigur, die sich als Hauptfigur verweigerte – verloren in den Bodenritzen einer billigen Sexbude.

In das bunt gefärbte Schwarz der Bar kroch Tageslicht unter den Vorhangrändern herein: leichengrau.

»Mein Prinz?«, fragte Robert. »Wollen wir gehen?«

Für Robert war ein Prinz ein vorsichtiger Mensch, der es vor lauter Vorsicht nicht zum König schaffte. Louis küsste gerade sein Jasminmädchen. »Kannst du zahlen? Ich habe kein Sitzfleisch mehr«, sagte er zu Louis. »Ich komme zu meinen Gedanken am besten beim Sprechen. Die Situation, vor der ich wirklich Angst habe: alleine zu Hause am Schreibtisch sitzen. Ich muss mich neu erfinden.«

Die Mädchen wollten Geld haben. Louis gab ihnen, was er hatte. Es reichte nicht. Dadurch entstand eine brenzlige Situation. Manfred hatte Robert in ein Eck gedrängt und drückte ihm den Revolver auf die Stirn. Louis war entsetzt darüber, wie schnell aus dem Spaß brutaler Ernst geworden war. Roberts Gesicht war eingefallen, er zitterte. »Ich werde hier sterben, Louis, pass auf!« In dem Augenblick war aus dem Treppenhaus ein lauter Katzenschrei zu hören. Manfred drehte sich nach dem Schrei um. Sofort wischte Robert aus der Ecke und zog Louis mit sich davon.

Louis' Hut blieb für Roberts alte Schulden auf dem Schädel des Wirts.

Sie standen auf der Straße, rannten in Richtung Krumme Straße.

Die Vögel schrien voller Gier. Das Tageslicht tat weh. Sie hätten bei den Mädchen bleiben sollen, dachte Robert.

Dann saßen sie in der S-Bahn, fuhren Richtung Friedrichstraße, Schiffbauerdamm.

»Ich wollte immer im Puff sterben«, sagte Robert.

In Roberts Wohnung standen die beiden Freunde am Fenster, sahen auf die Spree hinaus. Über dem braunen Fluss thronte der neue Bahnhof.

»Wahrhaftig«, sagte Robert, »jetzt habe ich Angst, dass ich nur noch nach hinten schaue und nicht mehr vorwärtsfliege.« Er riss die Augen auf. »Der Engel der Geschichte. Nach vorne fliegen, nach hinten schauen. Weißt du was?« Er lachte.

»Die Akademie archiviert meinen Vorlass. Das ist beunruhigend. Der Knirps in der Uniform bin ich. Kadettenschule. 1956. Naumburg, Thüringen.«

Andere Fotos lagen vor Robert und Louis.

Zum Abschied, ehe sie sich trennten, sagte Robert: »Du kannst mich behalten. Mach aus mir, was du willst.«

Die beiden Freunde umarmten sich ein letztes Mal. Robert stürzte sich auf einen Haufen beschriebenes Papier. Am nächsten Morgen flog Louis mit Nora und den beiden Töchtern von Berlin nach New York.

119

Riesige Wolkenschwaden, zwischen denen ein hellblauer Nachmittagshimmel schimmerte. Tief unter ihnen tauchte Boston auf.

Josefine und Tilli schliefen, als das Flugzeug aus neuntausend Meter Höhe zum Sinkflug auf New York ansetzte. Über der Küste von Long Island lag vorwinterlicher Silberglanz.

Als sie gelandet und auf dem Weg nach Downtown Manhattan zu ihrer neuen Wohnung in SoHo waren, kannte die Aufregung der beiden Mädchen kein Atemholen.

Ein ungeheurer Wirbel von Bildern, Lichtern, Eindrücken riss sie mit sich. Nach neun Stunden Flug waren Nora und Louis mit ihren Töchtern und drei Koffern in einer einzigartigen Fremde angelangt.

Drei Koffer. Das war es. Mehr nahmen sie nicht mit aus Berlin. Als Louis zwölf war, hatte er von einem Hochhaus aus Glas geträumt. Nun stand sein Kindertraum vor ihm. Sich bewahren, sich verlieren.

Schon beim Hineinfahren spürte Nora, dass dies ihre Stadt war. Großzügig. Unordentlich alles und verschwenderisch das Kleine unter das Große gemischt, das Weite zum Engen, das Bunte zum Grauen, das Sterben zum Gebären, der Vorteil zum Nachteil, die Wanzen über den Smoking gestreut, das Gold unter dem Schmutz verteilt, die Schlange und die Früchte des Zorns – unbedacht, wie es das Leben ergab, war hier alles vermischt.

Das Loft im zwölften Stock in der Greene Street in SoHo, mit dem weiten Blick über das Village zum Hudson nach Jersey hinüber, eroberten die Mädchen im Sturm. Sie waren kaum zwei Stunden aus dem

Himmel herunter in Manhattan angekommen, da hatten sie die großzügige Empore bereits unter sich aufgeteilt.

Nora fand ihre New Yorker Wohnung wunderbar. Louis war glücklich. Am meisten freute ihn die Freude seiner drei Frauen.

Keiner wollte ins Bett. Wie die Nacht auf Manhattan fiel und unter Millionen Lichtern zum glitzernden Nachttag wurde, wie die beiden Türme des World Trade Center gigantisch in den Nachthimmel aufragten, da konnte keiner schlafen.

Am nächsten Abend waren Nora und Louis mit dem Agenten Josef Lanz verabredet. 7th Avenue, 57th Street, 68. Stock. Mister Lanz. Riesige Brille, großes Schuhwerk. Noch immer der scharfe Berliner Akzent.

Dort oben, hoch über dem Central Park, wo Robert vor über zehn Jahren gesessen hatte, brachte der alte Agent seinen Gästen aus Deutschland zwei winzige Teller mit ein paar winzigen Toastscheiben, auf denen ein paar Körner roter Kaviar schimmerten. Für Louis Mayer interessierte er sich nicht. Josef Lanz hatte nur Ohren und Augen für Nora. »Wissen Sie«, murmelte Lanz, fast klang er traurig dabei, »irgendwie weiß ich gar nicht mehr, warum Robert Papst damals nicht hiergeblieben ist.«

»Es ist sein Geheimnis«, sagte Nora.

»Ja, das ist es wohl.«

»Er weiß es selbst nicht mehr.«

»Schade, dass er nicht gesprungen ist. Schade, dass der Junge sein Buch nicht geschrieben hat. Ich möchte nicht über ihn sprechen.« Er schwieg, zerkaute langsam das winzige Toastbrot mit dem roten Kaviar.

»Nora. Sie erinnern mich sehr an die Helli. Die Ähnlichkeit ist verblüffend. Der Brecht sprach immer sehr leise, wenig und leise. Die Helli sprach dafür umso mehr und umso lauter. Wie ist sie eigentlich gestorben?«

»Sie war eine zarte Frau, eine starke Raucherin, sie starb an Lungenkrebs im Ostberliner Polizeikrankenhaus. Sie war gerade von einem Gastspiel aus Paris zurück, wo das Berliner Ensemble einen viel beachteten Erfolg gefeiert hatte – als sich Helli auf der Pariser Bühne verbeugte, nahm sie ein Schauspielerkollege in die Arme, hob sie hoch – und dabei brach er der zarten Person zwei Rippen.«

Nora erzählte, wie sehr sie Helli geliebt hatte und dass sie ihr die Gesangslehrerin des Berliner Ensembles verdankte, bei der sie Unentbehrliches gelernt hatte. Sie erzählte, wie sie bei Helli am Bett gesessen und ihren Geschichten zugehört hatte.

»Gesangsstunden.« Damit kam Josef Lanz zum Thema. Er hatte Noras Bänder gehört, er war beeindruckt von ihrer Stimme. Er sagte: »Ich möchte nicht viel reden, vor allem, weil es mit den Leuten aus Deutschland meistens nichts bringt. Sie halten sich für klüger, als sie es sind.« Er goss Sprudelwasser in die Gläser.

»Normalerweise vertrete ich keine Sängerinnen. Aber in Ihrem Fall, Nora? Bitte. Da kann ich nicht Nein sagen. Wir haben hier, Pier 17, South Street Seaport, jeden Sommer ein Spiegelzelt mit einem wirklich aufregenden Programm. Blick auf den East River. Unter der Brooklyn Bridge. Eine grandiose Kulisse. Dorthin kann ich Sie vermitteln, dort kann ich Ihnen einen ersten Auftritt in New York verschaffen. Wir müssen zwei Shows machen. Eine mit rumänischen Zigeunerliedern und eine mit German Cabaret aus den Zwanzigern, Dreißigern. Marlene-Dietrich-Songs. Spoliansky. Weill. Brecht. Holländer. Wenn Sie daraus einen Abend entwickeln, dann will ich für Sie ein paar tolle Auftritte aushandeln. Wenn Sie mitmachen, Nora, verspreche ich Ihnen, dass Sie hier einen Riesenerfolg haben werden. Aber Sie müssen arbeiten, hart arbeiten.«

Nora war bereit. Gegen harte Arbeit hatte sie nichts.

»Dann bringe ich Sie hier groß raus.«

Lanz saß mit dem Rücken gegen die hohen Fensterscheiben, er schien wie ein Vogel über dem Central Park zu schweben.

»Sie sagen mir zu? Nora? Hier wird keiner gezwungen, Sklaverei ist abgeschafft, dank Abraham Lincoln. Wenn Sie Ja sagen, gilt Ihr Wort, und wir können essen gehen.« Er trank einen Schluck Wasser, lächelte.

Nora war plötzlich müde, der Kopf fiel ihr auf die Brust – es sah aus wie ein einverständliches Nicken.

Mit dieser Zusage gingen Louis und Nora mit Josef Lanz ins Café des Artistes zum Dinner.

120

Nora fand drei japanische Musiker, die ihre Musik und ihre Sensibilität verstanden. Sie wollte sich vom ersten Auftritt an mit ihrer Musik einen Platz in dieser Stadt erobern. Keine Zeit für Niederlagen.

Mit ihrem ersten Programm stellte sich Nora eine Aufgabe, die ihr alles abverlangte. Wenn Nora sang, war sie unschlagbar. Doch ob der ungewohnten englischen Sprache missrieten ihr die Moderationen. Es fehlte ihr an Witz, Spannung, Charme und Farbe, alles, was sie in Zürich so eindrucksvoll gezeigt hatte. Sie bewegte sich linkisch, sobald sie auf der Bühne stand, konnte sie keinen frei gesprochenen Satz sagen, ohne verlegen hin- und herzugehen, der Funke blieb aus. War es die Angst vor der Riesenstadt, war es ihr großer Anspruch an sich selbst, war es die amerikanische Sprache, was sie so verkrampfte?

Um das Problem aus der Welt zu schaffen, arbeitete Louis mit Nora bis zum Umfallen. Je näher die New Yorker Premiere kam, desto nervöser, gereizter und misstrauischer reagierte sie auf Louis' Vorschläge, Einfälle. Diese aufgeladene Stimmung zwischen den beiden wurde durch Roberts tägliche Anrufe aus Berlin unerträglich. Neun Uhr morgens in Berlin, drei Uhr nachts in New York. Eben von einer zähen Probe zurück, klingelte das Telefon. Robert wollte unbedingt mit Nora sprechen. Auch dass sie schlafen musste, interessierte Robert nicht.

»Wie lange willst du noch bleiben? Du musst bald zurückkommen, ich brauche dich hier.«

Nora konnte und wollte solche Sätze nicht mehr hören. »Wenn du mich so sehr brauchst, dann komm doch her nach New York.« Immer wieder lud sie Robert ein. Er versprach zu kommen – und sagte im letzten Augenblick ab. Beim nächsten Anruf bat er Nora, ihm irgendeine Zahl zu nennen. Dann ging er mit dem Telefon zu seinem Taschen-Buch, zog die entsprechende Seitenzahl heraus und las die Seite am Telefon vor. Das führte zu endlosen Telefonaten zwischen Berlin und New York. Husten. Atemnot. Beschimpfungen, gegenseitige Liebesbeteuerungen. Alles unter dem Druck von Noras bevorstehendem erstem New Yorker Konzert.

Bei den letzten Proben entbrannte ein sinnloser Streit um jedes Wort. Robert schrieb in Berlin Zwischentexte für Nora, Louis schrieb in New York seine Zwischentexte. Die Folge: endlose Eifersüchteleien, wüste gegenseitige Beschimpfungen. Tassen flogen.

Als Louis eines Morgens den Hörer abnahm, hörte er Robert am Telefon schluchzen. Robert sagte kein Wort, er war offensichtlich betrunken und wollte nicht mit Louis, er wollte nur mit Nora sprechen. Nora nahm das Telefon. Roberts Verleger in Frankfurt, Hagen Fürbock, hatte ohne weitere Absprache ein schmales Büchlein von kaum hundert Seiten aus Roberts über Achttausend-Seiten-Roman erscheinen lassen.

»Alles gestrichen! Alles auf achtundneunzig Seiten zusammengestrichen! Ich bin mit dieser Vernichtung alleine, du bist nicht hier! Alle sind tot oder fort, niemand wird jemals mein Buch lesen. Deutschland«, ächzte Robert am Telefon. »Nun habe ich meinen Ort ganz und gar verloren. Achtundneunzig Seiten aus achttausend! Ich habe zwanzig Jahre an dem Buch gearbeitet, und jetzt erscheinen achtundneunzig Seiten. Zusammengestutzt auf eine sinnlose, lächerliche, ganz unlesbare, unverständliche, infantile Geschichte, kein Werk. Mein großes Werk – ein dünnes Schulheft, kaum genug Papier, um sich den Arsch daran abzuwischen. Dieses Büchlein macht mich lächerlich – die Kritiker machen sich darüber her mit Häme und Verachtung. ›Dieser Robert Papst‹, schreiben sie, ›verloren, ein literarischer Irrtum, ein lächerlicher Fall, Fußnote unter dem Gold der deutschen Literatur, kläglich.‹ Dieses Achtundneunzig-Seiten-Büchlein ist mein Todesurteil!« Er konnte nicht weitersprechen, er konnte es nicht fassen, er brüllte und ächzte seine Fassungslosigkeit in immer wieder neuen Anläufen ins Telefon. »Vernichtet«, schrie er. »Aus achttausend Seiten hat mein Verleger achtundneunzig gemacht, mit einem farbigen Bildchen auf einem steifen Buchdeckel. Eine bibliophile Lächerlichkeit! Widerwärtige Verlegerignoranz! Stichkartenverleger, kein Buchverleger. Firstclassignorant! Dabei war die letzte, die verlorene, die Verhörmaschinen-Fassung so gut. Das Beste, was ich jemals geschrieben habe. Nichts davon steht in dem Achtundneunzig-Seiten-Büchlein, gar nichts, eine lächerliche Liebesgeschichte hat der Verlag aus meinem Roman gemacht, die dünne Liebesgeschichte eines kleinen Bankangestellten zu zwei Klavierschülerinnen mit einem ekelhaft kitschigen Schluss, den man meinem tödlichen Schluss übergestülpt hat, ich habe niemals einen solchen Mist geschrieben, der jetzt in Frankfurt unter meinem Namen erschienen ist.«

Ein Spiel, das Ernst war. Zwangsentbindung.

»Das Buch soll fetzen«, meinte Roberts Verleger Hagen Fürbock. »Diese Geschichte hat nur dann eine Chance, wenn sie schlank daherkommt. Nicht in breitgetretener Ausführlichkeit. Einen schwerfälligen Mädchenmörder will ich nicht lesen!«

So wurden aus achttausend Seiten knappe hundert Seiten. Mehr Niederlage war nicht denkbar für Robert Papst.

Nora konnte Roberts Ausbruch nicht länger zuhören, sie konnte Robert nichts Tröstendes sagen, sie musste wieder zur Probe. Die Proben fanden im Heizungskeller eines Wohnblocks in der Bethune Street an der Ecke zum Westside Highway statt, wo Louis Mayer mit ausgestreckter Hand an die von Röhren und Leitungen behangene Decke reichen konnte, in einem fahlen Neonlicht, bei totaler Überheizung, erstickt in ekelhaften Gerüchen, die der in den Kellerräumen gesammelte Müll verbreitete. Ohne Heiterkeit probten sie, verbissen bis zum Kieferbruch.

»Es wird eine Katastrophe«, sagte Louis. »Eine Katastrophe! Und ich wollte, dass das New Yorker Publikum eure Mutter feiert!«

»Du mühsamer Muskel!«, schrie ihm Josefine wütend ins Gesicht, verzog sich mit ihrer kleinen Schwester ins Bett.

Spät in der Nacht kam Nora nach Hause. Erschöpft. Verzweifelt. Eine musikalische Reise durch ihr Leben. Von Maria Tanase und den rumänischen Zigeunerliedern nach Deutschland. Zu Spoliansky, Holländer, Brecht, Eisler und Kurt Weill. Sie hatte noch immer keinen zündenden Schluss für ihr Programm.

Um Mitternacht klingelte noch einmal das Telefon. Nora war nicht in der Stimmung zu telefonieren. Louis nahm das Gespräch an. Eine Frauenstimme fragte zunächst in rumänischer, dann in englischer

Sprache, ob unter dieser Nummer Nora Meinl, Tochter von Professor Otto Meinl, zu sprechen sei. »Ich bin Eva Wasserstrom. Ich habe im *New Yorker* eine Konzertankündigung mit Nora gesehen. Wenn sie dieselbe Nora ist, die ich suche, dann bin ich mit ihr in Bukarest in die Schule gegangen. Ich hatte eine Schulfreundin, die Nora Meinl hieß.«

Louis gab das Telefon weiter an Nora. Eva Wasserstrom, Noras alte Schulfreundin, von der sie in Bukarest als Jüdin geoutet worden war, meldete sich nach fünfunddreißig Jahren bei ihr in New York. Eva Wasserstrom war nicht allein. Weitere fünfzehn von Noras ehemaligen Mitschülern aus ihrer Bukarester Schulklasse lebten inzwischen in New York, über alle Stadtteile verstreut – in Brooklyn, Queens und Staten Island.

»Fünfzehn seid ihr?«

»Jetzt sind wir sechzehn«, sagte Eva Wasserstrom.

Einen Tag später war es so weit. Premiere in New York City!

Das wirkliche Leben hatte Nora den besten Schluss für ihre musikalische Reise geliefert.

121

Gegen Abend machte sie sich auf den Weg zum Pier 17, South Street Seaport. Spiegelzelt am East River. Zum Greifen nahe die Brooklyn Bridge. Nora wollte vor diesem wichtigen Auftritt alleine sein. Sie ging zu Fuß. Louis sollte mit den beiden Töchtern nachkommen.

Ein milder Abend. Eine grandiose Kulisse. Nora hob den Blick. Über ihr wuchsen riesige Häuser in den Himmel. Die Angst vor der großen Sache brachte sie fast um. Hier war sie angekommen. Hier sollte sie singen? Heute Nacht? Sie zitterte bei dem Gedanken. Das Herz schlug ihr bis zum Hals. Sie konnte es noch immer nicht glauben, dass sie es wirklich hierher geschafft hatte – aus Berlin heraus, wo die Erinnerungen Robert so sehr festhielten, dass er von der Stadt nicht für einen Tag loskam. Sie dachte an ihre Konzerte in Ost-Deutschland zurück.

In Dresden hatte sie auf dem Festival des Internationalen Liedes eine Goldmedaille gewonnen. Jetzt sollte sie New York erobern. Dumme Gans. Vorwärts.

Als Nora die Canal Street in China Town überquerte, inmitten des größten Menschengewühls zwischen chinesischen Händlern, Touristen, rauchenden Bratenständen mit glacierten Enten, Schmalzkuchen, Fettgerüchen, inmitten von Geschrei und hupendem Räderwirrwarr, klingelte ihr Handy. Ecke Broadway, am Eingang zur Subway, blieb Nora stehen mit ihrem Köfferchen, in dem ein Zigeunerhut, Schminksachen, Notenblätter und Zwischentexte für den Auftritt steckten.

Die Abendsonne tauchte Downtown Manhattan in glühendes Rot. Ein Abend, wie dafür gemacht, das Leben zu feiern.

Nora erkannte sofort die Stimme. Es war Sophie aus Berlin. »Robert ist tot. Robert ist tot.«

»Sag das noch mal«, sagte Nora. »Ich kann dich kaum verstehen.«

»Robert ist tot«, schrie Sophie am anderen Ende.

Schweigen umschloss plötzlich alles.

»Er ist heute Vormittag in Berlin in der Charité gestorben. Er hatte die ganze Nacht große Rückenschmerzen. Isa war bei ihm, sie hat es mir erzählt. Er hat Isa Teile der letzten Fassung seines Buchs diktiert. Gegen die Rückenschmerzen hat er Wodka getrunken, Isa musste mit ihm trinken. Irgendwann sind sie beide betrunken eingeschlafen über dem Manuskript. Ich bin heute Morgen von Dreharbeiten zurückgekommen. Da hab ich ihn und Isa gefunden. Robert konnte sich kaum bewegen, kaum einen ganzen Satz sprechen. Ich hab ihn mit Isa sofort in die Charité gebracht. Sie haben ihm was fürs Herz gegeben. Er ist aufgewacht und hat mich mit verwunderten Augen angesehen. Er hat sich gefreut, dass ich bei ihm war, er wollte genau wissen, woher ich kam und wo du bist. Dann kriegte er einen ganz stillen, einen richtig vornehmen Ausdruck. Alles Nervöse war von ihm abgefallen. Jetzt ist Schluss mit lustig, hat er gesagt. Er hat mich ruhig angesehen, eine schöne Ewigkeit lang. Für diesen Moment bin ich Gott für immer dankbar. Wir haben Abschied genommen. Grüße Nora, hat er gesagt. Ich nehme meinen Hut und bleibe. Ich komm bald nach New York. Dann lag er da, hat keine Wimper gerührt, geschwiegen. Gestorben. Nun ist er ein Geist. Nora? Robert ist tot. Kannst du das glauben?«

Sophie weinte. Nach einer Pause fragte Nora: »Was hat Robert gesagt? Am Ende? Sein letzter Satz?«

»Ich nehme meinen Hut – und bleibe.«

Irgendwie musste Nora über diesen Ausdruck lachen, dann hörte sie Sophies Stimme nur noch schwach, schließlich gar nicht mehr.

»Sophie?«

Nichts mehr. Sophies Stimme verschluckt von einem bizarren Ätherrauschen. Nora wurde es schwindlig, sie musste sich an eine Wand lehnen. Kaum konnte sie sich aufrecht auf den Beinen halten.

Sie versuchte zu verstehen, was sie eben gehört hatte. Je mehr ihr der Inhalt von Sophies Worten zu Bewusstsein kam, desto ruhiger wurde Nora. Es war ihr, als stünde Robert neben ihr und würde ihre Hand halten, sie Richtung Süden zu den Piers ziehen. Aber dann fielen Sophies Sätze wie Vogelgeschrei über Nora her. Kreischend. Verzweifelt. Grauenvoll. »Vom Schiffbauerdamm, von seinen Manuskripten ins Krankenhaus, letzte Blicke, der Tod nahm ihn in Empfang.«

Abschied für immer. Nein, Nora würgte die Tränen hinunter, die ihr in die Augen stiegen, nein, nicht tot, das ist nicht wahr, nicht gestorben. Geist mit Hut. Sie stolperte, sie verlor die Gewalt über sich. Sie durfte sich nicht umschmeißen lassen. Sie durfte nicht hinfallen in diesem Gewühl, in dieser rennenden Menschenmenge.

»Nein, ich kann nicht weiter, ich kann nicht auftreten, es ist zu viel. Seid mir nicht böse, Mister Lanz, meine Musiker, ich kann nicht.« Sie stand unter dem Woolworth Building. Sie fing sich, sah die Menschen um sich herum in alle Himmelsrichtungen rennen, mit Shoppingbags und Aktentaschen.

Robert ist tot. Robert ist tot. »Schluss mit lustig.«

Nora zündete sich eine Zigarette an. Sie dachte an die Zigeunerin, die in dem Dorf für sie gesungen hatte, an Nadia und an Napoleon und seine Trommel. Der Gedanke an diese Leute half ihr. Viel Leben. »Sie würden nicht absagen, Nadia oder Napoleon würden doch nicht ein solches Konzert absagen! Geh weiter. Sing!«

Auffahrt zur Brooklyn Bridge. Drunten das Spiegelzelt. Zusammenfluss von Hudson und East River. Ihr Auftritt in zwei Stunden. Robert war tot. Sie hörte keine Geräusche. Alles entrückt, still, wie hinter dickem Glas. Lichter gingen an in den Glastürmen, Boote glitten auf dem East River vorüber. Die Freiheitsstatue wie eine Bleistiftskizze im Dunst.

Umtost von dem Wahnsinn des in den Feierabend aufbrechenden Downtown Manhattan lief Nora weiter, versuchte, den Gedanken an Roberts Tod zu verdrängen, nicht weil ihr das der Ehrgeiz einredete, sondern weil sie von dieser Vergangenheit loskommen wollte. Sie wollte nicht zum Opfer einer Geschichte werden, die ihr die Eltern ins Reisegepäck gelegt hatten. Nora konzentrierte sich. Raus aus diesem Knäuel. Jetzt, wo sie vor ihrem wichtigsten Schritt stand in diese neue andere Welt, jetzt wollte sie sich von Roberts Tod auf ihrem Weg nicht umreißen lassen. Sie dachte an Josefine und Tilli. Für sie ging sie weiter.

Er würde nicht mehr schreiben, Robert würde nie wieder schreiben. Das war ihr das Schlimmste. Ich will heute Nacht so schön singen, wie ich noch nie in meinem Leben gesungen habe, ich will für Robert singen, ich will ihn mit meinen Liedern zurückholen aus seinem Unglück, für das er keine Adresse hatte.

Als Louis vor dem Konzert, zusammen mit Josefine und Tilli, in Noras Umkleidewagen stand, ihr Blumen schenkte und sie ihr alle einen großen Erfolg wünschten, ließ sich Nora nichts von der traurigen Nachricht anmerken.

Gypsy soul. Was für ein Mix. Zigeunerlieder. Brecht und Weill. Spoliansky und Marlene Dietrich. Noras alte Bukarester Schulklasse war mit Eva Wasserstrom an der Spitze zu fünfzehnt erschienen. Die Menschen standen vor der Abendkasse Schlange.

Das Konzert im Spiegelzelt begann um neun Uhr abends. Nora startete mit einem Zigeunerlied, Lied von dem Zug, der, ohne anzuhalten und den Liebsten herauszulassen, weiter und immer weiter fährt: *Trenule masina mica!* Es folgte das Lied vom versoffenen Zigeuner: *Un tigan avea o casa:* Er hatte alles: süße Kinder, schöne Frau, Haus, er hätte beinahe alles versoffen. Die Kinder und die Frau haben ihn davor bewahrt.

Die Zuschauer waren begeistert. Es ging mit den deutschen Liedern weiter. Nora sang *Wenn ich mir was wünschen dürfte, Der heimliche Aufmarsch* und *So oder so ist das Leben*. Das Publikum applaudierte hingerissen. Es wurde lauthals gelacht, als Nora von Spoliansky sang: *Ach, er hasst, dass ich ihn liebe.*

Louis saß mit Josefine und Tilli in einer hinteren Reihe – gebannt, gespannt, voller Bewunderung und Jubel waren sie für ihre Nora.

Dann, Abschluss und Höhepunkt: *Lume, lume.*

Nora konnte mit Robert im Leben nicht zusammenkommen. Ihre große Jugendliebe hatte sich für den Tod entschieden. Sie für das Leben. Auf der Wolke der unergründlichen Seelen flog Robert Papst in nebelhafter Ferne auf seiner Himmelswanderung dahin.

Am Ende ihrer Reise – von Bukarest nach Berlin, aus der Wohnung neben dem Friedhof der deutschen Klassiker weiter in ein Loft über SoHo – hatte es Nora zum Publikumsliebling in New York geschafft. Nicht weinend, singend barg sie Robert wie ein weidwundes Tier. Nora sang für ihn: *Lume, lume.*

Ein nicht zu beschreibender Zauber ging von ihr bei diesem Lied aus und ergriff das Publikum. Keiner verstand, woran es lag. Es war nicht auszusprechen. Nora sang Roberts Leben und Sterben in diesem Lied. So behielt sie ihn für sich und konnte das Gewicht seines Todes tragen. Ertragen. In dieser Berliner New Yorker Nacht.

Lume, lume – Welt, Welt: Schwester Welt.

In diesem Buch wird Thomas Brasch an zahlreichen Stellen wörtlich zitiert; die Zitate sind auf eine Weise in die Romanhandlung integriert, dass sich ein Nachweis erübrigt. Nur eine Stelle sei hier gesondert hervorgehoben: Das lange Zitat auf den Seiten 136–138 ist entnommen dem Band *Vor den Vätern sterben die Söhne* von Thomas Brasch, Berlin: Rotbuch Verlag.

MIX
Papier aus verantwortungsvollen Quellen
FSC® C014496
FSC
www.fsc.org

Originalausgabe
1. Auflage 2011

Umschlag: Andrea Schneider, Max Bartholl, b3K, Hamburg–Frankfurt a. M.
Umschlagmotiv: Francisco de Goya, *Hund* © akg-images / Erich Lessing
Satz: Greiner & Reichel, Köln
Druck und Bindung: GGP Media GmbH, Pößneck
Printed in Germany 2011
ISBN 978-3-7160-2656-4

www.arche-verlag.com